OEUVRES

DE

HENRI FONFREDE.

ŒUVRES

DE

HENRI FONFRÈDE,

RECUEILLIES ET MISES EN ORDRE

PAR CH.-AL. CAMPAN,

SON COLLABORATEUR.

TOME CINQUIÈME.

BORDEAUX,

CHAUMAS-GAYET, LAWALLE JEUNE,
LIBRAIRE, LIBRAIRE,
fosses du Chapeau-Rouge. allées de Tourny.

PARIS,
LEDOYEN, LIBRAIRE,
31, Galerie d'Orléans, Palais-Royal.

1845.

Bordeaux, Imprimerie de SUWERINCK, Bazar Bordelais.

MÉLANGES DE POLITIQUE.

INTRODUCTION.

———

J'ai cherché, dans les quatre volumes qui précèdent celui-ci, à systématiser et à réunir en corps d'ouvrage les doctrines politiques de Henri Fonfrède, disséminées dans vingt-deux années de journaux. Sans me dissimuler l'imperfection de mon travail, je crois cependant que ceux qui auront pris la peine de lire attentivement ce recueil, auront compris la valeur politique de son auteur et la haute portée de son esprit.

Il m'a semblé que cette œuvre ne serait point achevée, si je ne montrais l'application des doctrines de Fonfrède aux faits qui se sont accomplis de notre temps. J'aurais pu tirer une démonstration bien énergique et bien puissante de ses écrits sur nos luttes intérieures, mais j'ai senti la nécessité d'éviter, le plus possible, de reproduire des discussions irritantes. J'ai dû m'adresser, en conséquence, aux questions de politique extérieure, pour me fournir les exemples que je voulais joindre aux préceptes donnés par l'habile publiciste dont j'ai mission de publier les travaux.

Les articles écrits, en 1836 et en 1840, par H. Fonfrède, sur les avantages comparés de l'alliance anglaise et de l'alliance russe, et sur la question d'Orient, m'ont paru éminemment propres à faire ressortir la sagacité si remarquable de ses aperçus et la sûreté de ses prévisions.

L'intérêt que présentent ces questions ne s'est point affaibli depuis l'époque où elles ont été traitées; mais comme
elles portent presqu'exclusivement sur nos relations internationales, j'ai voulu les compléter par des travaux où Fonfrède a pu faire une application plus étendue et plus directe
de ses théories gouvernementales.

Pendant la crise révolutionnaire survenue en Espagne depuis la mort de Ferdinand VII, en 1833, jusqu'à l'abdication de la reine Christine, en 1840, Fonfrède a trouvé
l'occasion d'appliquer ses doctrines à l'appréciation d'une
lutte violente entre la démocratie et l'absolutisme, et il a été
conduit à prévoir les évènements qui devaient résulter de
cette lutte. Ce sont ses écrits sur les mouvements politiques
qui ont eu lieu au-delà des Pyrénées, pendant cette période,
que j'ai reproduits, pour arriver au but que je voulais atteindre.

C'était, on doit le reconnaître, une étude qui présentait
de grandes difficultés. — L'expérience des révolutions antérieures semblait devoir servir de peu dans l'examen de la
crise espagnole. — Rien de plus dissemblable, en effet, que
la situation politique de l'Espagne, d'un côté, et celle de
l'Angleterre et de la France, de l'autre. Les faits qui ont
amené la révolution espagnole étaient sans rapport avec
ceux qui ont causé les grands mouvements de 1649 et de
1789; — du reste, nulle ressemblance dans les mœurs, ni
dans la constitution administrative et politique, ni dans celle
du pouvoir royal, de la noblesse et du clergé. — Fonfrède,
avec sa rare et puissante sagacité, sut faire cependant, dès

le début, et la part des dissemblances qui devaient naître du caractère des peuples et de leurs antécédents, et la part des similitudes qui devaient résulter des conditions générales de l'humanité. Il a pu se tromper quelquefois sur les incidents qui ont eu pour cause les premières, et cela s'explique facilement, puisqu'il ne connaissait l'Espagne que par ses études et qu'il ne l'avait jamais personnellement visitée. Mais tous ceux qui liront attentivement ses écrits sur cette question, devront reconnaître qu'il a toujours parfaitement expliqué les secondes, et que plusieurs mois, plusieurs années même à l'avance, il a prédit, comme inévitables, les principaux évènements qui se sont réalisés.

Un coup d'œil rapide jeté sur ses travaux, justifiera ce que j'avance ici.

Ferdinand VII mourut le 29 septembre 1833 : dès le 9 octobre suivant, Fonfrède prévit la lutte qui allait s'engager entre les apostoliques et les soutiens du trône constitutionnel. « Par la crainte d'une charte et d'un gouvernement représentatif, disait-il, autant et plus que par respect pour la loi salique, les apostoliques prêcheront une croisade contre Isabelle et s'ils ne peuvent emporter la place, ils la mineront par des guérillas et par une organisation complète de la guerre civile. » Il engageait, en conséquence, les conseillers d'Isabelle à s'appuyer sur le parti libéral, et à ne pas se reposer sur le fol espoir d'empêcher une lutte inévitable, à ses yeux.—Trois jours après, il essayait de faire comprendre l'importance de conserver les *fueros* des provinces basques, et de rassurer sur ce point les populations qui devaient fournir l'aliment le plus vivace à la guerre civile. A ce sujet, il adressait aux ministres espagnols et au parti libéral ces sages paroles : « La liberté, quand elle entre pour la première fois au milieu d'un peuple, ne doit pas toujours s'occuper de faire table rase, de niveler tous les droits, tous les intérêts. » Enfin, dès le 25 octobre suivant, il démontrait que le juste-milieu n'existant pas en Espagne, la révolution de ce pays ne pouvait suivre la marche paisible, régulière et modérée que voulaient lui imposer le statut royal et le ministère Zéa-Bermudez, et que l'on commettait une erreur qui deviendrait fatale aux Espagnols, en prenant pour point de départ et pour règle de conduite, ce qui s'était passé en France après juillet 1830.

Il exposait ensuite, avec une grande force de logique, la nécessité d'affaiblir le clergé espagnol, que l'on avait toujours vu à la tête du mouvement rétrograde, et, dans ce but, il établissait que l'on devait restituer à la nation les biens possédés ou plutôt usurpés par le clergé.—« La révolution d'Espagne, imprimait-il alors, a ses conditions nécessaires, ainsi que celle de France a eu les siennes.—Si elle ne les remplit pas, ce sera à recommencer.—Un clergé propriétaire, c'est une puissance plus forte que le gouvernement; c'est une nation dans la nation, un État dans l'État.... Ajoutez-y le privilége des juridictions ecclésiastiques , et toute organisation libérale de l'État est impossible. »

Dès le 10 novembre, les prévisions de Fonfrède s'étaient réalisées; le clergé avait soulevé les populations contre le gouvernement, les provinces basques étaient en pleine insurrection, et le parti libéral, éloigné des affaires par le statut royal, et la présence des anciens serviteurs de Ferdinand au pouvoir, ne prêtaient aucun secours au trône d'Isabelle.

Cependant, le ministère de Marie-Christine persistait dans sa manière de gouverner, et s'isolait ainsi des deux grands partis qui partageaient l'Espagne. La presse conservatrice en France et le gouvernement lui-même encourageaient M. Zéa-Bermudez et ses collègues à persévérer dans leur système de réformes incomplètes, espérant que l'Espagne serait conduite par ces moyens, et sans secousses violentes, au gouvernement constitutionnel dont on voulait la doter. Nos publicistes et nos hommes d'Etat s'obstinaient à considérer ce pays voisin comme se trouvant dans un état normal et régulier; ils s'efforçaient de croire que Marie-Christine était dans une situation analogue à celle du roi des Français, et qu'elle pouvait marcher, avec une sage lenteur, vers une réforme administrative et politique.

Mais la haute et ferme raison de Fonfrède ne se laissait pas égarer par ces vaines espérances.

« L'état actuel de l'Espagne, disait-il le 11 novembre, n'est pas un gouvernement, c'est une révolution qui a germé long-temps, qui a fait éruption, qui a été comprimée, qui s'élabore et travaille de nouveau dans l'abîme mystérieux des destinées humaines, pour surgir enfin au grand jour, prendre place dans le monde politique, et se transformer en gouvernement.

» C'est donc seulement pour nous conformer au langage reçu, pour être compris de tout le monde, que nous disons

le gouvernement de Marie-Christine. Il n'y a pas plus de
gouvernement de Marie-Christine, qu'il n'y aurait de gouvernement de Don Carlos, lors même que le pouvoir de la
reine serait détruit. L'un, et l'autre, placés dans une voie
fausse, et luttant avec l'impossible, instruments passagers
d'une crise sociale qui doit renouveler la face de la généreuse Espagne, concourent à une œuvre gouvernementale
qu'ils ne paraissent comprendre en aucune façon.

» De cette crise sociale doit inévitablement sortir la liberté de l'Espagne, la destruction du pouvoir apostolique,
l'affranchissement de toutes les forces intellectuelles et morales : — avec la reine, si la reine ne se place pas en dehors
du mouvement social; sans la reine ou contre la reine, selon
le degré d'erreur dans lequel elle peut se laisser entraîner. »

Vainement l'accusait-on de pousser l'Espagne dans la voie
révolutionnaire : il répondait que la révolution, dans ce pays,
était sinon un fait accompli, du moins un fait qui devait
fatalement s'accomplir; et s'emparant du mot d'un homme
d'État qui a dit qu'*un peuple ne doit faire une révolution que
lorsqu'il y est condamné :* « Eh bien, s'écriait-il, l'Espagne
y est condamnée; il faut que l'arrêt s'exécute. La destinée
ne souffre pas que l'on fasse défaut devant elle, et ses jugements sont sans appel ! »

Les évènements justifièrent promptement sa manière de
voir sur tous les points. Le ministère Zéa-Bermudez tomba
devant la quasi-révolte des capitaines-généraux, dont Llauder
donna le signal; la guerre civile s'organisa dans le Nord, sous

la direction du clergé, et, peu de temps après, le mouvement révolutionnaire, mal dirigé, donna lieu à des scènes sanglantes et à l'orgie prétorienne de la *Granja*.

Un ministère ferme et modéré tout ensemble, celui qui avait pour chef M. Isturitz, avait essayé une réaction contre les entraînements révolutionnaires; mais, dès son début, Fonfrède avait prévu qu'il ne parviendrait pas au résultat qu'il voulait atteindre; aussi, les évènements dont je viens de parler l'affligèrent profondément sans l'étonner.

Quelques hommes superficiels ne manquèrent point de l'accuser de contradiction, parce qu'après avoir dit qu'une révolution était inévitable en Espagne, il déplorait les malheurs qu'elle entraînait après elle; mais il répondit :

« On appelle cela une contradiction; cette imputation est vraiment si dénuée de fondement, que nous sommes étonnés qu'elle ait pu venir à l'esprit des personnes sensées. — Sans doute, nous avons toujours cru l'Espagne condamnée, par ses antécédents, par son présent, par ses mœurs, à subir une révolution; mais s'ensuit-il qu'au moment où cette révolution s'accomplit, nous devions, nous hommes d'ordre et de juste-milieu, approuver complaisamment toutes les horreurs par lesquelles elle se signale? Pour avoir prévu et prédit un malheur, faut-il s'interdire de le déplorer? D'autres ne le prévoyaient pas comme nous; ils en niaient obstinément l'imminence, et, tout en nous accusant aussi de contradiction, parce que nous lisions un peu plus clairement qu'eux dans la réalité des choses, ils travaillaient à établir une organisation politique sur le patron de celle que nous possédons en France, où les éléments sont tout différents. A ceux-là, nous représentions la vanité de leur œuvre, la chimérique donnée de leur espérance; et maintenant que les évènements ont fait éclater la justesse de nos prévisions, maintenant que la révolution annoncée est flagrante, nous faisons la part du feu, nous nous mettons à l'écart pour en étudier les ravages, et nous appelons tous nos compatriotes à y chercher la confirmation des cruelles expériences qu'eux-mêmes ont déjà faites en matière de révolution........

» Ce n'est pas là se contredire; c'est rester fidèle à la cause de l'ordre, après avoir eu l'intelligence des nécessités fatales qu'elle aurait à traverser. »

Depuis cette époque, il suivit attentivement la marche de cette révolution qui grandissait, appréciant, avec la plus remarquable vigueur de pensée, toute la situation de l'Espagne; expliquant et commentant les évènements qui se succédaient avec rapidité, et prédisant à l'avance les conséquences inévitables qu'ils devaient avoir.

C'était alors l'opinion générale, que la présence de Don Carlos dans la Péninsule était le seul obstacle au rétablissement de l'ordre et de la tranquillité dans ce pays, et l'on avançait hardiment que si le prétendant était expulsé, soit par les armées d'Isabelle, soit par l'intervention française, le trône constitutionnel de la jeune reine serait pour toujours affermi. Fonfrède seul se prononça dans le sens opposé, et le 5 octobre 1836, il écrivit ces paroles prophétiques :

« Les démocrates espagnols, principalement soutenus par la soldatesque, ainsi qu'on l'a vu lors des scènes de la Granja, ont maintenant deux monarchies à combattre, celle de Don Carlos et celle de Christine; quand celle de Don Carlos serait tout-à-fait abattue, les soldats démocrates n'ayant plus à combattre que la monarchie de Christine, en viendraient bien plus facilement à bout...... »

Quatre ans après, presque jour pour jour, le 12 octobre 1840, Marie-Christine abdiquait forcément la régence entre les mains du *général* Espartero, après avoir été conduite à cette retraite obligée, par une suite d'actes révolutionnaires commencés le lendemain de l'expulsion de Don Carlos.

Cette étonnante sûreté de vue n'abandonna point Fonfrède dans son appréciation des évènements qui devaient suivre celui-là. — Comme il avait prédit la chute de Marie-Christine, il annonça celle d'Espartero :

« Espartero, écrivait-il le 25 juillet 1840, nous semble agir dans cette circonstance comme un ambitieux subalterne, qui ne connaît ni les hommes ni les choses. On ne commence pas les révolutions par la dictature; on les finit par la dictature. Si Bonaparte avait fait un 18 brumaire au temps de la Constituante, il eût échoué. Le 18 brumaire a réussi parce que la révolution était lasse, parce qu'elle était sur le flanc. Bonaparte saisit l'occasion avec beaucoup d'habileté. Le cavalier corse saisit l'instant où la cavale haletait, pour lui mettre le mors et la bride. Mais, en Espagne, la révolution commence : Espartero ne la domptera pas, il sera foulé aux pieds par elle. »

Cet évènement, que Fonfrède ne devait pas voir, s'est réalisé, de même que l'abdication de Marie-Christine, et peu d'années après la prédiction que je viens de rapporter.

Fonfrède n'était point doué, cependant, du don de prophétie; mais il avait si bien étudié et si bien compris les lois gouvernementales qui régissent les sociétés, il connaissait si parfaitement les instincts de la démocratie et la marche de ses envahissements, qu'il décrivait ceux-ci à l'avance avec autant de sûreté, que des savants d'un autre ordre ont calculé la marche des dunes de sable qui bordent l'Océan.

Cette merveilleuse faculté de son esprit excitait l'admiration des hommes les plus éminents, qui étaient en relations intimes avec lui, et, pour en citer un seul exemple, que l'on me permette de transcrire ici ce que lui écrivait, en 1836, M. Guizot :

« Vous démêlerez, lui disait cet homme d'État, avec votre
» sagacité accoutumée, les diverses faces de la question qui
» va se résoudre, les diverses situations des partis et des
» personnes, et tous les faits dont il fallait tenir compte.

» Vous rappelez-vous ce conte des *Mille et une Nuits,* où
» trois frères possèdent, l'un une lorgnette, à l'aide de la-
» quelle il voit et discerne tout ce qui se passe, quelle que
» soit la distance; l'autre, un tapis sur lequel il peut se
» transporter partout en un clin d'œil; le troisième, une
» pomme qui guérit tous les maux.—Vous avez la lorgnette,
» que n'avons-nous aussi le tapis et la pomme ! »

Je n'ajouterai rien à ce jugement dont mes lecteurs apprécieront toute la portée; je veux me borner maintenant à dire quelques mots de la manière dont ce volume a été composé.

J'ai reproduit presque textuellement les articles publiés par Fonfrède, et je les ai placés dans leur ordre chronologique. Il est résulté de ce système, quelques longueurs et quelques répétitions; mais pour obvier à ces inconvénients, il aurait fallu renoncer à la marche vive, hardie et saisissante que Fonfrède savait imprimer à la discussion quotidienne des affaires, et je me serais vu, par conséquent, forcé d'enlever à ce volume le caractère d'actualité que je tenais à lui conserver. Je me suis donc résigné à cette imperfection nécessaire; les seuls changements que j'aie cru pouvoir faire, ont eu pour but de supprimer ce qu'il y avait de trop ardent dans la polémique personnelle dont ces pages étaient mêlées.

J'ai beaucoup regretté qu'il ne me fût pas possible de retrancher la partie de cette polémique, dirigée contre les ministères du 22 février et du 1er mars; mais elle était tellement inhérente au sujet, que cela m'a paru tout-à-fait impraticable.

CH.-AL. C.

Avis de l'Éditeur.

———

Le travail que je reproduis ici a été publié par H. Fonfrède au mois de janvier 1836, quand on proposa pour la première fois, à la Chambre des Députés, l'amendement sur la nationalité polonaise.

1856.

DE L'ALLIANCE ANGLAISE

ET

DE L'ALLIANCE RUSSE.

§. 1er.

L'Angleterre et la Russie. — La France.

—

Ce n'est pas un mauvais moyen de juger la portée réelle d'une discussion, que d'examiner si, dans les termes où elle est posée, le fond des choses répond aux mots employés pour les exprimer.

Si une phrase était formulée, dans l'adresse de la chambre, pour indiquer, de la part de l'Angleterre et de la France, l'intention de réclamer à l'empereur Nicolas le rétablissement du royaume de Pologne aux conditions des traités de 1815, quels motifs pourraient être exprimés au nom des deux puissances réclamantes?

Il n'y en a que deux :

Une sympathie généreuse et désintéressée pour l'indépendance polonaise;

Un désir légitime de maintenir l'équilibre des états européens menacés par un trop grand accroissement de la puissance russe.

Or, ces deux motifs seraient faux.

Quant à la sympathie pour l'indépendance polonaise, elle serait trop tardive et trop inefficace, pour qu'on eût aucune confiance à sa sincérité. La politique de l'Angleterre n'est pas si sentimentale, et celle de la France ne doit pas l'être. La Pologne n'est pas plus près de nous qu'en 1831. Sa délivrance serait un prétexte, voilà tout.

D'ailleurs, les Polonais ont déclaré eux-mêmes, par leur insurrection, que l'état politique constitué par les traités de 1815 était l'oppression de leur pays, et non la réalisation de sa nationalité. Il serait donc dérisoire de leur offrir, comme un gage de sympathie et de délivrance, le rétablissement de cette oppression déguisée sous des formes patelines et menteuses.

Pour ce qui concerne l'équilibre européen, la réclamation de l'Angleterre et de la France serait encore une nouvelle dérision.

Si l'adjonction de la Pologne à la Russie rompt l'équilibre européen, c'est aux traités de 1815 eux-mêmes qu'il faut l'imputer. Loin de demander l'exécution de ces traités, il faudrait en demander l'abrogation, car ce sont leurs stipulations qui ont donné la Pologne à l'empereur de Russie, et qui lui ont fait un titre européennement légal pour la posséder.

A dire vrai, ces traités ont stipulé qu'il ne gouvernerait pas la Pologne comme empereur de Russie, mais bien comme empereur de Russie et *roi de Pologne*, — à peu près comme Napoléon gouvernait la France et l'Italie, sous le titre d'*empereur et roi*. — Mais qu'importe? Si, en apparence, cela flatte la vanité nationale du peuple dont l'adjonction est ainsi déguisée, quelle puissance de moins ou de plus, la différence du titre ôte-t-elle ou donne-t-elle au monarque qui gouverne les deux nations? Que Nicolas soit empereur de la Russie et de la Pologne, ou qu'il soit empereur de Russie et roi de Pologne, cela ne changera pas un fétu à sa force agressive. — Nicolas, à titre de roi de Pologne, ne disposera-t-il pas des soldats polonais, des finances polonaises, des places fortes polonaises, des frontières polonaises? — Si la Pologne continue à détester le joug russe, son adjonction affaiblira la puissance de l'autocrate au lieu de l'augmenter ; si elle oublie ses ressentiments et s'accoutume peu à peu à le servir fidèlement et à lui obéir, elle augmentera la force de l'empire russe. — C'est là qu'est la question, le titre n'y fait rien.

Et l'on voit tout d'abord que l'adjonction pure et simple de la Pologne à la Russie, loin d'être plus avantageuse à la puissance russe, que l'adjonction déguisée sous le titre menteur inventé par les traités de 1815, lui est au contraire plus nuisible, parce que, aggravant les ressentiments nationaux de la Pologne, cette usurpation, plus complète, rend plus profonde et plus durable l'inimitié des Polonais contre leurs usurpateurs, — ce que nous développerons avec détail, car c'est précisément là le nœud de la question.

La grande parade que l'on veut jouer au nom de l'Angleterre et de la France ne serait donc qu'un double mensonge diplomatique qu'on voudrait faire passer par la tribune. — C'est un nouveau moyen de déguiser la pensée, dont M. de Talleyrand lui-même ne s'était pas encore servi (1).

_____

(1) Le vieux jurisconsulte Bartole avait dit : « La parole fut donnée à l'homme pour _exprimer_ sa pensée » M. de Talleyrand fit à cet axiome la variante qui suit : — « La parole fut donnée à l'homme pour _déguiser_ sa pensée »

Il y a donc à la croisade belliqueuse inspirée par l'Angleterre contre la Russie une autre cause plus réelle. — Il faut la chercher.

Avant d'examiner si, comme on le dit, l'empire de Russie est un colosse dont le poids menace de rompre l'équilibre continental de l'Europe (ce que, pour ma part, je ne crois pas du tout), on admettra, je pense, sans la moindre difficulté, que, de toutes les puissances engagées, l'Angleterre serait celle qui souffrirait le moins de l'invasion de la Russie sur le continent de l'Europe.

Ce n'est point en Europe que la Russie pèse sur l'Angleterre, c'est en Asie. La mer noire, les Dardanelles, la partie orientale de la Méditerranée et l'Inde anglaise,.... voilà les points de contact de l'Angleterre et de la Russie.

Si nous cherchons maintenant quels sont avec la Russie les points de contact de la France, y verrons-nous la même importance gigantesque, la même question de vie et de mort?... La plus simple réflexion prouvera promptement le contraire.

Après la paix de 1814 et de 1815, qui ne laissa à la Russie aucun sujet de crainte du côté de la France, ni aucun motif d'hostilité contre la France, la rivalité de l'Angleterre et de la Russie, depuis long-temps aperçue par les hommes d'État anglais, mais inconnue alors sur le continent, se révéla tout-à-coup, et, depuis, il en est résulté entre la Grande-Bretagne et l'autocrate une irritabilité profonde qui décèle la gravité de leur dissentiment.

Voyez!... c'est de l'Angleterre que partent toutes les dénonciations qui signalent à l'Europe l'invasion inévitable par laquelle la Russie doit nécessairement absorber en elle toutes les puissances continentales ! C'est d'une île inattaquable par la Russie que sort cette salutaire prévision d'un danger qui menace tous les royaumes européens ; et ceux-ci, pauvres aveugles, n'apercevraient pas l'invasion qui va fondre sur eux, si l'Angleterre, qui n'y est point exposée, n'avait le charitable soin de les en avertir ! — On conviendra que la philanthropie britannique est, cette fois, merveilleusement désintéressée.

Mais si l'on examine patiemment tous ces manifestes parlementaires, toutes ces brochures politiques émanées de Londres et colportées à Paris, notamment la plus fameuse de toutes, celle qui parut en 1835 (1), et dont le souvenir n'est pas encore effacé, qu'y verra-t-on ?... On verra toujours que la question asiatique, maritime, commerciale, est la seule dont le gouvernement anglais est occupé, frappé, terrorifié, et que le surplus n'est qu'une fantasmagorie à mille faces contradictoires, qu'il met sous les yeux de la France, pour lui persuader que son indépendance est menacée par la Russie autant que la prospérité de l'Angleterre.

Partout vous verrez le traité d'Andrinople et celui d'Unkiar-Skelessi signalés comme agrandissant la Russie sur le continent asiatique, lui livrant des provinces asiatiques jusques sur les confins de l'Inde, où elle pourra secrètement exciter à l'insurrection les innombrables peuplades assujetties à l'Angleterre; partout on verra le gouvernement anglais se plaignant des faveurs accordées par la Porte aux marchands russes, à l'exclusion du commerce anglais; et, enfin, en termes exprès, on y lira cette phrase

_____

(1) _L'Angleterre, la France, la Russie et la Turquie,_ ouvrage traduit de l'anglais en 1835. J'engage fort à relire cette brochure, qui fit alors grand bruit, et qu'aujourd'hui on comprendra bien mieux.

d'incroyable démence, qui annonce que bientôt, loin de pouvoir s'agrandir dans la Méditerranée, « la France sera » réduite à défendre la colonie d'Alger contre les attaques » de la marine russe. »

Mais il faudrait que nos hommes d'État fussent saisis d'un bien miraculeux vertige, s'ils ne comprenaient pas qu'après la révolution de juillet, l'Angleterre ne s'est si promptement jetée dans l'alliance française, en reconnaissant notre nouvelle dynastie, que pour se ménager un second dans le duel à mort de la Grande-Bretagne contre la Russie. Il faudrait être bien aveugle pour ne pas voir que la Méditerranée, toute anglaise depuis Gibraltar jusqu'à Corfou, ne nous est en rien acquise par notre misérable possession de quelques mauvaises rades sur la côte de la Barbarie, que l'Angleterre nous laisse occuper à dessein pour nous engager dans sa cause par un intérêt illusoire, et dont elle connaît bien tout le néant. — Certes, avant que la marine russe vînt attaquer nos ruineuses et stupides colonisations d'Afrique, la Russie aurait un compte bien autrement important à régler avec la Méditerranée anglaise, avec l'Orient anglais, avec l'Inde anglaise, avec toute cette vaste suprématie, absorbante et sans bornes, que l'Angleterre a jetée comme un réseau de fer sur toute cette partie du monde !

Ah! si l'Angleterre ne nous avait pas expulsés de l'Égypte, de l'Inde; si elle ne nous eût pas arraché l'Ile-de-France; si elle nous eût laissé Malte; si elle nous autorisait à occuper Candie et les îles Baléares; si, d'un autre côté, il ne nous avait pas fallu renoncer à la Belgique, en 1831, parce que Londres ne voulait pas qu'Anvers fût un port et un entrepôt français, et que l'alliance anglaise était à ce prix, nous pourrions avoir quelqu'intérêt et quelque foi dans une alliance hostile contre la Russie; nous aussi, nous aurions dans cette lutte une vaste part de bénéfices pour en compenser les dangers; nous aussi, nous aurions à défendre des territoires coloniaux fertiles, des stations maritimes protectrices et fortes, des relations commerciales dans l'Orient et l'Asie. — Mais, que dis-je? Loin de consentir à ce partage de la mer et du commerce, l'Angleterre serait aujourd'hui la première à vouloir nous ravir ces biens, si nous en jouissions; c'est contre elle, bien plutôt que contre la Russie, qu'il nous faudrait les défendre; et si elle s'unit à nous, c'est qu'elle a besoin de notre appui pour que la Russie ne lui enlève pas les biens dont elle-même nous a dépouillés!

Non, répétons-le bien haut, afin que tout le monde l'entende, la France n'a pas à craindre de la Russie la millième partie des dangers dont cette puissance menace l'Angleterre. Et ce qu'il y a de plus étrange, c'est que l'Angleterre..... l'Angleterre!..... s'appuie sur les souvenirs de Napoléon, et nous dit : « Votre grand empereur l'avait » bien compris; il savait bien que de la Russie doit un jour » partir l'invasion suprême qui absorbera l'Europe con- » tinenta'e, et qui forcera Paris à recevoir des ordres » scellés à la fois à Saint-Pétersbourg et à Constantinople. » De là cette grande expédition contre la Russie où il » voulait éteindre, dans les flammes de Moscou, l'aurore » boréale dont l'incendie doit, tôt ou tard, dévorer l'Eu- » rope!.... »

Certes, la méprise est étrange, et j'admire qu'on en soit dupe un instant. Quoi donc! avez-vous oublié déjà que la grande armée, guidée par l'aigle napoléonien, en mar-

chant contre Moscou, ne cherchait que le chemin de Londres et de Calcutta? Avez-vous oublié que Napoléon, irréconciliable ennemi de l'Angleterre, voulait abattre la
puissance russe, pour arracher à celle-ci ses moyens agressifs contre la Grande-Bretagne, et s'en servir contr'elle
pour son propre compte? N'avez-vous pas conçu qu'après
la chute de Napoléon, ces moyens agressifs sont restés libres et disponibles entre les mains de la Russie, et que
c'est précisément pour cela que l'Angleterre, d'alliée louan-
geuse et complaisante de l'autocrate qu'elle excitait alors
contre nous, est subitement devenue son ennemie mortelle, et nous excite à présent contre lui?

Napoléon, sans doute, dans les rêves nerveux de l'agonie délirante que l'Angleterre, ennemie sans miséricorde
et sans dignité, a versés à pleines mains sur son lit de
mort, a pu exhaler quelques phrases mystérieusement
prophétiques contre les desseins de la Russie ; mais il est
bien facile de voir, par l'histoire de sa vie, que là n'avait
pas été la pensée dominante de sa politique. Il voulait deux
choses : abattre l'Angleterre, et absorber l'Europe sous la
monarchie universelle de la France. Voilà pourquoi il lui
fallait vaincre la Russie, pour atteindre inévitablement
Londres, et pour délivrer Paris de la dernière concurrence
continentale qui pût balancer encore sa puissance.

Et dans tout cela, d'ailleurs, que fait, je vous le demande, cette misérable petite question de l'application des
traités de 1815, à la simagrée du rétablissement d'un
royaume de Pologne sous le sceptre de l'empereur de
Russie ?

Est-ce donc dans Varsovie, toute fumante de la mitraille
russe, et sous la volée à chaque instant menaçante des

canons du fort Alexandre, que l'empereur Nicolas trouvera
ses moyens d'invasion, de triomphe, de conquête? Qu'il
y règne à titre de roi de Pologne ou d'empereur de Russie,
y trouvera-t-il un bataillon de plus ou de moins pour
envahir les Dardanelles? Ah! que votre éloquence de rhéteur me fait pitié! que vos mesquines pensées font injure
à vos grandes paroles! que vos ruses oratoires sont percées à jour, sans force et sans vérité! — Pourquoi prendre
ces vains détours qui ne trompent personne? Pourquoi
convertir en une microscopique chicane de plaideurs ac-
crochés au texte débile et sans force des traités de 1815,
maudits par la France, cette grande question de l'Orient,
dont l'Angleterre voudrait faire un dithyrambe de philanthropie polonaise, quand elle n'est que le cri mal déguisé
de sa propre anxiété pour la crise suprême de son absolutisme commercial?

Laissez, laissez la Pologne et ses chants de morts, et
son *de profundis*, et ses soupirs étouffés! Ils sortent d'un
caveau déjà scellé par la main de fer du destin, et dont il
ne vous est pas donné de soulever la pierre funèbre. Si
l'empereur de Russie est un colosse de puissance, ne l'attaquez pas avec des piqûres d'épingles. Voyez si réellement
son ambition, si l'accroissement subit et rapide de son
territoire, si la chute prochainement méditée par lui de
la Turquie, lui livreront les Dardanelles, la Méditerranée, l'Orient, l'Europe, le monde; et, s'il en est ainsi,
— levez-vous sur vos étriers, tirez le glaive, et criez pour
tout manifeste : *Je ne veux pas!!!...*

Ici s'ouvre une vaste carrière, où le patriotisme français peut dignement faire entendre sa voix. Ici, il peut,
il doit, tout en reconnaissant les avantages accidentels de

l'alliance anglaise depuis la révolution de juillet, préserver le gouvernement de la France d'un engoûment enthou-
siaste, trop aveuglément confiant dans cette récente amitié, qui succède sans intervalle à tant de siècles d'inimitiés
et de guerres! Il faut en voir les causes réelles, les avantages, les dangers; car une question si complexe présente
bien des faces. Et, quant à la Russie, c'est en sens contraire qu'il faut scruter la réalité de ses rapports futurs
avec nous. Il ne faut pas se laisser aigrir par l'aversion
gauche et maladroite que, dans les premiers moments, la
Russie a témoignée à la révolution de juillet et au gouvernement qui en est issu. Placée plus loin de nous que
l'Angleterre, la Russie a vu moins bien qu'elle la situation réelle des esprits en France, et la nature de notre révolution. De ses fausses idées, elle a tiré des conséquences
fausses ; elle a cru que le jacobinisme et sa propagande
triompheraient en France de la monarchie du juste-milieu,
et que ces fléaux, pires certainement que la peste et le cho-
léra, déborderaient une seconde fois sur l'Europe. Alors
elle s'est tenue envers nous dans une réserve hostile, que
ne motivaient que trop les souvenirs effrayants de notre
première révolution. — Mais Dieu, qui protége la France,
n'a pas permis à l'hydre républicaine de la déchirer de
nouveau, pour s'élancer ensuite sur l'Europe menacée. En
même temps, la contre-révolution, sans appui au dehors,
sans racine dans le sol, ruminant à vide un vieux passé
sans présent et sans avenir, s'est successivement réduite
au degré de nullité où nous la voyons aujourd'hui. — La
Russie le voit aussi; elle voit qu'il n'y a plus en France
ni république à craindre, ni restauration à fabriquer. —
Et comme ce qui lui importe, ainsi qu'aux autres mo-

narchies européennes, c'est bien moins l'origine du trône
français que la sagesse forte et conservatrice de son gouvernement, elle voit dans la dynastie de Louis-Philippe
un gage de sécurité européenne bien autrement efficace
que celui qu'aurait pu lui offrir la chancelante lignée de
Charles X et d'Henri V. — L'hostilité russe s'est donc graduellement éteinte, et dans quelques années il n'en restera
plus vestige. La Russie suivra l'Autriche dans cette voie
de conciliation, non point par affection pour nous, mais
par intérêt pour elle-même. — Laissons donc de côté tous
les motifs accidentels de désunion pris dans les circonstances de la révolution. Croyez-moi, ce serait un anachronisme pitoyable que d'y attacher une importance qu'ils
n'ont plus, et que peut-être ils n'ont jamais eue. — Examinons, avec un sang-froid complet, la grande question
de l'influence russe sur l'Europe ; faisons, sans exagération, la part que nous devons prendre aux irritations de
l'Angleterre, et celle dont nous devons refuser de nous
charger. Dans tous les cas, ne nous engageons pas sans
conditions, et surtout sans garanties.

§. II.

Nous devons examiner l'influence hostile de l'ambition
russe, sous deux aspects : relativement à l'Europe continentale en général, relativement à la France en particulier.

Mais, d'abord, écartons soigneusement de notre esprit
ces phrases toutes formulées qui, par une vieille routine,
nous font toujours craindre dans le présent l'impossible
résurrection du passé.

Quoi donc!... parce que, à la chute de l'empire romain, vieux corps démantelé qui périssait de sa décomposition intérieure, bien plus que des agressions subites qui exploitèrent seulement ses détresses; parce que, à cette époque de rénovation sociale et religieuse, où toute une civilisation périssait sous l'enfantement d'une civilisation nouvelle, les peuplades barbares du Nord ont envahi l'Europe méridionale, est-ce donc une raison pour qu'aujourd'hui le retour d'une crise semblable soit inévitable et prochaine?... Aujourd'hui, que notre civilisation, notre paix, notre guerre, notre organisation financière, nos moyens d'attaque et de défense, nos moyens de production et de consommation, notre nature civile et politique, en un mot, est diamétralement opposée à l'état du monde grec et romain!... Cette pensée n'est point la mienne, je n'ai point cette crainte : loin de voir dans le passé la prophétie de cette sinistre péripétie à la civilisation moderne, j'y vois un enseignement tout contraire; j'y puise des sentiments de confiance, non d'effroi.

On ne sera donc point étonné que, sur la question russe, je sois d'un avis opposé à celui de beaucoup de gens dont j'honore la capacité. Je pars d'une autre base, j'arrive à un autre résultat : c'est tout simple. L'avenir prononcera.

Quand le monde romain fut envahi par les barbares, le nord de l'Europe et l'Asie presqu'entière était un livre inconnu où le Midi ne savait pas lire? A mesure que l'empire romain s'était agrandi, il avait découvert de proche en proche comme un nouvel Univers. Ce qui était au-delà ne renfermait, pour lui, que de l'imprévu, et les dangers qui pouvaient en sortir ne lui suscitaient aucun travail d'esprit suffisant pour s'en défendre. De là, une des principales causes de sa ruine.

Ajoutons-y que dans son étendue sans connexité réelle, il n'y avait ni unité morale, ni unité physique. Les parties de ce grand corps *juxta-posées*, et serrées ensemble par des liens de fer, n'avaient point d'adhésion. Le despotisme du centre, l'avilissement des extrémités, la guerre civile entre les deux, la corruption partout ; aucun autre moyen de triompher, que la force du corps excitée par le courage, la haine nationale et l'indépendance révoltée des peuples les derniers conquis, que d'auxiliaires presqu'invincibles à l'appui de l'invasion des barbares du Nord !

Aujourd'hui la scène est changée, complètement changée. Jetons-y un rapide coup d'œil.

Ceux que nous nommons les barbares du Nord, en premier point, ne sont pas des barbares, ou tendent à chaque instant à cesser de l'être. Loin d'envahir la civilisation, c'est la civilisation qui les envahit. Les arts, le bien-être de la vie, les liaisons morales, l'identité, sinon de dogmes, du moins de sentiments religieux, tout leur imprime chaque jour une assimilation à la vie, aux mœurs, à l'avenir du midi et du centre de l'Europe.

Ce travail de civilisation interne qui se fait dans la Russie, est une assez ardente occupation des forces de l'esprit humain, pour affaiblir, et de beaucoup, leur emploi dans une direction d'invasion effective par l'usage de la violence armée. Ajoutons-y que l'étendue de l'empire russe et ses adjonctions récentes, celle de la Pologne surtout, affaiblissent encore davantage ses moyens d'agression.

Oui, et je n'ai pour le démontrer qu'à rappeler ce que j'ai déjà dit en 1831 : La conquête de la Pologne par la Russie,

nous est une grande garantie. Cette plaie saignante, ce
cancer dévorant qu'elle s'est imprégné, cette discorde inextinguible qu'elle s'est inoculée au cœur, la gêne plus, l'arrête plus, que la barrière factice d'une nationalité polonaise qui aurait été improvisée à contre-sens, avec beaucoup de peine, d'or et de sang, par le midi de l'Europe.
Qu'est-ce, je vous prie, qu'une nationalité établie, créée,
conservée par des forces étrangères? Quelle barrière y
voit-on? Comment un peuple qui ne peut durer organisé
par lui-même, peut-il servir d'appui à ceux sans lesquels
il n'aurait même pas ce simulacre de vie politique? Et
pour faire une application de la même pensée à l'autre
extrémité de la question russe, comment la Turquie, qui
ne peut se défendre elle-même, vous défendrait-elle contre
la Russie! Du moment qu'il faut la soutenir pour l'empêcher de crouler, elle ne vous soutient plus, elle ne vous
offre plus d'appui. — J'ai bien peur que dans cette question d'Orient, de même que dans la question espagnole,
les souvenirs d'un passé à jamais détruit, n'aient inspiré
à la France de bien étranges et fatales illusions !

En 1831, on nous disait : — Vous laissez périr la
Pologne, imprudents!... Quand la Russie l'aura dévorée, elle se jettera sur vous à votre tour. Attendez le printemps prochain ! — Vous voulez voir venir les Russes?... Ils
viendront !... Et cette exclamation désespérée du poète
résumait en un seul cri toute la politique de l'opposition.

Mais nous répondions, sans nous émouvoir : — Les
Russes ne viendront pas. — Ces Russes, auxquels il a
fallu deux campagnes pour franchir les Balkans, quoiqu'ils n'eussent en face que l'expirante momie ottomane,
déjà frappée au cœur par la révolte de ses plus belliqueux

vassaux ; ces Russes qui, sur leurs propres frontières, avec toutes leurs ressources et leurs irritations nationales, peuvent à grand peine surmonter la résistance improvisée de la Pologne ; de la Pologne, faible corps dans lequel bout vainement un grand courage ; ces Russes, épuisés et discrédités par cette double lutte, qui a révélé leur faiblesse réelle, n'iront pas tenter une folle croisade contre la France, en laissant derrière eux une Pologne, conquise il est vrai, mais qui leur est plus dangereuse, plus pénible à garder qu'elle ne leur fut à conquérir : ils ne s'exposeront pas aux revers d'une campagne lointaine qui les laisserait sans retraite, et n'ayant derrière eux que des chances mortelles d'insurrection. Ce grand corps russe est trop efflanqué pour se mettre en route. La route est trop longue, et l'ennemi qu'il trouverait en France est trop fort pour qu'il ait seulement la pensée de l'affronter. — Et les Russes ne sont pas venus ! — Et les Russes ne viendront pas ! — Et les Russes ne viendront jamais !

Car s'il est une vérité certaine, c'est que dans l'état actuel de la France, avec sa population virile surabondante, avec son énergie, ses arts guerriers, son génie militaire, ses ressources si fortement unies et concentrées par l'homogénéité des mœurs et des lois, la Russie seule est incapable de tenter contre nous rien qui ait l'ombre du sens commun. Pourquoi voulez-vous qu'elle fasse cinq cents lieues?... Pour se faire battre à coup sûr? Y a-t-il dans notre situation respective rien qui rappelle la situation des peuplades du Nord et de l'empire romain ? C'est précisément tout le contraire.

Oui, tout le contraire ; car l'empire russe présente avec

l'empire romain la similitude d'une étendue trop vaste
pour que l'action du pouvoir y produise uniformément
ses effets, et d'un défaut total d'homogénéité entre les
peuples qui obéissent à ce pouvoir. Oh! l'étrange unité
politique, composée de haines nationales, de religions
antipathiques, de mœurs inconciliables! L'étrange force
pour envahir l'Europe, qu'un composé de Russes, de
Polonais, de Turcs, avec des millions de serfs dans le
cœur même de l'empire, dont ils déchireront les entrailles, le jour où la lumière de la liberté, frappant tout-à-
coup leurs yeux, illuminera leurs esprits!

Ne vous effrayez donc pas de ce fantôme qui n'existe
que dans votre imagination. Vous avez vu des Russes et
des cosaques à Paris, parce que Napoléon avait alarmé l'Europe de la domination universelle de la France, et que
l'Europe tout entière avait marché contre nous. Mais si
l'Europe n'a pas voulu supporter la domination de la
France, elle ne voudrait pas davantage supporter la domination de la Russie, et ne serait pas si stupide que d'y
donner les mains en se joignant à la Russie contre nous.
Elle demanderait plutôt des secours à Paris contre Saint-
Pétersbourg, que de s'unir à Saint-Pétersbourg contre
Paris. Et de même que nous n'avons pas eu une troisième
restauration, précisément parce que nous en avions eu
deux, de même nous n'aurons pas à souffrir les chances
d'une troisième invasion, parce que deux invasions ont
instruit l'Europe qu'en frappant sur nous, c'est sa propre existence qu'elle démolirait.

La Russie, nous dit-on, n'a plus qu'un pas à faire, et
le Bosphore, Constantinople, les Dardanelles seront entre
ses mains. — Oui, mais il faut que l'Autriche, l'Angle-

terre et la France lui laissent faire ce pas décisif; et quel
est le diplomate assez trembleur pour croire que la Russie, qui ne tiendrait pas tête à la France seule, pourrait
vaincre les trois puissances réunies? Et dans tous les cas,
je le demande derechef, en quoi l'impossible application
des traités de 1815 à la Pologne, sauverait-elle Constantinople? Comment la Pologne, bien plus irritée contre la
Russie par l'état actuel de subjection où celle-ci la réduit, lui donne-t-elle une force d'agression plus grande
contre l'Europe et la Turquie? Ne voit-on pas que, bien
au contraire, moins la Pologne serait foulée par la Russie, plus elle tendrait à se réconcilier, à faire cause commune, à faire corps avec elle? Et que plus l'empereur
Nicolas la maltraite, l'humilie, la flagelle, moins il
pourra y trouver d'appui contre nous, plus il y rencontrera d'obstacles à ses projets ambitieux? La Pologne conquise empêchera Nicolas de marcher sur Constantinople,
comme elle l'aurait empêché de marcher sur Paris.

Dans tous les projets où l'on fait figurer la Pologne
comme un État indépendant, placé entre la Russie et le
midi de l'Europe, pour servir de barrière à l'ambition
russe, on n'oublie qu'une chose,—c'est que cette nationalité polonaise n'existe pas, et qu'on ne peut pas la créer.
Ces déclamations creuses ne sont qu'une chimère. Mille
traités de 1815 n'enfanteraient pas une Pologne indépendante. Il n'y en a pas, et il ne serait que trop facile de
prouver qu'il n'y en eut jamais. La pitoyable restauration de l'antique anarchie polonaise, encore viciée par la
souveraineté du peuple proclamée en 1831, aurait bien
pu jeter un nouveau ferment de troubles révolutionnaires au milieu de l'Europe, mais jamais créer un état so-

cial, organisé, libre, durable, normalement constitué, capable de servir de barrière à la Russie. Dans l'ensemble, malgré le despotisme de l'autocrate, je suis convaincu que les progrès de la civilisation européenne seront moins retardés par l'adjonction de la Pologne à la Russie, qu'ils ne l'auraient été si l'insurrection polonaise avait triomphé. — Alors vous auriez su ce que c'est qu'une révolution d'aristocrates et de serfs, ressuscitant le *liberum veto* pour graver la souveraineté du peuple, avec la pointe du sabre, sur les vieux parchemins de la noblesse et sur les fers de sa clientèle abrutie !

Napoléon seul aurait pu ressusciter la Pologne, au lieu d'aller à Moscou. — Il l'aurait pu, non-seulement parce qu'il l'occupait avec ses armées, parce qu'il avait la force en main, parce que le reste de l'Europe tremblait derrière lui; mais aussi, et surtout, parce qu'il aurait alors constitué cet état sur un principe directement contraire à la souveraineté du peuple et au *liberum veto*, et qu'en pressant la Pologne dans sa forte main, il lui aurait fait rendre, jusqu'à la dernière goutte, le virus anarchique qui l'a corrodée depuis sa naissance jusqu'à sa mort.

Que l'empereur de Russie, donc, possède la Pologne à titre de royaume soumis à son sceptre, ou de province jointe à son empire, elle ne l'aidera en rien dans les projets qu'on lui suppose; c'est dans l'union de la France, de l'Angleterre et de l'Autriche que se trouve l'obstacle principal à l'occupation des Dardanelles par les Russes; et, ni en Turquie, ni ailleurs, la Russie ne pourra braver impunément la volonté de ces trois puissances.

Mais enfin mettons tout au pire : supposons l'impossible. Admettons que la Turquie est russe, que Constanti-

nople est russe, que Nicolas a pris les clés des Dardanelles. — Faudrait-il donc, même alors, dire que tout est
perdu, que c'en est fait de l'indépendance de l'Europe;
que la Russie n'a plus qu'à fermer ses grands bras pour
l'étouffer en la serrant, et que la France n'étant plus sé-
parée de l'empire russe que par le royaume de Grèce et
par le royaume de Naples, serait la première proie offerte
au Gargantua moscovite, au grand dévorateur des natio-
nalités européennes?

Sans doute, la puissance extérieure de la Russie rece-
vrait une notable extension par son établissement à Constantinople; mais je suis bien loin de croire que cet accroissement (qu'au surplus il dépend de nous d'empêcher aussitôt que nous le voudrons, car les flottes et les armées
qui, de Toulon, ont fait la folie de cingler sur Alger,
pourront prendre une meilleure direction quand le télé-
graphe de Paris l'ordonnera); je suis bien loin, dis-je,
de croire que cet accroissement fût, par le fait même, la
ruine de l'Europe et la mort de la France. La Grèce et
Naples, c'est plus qu'il n'en faut entre la France et la
Russie. Quand la Russie toucherait immédiatement la
France, ce ne serait pas la France qui devrait trembler
du contact, c'est la Russie qui devrait sentir dans ses
veines, sinon le frisson de la peur, du moins le tremblement qui présage et qui précède les grands revers.

Je n'examine encore la question que sous le point de
vue continental; nous discuterons plus tard nos relations
futures avec l'Angleterre et la Russie sous le point de vue
maritime et commercial. — Achevons d'abord ce qui
touche notre sécurité continentale.

Donc, quand les Russes seront à Constantinople, n'é-

tant séparés de nous que par la Grèce et le royaume de
Naples, les voilà à nos portes, ils n'ont plus qu'à faire
un pas pour entrer chez nous, et à lever le bras pour nous
frapper.

Je ne sais où les écrivains qui expriment ces craintes
ont étudié la géographie; mais, quant à moi, on m'a appris au collége que de Constantinople à Paris il y a cinq
cents lieues, et cette distance me paraît mettre suffisamment la France hors de la portée du canon russe.

On m'a appris aussi que de la capitale russe à Constantinople il y a trois cent cinquante lieues.

On m'a appris aussi que lorsque l'empire romain eut
deux capitales, dont l'une était Constantinople et l'autre
Rome, son unité fut perdue, sa force aussi; et je m'ap-
prends à moi-même qu'un empire qui déjà n'a pas d'u-
nité, et qui aurait deux capitales comme Saint-Pétersbourg
et Constantinople, des populations hostiles de mœurs, de
souvenirs, de religions, d'intérêts, ne serait, sur sa frontière d'Europe, qu'une longue ligne vulnérable partout,
sans homogénéité administrative et politique, travaillée
au cœur par la haine polonaise et par la haine turque,
assiégée par toutes les rivalités européennes, et coupée
mille fois dans son centre avant que de ses extrémités elle
pût et osât faire partir une expédition agressive contre
l'immortelle et forte France; contre la France, unie,
compacte, peuplée, au premier rang dans les arts de la
guerre, dans les finances, dans la marine, et qui jamais
ne sera entamée chez elle quand elle n'aura pas excité et
mérité la coalition universelle du monde!

La Russie, dans ce vaste développement physique,
n'ayant pas d'union intime entre ses institutions et ses

besoins, serait en outre exposée tout à la fois aux révolutions de palais qui y sont traditionnelles, et aux révolutions libérales que l'avenir lui garde inévitablement. Elle aurait mille motifs d'affaiblissement et de disjonction dans son sein, mille entraves à ses mouvements, mille chances fatales internes à la disposition de tous ceux qui voudrait l'attaquer !

Cessons donc cette politique de trembleurs ! Le Micromégas russe n'est bon qu'à faire peur aux vieilles femmes et aux petits enfants. Raisonnons de sang-froid, et nous verrons que même une fois à Constantinople (où, s'il plaît à Dieu et à la France, il ne mettra jamais les pieds), c'est sur l'Orient et l'Asie que tomberait tout le poids de son ambition, non sur l'Europe; sur l'Orient et l'Asie presque sans défense, non sur l'Europe embastionnée de citadelles et garnie de soldats de l'Est au Midi; sur l'Orient et l'Asie, proie luxurieuse, riche et neuve; non sur l'Europe, corps nerveux et sec, dont l'union native est stimulée par le crédit public qui en lie toutes les parties entr'elles. C'est donc l'Angleterre, non la France, qui devrait sentir frissonner sa chair et trembler ses os. On en conclura, comme moi, qu'avant de donner la main à l'Angleterre dans sa croisade mercantile sous drapeau polonais; avant de sonner comme des fous le clairon d'une bataille où nous combattrions pour elle, tandis qu'elle triompherait à notre place, nous avons des conditions à faire, des garanties à exiger, des éventualités à prévoir. — Dans ces graves circonstances, harceler le ministère à la tribune et dans les journaux par des déclamations de rhéteurs, faire de la diplomatie en plein vent, quêter comme une aumône les applaudissements corrosifs de l'opposition du compte-rendu, aspirer à longs traits le parfum de ses louanges délétères, c'est restaurer avec un luxe inconnu d'imprudence et de présomption, ce génie court-voyant de défection, dont certains publicistes ont déjà expérimenté les désappointements. Ils ne devraient pas avoir oublié, cependant, que si l'on peut en connaître le point de départ, il est toujours impossible d'en prévoir l'issue.

§. III.

Point de vue maritime et commercial.

Mon intention, et je veux qu'on la comprenne bien, n'est pas de reprocher à l'alliance anglaise d'être conçue par l'Angleterre plus dans son intérêt que dans le nôtre. Telle est la loi naturelle de tous les peuples et de toutes les alliances. Les hommes d'État anglais seraient des insensés si l'intérêt de leur pays n'était pas leur motif principal.

Je ne veux pas dissimuler non plus que l'alliance anglaise nous a été politiquement utile, quoiqu'à de dures conditions, depuis la révolution de juillet, et qu'elle peut nous servir encore.

Mais j'ai eu et j'ai encore pour but de prouver que cette utilité est balancée par de graves inconvénients; qu'il ne faut pas contribuer nous-mêmes à aggraver encore ces inconvénients, en nous laissant pousser contre nos intérêts évidents en tête d'une lutte contre la Russie, lutte où nous n'avons qu'un intérêt secondaire: qu'il ne faut pas craindre, en agissant sagement à cet égard, de pousser l'Angleterre à rompre son alliance avec nous, parce qu'elle a encore plus besoin que nous de cette alliance.

Les développements où je vais entrer achèveront la démonstration de cette vérité.

Sans doute, les intérêts qui ont décidé l'Angleterre à s'allier avec nous, cette Angleterre jusqu'à ce jour l'âme la plus ardente de toutes les coalitions contre notre patrie; cette Angleterre, en 1814 et en 1815, la plus chaleureuse instigatrice de la restauration qui épuisait la France au dedans et au dehors; cette Angleterre qui, alors même, exécutrice des hautes œuvres continentales, dépouilla nos musées et nos arsenaux, nous arracha la Belgique et Anvers, nous prit l'île de France, et ne cessa de nous haïr que lorsqu'elle n'eut plus de mal à nous faire; les intérêts, dis-je, qui ont poussé cette Angleterre dans notre alliance ne sont pas tous contraires à ceux de notre pays. Je reconnais qu'il existe entre l'Angleterre et la France des liens de sympathie politique, et même une union partielle entre plusieurs intérêts matériels.

Mais, je ne peux me dissimuler qu'en dépit de ces motifs d'alliance, il n'existe bien des motifs de rivalités industrielles, commerciales, maritimes, rivalités bien enracinées dans le sol et dans les mœurs, et qu'il ne dépend pas d'une sympathie accidentelle de sentiments politiques de faire disparaître soudainement.

C'est une grande erreur, promulguée à titre de vérité fondamentale par les publicistes de l'école révolutionnaire, de croire que la similitude d'institutions politiques soit le plus fort lien de l'union pratique et profitable des nations. Deux nations qui auraient des institutions politiques ab-

solument semblables pourraient, en bien des circonstances,
n'en être que plus sûrement rivales et hostiles l'une à l'autre, parce que des développements semblables et de même
nature dans leur industrie intérieure et dans leurs moyens
d'action extérieure, les mettraient d'autant plus en concurrence l'une avec l'autre dans leurs intérêts maritimes
e t commerciaux.

C'est précisément un motif de ce genre qui gît caché
au fond de l'alliance anglaise, et qui, quelle que soit la
bonne foi des deux gouvernements, altérera, des deux côtés
à la fois, les bons effets de cette alliance. Elle est bonne
principalement à leur défense mutuelle ; mais elle est d'une
nature stérile, s'il faut réciproquement agir sur le bien-
être pacifique de leur intérieur. En temps de guerre, l'Angleterre peut nous faire beaucoup de mal, et réciproquement nous pouvons lui occasioner de vives souffrances.
Mais nos relations de paix ne peuvent nous faire autant
de bien que nos relations de guerre nous feraient de mal.
Notre alliance n'a, en quelque sorte, qu'une vertu négative, et cela suffit pour que, de part et d'autre, nous
ayons intérêt à la conserver, — l'Angleterre, surtout... à
cause de la Russie.

Si nous examinons nos rapports naturels avec la Russie,
nous verrons qu'ils reposent sur une situation de choses
entièrement contraires ; nous verrons que la Russie, malgré tout l'appareil menaçant dont elle est entourée, et que
nos rhéteurs de journaux et de tribune exploitent avec
une emphase aussi impolitique que ridicule ; nous verrons,
dis-je, que pendant la guerre, la Russie peut nous faire
bien moins de mal que l'Angleterre, mais qu'elle peut
nous être bien plus utile pendant la paix, quoique ses ins-

titutions politiques soient essentiellement différentes des
nôtres.

Or, comme la guerre est un état essentiellement anti-
civilisateur, le progrès général de la civilisation tend chaque jour à amortir dans leur germe toutes les crises belliqueuses de l'Europe. On le voit depuis 1830. Il y avait
certainement bien des causes de guerre. Il n'en aurait pas
fallu la moitié, à d'autres époques, pour mettre tout en
feu. — Eh bien! toutes ont avorté.

Il résulte de là que nos alliances, tout en ménageant
la crise transitionnelle qu'il nous faut traverser, doivent
être conçues en vue de l'utilité pendant la paix, plutôt
qu'en vue d'éviter le danger pendant la guerre.

Voyons les faits maintenant.

Pourquoi, pendant la guerre, l'Angleterre peut-elle
nous être si dangereuse?..... Pourquoi, pendant la paix,
ne peut-elle nous être que d'un avantage si restreint?

C'est que nos industries intérieures et nos rapports extérieurs avec les autres puissances commerçantes, ont tant
de similitude avec les industries intérieures et les rapports
extérieurs de l'Angleterre, qu'il en résulte un étouffement
mutuel pendant la guerre et pendant la paix. Pendant la
guerre, parce que la marine anglaise ôte la respiration à
la France bloquée; pendant la paix, parce que les deux
industries, en très-grande partie similaires, n'offrent pas
beaucoup d'échanges possibles entre les deux nations, et
nuisent mutuellement à leurs exportations dans toutes
les parties du globe. — Il faut seulement ajouter à ce tableau que l'Angleterre nous nuit par la guerre plus que
nous ne lui nuisons alors, parce que sa marine exerce sur
nous une plus forte compression; et pendant la paix notre

industrie lui nuit plus que la sienne ne peut nous nuire,
parce que la sienne a des développements si démesurés
relativement à sa consommation, qu'elle souffre à mourir
des plus petits débouchés extérieurs qui lui sont ravis par
nous.

Je suis partisan de la liberté commerciale, on le sait;
mais, sans croire, comme l'a dit M. Duchâtel, que le passé
enchaîne l'avenir, je reconnais néanmoins, avec ce ministre intelligent et libéral, qu'il est certains passés qui gê-
nent déplorablement l'avenir. De ce genre est le passé de
l'Angleterre et de la France, et, quoique l'Angleterre soit
maintenant la puissance qui prêche la liberté commerciale
avec le plus d'éloquence et de continuité, je crois qu'il
nous est plus difficile d'établir cette liberté entre elle et
nous, qu'entre nous et tout autre partie de l'Europe et
du globe.

Ainsi l'Angleterre nous donnera un appui, fort équivoque du reste, pour fonder des institutions politiques libérales en Espagne et en Portugal; mais quand il sera
question des relations commerciales de ces deux royaumes,
regardons bien le jeu de nos alliés britanniques, et prenons
garde au-dessous des cartes, sinon nous serons exposés à
de cruels mécomptes, qui nous prouveront de nouveau
que les sympathies politiques ne sont pas les seules à consulter dans les alliances des peuples.

Si, sous le double point de vue de la guerre et de la
paix, nous examinons les relations naturelles de la France
et de la Russie, nous y verrons tout le contraire de nos
rapports avec la Grande-Bretagne.

Vous verrez qu'en temps de guerre, à moins de ces collisions gigantesques dont il faut espérer que Napoléon a

emporté le fatal secret dans sa tombe, il n'y a même pas de point de contact entre la France et la Russie. Sa marine ne peut nous faire la centième partie du mal que nous ferait la marine anglaise. Notre commerce n'aurait presque rien à souffrir d'elle. Car, contre les Dardanelles, nous avons Toulon et Brest, et certes, à qui fera-t-on croire que la marine russe peut vaincre la marine française, soit dans la Méditerranée, soit dans l'Océan? Mais là, nous avons d'ailleurs une bien autre garantie: c'est que la marine anglaise serait notre auxiliaire forcée. Comme elle a mille fois plus d'intérêt que nous à ne pas laisser développer l'influence russe dans l'Orient, quand on aurait fait la faute de laisser prendre les Dardanelles à la Russie, la marine anglaise tout entière bloquerait la marine russe, et lutterait jusqu'à la destruction de l'un ou de l'autre empire, parce que l'Angleterre aimerait mieux cent fois courir alors la chance de la lutte, que de la paix maritime avec la Russie.

Ce serait donc une grande folie que de nous exposer en première ligne, quand l'intérêt principal est à l'Angleterre. Ce serait donc une folie d'autant plus immense, que nous la commettrions pour nous assurer l'alliance de l'Angleterre, alliance qui, pour cette hypothèse, ne peut pas nous manquer.

Si la Russie ne peut rien, ou que très-peu de chose, contre nous sur la mer, que peut-elle sur la terre?..... Rien, je le répète, parce que telle est ma profonde conviction. Fût-elle à Constantinople, il y a cinq cents lieues de Constantinople à Paris, et j'ai déjà exposé les raisons qui font que cet empire russe développé sur ces nouvelles dimensions, serait alors rongé de mille dissolvants intérieurs, et incapable de traverser l'Europe en conquérant pour arriver jusqu'à nous.

Examinons, au contraire, quelles doivent être naturellement les relations de la Russie avec la France pendant la paix.

La Russie présente à la France cet avantage immense, qu'elle n'a avec nous aucune rivalité d'industrie, de commerce, d'agriculture. — La question des blés, seule, pourrait faire difficulté, mais en conscience pourrait-elle être soulevée par ceux qui dépensent l'or et le sang de la France pour aller semer du blé en Afrique, ce qui annonce bien qu'ils croient que la France n'en produit pas assez? Je ne le pense pas. Elle peut d'autant moins faire difficulté, que le plus grand nombre des partisans de la liberté commerciale insistent bien moins sur la question des blés, que sur tout autre. — Quant à la question des fers, on commence enfin à la comprendre, elle est destinée à être résolue la première, et il nous vaudrait bien mieux les recevoir du Nord lui-même, que de l'Angleterre, qui n'a développé chez elle cette industrie que de seconde main. — D'un autre côté, la Russie, emportée dans toute sa vaste étendue par un besoin de jouissance des produits de la civilisation, et n'ayant pas les moyens industriels de fabriquer elle-même la plus grande partie de ces produits, offre à nos arts, à notre génie national, à nos manufactures, à notre industrie, dans le présent et dans l'avenir surtout, un débouché bien plus sûr que l'Angleterre qui surabonde de productions pour elle-même, et qui, par une malheureuse coïncidence, a développé au plus haut degré presque toutes les industries similaires des nôtres. Sans doute, malgré cela, la liberté commerciale nous ouvrira bien quelques débouchés dans la Grande-Bretagne, mais avec bien moins de fécondité, de bénéfices et de durée, que dans la Russie et le nord de l'Europe.

D'ailleurs encore, le genre d'importation de la Russie et du Nord nous serait non-seulement plus avantageux, parce qu'il rivaliserait moins avec nos produits nationaux, mais il aurait encore un avantage immense que les ports de mer sont particulièrement à même d'apprécier : c'est que les objets importés chez nous par les puissances du Nord, sont presque tous d'un encombrement si considérable relativement à leur valeur, qu'ils laissent en France une grande et très-grande partie de cette valeur capitale, en frais, main-d'œuvre, magasinage, transports ; de sorte qu'il est vrai à la rigueur de dire que, dans nos relations commerciales, ces pays travaillent plus pour nous que pour eux : et lorsque leurs produits importés ont ainsi laissé en nos mains la plus grande partie de leur valeur capitale, ils sont, comme objets matériels, les meilleurs matériaux ou instruments de notre travail, de nos constructions civiles, de notre marine, de notre industrie. Il y a là mille sources de bénéfices nationaux.

Et comme le mouvement de civilisation qui emporte ces vastes contrées vers les jouissances de la vie, nouvelles pour leurs habitants, sera chaque jour activé par leurs relations avec nous, si ces liaisons commerciales sont cultivées sur la base des rapports pacifiques entre les gouvernements, elles sont susceptibles de l'accroissement le plus rapide et le plus fécond pour le débouché de tous nos arts et de toutes nos industries. La Russie nous suivra sans doute dans cette voie industrielle, ainsi que tout le

Nord, mais il y a mille raisons pour qu'elle ne nous y atteigne pas de long-temps, surtout si nous ne l'y forçons pas par une rupture imprudente, et si nous la laissons suivre le cours naturel de ses développements, qui ne doivent point porter contre nous.

Maintenant qui osera dire qu'en Angleterre, il y ait, avec la France, une aussi heureuse disparité entre les mœurs industrielles et productrices? Qui osera dire que la réciprocité des échanges puisse, dans l'état actuel des choses, y naître et s'y équilibrer aussi facilement?...... Celui-là serait séduit par une illusion bien étrange et connaîtrait bien mal les deux pays. Tous leurs efforts bienveillants ne suffiraient pas à donner un démenti aux faits, résultats d'une lutte séculaire et d'une rivalité toujours imminente sur la terre et sur la mer.

Ce qui ne signifie pas que nos relations commerciales avec l'Angleterre soient à négliger ou à repousser, mais qu'elles sont beaucoup plus difficiles à établir convenablement pour les deux nations. Le but est désirable; mais la route est hérissée d'obstacles avant d'y arriver.

En une pareille situation, qui ne voit que, dans les griefs de l'Angleterre contre la Russie, nous ne pouvons épouser que ceux qui nous concernent aussi, et nullement ceux qui, griefs pour l'Angleterre, seraient avantages pour nous? Qui ne comprend, par exemple, qu'après avoir contribué à détruire la marine turque à Navarin, nous ferions une faute encore plus grande de contribuer à détruire la marine russe, afin qu'il ne restât plus dans le monde que nous pour faire à la marine anglaise un insuffisant contre-poids?... Qui ne comprend que la main française qui prendrait la torche anglaise pour embraser

l'escadre moscovite, commettrait un véritable parricide
sur la France? Les manifestes anglais, qui, pour nos prétendues possessions d'Afrique, nous montrent la marine
russe comme un épouvantail, nous indiquent à l'avance
le service anti-français que l'absolutisme maritime de
l'Angleterre n'a pas honte de demander et d'attendre de
nous!... Oh! qu'avant de nous porter à une telle extrémité, il nous faudrait voir en face de nous de bien plus
dures extrémités, absolument imminentes, qu'aucun autre moyen ne pût résoudre et neutraliser!...

On s'est étonné que l'Angleterre ait commis la faute de
détruire la marine turque à Navarin. — En effet, c'est
une faute, puisqu'en détruisant la marine turque, elle ne
détruisait pas aussi la marine russe. — Mais le génie
britannique ne peut résister à cette séduisante perspective : — Une flotte de moins dans le monde! une marine
de moins dans le monde! — Maintenant l'œuvre serait
complète, si la marine russe suivait la marine turque
dans l'abîme, et si nous avions la bonté de nous charger
de l'opération.

Dans la brochure dont j'ai déjà parlé, et qu'on peut
regarder comme le dernier manifeste du gouvernement
britannique, ce qui frappe le plus l'auteur, ce n'est pas
que la possession des Dardanelles donnât à la Russie les
moyens d'envahir l'Europe. — Cela est une absurdité,
qu'on met bien en avant de temps en temps, mais à laquelle on n'ose donner trop de développement, de peur
d'en placer le néant à découvert. — Mais le manifeste anglais annonce avec effroi que la Russie, alors maîtresse de
la mer Noire, pourra y faire naviguer sa marine en toute

sûreté, comme une ménagère élève des canards dans une marre bien fermée.

Cela est, je crois, facile à comprendre; car, remarquez bien que, pour agir sur l'Europe, cette marine russe de la mer Noire devrait entrer dans la Méditerranée, et que si les Dardanelles nous étaient fermées dans un sens, nous les lui fermerions dans le sens opposé; car, il n'est douteux, je pense, pour personne, que les marines anglaise et française ne pussent bloquer et vaincre l'escadre russe, si elle voulait pénétrer en Europe par la Méditerranée.

L'effort de cette marine russe, c'est donc sur l'Asie qu'on le craint dans la mer Noire, non pas sur l'Europe; et l'Angleterre gémit que cette flotte, en sûreté dans la mer Noire, comme des canards dans une marre bien fermée (comparaison tout-à-fait britannique), ne puisse y être brûlée comme la flotte de l'île d'Aix, comme la flotte de Toulon, comme la flotte d'Aboukir, comme la flotte de Navarin!

Si donc c'est à de tels résultats que doit conduire la croisade sonnée contre la Russie, je le répète, ce serait à nous une immense folie de nous en rendre instruments et complices. — Faisons donc nos conditions pour le présent, — prenons nos garanties pour l'avenir, — et ne sacrifions pas à une hostilité qui nous est étrangère l'avenir pacifique et commercial de la France avec le nord de l'Europe.

Depuis que j'ai entrepris l'examen de cette grande question anglo-russe, la chambre des députés, par un vote inouï, a complété la destruction de l'influence diplomatique qu'elle pouvait prêter au gouvernement du roi, dans toutes les questions de politique extérieure. Après l'a-

doption de l'amendement Valazé, sur la question américaine, il semblait qu'une chambre de députés français ne
pouvait commettre une nouvelle erreur plus fatale à la
dignité de la France; la chambre a fait, contre elle-même
et contre le pays, ce qu'à bon droit on pouvait croire
impossible.

En effet, l'amendement Valazé, tout fragile qu'il était,
avait au moins une sorte d'existence factice. Cette vitalité apparente avait même trompé le ministère, qui, fort
imprudemment au reste, lui avait donné sa sanction. Cet
amendement a donc vécu, tant bien que mal, jusqu'au
moment où le président Jackson lui a donné le coup
mortel, par un refus dédaigneux et poli. La chambre française, qui avait compris enfin la fausse position où elle
s'était mise et d'où il lui tardait de sortir par un moyen
quelconque, s'est trouvée trop heureuse alors de ce qu'on
ne profitait pas de son tort pour la stigmatiser avec violence, et s'est déclarée satisfaite de ce qu'on lui refusait
poliment la satisfaction qu'elle avait demandée. — Quel
cas voulez-vous qu'on fasse dans l'avenir des satisfactions
qu'elle demandera au nom de la France?

Mais voilà que l'amendement polonais vient combler
la mesure. Celui-là est si dérisoire, si fantastique, si dépourvu de corps et d'âme, que le ministère n'a pas cru
pouvoir lui reconnaître même un semblant d'existence.
L'amendement Valazé avait embarrassé le pouvoir; mais
M. de Broglie a déclaré que l'amendement Mornay ne
l'embarrasserait pas. Je le crois bien : l'amendement Mornay est mort-né, sans calembourg. Il n'est pas né viable,
il ne vivra pas une minute, il n'embarrassera qui que ce
soit au monde. L'empereur Nicolas n'aura pas besoin de

le tuer comme le président Jackson a tué l'amendement
Valazé. Il n'en tiendra aucun compte, n'en soufflera mot,
et fera comme s'il n'en avait jamais été question.

Voilà le degré de prostration où les imprudences com-
binées d'un étroit préjugé de nationalisme, d'une ambition de rhéteur, et d'une effervescence d'opposition mal
calculée, réduisent au dehors l'influence de la nation française; et la chambre qui devrait prêter force au gouvernement, neutralise, annulle en ses mains la force qu'il avait
déjà par lui-même !... Certes, personne, plus que moi, ne
rend justice aux bonnes intentions, au patriotisme éprouvé
de la chambre des députés; mais je ne puis me dispenser
de déclarer en gémissant qu'elle a montré dans ces deux
occasions une incapacité politique au-delà, je veux dire
au-dessous, de tout ce qu'il est possible d'imaginer!.....
Quoi! des bancs même de la majorité, pas une voix ne
s'est élevée pour remettre la question sur son véritable
terrain? M. de Lamartine, je ne sais par quel heureux
hasard, a seul trouvé l'inspiration passagère d'une politique positive qui ne lui est pas habituelle : tout le reste
s'est tu, ou a divagué dans le sens de l'amendement qui
n'avait pas de sens; et M. de Broglie, seul dans tout le
ministère, a déclaré, après quelques lieux communs, seuls
motifs que sa position lui permît de donner tout haut,
que cet amendement ne l'embarrasserait pas; ce qui signifie que le gouvernement français et le gouvernement
russe n'en font aucun cas. — Après quoi la chambre a
héroïquement voté son manifeste belliqueux sans conséquence, et s'est reposée sur ses lauriers !...

Voilà la France bien haut placée en face du monde eu-

ropéen ! — Il faut gémir, tirer le voile sur cette scène
du drame, et tâcher de l'oublier.

§. IV.

J'ai fait voir que l'Angleterre pouvait nous nuire plus
par la guerre, et nous servir moins pendant la paix; que
la Russie, au contraire, ainsi que les autres puissances
du Nord, pouvait nous servir plus pendant la paix et nous
nuire moins par la guerre. De cette double vue, que je
crois complètement juste, et à laquelle je pourrais joindre
beaucoup d'autres développements si cela devenait nécessaire, il est, ce me semble, facile de conclure sur quelles
bases la France doit chercher à établir ses relations diplomatiques avec l'Angleterre d'un côté, avec les puissances
du Nord de l'autre.

Mais avant d'en faire l'exposé, par lequel je me propose de terminer le débat de la question anglo-russe, je
dois réfuter une objection qui se présenterait sans doute
à beaucoup d'esprits, et qui ébranlerait la conviction que
je me suis efforcé de leur inspirer, si je ne leur fournis-
sais, à l'avance, la solution positive de cette objection.

On peut me dire, en effet, que si l'inimitié de la Russie,
d'après tout ce que j'ai démontré de l'inconsistance matérielle et morale des éléments qui constituent cet empire,
nous offre si peu de dangers par la guerre qu'elle pourrait nous faire, nous ne devons pas craindre d'offenser et
d'irriter cette puissance, soit relativement à la Pologne,
soit relativement à la Turquie, puisque, en définitive, elle

n'a pas, selon moi, les moyens de s'en venger efficacement par une agression positive contre nous.

Parler ainsi, ce ne serait voir la question que d'un côté. Sans doute une agression de la Russie contre nous, je le répète, serait dépourvue de toute chance de succès; mais, pour une raison semblable, une agression de la France contre la Russie serait encore plus certaine d'échouer. D'où il suit que nous ne devons jamais manifester d'intentions irritantes qui ne puissent absolument être soutenues que par une agression de notre part; car si, après avoir manifesté cette intention, nous n'y donnions pas suite, ce serait un enfantillage, une véritable fanfaronnade, qui nous déconsidérerait devant le monde européen, et qui, par conséquent, nous affaiblirait beaucoup. Et si nous y donnions suite, nous nous mettrions dans la plus détestable des situations politiques, en donnant à notre adversaire le bon côté du terrain que nous devrions garder pour nous.

Mais, en outre de cette alternative de maux, il y a un double mal, pire que celui-là, et qui nous atteindrait également dans les deux hypothèses : c'est qu'en mettant à découvert notre sotte hostilité contre la Russie, qui peut, en de temps de paix, nous offrir de si utiles relations, de si grands avantages, nous perdrions de son côté toute bienveillante disposition à ouvrir avec nous ces rapports commerciaux, à nous offrir avec elle une productive réciprocité d'échanges; nous lui donnerions la tentation forcée de monter tout son système d'organisation économique et industrielle, dans son intérieur, de manière à se passer de nous, à se mettre en rivalité avec nous, le plus possible, même pendant la paix, puisque notre mauvais vouloir lui ferait comprendre que la paix ne serait que précaire et provisoire de notre côté, nous montrant disposés à la rompre et à lui susciter des ennemis aussitôt que nous le pourrions. Cette folle perspective d'une tendance guerrière, disposée à troubler la Russie dans son intérieur, à exciter la rebellion dans la Pologne, à nuire de tous les moyens à la sécurité russe, inspirerait nécessairement au gouvernement russe une rancune motivée, et le porterait à se lier le moins possible avec nous par la paix et le commerce. De sorte que nous commettrions la faute de nous imposer, pendant la paix, les plus mortels inconvénients de la guerre, — c'est-à-dire l'épuisement relatif de notre industrie et de notre commerce avec les puissances du Nord.

Mais ce n'est pas tout encore. Quoique la Russie ne puisse raisonnablement tenter une agression directe contre nous, la menacer aujourd'hui follement au sujet de la Pologne, n'est-ce pas l'exciter dans l'avenir à servir d'auxiliaire empressé à tout ennemi que le cours des évènements pourrait nous susciter en Europe?... Or, sous ce point de vue, la Russie pourrait certainement augmenter nos dangers; et qui peut douter qu'elle ne saisit cette occasion de se venger de nous, et de nous punir de notre complicité anglo-polonaise, dans la déplorable discussion qui vient de scandaliser la raison publique à la tribune de notre triste chambre des députés.

Le défaut de moyens directement agressifs de la Russie contre nous n'est donc point une raison de lui montrer de notre côté de la haine ou de la froideur. Et quelle misérable, quelle immorale politique serait-ce donc que celle d'un pays qui croirait que la chance d'impunité lui suffit pour semer entre les nations, entre ces grandes branches collatérales de la famille humaine, des germes de dissenti-

ments et de lutte, que l'avenir ne se chargerait que trop
promptement de réchauffer et de faire éclore? Quelle misérable, quelle immorale, quelle étroite et obtuse politique serait-ce donc que celle qui, au profit de l'intérêt particulier, mal compris au reste, d'un seul peuple, d'une
seule nationalité égoïste et jalouse, préparerait sciem-
ment la désunion future et les malheurs de l'humanité?
J'ai souvent entendu accuser l'Angleterre de suivre une
politique semblable. Je désire que l'accusation soit fausse,
malgré les apparences trop logiques qui semblent en établir la réalité. — Mais je sais bien que telle n'a pas été
la politique de mon pays, la politique de la France; et
quelle malédiction du ciel et de l'enfer serait donc aujourd'hui tombée sur elle, si, précisément après la révolution de juillet, elle commençait à se précipiter dans cette
route ignoble et fatale?

Ces éclaircissements donnés, reprenons le fil de nos
idées.

Le double but de notre politique, dans la question
anglo-russe, doit être conçu sur un plan complètement
défensif, entièrement analogue à la marche de notre gouvernement dans toutes les autres questions de politique
extérieure soulevées depuis la révolution de juillet.

Nous devons témoigner à la Grande-Bretagne le désir
sincère de continuer notre alliance avec elle, mais sur le
pied d'une juste réciprocité. Non-seulement, en Espagne
et en Portugal, nous ne devons pas permettre que son
adresse mercantile nous exclue des divers marchés, en
même temps que nos efforts tendraient au même but gouvernemental; mais nous devons lui faire savoir, de la manière la plus explicite et la plus ferme, que nous ne vou-

lons pas sacrifier à son alliance tous les bons effets que nous pourrions trouver dans des relations pacifiques avec les puissances continentales qui auraient avec elle des dissentiments plus ou moins sérieux. Quant à la Russie, spécialement, il faut qu'elle apprenne par nous très-clairement que nous ne partageons pas l'irritation britannique dans son entier, et que nous n'aurons de ressentiment contre elle que des démarches qu'elle pourrait tenter pour agir contre nous. Relativement à son absorption présumée de la Turquie, il faut à la fois que la Russie sache que nous n'entendons pas la tolérer, et que l'Angleterre apprenne que nous ne voulons prendre, dans la lutte éventuelle qui pourrait en résulter, que la part qui nous concerne; que nous entendons expressément que l'Angleterre, au lieu de nous y pousser en tête, nous et notre marine, se charge au contraire de la principale partie des frais et des armements qu'une telle collision nécessiterait, tandis qu'il est au contraire visible qu'elle travaille à nous jeter en avant d'elle, contre notre intérêt le plus évident. — Un seul exemple le prouvera.

Lorsque la Porte Ottomane, tremblant un instant que ses vassaux révoltés et victorieux ne s'avançassent jusqu'au cœur de son empire, craignit pour Constantinople elle-même, elle invoqua à grands cris le secours des puissances européennes, l'Angleterre, la Russie, la France.

Que fit l'Angleterre? — Rien. Ministres, parlements, ambassadeurs, amiraux, vaisseaux de haut bord et frégates, tout resta en panne, le plus tranquillement du monde.

Que fit la Russie? — En grande et adroite politique, elle offrit des secours immédiats, et donna ordre à sa flotte de Sébastopol de faire immédiatement voile pour le Bosphore.

Que fit la France? — L'amiral Roussin, alors notre ambassadeur à Constantinople, prévoyant l'influence qu'un pareil secours donné par la Russie lui assurerait sur le gouvernement turc, s'opposa à l'admission de la flotte russe, promettant, au nom de la France, qu'un pareil secours en vaisseaux et en hommes de guerre serait immédiatement fourni par elle.

On voit, dans cette circonstance, clairement ressortir le caractère des quatre nations engagées.

La Turquie, faible et tremblante, demande du secours.

L'Angleterre, prudente et rusée, quoique la plus intéressée à l'accorder, fait semblant de ne pas entendre, présumant bien que la Russie s'ébranlera, que la France, vive et spontanée dans ses résolutions, s'opposera à l'action de la Russie, et voulant laisser surgir ce germe de conflit entre ces deux nations, avant de se prononcer elle-même, afin de recueillir seule les fruits de la lutte.

La Russie, adroitement ambitieuse, non-seulement offre le secours demandé, mais le donne immédiatement.

La France s'oppose à son admission, par l'entremise de son ambassadeur, au risque de s'attirer une cruelle chance de guerre, au profit de l'Angleterre, absente à dessein.

Le gouvernement français comprit, je pense, cette intention britannique, car les démarches de l'amiral Roussin ne furent point approuvées par le ministère français, et la Porte Ottomane reçut les secours de la Russie. — De la reconnaissance aveugle que la Turquie a eue de ce secours est né un nouveau motif de dépendance envers la Russie, et, par suite, le traité du 8 juillet, qui lui a accordé de nouveaux avantages commerciaux et asiatiques. Voilà les faits.

Or, qui ne voit dans les plaintes que l'Angleterre a exhalées à ce sujet contre la France, plaintes qui sont consignées dans l'ouvrage anglais dont j'ai récemment parlé, l'aveu le plus complet de cette tendance, à laquelle nous devons nous opposer fermement, de nous mettre en avant pour elle, en tête d'une collision contre la Russie? N'était-ce pas l'ambassadeur de l'Angleterre, cette maîtresse des mers, dont le pavillon et les tonnerres flottants sont si orgueilleusement divinisés par ses harangues parlementaires, qui devait immédiatement offrir ce premier secours à la Turquie, en s'opposant à l'admission de la flotte russe? — Point du tout. Il ne s'en occupe seulement pas, puis l'Angleterre se plaint que le gouvernement français n'ait pas donné suite à la généreuse, mais imprudente promesse de l'amiral Roussin; c'est-à-dire que la France n'ait pas envoyé sa flotte et ses armées pour secourir la Turquie contre les insurgés victorieux, et pour empêcher l'admission de la flotte russe dans le Bosphore. — Et si la flotte russe avait persisté? Et si une collision s'en fût suivie, où la flotte russe et la flotte française se fussent mutuellement canonnées, désemparées, brûlées? Eh! précisément, tant mieux!... c'eût été le beau idéal du rêve britannique; car, sans qu'on eût aucun reproche à faire à l'Angleterre d'avoir excité cette collision et cette double destruction maritime, elle aurait néanmoins été effectuée: la Grande-Bretagne en aurait triplement profité, cet événement amenant ensuite une rupture complète de la France avec la Russie; de sorte que les intérêts britanniques auraient été défendus par la France seule, imprudemment compromise. Et l'Angleterre, spectatrice du débat, aurait pris ensuite à la lutte la part qu'elle aurait jugé convenable, pour en mieux profiter aux dépens de tous. — Et ses écrivains politiques jettent les hauts cris de ce que le gouvernement de Louis-Philippe n'a pas voulu donner les mains à cette combinaison ! !...

Répétons-le donc. La faute qui a produit le traité d'Unkiar-Skelessi, c'est l'Angleterre qui l'a commise, et fort heureusement elle en porte les principales conséquences. Eh bien ! il faut lui apprendre qu'il en sera toujours ainsi, afin qu'elle renonce à ce jeu de finesse, et qu'elle sache que si une lutte définitive devenait inévitable avec la Russie, nous en laisserions la charge entière à la Grande-Bretagne, si elle ne veut pas y prendre l'initiative et la forte portion que son intérêt, bien plus compromis que le nôtre, lui fait une loi d'assumer sur elle. Quand nous agirons moins, elle agira davantage, soyez-en certain. Mais si nous nous chargeons de tout le fardeau, elle se gardera bien d'en prendre sa part.

Voilà, selon moi, la politique qui convient à la France ; et malgré tout le mystère, habituellement utile, des relations diplomatiques, je crois que cette fois-ci la publicité franche et complète vaudrait beaucoup mieux que tout le talent énigmatique des secrétaires d'ambassade. Si l'Angleterre et la Russie connaissaient bien nos intentions par une seule et même manifestation publique, excluant le double jeu qu'elles peuvent soupçonner dans nos instructions diplomatiques envers chacune d'elles, je crois que la question serait de beaucoup simplifiée ; mais, pour cela, il faudrait d'abord que notre chambre des députés n'agît pas étourdiment dans un sens opposé ; que, par ses irritations à contre-sens, elle ne poussât pas notre gouvernement dans la mystification qui lui est préparée; et que, de l'autre côté, elle ne rendît pas le gouvernement russe incrédule et méfiant, en dépit des protestations sincèrement pacifiques de notre cabinet.

1840.

LETTRES SUR L'ALLIANCE ANGLAISE,
ET SUR LES INTÉRÊTS DE LA FRANCE, DE L'ANGLETERRE
ET DE LA RUSSIE
DANS LA QUESTION D'ORIENT.

Lettre première.

Paris, 15 janvier 1840

Monsieur,

Je vous adresse quelques réflexions sur le remarquable discours de M. Thiers dans la question d'Orient. En cette occasion, comme toujours, je réserve pour moi seul la responsabilité de ce que j'écris. Vous m'accorderez simplement un moyen de publicité pendant mon séjour à Paris. Il n'en résultera pour vous aucune complicité dans les opinions excentriques qu'on me reproche, et qui, selon moi, ne sont excentriques que parce qu'elles sont vraies et constitutionnelles, au milieu du chaos d'inconstitutionnalités et de chimères. que les usurpations prétendues parlementaires de la coalition ont entassées sur la débilité de notre politique à l'intérieur et à l'étranger.

Je reconnais, avant tout, le talent et la modération dont M. Thiers a fait preuve, modération bien cruelle pour le

cabinet, car elle donnait de la force non-seulement aux
justes reproches que M. Thiers lui adressait, mais encore
à d'autres reproches moins motivés qu'il faisait peser sur
lui : modération bien habile, car elle a glacé la résolution
de ceux qui, en dehors du cabinet, devaient et pouvaient
le défendre, si, par l'effet de leur défection fatale, la vérité n'était devenue pour eux une arme terrible dont ils
n'osent plus se servir de peur de se blesser profondément
eux-mêmes.

Je reconnais aussi que la politique française en Orient
doit être une politique de *statu quo*,—ou, pour parler plus
exactement, d'*expectative armée*; car le *statu quo* n'existe
nulle part. Partout il se fait un mouvement de croissance
ou de désorganisation dans les choses politiques. Ne pas
en hâter ou en retarder la marche, c'est tout ce qu'on peut
essayer. Le *statu quo* en tout et partout, c'est une dérision
et une impossibilité.

Cette expectative est d'autant moins pénible pour la
France, qu'il s'en faut de beaucoup, à mon avis, que le
danger de la question turque soit aussi grand pour la
France que pour l'Angleterre : celle-ci, selon son usage,
veut nous faire croire le contraire pour nous pousser au
premier rang dans la lutte, nous compromettant ainsi
pour elle afin de recueillir ensuite tout l'avantage du
triomphe.—M. Thiers a des sentiments trop nationaux,
trop patriotiques, pour consentir à propager en France
une illusion si fatale. Cependant son dernier discours
pourrait, contre son intention sans doute, produire ce
déplorable résultat. C'est ce que je veux expliquer.

Je n'admets pas, d'abord, les maximes de M. Thiers
sur la nature des alliances qui conviennent aux gouver-

nements et aux peuples, ces prétendues alliances de principes à la fois illusoires dans la théorie, dangereuses, souvent impossibles dans l'application.

Illusoires d'abord, même dans leur vérité théorique; car rien n'est plus difficile à constater que la similitude des principes de deux gouvernements. Ainsi, pour entrer dans le cœur de la question elle-même, il n'y a rien de plus difficile, je dirai même de plus impossible à établir, que la similitude de principes politiques entre l'Angleterre et la France. La division des gouvernements en gouvernements absolus et en gouvernements constitutionnels, est une généralité susceptible de mille divergences de part et d'autre. Rien n'est plus facile que de concevoir deux gouvernements, tous les deux constitutionnels et cependant tous les deux basés sur des principes différents ou même opposés. — Tel est précisément le cas de l'Angleterre et de la France.

Je ne veux pas approfondir ici cette discussion; elle m'écarterait de mon but principal. Je dirai seulement qu'en Angleterre et en France, il y a une royauté, une pairie, une chambre élective, ce qui constitue bien une similitude de formes dans les deux gouvernements; mais qu'en Angleterre la royauté a une nature et une existence toutes différentes de la nature et de l'existence que l'on attribue en France à la royauté; qu'en Angleterre, la pairie a une nature et une existence tout autres que l'existence et la nature imposées en France à la pairie; qu'en Angleterre, la chambre des communes, au moins jusqu'à ces derniers temps, a eu une nature et une existence tout autres, que la chambre des députés en France. Je dirai, et rien n'est plus facile à prouver, que le principe sur lequel

on travaille à organiser le gouvernement constitutionnel de la France, — ce à quoi on ne parviendra jamais,
—est tout à fait opposé au principe qui, depuis cent cinquante ans, a fait vivre glorieusement le gouvernement
de l'Angleterre.

Lors donc que cette maxime des *alliances de principes*
serait aussi vraie qu'elle est fausse, ce ne serait pas le cas
d'en faire l'application à l'alliance de la France et de l'Angleterre.

Mais admettons, pour un instant, qu'il y eût entre la
France et l'Angleterre cette similitude de principes politiques que l'on invoque, ce ne serait pas un motif dé-
terminant d'alliance entre les deux peuples. Dans beaucoup
de cas, au contraire, ce pourrait être un motif de rupture
ou tout au moins de refroidissement. — Nous arriverons
bientôt à l'actualité de faits. La discussion nous y conduit
directement.

Une alliance est sincère, avantageuse, durable, entre
deux peuples, lorsqu'elle résulte, non pas de la similitude
de principes entre leurs gouvernements, mais bien de l'u-
tilité des rapports journaliers que la nature de leur climat, de leurs mœurs, de leur industrie, de leur commerce
établit entre les deux nations. —C'est là ce qu'un véritable
homme d'État doit examiner. Un homme d'État doit savoir que les formes politiques, souvent variables, des gouvernements, ne sont qu'un vernis extérieur auquel il ne
faut pas s'arrêter; mais sous ces formes mobiles, souvent
plus resplendissantes aux regards qu'efficaces sur la conduite même des affaires, se trouvent des réalités fixes,
destinées à vivre, non pas éternellement, —rien n'est éternel sur la terre, —mais séculairement, et à ne disparaître

qu'après la chute des gouvernements eux-mêmes. — Ce sont ces réalités de la nature et des mœurs des peuples, qui constituent la base de leurs alliances ou de leurs hostilités, indépendamment des formes et des principes politiques qui président passagèrement à leur gouvernement.

Des préjugés contraires ont souvent prévalu. Toujours ils ont échoué. La république française créait partout autour d'elle des gouvernements républicains; l'empire créait des succursales impériales; la restauration aurait voulu des réactions absolutistes dans tous les états voisins, et ne se faisait faute d'y contribuer; enfin, après la révolution de juillet, les politiques de la démocratie, — parmi lesquels il me répugnera toujours de compter M. Thiers, esprit trop droit et trop net pour partager les erreurs démocratiques, — auraient voulu établir des gouvernements issus de la souveraineté du peuple, en Espagne, en Belgique, en Italie, en Allemagne, en Pologne, partout. —Singulière manie de gens qui ne veulent pas comprendre que chaque peuple doit être gouverné selon sa civilisation et ses mœurs, et non pas d'après un type théorique qui ne convient peut-être à aucun d'eux !

C'est donc dans cette identité de formes et de principes politiques que l'opinion révolutionnaire voit le gage de l'alliance des peuples. M. Thiers, sans être tombé complètement dans cette erreur fatale, s'en laisse cependant impressionner; car c'est sous le rapport tout politique qu'il considère l'alliance anglaise, en ne faisant qu'une part beaucoup trop secondaire à la question des intérêts nationaux des deux pays.

Sans doute, immédiatement après la révolution de juillet, l'alliance anglaise avait un intérêt de circonstance,

qui, j'en conviens, n'est pas encore complètement éteint.
La France, se trouvant dans une crise anormale, voyait
se rompre toutes ses alliances continentales. Délaissée,
reniée ou soupçonnée par ses anciens alliés, elle avait recours à ses anciens adversaires, qui trouvaient eux-mêmes
un grand profit à ce revirement. L'alliance anglaise se
présentait donc naturellement.

Mais ceci est un fait passager, un fait anormal, un fait
exceptionnel à la vie séculaire des deux nations, et je crois
que M. Thiers se trompe en voulant en faire la règle durable et normale des rapports diplomatiques de la France
et de l'Europe. L'esprit de liberté et de travail similaire
qui pousse les deux nations dans les mêmes développements industriels, en fait deux rivales plutôt que deux
alliées. Notre alliance avec une monarchie moins libérale
et moins industrielle que l'Angleterre, nous serait en réalité plus sûre et plus profitable. L'alliance de la France
et de l'Angleterre sera exposée sans cesse à se refroidir et
à se rompre, toutes les fois que la France voudra rentrer
dans l'état normal de son industrie, de son commerce, de
sa grandeur réelle. M. Thiers se trompe quand il dit que
les grands motifs de rivalité qui ont si long-temps divisé
les deux pays se sont éteints, ou du moins qu'ils sont assez
amortis pour autoriser, entre les deux nations, une alliance fondamentale et décisive. Ce qui se passe aujour-
d'hui en est la preuve. Sans doute, le cabinet du 12 mai
a fait des fautes; mais ces fautes, presque inévitables, disons-le franchement, ne sont pas la cause du mal; elles ne
sont qu'une des occasions où le mal s'est manifesté. Il ne
faut pas faire ce cabinet plus coupable qu'il ne l'est réellement. Sa grande faute n'est pas là; je la dirai plus loin.

Dans cette occasion-ci, il aurait suivi une marche plus rationnelle, il aurait essayé, comme il le devait, de s'entendre avec l'Angleterre, avant de consentir aux conférences de Vienne, qu'il n'y aurait pas réussi davantage. La rivalité des intérêts l'aurait empêché.

C'est qu'en effet, cette rivalité que M. Thiers croit éteinte, existe toujours ; c'est elle qui nous a empêchés de recouvrer la Belgique. pour que la France ne possédât pas Anvers ; c'est elle qui nous contre-carre en Espagne et en Portugal, et qui aurait voulu nous précipiter dans l'abîme de l'intervention pour nous y ruiner de nos propres mains ; c'est elle qui nous a fait brûler la flotte de Navarin, et qui voulait nous faire brûler la flotte du sultan et celle de Mehemet-Ali dans le port d'Alexandrie ; c'est elle qui poursuit dans Mehemet-Ali, le continuateur de Bonaparte conquérant de l'Égypte, le possesseur de la communication de la Méditerranée avec l'Inde par le golfe Arabique : voilà la cause de tout le fracas hostile des paroles de lord Palmerston. Le crime de Mehemet-Ali, aux yeux des Anglais, n'est pas d'avoir troublé la paix de l'Orient ; les Anglais ne sont pas aussi sentimentaux que le suppose M. Thiers. Ils mettraient eux-mêmes l'Orient en feu, s'il leur fallait une barrière de flammes pour séparer l'Europe du commerce de l'Asie, afin de s'en réserver le monopole.

Je sais bien que M. Thiers, en disant que la rivalité de l'Angleterre et de la France n'existait plus, parce que l'Angleterre, puissance principalement maritime, ne craignait plus la concurrence lointaine de la France, qui, de son côté, avait renoncé à être une puissance maritime de premier ordre, pour tourner ses vues principales sur le continent ; je sais bien, dis-je, qu'en parlant ainsi, M. Thiers n'a pas voulu prononcer contre la France une exclusion commerciale et maritime, complète, humiliante, contre laquelle le sentiment national se révolterait à juste titre. Non, telle n'a point été la pensée de M. Thiers; mais les faits et les conséquences de l'alliance vont et iront toujours plus loin que sa pensée et sa volonté!... La France a tant de provinces maritimes, tant de belles et bonnes côtes sur les deux mers, tant de productions intérieures à exporter par la mer, surtout depuis que le progrès de ses manufactures a créé une nouvelle rivalité avec l'Angleterre, qu'il nous faut un grand développement maritime et commercial, même à l'appui de notre grandeur continentale. C'est là que la nature des choses nous pousse, en dépit de toutes les alliances politiques; c'est là ce que l'intérêt britannique ne peut tolérer. — Les marchés du monde entier sont déjà trop étroits pour suffire à l'écoulement de ses produits fabriqués. Chaque exportation des produits français similaires détruit un des débouchés de l'industrie anglaise. Aussi toutes les fois que notre marine paraît vouloir renaître de ses cendres, — et il faut qu'elle renaisse, ou bien l'agriculture et l'industrie françaises périraient, — l'alliance anglaise chancelle et menace de se rompre. Étrange contrat, qui fait valoir d'imperceptibles services pour nous imposer les plus lourdes charges !

L'Angleterre, que M. Thiers me permette de le lui dire, n'interprète pas ce contrat aussi noblement, aussi généreusement que lui. Elle ne dit rien de la colonisation d'Alger, parce qu'Alger, ainsi que l'a observé M. Thiers, est une possession peu éloignée, et j'ajoute, moi, une possession ruineuse qui ne peut rien pour le développement de notre marine. — Mais essayez de vous emparer de Candie, d'Alexandrie, de l'isthme de Suez; essayez d'avoir un commerce, grand et utile, dans les mers asiatiques, et vous verrez bientôt si les Anglais respecteront la paix de l'Orient qu'ils reprochent à Mehemet-Ali d'avoir troublée!

Je ne veux pas induire de ceci que l'alliance de l'Angleterre doive être rompue. Elle a pour nous une utilité que j'appellerai négative. Elle nous épargne des dangers. Il faut donc vivre en paix avec elle; mais comme cette paix n'a pour nous que de très-faibles avantages positifs, il ne faut pas la conserver à tout prix, d'autant que les dangers que l'alliance anglaise nous évite, nous pourrions à la rigueur les vaincre sans elle, ainsi que M. Thiers l'a noblement dit. Il ne faut pas payer cette alliance par des sacrifices exorbitants, d'autant que l'Angleterre, soyez-en sûrs, n'est pas plus pressée de la rompre que nous; elle veut nous faire peur par ses paroles, précisément pour nous faire fléchir et éloigner la rupture. Il faut, surtout, prévoir le moment où cette alliance doit chanceler ou se rompre, afin d'être préparé à cette éventualité toujours imminente.

Lettre deuxième.

Paris, 16 janvier 1840

Monsieur,

J'ai dit qu'il ne fallait pas faire le cabinet du 12 mai plus coupable qu'il ne l'a été dans l'affaire d'Orient. Il n'a point été coupable, en effet, il n'a été qu'impuissant. Son impuissance même n'est point le résultat de ses erreurs ou de ses fautes. Ses fautes, ses erreurs, s'il en a commises, ce que je n'ai aucun intérêt à contester, sont, comme lui, fort insignifiantes. Pour bien comprendre ceci, il faut suivre la marche progressive de la diplomatie française depuis la révolution de juillet.

Le premier effet de cette révolution, contrairement aux intentions de ses auteurs, fut de soulever, contre l'Europe continentale et monarchique, toutes les menaces révolutionnaires de la démocratie. Partout où la moindre possibilité s'en offrit, on vit surgir des imitations plus ou moins sérieuses du mouvement populaire de nos trois journées. En même temps, le parti démocratique de France, à la tribune, dans les journaux, excitait cette tendance universelle à l'insurrection contre les trônes européens, et prêchait une guerre de principes, voulant déchaîner sur l'Europe le torrent révolutionnaire que la France craignait déjà de ne pouvoir contenir.

Le résultat immédiat, inévitable, de cette disposition des choses fut de faire perdre au gouvernement du roi des Français, toute possibilité d'alliance avec les puissances continentales. — Mais l'Angleterre, elle que la mer mettait à l'abri du premier contact, et qui avait d'ailleurs de graves dissentiments avec certaines puissances de l'Europe, n'avait pas de raisons pressantes pour craindre le mouvement révolutionnaire de la France; elle n'était pas fâchée, au contraire, de s'en faire une arme, une menace vivante, un épouvantail contre les états qui lui résistaient.

Telle fut l'origine de l'alliance de l'Angleterre avec la France. Ce n'était en quelque sorte pour nous, qu'on me pardonne le mot, qu'un *pis-aller*. La France n'avait pas à choisir, tout autre alliance lui était impossible.

Tout esprit politique dut comprendre, dès-lors, que cet état de choses créait une diplomatie anormale, exceptionnelle. On dut comprendre que le gouvernement du roi ne pouvait rester en hostilité permanente, éternelle, avec l'Europe entière; qu'il ne pouvait vivre et durer en France qu'en calmant les esprits, en réprimant les passions révolutionnaires, en rétablissant par le fait les tendances monarchiques, en amortissant cette exaltation populaire qui rêvait chaque matin une révolution dans les quatre parties du monde. —C'est à cette œuvre que le ministère du 13 mars et celui du 11 octobre consacrèrent leurs glorieux efforts.

Comme conséquence immédiate du rétablissement des idées conservatrices dans l'intérieur, devait naître une modification semblable dans nos rapports diplomatiques. Chaque progrès que nous faisions, en France, vers l'ordre, vers la stabilité du pouvoir, rendait les alliances continentales moins impossibles, et l'alliance anglaise par conséquent moins nécessaire; c'était un grand bien, le plus grand bien imaginable pour notre pays.

On conçoit, en effet, que plus l'Angleterre nous aurait vus en état d'hostilité morale avec l'Europe monarchique, plus elle aurait cru pouvoir se montrer exigeante dans ses rapports d'alliance avec nous. Du moment, au contraire, que des liaisons de confiance morale renaissaient entre nous et les monarchies européennes, rassurées par la haute sagesse du roi, l'alliance de l'Angleterre nous était moins indispensable, nous pouvions traiter avec elle d'égal à égal. Nous étions donc à la fois dans des rapports moins précaires, moins inquiétants avec l'Europe, et dans des rapports moins onéreux pour nous avec l'Angleterre, qui, ne l'oublions jamais, songe toujours à ses intérêts et fait payer ses services le plus chèrement qu'elle peut.

Il était du devoir du gouvernement du roi de continuer cette marche progressive jusqu'à solution complète. Le jour où les monarchies européennes auraient été complètement rassurées sur la stabilité amicale de leurs rapports avec la France, ce jour-là l'alliance anglaise ne devait pas sans doute être rompue, mais nous devenions tout à fait libres de l'évaluer à sa juste valeur et de ne la payer qu'en raison de son utilité restreinte.

Le progrès de notre diplomatie souffrit un premier point d'arrêt lors de l'avènement du 22 février. Ceci n'est point une récrimination personnelle contre M. Thiers, et je serais désolé qu'on me supposât une telle intention; mais il est notoire qu'à cette époque, l'éloignement de ceux des ministres qu'on croyait encore conservateurs, le caractère un peu hasardeux et prompt de M. Thiers, la satisfaction des nuances de l'opposition qui, sans être hostiles, se rapprochaient cependant de la gauche, firent juger à l'Europe continentale que le roi des Français n'avait pas encore pris un ascendant suffisant sur l'ardeur révolutionnaire des esprits, et que, d'un moment à l'autre, son gouvernement pouvait être entraîné hors de la ligne de modération et de sagesse qu'il avait suivi jusqu'alors. Il faut même reconnaître, et je ne mettrai dans cette déclaration aucune exagération, aucune hostilité, il faut même reconnaître que la conduite un peu vive de M. Thiers pendant qu'il fut ministre des affaires étrangères, motivait, jusqu'à un certain point, cette appréhension des ca-

binets européens. Son ardente lutte pour forcer la France
à intervenir en Espagne acheva d'aggraver la situation;
et, certainement, s'il eût réussi dans ce fatal projet, la
France aurait été tellement rivée dans l'alliance anglaise,
que nous serions devenus en quelque sorte les vassaux de
la Grande-Bretagne. Une chose inexplicable pour moi,
c'est que M. Thiers n'ait pas compris cela, lui qui a une
puissance d'esprit si remarquable. L'occupation militaire
de l'Algérie, l'intervention armée en Espagne, pas une
seule alliance possible avec l'Europe continentale, voilà
quelle eût été notre situation!... Quelle résistance quelconque aurions-nous pu opposer aux exigences de l'Angleterre, dans ses rapports avec nous? C'eût été nous mettre à sa discrétion.

Le ministère du 6 septembre vint poser un terme à notre désorganisation diplomatique. — Malheureusement,
une partie de ce cabinet n'avait pas pour le président du
conseil un dévoûment bien inaltérable, et rêvait pour un
avenir assez prochain un autre président et un autre ministre des affaires étrangères. Le progrès fut donc assez
lent sous ce court ministère, que les tendances révolutionnaires, déplorablement favorisées par les paroles de
M. Thiers sur la question espagnole, menaçaient de renverser à toutes minutes.

Ce n'est donc qu'à partir du 15 avril que la diplomatie
française rentra complètement dans la voie du progrès;
dans cette voie où, sans s'inquiéter des principes politiques des gouvernements chez eux, chacun d'entr'eux dans
ses rapports avec les autres états, leur laissant toute leur
indépendance intérieure, ne s'occupe à régler diplomati-
quement que leurs rapports extérieurs, en vue de la plus

grande prospérité possible des sujets de chaque royaume.

Ceci est un des plus grands services que M. le comte Molé pouvait rendre à la France, et il le lui a rendu. Pendant les deux ans de son ministère, l'harmonie continentale se rétablit efficacement. Les états européens, voyant le ministère de la couronne fonctionner monarchiquement au dedans et au dehors, avec l'assentiment des chambres, voyant aussi que les attentats et les émeutes avaient disparu, en concluaient naturellement que l'autorité morale de la royauté était consolidée, que de nouvelles secousses révolutionnaires devenaient chaque jour moins probables; qu'ils pouvaient donc compter sur des rapports loyaux, constants, durables, avec la France, et que la grande famille européenne n'avait plus à craindre les convulsions intérieures qui l'avaient jusqu'alors menacée.

Alors, comme on le sent bien, l'alliance anglaise commença à se plaindre, à jeter les hauts cris. Pour conserver la faveur britannique, il aurait fallu absolument que la France se brouillât avec le monde entier, et propageât en Europe des commotions politiques qui, affaiblissant tous les états, et la France plus que tout autre, auraient donné à l'Angleterre toute latitude d'envahir le commerce de l'univers et d'y verser seule ses produits industriels. Mais, en bonne conscience, est-ce à ce prix que nous devions payer l'amitié de l'Angleterre?

Lettre troisième.

—

Paris, 31 janvier 1840.

Monsieur,

La question de l'alliance anglaise n'a pas vieilli depuis les deux lettres que je vous ai adressées. L'imbroglio diplomatique que lord Palmerston trame à Londres avec les envoyés de Russie et d'Autriche, présente une triple énigme dont tout le monde cherche encore le sens. Il n'est pas facile à deviner, car, ou je me trompe fort, ou c'est une énigme sans mot; autrement dit, une mystification dont la France supportera peut-être la moins mauvaise part, par cela seul qu'elle n'y assiste pas. Je vous demande la permission de vous communiquer quelques idées à ce sujet.

Je commence par maintenir formellement toutes mes assertions précédentes. Je n'admets pas les alliances de principes, parce qu'elles impliquent nécessairement les guerres de principes, intolérance cruelle et brutale qui rappelle, dans un autre ordre d'idées, les anciennes guerres de religion, ce qui certes n'a rien de libéral. Laissons à chaque pays sa foi politique et sa foi religieuse. Je m'étonne que les partisans du progrès, eux qui, si souvent, ont proclamé qu'on ne tuait pas les idées à coups de canon, aient pu croire qu'on les propageât à coups de baïonnettes; je m'étonne qu'ils s'occupent à organiser des alliances de principes pour préparer une lutte armée contre d'autres principes! Et, je le demande, qu'est-ce autre chose que l'alliance anglaise et l'intervention en Espagne, telles qu'ils l'entendent, pendant que l'Angleterre les laisse dire en se moquant d'eux, car elle est trop positive et trop habile pour raisonner ainsi.

Laissez donc les peuples absolutistes vivre sous leur monarchie absolue; laissez les peuples républicains vivre sous leurs lois républicaines : monarchie constitutionnelle de France, vivez en paix avec la république américaine, vivez en paix avec la monarchie absolue d'Autriche et de Prusse; traitez avec toutes les nations dans l'intérêt réciproque des peuples, et point du tout dans l'intérêt de certaines formes politiques, bonnes pour ceux-ci, mauvaises pour ceux-là, et qu'il serait insensé de vouloir appliquer également à tous.

Mais voyez donc ce qui se passe sous vos yeux !... Vous nous menacez de l'alliance de l'Angleterre, de la Russie et de l'Autriche, dans la question d'Orient. Eh bien! je vous le demande, serait-ce la similitude de principes politiques qui unirait, dans cette grande combinaison, l'autocrate de Russie, l'empereur d'Autriche et la reine constitutionnelle de l'Angleterre? Quelle plus grande dissemblance vous faut-il entre les formes des gouvernements, pour démentir vos théories creuses de propagande dans la diplomatie? Et vous avez la bonhomie de nous dire que ce grand fait, s'il s'accomplit, proviendra de ce que la France n'est pas intervenue en Espagne pour y faire, à main armée, une croisade révolutionnaire!... J'en appelle au bon sens public, est-il permis d'abuser ainsi de la crédulité des partis?

Supposez que nous eussions exécuté aussi révolutionnairement qu'il vous plaira le très-gauche traité de la qua-

druple alliance ; supposez que nous eussions envoyé en Espagne une belle et bonne armée appuyer la constitution
révisée de la Granja, en quoi cela ferait-il, s'il vous plait,
que l'Angleterre supportât plus patiemment la puissance
maritime et commerciale de Mehemet-Ali? En quoi cela
donnerait-il à la France les moyens de résister aux exigences de la Grande-Bretagne contre le pacha d'Égypte ?
En quoi cela donnerait-il à la France le moyen de céder
aux prétentions de l'Angleterre, sans nuire à nos intérêts
et à notre honneur? Pensez-vous donc que, pour nous
remercier d'être intervenus en Espagne, l'Angleterre nous
aurait fait aujourd'hui le sacrifice des projets de grandeur
et de fortune qu'elle lie depuis si long-temps, dans ses
combinaisons, à la possession de la route directe de l'Inde
et des monopoles qu'elle y exploite!...

Revenons à la question véritable.

Si l'Europe a laissé la France de côté dans cette grande
affaire, c'est que, de puissance à puissance, on ne peut
traiter avec un peuple, on ne traite qu'avec un gouvernement. Or, en France, depuis le triomphe de la coalition,
il n'y a plus de gouvernement. — Le gouvernement du
roi?... vous l'avez repoussé, vous n'en voulez plus, vous
l'avez détruit. — Le gouvernement de la chambre?... vous
l'avez bien proclamé, mais vous ne l'avez pas établi, et
vous ne l'établirez jamais, car vous n'avez pas le don des
miracles. Ainsi, vous avez couché la France à terre, entre
le trône du roi et le fauteuil du président! Elle est là, cette
noble France; elle est là, qui gît toute vivante encore,
demandant de tous côtés le gouvernement qu'elle ne trouve
plus nulle part. Son roi ne la gouverne plus, vous lui en
avez ôté les moyens. — Et la coalition, la gouverne-t-elle ?

Voyez, elle n'est pas seulement en nombre pour voter un mince projet de loi. Elle se replie, elle s'enfonce, elle s'accroupit dans son impuissance. Audacieuse et craintive, elle est embarrassée du ministère qu'elle a fait, et peut-être n'a-t-elle pas tort; mais elle n'ose pas en faire un autre, de peur de rencontrer plus mal encore, et peut-être a-t-elle raison. Que voulez-vous donc que la France et l'Europe attendent d'elle?... Faut-il que l'ambition de quelques hommes nous ait condamnés à un tel anéantissement.

Si donc l'Angleterre cherche à s'entendre avec la Russie et l'Autriche à notre exclusion, c'est d'abord parce que la coalition a détruit notre considération et notre influence en Europe. C'est, ensuite, parce que ces trois puissances croient, ou font semblant de croire, ou veulent faire croire qu'elles ont trouvé le moyen de concilier leurs intérêts, jusqu'à présent jugés inconciliables. Voyons cela.

L'Angleterre et la Russie ont d'immenses intérêts diamétralement opposés en Asie.

L'Autriche a un intérêt comparativement moins grave, mais très-important pour elle, et qui se trouve en quelque sorte étouffé entre l'intérêt russe et l'intérêt anglais, sans garantie ni contre l'un, ni contre l'autre, une fois qu'elle aura traité avec tous les deux.

L'Angleterre ne peut ignorer que l'hostilité asiatique de la Russie va toujours croissant. L'Angleterre ne peut ignorer qu'une fois la Russie maîtresse en Orient, c'est l'Asie, non l'Europe, qui sera menacée; c'est l'Inde anglaise, non la France, qui sera compromise.

L'accord prétendu des trois puissances n'est donc qu'une combinaison momentanée par laquelle deux d'entr'elles, au moins, cherchent à se tromper l'une l'autre, en trompant la troisième, et en s'excitant mutuellement contre nous.

Est-il présumable, en effet, que lord Palmerston et M. de Brunow trouveront le moyen réel et sérieux de s'entendre dans le triple escamotage qu'ils ont entrepris? Il faut, pour mener leur œuvre à fin, que la Russie acquière de la force contre l'Angleterre, sans que l'Angleterre en prenne ombrage; il faut que l'Angleterre arrête l'accroissement hostile de la Russie, tout en se servant d'elle pour anéantir la puissance maritime et commerciale de Mehemet-Ali; il faut que l'Autriche regarde patiemment grandir ces deux colosses, dont le choc doit, tôt ou tard, anéantir ses intérêts dans la mer Noire, ou les tenir dans une dépendance éternelle. Il faut qu'en se trompant toutes les trois, ces trois puissances persuadent au monde politique, qui regarde ce curieux spectacle avec une maligne intelligence, qu'elles sont d'accord, qu'elles ne se trompent pas, et qu'elles font œuvre solide et durable. — Ce sera, je m'assure, une grande dérision dans le parlement britannique, quand l'aristocratie anglaise, cette vieille et jalouse tutrice des intérêts réels du pays, portera son analyse froide et sévère dans ces fantastiques combinaisons.

Avant de tendre à la Russie une main fraternelle, que d'efforts la diplomatie anglaise n'a-t-elle pas faits pour nous inspirer une horreur profonde contre ces barbares du Nord!... Que de lamentations sur la Pologne!... Que d'invectives contre le czar!...—Quand la Russie abolit la constitution polonaise, que ne fit pas l'Angleterre pour nous persuader que la France était menacée par l'établis-

sement russe à Varsovie, sorte d'avant-garde toujours
prête, disait-on, à s'élancer sur nous! — Cette manœuvre
britannique, dont le but était évident, on la recommence
toutes les fois qu'on peut nous montrer, en perspective,
l'occupation de Constantinople par les Russes. — Or, j'ose
dire qu'il en est de la seconde hypothèse comme de la première. Ce n'est pas nous, puissance continentale européenne, et maritime dans l'Atlantique, qu'elle menace :
— c'est l'Angleterre, puissance continentale asiatique, et
maritime dans l'Océan indien.

Supposons un instant, par la pensée, l'usurpation russe
accomplie: voyez cet empire-géant, avec ses quatre capitales, Varsovie, Moscou, Saint-Pétersbourg, Constantinople, dont les deux dernières à sept cents lieues de distance l'une de l'autre: voyez-le avec ses religions diverses,
ses populations hostiles, ses serfs, inévitablement destinés
à la liberté par l'insurrection, ou à l'insurrection par la
liberté, sa vieille noblesse russe, ses mœurs allemandes et
françaises, ses conspirations militaires, son hérédité impé-
riale toujours vacillante; voyez cet empire ainsi tiraillé
et affaibli par sa grandeur même, séparé de la France
par toute l'Europe civilisée et militaire, par où voulez-
vous donc qu'il passe pour arriver jusqu'à nous, lorsqu'à
peine il pourra suffire à tenir en paix ses discordes intérieures, lorsque tous les états européens, pressés par lui,
seront forcément obligés à se joindre à nous pour se défendre, car il devrait d'abord les dévorer pour nous atteindre? Cela est absurde à supposer. Dans l'état normal
des choses, il n'y a entre la Russie et la France que des
motifs de paix et de bonne amitié, pas un de guerre et de
rivalité. C'est tout le contraire de la Grande-Bretagne; il

a fallu l'ambition sans borne de Napoléon, jointe à son
merveilleux génie et à sa haine de l'Angleterre, pour mettre directement aux prises la Russie et la France ; il faut
toute l'aberration du fanatisme révolutionnaire ou du fanatisme légitimiste pour renouveler cette anomalie. Mais
les intérêts fonciers, commerciaux, industriels de la
France et de la Russie, livrés à eux-mêmes, demandent
la paix à grands cris, et retireraient des avantages sans
nombre de l'alliance des deux pays. La guerre entre eux
est un contre-sens.

En est-il de même entre la Russie et l'Angleterre? C'est
ici que les objets vont changer d'aspect, et ne montreront
partout que des sujets de collisions et de rivalités.

Nous supposons toujours la Russie à Constantinople.
Comparons l'action continentale et maritime qu'elle pourrait alors avoir sur la France à l'action qu'elle aurait inévitablement contre l'Angleterre ; tous ceux qui jetteront
un regard sur ce tableau comparatif pourront juger quelle
est la sagesse ou la sincérité de lord Palmerston dans
le traité qu'il médite avec M. de Brunow, sans s'apercevoir que celui-ci fera nécessairement à son maître la part
du lion !

Je renvoie, à ma prochaine lettre, ce nouveau point de
vue qui exige quelques développements, d'autant qu'il
devra être suivi du résumé général de la situation. Elle
est grave, sans doute, à l'extérieur ; mais le tableau de
l'intérieur est bien plus triste et plus sombre encore. Le
peu de gouvernement qui nous restait s'est effacé sous les
œuvres de la coalition. Elle a mis le gouvernement et la
France en état de suicide permanent. Elle a détruit toute
l'autorité morale, toute l'essence même de nos institutions :

nous avons encore un Roi, mais nous n'avons plus de
royauté; nous avons encore quelques députés, bien peu,—
mais nous n'avons plus de Chambre. Quant au Luxem-
bourg, hélas!... quelques années encore et nous n'aurons
plus ni pairie, ni pairs! Voilà le gouvernement parlementaire que les uns prétendent avoir cherché, et que les autres se vantent d'avoir conquis! — Quelle conquête! Ce
n'est pas là, du moins, le moyen de conquérir pour la
France les grandes destinées qu'elle doit avoir dans le
monde.

A de si grands maux, quel remède nous proposez-vous?
Vous changez un ambassadeur et vous interpellerez le
ministère! — C'est peu de chose. C'est faire semblant d'agir;
mais, en réalité, ce n'est rien faire. — Tout le monde sait
à l'avance ce que le ministère vous répondra; tout le monde
sait qu'il ne répondra rien et qu'il ne peut rien répondre.
— Quant à l'ambassadeur, il est bien difficile de comprendre ce que ce changement peut donner à la France d'action et d'influence sur le trio diplomatique qui siége à
Londres pour régler les affaires d'Orient. L'examen impartial et calme de cette question présentera, ce me semble, quelque intérêt, quand le moment sera venu.

Lettre quatrième.

—

Paris, 1er février 1840

Monsieur,

En toute chose, je crois qu'il ne faut pas s'effrayer des mots, et qu'il faut apprécier sérieusement les réalités, les réalités seules. Les Russes à Constantinople !... Voilà sans doute une phrase retentissante ; mais les dangers qu'elle semble présager pour la France sont-ils aussi graves qu'on voudrait nous le faire croire ? Voyons.

Sur le continent, d'abord, la route de Constantinople à Paris est d'une nature peu engageante. La distance est à peu près la même que de Varsovie, et pour nous joindre il faudrait deux choses : ou que le czar conquît d'abord la moitié de l'Europe, ou que cette moitié de l'Europe, au risque de servir de route militaire et de champ de bataille, se coalisât contre la France avec la Russie.

Le premier cas n'est pas supposable ; mais le second, dira-t-on, s'est déjà réalisé.

Sans doute ; il est bien entendu que si la France suivait les conseils de M. Thiers pour sa politique extérieure ; si elle abandonnait la mer à l'Angleterre, pour devenir continentale, c'est-à-dire pour arracher aux puissances continentales l'équivalent de l'influence qu'elle aurait cédée à la Grande-Bretagne ; dans cette hypothèse, je ne crois pas impossible que l'Europe se coalisât derechef contre nous : attaquez l'Europe, l'Europe vous le rendra ; c'est plus que probable. Mais comme je n'admets pas qu'une politique prudente essaie de réaliser les brillantes théories de M. Thiers, je ne crois pas à la possibilité d'une coalition dépourvue de tout motif sérieux.... Parlons, à ce sujet, des plans de campagne de M. Thiers.

Je me permettrai d'abord de lui faire observer qu'il ne serait guère prudent d'abandonner la mer à l'Angleterre, pour devenir nous-mêmes puissance plus forte sur le continent. L'Angleterre ne veut la mer que pour prendre la terre. Elle ne se soucie pas, soyez-en sûrs, de faire naviguer ses vaisseaux de ligne en amateurs, comme les cutters de ses yacht-clubs. La mer n'est pour elle qu'une grande route stratégique, où la rapidité des moyens de transport décuple ses forces militaires. Vingt-cinq mille hommes sont peu de chose dans nos temps de grande guerre ; et si une puissance continentale avait besoin, pour attaquer son ennemi, de faire faire quatre à cinq cents lieues par terre à cette division, il lui serait à peu près impossible de s'en servir ; mais lorsqu'avec de rapides et nombreuses escadres, une puissance maritime peut transporter à l'instant, à de grandes distances, une pareille armée, elle devient comparativement bien forte, contre celles à qui la mer est fermée !

M. Thiers est doué de si brillantes facultés d'esprit, il comprend si bien les choses que d'autres ont faites, il en rend compte avec tant d'ensemble et de lucidité, que souvent, en l'écoutant, je me persuade qu'il imagine les avoir conçues, les avoir inventées, les avoir faites lui-même. — Les campagnes de Bonaparte en Italie, par exemple, M. Thiers n'en a-t-il pas saisi la pensée, le plan, l'exécution, comme si la conception primitive en était née dans son cerveau ? — Dès lors, il s'est associé

à son héros, il s'est approprié ses œuvres, il a cru de
très-bonne foi que ces campagnes merveilleuses qu'il
comprenait si bien, il les aurait faites lui-même avec
autant de précision qu'il les racontait. De grand historien, il s'est transformé idéalement en grand tacticien ;
ne l'avons-nous pas entendu, lors de la discussion sur
l'évacuation d'Ancône, donner des leçons de stratégie et
de fortification à deux de nos meilleurs généraux ? Il
s'est transfiguré en général d'armée d'Italie : il s'est napo-
léonisé ; il a rêvé tout au moins pour lui les destinées du
marquis de Louvois. Il s'est cru un ministre militaire.
Il s'est fait un roman de gloire et de grandeur future
pour la France ; il veut absolument réaliser ce roman
belliqueux pour avoir le plaisir de l'écrire ensuite. Chef
de cabinet en espérance, il trace déjà les plans de campagne qui rendront à la France sa force et sa gloire continentale. — Voilà tout le secret des erreurs brillantes de
M. Thiers, depuis l'intervention en Espagne jusqu'à son
dernier discours sur l'alliance anglaise.

Certes, si je n'avais à juger dans M. Thiers que l'homme
d'esprit, que l'homme à talent, l'orateur, le grand artiste
politique, en un mot, je suivrais avec un vif intérêt les
développements ingénieux de ses poétiques facultés. Mais
un homme d'État ne doit pas s'aventurer ainsi. Les amis
anglais de M. Thiers ont trop d'avantages sur lui par
leur calme et par leur gravité, pour que nous puissions
avec confiance le voir traiter avec eux. M. Thiers a trop
d'imagination, trop de promptitude, trop de spontanéité.
M. Thiers a de trop précisément ce qui manque à M. Guizot. — Mon Dieu ! si quelqu'un pouvait fondre ces deux
hommes en un seul, ou nous affranchir de tous les deux !

N'y a-t-il pas quelque part en réserve une grande ambassade pour M. Thiers ?...

Revenons. — Comme je n'admets pas que la France
essaie de réaliser les imaginations belliqueuses de M. Thiers,
je n'admets pas non plus la possibilité d'une alliance aus-
tro-russe et prussienne contre nous. La Russie à Constantinople, si jamais elle s'y établissait d'une manière durable, affaiblie par sa grandeur même, en état de suspi-
cion légitime à toute l'Europe germanique qu'elle menacerait d'étouffer dans ses grands bras, ne me ferait craindre aucun danger réel pour la France sur le continent.
Quoi ! la Russie aurait d'un côté, à traverser, à vaincre,
à dompter toute l'Europe, hérissée de soldats, embastionnée
de citadelles ; l'Europe déjà cicatrisée, sillonnée, appauvrie
par de longues et rudes guerres ; et de l'autre côté, la riche, l'opulente, l'indolente Asie, proie toute facile et toute
neuve, depuis si long-temps convoitée par son ardente
ambition ; et c'est sur l'Europe décharnée et guerrière,
que la Russie voudrait soudainement tourner ses armées,
plus surprises encore que nous de ce changement de front !
Il faut être miraculeusement Anglais pour propager de
telles idées et pour chercher à nous effrayer d'un danger
qui fort évidemment ne menace que les possessions asiatiques de la Grande-Bretagne.

Examinons maintenant le côté maritime de la question.
Voyons de quels dangers la Russie nous menacerait alors
dans la Méditerranée. Nous ferons, en même temps, le
compte de l'Angleterre.

Je prie qu'on remarque deux choses : d'abord, que la
marine russe, une fois maîtresse des Dardanelles, et libre
d'entrer dans la Méditerranée et d'en sortir, subirait iné-

vitablement la même influence qui porte la Russie à graviter vers les contrées asiatiques; ensuite, que nous avons dans la Méditerranée le siége principal de nos forces navales, et que la marine russe, déjà loin d'être supérieure à la marine française, serait dans une infériorité incontestable, du moment surtout que nous serions appuyés par toute la flotte turco-égyptienne. Si l'on songeait à réunir la flotte russe, la flotte française et la flotte de Mehemet-Ali, pour neutraliser les forces maritimes de l'Angleterre en Orient, je trouverais cela très-raisonnable, très-judicieux, de la part de l'Europe continentale; mais je ne saurais, à moins de supposer que l'Europe entière se laisse enivrer par le charme de quelque filtre britannique, admettre la possibilité d'une coalition maritime contre la France. Il faudrait que le continent eût perdu l'esprit.

Quant à nos établissements coloniaux dans la Méditerranée, où sont-ils, je vous prie?—Vous me citerez l'Algérie?—Je n'ai pas l'intention de développer aujourd'hui toutes mes idées sur cette conquête fatale, sur cette plaie toujours saignante, que nos rivaux continentaux et maritimes contemplent avec un égal ravissement, en songeant à toutes les causes de faiblesse et de ruine qu'elle impose au présent et à l'avenir de la France; mais je vous demanderai seulement par quelle conception bizarre vous pourriez penser que la Russie voudra abandonner l'Orient pour cingler vers l'Ouest, et venir nous dérober cette longue série de côtes inhospitalières, de récifs, de rochers; cette longue bande de terre, sillonnée par les ravages des Arabes, organisés en tirailleurs permanents et féroces? Parce que la vanité nationale nous a engagés dans cette voie

funeste, il ne faut pas imaginer que tout le monde agira
avec aussi peu de prudence et de réflexion que nous. Si la
Russie était sous le coup de l'omnipotence élective, si elle
avait conquis cette prétendue vérité du gouvernement représentatif, je ne dis pas; mais, jusqu'à présent, je ne crois
pas qu'elle soit menacée d'un tel progrès, et, par conséquent, vous n'avez rien à craindre d'elle pour votre Algérie. — Les Anglais, ces excellents alliés qui, sans prétexte, vous ont dérobé l'île de France, le seul point d'appui véritable qui restât à votre grand commerce, sont trop
intéressés à vous voir conserver l'Algérie. Ils la défen-
draient, au besoin, contre ceux qui voudraient vous la
prendre. — A leurs yeux, l'Algérie française, c'est pour
eux le moyen d'*anglaiser* l'Égypte. Votre brevet de souveraineté sur Abd-el-Kader leur servira de contrainte par
corps contre Mehemet-Ali. En travaillant à détruire le
premier, vous épuisez les forces que vous auriez dû employer à protéger, à soutenir, à défendre le second. Votre
conduite est à la fois un non-sens commercial et un contre-
sens politique. Voilà ce qu'on se gardera bien de vous dire
à la tribune, car il semble que, par un accord fatal, le
ministère et l'opposition soient d'accord sur cette seule
question, afin de vous fasciner et de vous perdre.

Donc, en nous résumant, faute de points de contact et
d'intérêts rivaux, la Russie, en la supposant aveuglée par
une aversion politique sans motif contre nous, n'a pas
dans la Méditerranée de champ de bataille contre la
France. Sa direction maritime, comme sa direction militaire, la jette dans une autre sphère d'ambition et d'activité. Si elle cherche les moyens réels d'assurer sa grandeur dans l'Orient, ce n'est pas nous qu'elle doit songer

à exclure de la Méditerranée, ce sont les Anglais qu'elle devrait en chasser; ce sont les Anglais qui, non contents de tous les points d'appui qu'ils ont usurpés, se préparent à envahir le peu qui reste encore hors de leur domination; les Anglais, possesseurs de Gibraltar et de Malte; les Anglais, méditant l'envahissement de l'ancienne île de Crète, de la moderne Alexandrie, de l'ithsme de Suez et de l'antique Egypte; les Anglais, enracinés dans l'Asie, où ils ont ôté à la France son dernier point d'appui maritime; les Anglais, qui n'auront jamais ni cesse ni repos, tant que la Russie pourra, par la mer Noire et par la Méditerranée à la fois, enfermer l'Asie dans le cercle dominateur que ses armées de terre et ses populations orientales complètent vers le Nord et vers l'Est. Ce n'est pas là un débat passager, changeant, capricieux : ce grand duel de puissance à puissance ne tient pas à un changement de cabinet, à l'inimitié particulière de tels ou tels personnages politiques, à quelques différences de formes gouvernementales ou administratives. — Non, c'est à la nature des choses même que cette hostilité de deux grandes nations emprunte son origine et sa durée. Que le cabinet soit wigh ou qu'il soit tory, il sera anglais; que le czar soit hostile ou non aux formes politiques de la France, il sera russe. Le masque d'emprunt que la diplomatie pourra prendre momentanément pour compléter son déguisement obligé, ne couvrira pas long-temps les véritables traits qui la caractérisent. Les décorations du drame changeront bientôt, et les acteurs reprendront leurs rôles primitifs.

Je ne puis m'empêcher, en terminant cette lettre et avant de passer à un autre sujet, d'exprimer mon éton-

nement de l'extrême facilité avec laquelle on base sérieusement des systèmes politiques sur quelques mots échappés à Napoléon, dans les convulsions suprêmes de son génie
expirant. Ces retours amers sur un passé pour jamais détruit, ont arraché au grand homme bien des assertions,
bien des aphorismes politiques et contradictoires, qu'il
se serait bien gardé de prendre pour règle, quand il était
placé dans une sphère d'action, sous l'empire pratique
des faits qui le dominaient et qu'il dominait tour-à-tour.
— Ainsi, M. Thiers a cité ce mot de l'empereur, disant
que si Fox avait été à la tête du gouvernement britannique, au lieu de Pitt, la France et l'Angleterre, d'accord,
auraient dirigé et fécondé le monde. — N'est-il pas facile de voir, au contraire, que les hommes en Angleterre,
en arrivant au pouvoir, s'impressionnent du caractère et
de la situation de leur patrie, au lieu d'imprimer à sa politique leur propre caractère, leur caractère individuel?
— La représentation anglaise était vraie alors; elle représentait, non les caprices électoraux du nombre, mais
les exigences sérieuses et morales des grandes influences
du pays. Fox aurait suivi, comme Pitt, la ligne tracée par
ces grandes influences, par cette représentation réelle de la
vieille Angleterre : ou si Fox ne l'avait pas fait; si, trop
confiant dans sa valeur personnelle, il avait voulu lutter,
appuyé par quelques amis, contre la masse des intérêts
et des influences britanniques, il aurait échoué; il serait
tombé du pouvoir avant d'avoir pu en faire usage; il n'aurait laissé, pour la postérité, qu'un nouvel exemple d'un
grand orateur transformé en petit homme d'État.

1840.

POINT CAPITAL DE LA QUESTION D'ORIENT.

§ Ier.

C'est au cabinet du 12 mai que remonte la ruine de l'influence française dans la question d'Orient.

Voici comment :

Ce ministère a fait deux choses décisives. D'abord, il a arrêté Ibrahim-Pacha après la bataille de Nézib, et l'a empêché de franchir le Taurus pour se porter sur Constantinople.

Secondement, par la note du 27 juillet 1839, il a empêché le pacha et le sultan de s'arranger directement, et les a livrés à l'arbitrage de l'Europe.

Le premier acte a été une grande faute. — Sans doute le cabinet français, s'il s'était senti assez appuyé en Europe, ou assez décidé par lui-même pour trancher la question d'Orient dans le sens de la France, aurait dû arrêter la marche d'Ibrahim triomphant.

Mais le cabinet du 12 mai, isolé en Europe par son origine, n'ayant, pour tout appui, que l'alliance de l'Angleterre qui avait sur l'Égypte des vues évidemment opposées aux nôtres, ne devait pas arrêter la marche d'Ibrahim. C'était évidemment le salut de la France.

Quoi! nous dira-t-on, ne voyez-vous pas qu'Ibrahim aurait pris Constantinople, et qu'alors les Russes y seraient accourus pour l'en chasser?

Sans doute, nous voyons cela; et nous voyons aussi que l'occupation de Constantinople par les Russes était ce qui pouvait arriver de plus heureux pour la France. — Alors, inévitablement, nécessairement, l'Autriche, compromise par cette invasion des Russes, se serait alliée à nous; alors, inévitablement, nécessairement, l'Angleterre, compromise, froissée dans ses plus chers intérêts par cette invasion des Russes, se serait plus que jamais alliée à nous, car notre marine et notre armée lui auraient été indispensables. Alors le grand drame de l'Orient, au lieu de continuer à s'hébéter dans un impossible *statu quo*, se serait bravement et noblement dénoué. Au lieu d'être isolée, abandonnée, humiliée, la France aurait dominé ce dénoûment en y concourant avec l'Angleterre et avec l'Autriche, contre la Russie, qui se serait trouvée dans un isolement forcé; et nous aurions sauvé le pacha, en acquérant en outre pour nous Candie, Chypre ou quelqu'autre point important.

Le cabinet du 12 mai a empêché cette désirable issue.

Et qu'a-t-il fait ensuite?

Lorsque le pacha et le sultan étaient au moment de conclure un arrangement direct, qui supprimait toute possibilité de coalition à Londres contre nous, le cabinet du 12 mai est intervenu encore pour empêcher cet arrangement pacifique, et par la convention du 27 juillet, il a déféré le jugement de ce grand procès à l'Europe, qui ne pouvait le juger que contre nous !

Ainsi, l'occupation de Constantinople, qui nous donnait pour alliés, reconnaissants et obligés, l'Angleterre et l'Autriche;

L'arrangement direct entre le pacha et le sultan, qui

faisait avorter dans son germe le traité de Londres et la coalition européenne :

Voilà les deux actes que le ministère du 12 mai a travaillé à empêcher !...

— · - — —·—— ·—♦— - — · - —

§. II.

Nous devons expliquer avec quelque développement le point capital de la question d'Orient, que nous venons de faire entrevoir en signalant les deux impardonnables fautes du ministère du 12 mai.

Au milieu de toutes les craintes que la position complexe de l'Angleterre lui inspire, une crainte principale dominait toutes les autres : c'était de voir la Russie envahir Constantinople.

Voilà l'obstacle énorme que M. de Brunow avait à soulever pour décider l'Angleterre à sacrifier la France, et à marcher d'accord avec la Russie.

Aussi avons-nous vu qu'aussitôt que le traité de Londres a été connu en France, tous les partis politiques qui suivent les voies routinières, se sont écriés que lord Palmerston allait tomber sous la réprobation de l'opinion britannique, qu'il avait commis une faute irréparable contre les intérêts de l'Angleterre, qu'il s'était livré à la Russie, et que le parlement l'en punirait.

Sans doute, cela aurait pu être vrai, si l'inhabileté du ministère français, et l'habileté presqu'aussi grande du cabinet russe, n'avaient pas complètement déplacé les véritables bases de la question.

En effet, pendant que la Russie, comprenant qu'il fal-

lait marcher plus lentement à l'accomplissement des projets de Catherine, comprenant qu'elle s'était mise trop à
découvert par le traité d'Unkiar-Skelessi, qui avait alarmé
l'Angleterre et l'avait rapprochée de la France; pendant
que la Russie se couvrait d'un masque impénétrable et
rassurait l'Angleterre en lui promettant de la laisser agir
seule avec l'Autriche, de ne pas envoyer un bataillon ou
un vaisseau, à moins que l'Autriche et l'Angleterre ne les
réclamassent, qu'avait fait et qu'aurait dû faire le cabinet
français?

Ce qu'il avait fait!... Il avait travaillé, par tous les
moyens possibles, à empêcher la Russie de se démasquer,
de se livrer imprudemment et prématurément à son ambition; par tous les moyens possibles, il avait travaillé à
empêcher la Russie de menacer Constantinople, il l'avait
empêchée de commettre les fautes qui auraient compromis
ses projets, et qui auraient alarmé l'Angleterre.

Ce qu'il aurait dû faire!... Il aurait dû faire tout le
contraire; il aurait dû placer le cabinet anglais sous la
crainte incessante et terrible de l'occupation de Constantinople par les Russes, car le ministère du 12 mai aurait
dû comprendre que, aussitôt que l'Angleterre ne craindrait
plus l'occupation de Constantinople par les Russes, elle
s'allierait avec la Russie, et romprait avec la France.

Pourquoi romprait-elle avec la France?.... Par une
raison bien simple : c'est que les intérêts de l'Angleterre
sont opposés à ceux de la France en Espagne, en Portugal,
dans la Méditerranée, sur l'Océan, dans le Nouveau-Monde,
dans l'Ancien-Monde, partout. — Il n'y avait, il n'y avait
absolument que la crainte du développement absorbant,

sans bornes, de la Russie, qui pût contraindre l'Angleterre à se serrer contre nous.

Voilà pourquoi, affranchir l'Angleterre de cette crainte, arrêter Ibrahim après la bataille de Nézib, délivrer les Russes de la tentation fatale qui les aurait poussés sur Constantinople, a été, de la part du ministère du 12 mai, issu de la coalition, une faute énorme, immense, irréparable. La Russie l'a comprise; l'Angleterre l'a exploitée, et si bien exploitée, qu'elle a tout à la fois décuplé son influence dans la Méditerranée et dans l'Orient, en même temps qu'elle a anéanti l'influence de la France sur le continent et sur la mer.

Voyez! la Russie s'est éclipsée; elle fait la morte, elle ne paraît nulle part; pas un soldat, pas un vaisseau russe! Partout les vaisseaux anglais, et, pour la forme, une frégate autrichienne. Partout les canons anglais, les amiraux anglais, les steamers anglais avec leur artillerie foudroyante. Comment voulez-vous que l'Angleterre ne soit pas fière de ce résultat? Comment voulez-vous que lord Palmerston, dont vous prédisiez la chute, ne soit pas triomphant et honoré dans son pays?

Examinons l'hypothèse contraire.

Si vous aviez compris que l'alliance de la France et de l'Angleterre n'avait aucune cohésion, aucun ciment véritable; que les intérêts de l'Angleterre étant opposés à ceux de la France, il fallait tenir l'Angleterre liée par la crainte de la Russie; si vous n'aviez pas arrêté la marche d'Ibrahim triomphant, de deux choses l'une, ou les Russes ne se seraient pas portés à Constantinople, ou ils y seraient allés.

S'ils n'y étaient pas allés, l'intérêt égyptien, qui se trou-

vait celui de la France, triomphait, et vous avec lui, du
mauvais vouloir de l'Angleterre et de la Russie.

Mais si les Russes étaient allés à Constantinople pour
en chasser Ibrahim,—et c'est inévitablement ce qu'ils auraient fait, d'après le traité d'Unkiar-Skelessi,— l'Angleterre était à vous, l'Autriche était à vous; elles se met-
taient à vos pieds pour vous entraîner à leur défense.
L'occupation de Constantinople par les Russes était pour
l'Autriche et pour l'Angleterre un danger cent fois plus
grand que pour la France. Comment avez-vous eu la complaisante bonhomie de les en délivrer gratuitement; que
dis-je! à votre détriment et pour leur donner les moyens
de vous fouler aux pieds?

Oui, pour obtenir l'appui de nos flottes et de nos armées, contre le colosse russe, qui mettait ainsi la main
sur son existence même, l'Autriche nous aurait fait les
plus belles conditions. Pour obtenir l'appui de nos armées et de nos flottes, contre l'occupation de Constantinople, du plus beau port du monde, du centre commercial de l'Europe, de l'Asie et de l'Afrique, du point d'où
la Russie pourrait l'atteindre dans toutes les sources de
son existence, l'Angleterre nous aurait suppliés à mains
jointes : elle nous aurait passé le Pacha, l'Egypte, Alexandrie, Candie. Nous aurions acquis autant d'influence
que nous en avons perdu. Nous serions tout, et nous ne
sommes rien !

Et quel péril courions-nous en agissant ainsi?... Aucun, pas le moindre. Seriez-vous assez pusillanimes pour
croire que l'Angleterre, l'Autriche et la France, unies par
le lien de l'intérêt commun qui les aurait poussées, n'étaient
pas de force à maîtriser la Russie? Certainement vous

ne pouvez avoir le moindre doute à cet égard. Vous ne
couriez aucun risque sérieux. Vous rentriez noblement
sur le théâtre de la guerre et de la diplomatie. Vous n'ex-
citiez pas les passions révolutionnaires. Vous donniez une
issue aux sentiments de grandeur et d'activité qui bouillonnent dans le sang de la nation. Vous conquériez une
grande force morale jointe à un grand développement
d'extension commerciale. Vous accoutumiez le monde à
voir la France décider le succès et le triomphe de la cause
qu'elle avait embrassée. Au lieu de cela, voyez l'abîme
d'isolement et d'impuissance où la coalition vous a conduits, avec ses vieilles routines et sa pusillanimité !....

Et tout cela, pourquoi?.... pour conserver le *statu
quo !*

Le *statu quo* de quoi? d'un danger perpétuel, d'une difficulté mortelle, toujours incessante et jamais résolue? le
statu quo de la crise la plus tenace, qu'aucune force humaine ne pouvait supprimer, et qui par conséquent devait
se dénouer, malgré nous, si ce n'est par nous, d'un moment
à l'autre, et probablement dans le moment le plus inattendu et le plus fatal pour nous!... En vérité, on croit
rêver quand on voit, quand on entend de pareilles choses !

Et à quoi pouvait vous servir ce *statu quo*?... A maintenir l'équilibre européen, répondra-t-on. — Quoi! vous
appelez équilibre, cette guerre civile interne qui divise
tous les états de l'Europe, qui les tient en méfiance les
uns des autres, en face de ce grand cadavre turc, dont
chacun se partage, en espérance, les dépouilles ! Quoi !
cette lutte énervante, cette fièvre lente et violente à la fois
qui consume toute la diplomatie Européenne, sans uti-

lité pour personne, vous appelez cela l'équilibre européen, la paix européenne!

Et combien de temps comptiez-vous donc arrêter la destinée, et paralyser, devant votre *statu quo*, l'action des générations et des siècles qui marchent! Combien de temps encore votre diplomatie, semblable à *la Belle au Bois Dormant*, croyait-elle engourdir l'activité des hommes dans ce sommeil de plomb? Quoi! c'est au milieu des révolutions, des bouleversements qui changent partout la face du monde, que vous avez rêvé de conserver l'atonie et l'immobilité de votre *statu quo*, gros lui-même de tempêtes et de bouleversements!...

Tout cela est misérable. Et si vous voulez savoir ce qui a réduit la France à cette absence complète d'intelligence et de puissance politiques, cela sera très-facile à vous expliquer.

Les ressources matérielles d'un pays ne sont pas sa force; elles en sont les éléments. Mais il faut une pensée, une tête, un bras, qui coordonne ces éléments, qui les dirige, qui les rassemble en faisceau pour les employer à un but unique et précis, conçu dans un système dont les conséquences sont prévues et appréciées.

Eh bien, ce concert, cette direction, cette pensée, l'absurde interprétation que vous faites du gouvernement représentatif, vous les ôte, vous les rend et vous les rendra éternellement impossibles.

La Russie, l'Autriche, la Prusse, ont un plan, une pensée, une raison d'État principale parmi toutes les pensées de détail qui s'y rattachent, ou qui en découlent. Nous ne vous dirons pas pourquoi. Cela se voit de soi-même.

L'Angleterre a un plan, une pensée, une raison d'État,

toujours immuable et cependant toujours progressive, qu'elle n'abandonne jamais, qu'elle suit constamment, soit qu'elle la montre, soit qu'elle la cache sous la décoration apparente de ses débats parlementaires.

C'est que l'Angleterre est dirigée par un grand corps aristocratique, qui tient et se nourrit par les profondes racines qu'il a poussées dans le pays qu'il dirige et qu'il défend. C'est que l'unité de ce corps produit l'unité des desseins et de la pensée. C'est que la royauté, unie à ce grand corps comme la tête au corps humain, est un objet de foi et de respect pour le peuple britannique, et que jusqu'à présent, au moins, l'action électorale n'a été qu'un contre-poids partiel dont le gouvernement avait les moyens de maîtriser et de borner la force.

Mais en France, vous êtes tombés dans l'état confus où vous étiez sous le directoire. Au lieu de cinq directeurs, vous en avez huit. Au lieu d'un conseil des cinq cents, vous avez un conseil des quatre cent cinquante-neuf. Au lieu d'un conseil des anciens, vous avez une chambre des pairs, qui n'est pas autre chose depuis qu'elle a perdu l'hérédité, et qu'elle est recrutée par les choix d'un ministère issu de la prépondérance élective. — Quant à la royauté, elle est là pour la forme, puisque vous avez décidé qu'elle ne doit plus gouverner.

Vous êtes donc complètement tombés sous le gouvernement de la démocratie, — c'est-à-dire que vous n'avez plus de gouvernement. — Vous êtes la proie d'une mobilité incessante, dans laquelle aucun plan, aucune idée précise, aucune raison d'État, grave, décisive, durable, ne peut naître ni se perpétuer. Objet de méfiance pour le monde entier, vous êtes un objet de méfiance pour vous-

mêmes. Jamais, depuis que le monde est sorti des mains
de Dieu, on n'a vu une tentative d'organisation sociale
aussi complètement vide et chimérique, que celle où vous
jouez l'avenir de la France pour l'amusement de votre
orgueil.

Or, il vous arrive précisément ce qui est arrivé au directoire : l'épuisement, le désordre, l'impuissance au dedans ; le discrédit, l'abandon, l'isolement au dehors. C'est
justice. — Qu'importe que vous ayez de l'argent, des
hommes, des vaisseaux ? — Vous gaspillerez l'argent,
vous userez les hommes, vous laisserez pourrir les vaisseaux, parce que vous n'aurez pas une pensée centrale
pour employer tout cela.

La convention d'abord, Bonaparte ensuite, à son arrivée d'Egypte, quels moyens, quelles ressources matérielles avaient-ils ?... La France était bien plus appauvrie, bien
plus épuisée, bien plus exposée que sous le directoire :
comparez cependant ces trois époques.

La convention, enfiévrée par une pensée unique, qui
ne pouvait durer, mais qui momentanément en faisait un
corps, un être unique et agissant, ayant détruit tout autre pouvoir, supprimant la constitution, tenant pour non
avenue la volonté électorale, substitua l'unité de son pouvoir violent à l'anarchie. — Eh bien, malgré tous les vices de cette organisation passagère, l'unité du pouvoir
suffit. La France était envahie : l'étranger était aux portes de la capitale : la guerre civile partout : de ressources nulle part. — Les comités agirent. — La tribune ne
parla que pour promulguer des ordres, et tout fut sur-
monté.

Bonaparte arrive d'Egypte ! En quel état trouva-t-il la

France? Plus de ressources matérielles; les finances épuisées, les armées vaincues, la division partout. — Il sup-
prima les causes de l'anarchie. — En deux ans tout fut
réparé, et la France reparut au premier rang dans le monde.

Le directoire, lui, succédant à la convention, avait
trouvé les ennemis extérieurs repoussés, la guerre civile
presque éteinte, les esprits las de terreur et de souffrance,
disposés à se laisser guider. — Eh bien! en quel état de
néant laissa-t-il tomber la France? dans quel état la lé-
gua-t-il à Napoléon?

Voilà la période humiliante et fatale que vous recom-
mencez aujourd'hui! Vous supprimez l'unité, la pensée,
l'action, pour y substituer l'interminable indécision de
vos bavardages parlementaires; vous arrêtez tout moyen
d'action, de peur que le pouvoir n'en abuse; vous supprimez le pouvoir lui-même qui devient à vos yeux le
danger de tous les jours et de tous les instants. Dupes misérables de tous les charlatans qui savent parler, vous
vous livrez en aveugles aux ambitieux qui veulent vous
perdre. — Et vous vous étonnez d'être isolés en Europe!

§. III.

J'ai présenté l'aspect général de la question d'Orient;
je dois y revenir encore pour en exposer les détails et les
ramifications.

Mais, avant tout, je dois prévenir mes lecteurs qu'ils
n'ont point à m'accuser de prophétiser après les événements, et de créer une théorie spéciale pour la faire con-
corder avec les faits accomplis. Non, au mois de janvier

1836, j'ai publié une longue discussion en quatre articles, sur nos rapports avec l'Angleterre et la Russie, relativement à la question d'Orient (1). On peut la consulter: On y verra, avec beaucoup plus de détails et de force, l'exposition du système que je viens de préciser. Alors, comme aujourd'hui, je disais que l'occupation de Constantinople par les Russes, était cent fois plus dangereuse pour l'Angleterre que pour la France, et j'en exposais les nombreux motifs. Alors, je montrai que l'Angleterre travaillait à nous pousser en première ligne contre la Russie, pour se faire de nous un bouclier; mais qu'il fallait soigneusement éviter de laisser l'alliance anglaise nous engager dans cette fausse voie! et que si jamais une occasion se présentait où les russes fussent amenés à envahir Constantinople, il ne fallait pas nous jeter en avant pour les en empêcher; qu'il fallait, au contraire, signifier à l'Angleterre qu'elle eût à prendre les devants contre les Russes, et que nous ne passerions qu'après elle, parce que c'était son intérêt et non le nôtre qui était compromis dans la querelle.

Or, si l'on avait suivi cette marche, si clairement indiquée par la nature des choses, on n'aurait pas fait l'énorme faute de rassurer l'Angleterre contre l'occupation de Constantinople, et le traité de Londres n'aurait point été signé.

Mais non, on a constamment suivi la marche contraire. L'Angleterre nous montrait toujours comme un épouvantail l'entrée des Russes à Constantinople, et nous, au lieu de lui répondre que c'était son affaire bien plus que

---

(1) Voir page 9 de ce volume.

la nôtre, nous nous précipitions comme des étourdis pour la délivrer de la crainte qui la tourmentait. Le président du conseil du ministère du 12 mai envoyait ses aides-de-camp, ils crevaient tous les chevaux pour arriver à temps après la bataille de Nézib, afin d'arrêter Ibrahim-Pacha. — Comment ne comprenait-il pas que ses aides-de-camp n'auraient jamais dû partir : ou que s'il croyait devoir faire ce sacrifice aux Machiavels de l'alliance anglaise, il devait s'arranger pour que ses envoyés arrivassent auprès d'Ibrahim quatre ou cinq jours trop tard !...

Avant de montrer que la politique de M. de Talleyrand et de M. le comte Molé était tout autre, et que si elle eût été suivie, ils auraient pu, eux, arrêter Ibrahim-Pacha, sans se livrer à l'Angleterre, qu'on me laisse, par l'examen des faits qui donnèrent naissance au traité d'Unkiar-Skelessi, prouver la justesse complète du point de vue sous lequel je présente la question d'Orient. Car on m'accuse si souvent d'être exagéré, de suivre imprudemment des théories absolues et inapplicables, qu'il me prend fantaisie de prouver que je suis plus positif, que j'examine les affaires plus froidement et plus à fond que les prétendus conservateurs, qui prennent gravement la vulgarité pour du bon sens, et la routine pour de la prudence.

Une première fois, la Turquie s'était trouvée tremblante devant ses vassaux victorieux, ainsi qu'elle l'a été depuis après la bataille de Nézib.

J'ai déjà dit quelle fut alors la conduite de l'Angleterre, de la France et de la Russie (1).

(1) Voir page 47 et suivantes de ce volume.

Une fois ces faits rappelés, — et cela était nécessaire, car certainement beaucoup de gens les avaient oubliés, et ils ne connaissaient point les bases de la question d'Orient, — voyons ce qui arriva.

D'abord, et c'est là le principal, — les conséquences de ce protectorat russe accepté par la Porte, furent fatales à l'Angleterre, non à la France; nuisirent à l'Angleterre, non à la France, car les avantages accordés à la Russie par le traité d'Unkiar-Skelessi furent des avantages commerciaux et asiatiques.

Secondement, l'Angleterre voyant cela, jeta les hauts cris; tous ses écrivains politiques se mirent en campagne; tous ses hommes d'État déclamèrent contre la France; tous se mirent à dénoncer le gouvernement français, coupable selon eux, de ne pas avoir ratifié les promesses généreuses mais imprudentes, de l'amiral Roussin; tous, pour dissimuler le désappointement de l'Angleterre dont les desseins avaient été déjoués, se mirent à prédire à la France qu'elle serait bientôt envahie et dévorée par la Russie. C'est merveille de lire toutes les rapsodies machiavéliques des écrivains de la Grande-Bretagne à ce sujet.

Et d'où venait donc leur colère?... D'abord, de ce que les Russes avaient obtenu des avantages commerciaux et asiatiques. Ensuite, et surtout, de ce que la France n'avait pas envoyé ses flottes pour s'opposer à l'admission des vaisseaux russes, ainsi que l'amiral Roussin l'avait offert. On conçoit les motifs de l'Angleterre; car si la France avait envoyé sa flotte pour empêcher l'admission de la flotte russe dans le Bosphore, celle-ci n'aurait point cédé, les Français n'auraient pas reculé davantage, et les deux flottes se seraient détruites l'une par l'autre. C'eût été le complément de Navarin. Tel était le calcul de l'Angleterre.

Alors, en outre de ce résultat, les intérêts britanniques auraient été défendus par la France seule. Les Anglais, spectateurs de ce débat, seraient arrivés après coup, pour prendre à la lutte la part qu'ils auraient jugé convenable pour en mieux profiter aux dépens de tous.

En analysant ces faits en 1836, comme aujourd'hui, voici ce que je disais :

« Répétons-le donc, la faute qui a produit le traité » d'Unkiar-Skelessi, c'est l'Angleterre qui l'a commise, » et fort heureusement elle en porte les principales consé- » quences. Eh bien, il faut lui apprendre qu'il en sera » toujours ainsi, afin qu'elle renonce à ce jeu de finesse, » et qu'elle sache que si une lutte définitive devenait iné- » vitable avec la Russie, nous en laisserions la charge » entière à la Grande-Bretagne, si elle ne veut pas y » prendre l'initiative et la forte portion que son intérêt, » bien plus compromis que le nôtre, lui fait une loi d'as- » sumer sur elle. Quand nous agirons moins, elle agira » davantage; soyez-en certain. Mais si nous nous char- » geons de tout le fardeau, elle se gardera bien d'en » prendre sa part. »

Maintenant, je le demande aux hommes d'État, aux commerçants éclairés, aux marins principalement qui connaissent les tendances de l'Angleterre mieux que les autres classes de nos concitoyens, l'expérience des faits n'a-t-elle pas confirmé mes paroles? La politique que j'indiquais n'est-elle pas évidemment celle qu'il fallait suivre? La politique du cabinet du 12 mai n'a-t-elle pas été directement le contraire de ce qu'elle devait être? Les ministres de la coalition parlementaire n'ont-ils pas foulé aux pieds tous les principes de la diplomatie, et toutes les leçons d'une expérience récente? — Et si M. Thiers est revenu à une plus saine appréciation des choses en Orient, n'est-ce pas trop tardivement, et en faussant par sa tendance révolutionnaire tout ce que son intelligence lui avait fait concevoir de vrai et de juste sur la question elle-même?

Justifions ces deux assertions.

Le cabinet du 12 mai, d'abord, n'avait-il pas vu que ses prédécesseurs ayant refusé d'empêcher les Russes de secourir Constantinople, les conséquences de ce refus n'étaient pas tombées sur la France, mais bien sur l'Angleterre? N'est-ce pas sur elle, principalement, presqu'exclusivement, qu'avaient pesé les conséquences commerciales et asiatiques du traité d'Unkiar-Skelessi et la rivalité de la Russie? Ne sont-ce pas ces conséquences qui avaient causé les clameurs de l'Angleterre? Le gouvernement français n'avait-il pas bien fait d'empêcher l'envoi des vaisseaux et des soldats offerts par l'amiral Roussin, pour s'opposer à l'invasion égyptienne qui motivait la venue de la flotte russe?... Pourquoi donc M. le président du 12 mai s'est-il fait un devoir si pressant d'envoyer son aide-de-camp pour arrêter Ibrahim triomphant. — Comment n'a-t-il pas compris que l'Angleterre, qui avait vu naître le traité d'Unkiar-Skelessi de la première admission des Russes à secourir Constantinople, n'aurait rien épargné pour s'opposer à une nouvelle admission des Russes, et que c'est sur elle que nous devions laisser peser ce fardeau? Comment n'a-t-il pas compris, que délivrer l'Angleterre de cette crainte, blesser en même temps la Russie dans ses projets et dans son orgueil, c'était travailler à réunir contre nous ces deux puissances jusqu'alors rivales !

Oh ! je comprends que si la coalition parlementaire n'avait pas eu lieu, si un ministère monarchique eût dirigé nos affaires, il aurait pu suivre une politique différente ; il aurait pu, moyennant certaines clauses que j'indiquerai, arrêter la marche d'Ibrahim-Pacha. Mais le cabinet du 12 mai ! le cabinet parlementaire, ou prétendu tel, venu aux affaires sur les ruines et après la défaite de la royauté par la coalition ! un cabinet qui n'avait plus aucun appui, aucune sympathie dans l'Europe monarchique, aurait dû comprendre que l'alliance de l'Angleterre, fragile, épuisée, défiante, était sa seule ressource, et qu'il perdrait cette ressource dernière, précaire et honteuse, s'il rassurait l'Angleterre contre les projets de la Russie. Insensés ! qui croyaient s'attacher l'Angleterre par la reconnaissance !... C'est par la crainte qu'il fallait agir sur elle, et la perspective des Russes à Constantinople était le seul moyen d'obliger l'Angleterre à rester fidèle à la France.

M. Thiers, aveuglé par son incompréhensible idolâtrie pour l'alliance anglaise, — et je dis incompréhensible, car n'est-il pas inouï que l'historien sagace et profond de la révolution française, l'admirateur de l'empire et du génie de Napoléon, ne connaisse pas le caractère anglais ! Comment est-il possible qu'il ait cru à la candeur, à la fidélité de la politique anglaise ! Comment n'a-t-il pas compris que plus il se livrait à elle, plus il serait trompé par elle ?... Un tel vertige est inexplicable ! —M. Thiers, dis-je, aveuglé par son idolâtrie pour l'alliance anglaise, n'a pas saisi d'abord la question d'Orient dans sa vérité ; mais il y est venu ensuite, malheureusement trop tard.

Je trouve la preuve de cette assertion dans deux faits qui lui ont été reprochés, et dont je le loue : 1° la mission de M. Eugène Périer; 2° l'invitation qu'on l'accuse d'avoir fait porter à Ibrahim-Pacha, par M. Walesky, pour l'engager à franchir le Taurus.

Oui, ces deux actes sont dans le véritable intérêt de la France. Ou l'arrangement direct, qui faisait avorter le traité de Londres, en supprimant le procès lui-même qu'il devait juger, ou la marche d'Ibrahim sur Constantinople, pour obliger les Russes à se montrer : il n'y avait que ces deux moyens de salut pour la France; car aussitôt que les Russes auraient paru en force vers Constantinople, l'Angleterre se serait indignée, et la position de lord Palmerston n'aurait pas été tenable. — Son triomphe, sa gloire, sa grandeur politique, dans son pays et dans le parlement, sont surtout basés sur l'absence complète des Russes dans la solution actuelle de la question d'Orient, et c'est vous, grands hommes de la coalition, qui avez élevé le piédestal de sa grandeur !

Malheureusement M. Thiers a compris trop tard la vérité. — Plus malheureusement encore, sa détestable position politique, ses alliances révolutionnaires, les espérances que les factions ont placées en lui, lui rendaient les bonnes combinaisons aussi impossibles que les mauvaises, et la France s'est affaissée dans un abîme d'humiliation dont nous n'apercevons pas encore toute la profondeur.

———

§. IV.

Deux systèmes, depuis 1830, se disputaient la politique française.

Le cabinet du 12 mai, parce qu'il était le triomphe du pouvoir électif coalisé contre le pouvoir royal, a gâté les deux systèmes à la fois.

Il s'est vanté d'avoir substitué le protectorat européen au protectorat russe, à Constantinople !

Le protectorat européen qui met toute l'Europe contre nous, et qui anéantit la puissance maritime de notre seul allié dans la Méditerranée, substitué au protectorat russe qui mettait l'Angleterre et toute l'Europe avec nous contre la Russie !

Nous devons montrer maintenant comment la politique de M. de Talleyrand, continuée par M. le comte Molé, aurait conservé à la France ce que la coalition parlementaire lui a fait perdre, c'est-à-dire la possibilité d'une paix honorable ou d'une guerre avantageuse.

Je prie qu'on m'accorde quelque attention. Je n'ai eu sur tout ceci aucune confidence de M. Molé, pas plus que je n'avais eu celles de M. de Talleyrand sur l'ambassade anglaise. Je parle d'après moi seul, mais je crois, par un examen attentif, avoir vu la vérité.

La politique de M. de Talleyrand a été suivie jusqu'à l'avènement du 15 avril, sans déviation notable (1). Et comme chaque système a ses inconvénients, il ne faut pas se dissimuler que les conséquences de celui-là ont amené le traité d'Unkiar-Skelessi. — Petit mal pour un grand bien.

---

(1) Le 22 février l'aurait abandonnée, mais il n'en a pas eu le temps.

Je précise ce que j'ai dit de ce traité.

Le traité d'Unkiar-Skelessi, c'est l'admission régulière et diplomatique de l'influence russe à Constantinople.

Cette admission naquit de l'égoïsme calculée de l'Angleterre, et du bon sens de la France qui ne voulut pas se mettre en avant pour elle.

Le protectorat russe, accepté par la Porte, eut pour l'Angleterre le double inconvénient de diminuer son influence politique et de nuire à ses intérêts commerciaux menacés au centre de leur grandeur.

Une seconde admission russe, matérielle et physique, conséquence de l'admission diplomatique, aurait eu probablement lieu, si le cabinet du 12 mai n'avait arrêté Ibrahim après la victoire de Nézib.

Mais autant la première admission russe, le protectorat moral et politique, avait flatté l'orgueil et servi les intérêts de la Russie, autant la seconde admission, le protectorat physique et armé en 1840, aurait compromis la position, et aurait nui aux intérêts de la Russie.

La raison en est simple.

Ainsi que l'a dit M. Thiers dans le discours qu'il prononça au début de la session précédente, la Russie n'a pas de projet d'envahissement immédiat.

Elle n'a pas de projets immédiats, parce que les temps ne sont pas encore mûrs. Le moment n'est pas arrivé. Un évènement qui l'aurait forcée d'agir plus tôt qu'elle ne veut et qu'elle ne doit, l'aurait horriblement contrariée, en l'obligeant à démasquer trop tôt et à commencer avant terme l'exécution de ses plans futurs.

En empêchant la marche d'Ibrahim sur Constantinople, le cabinet du 12 mai a puissamment servi la Russie.

Il a servi aussi l'Angleterre; mais, très-certainement, c'est à la Russie qu'il a rendu le service le plus signalé (1).

Il lui a fourni le temps et le prétexte dont elle avait besoin pour profiter des inimitiés réelles qui dormaient dans le gouvernement anglais contre la France; il lui a fourni les moyens de couvrir son ambition future d'un masque actuel de bonne foi ; il lui a fourni le moyen de dire à l'Angleterre : — « Vous voyez bien que je n'ai » pas d'arrières-pensées hostiles contre vos intérêts asia- » tiques, puisque je vais m'effacer entièrement, afin de » vous laisser le champ libre pour détruire, dans la Mé- » diterranée, la seule puissance maritime qui, d'accord » avec la France, pourrait nuire à vos intérêts dans » l'Orient. »

Cela fait, la Russie a du temps devant elle. Son in- fluence à Constantinople restera la même, parce qu'elle tient à d'autres causes. Attendez, et vous verrez ce qu'elle en fera.

Cela posé, venons au fond du débat.

Ainsi que je l'ai dit, l'alliance anglaise n'a été, dans son origine, qu'un expédient provisoire pour l'Angleterre et pour la France.

L'Angleterre voulait se faire un bouclier de la France contre la Russie, espérant en même temps que la voie révolutionnaire où la France s'engageait, la mettrait as- sez prochainement dans un isolement tel relativement aux puissances monarchiques, qu'elle serait obligée de sacri- fier ses propres intérêts à l'Angleterre, pour conserver son alliance et ne pas tomber dans un abandon complet.

---

(1) Et en même temps, merveille d'inhabileté, il a montré contre la Russie une hostilité qui a blessé son orgueil et alarmé ses intérêts.

La France, au contraire, — ou du moins M. de Talleyrand qui voyait beaucoup plus loin que la France, —
cherchait dans l'Angleterre un bouclier momentané contre le mauvais vouloir des puissances continentales pour
la révolution de Juillet. Mais comme M. de Talleyrand
savait que, de l'état révolutionnaire, la France doit, sous
peine de périr, rentrer dans une organisation monarchique, il se réservait, après les premiers périls évités, de
ramener sa diplomatie dans la voie monarchique du continent; de dénouer, sans la rompre, l'alliance anglaise,
et de la remplacer par une alliance monarchique, avant
que l'Angleterre eût été en mesure d'exiger, pour prix de
ses services, le sacrifice de nos intérêts politiques et commerciaux.

Car les intérêts de la France et de l'Angleterre sont si
opposés, qu'une alliance entière, durable et pacifique entre
elles est le rêve d'une imagination pervertie par les préjugés révolutionnaires.

Il résulte de là que, aussitôt que la France et l'Angleterre eurent chacune, de son côté, obtenu le premier résultat qu'elles avaient cherché dans leur alliance, à savoir,
l'Angleterre de paralyser l'hostilité de la Russie, la France
de paralyser le mauvais vouloir des puissances monarchiques de l'Europe contre la révolution, l'alliance anglo-
française ne fut plus qu'un simulacre, recouvrant une
lutte sourde des deux puissances qui cherchaient mutuellement à se défendre contre la fausse position où les
jetaient à la fois l'opposition de leurs intérêts.

C'est ainsi que l'Angleterre, après nous avoir empêchés
d'acquérir la Belgique et Anvers, nous poussait à intervenir dans la Péninsule, parce qu'elle savait bien que cette

intervention révolutionnaire aurait pour effet de nous isoler de plus en plus sur le continent monarchique, ce qui nous mettrait dans la dépendance de l'Angleterre, et, en même temps, créerait en Espagne une fermentation révolutionnaire essentiellement nuisible aux intérêts français.

C'est donc au sujet de l'intervention en Espagne qu'a commencé, en France, le débat entre ceux qui comprenaient l'alliance anglaise et ceux qui ne la comprenaient pas ; entre ceux qui voulaient la monarchie et ceux qui voulaient une démocratie réelle sous une monarchie simulée ; enfin, entre ceux qui voulaient la paix et ceux qui voulaient la guerre. — Et, dans un instant, vous verrez comment la question d'Orient a été rattachée par l'Angleterre à la lutte des deux systèmes français.

Cependant, d'hésitation en hésitation, l'alliance anglaise perdait chaque jour du terrain, parce que les intérêts opposés des deux pays se faisaient jour par la force même des choses. Le système de la monarchie et de la paix arriva donc sans notable détérioration, jusques à l'avènement du 15 avril. Ce système se serait peut-être sauvé, si le parti conservateur qui le soutenait l'avait compris ; mais il ne s'en doutait seulement pas, et ne le comprend guère davantage aujourd'hui. Quand il conclut bien, c'est par instinct, mais contrairement aux préjugés démocratiques qui le dominent à son insu.

C'est donc en cet état que M. le comte Molé prit la direction des affaires : le refus d'intervenir en Espagne et le traité d'Unkiar-Skelessi ayant froissé mortellement les vues et les intérêts de l'Angleterre, qui, fort logiquement, attribuait à l'intérêt français ce double échec de sa politique.

Alors apparut formellement à tous les esprits vraiment
éclairés,—il y en a peu,—la nécessité pressante d'achever
l'œuvre de M. de Talleyrand, c'est-à-dire de pousser la
France dans la voie monarchique pour lui procurer sur
le continent un point d'appui, une alliance qui pût suppléer l'alliance anglaise, sans que nous fussions obligés
de la rompre violemment, ou de voir l'Angleterre la briser
elle-même. — Alors, de leur côté, les partis révolutionnaires redoublèrent d'ardeur pour exalter l'alliance anglaise qui se présentait toujours à eux comme le palla-
dium de leurs principes, et qui se servait de leur crédulité
pour les pousser de plus en plus contre les prérogatives
de la couronne, afin de consacrer définitivement l'isolement de la France au milieu de l'Europe monarchique.

Telle fut la bannière de M. Thiers à la tête de toutes
les oppositions démocratiques. — *La révolution, l'alliance
anglaise*, tels furent les deux fleurons de sa couronne oratoire.

Cependant ses triomphes de tribune restaient stériles. —
Alors, M. Guizot vint à lui. — L'œuvre pénible de huit
ans de courage et de patience fut détruite en un quart
d'heure de scrutin.

Puis vint aux affaires le cabinet de la coalition, c'est-
à-dire le cabinet de l'alliance anglaise interprétée dans le
sens révolutionnaire. On parle de victoire anglaise! Ah!
jamais l'Angleterre n'a remporté de victoire plus grande
et plus fatale à la France; car, alors, le cabinet français
fut placé dans la nécessité d'obéir aux exigences de l'Angleterre, ou bien de tomber dans l'isolement complet au
milieu du monde politique! — De là, tout ce qui se passe
aujourd'hui......

De 1833 à 1840.

DE LA

RÉVOLUTION ESPAGNOLE

DEPUIS LA MORT DE FERDINAND VII,

Jusqu'à l'Abdication de Marie-Christine.

DE LA RÉVOLUTION ESPAGNOLE

DEPUIS LA MORT DE FERDINAND VII,

JUSQU'A L'ABDICATION DE MARIE-CHRISTINE.

9 OCTOBRE 1833.

De la Mort du Roi Ferdinand.

De l'aveu de tous les partis, la mort de Ferdinand VII est un immense évènement, en raison de l'état de crise où se trouve l'Europe, et surtout le petit royaume limitrophe que se disputent la branche aînée et la branche cadette de la maison de Bragance. De quelque manière que se présente la question, soit que le parti de la reine l'emporte (ce que nous espérons), soit que les apostoliques parviennent à faire reconnaître dans quelques villes les droits de l'infant don Carlos, la Péninsule espagnole paraît devoir être plongée dans un dédale de difficultés bien autrement compliquées que les affaires de Portugal.

Examinons quels sont les résultats probables de l'une et de l'autre hypothèse.

Supposons d'abord que la reine, soutenue par l'Angleterre et par la France, qui, d'après les termes du *Moniteur*, vole au-devant de la jeune Isabelle et la reconnaît même avant notification; supposons que la reine triomphera du parti de l'infant et fera proclamer sa fille : il est impossible de se flatter que les apostoliques ne feront pas tous leurs efforts pour combattre l'établissement du système constitutionnel. De son vivant, Ferdinand VII avait bien compris tous les dangers contre lesquels aurait à lutter celui qui, par une résolution énergique, voudrait briser la loi salique, et mettre à exécution ce que lui n'avait osé écrire que dans son testament. Aussi, lorsqu'on le pressait de prendre quelque parti décisif contre les prétentions de son frère, ce monarque, faible et incapable, répondait toujours, pour se délivrer de ces instances importunes : — « Laissez-moi mourir en paix, vous ferez ensuite ce » que vous voudrez. » Or, si même du vivant de Ferdinand, si même alors que de bien faibles innovations étaient timidement essayées, les apostoliques commençaient déjà à se remuer, il serait peu rationnel de penser qu'ils se résigneront facilement à subir la domination libérale, aujourd'hui qu'ils n'auront à combattre qu'un enfant dont malheureusement Ferdinand n'a pas osé faire sanctionner les droits avec assez de solennité.

D'ailleurs, les prêtres et les moines redoutent trop l'influence française, pour ne pas ameuter les passions contre une reine qui l'introduirait en Espagne. Ainsi, dans la crainte d'une charte et d'un gouvernement représentatif, autant et plus que par respect pour la loi salique, ils prêcheront une croisade contre Isabelle, et s'ils ne peuvent emporter la place, ils la mineront par des guérillas et par une organisation complète de la guerre civile. Déjà, à Bilbao, leur apostolique fureur s'est ouvertement signalée; ils ont massacré, disent plusieurs lettres, un député aux cortès et un parent d'un autre député; ils ont chassé les autorités et proclamé la légitimité de Charles V. Sans doute, nous l'espérons bien, les troupes, qui sont dévouées à la reine, parviendront à étouffer ce commencement de révolte; mais il n'en est pas moins vrai que la lutte menace d'être sanglante, surtout si aux passions locales viennent se joindre des aliments étrangers.

Il faut, dans ces temps de crise, une volonté bien énergique, un coup d'œil bien net, pour décider tout d'abord quel parti l'on prendra afin de maîtriser les évènements. Le sort futur de l'Espagne est entre les mains de la reine et de ses conseillers; de la marche qu'ils adopteront dans les premiers jours, dépend la destinée de ce pays. Il est à craindre que, dans le conseil de régence, il n'y ait de ces esprits timides qui croient tout sauver en se cramponnant au *statu quo* et en ne heurtant aucune opposition. Si la reine se laissait aller à de pareilles inspirations, nous croyons qu'elle nuirait doublement à la cause de sa fille. En présence du parti apostolique, il ne faut pas qu'elle paraisse le redouter, ni que, par son indécision, elle se prive d'une alliance aussi importante que celle de la France et de l'Angleterre. D'ailleurs, le parti libéral espagnol, qui attendait l'avènement de la jeune Isabelle pour obtenir, sinon la constitution de 1823, du moins une constitution plus en rapport avec les progrès de la civilisation, ce parti, disons-nous, retirerait à la reine un appui dont il ne pourrait rien espérer : de sorte que la régente resterait seule avec quelques fonctionnaires contre la faction apostolique. Nous désirons, dans l'intérêt de la monarchie espagnole, qu'elle entre dans des voies de fermeté et d'énergie. Aux grands maux, les grands remèdes.

Nous venons de jeter un coup d'œil rapide sur la question intérieure ; mais la question extérieure ne mérite pas moins d'attention : l'une et l'autre sont ici trop intimement liées.

C'est l'intérêt de la France, avons-nous dit plus haut, de soutenir les droits d'Isabelle : c'est aussi l'intérêt de l'Espagne et de la liberté européenne. Avec Isabelle, l'Espagne entre dans une voie nouvelle ; elle se détache de l'alliance de l'Europe orientale pour donner la main aux peuples d'Occident dont l'influence civilisatrice commence à réagir si puissamment sur les destinées des peuples. A ses côtés, le Portugal se régénère et affermit des institutions pour l'établissement desquelles il lutte depuis long-temps. Ainsi, tombe partout cette ceinture d'absolutisme dont nous étions encore étreints il y a trois ans. Car, il ne faut pas l'oublier, il s'est fait, depuis la révolution de juillet, un grand travail de rénovation dans les États qui nous entourent. Il y a trois ans, nous étions cernés de toutes parts par les vassaux de la sainte alliance. Au nord, nous avions l'Angleterre, où lord Wellington entretenait, à grands frais, le feu sacré des haines dites nationales, et offrait aux trois autres puissances des garanties contre notre liberté ; puis, sur le continent, les Pays-Bas qui pouvaient servir d'avant-postes à leurs armées. A l'est, l'Allemagne, courbée sous une multitude de petits souverains, subissait impassiblement le joug, et nous laissait exposés aux invasions de la Prusse et de la Russie. Vers le sud, l'Italie donnait aux Autrichiens la faculté de venir camper jusque sur notre frontière. Enfin, vers l'ouest, l'Espagne et le Portugal, dominés tous deux par le despotisme le plus abject, formaient comme le dernier anneau de cette chaîne dont les combinaisons diplomatiques de 1815 nous avaient enlacés. Aujourd'hui, la France a secoué tous ces fers. Au nord, elle a l'Angleterre et la Belgique qui la garantissent et lui servent de boulevart; la Suède, par la reconnaissance spontanée de dona Maria, vient aussi de rompre avec la sainte alliance proprement dite, et pourrait, en cas de besoin, nous fournir le moyen d'aller, comme Mithridate, porter la guerre jusque dans les capitales de nos ennemis ligués. A l'est, l'Allemagne et la Suisse les occupent assez pour que nous puissions dormir en paix de ce côté. L'Italie révolutionnaire fait pointe sur l'Autriche, et l'arrête au passage. Enfin, si la cause de la liberté triomphe en Espagne, le sort du Portugal est désormais assuré; et ces deux pays, dont le voisinage pourrait nous être si redoutable, en cas de conflagration européenne, deviennent deux auxiliaires dont les armées touchent nos portes et doivent commencer la défense de leur territoire par la défense du nôtre. Alors, plus d'invasion possible : alors nous aurons véritablement des frontières inexpugnables, des frontières formées non de murailles qu'on puisse renverser, mais de sympathies que la guerre ne ferait que rendre plus chaudes et plus vives.

Certes, en présence de pareils résultats, on doit rester convaincu de l'intérêt qu'a la France dans cette question espagnole. Si surtout on examine que, don Carlos triomphant, tous ces résultats obtenus ou prochains seraient ou perdus ou affaiblis; que son installation au trône serait le signal d'une réaction violente contre la liberté naissante du Portugal; que ces deux succès enhardissant toutes les mauvaises passions contre-révolutionnaires qui

bouillonnent encore tant en France qu'en Europe, de nouvelles difficultés pourraient être apportées à la sanction
définitive de la nationalité belge ; qu'enfin de ces complications nouvelles pourrait naître un redoublement de
fièvre fatale aux rois, fatale aux peuples ; si l'on examine
tout cela, il faudra convenir que jamais intérêt plus pressant ne s'est présenté à nous, et que dans ces circonstances il s'agit, pour la France, de mettre la dernière main
à l'œuvre extérieure qu'ont paisiblement enfantée trois la-
borieuses années.

Heureusement, ici l'intérêt et le droit sont parfaitement connexes. Dès que des officiers français, chefs avoués
de la contre-révolution européenne, prennent parti pour
don Carlos qui n'est lui-même que le premier lieutenant
de la sainte-alliance, la lutte prend un caractère plus général. Ce n'est plus une querelle domestique, c'est une
guerre de principes. Dès-lors les puissances qui veulent
la liberté, doivent nécessairement se poser ennemies actives de celles qui veulent fonder activement l'absolutisme.
Tel est, à notre avis, le véritable aspect sous lequel doit
être envisagée cette grave question de succession dynastique.
La France a bien compris le rôle qu'elle était appelée à y
jouer. Elle a fait pour l'Espagne ce que l'Angleterre avait
fait pour le Portugal : elle a reconnu sa nouvelle reine de
premier mouvement ; l'Angleterre ne peut tarder de nous
suivre dans cette voie : ce sera déjà beaucoup pour la liberté espagnole. Dieu ou le canon fera le reste.

12 OCTOBRE 1833.

Dangers que présente la suppression des *Fueros*
des provinces basques.

—

Nous recevons, d'une source respectable, des nouvelles fort importantes d'Espagne. La situation de ce pays est on ne peut plus critique. Le fanatisme religieux fait des efforts inouïs pour soulever les passions de la populace, et, nous le disons à regret, ces prédications incendiaires commencent à porter leurs tristes fruits : l'insurrection se propage et prend un caractère alarmant. Nous laissons parler une lettre qui nous est communiquée par une maison de commerce de cette ville qui entretient avec l'Espagne, surtout avec les provinces aujourd'hui insurgées, des relations continuelles. Voici ce qu'on y lit :

« Bayonne, 10 octobre.

» Des voyageurs arrivés hier d'Espagne nous ont an-
» noncé que, dans les provinces du Nord, tout était en
» combustion. Tous les paysans prennent parti pour don
» Carlos. La Biscaye et la Laba sont en pleine insurrec-
» tion, à l'exception de Pampelune, qui est contenue par
» 3,000 hommes de troupes. Le capitaine-général de la
» Biscaye n'a pu réunir que 400 soldats; les factieux,
» venus en très-grand nombre à sa rencontre, l'ont obligé
» de se replier. On a des craintes sur Madrid, parce qu'on
» compte peu sur le dévouement du ministère actuel à la
» cause de la reine. La démission du général Quésada a
» produit la plus vive sensation.

» On suppose que la Navarre a levé l'étendard de la
» révolte. On sait que Santos Ladron qui avait été dis-
» gracié, est arrivé incognito dans cette province, où il a
» déjà des guérillas organisées.

» A l'instant arrive un exprès de Bilbao, qui annonce
» qu'il y avait dans cette ville plus de 15,000 hommes
» sous les armes; qu'une imposition extraordinaire avait
» été frappée sur les habitants; on cite, entre autres, la
» maison Huagon qui aurait été contrainte à un verse-
» ment de quatre-vingt mille piastres.

» Une proclamation de la nouvelle municipalité or-
» donnait aux habitants de se réunir toutes les trois heu-
» res sur les places publiques, pour crier *vive Charles V,*
» *vive l'inquisition, mort aux constitutionnels !* Déjà qua-
» tre cents libéraux sont arrêtés.

» On ne laisse sortir personne de Bilbao; on a même
» refusé des passeports à des Français; on a empêché le
» départ de la déligence, et nous ne serions pas étonnés
» d'apprendre que le même sort eût été réservé au cour-
» rier qui devrait arriver demain. »

On s'attendait, et l'on devait s'attendre à ces mouvements : un peuple dont la moitié se trouve, par son ignorance et des préjugés traditionnels, sous la dépendance de
tout ce que l'absolutisme compte de champions ardents,
ne peut pas toujours, et comme par une illumination subite, discerner de quel côté sont ses véritables amis. Lorsque surtout les ennemis de sa liberté sont ceux précisément qu'il s'est habitué à regarder comme les dépositai-
tres et les organes des volontés d'en haut, il est fort difficile que huit jours changent cette habitude et détruisent
ces idées importées du berceau dans la vie. Cette conver-

sion ne peut être que l'affaire du temps; et c'est à un gouvernement habile de savoir faire en sorte que ces acci-
dents de civilisation locale ne soient pas pour lui autant
d'obstacles invincibles. La diplomatie néglige trop souvent une foule de faits qui touchent à l'opinion des masses par son côté le plus irritable : et c'est peut-être par
cette négligence que toutes les conceptions des hommes
d'État se trouvent quelquefois inefficace.

Un exemple : dans les provinces du nord de l'Espagne,
comme dans beaucoup d'autres du centre ou du sud, il
existait des priviléges commerciaux que les cortès de 1820
abolirent d'un trait de plume, en établissant un système
de douanes à peu près uniforme sur toutes les frontières.
En théorie, la mesure était juste; en pratique, elle ne valait rien. Il résulta de l'anéantissement de ces divers priviléges, une profonde perturbation dans les existences qui
y étaient attachées. Ce motif seul créa une foule d'ennemis à la constitution : des libéraux mêmes, qui d'abord
avaient cru à la possibilité d'une sage liberté sans la destruction instantanée de certaines habitudes auxquelles
leurs intérêts et ceux de leurs familles se trouvaient liés,
laissèrent anéantir sans regrets la constitution des cortès,
et cela dans l'espoir de recouvrer leurs anciennes fran-
chises.

Dans un pays où la civilisation a tout à faire pour naturaliser les principes constitutionnels, et où elle aura à
combattre le fanatisme armé, puissant par ses richesses
et ses moyens d'influence, il ne faudrait pas que le pouvoir accrût le nombre de ses ennemis, en mécontentant
brusquement cette partie notable de la nation espagnole,
qu'il peut s'attacher fortement, si, à l'avance, il lui donne

l'assurance que rien ne sera changé à ces priviléges de localités. La liberté, quand elle entre pour la première fois au milieu d'un peuple, ne doit pas toujours s'occuper de faire table rase, de niveler tous les droits, tous les intérêts. *Meliùs est pati quod corrigere est nefas,* a dit un poète très-sensé. En Espagne, comme partout ailleurs, c'est d'après les dispositions générales de l'opinion publique, que le gouvernement doit régler sa conduite : il faut attendre d'elle-même les modifications que, plus tard, elle sera la première à demander dans l'intérêt-général, tel qu'elle le comprendra alors, et non point les lui jeter à la tête telles qu'on pourrait les désirer pour elle aujourd'hui.

---

25 OCTOBRE 1833.

Le parti du Juste-Milieu n'existe pas en Espagne. Conséquences de cette situation.

Les évènements qui se préparent dans la Péninsule ibérique ouvrent un vaste champ à la réflexion et nous présentent de hauts enseignements. Nous nous contenterons d'indiquer les points principaux auxquels doivent se raccorder tous les traits du tableau.

Les intérêts de la révolution française prenant parti pour les héritières légitimes des trônes portugais et espagnol; les intérêts des monarchies absolutistes qui composaient feu la sainte-alliance prenant parti en Portugal pour une usurpation manifeste, et en Espagne pour la loi salique, d'origine et d'importation française, contre la loi légitimiste de l'ancienne monarchie espagnole, prouvent d'abord, à tous les yeux, que les mots souveraineté du peuple et légitimité ne présentent aucune idée sincère et réelle aux partis qui les inscrivent sur leurs bannières. Les partisans de la souveraineté populaire s'accommoderont fort bien de la légitimité, et même de l'intervention étrangère toutes les fois que ces deux moyens d'action sur les institutions politiques seront forcément employés à favoriser les progrès de la civilisation, l'affranchissement moral des peuples, la destruction des priviléges olygarchiques et sacerdotaux. Les partisans de la légitimité, de leur côté, toutes les fois qu'ils espéreront appui du fanatisme politique et religieux des masses populaires, abandonneront la légitimité dont ils pourraient craindre une tendance libérale, et soutiendront l'usurpation appuyée sur les suffrages et les bras de la populace. — Tel est le spectacle que présentent actuellement les rapports politiques de l'Europe monarchique ou révolutionnaire avec la Péninsule.

C'est que la souveraineté du peuple et la souveraineté des rois sont deux expressions vides de sens véritable, mais seulement destinées à servir de bannière ou de prétexte aux deux partis opposés, le parti trop ardent de l'avenir, et le parti opiniâtre du passé; le parti imprudemment progressif et le parti absurdement rétrograde. Ces deux partis, ou du moins les hommes un peu intelligents de chacun de ces deux partis, savent fort bien que leurs symboles sont également faux et fous; aussi quand il faut agir sérieusement, ils laissent, pour les esprits superficiels et théoriques, les arguties républicaines ou absolutistes, et empruntent aux passions et aux forces locales toutes les

armes qui peuvent leur servir, même celles de leurs adversaires.

Pour nous qui n'appartenons, et nous nous en faisons
gloire, ni au parti légitimiste, ni au parti républicain ; nous
qui croyons le dogme de la souveraineté du peuple, et le
dogme des légitimités absolutistes, aussi faux l'un que
l'autre, nous sommes assez disposés à croire que la pauvre humanité, si long-temps opprimée, enchaînée, dégra-
dée, peut et doit saisir toutes les armes que la Providence
jette sur son chemin, et se faire jour par toutes voies vers
l'amélioration progressive de son sort. Quand elle rencontre une légitimité que son propre intérêt rend libérale
et douce, elle fait bien de la défendre et de s'en servir
contre ses vieux persécuteurs ; quand elle rencontre une
légitimité atroce ou imbécille, opiniâtre par niaiserie, ou
niaise par opiniâtreté, elle fait bien de la dissoudre et de
la chasser ; et tout mouvement politique qui, par l'une
ou l'autre voie, amène, où que ce soit et partout, un gouvernement du juste-milieu, est à nos yeux un bon et salutaire épisode de l'histoire humaine.

C'est qu'il n'y a, en effet, de gouvernement bon et réellement progressif qu'un gouvernement de juste-milieu,
c'est-à-dire celui qui met l'influence et la direction politique de l'État entre les mains des classes éclairées, in-
dustrieuses, commerçantes, propriétaires, au lieu de laisser cette influence politique entre les mains d'une olygar-
chie rétrograde, ou de la porter vers les masses envahis-
santes d'une multitude nécessairement illettrée et violente.
— Mais malheureusement voilà le vice de la situation
espagnole et portugaise. — C'est que, dans la Péninsule
ibérique, il n'y a pas de vrai juste-milieu ; il n'y a que

deux partis extrèmes, entre lesquels se débat un faible nombre d'hommes instruits et modérés, qui n'ont par eux-mêmes ni assez de poids, ni assez de force pour empêcher la balance de tomber vers l'une des deux extrémités.

Ce serait donc, à mon avis, une grande erreur (et je commence par-là, parce que je crains que le gouvernement français ne se laisse séduire par une fausse similitude qui cache une dissemblance fondamentale), ce serait donc une grande erreur de croire que le système de politique intérieure qui a pu être applicable à la révolution de juillet depuis 1830, fût également applicable à la révolution espagnole en ce moment; ce serait une grande erreur de penser que la modération transactionnelle suivie par le ministère du 13 mars dût servir de règle de conduite à la régente d'Espagne; et je crois que l'on serait exposé à un grand, à un terrible mécompte, si l'on prenait M. Zéa Bermudez pour un Casimir Périer espagnol. Quel que soit le caractère du ministre de la régente, sa situation seule le rend incapable de jouer un pareil rôle, et pour mieux dire un pareil rôle n'est jouable par qui que ce soit en Espagne.

Examinons la question dans ses rapports généraux. Nous viendrons ensuite aux applications spéciales.

En France, en 1830, le juste-milieu avait par lui-même une force immense :

Immense, parce que les excès monarchiques de la Restauration avaient détruit dans l'opinion toute la force de l'absolutisme royal ;

Immense, parce que les souvenirs de la première révolution avaient détruit dans l'opinion toute la force de l'absolutisme républicain ;

Immense, parce que tous les développements moraux et politiques accomplis par la presse pendant les quinze années de la Restauration, avaient perpétuellement agi dans le sens et pour l'influence de la classe moyenne, industrielle et propriétaire, classe devenue nombreuse et puissante depuis la révolution de 1789;

Immense enfin, parce qu'à la tête et dans les rangs de ce juste-milieu français se trouvait une masse d'hommes patriotes, connus par de longues luttes contre la dynastie déchue, et que les calomnies des factions irritées ont pu déconsidérer auprès de quelques jeunes têtes exaltées, mais n'ont jamais privés de la confiance et de l'estime du pays. A leur tête, et comme leur vivant étendard, était Casimir Périer.

Franchissez les Pyrénées, trouverez-vous un tableau semblable? trouverez-vous de telles bases pour y appuyer un semblable système?

Non : la nation espagnole en masse, et malgré quelques illustres exceptions, n'a pas encore vu luire l'ère de 1830. Elle n'en est pas même encore à 1789. Mille aspérités politiques, sacerdotales, monacales, hérissent son sol. La liberté n'y peut faire un pas sans trébucher. Avant de bâtir la monarchie constitutionnelle sur ce sol rebelle, il faudrait le niveler; et pour tenter cette grande entreprise, quelle force a le juste milieu espagnol? — Oh! jamais l'Espagne ne trouvera l'occasion qu'elle a perdue! Qu'elle pleure, qu'elle pleure en larmes de sang, et son héroïsme, et son courage, et son immortel dévouement! Qu'elle verse des larmes amères sur la tombe des défenseurs de Saragosse et des illustres cortès de Cadix ! Car il fallait à l'Espagne vingt ans de la toute puissance de Na-

poléon pour purifier la grande plaie morale et physique
qui la tourmente; pour lui donner des manufactures au
lieu de couvents, une forte et sévère gendarmerie au lieu
d'anarchiques volontaires, une salutaire unité politique
au lieu d'une bigarrure de priviléges provinciaux, une
tolérance gouvernementale et religieuse au lieu de ce chaos
d'usurpations populacières et monacales, hydres sans cesse
renaissantes, et dont le sceptre de fer de Napoléon seul
aurait pu délivrer le monde !

A défaut d'un juste-milieu fort, nombreux, dépouillé
lui-même des préjugés nationaux, il ne reste donc au
gouvernement espagnol, pour vaincre ses ennemis, que
l'appui du parti contraire, c'est-à-dire l'appui du parti
purement et franchement révolutionnaire; du parti qui,
tout en combattant Napoléon, inscrivait dans la constitution de Cadix des conditions démocratiques mal com-
binées et inapplicables aux pays.

Ce parti, je veux en convenir, doit avoir fait des progrès par l'effet même des malheurs qu'il a subis depuis
1823, et, sans doute, il se prêterait aujourd'hui à des
modifications gouvernementales, qu'il n'aurait pas admi-
ses alors : à ses vertus patriotiques, il joint maintenant
une expérience dont il manquait autrefois.

Mais cette expérience aussi lui a montré qu'il n'y aurait pour lui ni sauvegarde dans le présent, ni sécurité
dans l'avenir, si les causes terribles dont il a déjà si cruellement souffert n'étaient réduites à l'impuissance; et croire
que les hommes proscrits par Ferdinand, croire que les
exilés dont il a martyrisé les frères d'armes, iront de
nouveau se jeter dans le cratère du volcan, pour maintenir au pouvoir les fauteurs des proscriptions politiques

qui ont donné à cette époque une si détestable immortalité, ce serait pousser les espérances de l'utopisme transactionnel au-delà de toutes les bornes admissibles! Quoi! rentrer en Espagne pour maintenir le système dont ils furent victimes! rentrer en Espagne pour qu'à la première hésitation dans la chance des armes, ou dans les intrigues de cour, ils se trouvassent à la merci de leurs ennemis inexorables, avec lesquels on leur annonce qu'on doit garder des ménagements! Et quelle garantie pourrait leur donner, contre des réactions nouvelles, un gouvernement qui afficherait son impuissance à se garantir lui-même, et qui proclamerait, à la face du monde, qu'il ne fait pas justice, de peur d'irriter contre soi ceux qui si long-temps firent de l'injustice et de la persécution leur privilége indélébile et sacré?

Il ne faut donc pas ici fermer les yeux par faiblesse, et faire en sorte de ne pas voir le mal pour se ménager un prétexte de le nier. Sans doute, je le reconnais, en agissant énergiquement contre le parti absolutiste, en le chassant à force ouverte de toute influence politique, le gouvernement espagnol doit s'attendre à une crise terrible! Mais dépend-il donc de lui de l'éviter? S'imagine-t-il que les apostoliques lui tiendront compte de ses complaisantes faiblesses? Ne voit-il pas qu'il se priverait par-là de ses seuls appuis, et ne gagnerait pas un seul de ses ennemis, à moins de gouverner par eux et pour eux, degré d'abjection que nous ne devons pas supposer à un gouvernement soutenu par la France! Se croirait-il, par hasard, dans la même position que le gouvernement français? Croirait-il que les prêtres carlistes de France fussent aussi dangereux pour Louis-Philippe que les prêtres carlistes

d'Espagne le sont pour Isabelle!... Les prêtres carlistes
de France, qui se contentent de lire la *Quotidienne* ou la
Gazette, d'escamoter ou de murmurer bien bas le *salvum
fac* pour recevoir de l'État leurs appointements annuels,
et les prêtres carlistes espagnols, riches, nombreux, actifs,
portant le crucifix d'une main, le sabre de l'autre, et pro_
clamant don Carlos à la tête des populations soulevées?...
Non, là, je le répète, il n'y a pas de juste-milieu. C'est
une guerre à faire, non un traité de paix à rédiger. —
Quand la victoire sera décidée, alors qu'on songe à la
pacification, rien de mieux : pour le moment, ce serait
une dérision.

Mais ce système, franc et décidé, contre les apostoliques, pourra-t-il vaincre par lui-même et se soutenir
en Espagne? Ne nécessitera-t-il pas l'intervention française? L'intervention française serait-elle triomphante,
ou n'éprouverait-elle pas le sort des armées de Napoléon?

Sans être trop optimiste, je crois que nous pouvons décider toutes ces questions en faveur de la liberté.

D'abord, il ne faut pas rabaisser le parti révolutionnaire espagnol au-dessous de sa juste valeur. Depuis
1820 jusqu'en 1823, il a prouvé qu'il pouvait, à lui seul
et sans appui, balancer, déplacer, et vaincre le parti
apostolique. Lorsque l'intervention de la restauration
française contre le gouvernement des Cortès fut décidée,
qu'était devenue la régence d'Urgel? qu'était devenue
l'armée de la Foi?... Tout cela était vaincu, chassé, pul-
vérisé...

Et cependant alors le parti révolutionnaire espagnol
avait contre lui et la duplicité malveillante de Ferdinand,
chargé de diriger le gouvernement libéral qu'il brûlait

de détruire, et l'influence hostile des absolutistes français, dont l'or et les menées soutenaient les absolutistes espagnols.

Or, maintenant, n'est-il pas permis de supposer que les révolutionnaires espagnols seront bien plus facilement vainqueurs du parti apostolique, s'ils sont soutenus de bonne foi par le gouvernement de Marie-Christine et par celui de Louis-Philippe?

Mais admettons, ce qui n'est guère probable, que les apostoliques espagnols pussent contrebalancer la force du parti révolutionnaire, et que l'intervention française devînt nécessaire pour terminer promptement ce conflit indécis, comment pourrait-on concevoir la moindre crainte sur le résultat de cette intervention?

Peut-on douter, par exemple, que si les cent mille soldats français entrés en Espagne en 1823, eussent soutenu la cause des Cortès déjà vainqueurs, au lieu d'embrasser celle des apostoliques déjà vaincus et personnifiés dans la personne de Ferdinand VII, peut-on douter, dis-je, que la cause des Cortès n'eût triomphé? Ce doute serait le comble du ridicule. Or, ce qui se serait fait facilement alors, se ferait bien plus facilement aujourd'hui, et toutes ces guérillas monacales disparaîtraient comme la fumée au seul aspect de nos bataillons.

On nous objecte sans cesse les souvenirs de la guerre de l'indépendance espagnole contre les armées de Napoléon. — Mais il faut être volontairement aveugle pour confondre des situations si dissemblables : disons mieux, si complètement opposées.

Napoléon avait tout contre lui en Espagne, — les apostoliques et les démocrates, les défenseurs de l'absolutisme et les défenseurs de la liberté. Prêtres, moines, libéraux, courtisans, bourgeoisie, noblesse, l'impulsion était générale. — Maintenant, au contraire, toute la partie libérale accueillerait le secours des Français avec transport, et les évènements de 1820 à 1823 ont prouvé que cette partie de l'Espagne peut au moins neutraliser la partie apostolique. En mettant tout au pire, si nous ne trouvions pas un excédant de force en notre faveur, nous trouverions du moins une absence totale de force répulsive. La balance entre les deux partis étant indécise, elle tomberait au premier poids que nous jetterions dans l'un des plateaux.

Mais ce n'est rien encore. Si grands qu'aient été le patriotisme et le courage espagnol dans leur lutte contre Napoléon, il est certain que l'Espagne eût succombé sans l'assistance persévérante de l'Angleterre, sans les travaux militaires de Wellington et de Béresfort, sans l'intervention des troupes anglaises, tacticiennes, régulières, bien armées, servant de point d'appui à ces masses insurrectionnelles, dépourvues de discipline, sans force en rase campagne, et qui se seraient mille fois dispersées si les succès et même les retraites bien calculées des troupes britanniques n'eussent perpétuellement servi de point de ralliement et de moyen d'excitation aux insurgés espagnols.

Aujourd'hui cet obstacle décisif est entièrement écarté : il n'est personne assez stupide pour admettre l'intervention anglaise en faveur de don Carlos, comme elle eut lieu autrefois en faveur de Ferdinand. La cause libérale, soutenue par la France, aurait au contraire l'appui moral de la puissance britannique, si elle n'avait même son appui matériel.

Qu'on ne vienne donc pas nous parler du sort éprouvé par l'invasion napoléonienne; les obstacles qui la firent avorter se sont changés en moyens de succès pour nous, qui d'ailleurs ne voudrions ni usurper ni envahir l'Espagne, mais y secourir, y fortifier, y consolider un gouvernement en harmonie avec notre organisation politique, et dont l'Espagne elle-même ne peut se passer pour entrer enfin dans la carrière d'amélioration sociale que ses tyrans politiques et sacerdotaux ont, jusqu'à présent, fermée pour elle.

Dira-t-on que les puissances du Nord s'irriteront de nous voir prendre une allure si ferme et si décisive? — Eh, que nous importe leur mauvaise humeur! Elles ont entendu le bruit de nos canons devant Anvers, elles ont vu luire le feu de nos bivouacs sur leurs frontières, elles ont vu chasser de la Belgique leur allié et leur parent Guillaume, elles ont vu la légitimité mise entre quatre murailles sous les verrous de Blaye, et ces puissances si belliqueuses ne se sont point émues, n'ont pas brûlé une amorce, se sont contentées de prendre pour elles-mêmes des mesures préservatrices, ce dont elles avaient bien le droit, et dont on ne peut les blâmer.—Croyez-vous donc aujourd'hui, qu'en l'honneur de la loi salique de Philippe V, et des moines de don Carlos, les puissances du Nord, si pacifiques dans des questions qui les touchaient de bien plus près, entreprendraient de passer sur le ventre à la France pour arriver aux Pyrénées?... Jamais! La route d'Espagne leur est fermée par terre et par mer : à tout prendre, elles en sont plus loin encore que nous n'étions loin de la Pologne; elles feraient dans la question espagnole, ce que nous avons fait dans la question polonaise;

elles se borneraient à des vœux impuissants pour le despotisme, comme nous nous sommes bornés à des vœux
impuissants pour la liberté, et la paix générale ne serait
point troublée.

La politique russe serait évidemment la plus froissée
par l'influence active et décisive de la monarchie de juillet
dans la question espagnole. — C'est précisément pour cela
que je l'appelle de toutes mes forces. Les procédés disgra-
cieux de l'autocrate envers la royauté de juillet ont été
trop long-temps et trop patiemment endurés; il s'en va
temps, et grand temps que nous lui montrions enfin le
cas que nous faisons de son hostilité dédaigneuse. Ce serait un coup de fortune pour nous que de trouver l'occasion de prendre une détermination qui, tout à la fois,
nous fût utile et qui lui déplût. Loin de chercher à l'éviter, nous devrions chercher les moyens de la faire naître
si les évènements n'y suffisaient pas.

---

27 OCTOBRE 1833.

Continuation du même sujet. — Influence de l'inquisition et des guerres de religion.

Quelques personnes trouveront étonnante la manière dont
je me prononce dans la question espagnole, et ne comprendront pas au premier abord, comment moi, qui suis le
champion le plus décidé du juste-milieu français, je demande une marche bien plus directe et plus énergique en
Espagne. Cependant j'ai déjà fait voir quelques-uns des

motifs qui me déterminent. Ajoutons-en quelques autres.
Ils se pressent en foule sous ma plume : je n'ai que l'embarras du choix.

Jetons d'abord un coup d'œil sur la restauration espagnole, et comparons-la à la restauration française. Ici la
dissemblance des deux situations frappera facilement tous
les regards.

La restauration des Bourbons de France ne devait aucune reconnaissance à la nation française, ni aux principes de la liberté. La nation n'avait fait usage de ses
droits et de ses forces depuis 1789 que contre la dynastie
féodale; elle l'avait d'abord restreinte dans son pouvoir,
muselée dans ses prétentions; puis proscrite, expulsée,
bannie à jamais. Elle avait défendu contre toute tentative de restauration, la république, le directoire, l'empire.
Elle ne cédait à la contre-révolution bourbonienne en
1814, que lorsque les armées françaises, héroïques victimes des éléments et du sort, avaient forcément souffert
que l'invasion étrangère occupât la France et la capitale.
Onze mois après, la révolution fit un nouvel effort d'accord avec les aigles impériales, et la dynastie des Bourbons fut de nouveau chassée du pouvoir et du territoire
français.

C'est dans cette situation que Louis XVIII rentra en
1815, et de cette époque seule doit vraiment dater la
restauration.

Or, l'on comprend comment cette restauration, par sa
fausse situation même, fut poussée dans des mesures
réactionnaires. En dépit de toutes ses phrases sentimen-
tales, mauvaise réthorique de chambre et d'antichambre,
elle se sentait en pays ennemi sur le sol français ; elle

agissait hostilement pour ne pas être une troisième fois vaincue et chassée.

Mais Ferdinand, lui, quand il reprit en Espagne cette couronne qu'une première fois il avait voulu arracher du front de son vieux père, cette couronne qu'une seconde fois il céda sans résistance à Napoléon, dont il devint à Valençay l'esclave et le flatteur, Ferdinand ne rentrait pas en Espagne porté sur les pavois des ennemis de sa patrie. C'est par les cortès libérales de Cadix, c'est par Mina, c'est par l'héroïque armée constitutionnelle que l'Espagne avait été défendue, sauvée, reconquise pour ce roi, déserteur de sa propre cause; pour ce roi, solennellement sacré devant l'histoire par le sang espagnol versé dans mille et mille combats. — Et bien, que fit-il, ce roi, pour témoigner sa reconnaissance à ses braves et fidèles défenseurs? — Ce qu'il fit?..... Le voici : il les proscrivit, il les emprisonna, il les mit aux galères, il les étrangla; il courba son front sous le joug monacal, il rétablit le pouvoir absolu dans toute sa monstruosité. Son système ignorant et barbare fut un objet d'horreur et d'exécration dénoncé par la tribune britannique et par la tribune française aux malédictions de l'Europe et de la postérité.

Ferdinand fut alors, et je ne crains pas de le dire, plus inexcusablement contre-révolutionnaire que don Miguel lui-même ne l'a été depuis en Portugal. Don Miguel, lui, ne devait rien aux libéraux portugais; toujours il avait lutté contre eux. Ils ne lui avaient point donné sa couronne; loin de là, ils avaient appuyé en toute occasion le système politique qui la lui ôtait. Vainqueur par sa propre astuce et par la force de la populace monacale,

il se vengeait, il frappait ses ennemis. Ferdinand, lui,
avait frappé ses sauveurs, il les avait égorgés sur le sein
de la malheureuse Espagne qui l'accueillait à bras ou-
verts, qui plaçait en lui son orgueil et ses espérances!...

Plus tard, la réaction contre-révolutionnaire de Ferdinand éprouva aussi son 20 mars. L'île de Léon copia l'île
d'Elbe, et cependant la couronne de Ferdinand fut respectée, fut conservée, plus heureuse que celle de Louis
XVIII que l'armée française avait détrôné. — Comment
une seconde fois Ferdinand reconnut-il l'imprudente générosité de la révolution? Comment traita-t-il les membres des cortès qui l'avaient laissé intact et sauf dans
Cadix, qui l'avaient remis à l'armée française, après l'a-
voir, au 7 juillet, sauvé dans Madrid de la fureur du
peuple victorieux? Malgré les conventions faites avec l'armée française, malgré la foi des traités, la seconde restauration espagnole se vautra dans les confiscations, dans
les supplices, dans le sang : l'absolutisme monacal revint
plus ardent et plus hideux que jamais au pouvoir; et les
annales contre-révolutionnaires n'offrent pas de plus exécrable époque à la mémoire des hommes.

Voilà des faits, voilà l'histoire, voilà le système qui
s'est continué en Espagne, pouvoir faible autant que violent, déconsidéré autant qu'orgueilleux, jusqu'à la mort
de Ferdinand.

Est-ce ainsi que Louis XVIII et Charles X nous ont
laissé la France? Non, mille fois non; et tout adversaire
que je sois de la dynastie déchue, jamais je n'abdiquerai
devant les factions les saintes lois de la justice et de la
vérité. Les réactions de 1815 furent affreuses en France,
sans doute; mais elles étaient le fruit des passions arden-

tes nées de la nature même des faits. La restauration de
Ferdinand immolait ses libérateurs, la restauration de
Louis XVIII immola ses ennemis. La restauration de Ferdinand établit, après de longues et continuelles proscriptions, un gouvernement d'absolutisme monacal ; la restauration de Louis XVIII, après des réactions sanguinaires,
mais momentanées, maintint le gouvernement de la
charte, de cette charte que plus tard la dynastie déchue a
voulu détruire, après l'avoir faussée, ce dont elle a été
convenablement et justement punie.

Lors donc que cette dynastie est tombée, en 1830, et
que la couronne bourbonienne a été définitivement brisée sur la tête de ses trois rois, nous nous sommes trou-
vés naturellement placés dans une position de juste-milieu. Nous devions, dans l'intérêt de la France, conserver
ce que la restauration avait fait de bien, modifier ce
qu'elle avait laissé d'imparfait, détruire ce qu'elle avait
fait de mal. — Encore faut-il observer que ce qu'elle avait
fait de mal, n'avait été qu'imparfaitement ébauché, n'a-
vait reçu qu'un commencement d'exécution, ce qui néces-
sitait sans doute le même châtiment qu'une exécution totale, mais n'exigeait pas la même réparation, la même
reconstruction de l'édifice social, que si l'attentat eût été
définitivement consommé.

En un mot, la charte constitutionnelle, bonne, excellente, admirable organisation politique, survivait à la
dynastie contre laquelle nous l'avions défendue ; la charte,
qui consacrait toutes les vraies institutions de liberté ré-
clamées en 1789, et vainement poursuivies depuis cette
époque par la nation, au milieu de ses gouvernements
mobiles et faux ; la charte qui, par le jeu bien combiné

des droits et des fonctions politiques, nous avait fourni le moyen d'acculer à l'impossible les prétentions de tous ces Lazares de l'ancien régime, qui croyaient que la monarchie féodale pouvait sortir de sa tombe, et qu'il suffisait de lui dire : *Levez la pierre du sépulcre et marchez.*

Nous avons donc défendu contre toutes les prétentions de la souveraineté du peuple cette charte, dont les novateurs radicaux demandaient et demandent encore la destruction dans tous leurs journaux et dans tous leurs écrits, pour y substituer une organisation démocratique, refaite à neuf par la France tout entière. Nous avons dit, et nous disons encore, et nous dirons toujours, que la monarchie constitutionnelle de la charte est le meilleur, le seul gouvernement qui convienne à la France; que la charte reconquise en juillet, n'était plus une charte octroyée, lors même qu'on n'aurait pas effacé cette parole ridicule de sa préface; que, pour le bonheur du pays, il suffisait de détruire toutes les influences gouvernementales contraires à cette charte, et de la mettre franchement, loyalement en pratique. — Voilà notre juste-milieu : il ne date pas du 13 mars, il date du 30 juillet.

Mais en Espagne, quel juste-milieu semblable voulez-vous établir? Quelle constitution Ferdinand a-t-il donnée ou laissée au pays, qu'on puisse vouloir conserver? Quel semblant de tolérance ou de liberté a-t-il respecté? Quelle justice politique a-t-il laissée intacte? Quelle liberté individuelle a-t-il garantie? Quelle liberté de la presse a-t-il même passagèrement admise? Qu'y a-t-il, en un mot, à conserver dans l'exécrable système de la restauration espagnole? — Dites-moi clairement et sans ambages, à quelle cause vous engagez les constitutionnels espagnols, les nobles restes des cortès et de l'armée de l'indépendance, à se dévouer, si vous bâtissez le gouvernement d'Isabelle sur les fondements posés par Ferdinand?

Qu'on ne vienne donc pas comparer la restauration espagnole à la restauration française : qu'on ne vienne pas comparer la marche politique qui doit être suivie en Espagne, à la marche politique que nous avons suivie en France depuis 1830. — Un monde entier les sépare.

Sans doute l'avenir de l'Espagne, comme de toute nation qui voudra vivre libre et heureuse par la liberté, est d'aboutir un jour à un gouvernement de juste-milieu. La république serait tout aussi absurde, tout aussi dangereuse en Espagne, et peut-être plus impossible que partout ailleurs, et ce n'est certes pas vers les doctrines républicaines que j'engagerai les révolutionnaires espagnols à dépasser la ligne du juste-milieu. C'est moins dans les institutions politiques qu'il faut porter la réforme que dans l'administration personnelle, dans la gestion de fait, dans l'économie sociale du pays lui-même; et fallût-il faire emploi du pouvoir pour déraciner du sol les vieilles aberrations des temps fanatiques et barbares, je dirais : Faites usage de la force à l'appui de la justice et des droits éternels de l'humanité. Ne craignez pas d'imiter ce conquérant de l'antiquité qui, loin de laisser à une nation égarée le droit d'égorger ses enfants, viola son indépendance et sa souveraineté, lui défendant, par exprès usage de la victoire, de continuer les sacrifices de sang humain !

Avant de nous engager plus avant dans cette thèse, montrons pourquoi il n'existe pas en Espagne de juste-milieu : puis, faisons voir comment, pour arriver un jour à ce juste-milieu tutélaire, il est indispensable d'en dépasser aujourd'hui les limites et d'agir révolutionnairement dans un pays qui ne compte que deux pouvoirs véritables, — la révolution et la contre-révolution. — Je réclame ici quelque attention de mes lecteurs.

Les nations, comme les individus, ne vivent réellement que par la pensée et la liberté. La volonté de l'homme, c'est l'homme lui-même. Aussi l'esclave n'est-il rien ; non, rien, pas même une bête brute, car la bête brute accomplit sa destinée, se conforme à la loi de sa nature. Mais l'homme qui perd sa liberté morale, l'usage de son intelligence et de sa volonté, s'anéantit.

Or, au milieu de tous les trésors de son climat, de toutes les forces vitales de sa population électrique comme les rayons du soleil qui l'enflamment, l'Espagne, depuis l'expulsion des Maures et l'établissement de l'inquisition, a perdu, dans l'ensemble des existences individuelles qui la composent, le libre usage de son intelligence et de sa volonté. Quelques priviléges locaux, quelques bigarrures d'anarchie provinciale, ne sont pas la liberté. Tout libre arbitre est détruit dans le peuple auquel le despotisme monacal impose toutes ses croyances, depuis le berceau jusqu'à la tombe. Les bûchers de l'inquisition ont fait pâlir la lumière même du soleil.

Sans doute dans ce vaste ensemble d'êtres humains qui devaient être libres malgré les chaînes et les bûchers, il se fait toujours un travail interne, une lutte sourde qui s'efforce de briser les entraves pour arriver à la liberté; mais ce travail porte ses fruits dans l'individu, non dans la nation, faute d'être fécondé par le grand jour et la publicité. Alors les vertus, les progrès de quelques citoyens sont une anomalie sociale, un motif de plus de désordre et de souffrance.

Ici, nous devons jeter un regard de pitié sur ces prétendus sages, sur ces hommes soi-disant monarchiques et religieux, qui n'ont pas craint de soutenir les doctrines de l'inquisition, non-seulement comme vérité religieuse, ce dont ils sont libres de penser ce qu'ils veulent dans leur for intérieur, mais comme institutions politiques favorables à l'humanité. — L'inquisition, selon eux, a rendu à l'Espagne l'éminent service de la préserver des guerres de religion, qui, depuis le commencement du seizième siècle, ont désolé l'Europe.

Admettons le fait, quoiqu'il pût être contesté sous quelques rapports. Admirez, d'abord, la logique de l'école absolutiste !... Félicitez, nous dit-elle, félicitez le peuple espagnol ; nous n'avons pas eu besoin d'égorger ses hérésiarques par les bras de nos soldats, parce que nous avons entassé les suspects d'hérésie dans les bûchers du saint-office !... Et que nous importe, raisonneurs malheureux, que la conscience humaine soit torturée par des bourreaux en uniforme ou par des bourreaux en soutane !

Mais si la liberté, si l'humanité, sont également immolées dans les deux cas, il y a cet inappréciable avantage dans les guerres de religion, que, de l'un des deux côtés au moins, elles se font toujours au nom de la liberté, au nom du droit d'examen, si de l'autre côté elles sont poursuivies au nom de l'absolutisme sacerdotal. — Votre inquisition, au contraire, détruit toute chance, toute possibilité de raisonnement, d'examen, de liberté. C'est un vaste étouffement dans lequel vous suffoquez les populations entières, dans lequel vous asphyxié leur présent et leur avenir !

Vous maudissez les guerres de religion !... Je les maudis aussi, mais je les maudis en vous qui les rendites nécessaires par votre exécrable despotisme !... Ces guerres ! elles sont affreuses sans doute : l'Allemagne, l'Angleterre, les Provinces-Unies, la France, en ont éprouvé d'horribles déchirements ; mais le sang qui fut versé dans les champs de bataille, dans les luttes civiles, devint une semence féconde de progrès et de liberté ! Ce sang des martyrs de la Saint-Barthélemy, des martyrs de Merindol et des Cévennes, a payé l'affranchissement de l'esprit humain. Pendant que les bras combattaient, la raison, dégagée des entraves sacerdotales, agissait, se formait, se développait : de l'examen des croyances religieuses, elle passait à l'examen de toutes les doctrines politiques et sociales, elle marchait à grands pas dans la carrière de l'industrie et du perfectionnement ; et quand les guerres de religion se sont éteintes, quand elles sont devenues impossibles par le progrès des lumières qu'elles-mêmes avaient excité, les peuples ont promptement oublié les maux qu'ils avaient soufferts et dont ils étaient grandement récompensés. Leurs cicatrices, rapidement guéries, n'ont duré que ce qu'il fallait pour servir de leçon aux générations nouvelles, appelées à profiter des convulsions qu'elles n'avaient pas endurées !

Comparez, comparez donc l'état actuel des peuples qui ont été agités par la liberté d'examen et par les guerres religieuses, à l'état actuel de l'Espagne et du Portugal ! Puis, vantez-nous encore, si vous l'osez, les bienfaits du saint-office et l'unité religieuse de la Péninsule !

Il n'est pas difficile de concevoir comment l'anéantissement de tout droit d'examen a paralysé, en Espagne, les développements et les progrès de la classe moyenne, dont l'influence doit faire toute la force du juste-milieu; comment le pouvoir du clergé et son despotisme, tout à la fois politique et religieux, ont mis à sa disposition d'immenses usurpations de fortune, qu'il nomme *sa propriété*, et qui laissent à sa discrétion les bras de la plus grande partie du peuple : il n'est pas difficile de voir qu'il n'y a pas à pactiser avec de tels obstacles, mais qu'il faut les détruire, si l'on veut édifier un établissement solide de gouvernement et d'administration, et comment, par conséquent, la force révolutionnaire doit être employée d'abord pour arriver ensuite à une législation de juste-milieu. Néanmoins, ces vérités ont besoin de certains développements pour être bien appréciées, et pour triompher de quelques vieilles objections que les politiques routiniers ne manqueront pas de leur opposer.

<hr />

31 OCTOBRE 1833.

De la Nécessité d'affaiblir le Clergé espagnol.
Des Biens du Clergé.

—

Lorsque, pour conserver son pouvoir usurpé, pour immobiliser en lui le respect et l'obéissance des peuples, le clergé romain défendit à la nation espagnole d'admettre une croyance, une pensée, une parole, qui ne fût sanctionnée par le saint-office, et ce, sous peine des flammes temporelles, en attendant celles de l'éternité, ce n'est ni

contre les classes inférieures, ni contre les classes supérieures, que sa surveillance inquisitoriale dût être principalement dirigée. Les classes inférieures, peu lettrées,
esclaves natives des préjugés, n'ayant ni le loisir ni le
goût de l'étude, presque continuellement appliquées à
satisfaire les grossiers appétits de la vie physique, reçoi-
vent volontiers leurs croyances toutes faites, et sont
étrangères à tout esprit de doute ou d'examen. Les
classes aristocratiques, amollies par les délices de la
richesse, attachent peu d'importance à des progrès de
pensée qui ne peuvent leur procurer aucun nouveau
moyen de jouissance. D'ailleurs, ces classes privilégiées
ont besoin du clergé pour auxiliaire de leur pouvoir
politique; ce sont deux puissances plus souvent complices que rivales : séparées par les passions de quelques
instants, elles sont réunies par leurs intérêts de toute
la vie.

Mais il n'en est pas de même des classes moyennes; là
germe perpétuellement l'esprit de travail, d'examen, de
développement. Ces classes moyennes, en rapport par le
commerce avec les populations des autres états, tendent
sans cesse à importer dans le pays les développements de
pensée qui s'accomplissent dans le monde entier. Indé-
pendantes, parce qu'elles se suffisent par le travail, rai-
sonneuses par l'habitude qu'elles ont de calculer les
moyens qu'elles emploient relativement au but qu'elles
veulent atteindre, elles sont forcément poussées à vouloir
penser par elles-mêmes, à vérifier les croyances qu'on
leur présente, à les admettre ou à les rejeter, selon le
libre exercice de leur raison.

C'est donc directement, spécialement, contre le déve-

loppement de la classe moyenne que le despotisme inqui-
sitorial devait s'exercer. Ces deux forces sociales s'ex-
cluent mutuellement ; et c'est parce que le clergé espagnol
a pu se maintenir dans son existence surabondante, dans
son usurpation de pouvoir, que la nation espagnole est
privée de véritable juste-milieu social.

La conséquence immédiate et rigoureuse de cet aperçu,
c'est que pour arriver à un système de juste-milieu politique, basé sur une force sociale réelle, il faut ôter au
clergé espagnol tous les moyens d'influence qu'il exerce
contre le développement progressif de la classe moyenne
de la nation.

Faites à cette assertion toutes les objections qu'il vous
plaira ; représentez avec de sombres couleurs l'effet que
produira sur la populace insurrectionnelle de l'Espagne,
cette réforme de la puissance ecclésiastique ; voyez arriver
de Rome des fulminations de bulles et d'interdits contre
Marie-Christine, ainsi que nous venons de voir une allocution du pape contre Don Pedro, au sujet de quelques
sages mesures prises par le duc de Bragance contre les
délits ecclésiastiques ; allez plus loin encore, donnez toute
carrière à votre imagination politique : quelque hypothèse effrayante qui vous soit présentée par elle, aucune
ne me fera hésiter une minute, aucune n'ébranlera un
seul instant ma profonde conviction.

Sans doute, il peut y avoir de graves difficultés attachées à l'accomplissement de la mesure que j'indique.
Mais entre l'impossible et le difficile, il n'y a pas à balancer. Or, il est radicalement impossible d'établir en
Espagne un gouvernement libéral et raisonnable, il est
impossible d'ouvrir à l'Espagne la carrière d'amélioration

qui doit créer pour elle un juste-milieu politique, si, pour premier pas, une profonde réforme ecclésiastique n'est pas opérée.

Voilà ce que les membres des cortès ne comprirent pas, parce qu'eux-mêmes ils étaient courbés sous leurs préjugés nationaux, et voilà pourquoi leur succès était impossible, du moins l'ai-je toujours regardé comme tel. J'invoque des souvenirs publics à Bordeaux : lorsqu'il fut question de l'intervention française contre les cortès en 1823, seul contre l'opinion de tout le parti libéral français, je dis hautement que les cortès ne pouvaient seulement pas se défendre, et qu'elles avaient ruiné leur œuvre de leurs propres mains. Si mal qu'elles eussent été attaquées, elles devaient nécessairement être vaincues.

Deux choses, même après la destruction nominale de l'inquisition, font le pouvoir du clergé de la Péninsule, — son immense fortune, — ses priviléges de juridiction ecclésiastique.

Voulez-vous et pouvez-vous détruire l'un et l'autre?... Alors il y a quelque chance d'amener à bien la révolution d'Espagne.

Reculez-vous dans cette grande entreprise, soit par l'effet de vos propres préjugés, soit par la crainte de l'effervescence populaire que le clergé appellerait à son secours, confondant, selon son usage, la religion, les intérêts du ciel, la cause de Dieu, avec la cause de la fortune et du pouvoir temporel des prêtres?... Alors renoncez à tout espoir. Vous vous embarbouillerez dans un labyrinthe inextricable : tantôt vainqueurs, tantôt vaincus, vous déferez d'une main ce que vous aurez fait de l'autre, et, en définitive, le plus grand triomphe qu'il vous sera possible d'atteindre sera que le clergé espagnol se contente de dominer le gouvernement de Marie-Christine, au lieu de s'opiniàtrer à le détruire. — Belle œuvre, vraiment! grande conception politique! noble et brillant résultat de l'influence française et de la révolution de juillet !

Commençons par ce qui touche les biens du clergé.

Examinons le droit, d'abord. — Les biens du clergé sont-ils une propriété réelle, comme le domaine des particuliers? Est-il permis d'y toucher, sans se rendre coupable d'arbitraire et de spoliation?

Ces graves questions furent traitées avec éclat dans nos premières assemblées. — Malgré les sophismes de l'abbé Maury et une phrase célèbre de l'abbé Syeyès (c'était évidemment la cause de tous les abbés), le droit national d'aliéner les biens du clergé fut parfaitement établi.

Sans entrer dans tous les détails de cette grande matière, je dirai seulement un mot de la nature de ces biens et de leur origine.

Quant à leur nature, il est évident que ces biens ne sont que le salaire national payé au clergé pour le service public qu'il accomplit dans l'Etat. Le législateur a donc le droit de régler, pour l'utilité générale, le meilleur mode à suivre pour établir cette rétribution. Pourquoi le clergé serait-il rémunéré par une transmission indéfinie de propriété, tandis que l'armée, la magistrature, l'administration, sont rémunérées par des traitements annuels?

Que si l'on objecte que ces biens viennent primitivement de donations faites par les particuliers, cette objection n'a aucune valeur : ceci est un objet d'ordre et d'intérêt public, pour lequel les volontés particulières des citoyens n'ont pu d'avance enchaîner à perpétuité les volontés du

législateur. Aux yeux de la loi qui règle la transmission
des propriétés par héritage, le clergé n'a pas un privilége
particulier qui puisse le faire échapper aux changements
que les dispositions de cette loi peuvent subir. Les prêtres
du dix-neuvième siècle ne sont pas les héritiers nécessaires et inamovibles des prêtres du treizième siècle; à plus
forte raison pour les corporations monastiques, que la loi
civile a le droit de supprimer entièrement, si elle le juge
convenable. La transmission des biens du clergé n'est
qu'une sorte de substitution indéfinie, qui peut être détruite par la loi, tout aussi bien que les substitutions des
propriétés privées l'ont été dans les successions particulières.

Le clergé, comme corps collectif, ne peut avoir de droit
de posséder qu'autant que la loi le lui accorde. Hors de là,
il n'a pas d'existence civile. — Tout ce que la loi lui doit,
c'est un salaire annuel proportionné aux services qu'il
rend à l'État.

Mais si l'on examine l'origine de ces biens, si l'on réfléchit qu'ils sont tombés entre les mains du clergé par
l'effet de l'ignorance fanatique des temps barbares, où l'on
croyait racheter tous les crimes par des donations à l'É-
glise, par des fondations pieuses, par des spoliations réellement commises au détriment des héritiers légitimes et
naturels, pour enrichir des prêtres ambitieux qui avaient
un tarif tout réglé pour l'absolution des plus épouvantables forfaits; si l'on pense surtout qu'avant de proscrire ou
de brûler les hérétiques, les schismatiques, les juifs, les
relaps, on commençait par confisquer tous leurs biens au
profit du clergé, on verra que ces biens d'église, entachés
dans leur origine, sont une véritable usurpation sur la

fortune nationale, non une vraie propriété. — Et dites-moi
si, par hasard, une nation entière, ou tous les habitants
d'une province seulement, avaient été assez sots, assez
crédules, assez fanatiques, dans le treizième siècle, pour
donner au clergé la totalité de leurs biens, afin d'en obtenir un sauf-conduit plus efficace pour entrer au paradis,
croyez-vous que tous les citoyens, tous les habitants actuels, dussent admettre la validité d'un tel acte, et se regarder comme radicalement exclus de toute la propriété
du sol, éternellement adjugé à la puissance ecclésiastique?
De sorte que si, par le monde entier, une pareille aberration avait été commise, elle serait éternellement irréparable, et les prêtres posséderaient tout le sol de la terre,
jusqu'à la consommation des siècles!...

Non, il n'en est point ainsi. Comme individus, les
membres du clergé sont admissibles aux héritages de leur
famille propre; mais comme corps, comme être collectif,
ils n'ont de droit héréditaire que ce que la loi leur accorde, et elle est toujours maîtresse de le modifier, de le
limiter, selon que l'intérêt national le commande.

Lorsque les biens de l'Église ont été vendus en France,
la cour de Rome fit ce qu'elle ferait en Espagne, ce qu'elle
vient de faire pour le Portugal au sujet des juridictions
ecclésiastiques. Elle cria qu'on attaquait le ciel, qu'on
s'armait contre Dieu, que tout était perdu. Et cependant
toutes ces aliénations ont été consommées, reconnues, et
le ciel n'a point été compromis, et Dieu n'a point été détrôné, et la religion existe encore avec un clergé salarié,
au lieu d'exister avec un clergé propriétaire. — Voilà toute
la différence, et ce n'était pas la peine de faire tant de

bruit. — Il en serait certainement de même une seconde
fois.

Pour mesurer l'étendue de la réforme ecclésiastique
opérée en France par la révolution, depuis 89, qu'on ré-
fléchisse :

1° Que le clergé était un des trois ordres de l'État,
c'est-à-dire qu'il avait le tiers de la représentation politique du pays ;

2° Qu'en dîmes ou en propriétés, abbayes, canonicats
bénéfices, etc., il possédait le quart ou le cinquième des
revenus de la France ;

3° Que pour l'administration temporelle de ses droits,
il bravait souvent le gouvernement et ne reconnaissait que
la cour de Rome ; tellement que Rome excommuniait an-
nuellement tous les souverains qui se seraient permis
d'imposer une taxe quelconque sur les biens du clergé,
qui donnait seulement ce qu'il voulait, à titre de don
gratuit ;

4° Enfin, que pour affranchir le pays de ce joug de
Rome, il fallait préalablement l'autorisation du clergé
français, ce qui a donné naissance à ces quatre fameuses
et ridicules propositions, dénommées libertés de l'église
gallicane, dans lesquelles on établit sérieusement que l'é-
vêque de Rome n'a pas droit de déposer le roi des français, et autres libertés de cette force.

Comparez, sous ces quatre points de vue seulement,
l'organisation actuelle du clergé français avec l'état ecclésiastique de l'ancien régime, et vous verrez pourquoi la
France actuelle est libre, pourquoi nous avons aujourd'hui
un véritable juste-milieu politique.

La contre-révolution l'avait bien compris sous Charles

X !... Aussi était-ce toujours à réintégrer le clergé dans son ancienne puissance que tendaient tous ses efforts!

La révolution d'Espagne a ses conditions nécessaires, ainsi que celle de France a eu les siennes. — Si elle ne les remplit pas, elle avortera, et ce sera à recommencer.

Car un clergé propriétaire, c'est une puissance plus forte que le gouvernement; c'est une nation dans la nation, un État dans l'État... Ajoutez-y le privilége des juridictions ecclésiastiques, et toute organisation libérale de l'État est impossible.

Ceci nous mène au second point.

Imaginez donc un clergé propriétaire d'immenses richesses, de sorte qu'il soit indépendant du gouvernement et puisse le braver impunément. — Quelle obéissance lui rendra-t-il?... Aucune autre que celle qu'il lui conviendra de rendre.

Mais si maintenant, pour compléter le tableau, vous décidez que tout ecclésiastique accusé d'un délit politique ou criminel, sera jugé par ses supérieurs, comme s'il était question d'un délit spirituel, alors, je vous le demande, que devient l'État, que devient le gouvernement, que devient la loi civile? — L'État n'est plus qu'une succursale; le gouvernement est à Rome; la loi civile n'est plus rien.

— Ainsi les choses se passaient quand la cour de Rome, non-seulement ne permettait pas aux tribunaux laïcs de juger les ecclésiastiques, mais s'arrogeait le droit de juger ou de faire juger les rois eux-mêmes par ses délégués.

Voilà pourtant la question. Don Pédro arrivé à Lisbonne y a trouvé un nonce apostolique conspirant ouvertement contre la liberté, au profit de Don Miguel. — Don Pédro a

enjoint à l'ambassadeur papal de sortir immédiatement
du territoire portugais.

Don Pédro a trouvé des couvents entiers soulevés contre
lui, des prêtres qui les soutenaient, des archevêques qui
leur donnaient la main.—Il a ordonné que ces attentats
seraient poursuivis; quelques ecclésiastiques ont été dé-
férés à des juges laïcs; une réforme de juridiction a été
proclamée, soit pour le clergé séculier, soit pour les ordres religieux des deux sexes.

Tout cela est convenable, juste, politique.

Mais aussitôt la cour de Rome se soulève, et jette dans
le monde politique et chrétien une allocution réprobatrice
contre don Pédro. Elle accuse son audace qui a osé attenter aux biens et aux droits ecclésiastiques, qui a osé porter la main sur ceux dont il est dit : *Ne touchez point à
mes christs*, ce qui signifie que la puissance civile n'a aucun droit de juridiction sur les crimes et délits commis
par les membres du clergé. Ainsi, dit le saint-siége, « La
» loi a détruit le privilége du for ecclésiastique, elle a
» aboli le tribunal auguste de la nunciature apostolique,
» et a soumis à un tribunal laïc les causes sur lesquelles il
» prononçait jusqu'à présent!... » Puis arrive, comme
d'usage, la phrase classique qui nous apprend *que cette
cause est la cause de Dieu même*, auquel s'attaque l'impiété
des hommes.

Cependant, il doit nous être permis de faire observer
au saint-siége que la cause de Dieu ne peut pas être autre
en Portugal et en Espagne, que ce qu'elle est en France;
que tous ces actes qui, selon le saint-siége, attaquent Dieu
même en Portugal, sont très-positivement consacrés par

nos lois françaises, sans que la cour de Rome fulmine contre nous ni bulle ni allocution!...

Il ne faut donc pas se laisser arrêter par toutes ces prétentions surannées d'une usurpation ecclésiastique qui s'éteint. Point de clergé propriétaire, point de juridiction ecclésiastique, excepté pour les délits spirituels punis de peines spirituelles, et tout rentrera dans l'ordre; hors de là, point de salut pour la raison et pour la liberté.

Et que fallait-il donc que don Pédro fît à Lisbonne? qu'il laissât le nonce apostolique conspirer impunément contre lui, qu'il permît la rebellion des moines, des prêtres, ou que, pour les juger, il les déférât à leurs propres complices?.... En vérité, tout cela est prodigieusement étonnant dans le dix-neuvième siècle!

D'accord avec moi en principe, beaucoup d'esprits libéraux penseront peut-être que la réforme ecclésiastique, bonne en elle-même, ne serait point exécutable à cause des difficultés locales qu'elle rencontrerait; ils objecteront que sans doute le gouvernement des cortès renonça à cette grande mesure, parce qu'il jugea que les obstacles étaient insurmontables. C'est un côté de la question qu'il nous faudra examiner incessamment. Mais qu'on remarque bien que si la réforme ecclésiastique était impossible, ce que je ne crois pas, alors on devrait en tirer pour conclusion, non pas qu'il faut essayer de régénérer l'Espagne politique en gardant pour base l'organisation actuelle de son clergé, mais qu'il faut renoncer à toute régénération, courber le dos, porter le joug, jusqu'à ce qu'une explosion inattendue détruise avec fracas et au milieu d'immenses malheurs, ce que l'on n'aurait pas eu le bon esprit et la fermeté de vouloir réformer quand l'occasion s'en est présentée. Car,

établir en Espagne un gouvernement libre et tolérant, et
conserver en même temps l'organisation actuelle de son
clergé, c'est une double et absurde impossibilité. Tout
homme politique qui consentira à donner la main à cette
entreprise, doit commencer par abdiquer son bon sens et
son intelligence.

On se tromperait fort, si l'on croyait que ces lignes me
fussent dictées par un esprit d'intolérance ou de persécution. Je hais la foi qui persécute ; mais l'incrédulité per-
sécutrice est tout aussi haïssable, et n'a pas la même excuse. — L'impiété fanatique est, d'ailleurs, du plus mauvais
goût : tout cela est passé de mode depuis cinquante ans.

Mais autant je désire qu'on respecte la foi religieuse,
dans son existence intime, dans ses légitimes attributs,
autant je souhaite ardemment qu'on distingue ce qui tient
à la foi de chaque religion, des envahissements temporels
que les |hommes qu'elle emploie pour ministres tendent
sans cesse à s'adjuger dans la fortune terrestre et dans le
gouvernement politique, et si, en outre de ces envahissements tout mondains, il se trouvait un clergé qui réclamât
comme un point de sa croyance, la nécessité, le droit de
subjuguer de force, de maîtriser la conscience d'autrui,
je n'admettrais jamais cette étrange prétention comme une
partie de sa liberté de conscience. Le droit de despotiser
la pensée d'autrui n'a jamais fait partie de la liberté de
personne, et c'est ainsi précisément que le clergé romain
s'était fait une liberté qui n'était autre chose que l'oppression des consciences dans le monde entier. — La révolution
française a brisé ce réseau de déception et de despotisme,
et ce n'est pas quelques allocutions de la cour de Rome
qui le restaureront.

10 novembre 1833.

L'insurrection que **H. Fonfrède** avait prévue, dès la mort de Ferdinand vii, éclata dans les premiers jours du mois de novembre 1833. Une proclamation de l'évêque de **Léon** appela aux armes les **Espagnols** partisans de **Don Carlos** : une insurrection générale éclata dans les provinces basques, et les troupes de la reine furent obligées de battre en retraite devant les factieux. — Ce fut à l'arrivée de ces nouvelles, que **H. Fonfrède** publia les lignes qui suivent :

—

État de l'Espagne au 10 novembre 1833.

Aussitôt que la mort de Ferdinand et la proclamation de Dona Isabelle, comme reine d'Espagne, eurent mis le ministère français dans la nécessité d'adopter un parti relativement à la direction gouvernementale de la Péninsule, j'ai essayé de caractériser la situation respective de la France et de l'Espagne actuelle, et de montrer comment les mêmes principes de politique devaient y être différemment appliqués.

Peut-être a-t-on cru qu'il y avait dans mes idées un peu trop d'exaltation ; peut-être a-t-on cru que la préoccupation naturelle qui naît du travail de l'esprit dépourvu de communication pratique avec le maniement des affaires, m'avait entraîné trop loin, et que j'aurais eu occasion de modifier mes assertions et mes vues, si j'eusse été à la place du gouvernement français lui-même ou de l'agent qu'il envoyait en Espagne.

Cette réflexion aurait été fort naturelle : il est effectivement plus facile de raisonner un système dans le cabinet, de tracer un plan de gouvernement ou de politique, qu'il ne l'est de réaliser ce système et d'exécuter ce plan sur le terrain. Je ne me fais aucune illusion à cet égard ; je sais qu'il est plus facile de donner un bon conseil que de l'exécuter.

Néanmoins, quoiqu'il soit possible de se tromper sur la convenance d'un système politique, même bon en lui-même selon le raisonnement, il est, ce me semble, plus facile encore de se tromper, lorsque, de prime abord, et sous prétexte d'obstacles éventuels, on embrasse un système que le raisonnement démontre mauvais et mal approprié aux nécessités politiques. — Cette erreur, je crois qu'elle a été commise ; il me semble que la marche des évènements en Espagne atteste déjà que ce n'est pas nous qui nous sommes trompés, que la mission de M. Mignet aurait dû reposer sur d'autres bases, et que la reine Christine éprouve les fâcheux effets de la politique dubieuse qu'elle a embrassée d'après les conseils qu'on lui a donnés.

L'inaction de Saarsfield, la défaite de Castagnos et d'El Pastor, l'occupation de Tolosa par les carlistes, l'insurrection de la Navarre, prouvent que le mal s'aggrave, et que, malgré l'enthousiasme officiel des journaux ministériels de France, la partie libérale et virile de la population espagnole laisse les troupes de la reine, sans secours, lutter inégalement contre le parti absolutiste qui les bat.

Et comment en serait-il autrement? Comment les victimes de Ferdinand, les hommes qui ont à pleurer un père,

un frère, un ami, tombés sous les bourreaux de ce pros-
cripteur couronné, viendraient-ils s'exposer à la mort horrible des guerres civiles, pour défendre un trône qu'on
veut bâtir sur les mêmes principes déguisés seulement,
comme par grâce, pour allécher des gens dont on sait avoir
besoin, mais auxquels on craint de se livrer. Quels libéraux catalans suivront avec confiance les drapeaux d'un
pouvoir qui donne ordre d'arrêter Mina s'il paraît de l'autre côté des Pyrénées? Qui peut faire écho à la voix de
Christine, quand elle proclame l'immortelle mémoire de
Ferdinand? Vouloir vaincre les absolutistes, et se servir
des libéraux seulement comme instruments passifs, trop
heureux de rentrer en grâce sous un pouvoir qui, par son
amnistie partielle, flétrit leur infortune passée, c'est étrangement se méprendre!... Ce n'est pas Arguelles et Llorente
qui ont besoin d'être pardonnés, — c'est le gouvernement
de Ferdinand!

En suivant la marche bâtarde qu'on lui conseille, la
reine n'aura pas d'appui véritable pour vaincre avec éclat,
encore moins pour gouverner avec solidité; et non-seulement elle manquera de force, mais celle de ses ennemis
redoublera par la confiance que leur inspireront sa faiblesse et son isolement. On verra, d'un côté, l'élan des
partisans de Marie-Christine s'allanguir, parce qu'ils ne
se sentiront pas soutenus; de l'autre, les partisans de Don
Carlos, jusqu'à présent cachés et craintifs, se déclarer hardiment, parce qu'ils remarqueront la fausse position du
parti de la reine.

Si le gouvernement français a reculé devant l'idée de
l'intervention, s'il a conseillé à la reine d'Espagne la marche gouvernementale qu'elle a adoptée, pour éviter la né-

cessité de cette intervention, il me paraît avoir été bien
malheureusement inspiré. Jamais on n'aurait fait un calcul
plus faux, plus à contre-sens.

En effet, plus le parti de la reine sera faible, plus l'a-
gitation du pays s'accroîtra, et plus l'intervention française deviendra imminente, nécessaire, et cependant moins
facile. S'appuyer avec vigueur sur le parti libéral qui, en
1820, suffit seul à vaincre le parti apostolique, c'était
pour la reine le moyen d'avoir à sa disposition une force
espagnole imposante, et par conséquent d'avoir d'autant
moins besoin d'une force française ! Plus, au contraire,
elle craindra de s'appuyer sur la portion libérale de l'Espagne, plus elle verra les rangs de ses défenseurs privés
de la force morale et physique de cette partie de la nation
qui, seule, peut lutter contre l'apostolicisme, et plus il lui
faudra avoir recours à l'assistance des Français.

Et si elle arrive enfin à en avoir besoin, elle se sera
placée dans la situation la plus fâcheuse pour la demander
et la recevoir ; car elle aura déjà en grande partie déna-
tionalisé sa cause, puisqu'elle dira devant le monde entier : — Français, venez me secourir, parce que les Espagnols ne veulent pas me défendre !

Or, en toute chose, la déconsidération ou l'enthousiasme
moral sont la véritable source de la faiblesse ou de la force
politique. La force matérielle est peu de chose quand on
se place gauchement pour l'employer. On peut réussir encore, sans doute ; mais cela devient difficile et pénible.

Ce serait donc, je le répète, un fort mauvais calcul que
d'avoir engagé Marie-Christine dans la marche qu'elle
suit, pour éviter la nécessité d'intervenir en Espagne. Ce
calcul est d'autant plus faux, qu'ayant été facilement dé-

viné par les partisans de Don Carlos, il a encore servi
d'excitation à leur audace, en leur donnant l'assurance
qu'ils n'avaient rien à craindre du gouvernement français.

Donc, pour éviter l'intervention, il fallait tout à la fois
conseiller à la reine de s'appuyer franchement sur les
constitutionnels, et manifester hautement la ferme résolution d'intervenir à l'appui de ce système, s'il en avait
besoin; il fallait, dès-lors, rassembler des forces impo-
santes sur les Pyrénées, afin que les carlistes vissent que
la France n'entendait pas se borner à d'impuissantes paroles.—Alors les constitutionnels, pleins d'enthousiasme
et de sécurité, se seraient promptement levés, manifestés,
armés partout en faveur de la reine; alors les carlistes,
doublement effrayés, seraient restés dans l'abattement et
l'hésitation, et l'on n'aurait pas eu besoin d'intervenir.
Par la marche qu'on a adoptée, on a produit immédiatement l'effet tout contraire. On recueille ce qu'on a semé.
C'est précisément ce que nous avions prédit.

Et qu'on y prenne garde surtout!... Qu'on n'aille pas
intervenir à l'appui du système jusqu'à présent suivi par
la reine d'Espagne! Qu'on n'aille pas se placer entre les
apostoliques et les constitutionnels pour soutenir, contre
les deux partis, le ministère de M. Zea-Bermudez! Ce serait un admirable moyen pour que la nation espagnole se
levât en masse contre nous et reçût l'intervention française à coups de fusils! — C'est pour la révolution qu'il
faut intervenir, ou bien il ne faut pas intervenir du tout.

Néanmoins, rien n'est encore compromis définitivement,
de graves erreurs peuvent être réparées. Nous aimons à
penser qu'on aimera mieux prendre de bonnes et fortes

mesures, que de s'en fier au hasard des évènements. Ils
ont été favorables, depuis trois ans, à la cause de l'ordre
et de la liberté; bien souvent ils ont réparé les fautes du
pouvoir, et miraculeusement agi pour en empêcher les
conséquences funestes. Mais il n'est pas prudent de trop
compter sur la destinée. — Nous engageons fortement le
ministère français à y réfléchir, tant pour notre politique
intérieure que pour la question espagnole. — La première
de toutes les mesures serait de diriger immédiatement
quelques régiments français vers les Pyrénées, où nos
frontières sont insuffisamment garnies. — Je suppose que
le gouvernement français n'a pas besoin pour cela de la
permission des cours du Nord. S'il croyait en avoir besoin, il faudrait bien se garder de lui donner le conseil
d'agir avec énergie, car il serait incapable de le suivre
parce qu'il serait indigne de le recevoir. — Ses ennemis
seuls peuvent s'arrêter à cette pensée; mais nous, qui avons
confiance dans son patriotisme et dans son indépendance,
nous n'attribuons l'indécision de sa conduite qu'à un faux
calcul; c'est dans son intérêt et dans le nôtre que nous nous
efforçons de le détromper.

---

11 NOVEMBRE 1833.

Nouvelles réflexions sur l'Espagne.

L'état actuel de l'Espagne n'est pas un gouvernement,
c'est une révolution qui a germé long-temps, qui a fait
éruption, qui a été comprimée, qui s'élabore et travaille
de nouveau dans l'abîme mystérieux des destinées humaines, pour surgir enfin au grand jour, prendre place dans

le monde politique, et se transformer en gouvernement.

C'est donc seulement pour nous conformer au langage reçu, pour être compris de tout le monde, que nous disons le gouvernement de Marie-Christine. Il n'y a pas plus de gouvernement de Marie-Christine qu'il n'y aurait de gouvernement de don Carlos, lors même que le pouvoir de la reine serait détruit. L'un et l'autre, placés dans une voie fausse, et luttant avec l'impossible, instruments passagers d'une crise sociale qui doit renouveler la face de la généreuse Espagne, concourent à une œuvre gouvernementale qu'ils ne paraissent comprendre en aucune façon.

De cette crise sociale doit inévitablement sortir la liberté de l'Espagne, la destruction du pouvoir apostolique, l'affranchissement de toutes les forces intellectuelles et morales; avec la reine, si la reine ne se place pas en dehors du mouvement social; sans la reine ou contre la reine, selon le degré d'erreurs dans lequel elle peut se laisser entraîner. — C'est au développement de cette idée que je vais consacrer les réflexions suivantes.

La première erreur qui a dominé le cabinet de Marie-Christine a été d'accepter en entier l'héritage politique de Ferdinand, sauf à en modifier partiellement l'administration future. Elle a pensé qu'en honorant la mémoire des crimes apostoliques, en laissant, aux mains qui les ont commis, les bénéfices de pouvoir et de fortune qui en ont été les résultats, en s'inclinant devant le pouvoir du clergé, elle rallierait à elle la portion absolutiste et fanatique de l'Espagne. Elle a espéré, d'un autre côté, qu'en étant moins rigoureuse que Ferdinand contre les patriotes espagnols, ils seraient enchantés de cette mansuétude inattendue, qu'ils se confieraient aveuglément à sa foi, et qu'oubliant le passé, ils attendraient patiemment d'un avenir obscur une amélioration, rendue cependant impossible par la nature absolutiste d'un gouvernement toujours dépendant .de leurs anciens persécuteurs. —Telle a été la politique du cabinet espagnol, et malheureusement le cabinet français l'a encouragé dans cette erreur au lieu de l'éclairer.

Les évènemens prouvent déjà combien cette double espérance de Marie-Christine est illusoire et fausse.

Le clergé d'abord, cette âme du parti absolutiste, l'a-t-elle rallié à sa cause par les concessions de son manifeste? —On a lu la proclamation de l'évêque de Léon ; on a vu que les trois quarts des prisonniers entrés à Pampelune étaient des prêtres et des moines pris les armes à la main. Il est impossible de supposer que le clergé espagnol consentira volontairement à soutenir un pouvoir politique qui ne sera pas entièrement dans sa dépendance ; il n'est point assez aveugle pour n'avoir pas compris que le manifeste de la reine n'est en réalité qu'une grimace de soumission et de respect envers lui, mais que la position même où elle est placée lui donne des intérèts contraires à l'apostolicisme, et l'engage dans une carrière où, bon gré malgré, elle sera obligée de lui résister quelquefois. — Don Carlos, au contraire, est l'homme des moines ; il est pour eux l'apostolicisme incarné. S'imaginer qu'ils hésiteront seulement entre la reine et lui, c'est une folie.

Les libéraux espagnols, ensuite. Par quel étrange calcul pourraient-ils être portés à se sacrifier, à s'exposer aux chances horribles de la guerre civile, lorsque la direction politique de l'État est la continuation du système de Ferdinand

qui les a proscrits? Croyez-vous qu'ils portent un grand
attachement à sa fille, dont le berceau, tout innocent
qu'il est, nage encore dans le sang versé par son père?....
Il y avait dans cet héritage paternel une part hideuse
qu'il fallait répudier hautement ; l'héritière de Ferdinand
avait besoin d'être moralement amnistiée par les proscrits.
Ils peuvent lui pardonner, sans doute ; ils peuvent la soutenir, la défendre, non en vue d'elle-même, mais en vue
du bon système qu'on lui ferait embrasser : mais s'armer
par enthousiasme comme les feuilles ministérielles ont la
niaiserie de le répéter, en s'amusant à nous détailler les preuves qui établissent la légitimité d'Isabelle ! Quelle politique
assez confiante a pu se nourrir de pareilles rêveries?
Qu'importe à la France de Juillet, qu'importe aux constitutionnels des cortès, la légitimité d'Isabelle? Elle n'a de
légitimité réelle et possible que celle qu'elle puiserait dans
la direction libérale de son gouvernement.

Mais, a-t-on dit, par cela seul que le gouvernement
d'Isabelle est repoussé par les apostoliques, les libéraux
espagnols doivent le défendre. S'ils le laissaient succomber,
alors ils se trouveraient livrés à leurs inexorables ennemis ; en abandonnant la reine, ils s'abandonnent donc
eux-mêmes à toutes les rigueurs de la proscription.

Ceci n'est qu'un sophisme spécieux qui peut égarer
quelques esprits, mais qui ne fera pas illusion aux intérêts
réels des libéraux. On va voir comment.

Le gouvernement de Marie-Christine est la continuation
de l'absolutisme de Ferdinand ; c'est contre cet absolutisme
que les libéraux espagnols s'étaient armés ; c'est pour s'ê-
tre armés contre cet absolutisme qu'ils ont été proscrits.

Un nouvel absolutisme se lève contre celui de la reine :

c'est celui de Don Carlos. Le premier est d'une nature plus politique, le second d'une nature plus monacale, mais l'un et l'autre ne diffèrent que par cette nuance.

L'absolutisme politique de la reine a donc recours aux libéraux, comme moyen de défense contre l'absolutisme monacal de Don Carlos. — Mais quel intérêt réel les libéraux ont-ils à verser leur sang dans la lutte, si on ne leur donne ni gage, ni garantie?... Cette lutte est, au contraire, tout à leur avantage : lorsque mille partisans de l'absolutisme politique auront tué mille partisans de l'absolutisme monacal, et réciproquement, ce seront deux mille ennemis que les patriotes espagnols auront de moins à combattre pour fonder un gouvernement libéral. Plus les deux nuances de l'absolutisme se dévoreront, plus le champ de bataille deviendra favorable à la liberté : pourquoi verser aujourd'hui le sang libéral qui, plus tard, pourra couler bien plus utilement pour l'Espagne? Pourquoi se dévouer à une cause ennemie? Pourquoi ne pas réserver toutes les forces des patriotes constitutionnels pour l'époque inévitable où ils pourront se dévouer avec espérance de succès, soit que la reine, impuissante à lutter seule contre l'apostolicisme, sente enfin l'obligation de se jeter dans leurs bras et de gouverner par eux ; soit que les deux fractions du parti absolutiste, s'étant mutuellement affaiblies, le parti constitutionnel puisse alors arborer son propre drapeau, et combattre en son propre nom !

Car voilà les deux chances de l'avenir. Ou la reine, sentant sa faiblesse, sera forcée de venir à composition avec les libéraux espagnols, ou bien la lutte des deux absolutismes détruira tout à la fois les forces de la reine et les forces de Don Carlos, sans que ni l'un ni l'autre puissent s'établir solidement ; et alors, voyez quelle perspective s'ouvre pour la régénération de l'Espagne !

Mais ces deux chances, les libéraux espagnols les détruiraient, ou du moins les affaibliraient considérablement s'ils se joignaient au système actuel de la reine. Pour se venger de leurs ennemis, ils feraient comme le cheval qui se soumit à l'homme pour se venger du cerf, et quand, plus tard, ils voudraient lutter pour reprendre leur liberté, oh ! qu'ils regretteraient amèrement le sang qu'ils auraient perdu pour obtenir une vengeance absurde et prématurée !

Je sais qu'on dira : S'ils ne s'arment pas promptement pour la reine, si le pouvoir de Marie-Christine est compromis, si l'opinion de l'Espagne semble dès-lors être favorable à l'absolutisme de Don Carlos, celui-ci s'établira peut-être, appuyé qu'il sera par l'influence des cours du Nord, et par la crainte qui empêchera le gouvernement français d'intervenir efficacement à l'appui d'une cause que les libéraux espagnols n'auront pas voulu défendre.

Ceci est une double et triple erreur.

D'abord, il est bien plus facile d'organiser une opposition armée à un gouvernement, que de gouverner soi-même. Il est très-aisé de concevoir que Don Carlos, lors même qu'il aurait le pouvoir d'empêcher Isabelle de régner, n'aurait pas les moyens de régner lui-même. Et comment le pourrait-il ? puisqu'il serait obligé, pour ne pas perdre l'appui de son parti, de faire pour ce parti ce que Ferdinand lui-même n'a pu faire. Pour régner appuyé du parti apostolique, il faudrait se livrer à de tels actes de tyrannie, que leur impunité serait impossible. C'est pour cela que Ferdinand avait fini par se brouiller avec les apostoliques, et non point par humanité, par conscience, par bonne intention. La même destinée attendrait Don Carlos. Son pouvoir périrait, ou par les excès de son parti, ou par sa résistance à ces excès. Son règne est impossible.

Secondement, au milieu de l'anarchie sanglante produite par la lutte des deux monarchies absolutistes, il est visible que leur affaiblissement mutuel rendrait toujours les libéraux assez forts, non pas pour défendre la reine dans la fausse position où ils ne doivent pas entrer, mais pour se défendre eux-mêmes quand ils seraient attaqués.

Troisièmement, enfin, craindre les cours du Nord dans cette affaire, est absurde; elles n'y peuvent rien, ni physiquement, ni moralement. Leur éloignement, leurs propres intérêts, l'impossibilité où elles sont de rompre, en face, à la France et à l'Angleterre, garantissent leur neutralité forcée.

La mauvaise volonté des cours du Nord a déjà été impuissante contre la révolution de juillet et contre la révolution belge. Or, certainement, ce n'est pas faute de haïr ces deux révolutions; ce n'est pas faute d'avoir à leur destruction l'intérêt le plus direct possible. Sans doute, il importait un peu plus aux cours du Nord de rétablir Charles X à Paris et Guillaume à Bruxelles, que de rétablir à Madrid Don Carlos, les moines et l'inquisition!

Pourquoi donc ne l'ont-elles pas fait? pourquoi ne l'ont-elles pas seulement essayé?... Je l'ai dit il y a plus de deux ans, et l'évènement a prouvé la vérité de mes paroles, qu'alors on traitait de raisonnement chimérique: — c'est que l'absolutisme des cours du Nord elles-mêmes n'est plus que nominal. Elles ont besoin, pour agir dans les grandes circonstances, d'être soutenues par l'esprit général, par l'approbation instinctive de leurs peuples. C'est parce qu'elles avaient eu cet appui dans leur guerre contre Napoléon, qu'elles avaient pu envahir la France. C'est parce qu'elles ne l'avaient pas contre la révolution de juillet et contre la révolution belge, parce qu'il leur était impossible de l'avoir tant que ces deux révolutions ne deviendraient pas jacobines et agressives, qu'il leur était absolument impossible d'agir hostilement contre nous.

Or, concevez-vous maintenant les populations protestantes ou schismatiques du Nord, donnant les mains à une croisade de leurs souverains pour rétablir l'inquisition à Madrid, et Don Carlos sur le trône d'Espagne? Croyez-vous que pour un tel intérêt elles donneraient volontairement leur or, leur crédit et leur sang? — Cette seule supposition est absurde; ni les libéraux espagnols, ni le gouvernement français ne doivent s'en laisser préoccuper une minute. Les cours du Nord sont mille fois plus impuissantes dans la question espagnole qu'elles ne l'ont été dans les questions belge et française. Elles ont bien assez à faire pour se garantir chez elles, sans s'occuper à se créer de nouveaux et insurmontables embarras.

Ainsi donc, constitutionnels de la France et constitutionnels de l'Espagne, quelles que soient les fautes des pouvoirs actuels, soyez bien convaincus que la liberté est en progrès partout, qu'elle ne reculera point, qu'elle ne périra nulle part. — Son triomphe ne pourrait être compromis que par votre impatience ou par vos excès!...... C'est à vous-mêmes de vous en garantir en joignant à l'énergie de vos nobles sentiments, la modération et la sagesse dont l'expérience des fautes passées a dû vous donner d'ineffaçables leçons.

— — · ◉ — — —

17 NOVEMBRE 1833.

La Révolution Espagnole est un malheur nécessaire et inévitable.

—

Si je voulais m'adresser aux passions, et seulement aux passions justes et généreuses, il me serait facile, je crois, de les exciter contre les doctrines hostiles à la révolution de juillet, que publient mes contradicteurs sous prétexte d'attaquer les révolutions en général. Mais telle n'est point mon habitude; j'aime mieux raisonner de sang-froid, et faire voir comment ceux qui me combattent passent à côté de la vérité, pour la nier, la dénaturent quand ils veulent la combattre, et prêtent aux défenseurs de la cause espagnole des torts gratuits, pour se donner beau jeu à les réfuter.

Les révolutions, disent-ils, sont des ébranlements funestes. L'incendie ne peut brûler nos voisins sans se faire sentir chez nous : si une révolution éclatait en Espagne, le contre-coup exciterait en France les passions mauvaises, et y détruirait l'ordre qui commence à renaître.

Les prétentions des partisans de la liberté espagnole sont étranges. Pourquoi les biens des couvents ne sont-ils pas déjà confisqués? Pourquoi une guerre à mort n'est-elle pas déclarée au clergé? Pourquoi ne couvre-t-on pas l'Espagne de clubs et d'associations? — Telles sont les demandes que m'attribuent mes adversaires.

Selon eux, nous voudrions aussi convoquer en Espagne une assemblée constituante, livrer ce pays à tous lès écarts des fureurs populaires, de même que nous l'aurions fait pour l'Italie, après la révolution de juillet.

Enfin, pour terminer cette amplification de rhétorique à l'appui de la légitimité et de l'absolutisme espagnols, nous devons, continuent les mêmes publicistes, nous opposer chez nos voisins à toute politique révolutionnaire : n'avons-nous pas le droit d'exiger d'eux qu'ils nous laissent suivre paisiblement le cours de nos expériences et qu'ils ne compliquent pas, par leurs propres révolutions, notre travail intérieur ? Qu'ils souffrent ou non, peu importe. L'essentiel, c'est qu'ils patientent, et qu'ils attendent, pour remédier à leurs souffrances, que la France ait eu le temps, elle, de coordonner son propre établissement. Alors, qu'ils s'affranchissent, s'ils le peuvent. Aujourd'hui, *l'intérêt de la France, c'est que le trône de la jeune reine s'affermisse, c'est que l'Espagne retrouve le plus tôt possible sa tranquillité.*

J'ai souligné cette dernière phrase, parce qu'elle couronne dignement tout le reste. — Il faut que l'Espagne retrouve le plus tôt possible sa tranquillité.

Ici le sens est clair, le mot *retrouve* ne permet pas de douter. Ce qu'il faut, c'est que l'Espagne revienne à la tranquillité dont elle jouissait sous Ferdinand, avec l'héritière de Ferdinand, avec les lois de Ferdinand, avec les ministres de Ferdinand !

Certes, pour quiconque connaît l'histoire des dix dernières années, la tranquillité dont l'Espagne a joui sous le feu roi, dont on loue la prévoyance, est quelque chose de bien recommandable ! La banqueroute, l'exil, la mort, la proscription, sous le titre de purification, pour tous les hommes libéraux dans l'armée, dans l'administration, dans toutes les classes ; de ce tissu d'actes despotiques résultant un gouvernement sans unité, sans nerf, sans morale, sans crédit ; des mouvements successifs de résistance à l'oppression dont le dernier s'est terminé par l'immolation de Torrijos et de ses cinquante compagnons d'infortune ; le tout maintenant confié à la direction d'une légitimité incertaine, née d'un caprice royal de l'absolutisme de Ferdinand, qui a détruit la loi salique comme il aurait pu la maintenir, comme un de ses successeurs pourra la rétablir par la même omnipotence royale, si la fantaisie lui en prend : voilà l'ensemble de force, de fixité, de raison, de légalité qu'il s'agit avant tout de consolider afin que l'Espagne retrouve sa tranquillité. Voilà ce qu'il faut défendre contre les projets de liberté que l'on appelle la politique révolutionnaire !...

Lorsque la branche aînée voulait rétablir en France l'absolutisme et démolir la charte, je concevais de pareilles doctrines. Effectivement, le contre-coup d'un système libéral en Espagne aurait ébranlé les projets de la contre-révolution légitimiste de France ; alors on n'aurait certainement pas protégé l'établissement d'un système constitutionnel en Belgique, ni en Portugal ! — Mais qu'après avoir révolutionné la France, après avoir défendu la révolution belge, après avoir excité, autant qu'on a cru pouvoir l'oser, la révolution de Portugal, on vienne nous dire qu'il serait horriblement dangereux pour la France que la même marche gouvernementale fût adoptée en Espagne, c'est, en conscience, déguiser, sous de trop pitoyables contre-sens, ou une incurable méfiance de la li-

berté, ou une incurable crainte des puissances du Nord,
devant lesquelles on jouerait une comédie dont les fines-
ses sont percées à jour de tous les côtés !

Oui, les raisons que vous donnez étaient bonnes en
1823, pour faire la guerre aux cortès espagnoles ! Oui,
c'était un thème fort convenable pour le bavardage lyri-
que que M. de Châteaubriand récitait au faubourg Saint-
Germain avant de le lire à la chambre des députés, et
de l'imprimer dans les feuilles légitimistes ! Mais aujour-
d'hui, c'est se moquer singulièrement de nous, que de nous
servir cette éloquence réchauffée des beaux jours de la con-
grégation française. — Non, il n'est pas dangereux pour
nous que l'absolutisme soit détruit dans l'Espagne ; bien
au contraire.

Que nous ne devions pas employer imprudemment nos
forces pour accélérer outre mesure ce mouvement, rien
n'est plus clair ; ce n'est pas nous, nous qui avons lutté,
au moins aussi énergiquement, au moins aussi spontanément que nos contradicteurs, contre les exagérations où
l'on voulait pousser la révolution de juillet ; ce n'est pas
nous qui voudrions rallumer en France l'incendie que
nous avons contribué à éteindre ; mais constituer l'Espagne en souveraineté permanente du peuple, ou engager
la reine à s'appuyer sur les réformes fondamentales que
nécessite impérieusement le bien-être social, sont deux
choses essentiellement différentes. Couvrir l'Espagne de
clubs et d'associations, ou conserver l'absolutisme de Ferdinand, le ministère de Ferdinand, le gouvernement pu-
rifié, c'est-à-dire corrompu, de Ferdinand, sont deux essais également condamnables ; et pour se donner gain de
cause, les écrivains qui nous sont opposés prêtent aux dé-

fenseurs de la cause libérale des absurdités ultra-libérales auxquelles ils n'ont point pensé.

Non, vous ne les désirez point, nous répondra-t-on, mais d'autres y pensent, d'autres les désirent, d'autres ensanglanteraient la face de l'Espagne par les vengeances auxquelles le parti constitutionnel se livrerait malgré vous; le clergé serait proscrit, ses bien confisqués, et l'excommunication du pape arriverait pour achever l'excitation du fanatisme, — car nous sommes parvenus à ce degré de déraison que l'on compte pour quelque chose en politique l'excommunication du pape contre une tête couronnée !... Grande et belle garantie pour votre légitimité, si elle ne peut régner qu'avec la permission de la cour de Rome ! Admirable moyen de calmer les exigences de ce pouvoir usurpateur, que de lui députer un envoyé pour le supplier de retenir la bulle vengeresse !... Et comment ne sentez-vous pas que c'est doubler le danger, au lieu d'y porter remède ? — Ici vous ne remontez pas à Louis XVIII; vous rétrogradez à Philippe-Auguste, et plus haut encore dans la barbarie du moyen-âge.

A cette objection, nous répondrons franchement : — Nous ne nions pas qu'une révolution en Espagne ne puisse entraîner des commotions déplorables pour ce pays, mais les évitez-vous avec le système que vous préconisez ? Le sang ne coule-t-il pas déjà en Espagne ? La guerre civile et ses ressentiments ne se propagent-ils pas chaque jour davantage ? Savez-vous où vous vous arrêterez dans cette carrière funeste ? Si l'on intervenait en Espagne pour soutenir le légitimisme absolutiste de la reine, et doter le berceau d'Isabelle de cette agonie gouvernementale qui, tant bien que mal, s'est soutenu jusqu'à la mort de Ferdinand;

si l'on intervenait pour donner à cette royauté naissante
la consécration cadavérique d'un despotisme expirant qui
n'avait de force ni dans le passé, ni dans le présent, ni
dans l'avenir; si, dans cette position étouffante que vous
nommez la tranquillité, le parti constitutionnel levait
enfin la tête et se rebellait pour réclamer ses imprescrip-
tibles droits et les garanties de sécurité qu'on lui doit,
agiriez-vous contre lui? Le drapeau tricolore lutterait-il
contre le drapeau de la liberté? Livreriez-vous Mina aux
bourreaux comme autrefois l'Empecinado l'immortel, et
Riego l'héroïque, avec lequel votre Ferdinand avait fumé
le calumet de paix!..... Eh Dieu!. .. le drapeau blanc
lui-même hésita devant l'exigence politique, et rougit
d'avoir couvert de sa protection cet holocauste impie!...
Nos soldats de la France libre déchireraient leurs éten-
dards tricolores, plutôt que d'en faire les enseignes de
cette monarchique croisade!

Vous nous parlez des convulsions éventuelles que notre système pourrait enfanter? — Mais au moins elles
auraient un but, un résultat, une solution. — Il y a eu
des maux sans doute de 1789 à 1830. L'extirpation de
tous les abus politiques ou sacerdotaux ne s'est pas faite
en France sans maintes crises douloureuses; mais enfin
elle s'est faite, cette extirpation, et c'est parce qu'elle
avait été faite que nous sommes arrivés à la possibilité
de cette belle et clémente révolution de juillet! Mais vous,
en Espagne, conservant à la fois l'omnipotence royale et
l'omnipropriété du clergé, vous vous livrez à des convulsions déjà commencées, déjà furieuses, déjà sanglantes,
sans perspective de solution, de calme, de tranquillité
pour l'avenir. C'est une mauvaise halte que vous faites

sous le feu d'une batterie qu'il faudrait bravement attaquer et franchir. Ferez-vous jamais un gouvernement
tolérable en Espagne, en conservant l'absolutisme du
pouvoir, l'influence des couvents, la richesse du clergé?
Croyez-vous qu'en France, si le clergé avait encore eu
ses biens, s'il eût été un des ordres politiques de l'Etat,
si la révolution de 1789 n'avait abattu devant elle ces
monstruosités, aux risques de ce qui en pourrait arriver,
croyez-vous que la révolution de juillet se serait accomplie, douce, clémente, glorieuse? Croyez-vous que les
carlistes cléricaux auraient reconnu le roi des Français?..
Ils se seraient armés pour Henri V, comme de l'autre
côté des Pyrénées ils s'arment pour Charles V. Telle est
l'impérissable loi de la nature humaine. En tout il faut
commencer par le commencement. Or, les privilégiés
d'Espagne renonceront-ils à leur monstrueuse omnipotence volontairement? Non, vous le savez bien. Donc il
faut qu'ils y renoncent par force. Cette force, Marie-
Christine ne peut la trouver contre eux que dans le parti
libéral. Donc il faut qu'elle s'appuie sur le parti libéral.
Que dans cette voie la France la seconde; que s'il y a
une crise on la surmonte sans mollesse comme sans
cruauté, mais qu'on ne recule pas devant elle, et surtout
qu'on ne nie pas patelinement le mal, en l'enjolivant de
phrases de rhétorique, pour se dispenser de le regarder
en face et de le vaincre! — Croyez-vous donc détruire la
vérité des faits en les niant?

Vous nous parlez des excès des constitutionnels, de la
constitution des cortès, des erreurs démocratiques!.. Oh!
que j'admire vos scrupules, et qu'ils vont bien à côté des
souvenirs que vous invoquez!

Mais avez-vous donc oublié que si les cortès firent une
constitution démocratique, c'est qu'il fallait d'abord s'a-
dresser aux sentiments de l'indépendance des citoyens,
pour défendre un pays que la royauté avait d'elle-même
déserté? Pourquoi ne leur servait-elle pas de bouclier, de
drapeau, de glorieuse et vivante trompette devant le
danger, cette légitimité fuyarde qui courtisait alors Napoléon? Et, plus, tard quand la royauté se fut montrée
cruelle, despotique, inquisitoriale, ne comprenez-vous
pas que les cortès sachant qu'ils avaient en Ferdinand un
ennemi public sur le trône, et se croyant obligés de le
conserver, furent obligés de conserver aussi les institutions démocratiques de la constitution pour s'en faire une
arme défensive contre le chef lui-même de l'État? — Destinée fatale des gouvernements où le chef immobilise en
lui de prétendus droits antérieurs qui l'excitent, à chaque instant, à reprendre les concessions de liberté que la
peur lui a arrachées! Autant nous en serait arrivé, après
la révolution de juillet, si nous avions gardé en France
un des rois de la branche aînée. Sa légitimité, toujours
menaçante, nous aurait rendus jacobins malgré nous. Le
seul moyen de pouvoir devenir raisonnables et modérés,
c'était de changer la dynastie, et grâce à Dieu nous l'a-
vons fait.

Mais qu'en Espagne le gouvernement de la jeune reine
fasse scission avec l'épouvantable passé dont on veut rendre son berceau solidaire; qu'au lieu de témoigner aux
constitutionnels une méfiance qui les placerait dans la
nécessité d'hostilité par représailles, elle leur confie la direction gouvernementale! qu'ils soient chargés de l'administration civile, judiciaire, militaire surtout! que

l'armée redevienne en leurs mains, par la libre volonté
de la reine, à laquelle ils ne peuvent imposer de loi forcée, maintenant qu'ils sont solitaires, exilés, proscrits,
qu'elle redevienne, cette armée, ce qu'elle était en 1820.
Alors vous verrez si les constitutionnels ne triompheront
pas comme en 1820; vous verrez si, éclairés par l'expérience, ils redemanderont des institutions démocratiques
pour renverser un pouvoir qui sera devenu le leur; vous
verrez s'ils ne se contenteront pas de sages réformes constitutionnelles; vous verrez si leur reconnaissance pour la
reine n'égalera pas la juste méfiance qu'ils exerçaient
contre Ferdinand. — Mais vouloir conserver le gouvernement entre les mains qui les ont proscrits, et leur demander en retour confiance, dévoûment, enthousiasme,
permettez-moi de vous dire que c'est étrangement abuser
des avantages de position que vous croyez avoir contre
eux !

Parlez de constitution dans cette Espagne que le mot
de constitution fait frémir de colère, s'écrie-t-on, et vous
donnez une armée à Don Carlos ! — Dites donc bien plutôt que nous donnerons une armée à la reine !... Les
partisans de Don Carlos sont déjà décidés, et se décide-
ront d'autant plus qu'ils se verront mal attaqués. D'ailleurs nous en avons eu l'expérience. Ce mot de constitution, ce talisman si fatal qui doit, selon vous, faire sortir
les bandes carlistes des entrailles de la terre, que pro-
duisit-il donc, lorsque en 1820 il était répété par tous
les échos ibériques? Une régence d'Urgel, parodie de gouvernement promptement anéanti ! Les bandes de la Foi,
qui usurpaient le titre d'armée, et qui furent dispersées,
chassées, détruites, malgré l'appui de la restauration

contre-révolutionnaire de France! Avec quel microscope nos adversaires grossissent-ils donc les objets? Où donc ont-ils pris la magistrale assurance avec laquelle ils nous affirment que le nom seul prononcé de constitution donnerait une armée à Don Carlos?

D'ailleurs, je l'ai déjà dit, ce n'est pas la constitution de Cadix que nous demandons pour les libéraux espagnols; c'est une marche claire, franche, qui leur confie la défense de la patrie et concoure avec eux à la réforme des abus monstrueux qui rendent impossible l'établissement durable d'une constitution quelle qu'elle soit. Vous appelez cette réforme, une révolution?... Eh bien, soit, nous ne disputerons pas sur les mots. Une révolution, si vous voulez: ce n'est pas nous qui la demandons, ce n'est pas nous qui la voulons: c'est l'inexorable nature des choses qui l'exige et qui la fera, avec vous, sans vous, ou contre vous. Je vous ai déjà tracé froidement et logiquement la série des idées qui doivent y présider et qui y présideront. Je n'y reviendrai pas, ne voulant point fatiguer mes lecteurs. Je ne sache pas que personne y ait rien répondu de sensé. La révolution d'abord, la constitution et la monarchie après. Débattez-vous sous la main de fer de la destinée, voilà ce que vous ferez, ou vous ne ferez rien, ou l'on détruira ce que vous aurez fait.

Est-ce donc sérieusement que l'on nous cite l'Italie? Est-ce donc sérieusement que l'on pense que nous ne devons pas appuyer la révolution en Espagne, parce qu'en Italie nous ne l'avons pas appuyée!... Est-il possible que l'on n'ait pas reculé devant cette malencontreuse et fausse comparaison!

L'Espagne est-elle comme l'Italie, inhérente à la puissance autrichienne? En achevant en Espagne l'ouvrage déjà commencé dans le Portugal, mettrez-vous la monarchie autrichienne dans la nécessité de se défendre ou de mourir, comme vous l'auriez fait en révolutionnant l'Italie? l'Autriche a-t-elle cent cinquante mille soldats en Espagne comme en Italie? l'Espagne est-elle scindée comme l'Italie en nombreux états hostiles par leurs anciens souvenirs, privés de centre politique commun, ayant une nationalité sublime pour le génie et pour les arts, mais n'ayant ni unité, ni nationalité gouvernementales? N'avez-vous pas en Espagne les éléments de monarchie mixte et centrale qui vous manquaient en Italie? Les soldats des puissances du Nord peuvent-ils arriver en Espagne comme ils peuvent arriver en Italie? l'Italie est-elle, comme l'Espagne, resserrée contre vous par toutes les mers qui l'entourent sans autre communication avec l'Europe que la France et les Pyrénées?

Je ne perdrai donc pas mon temps à réfuter cette comparaison sans bon sens, qui n'est jetée en avant que pour effrayer les esprits faibles ou ceux qui sont décidés à croire mes contradicteurs sur parole. Ce n'est plus à eux que je parle, c'est au gouvernement, et j'aime à croire que, dans cette circonstance, les écrivains que je combats n'ont pas été son organe, n'ont pas eu son aveu, n'ont pas exprimé ses pensées. — Le gouvernement du roi connaît notre inviolable dévoûment; il sait que nous n'avons jamais hésité à nous prononcer contre les factions républicaines, pas plus que nous n'avons hésité à jouer notre tête contre les ordonnances de Charles X. Ce ne sont pas des anarchistes qui lui parlent, ce sont des citoyens modérés, zélés serviteurs de la monarchie constitutionnelle, parce qu'en la servant, c'est le pays lui-même, c'est la France, c'est l'ordre, c'est la liberté que nous voulons servir. — Eh bien ! au nom de tous ces intérêts, les premiers de tous à nos yeux, nous lui répétons que la marche jusqu'à présent suivie en Espagne est fausse ; que, sans exciter la tempête révolutionnaire, il ne faut pas refuser aux nécessités de la justice et de la civilisation l'appui protecteur qu'elles réclament ; que nos conseils doivent diriger la monarchie espagnole vers cette modification graduelle qni peut seule la sauver, et qui doit être promptement commencée ; et que du moins, enfin, si la liberté française n'intervient pas au secours de la liberté de l'Espagne, elle ne doit jamais intervenir au profit de l'absolutisme, quel qu'il soit !

Année 1834.

—

Dès le mois de janvier 1834, les évènements avaient justifié les prévisions de H. Fonfrède sur l'impossibilité de gouverner avec le statut royal de M. Zea Bermudez. — Le capitaine-général de la Catalogne, Llauder, adressa, à la reine-régente, une *exposition* dans laquelle il attaquait, avec véhémence, le ministère, et demandait l'exécution des promesses faites par Ferdinand VII, à la nation espagnole. — Son exemple fut suivi par plusieurs autres capitaines-généraux, et le cabinet Zea se retira le 16 janvier devant cette démonstration. — Les deux fragments qui suivent furent écrits par H. Fonfrède, l'un le 18 janvier, avant que l'on connût la démission du ministère à Bordeaux, et le second, le 24 du même mois, quand la nouvelle de cette retraite y fut parvenue.

—

18 JANVIER 1834.

De la Crise Espagnole.

Je prie mes lecteurs de rappeler les souvenirs qu'ils peuvent avoir conservés des articles que j'ai publiés sur l'état politique de la Péninsule ibérique, lors du décès de Ferdinand VII.

Je les prie de rappeler aussi les souvenirs non encore
oubliés des doctrines contraires énoncées alors par le ministère français, et des arguments plus explicites que quelques publicistes publièrent pour justifier la ligne de conduite suivie par notre gouvernement dans cette affaire.

Puis, la révolte carliste de l'Espagne sembla momentanément comprimée. Les villes occupées par l'insurrection
furent reprises par les troupes de la reine; les bandes dispersées se divisèrent et se portèrent sur d'autres points.
Une apparence de pacification, un simulacre de force gouvernementale, une amélioration à la fois illusoire et su-
perficielle, vint persuader à nos hommes d'État que la
marche suivie par eux était bonne; que l'Espagne allait
retrouver l'ordre et la tranquillité dont elle jouissait sous
le feu roi..., et que l'absolutisme de la reine, domptant
l'absolutisme de Don Carlos, et réduisant au silence le
libéralisme des constitutionnels, finirait par établir solidement, contre tous, un pouvoir d'une nature presque in-
définissable, et sans autre appui que lui-même.

De là, plusieurs esprits bien intentionnés, libéraux
même et partisans de la monarchie constitutionnelle, furent induits à penser que nous avions été trop loin dans
l'expression de nos désirs et de nos craintes. Fermant les
yeux aux traits les plus saillants de cette physionomie locale si profondément empreinte sur la nationalité espagnole, ils crurent que le *statu quo* politique de M. Zéa
pouvait servir de gradation prudente à l'amélioration politique qu'ils désirent comme nous, mais dont ils prétendent que les circonstances actuelles doivent faire ajourner
la réalisation.

A mesure que les évènements marchent, continuons à

examiner cette question, et voyons de quel côté s'est trouvée la véritable modération, la véritable prudence.

Je n'écris point aujourd'hui, poussé par le vaniteux
désir de justifier quelques aperçus rapidement tracés par
ma plume, au moment même de l'avènement de la reine
Isabelle. J'abandonne même à la critique toutes les couleurs des détails qu'on aura pu trouver trop sombres, toutes
les formes oratoires qu'on aura pu trouver trop saillantes,
trop prononcées : sur tous ces points, que j'aie eu tort ou
que j'aie eu raison, c'est ce qui importe fort peu à la cause
publique. Que chacun en pense donc ce qu'il voudra, en
refléchissant toutefois que, dans les moments où une forte
décision doit être prise en politique, un écrivain donne à
ses paroles ce coloris nerveux, cette forme dessinée à
grands traits et caractérisée par masses bien prononcées,
qu'un artiste donne à une statue ou à un tableau qui doit
être vu de loin par la foule attentive. L'effet dépend du
point de vue où l'on est placé.

Mais l'essentiel pour nous, aujourd'hui, c'est, en laissant de côté les détails et les couleurs, d'examiner le fond
des choses elles-mêmes : là, nous verrons, je pense, que
la prétendue sagesse de la marche qu'on a suivie a produit les résulats fâcheux que nous prédisions; qu'on a
perdu beaucoup de temps, qu'on a laissé envenimer de
vieux ressentiments, qu'on en a fait naître de nouveaux,
qu'on n'a obtenu aucune pacification véritable, qu'on n'a
pas fait un seul pas vers la stabilité gouvernementale;
que tout le sang qui a coulé, les dévastations qui ont été
commises, les ferments de guerre civile qui se multiplient
sur le sol de l'Espagne, ne forment qu'une macédoine
confuse et horrible, labyrinthe inextricable et fatal qui

se complique chaque jour, sans qu'on puisse présumer seulement quel genre d'issue on y trouvera, si le gouvernement espagnol persiste dans son incroyable système.

Sans doute, en prenant une marche contraire, le gouvernement espagnol avait devant lui des chances que tout homme d'État doit désirer éviter à son pays; il avait devant lui, j'en suis convenu franchement, la chance d'une réaction révolutionnaire qui ne se serait pas facilement arrêtée dans de justes bornes. Mais ce n'est pas tout que le désir d'éviter une chance semblable, il faut en avoir la possibilité, il faut surtout ne pas prendre une voie qui, sous prétexte de vous en écarter, vous y précipite de plus en plus.

Oui, quoique je sois, je l'ai déjà dit, d'une nature toute révolutionnaire; quoique mon instinct natif me pousse à ces conceptions décisives et tranchantes, qui, dans les crises politiques, marchent directement au but, en brisant d'une main ferme les nœuds embrouillés que les antécédents politiques ne laissent aucun moyen de délier à l'amiable, je ne me fais pas illusion sur les maux horribles qu'une révolution traîne presque toujours après elle. Ce n'est point par choix, par prédilection, par disposition spontanée qu'on doit consentir à marcher dans des voies révolutionnaires; il faut nécessité absolue, il faut être condamné à faire une révolution pour s'y décider sans se rendre coupable envers l'humanité. J'adopte pour ma part cette expression employée par M. Guizot dans une éloquente improvisation. — Cette pensée me domine depuis long-temps. Depuis l'origine de la restauration, j'ai toujours été convaincu que la France était condamnée à faire une révolution pour se débarrasser de l'ancien régime; et

je suis très-convaincu aujourd'hui que si, par impossible, une troisième restauration avait lieu en France, la
France serait condamnée à faire une quatrième révolution pour se débarrasser définitivement et pour toujours
de la restauration.

La question était donc, non pas de savoir s'il était désirable d'éviter à l'Espagne une commotion révolutionnaire, cela ne fait de doute pour personne; mais de savoir
si la chose était possible, de savoir surtout si la marche
qu'on adoptait, loin de remédier au mal, n'était pas une
politique irrationnelle et dilatoire, propre à envenimer
le mal qu'on voulait guérir.

Examinons les faits accomplis depuis cette époque, et
l'état actuel de l'Espagne. — Qu'y verrons-nous?

Nous verrons du côté de la population une anarchie
matérielle et morale sans exemple; nous y verrons le pays
couvert de bandes armées, qui même luttent souvent avec
des forces considérables, qui inondent le sol de leur sang
pendant le combat, qui après la victoire fusillent réciproquement les prisonniers marquants, carlistes ou libéraux;
nous verrons l'esprit public sans direction centrale, parce
que le gouvernement, immobile dans sa nullité de système politique, n'a pu donner à la nation une direction
dont il manque lui-même: nous verrons cet esprit public,
se fractionnant, s'éparpillant de plus en plus, poussé, par
la nature même des choses, à chercher quelque point d'appui et de concentration, inévitablement disposé, un jour
plus tôt, un jour plus tard, à se rallier au premier drapeau que les évènements lui présenteront. — Et pendant
tout cela, l'avenir obscur et inconnu, le présent souffrant
et pauvre, tous les liens sociaux relâchés, toutes les pro-

vinces exposées à perdre de plus en plus l'unité politique
qui seule peut les réunir en faisceau gouvernemental !

Si de la population nous passons au gouvernement,
qu'y verrons-nous ? — Une coterie qui semble prendre
de l'entêtement pour du caractère, de l'obstination pour
de la volonté, des désirs de pouvoir absolu pour des forces réelles d'action ; en un mot, qui se constitue le simulacre universel d'une puissance qu'elle n'exerce réellement
nulle part. Quant aux finances, au crédit, aux ressources du commerce, aux progrès de la civilisation, dites-
moi, je vous prie, si ce ne serait pas folie d'y songer un
instant sous une administration semblable !... Elle pourra
bien sans doute nommer des commissions, faire des rapports, ordonner, si bon lui semble, des enquêtes, faire en
un mot un prospectus simulé de perfectionnement de détails, parodiant en Espagne ce que le ministère Martignac
essaya vainement d'établir en France, mais avec une impossibilité mille fois plus grande encore sous la restauration espagnole que sous la restauration française.

Vous voyez donc que jusqu'à présent vous n'avez évité
ni la guerre civile, ni les proscriptions réciproques des
partis, ni la dévastation du territoire, ni aucun des maux
d'une transition franchement révolutionnaire. Mais, mas-
quant ces horribles réalités sous une sorte de décoration
gouvernementale, vous vous êtes fait illusion à vous-
mêmes sans faire partager cette illusion à personne.

Or, un tel état de choses peut-il durer ? Peut-il vivre
d'une vie organique et complète ? N'est-il pas exposé chaque jour à une dissolution imminente et universelle ?
N'est-ce pas une pitié de consommer tant d'efforts à maintenir un prétendu équilibre qui n'est autre chose que

l'impossibilité absolue de gouverner, puisqu'il neutralise toutes les forces les unes par les autres, non pour arriver au repos, mais pour arriver au néant?

Sans doute, en marchant appuyé sur le parti constitutionnel, le gouvernement de la reine aurait trouvé, dans le parti absolutiste de la nation, une résistance actuelle plus forte, une explosion d'hostilité carliste plus instantanée; mais pour le fond des choses, cela n'aurait pas accru de beaucoup les obstacles qui existent de ce côté. Cela les aurait seulement plus promptement mis à découvert, cela les aurait poussés à se prononcer plus nettement. — Mais aussi quel point d'appui, quel moyen de force et d'action le gouvernement de la reine n'aurait-il pas acquis? Quelle confiance en lui-même ne se serait-il pas donnée? Quelle adhésion franche et complète l'esprit public de la France n'aurait-il pas prêté aux progrès et à la stabilité espagnole? Quelle puissante intervention morale n'aurions-nous pas exercée en Espagne, indispensable préface d'un secours matériel, qui probablement même ne serait pas devenu nécessaire!

En marchant ainsi, vous auriez trouvé sur votre route des troubles, des réactions, des malheurs publics et privés; j'en conviens, mais ne les rencontrez-vous pas sur la route où vous vous êtes follement engagés? — Avec cette différence toutefois que cette route vous éloigne du port où l'autre vous aurait conduits! Vous aurez tous les maux d'une révolution sans en avoir les avantages.

Et maintenant que la Catalogne se prononce avec modération, mais avec fermeté; maintenant qu'un capitaine-général vous parle au nom de la population civile et militaire, que ferez-vous?..... Vous croyez avoir tranché la

question en répondant par un refus improbatif et sec.
C'est fort bien, si vous aviez une force coërcitive à l'appui
de vos paroles. Mais où la prendrez-vous cette force? Et
lors même, ce qu'il est difficile de croire quand on connaît le caractère espagnol et sa profonde tenacité, lors même
que l'exposition du capitaine-général Llauder n'aurait momentanément aucune suite, ne réfléchissez-vous pas au
profond ébranlement qu'en reçoit le gouvernement de Madrid? Ne voyez-vous pas qu'il est moralement détruit
avant de l'être par le fait? Et les commotions futures et
le progrès des mêmes sentiments dans le peuple, dans
l'armée, dans les autres capitaineries-générales, tout cela
ne s'offre-t-il pas à votre esprit! Et le mécontentement
universel qu'excite l'obstination du ministère, ne voyez-
vous pas qu'il pousse le parti constitutionnel à devenir
mille fois plus exigeant qu'il ne l'aurait été, si vous lui
eussiez donné la juste satisfaction qu'il était en droit
d'attendre de vous? Ne voyez-vous pas que vous poussez
l'inévitable révolution qui doit renouveler la face de l'Espagne, dans des voies bien plus réactionnaires que celles
que vous avez voulu éviter?

En face de cette profonde scission, que le gouvernement
de la reine creuse chaque jour davantage entre la nation
libérale et lui, que fait le parti absolutiste, l'apostolicisme? Il persiste, il se ramifie, il conserve dans le silence
tous ses moyens, toutes ses haines, toutes ses espérances;
il n'abandonne ni une de ses exigences, ni un de ses préjugés. Qu'une occasion vienne pour lui de se manifester
avec quelque énergie sur un point ou sur un autre; que
la chaleur du printemps embrase de nouveau la terre et
les esprits espagnols; que le carême, avec sa sombre et

fanatique austérité, avec ses solennités religieuses consacrées par la loi politique, joints aux mœurs nationales,
vienne donner au clergé ce redoublement périodique,
cette fébrile augmentation de puissance sur les masses
populaires, que tous les ans il exerce à pareille époque :
voyez alors comme le gouvernement espagnol sera bien
assuré, exposé qu'il sera de l'autre côté au mécontentement des populations libérales, de l'armée et des capitaines-généraux !.. mécontentement qui prendra d'autant
plus d'intensité que le carlisme espagnol paraîtra devoir
reprendre plus de vie et d'action !.. Et dans la situation
miraculeusement fausse où le gouvernement de la reine
sera ainsi parvenu à se placer, que fera-t-il ? Demandera-
t-il l'appui de la France contre les carlistes, contre les
libéraux, contre les administrations provinciales, contre
l'armée, contre les capitaines-généraux, contre tout le
monde, enfin ?.....

Certes, si le gouvernement français hésitait une minute
à répondre par le refus le plus formel à cette folle demande; s'il allait jeter le sang de la France comme de
l'eau pour éteindre cet inextinguible incendie, ce feu dévorant allumé par l'absolutisme en délire d'une restauration entêtée, les hommes qui jusqu'à présent ont soutenu
le ministère français avec le plus de dévoûment et d'énergie l'accuseraient hautement en face de la patrie et de la
liberté : alors, j'ose le croire, l'opinion de la France entière se joindrait à leur voix, et le juste-milieu français
prouverait à la clarté du jour, qu'en défendant l'ordre,
le pouvoir constitutionnel, la monarchie représentative
de la dynastie nouvelle, il n'a jamais entendu contracter
de complicité avec les absolutistes étrangers, où qu'ils

soient placés entre le sol brûlant de Cadix et les neiges de St-Pétersbourg !

———————— ✪ ————————

24 JANVIER 1834.

De la Crise Espagnole.

—

Depuis ma dernière publication sur ce sujet, l'insurrection morale de la Catalogne a porté ses fruits. A la réponse hautaine et amère du gouvernement de Madrid, a succédé une soumission complète pour les volontés exprimées par le message de Llauder, dont l'écho commençait à retentir par toute l'Espagne. M. Zéa est tombé avec son ministère, avec son manifeste sans doute aussi ; car il serait étrange que le système gouvernemental du manifeste régnât encore après la chute de son auteur.

Nous avons à examiner deux choses maintenant : l'effet de cette révolution du cabinet espagnol sur notre gouvernement ; l'effet de cette révolution du cabinet espagnol sur l'Espagne elle-même.

Quant au premier point, nous sommes fâché de le dire, mais notre ministère fait jusqu'à présent une triste figure. Ses journaux officiels ont caché le plus long-temps qu'ils ont pu la déclaration de Llauder ; puis, ils l'ont publiée quand les journaux de Bordeaux les y ont obligés, et en la publiant, ils ont fait semblant d'en mettre l'authenticité en doute.

Il est facile d'en conclure que si le ministère français a une opinion sur l'état politique de la Péninsule, il n'ose ni en convenir, ni la nier. Nous ne saurions approuver

cette politique, qui accuserait nécessairement ou faiblesse
de conception, ou faiblesse de volonté. Ce n'est pas ainsi
qu'on conduit un gouvernement ; c'est encore moins ainsi
qu'on dirige une révolution.

Ce mot de révolution met les écrivains ministériels
dans un véritable état spasmodique. Nous sommes peinés
d'en faire l'observation, car nous estimons beaucoup le
talent de ces écrivains ; nous reconnaissons les services
qu'ils ont rendus à la cause de l'ordre et de la liberté ;
mais ils gàtent tout à la fois et leurs services et leur position politique, par la tendance perpétuelle qu'ils ont à se
rapprocher d'idées aujourd'hui mortes, de susceptibilités
vaines, de moyens gouvernementaux démonétisés. La
couleur qu'ils ont prise dans les affaires d'Espagne a
doublé cette fausse position, et maintenant que les évènements marchent en dépit des illusions qu'on voulait entretenir, les publicistes dont il s'agit, ne peuvent renoncer à ces illusions, et achèveraient d'induire en erreur le
gouvernement français, si celui-ci croyait à leurs paroles.

En effet, tout en reconnaissant que de vives répugnances contre le ministère espagnol et son système, se
sont manifestées dans les corps de l'État placés les plus
près du trône pour la surveillance des grands intérêts du
royaume, et que quelques-uns des principaux chefs de
l'armée commencent à réclamer dans les hommes et dans
les choses une sérieuse modification, ils prouvent qu'ils
ne comprennent pas du tout la question ; ils cherchent
encore à voiler, sous une apparence de résistance de la
part de quelques corps aristocratiques, ce qui est une résistance de la nation espagnole, de la masse libérale elle-

même, qui veut, disons crûment le mot sans sourcillier, qui veut.... une révolution, et qui ne peut pas s'en passer, ainsi que je crois déjà l'avoir prouvé.

Mais nos contradicteurs poussent bien plus loin l'aveuglement. Tout en reconnaissant cette répugnance universelle qui s'élève contre le ministère Zéa, tout en reconnaissant qu'il faudra peut-être le changer, ils font l'éloge le plus complet de ce ministre et se félicitent que son système ait été suivi par le gouvernement espagnol depuis la mort de Ferdinand, parce qu'ainsi le gouvernement de la jeune reine a pu s'établir, a pu emprunter même au roi mort une certaine force !...

Quoi! ce système vous a conduits à ce point de désorganisation, que le gouvernement de la reine est obligé de fléchir devant la volonté du peuple et de l'armée, et ce comble d'anarchie ne condamne pas, selon vous, le système qui l'a produite! Vous appelez ce chaos informe, un gouvernement! Vous dites qu'il a emprunté de la force au gouvernement du roi mort !... Dites donc plutôt que ce système funeste a tout compromis, puisqu'en si peu de temps il a réduit la reine, toute absolue qu'elle se prétend, à se courber devant ceux qu'elle devrait commander : car, qu'on ne se fasse pas illusion, il y a toute une révolution dans ce qui vient de se passer. Un gouvernement contraint par ses fautes à se laisser faire ainsi la loi, ne gouverne pas : il est gouverné lui-même, il n'est plus.

Ce qui prouve combien l'aveuglement de l'opinion politique que je combats est profond, c'est la phrase suivante, que je vais citer textuellement et que j'emprunte au principal organe de cette opinion :

« S'il était possible que le parti constitutionnel se pro-
» clamât étranger à une cause (la querelle d'Isabelle et de
» Don Carlos) qui a toujours été et qui sera toujours la
» sienne, il mériterait que le gouvernement de la reine
» fût assez fort pour se passer de lui et accomplît seul la
» mission impérieuse qu'il a reçue, celle sans laquelle il
» ne serait pas, c'est-à-dire la destruction des abus, etc. »

Imaginez-vous, d'abord, que la cause des constitutionnels ait toujours été et soit toujours celle d'Isabelle, lorsque le gouvernement d'Isabelle, depuis la mort de Ferdinand, a constamment agi, d'accord avec Zéa, contre les
constitutionnels !

Imaginez-vous, ensuite, le gouvernement de la reine
étant assez fort pour gouverner *seul* et pour se passer des
constitutionnels, dont il prétend cependant que la cause
est identique à la sienne !

Et cette menace contre les constitutionnels, qui mériteraient que la reine fût assez forte pour se passer d'eux !...
Comme cela doit les toucher et leur inspirer de la con--
fiance !

Et cette reine qu'on voudrait voir assez forte pour gouverner seule, sans les constitutionnels, et contre les carlistes !... Et avec qui donc ?...

Tout cela n'est qu'un tas de rêveries dont il ne faudrait
pas préoccuper le gouvernement français, sans quoi il
s'enfoncera de plus en plus dans la fausse marche qu'il
a prise envers l'Espagne.

Non, ce n'est pas, comme le disent mes contradicteurs,
ce n'est pas au trône d'Isabelle que la France s'est alliée
contre le trône de Don Carlos :

C'est à l'Espagne libérale contre l'Espagne servile ;

C'est à l'Espagne constitutionnelle contre l'Espagne apostolique;

C'est à la cause de la tolérance et de la liberté contre la cause de l'esclavage et du fanatisme.

Les noms propres des deux rivaux dynastiques ne sont ici rien pour nous, en eux-mêmes; ils ne sont que deux indices des idées politiques qui luttent aujourd'hui dans le monde entier.

Or, ce qui nous importe à nous, ce n'est pas seulement que le trône d'Isabelle se fonde, mais qu'il se fonde avec l'appui des hommes libéraux et des idées libérales! Hors de cette condition, que nous importe?

Et même ceux qui disent qu'il faut, avant tout, que le trône d'Isabelle se fonde, auraient dû comprendre que, pour le fonder, ils s'y prenaient au rebours du bon sens; car, au lieu de le bâtir sur un fond solide, ils l'établissaient sur le vide, sur le néant.

Où donc est-il ce trône, maintenant? C'est bien le cas de dire : *quatre planches recouvertes d'un morceau de velours !....* En trois mois, vous l'avez si bien isolé, ce trône, vous l'avez si bien poussé à gouverner seul, qu'il est obligé de fléchir sous la volonté imposée par ses propres délégués, qui suivent l'impulsion du peuple au lieu d'obéir à la couronne! Est-ce ainsi que vous croyez fonder le trône de la reine? Valait-il la peine que son gouvernement s'entêtât dans ce système insensé, pour l'abandonner humblement devant la force, avouant ainsi tout à la fois son impéritie et sa faiblesse!

Vous dites que le ministère de Zéa a épargé une révolution à l'Espagne !... Mais, sérieusement, vous ne le croyez pas, vous ne pouvez le croire. Vous voyez bien que, tout au contraire, il a donné à la révolution une nouvelle nécessité et une nouvelle force, en lui inspirant une nouvelle et juste méfiance.

Si la reine, immédiatement après son avènement, eût appelé au ministère les hommes qu'elle y appelle aujourd'hui, cet acte spontané aurait été une preuve éclatante de bonne foi, et tous les constitutionnels se seraient ralliés à elle. Convaincus de ses bonnes dispositions, ils n'auraient montré ni hostilité, ni exigences dangereuses.

Mais ce serait un grand aveuglement, un bien faux optimisme, de croire qu'il en sera de même aujourd'hui. Ce qu'on vient d'accorder aux constitutionnels, ils savent bien qu'on l'a fait par force, et non pas de bonne volonté. En même temps, les écrivains ministériels leur signifient qu'ils mériteraient que la reine fût assez forte pour se passer d'eux!... Jugez dans quelle disposition facile et bienveillante cela va les mettre!

Certes, je désire qu'ils montrent de la modération, qu'ils n'exigent pas du gouvernement espagnol plus que celui-ci ne pourra faire; mais s'ils sont trop exigeants et trop exaltés, c'est qu'on l'aura bien voulu, et je crois que l'entêtement du ministère Zéa lègue de terribles obstacles à ses successeurs.

Cependant qu'ils se gardent bien de reculer ; abîmes pour abîmes, il vaut mille fois mieux marcher en avant. Qu'ils ne se figurent pas pouvoir empêcher une révolution; qu'ils la désirent bien plutôt prompte et nette, car le sol de l'Espagne, tel qu'il est, ne peut supporter aucun édifice gouvernemental. M. Guizot l'a dit: « Un peuple » ne doit faire une révolution que quand il y est con- » damné. » — Eh bien! l'Espagne y est condamnée: il

faut que l'arrêt s'exécute. La destinée ne souffre pas
qu'on fasse défaut devant elle; ses jugements sont sans
appel !

Que la reine surtout se garde bien de croire qu'elle a
maintenant la force qu'elle aurait eue il y a trois mois,
si elle fût entrée dans la marche révolutionnaire que le
bon sens politique lui conseillait. Il lui faut maintenant
dix fois plus de volonté, parce qu'elle a dix fois moins
de moyens d'action. — Mais volonté de marcher, et non
pas volonté de résister. — Elle n'est pas en France. La
révolution espagnole n'est pas faite; elle est à faire : c'est
tout différent. En outre du règne de Ferdinand, la reine
a maintenant son propre règne à faire oublier et à ré-
parer. Le plus tôt qu'elle commencera sera le mieux.

4 FÉVRIER 1834.

Les Finances et la Révolution sont intimement liées en Espagne.

Un journal de Paris, parlant des embarras financiers
de l'Espagne, déclarait que la reconnaissance des bons des
cortès était la condition préliminaire de tout emprunt.

Il ne faut pas sans doute un merveilleux génie financier pour comprendre que la reconnaissance des cortès
est un préalable nécessaire à tout emprunt fait en Espagne, par un gouvernement qui aurait la prétention de se
faire croire libéral et constitutionnel, si peu que ce fût.
—Mais voyez comme tout s'enchaîne dans le monde politique, et comme une erreur fondamentale vicie et fausse

ensuite les choses vraies que l'on veut baser sur un système qui ne l'est pas.

Pour reconnaître les bons des cortès il faut pouvoir les payer.

Pour pouvoir les payer, il faut de l'argent ou du crédit.

Pour avoir de l'argent, il faut percevoir des impôts.

Pour avoir du crédit, la même condition est nécessaire. Il faut même quelque chose de plus : il faut que la rentrée des impôts soit présumée probable et facile, non-seulement dans le présent, mais encore pour l'avenir.

Or, pour avoir de l'argent par l'impôt, l'État actuel de l'Espagne rend impossible tout espoir de ce genre : du moins est-il bien clair que ce qu'on peut en obtenir ainsi serait toujours infiniment au-dessous des besoins.

Donc, pour reconnaître les bons des cortès, il faut chercher de l'argent ailleurs ; donc il faut porter la main sur les couvents: donc il faut faire restituer à l'État les biens usurpés par le clergé ; donc il faut entrer en lutte directe avec lui, soit pour cela, soit pour la suppression des priviléges ecclésiastiques ; donc tout système de juste-milieu ne vaut rien pour l'Espagne ; donc les cortès *por estamentos* ne valent pas davantage, car dans ces cortès la noblesse et le clergé auraient une représentation incommensurablement plus forte que la véritable nation, le tiers-État, le peuple espagnol.

Il ne s'agit donc pas seulement de dire qu'on est disposé à reconnaître les bons des cortès, il faut adopter un système qni conduise à des mesures propres à donner les moyens de payer les arrérages de ces bons.

Est-ce avec le système de M. Zéa qu'on y serait parvenu ?

Et maintenant que, depuis la chute de ce ministère, on reste dans une complète incertitude de ce qu'on doit faire, croit-on que cette inaction soit d'un bon augure pour l'avenir? Croit-on qu'elle soit propre à faire penser que le gouvernement espagnol adoptera une marche claire et décisive? ou n'est-ce pas bien plutôt un indice qu'il est disposé à procéder encore par de nouveaux tâtonnements qui le compromettraient de rechef, et peut-être le perdraient?

5 FÉVRIER 1834.

Des fatales Temporisations du Ministère Espagnol.

Y a-t-il un nouveau ministère en Espagne? On est tenté de répondre : non! en voyant l'inaction dans laquelle ce ministère s'est tenu jusqu'ici renfermé. Cependant, qu'y avait-il de plus urgent qu'une franche et catégorique déclaration de principes? Si M. Martinez de La Rosa arrivait aux affaires avec la mission de continuer le système zéatiste, on concevrait qu'il ne crût avoir rien à dire, et qu'il se bornât à travailler en silence dans son cabinet. Mais tel n'est point, ou du moins tel ne devrait point être le rôle de M. de La Rosa. Il apparaît à la tête du gouvernement comme symbole nouveau d'une opinion jusqu'à présent exclue. Il est essentiellement homme politique, homme de système, et non point homme de bureau et de paperasse administrative. Ce que lui imposent donc, avant tout, les circonstances qui l'ont élevé, c'est de formuler sa règle de conduite, c'est de détruire tout ce qu'a bâti son prédécesseur, pour bâtir ensuite à son tour sur les bases qui lui sont propres.

Or, il nous paraît que M. de La Rosa n'a encore rien fait pour satisfaire à cette impérieuse nécessité de sa position. Voilà quinze jours passés qu'il préside aux destinées de l'Espagne, et, dans ces quinze jours, qu'a-t-il fait? Rien.

Tout le monde espérait une amnistie générale qui rendît une patrie à de nobles proscrits, et il n'y pas d'amnistie! Le nouveau ministre aurait-il oublié, au milieu des grandeurs, les maux d'un exil qu'il a pourtant subi lui-même?

On espérait une convocation des cortès, et rien n'est encore venu confirmer cette espérance. On s'est borné à faire annoncer quelques recherches préalables, qui ont tout l'air de n'être que des tâtonnements dilatoires, et qui très-probablement n'aboutiront pas à rendre à cette institution toute la sincérité qu'elle a perdue, grâce à la corruption et au despotisme des rois absolutistes.

Somme toute, il n'y a rien. Les noms sont changés, mais les choses restent. La guerre civile des frontières va toujours son train, et peut à l'aise préparer ses plans pour le printemps qui s'avance. Si l'on attend plus tard pour prendre une mesure décisive, cette mesure sera vaine. Comment, par exemple, songer à appeler la nation à un acte aussi grave que celui d'une élection aux cortès, lorsque la guerre civile, réchauffée par les feux du soleil et les espérances qu'ont dû lui laisser six mois d'une lutte qui n'a pas tourné à son désavantage, apparaîtra plus vive, plus ardente que jamais? On fera alors comme a fait Don Pédro. On dira que, quelque désir qu'on ait de donner un gage solennel de politique nationale, on est forcé d'ajourner cette détermination, vu que l'État du pays ne la comporte pas pour le moment. Ainsi s'aliéneront toutes les sympathies; et, en définitive, on n'aura réussi qu'à augmenter la défiance de ses amis, sans avoir diminué la force de ses ennemis. Merveilleuse combinaison!

17 JUILLET 1834.

Don Carlos, qui avait quitté le **Portugal** après la défaite de **Don Miguel**, s'était réfugié en **Angleterre**. **Débarqué à Portsmouth le 18 juin**, le prétendant espagnol quitta furtivement, peu de jours après, la **Grande-Bretagne**; il traversa toute la **France**, et le 10 juillet, il était de l'autre côté des **Pyrénées** avant que personne, en **Angleterre** et en **France**, si ce n'est ses partisans, se doutât même de son voyage.

De l'Entrée de Don Carlos en Espagne.

Don Carlos est-il ou non entré en Espagne? Les uns disent oui, les autres non; les renseignemens se contredisent, les nouvelles se démentent, et nulle confirmation officielle n'est encore venue au secours de l'une ou l'autre de ces deux assertions.

Les journaux légitimistes regardent le fait comme incontestable. Ils nous donnent déjà le bulletin de la mar-

che triomphale du prétendant dans les provinces navar-
raises, ainsi que les nominations et décrets par lesquelles
ce monarque *in partibus* a cru devoir signaler son règne,
qui déjà date, sans qu'on s'en doute, de près de dix mois.

Remarquons en passant, que S. M. Charles V ne tient
pas plus compte des faits que s'ils n'étaient jamais arrivés. Il doit pourtant en savoir quelque chose. Du reste,
en cela, il n'invente rien : avant lui, la branche aînée
des Bourbons qui, dans ses ordonnances, supprimait l'empire d'un trait de plume; la république qui supprime
encore dans ses écrits l'Empire et la Restauration, et qui
en est déjà, telle que vous la voyez, à la quarante-
deuxième année de son règne, avaient donné l'exemple
de cette fatuité. Passons.

La feuille légitimiste donne aussi la proclamation de
S. M. Charles V à ses fidèles sujets. Nous ne sommes point
en mesure de nous expliquer sur le caractère de cette
pièce. Est-elle apocryphe, ou bien émane-t-elle directement du signataire? C'est ce qu'on ne saurait décider pour
le moment. Il faut attendre que les renseignements soient
devenus assez précis, pour qu'il n'y ait plus lieu de révo-
quer en doute les faits publiés sous la caution du journal légitimiste. Assurément on est payé pour n'être pas
trop crédule. Nous nous rappelons qu'il n'y a pas bien
long-temps encore que les gazettes légitimistes faisaient
remporter tant de victoires à Don Miguel, et essuyer
tant de défaites à Don Pédro, que le premier a fini par
être chassé du Portugal, et que le second est arrivé, de
défaite en défaite, jusqu'à la possession exclusive et in-
contestée de cette partie de la Péninsule.

Bornons-nous donc à enregistrer : plus tard on contrô-
lera.

Voici la proclamation de Don Carlos :

« Soldats ! mes vœux les plus ardents sont accomplis :
» je suis avec vous. Il y a long-temps que je désirais ce
» moment ; vous connaissez mes efforts constants pour y
» parvenir. Mon cœur paternel éprouve la plus vive sa-
» tisfaction en contemplant vos glorieuses actions, qui re-
» tentiront dans la postérité la plus reculée.

» Volontaires et soldats ! vos souffrances, vos fatigues,
» votre constance, votre amour pour votre roi légitime,
» font l'admiration de toutes les nations, qui ne peuvent
» donner trop d'éloges à votre héroïque conduite.

» Marchons tous, et moi à votre tête, à la victoire ! Elle
» me sera toujours douloureuse, car le sang espagnol
» coulera. Je veux le conserver, et, par ce motif, je cou-
» vrirai de mon manteau royal les hommes séduits et
» trompés qui, dociles à ma voix, déposeront les armes ;
» mais si, ce que je n'attends pas, il s'en trouve quelques-
» uns qui persistent dans leur aveuglement, ils seront
» traités comme rebelles à ma personne royale. Autant je
» serai compatissant envers ceux qui se repentiront, au-
» tant je serai inexorable envers les obstinés.

» Et vous, vaillants et fidèles guerriers ! réunissez-vous
» tous autour de votre guide, de votre père ! Que la dis-
» cipline la plus sévère règne parmi vous ; ayez la plus
» aveugle obéissance pour vos chefs ; c'est en elle que ré-
» side la force, et dans cette force est la victoire que Dieu
» prépare à la justice.

» Généraux, officiers, volontaires et soldats ! recevez
» mes remercîments pour vos éminents services : votre
» roi saura les récompenser.

» A mon palais royal d'Elisondo, le 12 juillet 1834.

» *Signé* CHARLES. »

Les doutes que l'on pourrait conserver ne portent absolument que sur la question de fait, et point sur la question d'intention. A moins d'avoir fait abnégation complète de son intérêt dynastique, il est certain que Don Carlos a dû chercher à ranimer, par quelque moyen énergique, les bandes qui combattent spontanément sous sa bannière. Si ces dispositions personnelles ne le portaient pas d'abord à venir s'exposer au milieu du danger, elles ont pu se modifier et acquérir une certaine énergie contre-révolutionnaire, au contact des tories anglais qui n'ont certainement pas manqué d'exciter son ambition par les plus magnifiques promesses de concours. On se rappelle qu'à l'époque de l'arrivée de ce prince en Angleterre, lord Londonderry se plaignit assez vivement de ce que le gouvernement avait voulu exiger de Don Carlos la promesse écrite qu'il ne ferait ou ne favoriserait aucune tentative qui aurait pour but d'attenter au gouvernement existant dans la Péninsule. Ces plaintes du noble marquis, et le refus, fait par Don Carlos, d'accéder à cette proposition, démontrent qu'on ne voulait pas s'engager, par des promesses imprudentes, à contrarier des projets auxquels on songeait probablement alors. Nous le répétons: que des projets aient été formés, c'est ce qu'on ne peut contester. Qu'ils aient été exécutés, c'est ce qui n'est pas encore parfaitement établi, mais qui ne peut manquer de l'être bientôt.

Admettons d'hors et déjà ce point comme également incontestable. Vient alors le moment d'examiner la portée d'un pareil fait sur notre politique extérieure.

Il y a deux mois, la recrudescence de cette guerre de succession n'eût réagi que fort indirectement sur nos propres affaires. On eût pu laisser les deux dynasties aux prises jusqu'à ce que l'intérêt général de l'Europe exigeât la médiation de quelque grande puissance. Mais, aujourd'hui, il y a un traité qui a donné à toutes les positions un caractère spécial. Ce traité, c'est celui de la quadruple alliance. Par ce traité, conçu dans le but de mettre l'Europe méridionale à l'abri des passions contre-révolutionnaires que le Nord cherche à attiser secrètement contr'elle, les quatre puissances ont contracté une solidarité très-réelle, de sorte que chacune d'elles peut, lorsque son existence est menacée par des prétentions contre-révolutionnaires, invoquer en sa faveur le *casus fœderis* explicitement stipulé dans les conventions diplomatiques. Peut-on douter que le gouvernement espagnol n'use, dans telle circonstance donnée, du bénéfice du traité? Non. La France et l'Angleterre, invoquées par lui, interviendront-elles contre Don Carlos? Il nous semble que ceci ne devrait point être une question. Pourquoi aurait-on fait un traité, si l'on devait n'en pas exécuter les dispositions?

Nous avons donc raison de dire qu'aujourd'hui toutes les positions se trouvent changées. Aux yeux des puissances contractantes, Don Carlos a perdu ses titres de prétendant, en ce sens qu'il ne peut plus compter sur leur neutralité; car le traité a créé des droits au gouvernement espagnol, et des devoirs aux gouvernements de France et d'Angleterre, qui n'existaient pas auparavant.

Quant à la portée que pourrait avoir sur les affaires d'Espagne la présence de Don Carlos, nous ne croyons pas qu'elle soit aussi considérable que les légitimistes affectent de le dire. Il y a, dans toutes les choses de ce monde un moment, passé lequel il est trop tard. Ce moment pourrait bien être arrivé pour les prétentions arriérées de Don Carlos. Depuis la mort de Ferdinand, le gouvernement de la reine Christine a, comme on dit vulgairement, fait son lit. Depuis surtout que l'entrée de Toreno au ministère a imprimé aux esprits et aux affaires une marche plus libérale, les réactions sont devenues plus difficiles. A l'heure qu'il est, les cortès sont presqu'entièrement nommées : elles seront composées des plus chauds amis de la liberté. Croit-on que la présence de ce pouvoir populaire, croit-on que cette tribune qui va se relever, après un si long silence, pour proclamer les principes progressifs que l'ignoble despotisme du frère de Don Carlos avait cru étouffer, croit-on que toutes ces circonstances soient bien faites pour favoriser les tentatives du prétendant? Nous sommes d'ailleurs à une époque où les révolutions étant légitimes, les rejetons des dynasties déchues réussissent difficilement. Don Carlos court donc le risque de ne faire qu'une Vendée dans ses provinces de la frontière. Or, nos légitimistes ont toute l'expérience qu'il faut pour lui apprendre qu'une Vendée est souvent fatale aux prétendants qui ont l'imprudence de s'y jeter.

21 AOUT 1834.

Le 7 août, **M. Toreno**, ministre des finances, présenta un plan financier qui divisait la dette espagnole en deux parts, sous le nom de *dette active* et *dette passive*; cette dernière ne devait porter, à l'avenir, aucun intérêt, mais elle devait rentrer successivement dans la *dette active*, au fur et à mesure de l'amortissement de celle-ci.—**H.** Fonfrède apprécia cette mesure dans ses articles des **21** et **29** août **1834**.

Du Plan financier de M. Toreno.

Le projet de loi présenté aux cortès par M. Toreno a vivement mécontenté tous les détenteurs de fonds espagnols. Ils y ont vu l'annonce d'une quasi-banqueroute, sinon d'une banqueroute complète. Le coup a été d'autant plus terrible, qu'il était plus inattendu; car ce qui avait transpiré jusqu'à ce jour des intentions financières de M. Toreno, ne faisait nullement entrevoir la triste réalité que constate son rapport aux *procuradores*. Tous les journaux de Paris, ceux surtout que leurs relations politiques rattachent plus directement à la pensée ministérielle, expriment des plaintes amères, ce qui prouve jusqu'à un certain point que le cabinet français avait reçu l'assurance d'une tout autre résolution.

On dit qu'en présentant son projet de loi, M. de Toreno a trahi des antécédents, des promesses. S'il l'a fait, c'est probablement qu'il aura senti le besoin de s'accommoder aux dispositions de la majorité des cortès. Il paraît certain, en effet, qu'une partie notable de cette assemblée n'est venue siéger qu'avec l'intention bien arrêtée, et peut-être le mandat bien formel, de réduire la dette étrangère. Plusieurs financiers professent aussi publiquement cette opinion.

L'Espagne, aujourd'hui plus que jamais, a besoin de crédit et de confiance. Elle subit la destinée de tous les gouvernements nouveaux ou régénérés. Or, par le plan qu'elle a adopté, elle détruit pour long-temps peut-être ce crédit et cette confiance qui sont pour elle une nécessité si impérieuse, si actuelle. Il est plus que probable que l'emprunt de 400,000,000 de réaux qu'elle annonce, ne trouvera d'adjudicataires, si encore il en trouve, qu'à des conditions onéreuses. Trop de défiances assiègent aujourd'hui les hauts capitalistes compromis par le projet de M. Toreno, pour que l'on puisse s'attendre à autre chose.

N'y avait-il pas un moyen tout naturel, tout logique avec les idées qui commencent à prévaloir en Espagne, de créer au trésor de nouvelles ressources, sans manquer à ses engagements? La sécularisation du clergé régulier, la transformation des immenses possessions des couvents en biens nationaux, n'étaient-elles pas préférables à la quasi-banqueroute que l'on propose? Il nous semble que ces mesures auraient eu deux excellents effets, au lieu d'un. D'abord, elles eussent fourni une source de richesses non encore exploitée; ensuite, elles eussent mis un terme à cette trop longue iniquité qui a inféodé une si forte part du capital national à la portion la plus oisive, la plus improductive, et quelquefois la plus perturbatrice de la population. En agissant comme on l'a fait, on est arrivé à deux résultats contraires : on a porté atteinte au crédit espagnol, et on laisse subsister une masse d'abus dont la raison seule, à défaut de tout autre motif, devrait conseiller la complète abolition.

On a objecté, il est vrai, la difficulté d'opérer actuellement cette réforme; on a parlé des préjugés, des croyances superstitieuses du peuple espagnol. Nous croyons que ces arguments ont singulièrement perdu de leur autorité depuis quelque temps. Il y a peu de jours encore, de graves et coupables violences étaient commises à Madrid contre les couvents : ce n'était pas seulement une populace égarée qui s'abandonnait à ces désordres; on voyait aussi, parmi ces furieux agresseurs, des urbains, des bourgeois; on se rappelle qu'alors les notes officielles se plaignaient du peu d'empressement de la milice civique à réprimer les assaillants. Au fond de tous ces excès, de ce fanatisme nouveau réagissant violemment contre les souvenirs d'un fanatisme ancien, il y a, pour l'observateur, un résultat philosophique qu'il n'est pas permis de négliger, lorsqu'on apprécie la situation morale d'un peuple. Il est évident qu'en Espagne le culte des préjugés ultrà-religieux est en pleine décomposition, de même que, par l'adresse défiante des procuradores et les dispositions semi-hostiles dont cette assemblée a fait preuve en plus d'une discussion, il demeure manifeste que les servilités ultrà-monarchiques ont fait place à un rigorisme, à une pruderie d'indépendance que les circonstances mettront de plus en plus en relief. Le peuple espagnol, ou du moins la grande majorité de ce peuple, est aujourd'hui au premier semestre de son 89.

Il nous paraît donc que l'objection tirée des anciennes exagérations apostoliques de cette nation n'a plus actuellement de portée péremptoire. D'ailleurs on s'attacherait, préalablement à toute mesure, à faire comprendre aux esprits arriérés qu'en adoptant la réforme de l'église, il s'agit, non de dépouiller vexatoirement le clergé, non d'opprimer les ministres et les partisans du culte, mais seulement de régulariser leur existence, de les appeler à une régénération civile qui est dans l'intérêt du peuple et de la religion elle-même : une fois ces saines idées bien comprises, les stupides déclamations du parti absolutiste n'auraient plus de prise sur l'esprit populaire.

Un fait constant, irrécusable, vient en outre déposer contre ceux qui présentent un bouleversement social au bout de toute réforme de l'église. Le Portugal, cette terre classique de l'abrutissement monacal, n'offrait certainement pas aux tentatives de ce genre autant de chances de succès qu'en présente l'Espagne actuelle. Cependant, vous avez vu que l'esprit libéral de Don Pédro a su opérer, sans le moindre inconvénient, la restitution au domaine national des immenses terrains possédés par les couvents, l'abolition des dîmes, la suppression des tribunaux et juridictions ecclésiastiques, ainsi que de leur code exceptionnel. Pour arriver à ces importants résultats, il a suffi de la volonté d'un prince éclairé; les cortès qui s'assemblent n'auront en quelque sorte qu'à ratifier son ouvrage, et alors, pas plus qu'aujourd'hui, les populations n'auront la folie de s'insurger contre la main qui les enrichit et les relève d'une domination usurpée.

Ces diverses considérations nous portent à penser que le plan de M. Toreno est doublement vicieux, d'abord en ce qu'il blesse grièvement une foule d'existences financières que l'intérêt actuel de l'Espagne était de ménager, ensuite en ce qu'il enlève au gouvernement une occasion naturelle de porter la main sur cet édifice d'abus monstrueux qui oppose au progrès de la liberté espagnole un obstacle puissant, séculaire. Nous ne savons quel sort aura ce projet dans les cortès; mais il nous semble que l'intérêt du pays, bien compris, devait faire adopter une marche différente.

Nous aurons occasion de revenir sur ce sujet, mais avant de terminer, nous ferons remarquer tout ce qu'il y a d'inepte dans la polémique des journaux carlistes sur la détresse actuelle du trésor espagnol.

Si les finances sont obérées, disent-ils, c'est la faute du libéralisme : avec Charles V, il n'en serait pas ainsi. Niaises invectives! Est-ce que Charles V pourrait empêcher que les dilapidations de l'ancien gouvernement aient épuisé les ressources de la nation? Est-ce que la détresse actuelle n'est pas le fruit des exactions depuis long-temps accumulées par tous ces Verrès du droit divin qui, sous le manteau monarchique, ont exploité ce pauvre peuple? Avec Charles V, dirons-nous, au contraire, non-seulement le déficit se présenterait menaçant, mais il ne pourrait que s'accroître et multiplier ses victimes. Charles V, en effet, dernier représentant de l'absolutisme royal, serait obligé, par position, de consacrer religieusement tous les abus qui ont dévoré les trésors de l'Espagne, et abruti ses habitants. Point de représentation populaire, partant point de retenue dans les ruineuses fantaisies de la cour, point d'économie dans les dépenses, point d'allègement dans les impôts, mais effroyable *crescendo* de prodigalités

sans contrôle, et de malheurs sans remède. Voilà pour ce
qui touche les finances : quant à ce qui touche la liberté
et l'émancipation du peuple, ce serait bien pis encore !
Les gouvernements absolus sont des fléaux auxquels on doit
préférer toute espèce de condition : aussi les révolutions qui
en délivrent un peuple sont-elles, malgré le surcroît de
gène qu'elles occasionent momentanément, des dépenses
intelligentes et réellement économiques.

29 AOUT 1834.

Le Gouvernement Espagnol pourrait payer sa dette.

Plus on réfléchit sur le plan financier de M. Toreno,
plus on le trouve mauvais et impolitique. On peut dire,
sans crainte de se tromper, que de tous les moyens qui se
présentaient au gouvernement pour remédier à la débâ-
cle financière, il a choisi le pire. Il est inutile de revenir
sur les embarras que doit inévitablement susciter au gouvernement espagnol la mesure qu'il a prise. M. Toreno
a dit, dans son rapport, que les revenus actuels ne suffisaient même pas aux besoins du service public, abstraction faite des intérêts de la dette; et de cette insuffisance,
il a conclu tout simplement qu'il fallait réduire ces intérêts, sans voir qu'en agissant ainsi, il n'augmentait en
rien le revenu, tuait son crédit, et se préparait un nouveau et prochain déficit par l'obligation qu'il contractait
de payer encore la moitié des intérêts !
Il y avait cependant des moyens bien naturels d'éviter

tous ces embarras. Dans un précédent travail, nous avons déjà indiqué l'application régulière et équitable des propriétés ecclésiastiques, propriétés dont l'estimation, évaluée à 3 pour 100 de revenu, s'élève à 39,111,552,921 réaux. Mais il est un autre moyen, préférable peut-être pour le moment, et qu'aucune objection tirée des dispositions ou des croyances du peuple espagnol ne pouvait faire négliger.

L'Espagne possède d'immenses terres, vierges encore de toute culture, ne produisant rien, ne recevant aucune destination. M. Borrego, dans la brochure qu'il vient de publier, évalue à près de neuf cent millions d'ares la portion de territoire ainsi abandonnée. Or, il est constant que ces terres, d'une nature excellente, n'attendent que le travail humain pour produire en abondance. C'est un capital mort, enfoui, qui, heureusement exploité, rapporterait gros intérêt. M. Borrego établit, par des calculs authentiques, que les propriétés domaniales et libres représentent un avoir de 12,070,548,000 réaux, c'est-à-dire la totalité de la dette inscrite et liquidée.

Il était donc d'une sage et prévoyante politique de s'emparer de tous ces biens de main-morte, de les morceler, de les distribuer au peuple, qui n'est indolent et indigent que parce que, jusqu'à ce jour, ses gouvernants n'ont su ni lui inspirer l'amour du travail, ni lui donner les moyens de s'en passer. Ces biens auraient pu être partagés entre les communes, à la charge par elles de payer un tribut annuel ; puis, ces mêmes communes en auraient fait la répartition entre les habitants, qui auraient été soumis à un impôt relatif.

Nous préférons ce plan à celui de quelques financiers

espagnols qui, à l'exemple des cortès de 1820, proposent aux porteurs d'obligations leur paiement en biens-fonds. En adoptant ce dernier mode de remboursement, on se mettrait loyalement en règle avec ses créanciers, mais voilà tout. Encore cet avantage ne serait-il acquis qu'au détriment de la nationalité, puisqu'on aurait introduit dans la possession du sol national une foule d'étrangers, tandis que le peuple espagnol lui-même resterait, comme devant, pauvre et indifférent au travail qu'aucun senti- ment de propriété ne lui rendrait attrayant ou véritable- ment avantageux. En suivant, au contraire, le plan que nous indiquons, on constituerait sur de plus fortes et plus solides bases la nationalité espagnole, on n'opérerait au- cun déplacement du capital foncier, enfin l'on aurait créé une source d'impôts non onéreux à la nation, et suffisants pour faire tête à toutes les nécessités que pourrait entraî- ner à l'avenir l'agrandissement de la civilisation.

L'Espagne, dans sa constitution civile et politique, est encore sous le joug de la féodalité. Une haute aristocratie territoriale pèse sur le peuple, dont une forte partie est de fait, sinon de droit, réduite à la condition du serf. Si l'Espagne ne possédait dans son sein ces immenses éten- dues de terre en friche, qu'elle peut utiliser dans un in- térêt national, dès que ses gouvernants auront le bon sens de s'en aviser, il est évident que, tôt ou tard, ce pays ver- rait une de ces révolutions qui finissent par les lois agrai- res, une de ces violentes attaques du dessous contre le dessus, qui produisent d'abord un bouleversement général des éléments sociaux, et constituent ensuite, non pas l'é- galité, mais une oppression nouvelle dont les instruments et les victimes seules sont changés. Ce malheur est à peu près inévitable dans un pays où, comme en Espagne, les questions de civilisation et de progrès sont posées en termes tels, qu'elles ne sauraient recevoir de solution que de la violence.

A part tout autre motif, celui-là suffisait pour engager le gouvernement espagnol à relever la fortune territoriale du pays de l'avilissement où elle est tombée. Mais est-il donc si pénible de se déterminer à des réformes qui doivent procurer un si grand bien, sans entraîner aucun mal? Que risque-t-on à défricher le sol, à rendre la terre féconde, à enrichir le peuple, à faciliter le paiement de l'impôt? Est-il beaucoup plus doux d'attacher son nom à des mesures que poursuivra long-temps la malédiction des intérêts lésés, et de ne maintenir un désastreux *statu quo*, qu'en sacrifiant toutes les belles chances de l'avenir? On le croirait vraiment à voir quelle fatale et irrationnelle obstination le gouvernement espagnol met à repousser tous les plans que lui prescrivent son devoir et son intérêt.

Prévenir la banqueroute, féconder le sol, n'étaient pas les seuls avantages produits par la mesure que tous les bons esprits s'accordent à conseiller, la distribution des terrains vagues et libres. Elle eût encore créé une foule de petits propriétaires dont la mission sociale eût été précisément de prévenir, par leur position mitoyenne et médiatrice, les graves collisions entre le bas peuple et l'aristocratie. Cette classe mitoyenne manque à peu près complètement en Espagne : voilà pourquoi il est si difficile d'asseoir convenablement l'électorat, pourquoi l'*Estatuto real* est à refaire sous ce rapport, pourquoi enfin une foule d'obstacles empêcheront long-temps un sys-

tème constitutionnel de fonctionner régulièrement dans
ce pays. Si le pouvoir tombe aux mains des libéraux
ardents, on aura une variété de suffrage universel et les
désordres qui en sont inséparables. S'il reste en la possession des libéraux timorés, on aura, comme aujour-
d'hui, une représentation incomplète, image étriquée de
la pensée nationale. C'est ce qu'on a vu sous les cortès,
c'est ce qu'on voit sous M. Martinez de La Rosa. Cela
tient, non aux hommes, mais aux choses. Le gouvernement représentatif manque là de base, de levier, parce
qu'il n'y a pas de classe moyenne, de petite propriété,
fortement constituée. Force est donc à ceux qui gouver-
nent de se rejeter vers l'un des deux extrêmes avec lesquels un système constitutionnel est impossible ; et, tant
que cet état de choses ne sera pas profondément modifié,
on verra toujours le gouvernement se lancer dans une
démocratie insensée ou se retrancher dans une oligarchie
rétrograde, selon les prédilections des hommes qui le
dirigeront. Dans cette situation anormale, vous trouvez
aujourd'hui le secret des tiraillements quasi-hostiles qui
se manifestent entre le cabinet et la chambre des *procuradores.*

Combien donc n'est-il pas à regretter que M. Toreno
ait préféré à un plan si clair, si simple, si fécond en résultats sociaux et politiques, son malheureux projet de
banqueroute frauduleuse. Qu'à cette première réforme, il
ajoutât plus tard celle des abus et priviléges de l'Église,
et l'Espagne faisait un immense pas dans la voie du progrès. La direction qu'il paraît vouloir lui imprimer ne
saurait, au contraire, aboutir qu'à sa ruine et à son
déshonneur.

Les cortès sanctionneront-elles de pareilles mesures ? Nous n'osons le dire, et cependant on annonce qu'elles sont encore plus éprises que le ministère de cette belle indignation contre les créanciers de l'État. Cette iniquité, si elle était consommée par les cortès, nous étonnerait beaucoup; car il y aurait de leur part une fâcheuse dérogation à d'honorables antécédents. En 1820, les cortès nationales, dont faisaient partie la plupart des nouveaux élus, apprécièrent autrement la situation de leur pays, et le décret du 9 novembre 1820, qui proclame la reconnaissance de l'intégralité de la dette et ordonne son acquittement immédiat, est une preuve qu'elles se croyaient alors liées par les obligations contractées au-dehors. Depuis 1820, rien n'a changé : seulement les titres des créanciers sont devenus plus anciens, et leurs droits en quelque sorte mieux acquis.

Année 1835.

—

Aucun évènement décisif ne se passa en Espagne pendant l'année 1835 : deux faits seulement attirèrent l'attention de H. Fonfrède pendant cette période de temps, d'abord la demande faite par le cabinet espagnol de la coopération de la France et de l'Angleterre, puis la mort de Zumalacarregui, général en chef des troupes de Don Carlos.

—

2 JUIN 1835.

Dans quel cas l'intervention peut-elle être pour nous un intérêt réel et une nécessité.

Les écrivains ministériels, en développant les motifs qui militent en faveur de l'intervention, ont appuyé leur opinion sur deux considérations principales :

1° Que notre intérêt révolutionnaire (ce mot est pris ici dans son acception la plus honnête) était d'empêcher à tout prix une restauration espagnole ;

2° Qu'aujourd'hui, il n'y avait nullement imminence de restauration en Espagne ; que l'intervention n'avait donc point pour but immédiat de conjurer ce danger, mais seulement de mettre fin à une guerre civile qui paraît devoir se prolonger.

Nous sommes tout disposés à accepter ces deux termes de discussion : mais nous croyons qu'ils peuvent conduire à d'autres conclusions que celles qui ont été formulées en faveur de l'intervention actuelle. Oui, nous reconnaissons que la France a intérêt à empêcher la restauration de Charles V et des idées qu'il représente. Là est certainement l'esprit du traité de quadruple alliance : esprit fécond et plein d'avenir qui, en fondant l'existence de quatre nations sur des bases et des principes communs, n'assure pas seulement l'indépendance de l'Europe occidentale, mais augmente les forces civilisatrices de chaque peuple de tout l'appui, de toute la virilité qu'il trouvera dans les trois autres, et force les plus arriérés à s'assimiler promptement les mœurs et les institutions des plus avancés. La restauration du principe carliste en Espagne détruirait, on ne peut le nier, l'heureuse harmonie de cette combinaison diplomatique : voilà pourquoi nous devons nous y opposer, même au prix d'une intervention militaire.

Mais on reconnaît, et avec raison, que tel n'est point le danger qui menace actuellement l'Espagne. Ce n'est pas, dit-on, un cri de détresse que pousse le gouvernement de la reine : c'est un mode de pacification plus prompt qu'il nous propose et pour lequel il demande notre acquiescement. Dès-lors, tombe le principal argument qui puisse motiver une intervention immédiate; dès-lors, une plus grande liberté nous est laissée pour discuter les avantages et les inconvénients de ce mode de pacification.

Les avantages s'amoindrissent singulièrement lorsqu'on les place en présence des difficultés réelles qu'entraînerait en ce moment notre apparition en Espagne. La principale de ces difficultés, celle sur laquelle nous insistons, c'est

le doute où l'on est des bonnes dispositions du peuple espagnol. Que cette question d'intervention ait perdu, aux
yeux de beaucoup d'esprits éclairés, le caractère que de
vieux préjugés y avaient attaché, cela peut être; mais
cette heureuse modification a-t-elle pénétré dans les masses? Voilà la question; question incertaine, question que
l'on serait presque tenté de résoudre négativement lorsqu'on voit l'opposition de la chambre des procuradores
se faire un piédestal, devant le pays, de son antipathie
déclamatoire contre cette intervention. Il faut qu'il y ait
dans le cœur de la nation une fibre qui réponde encore à
ces imprécations de tribune : l'opposition des cortès ne
mettrait pas tant d'éclat dans l'expression de ses opinions,
si elle n'était à peu près sûre de trouver quelque sympathie autour d'elle. Or, nous avons déjà prouvé combien il importe, dans l'état où nous ont placés nos anciennes relations militaires avec l'Espagne, de ne point
s'aventurer à la légère dans une voie dont on ne prévoit
pas encore parfaitement l'issue.

Si donc, il y a un moyen, autre que l'intervention,
d'abréger la guerre civile qui ravage les provinces sep-
tentrionales, la prudence le conseille, et notre intérêt doit
l'adopter. Or, nous croyons que ce moyen existe : c'est
un appel à l'énergie nationale. Mobilisez vos milices ur-
baines; intéressez l'Espagne entière à la destruction du
fléau qui désole une de ses parties: poussez à un dernier
et sublime effort les populations qui sont lasses d'être dé-
cimées et inquiétées, mais à qui pourtant il en coûterait encore de se voir sauvées par la main de l'étranger : alors
très-probablement vous aurez rendu l'intervention inutile
et laissé à l'honneur castillan tout le mérite de ses fières

susceptibilités. Que si, au contraire, et presque par impossible, il arrivait que cet effort demeurât stérile; si l'Espagne n'en retirait d'autre gloire que celle qui revient de longs sacrifices noblement supportés, de grandes difficultés courageusement affrontées, oh! alors plus de doute; le traité de quadruple alliance devrait faire intervenir dans la lutte ses tutélaires stipulations. Mais alors aussi cette question d'intervention serait parfaitement mûre, mûre pour tous les esprits, mûre pour tous les préjugés même; et personne en deçà ou au-delà des Pyrénées ne serait tenté, en face de cette dernière expérience, de susciter contre notre loyale assistance des ombrages que rien ne saurait plus justifier désormais.

Mais, nous le répétons, on n'aurait pas lieu d'en venir là. Si avec les moyens actuels, on a tenu Don Carlos emprisonné dans ses deux provinces, un redoublement d'énergie, un concours actif des populations mêmes, lancées sur la frontière au chant des hymnes nationaux, et sous la seule direction des chefs nationaux, donneraient certainement à la lutte des résultats plus complets, et en même temps plus honorables.

Nous envisageons, nous, en France, cette intervention avec des idées françaises : à ce titre, elle ne nous paraît offrir rien d'alarmant. Examinée du point de vue espagnol, elle change un peu d'aspect; et lors même que la raison s'y soumet, il y a toujours un orgueil secret qui murmure. L'assistance de l'étranger, quel qu'il soit, est toujours un souvenir qu'on n'aime pas à conserver; par conséquent, un précédent qu'on n'aime pas à établir. Gardons-nous de trop aider l'Espagne à le faire peser sur les annales de sa nationalité déflorée.

Tels sont, en substance, les motifs généraux qui nous portent à ne pas partager l'entraînement que semblent éprouver beaucoup de personnes pour l'intervention immédiate. Nous ne croyons point en cela livrer, comme on le dit, le traité de quadruple alliance à la risée des puissances du Nord; c'est seulement en concilier la lettre et l'esprit avec les ménagements dûs aux susceptibilités de nos alliés, avec notre propre intérêt. Dans l'ordre de nos idées, ce traité aurait son jour : ce serait celui où la restauration espagnole deviendrait un danger sérieusement imminent. Mais il est très-probable aussi qu'il ne l'aurait pas, et tout n'en irait que mieux; car nous n'aurions pas dépouillé un peuple ami d'une gloire à laquelle il peut encore très-légitimement prétendre, et nous ne nous serions pas imposé à nous-mêmes les engagements prématurés d'un zèle sans nul doute onéreux pour nos finances, peut-être mal apprécié par ceux à la tête desquels il serait jeté.

<hr />

28 JUIN 1835.

Blessure mortelle de Zumalacarregui.

—

La blessure de Zumalacarrégui, que les carlistes ont d'abord niée, puis avouée, mais seulement comme très-légère, avait tous les caractères de gravité qu'on lui avait assignés dès le commencement. La preuve, c'est que Zumalacarregui, généralissime des troupes de Don Carlos, vient, dit-on, de mourir.

Zumalacarregui emporte avec lui dans la tombe la fortune de Don Carlos et les dernières espérances que, dans leur pénurie d'hommes et de moyens, les carlistes français avaient cru devoir fonder sur cet étranger. Quoique la faiblesse de ses adversaires ait fait la plus grande partie de sa force, il était sans contredit le premier homme du parti qu'il commandait. Lui absent, la direction de ce parti retombe en des mains évidemment inhabiles à en soutenir le poids, et ici nous ne parlons point de Don Carlos, mais seulement des chefs de guérillas qui l'entourent.

L'inappréciable revers qui atteint les insurgés de la Navarre acquiert un degré plus funeste de gravité en présence de la sérieuse expédition qui est sur le point de venir prêter main-forte aux troupes constitutionnelles. Dans quinze jours, les récents succès de Don Carlos auront été cruellement expiés.

———— ✦ — - - ─

29 JUIN 1835.

De la Mort de Zumalacarregui.

—

Dans les affaires de ce monde, mourir à temps est quelquefois un dernier trait de génie. Que de gloires perdues! que d'illusions détruites, faute de cet à-propos! En politique surtout, on peut dire que le sort des renommées acquises dépend presqu'uniquement de cette coïncidence du dernier jour d'un homme avec sa dernière bonne fortune.

Nous comprenons les douleurs que peuvent éveiller ces morts qui semblent prématurées. Mais tout en faisant la part du sentiment, il faut que la philosophie ait aussi la sienne. Pour des amis, pour un parti, le trépas d'un homme sur qui reposent beaucoup d'espérances et de sympathies, est une calamité domestique qu'il leur est permis de déplorer, même amèrement. Pour ceux qui n'ont partagé ni ces sympathies, ni ces espérances, pour ceux qui y ont été hostiles, ce trépas perd ses droits d'affliction intime; il ne conserve que son caractère public et providentiel; c'est une force contraire qui s'épuise, un obstacle qui tombe, un fait ennemi qui s'éteint.

La mort de Zumalacarregui, général en chef des troupes carlistes, Monck incomplet du prétendant espagnol, inspire et justifie ces premières réflexions. A voir la tournure que prennent les affaires d'Espagne, et quand on connaît le véritable esprit de cette guerre, on peut dire que Zumalacarregui est mort à propos pour sa gloire. Il disparaît, en effet, au moment où, enhardi par la démoralisation que des fautes multipliées avaient produite dans l'armée christinienne, il avait pu pousser vivement les hostilités et donner à son insurrection toute la gravité d'une véritable guerre civile. Par lui, la Vendée vasconne s'était définitivement constituée; ce n'étaient plus des bandes isolées, fugitives, ne connaissant d'autre stratégie que l'embuscade et le guet-apens; c'était déjà une armée s'habituant aux hasards et aux dangers de la plaine, quittant ses montagnes et ses défilés pour essayer le siége régulier des villes. Zumalacarregui a pu accréditer cette idée qu'il était maître des quatre provinces du Nord, et qu'il ne tiendrait qu'à lui de poursuivre au-delà de l'Ebre les troupes de la reine. Cette espérance, que des avantages multipliés en peu de temps avaient fait naître, et qu'à coup sûr il eût été incapable de réaliser, cette espérance est le plus beau fleuron de sa couronne militaire. S'il eût vécu, ce fleuron fût tombé, et sa réputation en eût été déshéritée ; car très-certainement, nous le répétons, quels qu'aient été les commencements de la guerre qu'il faisait au gouvernement espagnol, cette guerre n'aurait pas eu l'issue que ses partisans en attendaient, et dans quelques années, dans quelques mois peut-être, il n'eût laissé dans tous les esprits que le sentiment de son impuissance constatée.

Nous avons dit qu'il emportait avec lui la fortune de Don Carlos et les espérances de ceux qui se sont liés aux inglorieuses destinées de ce prince. C'est une vérité si généralement sentie, qu'elle a fait explosion par la bouche de tout le monde, par la bouche même de ceux qui étaient intéressés à la dissimuler, le jour où cette mort fut connue. Chacun comprend, en effet, que Zumalacarregui était le premier et le dernier homme de cette insurrection ; non, peut-être, qu'il soit impossible de trouver un chef qui ait ses talents militaires, mais parce qu'il est impossible d'en susciter un autre qui ait, au même degré que lui, l'art de fasciner, de fanatiser ses soldats. Il n'y a pas d'hérédité pour cette sorte de prestige, le nerf de toute guerre civile, et il est rare qu'une insurrection, même puissante, ait réussi autrement que sous la conduite de son premier chef.

Il y a d'ailleurs une autre cause d'affaiblissement pour les carlistes. Zumalacarregui, le simple guerrillero, enveloppait de son nom et de son autorité le royal prétendant Charles V. Malheureusement pour son avenir, le roi va rester seul aujourd'hui, seul et par conséquent dénué de cette auréole de nationalité sous laquelle l'influence du soldat navarrais avait su dissimuler ses prétentions absolutistes. En voyant Zumalacarregui à leur tête, les populations des quatre provinces pouvaient croire qu'elles ne se dévouaient à la mort que pour la cause sacrée de leurs fueros nationaux; désormais, la prédominance de l'intérêt purement dynastique va nécessairement se révéler, et la chaleur de leur dévoûment se ressentira certainement de cette inopportune révélation.

On voit qu'ici nous ne tenons compte que des raisons qui, dans le sein même du parti carliste, servent les projets de l'armée constitutionnelle. Nous ne parlons pas de l'accroissement de forces matérielles et d'énergie morale que les secours qu'on lui expédie et la consternation de ses ennemis doivent produire chez elle. Ce sont pourtant là des raisons assez puissantes peut-être pour donner sérieusement à penser aux fauteurs de la contre-révolution espagnole.

Année 1836.

—

L'année 1836 fut marquée par de graves évènements en Espagne.

La chute du ministère Mendizabal; l'avènement du ministère Isturitz, qui voulut, mais en vain, arrêter le développement de l'esprit révolutionnaire; le massacre du commandant militaire et du gouverneur civil de Malaga, San-Just et le comte de Donadio; la révolte des provinces du Midi, suivie bientôt de celle de l'Aragon; puis, le soulèvement de Madrid, les évènements de la Granja, la proclamation de la constitution de 1812, la fuite du premier ministre Isturitz et de son collègue Galiano, le meurtre du général Quesada, l'établissement de juntes insurrectionnelles dans toute l'Espagne, font des mois de mai, juin, juillet et août de cette année, l'une des époques les plus remarquables et les plus douloureusement remplies de la longue crise révolutionnaire espagnole.

Après cet excès d'agitation, un calme inattendu s'empara du pays; les élections aux cortès se firent presque sans désordre, bien que les succès des armes carlistes, causés par les divisions du parti libéral, semblassent devoir donner une excitation nouvelle aux passions des *exaltados*. — Malgré la course triomphale du chef carliste Gomez, qui parcourut victorieusement toute l'Espagne, aucun désordre nouveau, de quelque importance, ne se manifesta : tous les esprits semblaient préoccupés d'une seule pensée, la nécessité de l'intervention française, pour en finir avec les partisans de Don Carlos.

Cette phase si grave de la révolution Ibérique, le désir manifesté par le ministère français, du 22 février, d'intervenir entre les partis qui se disputaient la possession de l'Espagne, occupèrent fortement l'esprit de H. Fonfrède; il publia, sur tous les sujets que nous venons d'indiquer, des articles nombreux, dans lesquels les évènements et leurs résultats, ainsi que les intérêts de la France et ceux du peuple Espagnol, sont appréciés avec sa supériorité accoutumée.

L'article du 26 mai, qui ouvre cette série, fut écrit au moment de la chute du premier ministère de Mendizabal.

—

26 MAI 1836.

On assure que, par suite des évènements du 18, la reine Christine a fait appeler le président de l'estamento des procurateurs pour lui demander son appui dans les circonstances présentes, et même, dit-on, pour le charger, au besoin, de composer un nouveau cabinet, dont il aurait la présidence.

M. Gonzalez aurait protesté de son loyal dévoûment à
S. M., mais il aurait improuvé la manière dont les choses se sont passées lors des derniers changements, qu'il
aurait qualifiés de quasi-inconstitutionnels; M. Gonzalez
aurait ajouté qu'il croyait impossible maintenant de calmer les esprits, ou de réussir à créer une combinaison
ministérielle qui eût chance de vie, sans le renvoi des
chefs militaires déjà exigé.

Il faut laisser se dérouler toute la suite de ce drame,
dont le dénoûment est si difficile à prévoir, avant de hasarder aucun jugement sur la situation actuelle de l'Espagne. Pour le moment, nous croyons, comme M. Gonzalez, qu'une combinaison ministérielle essayée selon les
vues primitives d'Isturiz, c'est-à-dire dans un sens de
réaction contre les entraînements révolutionnaires, est,
sinon impossible, du moins hérissée de beaucoup d'obstacles. D'un autre côté, nous comprenons très-bien que
si la reine cède et sacrifie les généraux qui lui sont dévoués, elle se condamne à de prochaines et plus larges
concessions, en même temps qu'elle perdra à peu près tout
moyen de les refuser. Le cas est donc très-embarrassant.

Si Mendizabal revient triomphalement au pouvoir, il
sera naturellement tenté de faire expier à la reine l'empressement qu'elle a mis à se séparer de lui. Il est probable qu'alors il montrera moins de tendresse pour le
statut royal qu'il n'en a montré jusqu'ici, et que de son
retour datera une impulsion révolutionnaire qui pourra
porter loin.

Ce qu'il y a de pis, c'est qu'il n'est guère permis de compter sur la sagesse des cortès. La cabale, l'intrigue, semblent régner là en souveraines. Voyez, en effet! Les pro-

curateurs suspendent *ex abrupto* le vote de confiance, à l'avènement du nouveau ministère qui n'a encore rien fait pour en abuser, et le réservent pour M. Mendizabal, qui s'est indignement moqué de leur bonhomie, avec son grand secret, ses attendrissements subits et ses programmes de tribune ! N'est-ce pas autoriser d'avance de nouvelles expériences sur leur merveilleuse crédulité ?

Tout cela, malheureusement, n'est profitable qu'à Don Carlos. En présence de pareils désordres, il n'a qu'à attendre, et peut se passer du concours des étrangers ; tandis qu'au contraire le temps n'est pas loin, peut-être, où le gouvernement de Madrid ne le pourra plus.

Il ne faut pas juger l'Espagne d'après les données parlementaires des pays où le régime constitutionnel est depuis long-temps en vigueur. On s'exposerait à ne rien comprendre à ce qui s'y passe. Comment s'expliquerait-on, par exemple, l'alliance de M. le comte de Las Navas et d'Isturiz ; de M. Isturiz, instrument d'une réaction dans le sens des idées qui prévalent parmi les proceres, et de M. de Las Navas, qui commandait naguère la petite armée d'Andujar, expédiée par les juntes d'Andalousie, et refusait de déposer les armes devant les promesses de M. Mendizabal ? Constitutionnellement, cette alliance est inexplicable, et l'on serait tenté de crier ou au miracle ou à l'apostasie. Le plus simple est de tomber d'accord tout de suite, qu'en Espagne les mœurs parlementaires sont encore à créer, et que c'est l'esprit de personnalité, de camaraderie, qui domine et règle tous les mouvements de la politique. M. de Las Navas est l'ami de M. Isturiz ; il trouve dès-lors tout naturel de s'associer à ses destinées, dussent toutes les théories qu'il appelait naguère

ses principes être sacrifiées aux besoins de l'amitié privée. Le statut royal aura peut-être bientôt M. de Las
Navas pour premier défenseur, si les convenances de la
position qu'a acceptée M. Isturiz exigent que ce ministre
s'établisse immuablement sur le terrain du statut royal.
Par compensation, M. Isturiz pourrait bien un jour être
entraîné, par la fortune politique de M. de Las Navas, à
reprendre ce rôle d'opposition radicale qu'il a quitté tout
juste assez tôt pour recueillir le portefeuille dont les sympathies alarmées de la reine et de la chambre des proceres, cherchaient depuis quelque temps à déshériter
Mendizabal.

Nous le répétons, il ne faut pas chercher d'autre cause
aux dernières combinaisons qui se sont formées à Madrid.
On n'en trouverait aucune qui donnât le secret des ano-
malies que ces combinaisons offrent au premier coup
d'œil. Au surplus, il n'y a pas lieu dans tout ceci de faire
un crime à qui que ce soit. Le seul tort des personnages
qui se prêtent à ces accommodements politiques, où la politique a si peu de part, c'est d'être nés avant les conditions qui permettront seules à l'Espagne de jouir de la
vérité représentative. N'est pas homme d'État qui veut,
surtout dans un pays comme celui-là. Ce n'est point
après quelques essais informes et confus du régime parlementaire, ce n'est pas non plus avec des éléments aussi
étrangers à un pareil régime, qu'on peut aspirer à cette
réalité constitutionnelle, à ce classement exact, à ce mouvement naturel, simple, régulier, des opinions, des systèmes et des hommes. L'Angleterre, notre devancière à
tous dans cette carrière, est encore loin d'avoir atteint des
résultats complètement satisfaisants, et nous Français,

nous qui venons d'assister aux transactions qui ont fait
entrer dans l'unité radieuse du 22 février les transfuges
de deux camps opposés ; nous qui tolérons si tranquillement ces alliages de programmes, ces jeux de bascule,
cette déception à deux faces, organisée pour dissoudre le
peu d'éléments compactes et homogènes que l'esprit ferme
et systématique du 13 mars était parvenu à rassembler
autour de lui, avons-nous bien le droit de reprocher à
l'Espagne l'inconsistance capricieuse de ses hommes politiques ?

Par son alliance avec Isturiz, le comte de Las Navas
pourra amortir l'opposition que les amis et peut-être les
agents directs de Mendizabal cherchent à exciter dans les
provinces. Le comte de Las Navas et son ami, le comte
de Donadio, dirigent toute cette partie du midi de l'Espagne qui se souleva contre M. de Toreno. Il est probable que si aujourd'hui l'Andalousie, soumise à l'influence de ces deux députés, résiste aux instigations
révolutionnaires, la partie sera tout-à-fait manquée pour
ceux qui ont intérêt à faire de l'agitation. Jusqu'à présent, il n'y a que Saragosse qui se soit livrée à quelques
démonstrations hostiles. Barcelone suivra peut-être son
mouvement ; mais si le Midi n'y participe pas, nous le
répétons, le coup sera manqué, d'autant plus que M. Isturiz est un homme énergique et décidé à ne pas reculer
devant les agressions les plus violentes.

7 AOUT 1836.

Des Évènements de Malaga.

—

L'Espagne est un pays destiné à faire, par ses malheurs, l'éducation du monde. Le triste spectacle qu'ont donné en France les passions révolutionnaires de 93 était peut-être trop oublié. L'Espagne semble avoir reçu la mission d'en réveiller les néfastes souvenirs. Quels horribles désordres ! quelle fièvre de sang ! quelle fureur de carnage ! Et ce qu'il y a de plus déplorable, c'est que tous ces excès, toutes ces atrocités ne sont pas le fait d'anarchistes vulgaires et déguenillés ; non, c'est la garde nationale qui donne le signal du désordre, et qui fusille les autorités au coin des rues ou dans leurs palais. Après cela, il se trouve de nouvelles autorités, sorties de je ne sais quelle espèce de scrutin, pour s'extasier sur les vertus de l'héroïque population qui a commis ou laissé commettre de pareils crimes ! Il faut que le génie du bouleversement soit bien puissant pour pervertir à ce point toutes les intelligences et toutes les âmes.

Voilà donc les juntes relevées. Voilà la constitution de 1812 rétablie dans plusieurs villes à la fois. Voilà, par conséquent, le ministère Isturiz replongé dans tous les embarras qui assaillirent M. de Toreno et causèrent sa chute. Quelle attitude prendra-t-il maintenant ?

Quant à la nouvelle chambre des procurateurs, on n'en connaît pas bien encore l'esprit dominant. Les premières élections paraissaient présager la défaite du ministère ; bientôt, cependant, les nominations faites en Andalousie, dans ce midi de l'Espagne qui aujourd'hui donne le signal de l'insurrection, étaient venues rétablir, entre le cabinet et ses adversaires, une sorte d'équilibre qui laissait douter du résultat des premières entrevues parlementaires. Mais aujourd'hui les dispositions des procurateurs n'importent plus que médiocrement : il est évident que le centre d'action est déplacé. L'impulsion ne vient plus du gouvernement, elle vient du dehors. Si la majorité des cortès est décidément ministérielle, le gouvernement en aura un peu plus de force pour combattre les juntes; mais la lutte sera terrible, parce qu'il est à craindre que l'énergie de sa répression ne rende l'agression plus furieuse encore. Que si, au contraire, la majorité tourne à l'opposition, la lutte sera nécessairement moins vive, car le gouvernement, énervé par ce surcroît d'hostilité et d'abandon, ne pourra guère se présenter dans la lice que pour être vaincu, désarmé; et le simulacre de résistance qu'il aura essayé n'aura servi qu'à donner plus d'orgueil et d'exigence aux juntes victorieuses.

En définitive, de quelque côté que l'on se tourne, on n'a devant soi que la perspective de désolantes éventualités. Don Carlos seul et ses partisans peuvent y trouver des sujets de joie; car c'est un arrêt dont la fatalité n'a manqué à aucune révolution, que la démagogie est l'artisan le plus sûr du despotisme qui sait attendre.

Ce qu'il y a de plus affreux dans cette situation, c'est l'impossibilité d'en sortir. Pour long-temps encore l'Espagne est condamnée à être la proie des deux principes qui se la disputent. La guerre civile d'un côté, les bouleversements populaires de l'autre : de toutes parts les excès, les crimes, les fureurs que l'ardeur d'une lutte corps à corps

peut enfanter, voilà l'avenir qui se présente à ce malheureux pays. Il en sera de l'Espagne comme de toutes les
nations où l'influence des classes moyennes n'est pas encore constituée, où nul esprit public n'est développé, où
par conséquent tous les principes extrêmes, toutes les passions absolues peuvent s'entre-heurter sans qu'aucune intervention modératrice vienne amortir la violence de leurs
chocs. Voyez l'Angleterre avant Cromwell, voyez la France
avant Bonaparte, voyez toutes les révolutions qui saisis-
sent les peuples sans que ceux-ci y soient suffisamment
préparés : partout les mêmes causes produisent les mêmes effets.

L'absence de cet esprit public, de cette prépondérance
des classes moyennes, élément indispensable de toute pacification sociale, est tout à la fois ce qui fait désirer aux
Espagnols clairvoyants l'intervention officielle des puissances unies par le quadruple traité, et ce qui porte cel-
les-ci à refuser obstinément cette intervention. Les puissances alliées reconnaissent bien l'impossibilité où se
trouve l'Espagne de surmonter par elle-même les deux
fléaux qui la tourmentent; mais si elles lui prêtaient appui, qu'en résulterait-il? Une compression momentanée,
achetée par de lourds sacrifices, et dont tout l'effet serait
perdu, une fois l'Espagne évacuée par les troupes qui l'auraient un instant contenue. Dès-lors, à quoi bon se donner le tort d'une démarche aussi grave et en même temps
aussi inutile? Si, au contraire, il y avait en Espagne un
esprit public, un juste-milieu organisé et propre à diriger dans de justes limites le mouvement révolutionnaire,
alors la coopération des puissances aurait un but et une
utilité incontestables : elle délivrerait le pays des obsta-

cles matériels, et pourrait s'en remettre aux pays lui-même de la tâche morale qui resterait à accomplir. Mais, encore une fois, telles ne sont point les conditions actuelles de la révolution espagnole. Aussi, tous les esprits éclairés qui étudient les évènements de ce pays, ne sont-ils pas plus étonnés de voir la France et l'Angleterre refuser l'intervention directe, dût le traité de quadruple alliance en paraître un peu abandonné, qu'ils ne le sont de voir les hommes d'État, les députés, les généraux, les soldats même de la reine, invoquer à grands cris les secours de ces deux puissances.

Malheur aux pays qui manquent d'esprit public ! Malheur aussi à ceux qui, après avoir profité à l'école des révolutions, laissent misérablement s'éteindre par leur apathie et leur indifférence les résultats de leur expérience passée ! L'Espagne est aujourd'hui la preuve vivante de ce qu'on peut souffrir dans le premier cas, et la France n'est peut-être pas loin d'apprendre les dangers auxquels on s'expose dans le second.

---

9 AOUT 1836.

Continuation du même sujet.

L'anarchie, qui commence par détruire les principes d'ordre et de gouvernement, ne garde pas long-temps la douceur pateline de ses premiers semblants de philanthropie envers les individus. Ses premiers actes sont toujours des simagrées d'impartialité, de grandeur d'âme. Mais aussitôt qu'on se sera débarrassé des braves gens qui auront eu la bonhomie de se laisser prendre à ces trompeuses amorces, l'assassinat et l'échafaud seront à l'ordre du jour.

Et toujours les hommes honnètes, dont le cerveau trop faible se laisse séduire par l'exaltation des théories républicaines, sont les premières victimes. On s'est servi de leur influence pour avancer; mais on ne veut pas rester sous leur surveillance consciencieuse.

Voyez en Espagne! C'est le comte de Donadio, président de la junte centrale d'Andujar, c'est l'un des chefs du mouvement qui a renversé le ministère Toreno, c'est le gendre, l'ami du comte de Las Navas, que les séides de la constitution démocratique de 1812 égorgent et déchirent. C'est le brigadier Saint-Just, un des militaires qui ont rendu le plus de services contre l'insurrection carliste, qu'ils assassinent par la même occasion. Et croyez-vous que tout soit fini là?... Eh! bon dieu! si les meneurs de ce mouvement peuvent le maintenir assez fortement pour que le gouvernement de Madrid ne rétablisse pas sa suprématie à Malaga, ces meneurs s'égorgeront eux-mèmes ou seront égorgés par ceux qu'ils mènent aujourd'hui. Un peu plus tôt, un peu plus tard, Escalante aura le sort de Donadio. — Cela est écrit.

Et quand nous jetons nos regards sur la France, quand nous voyons dans notre récente histoire l'effroyable progression de cette hiérarchie à rebours qui, après la révolution de 1789, traîna la société dans le ruisseau, la tête dans la boue et les pieds en l'air; quand nous nous souvenons de cette destruction successive de tout ce qui primait par la naissance, par la richesse, par la vertu, par

le talent, de quelle reconnaissance ne devons-nous pas
être pénétrés pour les hommes d'État qui, après 1830,
ont préservé la France du retour imminent des mêmes
calamités? Oui, si les Perrier, les Guizot, les Persil, et
tous leurs amis dans les rangs patriotiques que l'on s'efforce vainement de flétrir, n'eussent alors arrêté le mouvement qui menaçait d'introniser dans l'organisation gouvernementale les funestes maximes de l'anarchie; s'ils
n'eussent fermé les clubs, détruit la Société des Droits de
l'Homme, neutralisé l'influence pestilentielle de la presse
radicale et des crieurs publics; s'ils n'eussent arrêté l'extension électorale qui voulait se faire jour partout et envahir tous les services publics; si, enfin et surtout, ils
n'eussent détruit, le jour même de sa naissance, cette association nationale pour la défense du territoire (qui n'é-
tait pas attaqué), association qui se constituait avec son
armée, sa direction administrative, sa caisse, ses agents,
ses moyens d'actions et de surveillance sur les administrations nommées par le roi, enfin qui s'établissait gouverne-
nement démocratique côte à côte, et en face du gouverne-
nement monarchique de la charte..... Eh bien! que tout
homme de bonne foi réponde, où serions-maintenant?
Comment aurions-nous résisté aux conjurations de juin
et d'avril? Comment serions-nous sortis des sanglantes
commotions de Lyon, de Grenoble, de Saint-Etienne? Oh!
que vous auriez eu en France de comte de Donadio et de
Saint-Just renversés par des Escalante, qui auraient été
renversés à leur tour! N'avez-vous pas vu Carrel accusé
de trahison par les sections insurrectionnelles d'avril?
Cavaignac condamné à mort par les sections des Droits
de l'Homme? Ne voyez-vous pas qu'à la première lueur

de triomphe des principes que les doctrinaires ont si courageusement comprimés, les radicaux vainqueurs se seraient débarrassés des notabilités dont le caractère aurait pu gêner le développement de leurs usurpations? Quelle proie convoitent-ils?... La société tout entière; car, si on ne leur donnait en pâture qu'un peu d'or ou quelques places, il n'y en aurait pas pour satisfaire la vingtième partie des prétendants. Non, non, il leur faut une autre conquête : c'est le monde social à envahir et à retourner sans dessus dessous.

Lisez dans le procès qui se poursuit aujourd'hui devant les tribunaux parisiens, sur une des pièces produites aux débats, les lignes suivantes écrites par un des associés après les évènements d'avril :

« Carrel, Cavaignac, Voyer d'Argenson et Marrast » sont des traîtres qui ont abandonné leurs frères au jour » du danger. Lorsque le jour de la vengeance populaire » sera venu, ils seront enveloppés dans la même pros- » cription que les tyrans ennemis du peuple! »

Eh bien! ces quatre lignes sont le résumé positif, invariable, éternel, des tendances démocratiques, toutes les fois que la société ne reconnaîtra pour base que le principe exclusif de la souveraineté du peuple. C'est toujours là qu'on aboutira.

Si nous avons été au moment, après la révolution de 1830, d'oublier tous les enseignements de notre première révolution, il semble que l'Espagne soit jetée devant nous, par la Providence, comme une nouvelle édition, un exemplaire vivant de nos sanglantes erreurs. Lisons donc avec fruit cette contre-épreuve de tant de leçons inutilement répétées d'âge en âge, depuis les républiques de l'antiquité

jusqu'à nos jours!... Voyons-y surtout le carlisme préparer son triomphe, en s'appuyant sur les divisions intestines du parti libéral, dont les excès flétrissent même les
améliorations raisonnables des temps modernes, et réha-
bilitent les débris épars du despotisme passé, qu'un gouvernement ferme, uni, modéré aurait promptement anéanti.
Mais quand l'insurrection républicaine oblige les troupes
de la reine à marcher sur Malaga et sur Saragosse pour
les comprimer, comment vaincre Don Carlos?... Ne voyez-
vous pas que, dans une lutte sérieuse, ces troupes, si elles
n'étaient employées à combattre l'anarchie de l'intérieur,
suffiraient, en les portant sur un des points de la ligne
carliste, pour déterminer le succès d'une affaire décisive?
N'avons-nous pas vu perdre la bataille de Waterloo parce
que les divisions de Lamarque et de Clausel étaient rete-
nues dans la Vendée et dans le Midi?... Puis, quand les
ultra-libéraux espagnols auront assuré le triomphe de Don
Carlos, ils viendront crier à la trahison!

--------------⊙--------------

12 AOUT 1836.

Le temps du Gouvernement n'est pas arrivé pour l'Espagne. Elle est à l'époque révolutionnaire de son histoire.

—

Après la mort de Ferdinand VII, lorsque le gouvernement français appuya de son influence morale l'établissement du trône d'Isabelle, sous la régence de Christine,
pour arriver à une monarchie espagnole de juste-milieu,
on se souvient, dis-je, de l'opinion que j'exprimai en
plusieurs articles dans le *Mémorial*. J'improuvai cette ten-

dance politique, non qu'en soi elle ne fût humaine, loyale, dictée par d'excellentes intentions, mais parce qu'elle était inopportune, prématurée, irréalisable. —On connaît le mot de Louis XVIII à ceux qui lui proposaient de faire d'un roturier ennobli, un gentilhomme de sa chambre : —*Pour faire un canard aux navets..., ayez d'abord un canard.* —Eh bien! pour faire un gouvernement de *juste-milieu...., ayez* d'abord un juste-milieu.

Or, en Espagne, je croyais et je crois encore qu'on ne sait même pas ce que c'est qu'un juste-milieu... Cela viendra plus tard.

Il m'arriva pour lors ce qui arrive à tout homme qui conserve son opinion indépendante et pure entre les exigences impérieuses des partis opposés. —Les amis qui soutenaient avec moi le ministère du 13 mars et du 11 octobre, me blâmèrent fortement d'avoir improuvé la propagande de juste-milieu qu'il essayait en Espagne. —Les partisans de l'opposition française m'approuvèrent au contraire, me surent gré de cette publication, quant au fond de l'opinion que j'émettais, mais me taxèrent d'inconséquence, disant que je conseillais en France le système dont je blâmais la tentative en Espagne.

Cependant il était bien facile de voir que cette inconséquence n'était point réelle. Il est bien facile de comprendre qu'un système de gouvernement n'est point un habit uniforme qui puisse aller à toutes les tailles, à tous les âges des peuples : 1830 n'est venu en France que quarante ans après 1789, et encore 1830 a-t-il été un mouvement anticipé qui a surpris les mœurs de la nation française bien en arrière de ses opinions. —Mais, en Espagne, dans l'état où la laissait ses antécédents et la mort de Ferdinand, une monarchie de juste-milieu comme celle qui est sortie de la révolution de juillet, était évidemment un énorme anachronisme.

Cependant, la presse du juste-milieu français soutint chaudement l'importation du juste-milieu en Espagne. Pendant quelque temps, une apparence de réussite sembla la favoriser, et dans chaque circonstance elle triomphait et disait : — Voyez, quel appui la monarchie constitutionnelle de France trouvera dans cette fraternité de principes constitutionnels et d'établissement politique dans les deux nations !

Je pensais, au contraire, que cette tentative impuissante était un motif d'épuisement pour le juste-milieu français ; que, loin de nous prêter aucun appui, le trône d'Isabelle nous était un lourd fardeau, une expansion au dehors de notre force morale, pour donner une vie factice, une animation mensongère à un fantôme de monarchie sans vitalité qui lui fût propre, et portant en elle le germe d'une double ruine.

Je disais au public, à mes amis, au pouvoir, qui différaient d'opinion avec moi : — Il y a trois partis en Espagne ; quelle que soit l'inégalité de leurs forces respectives, aucun des trois n'en a assez pour dompter les deux autres. Celui qui sera au gouvernement aura donc nécessairement tort par le fait, quelle que puisse être d'ailleurs sa légitimité ou son usurpation, car il aura les deux autres partis pour adversaires. Il sera attaqué à la fois dans toute son existence, au centre et aux extrémités.

Le temps du gouvernement n'est donc point arrivé pour l'Espagne. — Elle est à l'époque essentiellement révolutionnaire de son histoire. Il y a en Espagne une révolution et une contre-révolution. Du juste-milieu, il n'y en a que l'apparence matérielle, que simule le troisième parti. Laissez donc aux prises la révolution et la contre-révolution. — Un jour plus tôt, un jour plus tard, le juste-milieu en résultera, par le nivellement réciproque exécuté dans les deux partis extrêmes par leur collision violente. — Mais jusqu'à ce que cette transformation nationale se soit effectuée en Espagne, vos tentatives sont vaines pour vaincre la nature des choses. — « Vous n'y ferez point » de gouvernement, ou bien, ce que vous ferez, on le » défera. » Telles étaient mes paroles.

Cependant elles me furent reprochées. Voyez, disaient les juste-milieu, préoccupés des similitudes extérieures plus que de la réalité des choses, voyez comme les opinions révolutionnaires de M. Fonfrède ressortent malgré lui !... Comment peut-il, lorsque le gouvernement français emploie ses nobles efforts à préserver l'Espagne de la guerre civile, des proscriptions, de tous les fléaux révolutionnaires, comment peut-il demander qu'on laisse aux prises, en Espagne, la révolution et la contre-révolution, dont la lutte violente couvrirait l'Espagne de sang et de ruines !... Ah ! ce n'est pas l'esprit conservateur, l'écrivain de la monarchie de juillet qui parle ainsi !... C'est l'ancien tribun de la Gironde qui revient à ses instincts primitifs ! Veut-il donc qu'on laisse le régime révolutionnaire rétablir en Espagne ses saturnales impitoyables ?

« Hélas ! répondais-je, dans les grandes crises politiques de l'ordre social, il n'est pas question de ce qu'on veut ou de ce qu'on ne veut pas. — Il est question de ce qui est. — Avec votre système de juste-milieu anticipé, dans un pays où le juste-milieu n'a ni force, ni nombre, ni action, vous n'épargnerez pas une goutte de sang, vous n'éviterez pas une proscription, vous ne sauverez pas un seul des biens que les commotions politiques dévorent; bien au contraire, vous entrerez dans une convulsion mal dirigée, qui, n'ayant ni but, ni solution possible, dépensera beaucoup de sang, de larmes, de trésors, couvrira l'Espagne de réactions et de désordres, sans faire faire un seul pas à la question. Puis, au bout de quelques années, après avoir perdu temps, argent, sang, larmes, vous arriverez à la lutte des deux partis extrèmes, entre lesquels votre monarchie de juste-milieu factice aura été étouffée. C'est donc, en réalité, le système net et décisif que je prêche, qui serait avantageux à l'humanité. Vous compliquez le dénoûment, vous le retardez, vous le rendez plus coûteux et plus sanglant. Ah! sans doute, si vos efforts pouvaient éviter à l'Espagne la crise révolutionnaire, vous mériteriez la reconnaissance du monde entier. Mais loin de là : elle arrivera, cette crise inévitable, et quand elle arrivera, vous aurez à ajouter aux maux qu'elle versera sur ce malheureux pays, tous les maux, tous les ressentiments, toutes les haines envenimées qu'aura produits votre tentative malencontreuse. Tout le sang versé, toutes les ruines accumulées dans cet intervalle, l'auront été en pure perte. — Voilà tout ce que vous y aurez gagné. »

Or, je le demande maintenant à ceux qui me blâmaient alors et m'accusaient d'inconséquence, jamais l'application du raisonnement aux faits aura-t-elle été justifiée par une consécration plus solennelle, par une expérience plus démonstrative? Ne voyez-vous pas qu'au lieu d'être inconséquent, j'étais impartial; que je ne me laissais aveugler ni par l'entraînement des doctrines gouvernementales, ni par un instinct révolutionnaire; mais que, faisant abstraction des passions et des exigences qui bourdonnent dans notre atmosphère, je me dégageais de mes désirs, de mes opinions personnelles, pour juger l'Espagne en elle-même, telle qu'elle est et non telle que je voudrais qu'elle fût; que je ne portais pas le zèle du juste-milieu au point d'en perdre le jugement; que je voulais en faire l'application à la France, parce que la France est parvenue, ou commence à parvenir au point où le juste-milieu est praticable, mais que je n'en demandais pas en Espagne une dangereuse application, parce que la nature des choses s'y opposait encore?

17 AOUT 1836.

De la Suppression de la Loi salique en Espagne.

J'ai démontré ailleurs (1) que la loi salique n'a rien en soi d'essentiellement monarchique; j'ai fait voir que Ferdinand VII, en la rétablissant en Espagne, sans autre motif que sa propre volonté, a porté une atteinte réelle à la fixité de l'hérédité monarchique.

Il ne faut pas, cependant, donner à cet acte plus d'importance qu'il n'en a, dans les circonstances où il s'est accompli, car il n'est point la cause de la crise qui dévore actuellement l'Espagne; il n'est qu'une tentative impuissante essayée pour échapper à cette crise, crise qui aurait

---

(1) Voir tome Ier, page 249.

été tout aussi inévitable en conservant la loi salique qu'en la supprimant.

En effet, le règne de Ferdinand n'avait été qu'une longue compression de la lutte entre le parti républicain, masqué sous la constitution de 1812, et le parti de l'absolutisme et de l'inquisition, personnifié dans le clergé espagnol escorté de toute la partie fanatique de la population.

Que devait-il arriver à la mort de Ferdinand VII?

En suivant le cours naturel des choses et de l'ordre monarchique établi depuis Philippe V, Don Carlos montait sur le trône avec le pouvoir absolu et le fanatisme. Dèslors, le parti révolutionnaire se trouvait immanquablement poussé à un éclat désespéré, et la révolution commençait son suprême combat avec la contre-révolution couronnée.

Cela était net, clair, décisif; mais ce cataclysme renfermait une masse de calamités prêtes à déborder sur l'Espagne déchirée.

Alors, on a voulu escamoter philanthropiquement la difficulté. Puisque Philippe V a détruit l'ancienne règle de l'hérédité espagnole, pour y substituer l'hérédité française, a-t-on dit, pourquoi Ferdinand VII ne pourrait-il pas rétablir l'ancienne hérédité espagnole, et détruire la loi salique, importée dans la Péninsule par Philippe V?

Le roi absolu a donc fait usage du pouvoir sans bornes qu'il s'arrogeait, jusque sur la source même et la règle de son pouvoir. Il a changé la loi même d'après laquelle ce pouvoir était tombé en ses mains (1).

_____

(1) Ce qui est essentiellement anti-monarchique; car si le roi peut changer l'ordre de la succession à la couronne, il n'y a plus d'hérédité : le caprice du roi en

En agissant ainsi, on espérait attermoyer entre les prétentions opposées de la révolution, d'un côté, et de l'absolutisme fanatique, de l'autre; on espérait créer un pouvoir mixte, une transaction soutenue par des améliorations administratives et libérales, vers un ordre de choses plus régulier, où les principes constitutionnels se naturaliseraient peu à peu.

On n'a donc point alors examiné si la loi salique était bonne ou mauvaise en soi. On voulait un expédient pour sortir d'embarras, pour éviter une crise révolutionnaire. La loi salique gênait, on a détruit la loi salique, sans y regarder à deux fois, et sans s'inquiéter de ce qui adviendrait plus tard. — Cela était fait dans des vues humaines, loyales, philanthropiques, je le reconnais de nouveau; mais cela n'en est pas moins fort léger, fort imprudent, fort irrationnel.

Il est sorti de là, pour conséquence immédiate, un gouvernement factice en dehors des deux forces morales, des deux grandes divisions intellectuelles de l'Espagne. La lutte qu'on avait voulu éviter entr'elles a paru, pendant quelques instants, engourdie; mais la règle monarchique étant incertaine, deux droits héréditaires étaient en présence, l'un, selon l'antique règle espagnole, c'est celui d'Isabelle; l'autre, selon la règle moderne de la dynastie régnante depuis Philippe V, c'est celui de Don Carlos. Le parti républicain est naturellement autorisé à méconnaître deux pouvoirs royaux qui se contestent mutuellement leur droit, ce qui fait en Espagne trois luttes, au lieu de la lutte simple qui aurait eu lieu entre les deux véritables ten-

tient lieu. C'est l'anarchie en possession de toute la force du pouvoir. De toutes les conceptions gouvernementales, c'est la pire.

dances politiques du pays, si Don Carlos était monté sur le trône après la mort de Ferdinand.

L'expédient transitoire qu'on a cherché dans l'établissement du trône d'Isabelle, n'a donc positivement aucun sens. Ce n'est qu'une modification accidentelle imposée par un calcul fort superficiel et fort étroit à la crise révolutionnaire qui existe en Espagne, et qui y subsistera jusqu'à ce qu'il en soit sorti une solution complète. Le droit de Don Carlos, le droit d'Isabelle, tout cela est factice, contradictoire, sans autre moyen de succès que la force; et cette force n'étant plus dirigée par une idée de fixité monarchique, détruit de part et d'autre les bases mêmes de la monarchie. Les constitutionnels de 1812 seuls ont une position nette et fixe. Malheureusement elle ne vaut rien, parce que leur constitution est une absurdité. Tout cela est à refaire. L'état de l'Espagne, triplement anarchique, a été horriblement empiré par le statut de Ferdinand contre la loi salique. — Et quelle monarchie constitutionnelle pourrait sortir d'un pareil acte, qui établit virtuellement que le droit de succession à la couronne elle-même dépend du caprice et du bon plaisir de celui qui la porte? Si par sa volonté Ferdinand a pu abolir la loi salique, pourquoi un autre roi ne pourrait-il la rétablir?... Et où allez-vous ainsi?

Je suis donc convaincu que si Don Carlos avait succédé à Ferdinand, d'après l'ordre établi depuis Philippe V, la cause de la liberté constitutionnelle, sans être encore gagnée, serait néanmoins en bien meilleure position qu'aujourd'hui. Il n'y aurait pas eu trois partis en Espagne; il n'y en aurait eu que deux. Celui de l'absolutisme fanatique, couronné dans la personne de Don Carlos, et celui de l'affranchissement espagnol, qui aurait réuni dans son sein toutes les nuances libérales, ralliées et forcées par leur danger commun, à marcher sympathiquement d'accord. Ainsi, la révolution aurait grandi dans sa voie naturelle, et toutes ses forces auraient travaillé à détruire en Espagne les inégalités fanatiques qui opposent un invincible obstacle à tout gouvernement régulier. Vous n'auriez pas eu, sans doute, le fantôme de monarchie constitutionnelle dont, depuis quatre ans, vous vous faites gloire avec une si incroyable illusion; mais vous auriez préparé l'établissement d'une monarchie constitutionnelle véritable, qui se serait manifestée par elle-même, quand la révolution espagnole aurait eu fini son œuvre. L'absolutisme de Don Carlos serait tombé devant l'impossibilité de se soutenir, au lieu d'être momentanément écarté par une ruse politique, sans base, sans principes et sans moyen d'action.

Et dites-moi, je vous prie, quel droit et quelle force la loi salique pouvait ôter ou donner aux combattants dans un pareil débat? — C'est petit et misérable.

— —◉— —

20 AOUT 1836.

Les lignes qui suivent furent écrites lorsqu'on apprit à Bordeaux les évènements de la Granja.

—

De la Révolution Espagnole.—De l'Intervention Française.

Depuis long-temps divers intérêts politiques et commerciaux, aveuglés par leur situation particulière, réclament l'intervention française en Espagne.

A l'appui de leur cause, ils cherchent à persuader au gouvernement français qu'il est intéressé, pour la sécurité de sa propre existence, à soutenir, par les armes, la monarchie d'Isabelle en Espagne.

Dans le ministère français, il existe une influence qui depuis long-temps aussi soutient la même thèse. Cette influence est celle de M. Thiers. M. Thiers a dit plusieurs fois, qu'à tout prix, la monarchie de juillet devait empêcher la restauration de Don Carlos en Espagne.

Mais là ne se borne pas la question. On la croyait simple; mais le voile est déchiré, et maintenant la question paraît à tous les yeux ce qu'elle est réellement,—double.

Car si, d'un côté, on dit à Louis-Philippe : — Vous ne pouvez souffrir la restauration de Don Carlos en Espagne, parce que ce serait établir un précédent pour la restauration de Henri V en France;

De l'autre, on lui dit également : — Vous ne pouvez souffrir en Espagne le triomphe patent ou déguisé de la constitution de 1812, car ce serait un précédent, un foyer de réaction républicaine, tout prêt à déborder sur la France et à servir de point d'appui aux factions révolutionnaires à peine comprimées.

Or, à défaut d'autres arguments, — et certes il n'en manque pas, — je ne voudrais que cette double assertion de ceux qui poussent à l'intervention, pour en faire comprendre tout le danger et toute l'impuissance.

Je conçois que les maisons riches de l'Espagne, je conçois que la partie éclairée de la nation, qui soutient principalement le trône d'Isabelle, étant impuissante à résister aux doubles attaques dont elle est l'objet de la part des carlistes et des révolutionnaires, appelle à grands cris l'intervention française contre laquelle l'orgueil espagnol se soulevait dans les premiers temps. S'il y a une chance de salut pour la monarchie d'Isabelle et pour tous ceux qui ont lié leur destinée à la sienne, certainement elle est là. Cette portion de l'Espagne étant menacée par la faction révolutionnaire et par la faction carliste, doit naturellement crier au secours. Et lors même que ce secours, en définitive, ne serait pas suffisant pour assurer le triomphe de ce juste-milieu factice prématurément poussé au pouvoir, encore même alors est-il fort excusable de vouloir être secouru.

Mais, dans la situation où est la France, lui convient-il d'assumer sur elle la triple charge de vaincre en Espagne la faction carliste, d'y vaincre la faction révolutionnaire, et de donner ensuite au gouvernement de la reine la force morale, la force gouvernementale, la force financière qu'elle ne trouvera certainement pas dans un pays où les deux plus grandes impulsions de l'esprit public, toutes deux hostiles au trône d'Isabelle, auraient été comprimées, mais non détruites par l'intervention étrangère?

Avant d'examiner les difficultés et les conséquences d'une pareille entreprise, — je pourrais presque dire ses inconséquences et son impossibilité, — voyons d'abord si l'intérêt du gouvernement de juillet pourrait être gravement compromis, comme on le dit, s'il laissait en Espagne les diverses forces du pays se balancer selon leurs propres moyens, sans y joindre le poids de l'intervention française.

Les uns nous disent : — Prenez garde, la restauration de Charles V en Espagne serait un précédent pour la restauration de Henri V en France !... Les autres nous crient : — Prenez garde, l'intronisation de la république déguisée sous le masque de la constitution de 1812, serait en Espagne un foyer de propagande et d'anarchie, qui servirait de point d'appui aux jacobins français !

Mais comment les alarmistes ne s'aperçoivent-ils pas que l'une de ces deux craintes détruit l'autre, que ces deux dangers se neutralisent mutuellement, et que c'est précisément pour cela que la monarchie de Louis-Philippe n'a rien à redouter de leur contre-coup ?

Sans doute, s'il n'y avait en Espagne que des carlistes et des christinos, le triomphe des premiers serait un fâcheux augure pour la monarchie de juillet.

Sans doute, s'il n'y avait en Espagne que des républicains et des christinos, le triomphe des premiers serait un terrible moyen de propagande et de révolte pour les républicains de France contre le trône de Louis-Philippe.

Mais il y a tout à la fois carlistes et républicains, incapables de se tolérer mutuellement, se détestant mutuellement plus encore qu'ils ne détestent les christinos, et par conséquent incapables, les uns ni les autres, d'établir, chacun dans leur sens, un gouvernement fort, régulier, durable, habile à réagir moralement contre la monarchie de juillet. Il ne faut pas s'inquiéter du triomphe définitif des républicains en Espagne, les carlistes se chargeront bien de l'empêcher; il ne faut pas s'inquiéter du triomphe définitif des carlistes en Espagne, les républicains se chargeront tout aussi bien d'y mettre obstacle. L'un ou l'autre des deux partis pourrait sans doute avoir un succès momentané contre le gouvernement illusoire et chimérique de Christine; mais ensuite?... Ensuite, quel que fût celui des deux partis qui eût remplacé le gouvernement de

Christine, il serait encore plus incapable de gouverner à son tour; il serait rongé par la double résistance du parti contraire, jointe aux partisans du gouvernement renversé; et dans ce misérable état de lutte, de misère, d'épuisement, que pourrait-il donc contre la France?... Rien, absolument rien. N'allez donc pas vous préoccuper de vaines terreurs, ne vous laissez pas influencer par la crainte d'un avenir impossible, pour aller vous-mêmes vous exposer en Espagne aux maux que l'Espagne ne pourra jamais vous faire en France, quel que fût le triomphe accidentel des républicains ou des carlistes espagnols!...

Loin de là, je soutiens que le triomphe passager des carlistes ou des républicains en Espagne, produirait un effet moral avantageux à la consolidation de la monarchie de Louis-Philippe en France. Lorsqu'on verrait le déluge de maux que l'anarchie républicaine ou carliste verserait sur l'Espagne, l'absolutisme et la démagogie paraîtraient dans toute leur hideuse nudité, et l'opinion publique serait impressionnée en sens contraire dans toute la France. Chacun de nous, comparant l'état paisible, grave, légal, ordonné de la monarchie de juillet, avec l'incommensurable carrière de désordre, de ruine, de souffrance de la démagogie de 1812 et de l'absolutisme de Don Carlos, se déchirant mutuellement, apprendrait de nouveau à bénir et à défendre le gouvernement sage et tempéré de la monarchie de la charte.

La France n'aurait donc, pour intervenir actuellement en Espagne, qu'un intérêt général de politique et d'humanité. Mais aucun motif tiré de son intérêt personnel,

de sa sécurité gouvernementale, ne doit réellement la déterminer à cette aventureuse expédition.

Voyons maintenant si ces motifs généraux de politique
et d'humanité sont de nature à imposer raisonnablement
à la France les charges et les dangers d'une intervention
en Espagne.

Je conçois jusqu'à un certain point ce noble élan d'humanité qui pousse une nation libre à soutenir de son or
et de son sang la cause de la liberté et le rétablissement
de l'ordre chez ses voisins. Mais il faut que cet élan généreux soit inspiré par la prudence et par la raison. Il
n'est pas permis à un gouvernement de se montrer pro-
digue au dehors, lorsqu'il est forcément parcimonieux au
dedans pour le peuple même qu'il régit. Et si, à cette
première imprudence, se joignait l'imprudence plus grande
encore d'aller entreprendre au dehors une action excentrique impossible à mener à bonne fin, alors le gouvernement qui agirait ainsi serait tout-à-fait déraisonnable.

Or, tel serait, à mon avis, le gouvernement de France
s'il intervenait en Espagne : il entreprendrait une œuvre impossible, parce qu'il faudrait lutter non pas contre
une force opposée, mais parce qu'il faudrait lutter contre
les deux grandes forces de l'Espagne sans avoir de point
d'appui réel, et surtout parce que, lors même qu'il serait vainqueur dans cette double lutte, il n'aurait encore
accompli que la plus minime part de son œuvre; car, ensuite, il faudrait prendre à notre compte le gouvernement
de Christine, il faudrait l'aider à comprimer, dans toute
l'étendue de l'Espagne; les deux grandes factions carliste
et révolutionnaire, et non pas pendant un jour, un mois,

un an, mais pendant un espace de temps indéfini dont
nul ne peut dire la durée !

Et quelle est la position de la France? Un budget en déficit,
des impôts indirects mal répartis et écrasants, des dépenses
nationales partout indispensables et partout impossibles;
une conversion de rentes, mauvaise en soi, mais atten-
due avec impatience par les Tantales insensés de l'industrie et de la finance, et qui dès-lors deviendrait tout-à-fait
absurde; enfin, Alger à qui on a donné cette année trente
millions et trente mille hommes, et qui réclame pour l'an
prochain cinquante mille hommes et cinquante millions !

Tout cela ne forme-t-il pas un ensemble bien encoura-
geant pour aller engouffrer en Espagne, entre l'enclume
féodale et le marteau révolutionnaire, le plus pur de nos
forces nationales, notre sang, notre or, notre crédit, dont
la France a un si pressant besoin pour elle-même?

Sans doute, les inconvénients de notre situation intérieure, telle que je viens de l'esquisser rapidement, ne
sont que temporaires, passagers. Si notre gouvernement
peut y appliquer sans relâche les forces qui résultent d'un
état politique bien équilibré, ces inconvénients disparaî-
tront pour faire graduellement place à un ordre social
mieux harmonisé, et l'excellent mécanisme de la monarchie constitutionnelle portera définitivement ses fruits. —
Mais si, au contraire, aux embarras passagers que nous
ont légués les troubles qui devaient nécessairement suivre
un mouvement comme la révolution de juillet, nous allons follement ajouter les embarras extérieurs d'une intervention armée et gouvernementale, contre deux forces
rivales pour une troisième force à peu près nulle, sur un
sol de feu où les préjugés nationaux, aigris par le mal-

heur, se rebelleront de tous côtés contre nous; alors les vices de notre situation intérieure s'aggraveront, bien loin de s'atténuer avec le temps, et nous aurons fait notre propre malheur, sans avoir fait autre chose qu'empirer l'état de désordre et de bouleversement chez nos voisins de la Péninsule.

⸻ ⬥ ⸻

24 AOUT 1836.

Lord Palmerston et l'Espagne.

—

Les hommes politiques accoutumés à réfléchir ont été généralement surpris de l'extrême légèreté avec laquelle lord Palmerston a parlé de la crise espagnole dans la chambre britannique. Selon sa seigneurie, le peuple espagnol est en quelque sorte infaillible; nul ne peut connaître mieux que lui la législation politique qui lui convient : d'où il suit que si le peuple espagnol proclame, comme il vient de le faire, une constitution anarchique et folle, les hommes d'État doivent nécessairement en conclure que cette constitution absurde établit précisément la meilleure organisation possible pour la Péninsule.

Ce serait déjà une grande erreur de croire à l'infaillibilité des volontés des peuples, mieux exprimées réellement, sur ce qu'ils croient leur intérêt. Lors même qu'on considérerait un peuple comme un grand individu exprimant véritablement sa volonté, à coup sûr cette volonté serait faillible et pourrait errer. Mais si l'on réfléchit à ce qu'est réellement un peuple, on verra que sa prétendue volonté générale est exprimée d'une manière presque toujours fausse. C'est rarement l'ensemble moral d'un peuple qui parle par la voix des manifestations populaires, des acclamations insurrectionnelles, même des convulsions électorales les plus généralisées qui se puisse imaginer : c'est presque toujours l'entraînement des passions, des intrigues, des coteries factieuses poussées par quelques ambitieux ; c'est une minorité violente qui domine, par la crainte et la menace, la partie grave, réfléchie et morale de la société.

Ainsi, croit-on qu'en Espagne, ces soldats ivres qui imposent la constitution à la reine Christine, ces hordes qui assassinent le comte de Donadio et le brigadier Saint-Just, ces cannibales qui à Madrid égorgent et coupent en morceaux un général illustre, pour le punir de son dévoûment aux ordres de la reine, croit-on que tout cet ensemble ignoble et sanguinaire soit la volonté générale, morale, collective du peuple espagnol ? Croit-on que cette volonté soit précisément celle qui discerne ce qui convient le mieux au bien-être de l'Espagne ? Croit-on, par exemple, qu'en France, ces hordes de 93 qui décimaient la France et proclamaient des principes gouvernementaux aussi absurdes que féroces, connaissaient mieux que qui que ce fût au monde, le système constitutionnel qui convenait à la France ?... Toutes ces trivialités jacobines sont en vérité ce qu'on peut voir de pire au monde dans la bouche d'un lord anglais, ministre de Sa Majesté Britannique.

Quant à nous, nous pensons que le peuple espagnol, proclamant la constitution de 1812, est, de tous les peuples du monde, celui qui sait le moins ce qui lui convient.

24 AOUT 1836.

De la Crise Espagnole.

———

L'assassinat de Quesada, la rentrée de la reine à Madrid, rentrée exigée par les députations des sociétés secrètes qui s'étaient transportées à Saint-Ildephonse; enfin cet enthousiasme qui a éclaté sur son passage, nous remettent en mémoire un des épisodes de notre révolution qui offre de sinistres analogies avec la phase actuelle de la révolution espagnole. C'est celui où la populace de Paris, après avoir massacré les gardes-du-corps, à Versailles, exigea que Louis XVI et sa famille rentrassent dans la capitale. Alors aussi il y eut, sur le passage du malheureux roi, un enthousiasme difficile à décrire; alors aussi tous les cœurs semblaient se confondre dans une commune protestation de confiance et d'amour. Mais, hélas! le lendemain tout était rentré dans l'ordre des révolutions, c'est-à-dire, que chacun avait repris ses soupçons et ses haines; que les clubs recommencèrent à vociférer contre la royauté, et que celle-ci, mal rassurée par les manifestations dont elle avait été l'objet, prépara mystérieusement cette fuite qu'interrompit tout-à-coup un maître de postes, à Varennes.

Quelque effort que l'on fît pour espérer un autre dénoûment des complications qui viennent de fondre sur l'Espagne, il serait difficile de détruire complètement l'empire qu'exerce inévitablement sur l'esprit un précédent qui s'y rattache par des similitudes aussi frappantes.

Les répugnances de la reine à subir ce qu'on exige d'elle ne sont pas moins notoires que ne l'étaient celles de Louis XVI à s'accommoder du régime que la révolution lui avait fait. Ce n'est pas, nous l'avons déjà dit, après avoir vu décréter contre eux l'état de siége, que les promoteurs de la constitution de 1812 resteront sans défiance auprès de Christine. Ce n'est pas non plus après le meurtre horrible de Quesada, et alors que ceux qui se sont compromis pour elle sont obligés de se cacher, comme Isturiz, pour éviter les poignards auxquels ils sont voués, que Christine se croira bien libre et bien sûre au milieu du palais qu'on lui laisse encore. Pour qu'il en fût ainsi, il faudrait un double miracle, et il y aurait folie à l'espérer. Il est donc malheureusement très-vrai qu'en dépit de tout ce bruit extérieur qu'on appelle de l'enthousiasme, les deux partis, celui de la cour et celui de la constitution, savent parfaitement ce qu'ils ont à attendre l'un de l'autre; et dans ce moment, nous ne sommes certainement pas les seuls auxquels le retour de Versailles et la fuite à Varennes soient revenus en mémoire. Soyez convaincus qu'à Madrid on n'a pas manqué d'y penser, et que cette éventualité s'est déjà présentée aux uns comme un dernier malheur à subir, aux autres comme un dernier coup à porter.

Lors même que ces sentiments divers ne naîtraient pas naturellement de la position respective des deux partis, il ne manquerait pas à coup sûr d'excitations extérieures propres à les éveiller. N'a-t-on pas vu déjà les journaux républicains conseiller hautement aux patriotes espagnols de dépouiller la régente, de l'exclure absolument des affaires et du pays; leur dire aussi clairement que pos-

sible, que leur intérêt le plus pressant est là ; que sans
cette mesure préalable toute leur œuvre future sera paralysée dans son germe? « Un trône, s'écriait hier l'un
» d'eux, avec la plus merveilleuse naïveté, un trône, s'il
» doit être occupé, ne peut l'être, avec quelque sûreté
» pour eux, que par un enfant. » Cela est parfaitement
vrai. Si la constitution de 1812 comporte une royauté,
ce ne peut être qu'une royauté qui n'en soit pas une, une
royauté d'enfant, comme serait celle de l'innocente Isabelle, tant que durerait son enfance et son innocence :
car plus tard, Isabelle subirait à son tour l'ostracisme
qu'on décrète aujourd'hui contre sa mère, et cela par les
mêmes motifs, parce qu'elle serait soupçonnée de ne pouvoir plus se contenter d'une royauté d'enfant. S'il était
possible que les patriotes de la Péninsule n'eussent pas
encore songé à tout cela, la presse espagnole, qui maintenant jouit d'une liberté illimitée, ne manquerait pas de
se faire l'écho des excitations qui lui viennent de France,
et, pour être moins prompt ou moins spontané, le dénoûment n'en serait peut-être ni moins infaillible ni
moins complet.

Il y a des gens qui ne savent jamais arriver à la vérité qu'après s'être égarés par toutes les illusions. Ceux-
là aujourd'hui se refusent encore à croire que l'avenir de
l'Espagne soit irrévocablement engagé dans d'aussi fatales voies. Ils écrivent sérieusement et avec bonne foi que
la tranquillité règne, que l'ordre s'affermit, que la reine
jouit d'une immense popularité; que la proclamation de
la constitution de 1812 n'a rien d'alarmant; que ce n'est
qu'un terrain provisoirement choisi pour élever une constitution mieux appropriée à l'état réel de la société et aux

nécessités de la monarchie; que puisqu'on est d'accord pour rédiger un nouveau pacte fondamental dans les prochaines cortès, peu importe qu'on prenne pour point de départ le statut royal trouvé trop étroit, ou la constitution reconnue trop large, et qu'on saura bien rencontrer aujourd'hui, comme auparavant, un milieu convenable entre ces deux extrémités.

Cet optimisme n'est pas rare en France, ni même en Espagne, où pourtant les dangers se laissent voir de plus près. Eh bien! nous l'attendons à l'épreuve. On verra alors ce que c'est que cet ordre, que cette tranquillité, que cette popularité de la reine, dont on s'émerveille aujourd'hui. On verra s'il importe peu, comme on le dit, que, pour rédiger une charte raisonnable, on parle des principes posés par le statut royal ou de ceux proclamés par la constitution de 1812 : du germe fécond encore en développements progressifs, ou de l'excès qui n'a plus en lui que des propriétés dissolvantes.

Eh! croyez-vous d'ailleurs que l'école de 1820, qui compte encore tant de zélés adorateurs de l'œuvre de 1812, vous laissera, maintenant qu'elle est la maîtresse, mutiler à votre gré son idole, pour bâcler, avec ses débris, quelque chose qui vous soit propre? Croyez-vous qu'elle vous abandonnera autre chose que les détails inutiles et sans valeur? Ce serait, à notre sens, une erreur bien profonde, et vous ne tarderiez pas à être détrompés. En bonne règle d'organisation politique, il est plus avantageux mille fois d'avoir à marcher en avant que d'avoir à rétrograder. On connaît mieux son terrain, on sait mieux où l'on met le pied, et l'on arrive bien plus sûrement à la limite que l'on se propose d'atteindre. Tous les esprits sages et intel-

ligents de l'époque actuelle conviennent que la charte de
1830, non-seulement suffit à nos mœurs politiques, mais
même les dépasse sous plusieurs rapports. Eh bien ! lorsqu'on a voulu rédiger cette charte, pense-t-on qu'il n'y
eût eu aucune importance à prendre pour terme de comparaison la constitution de 91 plutôt que la charte de
1814 ? Pense-t-on que la nouvelle charte n'eût pas été
cent fois moins en rapport avec la situation du pays, si
l'on eût adopté pour phare régulateur cette constitution
gâchée sous l'influence d'un philosophisme ombrageux ?
Au lieu d'une charte où la monarchie et la liberté peuvent
former une association noble et durable, nous aurions eu
une sorte d'imbroglio où la monarchie eût été légalement
étouffée au petit feu des institutions républicaines sur lesquelles on l'aurait clouée pieds et poings liés. Voilà la différence entre les deux cas : croit-on encore qu'elle importe
peu ?

Ce qui ne nous est pas arrivé à nous, grâce à l'heureuse
impulsion qu'ont subie à temps les esprits, doit arriver à
l'Espagne dans la position où son gouvernement s'est placé
en adoptant provisoirement les principes de 1812, et en
décidant que la constitution future serait faite par les députés élus sous l'empire de ces principes. Il est vrai que
le gouvernement espagnol n'a pas eu le choix des moyens ;
il est vrai encore, et on ne manquera pas de nous le dire,
que la nation espagnole elle-même n'est pas mûre pour
ces institutions sagement tempérées, qui ne peuvent être
que le fruit de mémorables expériences. Nous l'avons trop
souvent reconnu nous-mêmes pour n'en pas tomber d'accord sur-le-champ. Mais alors, dites que l'Espagne subit
en ce moment un malheur inévitable, nécessaire peut-être,

et non pas qu'elle travaille efficacement à l'éviter. Cette dernière manière d'envisager la crise actuelle tendrait à accréditer la doctrine qu'aller en victime dévouée au devant du mal, c'est un moyen de le conjurer. Or, cette doctrine serait un trop funeste encouragement offert aux autres peuples, pour que nous ne devions pas la combattre au moment où elle cherche à se formuler comme thèse de philosophie générale.

25 AOUT 1836.

Des Élections constituantes en Espagne.

Quand on veut bien apprécier les conséquences d'un mouvement politique, il faut tenir peu de compte des intentions d'une partie des meneurs, et faire encore moins de cas de leurs paroles.

Il faut examiner leur point de départ, les principes qu'ils ont mis en œuvre pour réussir, et qui désormais les maîtriseront eux-mêmes. Il faut examiner surtout le cadre général où seront placées les notabilités qui surgiront successivement aux affaires, et qui, bon gré, malgré, recevront l'impulsion au lieu de la donner.

La constitution de 1812..... — Voilà un mot, un de ces mots sacramentels qui entraînent les peuples dans leurs moments de vertige, sans qu'ils essaient seulement de comprendre l'idée qui y est attachée. — Pour apprécier dignement cette incroyable démence populaire, il suffira d'un fait : n'a-t-on pas vu, en 1822 je crois, une ré-

volution éclater à Naples au nom de la constitution de
1812, que le peuple de Naples ne connaissait pas, n'a-
vait pas lue, dont le nom seul était vaguement parvenu à
ses oreilles?

La constitution de 1812 n'est donc rien en soi, comme
organisation gouvernementale, même aux yeux des démagogues espagnols. Ils n'ont ni assez de portée dans l'esprit,
ni assez d'expérience politique, pour en comprendre l'incompréhensible déraison. C'est seulement le principe dis-
solvant qui gît en elle qui leur importe; c'est la mise en
pratique de ce principe, sous une forme ou sous une autre, qu'ils poursuivent avec ardeur; c'est la constitution,
l'établissement d'un ordre social et politique par en bas,
c'est le suffrage universel; c'est, en Espagne, ce qu'aurait
été en France le programme de l'Hôtel-de-Ville, le compte-
rendu, les statuts des associations populaires, notamment
celle des Droits de l'Homme.

Aussi, remarquez le premier acte, l'acte modèle, la base
du désordre technique qui se prépare, — l'élection des
cortès constituantes, par le suffrage universel, selon le
mode établi par la constitution de 1812.

Mais si les Espagnols prenaient au sérieux le moins du
monde, comme organisation de gouvernement, cette folle
constitution de 1812, ils seraient alors constitués; ils
n'auraient pas besoin de convoquer des cortès constituantes; ils n'auraient simplement qu'à pratiquer, s'ils le pouvaient, leur impraticable constitution.

La proclamation de cette œuvre démagogique n'a donc
qu'un but : ce n'est pas de constituer, c'est de déconsti-
tuer le gouvernement, sauf ensuite, quand par la violence, l'intrigue, les proscriptions populaires, on aura

créé une assemblée tout-à-fait radicale, de faire par son organe tous les essais, toutes les destructions, toutes les entreprises politiques que les circonstances et l'entraînement révolutionnaire inspireront d'abord, et finiront promptement par imposer à cette assemblée elle-même, quand un retour de raison lui donnera des velléités de résistance au désordre.

Et si l'on examine maintenant, non-seulement le mécanisme électoral qu'on va suivre pour l'élection de ces cortès constituantes, mais, ce qui est plus important, plus décisif encore, l'empire des circonstances au milieu desquelles ces élections seront faites, on se convaincra bien vite du résultat qu'elles doivent donner.

Si une tendance quelconque vers des choix monarchiques se manifestait dans quelques réunions électorales, croit-on que les nouveaux jacobins lui permettraient de se faire jour?... Ce serait une grande illusion. Les électeurs qui auraient l'intelligence de la monarchie constitutionnelle seraient dénoncés aux égorgeurs de Quesada, de Donadio, de Saint-Just, comme des agents du prétendant, comme des carlistes déguisés, et malheur à eux s'ils avaient le courage de vouloir user librement de leurs droits! Les élections générales faites par le suffrage universel, pendant les convulsions démagogiques, ne sont qu'un mensonge universel imposé par l'assassinat et la terreur! Croyez-vous qu'en 1793 la ville de Paris, dans son ensemble, partageât les criminelles tendances de la députation effroyable qu'elle envoya à la Convention!... Non, jamais. Jamais la moralité intellectuelle de la partie éclairée, instruite, industrieuse de la société n'approuve de pareils excès; mais elle les subit. parce qu'elle n'a ni assez d'énergie, ni assez de spontanéité, ni assez d'ensemble pour résister efficacement aux factieux.

Les élections constituantes en Espagne n'auront donc pour effet inévitable que de composer une assemblée soumise à l'empire d'une seule idée, d'une seule volonté, — celle de créer une organisation républicaine, n'importe la forme et les titres nominaux des pouvoirs politiques. — Et pour arriver à la création de cette assemblée, pour la dominer ensuite, tous les moyens, la violence ou la fraude, la terreur ou l'artifice, seront adoptés sans hésitation par les meneurs.

C'est donc se faire une étrange illusion que de dire : — Tout n'est pas perdu ; les cortès constituantes amélioreront peut-être la constitution de 1812, en retrancheront les abus évidents, n'y laisseront que l'usage légitime des droits du peuple, renfermés dans de justes bornes, et tout pourra s'arranger. — Eh ! malheureux étourdis, ne voyez-vous pas que ce que vous appelez l'usage d'un droit est déjà lui-même le plus effroyable des abus, le plus absurde des contre-sens?... Ne voyez-vous pas que, si cette convulsion délibérative a un résultat quelconque, ce sera d'empirer encore, s'il est possible, l'anarchie de la constitution de 1812, et non pas de la régler, parce que, de sa nature même, l'anarchie n'est pas réglable, gouvernable ; qu'il n'y a pas de conciliation possible avec elle, qu'il faut la vaincre ou lui céder, la détruire ou passer sous ses fourches caudines !...

C'est ce que M. Thiers ne comprend pas, parce que M. Thiers est un esprit très-sagace dans la perception des détails politiques, mais sans vue générale, sans analyse philosophique, sans puissance de conception organique et complète de quoi que ce soit. Il se jette sur un côté saillant du sujet qu'il examine, s'en laisse prédominer, le développe avec ardeur et talent, et perd de vue tout le reste. Aussi n'est-ce un homme qu'accidentellement gouvernemental. Mais sa nature intime venant à dominer dans les moments critiques, il détruit en un clin d'œil le bien auquel il avait participé sans le comprendre. — Eh ! s'il en eût été autrement, aurait-il jamais consenti, lui, un des hommes illustrés par l'exécution des principes du 13 mars et du 11 octobre, à déchoir jusqu'au titre de chef de l'anarchie fantastiquement impuissante et ridicule du 22 février, création qui, pour la France, n'est que la parodie mesquine des dégradations gouvernementales essayées ailleurs sur une échelle plus dangereuse, mais aussi plus large et moins lilliputienne?... Quand M. Thiers s'éveillera un jour de son rêve ambitieux, qu'il sera surpris et confus lui-même du rôle auquel il s'est bénévolement condamné !

25 août 1836.

De l'Intervention.

L'intervention actuelle dans la Péninsule serait nécessairement effectuée au profit de l'anarchie de 1812 en Espagne et de la république en France.

Il faut bien se convaincre de cette vérité pour apprécier la fausseté complète de l'idée que M. Thiers voudrait donner pour base à l'intervention en Espagne, si elle était entreprise aujourd'hui.

Vainement dirait-il : « Nous n'intervenons pas au profit de l'anarchie, versée à grands flots sur l'Espagne par
l'insurrection de la soldatesque et des démagogues; nous
voulons seulement protéger la monarchie de Christine et
d'Isabelle contre l'usurpation de Don Carlos. »

Cela est très-facile à dire; mais où est-elle donc aujourd'hui cette monarchie de Christine et d'Isabelle?...
Ne voyez-vous pas qu'il n'en reste plus un lambeau?
Que l'insurrection de la Granja, la proclamation de
la constitution de 1812 à Madrid, la convocation des cortès constituantes, ont enterré le trône constitutionnel sous
les débris du statut royal? La couronne souillée s'est dis-
soute dans le sang de Quesada. C'est pour l'anarchie,
poussée à son maximum d'envahissement et de déraison,
que vous allez combattre. Si vous étiez vainqueurs, ce
n'est pas seulement Don Carlos que vous auriez vaincu
dans l'état actuel des choses, c'est en même temps tous
les partisans des idées de gouvernement raisonnable que
les juntes insurgées ont chassés du pouvoir, ont proscrits,
ont fait déchirer par leurs sicaires, et dont les bourreaux
recueilleraient nécessairement l'héritage gouvernemental.
C'est l'impunité, la consécration, l'intronisation de leur
sanglante démagogie qui naîtraient de votre triomphe!

Et pendant que vous interviendriez pour un gouvernement basé sur de pareils actes et de pareils principes,
comment pourriez-vous espérer d'en réprimer en Espagne les débordements successifs? Comment, surtout, em-
pêcheriez-vous alors le contre-coup du jacobinisme en
France, lorsque vous participeriez à son triomphe sanglant en Espagne?... Cessez de vous bercer de vaines illusions; cessez de compter sur la crédulité de l'opinion

publique en France. Tout ce qui pense et réfléchit dans
notre pays comprendrait parfaitement la nature d'une
telle intervention. Le parti du mouvement la comprendra
tout aussi bien que notre juste-milieu, et saura bien en
profiter. — Quand vous combattrez en Espagne pour un
gouvernement qui admet le suffrage universel, les clubs,
le droit d'association populaire, la licence illimitée de la
presse, la souveraineté populaire sans contre-poids de
pairie ni de royauté véritable, comment pourrez-vous
soutenir en France le système de sage et forte répression
que le 13 mars a inauguré et consacré contre toutes ces
atroces folies? Vous frapperiez vos efforts matériels pour
maintenir l'ordre dans la monarchie française, vous les
frapperiez d'impuissance morale en soutenant en Espagne
la cause du désordre et de l'anarchie populaire. — Les
sociétés secrètes, les vengeurs d'Alibeau, les conspirateurs
qui vous ont contraints à supprimer la revue du 28 juillet à Paris, sauraient bien tirer parti de votre désordre
d'idées, et vous verriez comme les convulsions politiques
naîtraient à chaque instant sous vos pieds!...

27 AOUT 1836.

La Reine Christine ne peut pas gouverner avec les principes du juste-milieu.

Il y a un côté de la question espagnole qu'il ne faut pas
perdre de vue : on peut y lire d'utiles moralités, et, après
toutes les considérations générales dont cette question a
été le sujet, celles sur lesquelles nous voulons appeler un

instant l'attention sont sans contredit de première importance.

Nous l'avons déjà dit : on a toujours imposé à la reine Marie-Christine une tâche doublement impossible. On a voulu d'abord qu'elle fît du juste-milieu dans un pays où les conditions organiques du juste-milieu manquaient complètement; et de plus on a voulu qu'elle fît du juste-milieu avec les libéraux de 1820, c'est-à-dire avec les hommes les plus antipathiques à un pareil système de gouvernement.

Quand la reine était libre de choisir ses conseillers, ses fonctionnaires, tous les dépositaires de son autorité, dans la catégorie de ces libéraux qui, même sous le gouvernement des cortès, avaient senti l'exagération des principes proclamés à cette époque; qui, depuis, avaient encore profité dans l'exil des conseils de l'expérience et s'étaient rangés à des opinions plus modérées, plus gouvernementales; quand, dis-je, la reine était libre de prendre ses auxiliaires parmi ces hommes qui, à la suite de Martinez de la Rosa, vinrent essayer d'appliquer à l'Espagne les institutions et les doctrines qu'ils avaient vues triompher en France, alors la reine avait bien encore sur les bras une tâche impossible, mais du moins l'impossibilité contre laquelle elle avait à lutter était simple, indépendante d'elle-même et de son gouvernement : cette impossibilité ne résultait que de l'état actuel de l'esprit public en Espagne; et si elle avait pu être surmontée, elle l'aurait été très-certainement par un pouvoir composé de pareils éléments d'ordre, de modération, de libéralisme éclairé.

Mais du moment que l'école de Martinez de la Rosa a été renversée; du moment que M. Mendizabal est venu

porter aux affaires son système d'expédients grossiers et
de concessions révolutionnaires; du moment surtout que
tous les hommes grandis, et pour ainsi dire pétrifiés dans
les principes de 1812 et de 1820, ont eu envahi la haute
administration, la direction suprême des affaires, ç'a été,
de la part de la France et de l'Angleterre, de la France
principalement, une véritable dérision que d'imposer à la
reine l'obligation de faire du juste-milieu. On devait bien
s'attendre, à moins de manquer de toute espèce de perspi-
cacité, que jamais les Mina, les Palarea, les San-Miguel,
les Lopez-Baños, tous ces personnages de la première révolution, n'accepteraient une place dans un système de
gouvernement tel que celui qui n'était recommandé à la
reine, qu'afin de l'énerver, et finalement de le détruire Il
ne pouvait être dans leur nature d'y apporter un concours
efficace; et lors même que leur intention eût été de le
faire, leur présence au pouvoir était un encouragement
trop directement offert à tous les constituants subalternes
qui avaient repris en sous-œuvre la propagande des principes au triomphe desquels ils s'étaient, eux, dévoués autrefois, pour que ceux-ci ne cherchassent pas à en profiter. Or, dans ce cas, dans cette collision inévitable entre
un système qu'ils ne servaient qu'extérieurement et un
drapeau dont l'aspect remuait encore toutes leurs vieilles
sympathies, pouvait-on douter du choix qu'ils feraient?
Nécessairement ils devaient trahir, et ils ont trahi. On a
vu la plupart des capitaines-généraux, non-seulement ne
pas réprimer le mouvement insurrectionnel, mais encore
se mettre à sa tête, proclamer la rupture avec le gouvernement qui les avait placés et qui les payait pour défendre
ses droits. Tous ceux qui, plus fidèles à leur serment,

ont voulu maintenir l'autorité qui leur avait été délé-
guée, ont été impitoyablement massacrés ; et ce qui
prouve que l'administration supérieure, tant militaire
que civile, était peuplée de ces gens intéressés ou indiffé-
rents à sa chute, c'est que les massacres d'employés supérieurs ont été peu nombreux, bien que les éléments politiques du pouvoir aient subi une immense et très-ra-
pide transformation.

Eh bien! nous disons qu'il y a dans ce fait qui vient
de se passer sous nos yeux, un très-utile avertissement
pour les peuples et les gouvernements qui restent spectateurs de la révolution espagnole. De ce fait ressort bien
clairement ce principe, qu'il y a toujours un grand péril
pour le pouvoir à s'abdiquer en des mains qu'un cupide
intérêt porte seul à accepter de lui un salaire ou un emploi, et que des antécédents non abjurés rattachent encore à l'œuvre qu'il a mission de combattre. Ces sortes
de transactions le déconsidèrent tout autant que ceux
avec lesquels il les conclut; mais il y perd, lui, autre
chose encore que sa considération : il y perd sa force, il
y compromet même son amour-propre, cette vertu des
pouvoirs qui n'ont pas de principes, et se condamne bénévolement au rôle de dupe. L'unité des tendances dans
le gouvernement a toujours été une doctrine non moins
essentielle à la sécurité du pays qu'à la dignité du gouvernement lui-même. C'est quand cette unité est détruite,
que les révolutions sont faciles à entreprendre, et plus faciles encore à accomplir. Ce qui vient d'arriver en Espagne, où tous les avant-postes du pouvoir étaient livrés
d'avance au parti de la constitution, est, à cet égard, une
leçon bien éloquente. La sagesse du roi n'en avait pas be-

soin sans doute pour être convaincue de cette vérité; mais
elle vient à propos pour donner une nouvelle force à la
résistance que S. M. oppose au 22 février, pressé de payer
au tiers-parti et à l'opposition le prix de leur silence et
de leur coopération clandestine dans la dernière session.
Le sort de Marie-Christine doit apprendre à tout le monde
les conséquences auxquelles on arrive quand on confie la
garde d'un système politique à des gens qui s'en voudraient encore moins de le trahir que de le défendre; et
si les adversaires des lois de septembre, si certains hommes du compte-rendu se sentent assez d'élasticité dans la
conscience pour offrir leurs services à un système politique qui a flétri le compte-rendu et fait triompher les lois
de septembre, le pouvoir doit alors, sinon par un sentiment de dignité, du moins par instinct de son intérêt,
n'accueillir de pareilles avances qu'avec la plus grande
réserve. Il y a très-souvent du danger, et toujours de l'immoralité, à placer les gens entre la défection et l'apostasie.

---

29 AOUT 1836.

De quelque manière qu'on l'envisage, l'intervention française en Espagne serait une désastreuse folie.

Au moment où la monomanie de l'intervention pousse
M. Thiers à des extrémités vraiment déplorables dans un
homme de tant d'esprit, il est bien instructif de reconnaître combien l'esprit, dénué de jugement et de forte con-

viction morale, est un guide trompeur, même pour les hommes les plus éminents.

Certes, qu'un homme comme M. Thiers jouât sa position politique contre une grande et hasardeuse conception, et qu'il se trompât, il n'y aurait là rien d'étonnant. Cela est arrivé à de plus grands hommes que lui.

Mais que M. Thiers s'acharne à lier sa destinée à l'intervention, conception étroite, mesquine, fausse, dont tout le monde en France comprend la contradictoire et ruineuse folie, voilà qui confond, qui remplit de surprise, même les ennemis de M. Thiers....., à plus forte raison ses amis.

Comment, en effet, nous qui nous honorions de compter parmi les partisans et les admirateurs de M. Thiers, comment pouvions-nous deviner les combinaisons politiques qui ont traversé son cerveau dans ces derniers temps?

Qu'entend-il, que veut-il donc par cette intervention qu'il a la prétention d'imposer au roi, avec un si incroyable entêtement?

Veut-il intervenir contre Don Carlos seulement?... Mais alors il interviendrait positivement pour la constitution de 1812, pour les exubérances jacobines qui hurlent et se disputent le pavé sanglant de Madrid ; qui imposent par violence à la reine d'Espagne un ordre de choses qui doit la dévorer elle et les droits de sa fille!

Veut-il intervenir contre les révolutionnaires de Madrid, et arrêter ce débordement d'anarchie qui menace de s'étendre sur l'Espagne comme une lave dévorante?

Mais alors, par le fait il interviendrait pour Don Carlos et pour l'absolutisme, dont il détruirait les plus implacables adversaires, auquel il ouvrirait un champ de succès assurés et irrépressibles.

Veut-il à la fois intervenir contre les deux partis, contre les absolutistes et Don Carlos, contre les révolutionnaires et la constitution de 1812 ..? Alors, vraiment, il faudrait le faire interdire, car il proposerait d'aller faire écraser entre les deux partis rivaux les faibles divisions militaires qu'il parlait d'envoyer en Espagne ! Se figure-t-on le général Bugeaud se mettant à la tête de six à dix mille hommes pour tenter cette gigantesque entreprise? Hélas ! ministres du tiers-parti, préparez les millions par centaines et les hommes par centaines de mille, s'il vous prend fantaisie de vous battre à la fois contre Don Carlos et contre la constitution de 1812!

Et ce n'est pas tout. En supposant l'impossible, en supposant que vous eussiez le don des miracles et que vous eussiez vaincu, détruit le prétendant et les révolutionnaires, quel gouvernement feriez-vous en Espagne, quels moyens auriez-vous de le soutenir, combien d'années y resteriez-vous l'arme au bras, en faction dans toutes les villes et dans tous les villages?...

Vraiment, nous avons honte de discuter l'intervention ! Car enfin, c'est pitié de réfuter une chimère qui s'évanouit aussitôt qu'on souffle sur elle.

Eh bien ! c'est cependant ce fantôme sans consistance qu'un homme d'esprit comme M. Thiers s'obstine à vouloir convertir en réalité ! c'est à cette tentative désespérée qu'il sacrifie l'influence et l'avenir que son talent devait naturellement lui assurer, s'il eût été guidé par un jugement plus sûr, par un instinct gouvernemental plus grave et plus invulnérable aux séductions d'une fausse popularité.

--------●----- --

29 AOUT 1836.

Du Développement de la Révolution en Espagne, et de ses causes naturelles.

—

Les nouvelles de Madrid ont déjà révélé des symptômes de résistance à la constitution, de la part des membres de l'ex-chambre des proceres et des hommes politiques qui, jusqu'à ce jour, ont servi de conseil privé à la reine Marie-Christine. La résistance ne s'est même pas bornée à de sourdes manifestations; elle est descendue sur la place publique; elle a armé les bras des gardes-du-corps et d'une partie de la garde royale; elle a protesté, par des balles et par du sang, contre ce qui s'est fait.

Cette malheureuse complication était amenée trop naturellement par le cours des évènements, pour qu'il y ait lieu de s'en étonner. Si les janissaires du palais de Saint-Ildefonse ont fait violence à la reine (et c'est la version qui prévaut généralement), il est tout simple que la reine en murmure en secret; il est tout simple qu'elle cherche à atténuer, après coup, les concessions arrachées à sa frayeur de femme et de mère. N'est-ce pas assez de subir la violence, et faudrait-il encore baiser avec respect la main qui en a été l'instrument? L'exiger serait une prétention inouïe, et ce qui paraîtrait surhumain, c'est que la reine s'y soumît sincèrement.

De même pour la chambre des proceres. La constitution

de 1812 supprime sans façon ses pouvoirs, ses prérogatives parlementaires, son nom même, toute son existence,
en un mot; et l'on s'étonnerait que ses membres, ainsi
dépouillés, mis au néant, n'eussent pas accepté avec reconnaissance la loi du plus fort qui les a frappés!

Non, il ne faut pas qu'on se fasse illusion; la force des
choses, la réaction logique et naturelle des intérêts froissés,
créent cette résistance nouvelle au parti qui domine actuellement. Ce n'est jamais impunément qu'on tranche
ainsi dans le vif des existences. N'a-t-on pas vu, chez nous,
l'opposition qu'en 89 la noblesse régnante a suscitée contre
l'introduction du tiers-état dans les choses du gouvernement? Et, cependant, que voulait alors le tiers-état ? Sieyès
l'a dit : « Jusqu'à ce moment il n'avait été *rien*, il voulait
devenir *quelque chose*. » Ses prétentions étaient modestes et
légitimes. Mais, en Espagne, ce n'est point ainsi que vont
les choses. Ce n'est point le tiers-état, les classes moyennes
et éclairées qui demandent place au soleil : ce tiers-état
était déjà établi et constitué; il avait ses droits, ses fran-
chises, sa tribune; ses représentants étaient au pouvoir,
et si sa prépondérance dans les affaires n'avait pu encore
réaliser toutes les réformes dont son avènement était le
présage et la garantie, c'est que le temps avait manqué,
c'est que les circonstances dominaient les volontés et les
intentions; c'est surtout, et il faut bien le redire puisque
la cause de la crise actuelle est là, c'est qu'il n'était pas
encore à la hauteur de sa mission sociale, et qu'il manquait d'une organisation assez forte, assez intelligente,
pour soutenir le rôle que lui avaient donné les évènements. Toujours est-il que ce n'est pas lui qui avait intérêt aux changements qui s'accomplissent sous nos yeux.

Ce qui fait invasion aujourd'hui dans le pouvoir, c'est la démocratie, la démocratie ignorante, brutale, démolisseuse; la démocratie telle qu'elle peut être, quand une soldatesque enivrée l'appelle à la souveraineté, et que le suffrage universel, décrété par le code de Cadix, se charge de lui recruter des appuis. Cette démocratie ne demande pas seulement à être quelque chose, elle entend être tout; et, à cet effet, elle jette bas tous les pouvoirs rivaux, énerve ceux dont elle ne croit pas pouvoir se passer encore, rapporte tout à elle-même, et s'arroge les attributs d'une dictature universelle.

On conçoit que si, de leur nature, l'orgueil et l'égoïsme humain se prêtent difficilement aux modifications qui leur sont demandées par des tiers jaloux, à leur tour, de se faire une position, ils doivent nécessairement se trouver en rebellion flagrante, lorsque l'exigence de ces tiers les atteint avec cette impitoyable rudesse qui n'accorde merci qu'à la condition d'un renoncement absolu au droit même d'être quelque chose. Or, telle est la position de la reine-régente et des proceres espagnols. Dès-lors, comme nous l'avons dit, il ne saurait y avoir lieu de douter, un seul instant, de leurs dispositions hostiles envers le nouvel ordre de choses fondé en dépit d'eux et contre eux.

Nous insistons sur ce point de fait, parce qu'on peut y trouver la clé de tous les évènements que nous sommes probablement réservés à voir éclore en Espagne. C'est de cette lutte intestine entre le parti dépossédé et le parti qui s'installe à sa place, que surgiront successivement les terribles nécessités dont toute l'Europe redoute l'imminence fatale. La guerre civile sera là d'ailleurs pour précipiter les complications qui devaient résulter naturellement, mais plus lentement, d'un pareil déchirement social. Rejetés hors de la sphère gouvernementale, les intérêts nombreux et pressants que représente la chambre des proceres, seront accusés de la position excentrique qu'on leur aura faite par ceux-là même qui décrètent maintenant contre cet ostracisme. Et, n'est-il pas à craindre que bientôt leur neutralité mécontente ne soit taxée de complicité ouverte avec les ennemis avoués de la constitution, avec les adhérents de Don Carlos? Don Carlos, voilà quel sera, sous peu de temps, sans doute, le Pitt et Cobourg dont le parti exalté dénoncera, avec fureur, les agents, partout où il rencontrera de l'opposition ou seulement de l'indifférence. Le problème révolutionnaire, une fois porté sur cette pente, on verra vers quel genre de solution il roulera.

Nous voudrions pouvoir découvrir, dans la situation actuelle de l'Espagne, des symptômes qui nous permissent d'entretenir, en nous, quelque illusion rassurante pour l'avenir. Nous en cherchons, mais nous n'en trouvons pas. Cette dictature démagogique de la constitution de 1812, jetée comme une abstraction au milieu des essais de gouvernement équilibré, de pondération représentative et parlementaire, par lesquels on s'efforçait prématurément, mais avec bonne foi, de classer et distribuer convenablement les forces sociales, rompt trop de combinaisons, bouleverse trop de positions déjà acquises, pour ne pas provoquer contre elle une profonde réaction. Cette réaction, nous ne la désirons pas, nous la constatons; elle n'est pas dans nos vœux, elle est dans la nature des choses.

Nous sommes bien aise de placer ici cette observation,

parce que quelques personnes se méprennent complètement sur le caractère de notre polémique, au sujet de
l'Espagne. Vous aviez reconnu, nous dit-on, que les principes de juste-milieu étaient, en ce moment, inapplicables à la Péninsule; vous avez proclamé la révolution inévitable, et maintenant vous vous attachez à faire ressortir tous les maux qu'entraîne cette révolution, comme
s'il avait été possible de l'éviter. — On appelle cela une
contradiction; mais cette imputation est vraiment si dénuée de fondement, que nous sommes étonnés qu'elle ait
pu venir à l'esprit des personnes sensées. — Sans doute,
nous avons toujours cru l'Espagne condamnée par ses
antécédents, par son présent, par ses mœurs, à subir une
révolution; mais s'ensuit-il qu'au moment où cette révolution s'accomplit, nous devions, nous hommes d'ordre
et de juste-milieu, approuver complaisamment toutes les
horreurs par lesquelles elle se signale? Pour avoir prévu
et prédit un malheur, faut-il s'interdire de le déplorer
lorsqu'il arrive? D'autres ne le prévoyaient pas comme
nous; ils en niaient obstinément l'imminence, et, tout en
nous accusant aussi de contradiction, parce que nous lisions un peu plus clairement qu'eux dans la réalité des
choses, travaillaient à établir une organisation politique
sur le patron de celle que nous possédons en France, où
les éléments sont tout différents. A ceux-là, nous représentions la vanité de leur œuvre, la chimérique donnée
de leur espérance ; et maintenant que les évènements ont
fait éclater la justesse de nos prévisions, maintenant que
la révolution annoncée est flagrante, nous faisons la part
du feu, nous nous mettons à l'écart pour en étudier les
ravages, et nous appelons tous nos compatriotes à y cher-

cher la confirmation des cruelles expériences qu'eux-mèmes ont déjà faites en matière de révolution. Un mot résume toute notre position dans cette crise. Nous ne croyons plus pouvoir être utiles à l'Espagne, aujourd'hui invinciblement entraînée loin de nos voies; nous tâchons alors d'être utiles aux autres peuples qui la regardent : nous cessons de donner des conseils à une nation trop bouleversée pour les entendre, et nous nous tournons vers l'humanité pour l'engager à profiter des exemples mis sous ses yeux.

Ce n'est pas là se contredire; c'est rester fidèle à la cause de l'ordre, après avoir eu l'intelligence des nécessités fatales qu'elle aurait à traverser.

<hr/>

24 SEPTEMBRE 1836.

Du Dernier Décret de la Reine d'Espagne.

Le séquestre des biens des émigrés espagnols est un des traits qui caractérisent le plus clairement la situation révolutionnaire de la Péninsule. Cette mesure, il est vrai, n'est que comminatoire; les cortès seules pourront statuer définitivement sur le sort des propriétés séquestrées. Mais on peut conjecturer d'avance, sans crainte de se tromper, ce que sera la décision d'une assemblée nommée sous l'influence de la constitution de 1812. La perspective qui s'ouvre aujourd'hui à tous les yeux, c'est la confiscation.

On ne se plaindra pas que la crise reste stationnaire en Espagne : la voilà déjà arrivée aux mauvais jours de notre

première révolution. Le décret rendu par la reine, le
16 septembre 1836, correspond au décret rendu par
l'Assemblée législative, le 9 février 1792, c'est-à-dire au
moment où cette assemblée allait faire place aux terribles
proscripteurs de la Convention. Mais il y a une différence
à noter entre les deux mesures, et il est remarquable
qu'elle soit en faveur de celle de 1792. L'assemblée française, avant d'en venir à cette extrémité, avait montré
quelque patience. Le 12 novembre 1791, le roi Louis
XVI avait, par une proclamation solennelle, invité tous
les émigrés à rentrer dans leur patrie. Ce n'est que lorsqu'il fut démontré que cet appel était sans résultat, qu'elle
rendit comminatoirement le décret mentionné plus haut.
Et ici, il faut le dire, elle ne faisait qu'user de représaille.
Les émigrés de 1791 ne s'étaient pas contentés de fuir
leur pays ; ils s'étaient hautement déclarés les ennemis de
l'assemblée ; ils s'étaient réunis en armes sur la frontière ;
ils avaient lancé des manifestes ; en un mot, ils avaient
ouvertement fait acte d'hostilité. Elle avait donc, en les
sommant de rentrer, ou plutôt de poser les armes, sous
peine de spoliation, une sorte d'excuse plausible, un de
ces droits affreux que donne l'état de guerre.

Mais tel n'est pas le cas du gouvernement espagnol.
Ce gouvernement n'est pas provoqué par les émigrés qu'il
dépouille. Ces émigrés n'ont pas quitté leur pays pour
lui déclarer la guerre, pour fomenter une invasion,
pour lui recruter des ennemis dans les pays voisins. Ils
ne s'arment pas, ils ne se coalisent pas, ils ne menacent
pas. Ils se bornent, et c'est bien le moins qu'on puisse
leur permettre, à dérober leur tête aux vengeances qui les
cherchent. Ils viennent demander à notre hospitalité la

paix que ne leur offre plus leur patrie. Et c'est de cela qu'on les punit!... Chaque jour retentissent dans les sociétés patriotiques de Madrid, et, choses honteuses, jusque dans les journaux, des cris de mort contre les Isturiz, les Galiano, les Miraflores, tous ceux enfin que les justiciers de clubs et de carrefours flétrissent du nom de traître, de *pastelero*, — ce nom précurseur du poignard, — et c'est à ces mêmes hommes que le gouvernement vient dire : « Revenez ici, ou je vous arracherai vos biens! » Revenez ici!... mais répondez-vous de leur tête? Si le malheureux Quesada avait réussi à s'enfuir, ses biens aussi seraient aujourd'hui séquestrés, et, s'il s'en plaignait, on lui dirait, comme à ses compagnons d'émigration : « Reviens ici », c'est-à-dire : « Choisis entre la spoliation dont je te menace et l'arme des sicaires qui t'ont manqué à Hortaleza!... » Cela est odieux, n'est-ce pas? cela ressemble à un guet-apens? Eh bien! c'est pourtant là toute l'alternative qu'à bon escient ou sans le vouloir le gouvernement espagnol laisse aux émigrés que la haine des exaltés poursuit dans leur patrie! Il leur demande la vie ou la bourse.

Ces grandes iniquités, on les comprend de la part d'une assemblée enfiévrée et se débattant sous le coup d'éventualités menaçantes. Ainsi, que la Convention française les ait décrétées en présence de la coalition de l'Europe et des légions du prince de Condé, on ne s'en étonne pas; que la Convention espagnole qui va se réunir le 24 octobre les consacre et les aggrave, c'est malheureusement à quoi l'on peut s'attendre. Mais qu'un gouvernement, de son propre gré, sans être éperonné par l'impatience d'un pouvoir délibérant, prenne l'initiative d'une pareille mesure,

c'est ce qui est sans excuse, c'est ce dont on ne trouverait
d'exemple dans l'histoire des tyrannies humaines, qu'en
compulsant les pages les plus souillées par le récit des réactions et les souvenirs du despotisme.

Le décret ne dit pas ce que deviendront, au milieu de
cette spoliation générale, les pères, les mères, les enfants,
tous les parents des personnages qui ont émigré. Seront-
ils enveloppés dans la proscription, eux qui sont restés
sur le sol natal? Otages infortunés, devront-ils mourir
de faim? C'est ce que préjuge le décret, puisqu'il n'établit aucune disposition exceptionnelle en leur faveur.
Voilà donc des familles entières qui vont être punies du
tort arbitrairement reproché à leur chef, bien qu'elles
n'y aient eu aucune part!... Est-ce assez d'injustices à la
fois?... Le décret du 9 février 1792, malgré les torts
beaucoup plus réels (qu'on ne perde pas cette observation de vue) dont s'étaient rendus coupables les émigrés
français, avait été plus humain et plus prévoyant. Il laissait du moins aux parents la jouissance du logement qu'ils
occupaient, ainsi que des meubles à leur usage, et leur
accordait un secours annuel sur les revenus des biens séquestrés. Cela ne dura pas long-temps, nous le savons;
la Terreur fit bientôt des lois atroces contre toutes les familles qui comptaient des émigrés dans leur sein; mais c'é-
tait la Terreur, et le gouvernement espagnol s'intitule encore monarchique et constitutionnel!...

29 SEPTEMBRE 1836.

De la France et de l'Espagne.

—

M. THIERS ET BENJAMIN CONSTANT.

La France, dans sa gigantesque révolution, depuis 1789 jusqu'à 1795, a donné au monde le spectacle des plus grands crimes et de la plus héroïque résistance à l'invasion qui menaçait son sol national, pour y rétablir la vieille monarchie féodale.

A cette époque de sang, la France, menacée au-dehors par l'Europe entière, était déchirée dans son intérieur par la guerre civile de la Vendée.

Au milieu de la fièvre révolutionnaire qui la brûlait, elle trouva des forces pour se mutiler, se proscrire, se ruiner, se couvrir d'échafauds, étouffer la guerre civile, et repousser l'Europe conjurée.

Sur quoi, deux écoles politiques interprétant les événements en sens opposé, ont discuté la question de savoir si les crimes monstrueux qui ont caractérisé l'époque connue sous le nom de *la Terreur*, avaient été ou n'avaient pas été causes des succès obtenus par la France révolutionnaire contre les royalistes de la Vendée et contre les soldats des monarchies absolues.

L'opinion la plus fatale, la plus immorale, et la plus évidemment fausse, paraît avoir prévalu, non-seulement parmi les écrivains politiques auxquels M. Thiers a ouvert cette paradoxale carrière dans son *Histoire de la Révolution Française*, mais encore, ce qui est plus fatal cent fois, parmi les peuples qui font des révolutions en Europe, et qui s'imaginent qu'en parodiant la terreur, ils donneront à leur cause la même force qu'y trouva, selon eux, la révolution française.

Il n'est pas sans intérêt d'examiner cette question au moment où l'Espagne et le Portugal improvisent une nouvelle édition de nos sanglantes annales. Ces deux pays n'ont pas su profiter de notre exemple. Sachons profiter du leur, et montrons à la face du monde entier la désastreuse impuissance du jacobinisme, eunuque monstrueux qui se charge de perdre, après les avoir souillées, les révolutions qu'il étouffe sous ses embrassements.

Il est sans doute inconstable que, tout à la fois, la révolution française commit des crimes détestables, généralisa un système jusqu'alors inouï de proscription et de terreur, en même temps qu'elle vainquit l'Europe et la Vendée. Mais de ce que ces deux choses ont existé simultanément, il ne s'ensuit pas du tout que la première fût cause de la seconde. Cette manière de raisonner est un vieux sophisme déconsidéré même parmi les écoliers.

Quoi!... massacrer dans les prisons des milliers de citoyens sans défense, égorger les premiers fondateurs de la république, proscrire Guadet, Vergniaud, les Girondins en masse, eux qui les premiers avaient fait décréter le camp sous Paris, eux qui les premiers avaient fait déclarer la patrie en danger, eux qui les preniers seraient morts à la tète des colonnes nationales sous le feu des Prussiens! Immoler les savants, les artistes, les insdustriels, les propriétaires, les négociants; remplir de terreur toutes les mères, toutes les femmes, tous les enfants; frapper l'innocent encore plus impitoyablement que le coupable, ce serait là une cause de force pour vaincre l'ennemi du dehors et subjuguer celui de l'intérieur!... Certes, c'est la première fois dans le monde qu'on entend parler d'une telle recette pour la victoire! Eh! fut-il jamais une plus odieuse, une plus incroyable absurdité!...

Ce qu'il faut dire et reconnaître vrai, c'est que la France, grande et vigoureuse population alors enfiévrée de patriotisme et depuis long-temps vierge de révolutions, se jetait dans celle-là avec une énergie délirante de bonne foi; que l'exaltation doublait tout à la fois ses forces pour le crime et pour la vertu; que, dans l'expansion spontanée de cette force, elle pouvait sans l'épuiser en faire une vaste déperdition qu'un peuple moins vigoureux de corps et d'âme n'aurait pu supporter; de sorte qu'après s'être ouvert les veines pour inonder l'échafaud de son sang, il lui en restait encore assez pour combattre et vaincre ses ennemis. Les calamités dont elle se frappait elle-même, loin d'être la cause de sa force, en diminuaient certainement les ressources; mais elle en avait tant, son patriotisme était par lui-même si fécond et si chaud, que nul obstacle ne pouvait l'arrêter. Elle y trouvait des forces tout à la fois pour vaincre au dehors et pour supporter ses souffrances au dedans.

Quoi donc de plus ridiculement effroyable que de voir des nations, aujourd'hui poussées par de chétifs sophistes qui ne comprennent pas l'histoire qu'ils mutilent, s'imaginer qu'en copiant les excès de la révolution française, en parodiant ces abus de sa force, elles se donneront cette force qu'elles n'ont pas! Hélas! Varsovie a eu ses massacres du 16 août, comme Paris avait eu ses massacres du 2 septembre, et le 16 août n'a pas sauvé Varsovie!... Et cependant l'Europe entière, déchaînée contre la France, valait bien la Russie combattant la Pologne! — Et maintenant, peuples de la Péninsule, assiégez vos reines, menacez la faiblesse désarmée, imposez des lois absurdes à des royautés mutilées, chassez les ministres fidèles, ordonnez aux classes proscrites de rester sous le poignard, pour ne pas tomber sous la confiscation!... Croyez-vous que tout cela vous donnera les généraux, les volontaires, les grands politiques, les hommes illustres de toute sorte qui jaillirent de la France révolutionnaire comme une immense légion, décrétée par la Providence, pour sauver la liberté que tant de crimes avaient souillée? Et, cependant, la France combattait alors contre toutes les monarchies de l'Europe! Et vous, Espagnols révolutionnaires, vous ne comptez pas un seul ennemi étranger sur vos frontières! La France et l'Angleterre vous ont faiblement secourus, il est vrai; mais, enfin, elles vous ont secourus, et personne ne vous attaquait que vous-mêmes. Votre guerre civile elle-même n'est certainement ni plus vaste, ni plus ardente, ni aussi politique, que celle de la Vendée française. Vos carlistes combattent plus pour leurs *fueros* et leurs contrebandes, que pour la race royale qui n'est point proscrite, puisqu'il ne s'agit entre vous que du choix entre deux branches de la famille légitime. Ils ne combattent point pour leur religion qui n'est point proscrite non plus, car l'intolérance dogmatique la protége dans les deux camps. La Vendée, au contraire, combattait pour des rois proscrits, pour une religion proscrite; un double fanatisme l'enflammait pour son culte du ciel et pour son culte de la terre! Vous êtes donc cent fois moins menacés que la France ne l'était à l'époque fatale de la terreur. Et dans

toutes vos convulsions, dans toutes vos juntes, dans toutes
vos constitutions, vous ne trouvez pas la chétive force qui
vous serait nécessaire pour vaincre des obstacles cent fois
moins terribles que ceux que la France vainquit en 1794?
Et pourquoi donc cette différence? Et à quoi donc vous
servirait l'imitation de toutes nos folies révolutionnaires,
si l'Espagne, en outre de sa guerre civile, était attaquée
par l'Europe entière, comme la France le fut en 1794?...
Hélas! hélas! ce n'est point dans ses débauches de sang,
dans ses saturnales de clubs et d'échafauds, que la France
trouva son immense force; ce fut dans des causes grandes
et sacrées, dont la terreur révolutionnaire elle-même ne
put tarir les sources : la France ne cherchait pas à copier
ce que d'autres peuples avaient fait avant elle, comme ces
pitoyables dramaturges qui, lorsqu'ils ont volé à Shakes-
peare quelques horreurs triviales, croient bonnement lui
avoir dérobé son génie! Elle se livrait tout simplement à
l'élan de son instinct, à l'ardeur de son patriotisme; elle
passait à côté de l'échafaud sans le voir; ses yeux ne
voyaient que la frontière et l'ennemi qui voulait la franchir!...

J'ai cité le nom de Benjamin Constant en tête de cet
article. Certes, cet écrivain ne doit pas être suspect de
monarchisme, d'aristocratie; ce n'est point un doctrinaire
ni un juste-milieu. — Voici ses paroles :

« L'établissement d'un régime tel que celui qui a souillé
» nos annales en 1793 et 1794 aurait fait sortir, de la
» nation la plus douce, des monstres comme nous en avons
» vus. L'institution de tribunaux sans règles, sans formes,
» sans défenseurs, aurait créé des juges-bourreaux parmi
» les peuples les moins féroces. Il est un degré d'arbitraire

» qui suffit pour renverser les têtes, corrompre les cœurs,
» dénaturer toutes les affections.

» Le régime affreux qu'on a nommé *la terreur* n'a point
» contribué au salut de la France. La France a été sauvée
» malgré ce régime. Il a créé la plupart des obstacles dont
» on lui attribue le renversement. Ceux qu'il n'a pas créés
» auraient été surmontés d'une manière plus facile, plus
» durable, par un gouvernement juste. Telles sont les vé-
» rités que je veux démontrer.

» Cette démonstration n'est point superflue. Nous ne
» manquons pas d'hommes qui, aujourd'hui encore, ad-
» mirent, sinon le but, au moins l'énergie de Robespierre
» et de Marat. Prouvons donc que la terreur n'a pas sauvé,
» mais perdu le gouvernement républicain.

» Lorsqu'on veut faire son apologie, on tombe dans un
» abus de mots. On confond la terreur avec les mesures
» qui ont existé à côté de la terreur. On ne considère pas
» que, dans les gouvernements les plus tyranniques, il y
» a une partie légale, répressive et coërcitive, qui leur est
» commune avec les gouvernements les plus équitables,
» par une raison toute simple, c'est *que cette partie est la*
» *base de l'existence de tout gouvernement* (1).

» Ainsi l'on dit que ce fut la terreur qui fit marcher
» les Français aux frontières, qui rétablit la discipline
» dans les armées, qui frappa d'épouvante ceux qui cons-
» piraient, qui réduisit à l'impuissance toutes les factions.

» Tout cela est faux. Les hommes qui opérèrent toutes

---

(1) On voit qu Benjamin-Constant reconnaît que la résistance et l'intimidation
sont la base de l'existence de tout gouvernement, car qu'est-ce autre chose que
la répression et la coërcition? Je suis bien aise de cette occasion de le faire remarquer

» ces choses furent, en effet, les mêmes hommes qui fai-
» saient peser la terreur sur la France; mais ce ne fut
» point par la terreur qu'ils les opérèrent (1); il y eut
» dans l'exercice de leur autorité deux parties, la partie
» gouvernante et la partie atroce. C'est à l'une qu'il faut
» attribuer leurs succès, à l'autre leurs dévastations et
» leurs crimes.

» Comme, en même temps qu'ils opprimaient et dévas-
» taient le pays, il leur fallait, pour leur existence, gou-
» verner, la terreur et le gouvernement co-existèrent. Et
» de là la méprise qui fit prendre le gouvernement pour
» la terreur, et la terreur pour le gouvernement.

» Que si l'on dit que l'une aida l'autre, et que l'effroi
» qu'inspira l'autorité par sa partie atroce, redoubla la sou-
» mission à sa partie légitime, on dit une chose évidente et
» commune; mais il n'en résulte pas que ce redoublement
» d'effroi fût nécessaire, et que le gouvernement n'eût pas
» eu par la justice les moyens suffisants pour forcer à
» l'obéissance.

» Sans doute, lorsqu'un juge condamne à la fois un
» innocent et un coupable, la terreur s'empare de tous les
» coupables comme de tous les innocents; mais la puni-
» tion du coupable aurait rempli de ce but tout ce qui était
» nécessaire. Les coupables auraient également tremblé
» quand le crime seul eût été frappé. Lorsqu'on voit à la
» fois une atrocité et une justice, il faut se garder de faire
» de ces deux choses un monstrueux ensemble. Il ne faut

---

(1) Cela est si vrai que Carnot, qui organisa la victoire, restait étranger à tous
les actes de terreur intérieure, et n'y participait que par sa présence dans le comité.

» pas sur cette confusion déplorable se bâtir un système
» d'indifférence sur les moyens : il ne faut pas attribuer
» indistinctement tous les effets à toutes les causes, et pro-
» diguer au hasard son admiration à ce qui est atroce et à
» ce qui est légal.

» Séparons donc, dans l'histoire de l'époque révolu-
» tionnaire, ce qui appartient au gouvernement et les me-
» sures qu'il avait le droit de prendre, d'avec les crimes
» qu'il a commis et qu'il n'avait pas le droit de commettre.

» Le gouvernement (je ne le considère pas ici sous le
» rapport de son origine, mais simplement en sa qualité
» de gouvernement) avait le droit d'envoyer les citoyens
» repousser les ennemis. Ce droit appartient à tous les gou-
» vernements. Ils l'ont dans les pays monarchiques et dans
» les pays républicains. Ils l'ont en Suisse aussi bien qu'en
» Russie. Et comme la gravité d'un délit résulte des consé-
» quences qu'il peut avoir, le gouvernement avait encore
» le droit d'attacher la peine la plus sévère au refus de
» partir pour les armées, à la désertion, à la fuite des sol-
» dats. Mais ce n'est pas là ce que firent les hommes qui se
» vantaient d'organiser la terreur. Ils décimèrent des ar-
» mées obéissantes et courageuses; ils abolirent toutes les
» formes de jugements, mêmes militaires; ils revêtirent
» leurs instruments de pouvoirs illimités; ils remirent le
» sort des individus au caprice, et le sort de la guerre à
» la frénésie. Ces horreurs ne servirent de rien à la répu-
» blique. Lors même que les proconsuls n'eussent pas fait
» périr des milliers d'innocents à l'armée du Rhin, l'armée
» eût-elle moins bien combattu? Ne flétrissons pas nos
» triomphes dans leur source, et songeons qu'on ne peut

» attribuer ni à des fureurs populaires, ni à des échafauds
» permanents, les victoires d'Arcole et de Rivoli!

» Le gouvernement avait le droit de scruter sévèrement
» la conduite de ses généraux, victorieux ou vaincus, et
» de faire juger sans indulgence les traîtres et les lâches.
» Mais les décemvirs livrèrent aux bourreaux ceux qu'ils
» haïssaient ou soupçonnaient ; ils versèrent le sang de
» guerriers irréprochables. Ces meurtres n'étaient d'au-
» cune nécessité, — puisqu'il faut examiner la nécessité
» des meurtres!...

» Le gouvernement avait le droit de surveiller, de
» poursuivre, de traduire devant les tribunaux, ceux
» qui conspiraient. Mais des tribunaux sans forme, sans
» appel assassinèrent sans jugement soixante victimes par
» jour. »

» On a prétendu que ces atrocités n'étaient pas sans
» fruit, et que la mort ne choisissant pas, tout tremblait.
» Oui, tout tremblait sans doute, mais il eût suffi que
» les coupables tremblassent ; le supplice des vieillards
» octogénaires et d'accusés non interrogés ne pouvait être
» nécessaire pour effrayer les conspirateurs.

» Le gouvernement avait le droit de réprimer ceux des
» ministres de la religion qui, ne se renfermant point
» dans leurs fonctions spirituelles, troublaient l'Etat par
» des suggestions factieuses ! Mais la terreur proscrivit,
» assassina, voulut anéantir tous les prêtres. Elle créa de
» nouveau une classe pour la massacrer....

» Je ne pousserai pas plus loin cet examen des effets
» de la terreur; j'en conclus qu'elle n'a fait que du mal
» et qu'elle n'a produit aucun bien. A côté d'elle a existé
» ce qui était indispensable à tout gouvernement, mais ce

» qui aurait existé sans elle ; ce qu'elle a corrompu et
» empoisonné en s'y mêlant.

» Ce qui trompe sur ses effets, c'est qu'on lui a fait un
» mérite du dévoûment de nos concitoyens et de nos guer-
» riers. Tandis que des tyrans dévastaient leur patrie,
» ils persistaient à la servir et à mourir pour elle ! Me-
» nacés de l'assassinat, ils n'en marchaient pas moins à
» la victoire.

» Ce qui trompe encore, c'est qu'on admire la terreur
» d'avoir renversé les obstacles qu'elle-même avait créés.
» Mais ce dont on l'admire, on devrait l'en accuser.

» En effet, le crime nécessite le crime. La férocité du
» comité de salut public ayant soulevé tous les esprits,
» tous s'égarèrent dans ce soulèvement, et la terreur fut
» nécessaire pour les comprimer. Mais avec la justice le
» soulèvement n'eût pas existé, et l'on n'aurait pas eu
» besoin, pour prévenir de grands dangers, de recourir
» à d'affreux remèdes.

» Ce régime abominable n'a point, comme on l'a dit,
» préparé le peuple à la liberté, il l'a préparé à subir
» un joug quelconque. Il a courbé les têtes, mais en dégra-
» dant les esprits, en flétrissant les cœurs. Il a servi, pen-
» dant sa durée, les amis de l'anarchie, et son souvenir
» sert maintenant les amis de l'esclavage et de l'avilisse-
» ment de l'espèce humaine.

» .... Justifier le régime de 1793, peindre des forfaits
» et du délire comme une nécessité qui pèse sur les peu-
» ples, toutes les fois qu'ils essaient d'être libres, c'est nuire
» à une cause sacrée plus que ne leur nuiraient les atta-
» ques de ses ennemis les plus déclarés. C'est ainsi qu'on
» frappe de réprobation, aux yeux du vulgaire, toutes

» les idées qu'embrassaient autrefois avec enthousiasme
» les âmes généreuses, et qu'adoptaient par imitation les
» âmes communes ; et certes, les évènements ont corro-
» boré, depuis trente années, toutes mes assertions et
» toutes mes craintes. Lisez les séances de la convention,
» du 31 mai au neuf thermidor, *le Moniteur* de 1800 à
» 1812, vous verrez que les hommes qui avaient de-
» mandé du sang ont brigué des chaînes.

  » Séparez donc soigneusement les époques et les actes.
» Flétrissez ce qui est éternellement coupable. Ne recourez
» pas à une métaphysique abstraite et subtile pour prêter
» à des attentats l'excuse d'une fatalité irrésistible qui
» n'existe pas ; n'ôtez pas à vos jugements toute autorité ;
» à vos hommages toute valeur. »

  C'est ainsi que Benjamin Constant réfutait, en 1829,
le système de fatalisme révolutionnaire par lequel M.
Thiers avait plus que justifié la terreur, en ne voyant dans
le 31 mai qu'un holocauste d'innocents, nécessaire, selon
lui, pour permettre à la *Montagne* de combattre à son aise
la guerre civile et l'invasion étrangère ! — Et moi, si je
cite aujourd'hui ce passage, c'est parce que cette sorte de
fatalisme révolutionnaire, si étourdîment inventé par M.
Thiers dans son *Histoire de la Révolution française*, se lie
déplorablement à son opiniâtre caprice d'intervenir en
Espagne, même après les scènes de la Granja et la proclamation de la constitution de 1812.

  Nous examinerons ce côté de la question. — Nous ferons
voir dans quel état seraient aujourd'hui la France, le
crédit, l'armée, si la sagesse royale n'avait empêché cette
folle, cette coupable intervention. Nous aurons à donner
aux révolutionnaires de la Péninsule des conseils dont ils

ne profiteront probablement pas , et à nos concitoyens nous citerons des exemples dont nous désirons qu'ils fassent meilleur profit.

1ᵉʳ OCTOBRE 1836.

De l'Intervention en Espagne
et par occasion de la souveraineté du peuple.

—

J'ai dit ailleurs (1) ce que j'entendais par le droit d'intervention, et dans quelles circonstance on devait user de ce droit.

Ces principes posés, l'intervention en Espagne, comme expédition militaire, est, on le voit de prime-abord, la plus chétive partie de la question, et cependant elle avait bien son importance. Lorsque la colonie d'Alger épuise nos finances, absorbe et détruit successivement l'élite de nos forces militaires ; lorsque l'éternelle question belge peut nécessiter, sinon un développement matériel de forces de notre côté, du moins la possibilité morale de ce développement éventuel, aller jeter une armée en Espagne pour combattre l'irritation locale, la guerre civile, mille préjugés nationaux, ce n'est pas si peu de chose qu'on l'imagine au premier coup d'œil. Avoir proposé au général Bugeaud de se mettre à la tête de dix mille hommes (2)

---

(1) Voir tome III , page 119.

(2) Je n'ai pas besoin d'avertir le lecteur que, lorsqu'on a fait au général Bugeaud cette ridicule ouverture, il s'y est refusé avec une expressive spontanéité. —Je crois pouvoir ajouter que, même avec des forces suffisantes, l'honorable général ne voudrait intervenir ni pour la constitution de 1812, ni pour les assassins de Quesada, ni pour les proscripteurs d'Isturitz !

pour conduire une telle affaire, c'est une étourderie si
remplie d'ignorance, qu'on est obligé d'y supposer l'arrière-
pensée d'engager l'expédition n'importe comment, même
avec la chance de revers évidents, pour nous y pousser
ensuite complètement, bon gré, mal gré, quand on ne serait plus à temps de reculer. Alors, on se serait guindé
sur de grands mots; on nous aurait dit, comme on l'a dit
pour la *Macta*, pour l'affaire du général d'Arlanges, qu'il
fallait venger l'honneur des armes françaises, qu'on ne
pouvait abandonner en Espagne une poignée de braves à
une destruction certaine; et ainsi, peu à peu, on nous
aurait obligés d'y envoyer, sans ensemble, tardivement,
par fractions séparées, et à cause de cela impuissantes,
cinquante à soixante mille hommes au moins. Ajoutez à
cela le matériel, les munitions, les magasins, les développements financiers à l'appui, et vous verrez tout d'abord
la première importance du début. Que si, au même moment, de nouvelles calamités algériennes venaient à nécessiter un renfort de troupes en Afrique, voyez aussi la
double charge qui en résulterait. Et ne perdez pas de vue
que déjà, l'an dernier, les journaux colonisateurs de Paris
se sont récriés sur la modicité, sur la parcimonie des secours envoyés à Alger, et nous ont dit, en termes exprès,
que, pour faire fleurir la colonisation, il y faudrait cinquante mille hommes et cinquante millions. N'oubliez
pas, je vous prie, ce petit avertissement.

Bien!... et une fois vos cinquante à soixante mille
hommes enfournés en Espagne, je suis bien convaincu
que si le parti qu'ils voudront combattre leur fait face,
en rase campagne, ils le vaincront. J'admets cela volontiers; mais je n'admets pas du tout que les chefs des fac-

tions espagnoles auront la bonhomie de se faire battre
ainsi ; ils feront ce qu'ils ont toujours fait, ils s'éparpille-
ront, ils gagneront les montagnes, ils paraîtront et dis-
paraîtront sans cesse, et, au lieu d'une campagne décisive,
vous vous disséminerez vous-mêmes en une multitude
d'affaires de tirailleurs, sans stratégie et sans dénoûment
général, au milieu d'un pays embrasé, où chaque pas que
vous ferez sera posé sur un foyer de révolte et de trahison.
Au milieu de ce gâchis, perte de temps, d'hommes, d'argent, et barbouillage politique qui, chaque jour, s'obs-
curcira et se compliquera de plus en plus.

Eh bien ! je passe sur tout cela ; j'admets que les sacrifices financiers et militaires eussent été faits, que le roi y
eût consenti, que le général Bugeaud eût fait la faute immense d'accepter le commandement de l'intervention, que
nos troupes fussent entrées en Espagne, qu'y feraient-elles
maintenant, et qu'y feraient-elles dans six mois ?

L'intervention, je vous l'ai dit, est toujours un acte
ayant pour but de soutenir un système politique et de
combattre un autre système. — Or, je vous demande quel
système politique l'armée française pourrait-elle maintenant soutenir en Espagne, sans que le gouvernement français se rendît coupable de la plus haute immoralité et de
la plus effroyable imprudence ?

Car, il ne s'agit pas de dire nous combattrons Don
Carlos, mais nous ne soutiendrons pas les démagogues
de la constitution de 1812, les clubs de Madrid, la soldatesque prétorienne du jacobinisme qui commande en souveraine l'avilissement de la royauté !.... On parle ainsi à
des enfants ou à des fous ; mais on ne débite pas de pareilles inepties à des hommes en âge de raison, et qui n'ont

pas encore été interdits par les tribunaux. C'est précisément de toutes ces aberrations jacobines que l'armée française serait nécessairement l'auxiliaire; c'est de l'établissement futur, continu, durable de ce détestable système
qu'elle deviendrait responsable; c'est cette impossibilité
matérielle qu'elle serait chargée d'accomplir; c'est, de tous
les désordres, de tous les crimes, de tous les bouleversements qui naîtraient de cette entreprise, que le gouvernement français deviendrait solidaire! Et c'est pourquoi je
dis que l'intervention en Espagne, si on l'eût commencée,
devrait être abandonnée immédiatement, sous peine d'un
blâme éternel pour la monarchie de Louis-Philippe.

Mais, à part le blâme et la criminalité, voyez l'imprudence!... Qui ne comprend que le gouvernement français,
en intervenant, exalterait toutes les passions révolutionnaires qui attendent en France l'occasion de s'insurger de
nouveau! Comment pourrait-il protéger la démagogie en
Espagne et la refréner chez nous? Comment pourrait-il
mettre nos soldats sous les armes pour défendre les clubs
de Madrid, tout à la fois contre les carlistes et contre les
débris impuissants de ce pauvre juste-milieu espagnol,
qu'on a voulu faire naître avant qu'il fût viable et formé;
et voudrait-il ensuite empêcher l'opposition française de
détruire la loi contre les associations, pour rétablir en
France des clubs et des associations qui fraterniseraient
avec ceux de Madrid et agiraient de concert contre la
royauté de la charte?.. de cette charte, que le parti démocratique couvre déjà de ses mépris, et que l'opposition
prétendue dynastique corrompt. fausse, démocratise pièce
à pièce, toutes les fois qu'elle en trouve l'occasion, en attendant que les évènements lui fournissent les moyens de

la remplacer par la constitution de 91? Intervenir pour
le gouvernement de Madrid livré aux clubs, à la soldatesque, à la constitution de 1812, à la souveraineté du
peuple, en un mot, ce serait, de la part de la France, intervenir contre la charte, contre Louis-Philippe, contre
sa dynastie, contre toute royauté possible, née ou à naître. Il faut être complètement aveugle pour ne pas être
frappé de cette vérité. Avez-vous donc envie qu'un des régiments français envoyés au secours des caporaux souverains de la reine espagnole, séduit par la contagion de
cet héroïsme républicain protégé par vous, fût tenté à
son retour de donner à Neuilly une seconde représentation du drame de la Granja?...

Mais, dira-t-on, si on fût intervenu avant la proclamation de la constitution de 1812, avant les scènes de la
Granja, on aurait évité cette catastrophe; le pouvoir de
la reine serait encore indépendant et respecté; tous les
maux dont vous vous plaigniez n'existeraient pas.

Quelle ridicule illusion!

Je réponds d'abord que cette explication, fût-elle fondée,
elle ne vaudrait rien dans l'état actuel de la question, car
c'est depuis les scènes de la Granja, c'est depuis la proclamation de la constitution de 1812, que M. Thiers a insisté
de nouveau pour obtenir du roi l'autorisation d'intervenir en Espagne; c'est alors que, ne pouvant y réussir, il
a définitivement dissous le cabinet hétérogène dont il était
président. Il est donc complètement sous le coup de toutes
les objections que je viens d'examiner, et de mille autres
objections semblables que la sagacité de mes lecteurs voudra bien suppléer, car je ne puis écrire ici un volume.

Mais, allons au fond des choses. Quand vous seriez intervenus six mois plus tôt, un an plus tôt, vous n'en seriez pas moins enfoncés dans un guêpier sans issue. Alors, vous auriez eu, j'en conviens, une cause morale et honorable à soutenir, celle de la monarchie constitutionnelle représentée par le gouvernement de la reine. Mais vous parlez toujours comme si ce gouvernement avait été une réalité, un établissement véritable, possible, soutenable, ayant en lui germe de durée, d'existence à venir!... Considérez donc, une bonne fois, que tout cela n'est qu'une fantasmagorie absurde; que le gouvernement de Marie-Christine n'a jamais gouverné, qu'il n'avait pas de moyens pour gouverner, pas de point d'appui pour se soutenir, pas de force motrice pour marcher; que cette malheureuse monarchie de juste-milieu sans juste-milieu, était aussi bien morte il y a six mois, il y a un an, qu'aujourd'hui. Seulement, elle n'était pas encore couchée sur son lit funéraire, et il n'était pas encore question de l'enterrer!... Et comment auriez-vous fait pour la sauver à la fois des coups du carlisme, d'un côté, et de la démagogie, de l'autre? Ne voyez-vous pas que le carlisme et la démagogie révolutionnaire forment les cinq sixièmes de l'Espagne? Ne voyez-vous pas que ces deux partis extrêmes étant plus forts à eux deux que l'imperceptible juste-milieu espagnol, vous auriez eu à faire vivre en Espagne un gouvernement malgré l'Espagne?.... Et vous imaginez que vous auriez réussi à maintenir cette absurdité?... Et c'est pour cela que vous auriez compromis la dignité, la force, les finances de la monarchie de juillet?—Quelle pitié!...

Le jour même où le ministère français entreprit de soutenir indirectement ce pitoyable simulacre de monarchie constitutionnelle en Espagne, j'en annonçai la chute. La quadruple alliance, quadruple niaiserie s'il en fût jamais, ne changea rien à ma conviction !...... — Quelle alliance que celle où l'on faisait entrer l'Espagne et le Portugal comme moyen de soutien pour le Portugal et pour l'Espagne, pétition de principe mise en action avec une si déplorable bonhomie? Ne trouvez-vous pas que la monarchie espagnole est un fameux soutien pour la monarchie portugaise, et réciproquement?... C'est bien la peine d'avoir blanchi dans la diplomatie pour accoucher sur ses vieux jours d'un pareil avortement!.... Et puis, pour auxiliaires étrangers dans cette quadruple alliance, la France et l'Angleterre faisant chacune de son côté à qui n'interviendrait pas et à qui ferait intervenir l'autre. Tout cela est, il faut en convenir, incommensurablement ridicule. Ce n'est pas de la politique, c'est de la parodie.

La vérité, c'est que l'Espagne est à l'état de révolution, et non pas à l'état de gouvernement. Que tout gouvernement y est maintenant impossible, dans le sens le plus strict du mot ; qu'intervenir en Espagne pour y soutenir un gouvernement quelconque, celui de la reine, celui de Don Carlos, celui des jacobins, enté sur la constitution de 1812, serait une pure folie. Don Carlos ne gouvernera pas plus que Christine. Les héros de la Granja et leurs cortès indéfinissables ne gouverneront pas plus que Christine ou Don Carlos. Dans l'état où est l'Espagne, le parti qui sera au pouvoir aura tort, et sera nécessairement le plus faible, jusqu'à ce qu'un temps convenable se soit écoulé, et que dans cette lutte néfaste, les impossibilités opposées se soient brisées, anéanties, nivelées les unes par les autres. Voilà ce que je vous ai dit sans interruption, voilà ce que je vous ai crié sur les toits, sans que vous ayez voulu l'entendre. — En êtes-vous plus avancés aujourd'hui?.... Et plût à Dieu que Don Carlos eût succédé à Ferdinand, il y a trois ans!... il serait de trois ans plus près de sa chute, et nous serions de trois ans plus près de la solution de l'épouvantable drame qui va commencer lorsqu'il devrait être déjà à moitié de sa carrière!

5 OCTOBRE 1836.

L'intervention en Espagne serait une mesure impuissante et fausse; c'est vainement que l'on a voulu s'appuyer sur le succès de l'intervention autrichienne en Italie, pour prétendre qu'une intervention dans la Péninsule réussirait de la même manière. J'ai démontré ailleurs (1), tout ce qu'il y a de précaire dans l'existence des gouvernements italiens soutenus par cette intervention; j'ai dit et je le répète, que si la force interventionnelle n'était pas toujours menaçante, ces gouvernements crouleraient à l'instant?... Or, il en serait très-certainement de même pour l'Espagne. Il n'y a pas d'intervention qui pût y soutenir ni le gouvernement de l'absolutisme de Don Carlos, ni le gouvernement démocratique tels que les meneurs de Madrid ont la folie de le rêver. Quant au juste milieu, son moment n'est pas encore venu pour l'Espagne: il viendra immenquablement là comme ailleurs, comme partout; mais nous n'y

_____

(1) Voir tome II, page 126.

sommes pas encore. — *All in due time*. C'est toute la science de l'homme d'État.

On ne saurait donc s'autoriser du succès de l'intervention autrichienne. Qui pourrait d'ailleurs avoir la folle pensée de méditer en Espagne une occupation française prolongée comme l'occupation autrichienne en Italie ?... En vérité, il ne manquerait plus que cela pour compléter notre ruine et celle de la Péninsule; et cependant, sans la perspective d'une occupation semblable, toute intervention en Espagne ne serait qu'une inepte préface publiée pour un livre qui ne serait jamais écrit. Les démocrates espagnols, principalement soutenus par la soldatesque, ainsi qu'on l'a vu lors des scènes de la Granja, ont maintenant deux monarchies à combattre, celle de Don Carlos et celle de Christine ; quand celle de Don Carlos serait tout-à-fait abattue, les soldats démocrates n'ayant plus à combattre que la monarchie de Christine, en viendraient bien plus promptement à bout : et sur quoi s'appuierait alors cette malheureuse royauté ?

Non-seulement l'intervention en Espagne doit être classée parmi la pire espèce de toute les interventions intergouvernementales ; mais dans cette espèce même, il n'en est aucune qui soit aussi épineuse, aussi fausse, aussi nuisible, dans toutes les éventualités qui doivent nécessairement en découler. Cela vient principalement pour nous, d'une circonstance fondamentale dont je ne sache pas que personne ait encore fait la remarque, et contre laquelle la presse du tiers-parti et celle de l'opposition jetteront incontestablement les hauts cris. — C'est qu'en réalité la révolution de juillet est, dans son principe, dans son mode d'exécution et dans ses conséquences naturelles, antipathique au principe, à l'exécution et aux conséquences de la révolution espagnole. Soutenir cette dernière, ce serait renier et fausser la première. Avant que la révolution espagnole se fût mise tout-à-fait à découvert, avant qu'elle se fût mise à suer la souveraineté du peuple par tous les pores, on pouvait penser différemment, et moi-même, tout en jugeant, dès les premiers jours, le fond de la question espagnole comme je la juge aujourd'hui, séduit par mes propres désirs, je me suis fait illusion, illusion bien courte, il est vrai, sur le caractère de la révolution espagnole et sur celui des meneurs qui la poussent ou la soutiennent. J'espérais que l'expérience de la révolution française et de leurs propres discordes antérieures ne serait pas perdue pour les libéraux espagnols, et qu'on trouverait en eux cette maturité de réflexions, cette modération de vues, qui pouvaient faciliter l'établissement d'un régime durable. J'espérais qu'ils comprendraient que ce dont l'Espagne avait le moins besoin pour le moment, c'était une constitution, et surtout une constitution démocratique ; qu'il fallait travailler, par l'administration confiée aux libéraux eux-mêmes, à rendre le pays capable d'avoir une constitution avant de la lui imposer par la violence; qu'il fallait laisser à la souveraineté du peuple, dont le parti de Don Carlos est la brutale et vivante représentation, toute la responsabilité des excès contre-révolutionnaires. Mais les libéraux espagnols n'ont rien compris à l'état de leur pays; ils ont voulu avoir, eux aussi, une souveraineté du peuple, ignorante et usurpatrice, rivalisant d'aberrations démocratiques avec les aberrations de la souveraineté populaire de l'absolutisme. J'espérais, j'avais dit même, en termes exprès, qu'ils com prendraient désormais que la constitution de 1812 n'était qu'une vieille défroque , une paperasse usée jusqu'à la corde, illisible, inapplicable, dont l'exhumation ne pourait que déconsidérer et perdre la révolution espagnole elle-même; et point du tout, ils ont fait ressusciter , par la soldatesque mutinée , ce code d'anarchie qui serait le chef-d'œuvre du genre, si la constitution portugaise n'existait pas pour faire pàlir toutes les anarchies imaginables sous la voûte du ciel !.... Je ne vois donc plus pour le moment, je l'avoue, aucune espérance de ce côté. Pour espérer à l'Espagne un avenir passable , il faut attendre qu'il sorte de ce drame compliqué quelque nouvel épisode, quelque situation moins désorganisatrice. Mais pour cela il faudra du temps et beaucoup de malheurs. Je ne connais pas d'intervention qui puisse suppléer ces deux ingrédients indispensables, et en épargner les souffrances à l'humanité.

---

11 OCTOBRE 1836.

Continuation du même sujet.

On dit souvent qu'*il ne faut pas juger du sac par l'étiquette :* — c'est surtout aux révolutions qu'il faut appliquer ce très-sage proverbe.

Voyez la révolution espagnole, elle a affiché pour but officiel la défense des droits de la légitimité. —Isabelle, selon ses partisans, est légitime reine par droit de naissance, par droit divin, par droit royal tout pur. — Don Carlos, de son côté , est légitime par excellence : c'est le droit di-

vin et absolu incarné. Eh bien ! ce conflit politique, si
légitimiste en apparence, n'est autre chose que la souveraineté du peuple dans sa plus ignare et dans sa plus furieuse extension, des deux côtés.

Examinez maintenant la révolution de juillet. C'est,
vous dira-t-on, une révolution faite par le peuple ; c'est
une dynastie chassée par le peuple ; c'est une dynastie créée
par le peuple ; c'est la souveraineté du peuple par excellence. — Eh bien ! point du tout : la révolution de juillet
est l'œuvre d'un principe qui exclut essentiellement la
souveraineté du peuple ; elle a pour conséquence la déné-
gation formelle de la souveraineté du peuple : le jour où
la souveraineté du peuple y surgirait par un infernal miracle, la révolution de juillet serait perdue.

C'est ce double contraste que nous allons expliquer aujourd'hui ; et de l'antipathie de principes dans les deux
révolutions, on verra sortir de nouveaux motifs de calamités pour les deux peuples, si le gouvernement de la
révolution française intervenait dans le gouvernement de
la révolution espagnole.

Si nous examinons d'abord la révolution de juillet, il
nous sera bien facile de voir que le principe de la souveraineté du peuple n'y a été pour rien. — Pas une voix notable ne l'a invoquée contre la restauration. L'opposition,
comme le parti ministériel, prenaient la charte pour point
de départ, s'accusant réciproquement de vouloir la fausser ou la détruire ; mais aucun des deux ne niant sa légalité.

Quant au peuple, il écoutait et obéissait, chacun sous
son drapeau, soit ministériel, soit d'opposition. La délibération, la direction, le commandement, ne vint jamais

de lui, ne fut jamais invoqué par lui. Les électeurs, les
députés, le juste-milieu officiel du pays, l'intelligence morale de la nation, délibéraient et influençaient seuls.

Ainsi la révolution fut préparée, ainsi elle fut exécutée. Le peuple y prêta son bras obéissant, invoquant, pour
la conservation de la charte, les autorités consacrées par
la charte, et ne parlant nulle part d'un prétendu droit de
détruire la charte pour la remplacer par une autre constitution (1).

C'est une grande erreur de confondre l'usage de la
force avec le droit de souveraineté, avec le droit de commandement. C'est bien par l'emploi de la force du peuple
que la révolution de juillet s'est accomplie, comme c'est
par l'emploi de la force des soldats que l'on gagne une
bataille; mais on n'a jamais imaginé que l'armée, parce
qu'elle remporte la victoire à l'aide du nombre et de la
force, fasse en cela acte de souveraineté. Bien au contraire, si elle voulait être souveraine, au lieu d'être obéis-
sante et disciplinée, elle serait vaincue. Eh bien ! dans
l'ordre civil, le juste-milieu, la partie éclairée et morale
de la nation, c'est l'état-major-général du pays; c'est là
qu'est le droit de commandement, la souveraineté.

La souveraineté, c'est la pensée qui délibère, l'intelligence qui décide, la volonté qui commande. Les corps
qui agissent, les pieds qui marchent, les bras qui frap-
pent, — c'est la force, c'est le nombre. — Mais pour arriver au but, il faut que le nombre et la force obéissent

---

(1) Ensuite on fit, il est vrai, l'immense faute de réviser cette charte. — Mais
cette faute, ce n'est pas le peuple, c'est le juste-milieu lui-même qui la fit....., et
il en portera long-temps la peine.

au lieu de vouloir commander. — En paix comme en guerre, voilà la solution du problème.

La révolution de juillet, cette résistance nationale à l'absolutisme pour la conservation de la charte, ce fut donc la souveraineté de l'intelligence et de la volonté, résidant dans le juste-milieu de la nation, dans la coopération constitutionnelle de l'électorat et des chambres, qui la conçut, qui la dirigea, qui la fit. — Le peuple, obéissant à cette souveraineté nationale, prêta sa force à l'appui du droit et de la justice, et ne la méconnut nulle part : nulle part il ne fut souverain.

Une fois la révolution faite, le vieux parti de l'ancienne révolution, de cette révolution primitive qui, elle, avait bien invoqué la souveraineté du peuple pour son principe, — et aussi l'on sait ce qu'elle est devenue, on sait qu'elle se perdit dans un océan de sang et de crimes, — voulut ressusciter cette vieille erreur, et la greffer sur le nouvel arbre de la liberté constitutionnelle. Ce parti, composé de jeunes vieillards et de vieux enfants, également privés de l'intelligence du passé qu'ils invoquaient et du présent dont ils méconnaissaient la nature, au lieu de continuer 89, se prit à vouloir le recommencer. Quarante ans de malheurs et d'expérience n'était rien pour lui; mais comme ils étaient beaucoup pour la nation qui n'en avait pas perdu tous les fruits, toutes les tentatives révolutionnaires de ce parti discrédité échouèrent contre la tendance constitutionnelle et gouvernementale de l'époque actuelle. Ces tentatives, aujourd'hui jugées de sang-froid, ce programme de l'Hôtel-de-Ville, cette monarchie démocratique, ce trône entouré d'institutions républicaines, ce compte-rendu, cette propagande armée qui devait révolutionner l'Europe monarchique pour que l'Europe monarchique ne vînt pas contre-révolutionner la France, tout cela paraît maintenant si ridicule, si vain, si risible, que tout le monde en hausse les épaules, et que les promoteurs de toutes ces belles conceptions n'osant plus y revenir, se croyent obligés de s'incliner officiellement sous l'empire des faits accomplis !

Le principe de la révolution de juillet, cette souveraineté nationale de l'intelligence et de la volonté morale, résidant dans le juste-milieu, dans la partie éclairée de la nation, est donc définitivement constaté, sa puissance est établie; le *quoique Bourbon* a beau remémorer ses jeux de mots prétentieux, faux et de mauvais gout, feu le ministère du tiers-parti, après avoir supporté fort docilement la présidence du roi dans le conseil, est maintenant obligé d'invoquer le 13 mars tout aussi bien que nous et nos amis politiques; et l'opposition elle-même, sauf quelques républicains obstinés, n'a plus pour nous combattre que nos propres armes doctrinaires, dont elle est assez gauche à se servir, soit dit en passant.

Examinez maintenant la Péninsule. Vous y verrez un spectacle tout opposé. On a commencé à vouloir faire de la légitimité pure dans les deux camps, chez Isabelle aussi bien que chez Don Carlos. Maintenant on en est à la souveraineté du peuple la plus manifeste chez Isabelle, subjuguée par la constitution de 1812; et à la souveraineté, très-réelle quoique déguisée, non-seulement du peuple, mais de la populace, chez Don Carlos, instrument légitime, mais non souverain, du mouvement armé qui en a fait son drapeau.

Pour le gouvernement de Madrid, je crois que la chose

ne sera point contestée, ce n'est point comme en France, la classe moyenne, invoquant la conservation de la charte, du statut royal, contre une royauté parjure qui voudrait détruire ce pacte mutuellement accepté. — C'est tout le contraire; c'est la démagogie reniant, déchirant la charte royale d'Espagne, que la reine voulait conserver; c'est la démagogie proscrivant la classe moyenne, le juste-milieu, la partie éclairée de la nation, et imposant par la violence, à la reine, une constitution démocratique, où le pouvoir royal est réduit au rôle d'ôtage impuissant de la souveraineté du peuple, en attendant qu'il en soit le martyre. — Or, je le demande, cette révolution n'est-elle pas le contre-pied, l'antipode de la révolution de juillet, de son principe et de son exécution?

Dans le camp de Don Carlos, il y a bien un roi, et un roi qui paraît absolu; mais il n'est roi qu'à condition d'obéir aux volontés souveraines de tout ce qu'il y a de plus infime, de plus ignorant, de plus populacier dans le peuple espagnol; il est l'instrument central de la démocratie absolutiste, qui n'est absolutiste que parce que l'absolutisme porte ses couleurs, flatte ses préjugés, obéit à ses colères! Ce n'est point la partie éclairée, la classe moyenne, le juste-milieu, dont les inspirations prédominent Don Carlos. Non, c'est la force, le nombre, les myriades populaires des provinces qu'il occupe, qui le soutiennent parce qu'il fait leur volonté, parce qu'il conserve leurs *fueros*, parce qu'il leur promet l'inquisition et les moines. — Qu'il essayât un instant de résister à ces exigences, qu'il voulût les gouverner réellement, au lieu de se laisser gouverner par elles, vous verriez ce que vaudraient sa légitimité et sa souveraineté royale!

C'est donc la souveraineté ignorante du nombre, l'empire despotique de la force brutale, en un mot, la souveraineté du peuple qui domine dans les deux camps en Espagne. Le juste-milieu espagnol, mal à propos excité par la France et l'Angleterre, n'a fait qu'apparaître pour se faire misérablement écraser entre les deux fractions de la souveraineté populaire, qui voient en lui l'ennemi commun. — Quel but aurait donc l'intervention française?... Agir contre la souveraineté absolutiste du peuple, personnifiée en Don Carlos? Ce serait faire triompher à l'instant la souveraineté populaire de Madrid. — Agir, au contraire, contre la souveraineté du peuple de la constitution de 1812?... Ce serait faire triompher à l'instant la souveraineté populaire chez Don Carlos. — Voudriez-vous mieux faire? Voudriez-vous que l'intervention française combattît à la fois les deux fractions de la souveraineté du peuple espagnol, celle de Madrid et celle d'Estella? Auriez-vous fantaisie de faire écraser une seconde fois le juste-milieu espagnol entre les deux souverainetés populaires, afin de retarder encore l'issue du drame, afin d'en rendre le dénoûment plus fatal et plus irréparable peut-être?... Eh, pour Dieu! revenez donc une bonne fois au sens commun! Laissez donc ces deux souverainetés populaires s'aborder franchement, sans intermédiaire, sans rien qui puisse amortir les coups qu'elles se destinent, sans rien qui puisse faire dévier ces coups sur une tierce-victime, bien innocente de leurs démêlés furieux! Laissez les deux souverainetés populaires voir mutuellement ce qu'elles valent, et le montrer à la France indignée qui les contemple. La leçon sera bonne pour tous, soyez-en bien convaincus, et l'expérience ne sera pas aussi longue que vous le pensez. Quand elle sera faite, alors la monarchie du juste-milieu, la monarchie constitutionnelle deviendra possible en Espagne. Mais tant que vous l'exposerez comme un plastron destiné à recevoir les coups des deux factions rivales, vous ne ferez que la ressusciter par votre intervention, pour l'exposer à une nouvelle agonie et à une mort nouvelle.

Laissez-donc, laissez, je vous le répète, la république faire justice de Don Carlos, et Don Carlos faire justice de la république. — Car il n'y a pas autre chose au fond de ce débat. Il y a peu de jours, une feuille républicaine disait, en termes exprès, en s'adressant à M. Guizot : — « Que ferez-vous si la constitution de 1812 jette le masque et vous montre la république? » — Ce que nous ferons?... Nous dirons que la constitution de 1812 peut, à sa fantaisie, garder le masque ou le jeter, sans que notre opinion ou notre volonté en reçoive aucune modification. — Programme de l'hôtel-de-ville, compte-rendu, constitution de 1812, constitution de 1820, trône entouré d'institutions républicaines, tiers-parti et système de conciliation, pour nous, tout cela tend forcément au même but : que la république se masque, se déguise, s'insinue en rampant, ou se boursoufle en s'exhaussant de toute sa grandiose tendance insurrectionnelle; qu'elle avoue son nom ou qu'elle le cache sous quelque dénomination que ce soit..., elle n'en sera pas moins, pour nous, l'ennemie irréconciliable de la civilisation et de la liberté européenne; elle n'en sera pas moins, pour nous, l'adversaire de tout progrès, de toute justice, de tout repos; cette souveraineté du peuple, ce despotisme du nombre et de la force sur l'intelligence et la morale, n'en sera pas moins à nos yeux

le plus hideux blasphème de l'anarchie contre les principes éternels de la sociabilité humaine!...

------◈------

26 OCTOBRE 1836.

Encore un mot sur les Affaires d'Espagne.

—

Je prie mes lecteurs de réfléchir sur un fait digne de
remarque : c'est que toutes les fois que, dans une grave
question politique, il s'élève un dissentiment en France
entre le parti gouvernemental, d'un côté, et l'opposition jointe au tiers-parti de l'autre, les esprits peuvent
quelquefois être tenus en suspens par le choc confus des
arguments, grâce surtout à la partialité envenimée de la
presse opposante, qui se réunit, avec un acharnement incroyable, pour propager les idées fausses qui peuvent
entraver la marche du pouvoir, en préoccupant contre
lui les préjugés du pays.

Mais, après le moment de la discussion passé, arrive
l'inévitable solution du débat par les faits, par les évènements. — Eh bien! alors on voit constamment les évènements et les faits trancher les questions contre l'opposition, et prouver que sa prétendue logique n'était qu'une
vaine, une subtile argutie; que ses prétendus principes
n'étaient que l'absence de tout principe et de toute raison.

Ainsi, dans cette affaire d'Espagne, la presse opposante
a pris parti pour les folles exaltations des démocrates espagnols. Les mouvements insurrectionnels des juntes devaient retremper les esprits d'une nouvelle ardeur, donner

au gouvernement constitutionnel une plus grande force contre le prétendant, assurer la prospérité et le crédit de l'Espagne ; la proclamation de la constitution de 1812 était le complément de cette impulsion régénératrice.—Il n'est pas jusqu'aux organes les plus modérés de l'opposition qui n'aient célébré même le nouveau gouvernement établi par la constitution portugaise, parce que, disaient-ils, « ce sont les peuples qui désormais doivent faire la » part des rois. » Admirable commentaire de l'insurrection des corps-de-garde espagnols et portugais !

Eh bien! consultez les faits : que vous disent-ils ? Ils vous montrent en Espagne la banqueroute succédant aux pompeuses promesses de l'insurrectionnel Mendizabal ; ils vous montrent les généraux du prétendant redoublant d'audace contre le parti libéral désorganisé par l'anarchie dont il s'est fait une arme contre le gouvernement de la reine ; ils vous montrent le berceau de cette constitution de 1812, l'Andalousie elle-même, jusqu'alors vierge de carlisme, sillonnée maintenant par les guérillas du prétendant, Cordoue prise et pillée. Malaga mise en état de siége, et la liberté de la presse suspendue par les chefs militaires du parti démocratique ; ils vous montrent le parti de l'absolutisme, renforcé par les insignes folies des héros de la Granja, se manifestant audacieusement à cent cinquante lieues du foyer primitif de la guerre civile : de sorte qu'en définitive cette fameuse constitution, ses héroïques promoteurs, n'auront servi qu'à accélérer la banqueroute, — qui, au surplus, était inévitable, un peu plus tôt un peu plus tard, — et à énerver la révolution espagnole au profit de Don Carlos, dont les forces sont doublées par la désunion et la déconsidération du parti révolutionnaire. — C'était bien la peine de faire tant de phrases boursoufflées et de poser tant de pierres en guise d'arbres de liberté!..

Jetez vos regards sur le Portugal. Même spectacle, même misère, même désorganisation, même atonie; et l'étendard de Don Miguel commence à flotter de nouveau pour profiter de la destruction du gouvernement de dona Maria, reine-esclave, menacée, dépouillée, insultée dans sa personne, dans la personne du prince son époux, et n'ayant de fonctions royales que le droit de pleurer à chaudes larmes comme un enfant mis en pénitence, sous les gronderies et les reproches des ministres qui lui ont été imposés par la soldatesque mutinée.

Voilà où en sont maintenant l'Espagne et le Portugal, ces deux parties contractantes de la quadruple alliance chargée de soutenir le Portugal et l'Espagne. — Quelle absurde dérision diplomatique! Comment peut-on sérieusement faire entrer ces deux puissances dans le nombre des auxiliaires qui doivent les secourir? Que peut, je vous le demande, pour le Portugal, l'Espagne qui ne peut rien pour elle-même? Que peut pour l'Espagne, le Portugal impuissant à sa propre défense? — N'appelez-donc plus votre traité quadruple alliance. Elle n'est que double et fausse. — Double, car l'Angleterre et la France seules pouvaient agir réellement pour l'exécution du traité; fausse, car l'Angleterre et la France ont des intérêts contraires pour l'exécution de ce traité, et sentent l'une et l'autre leur impuissance à se lancer raisonnablement dans la carrière anarchique et sans issue que le jacobinisme leur présente dans la Péninsule.

En proclamant la constitution de 1812, les Espagnols

ont donc agi comme des insensés. Ils ont tourné contre eux-mèmes les forces de la révolution. Dès le premier moment, nous vous avons dit que Don Carlos seul profiterait des actes de cette démagogie surannée. Partout les mêmes causes auraient produit les mêmes effets. En France, l'anarchie du programme de l'hôtel-de-ville ou du compterendu n'aurait été profitable qu'à Henri V. Vous devriez remercier à mains jointes les doctrinaires de vous avoir délivrés de cette double source de contre-révolution.

En face de ces faits, pesez la valeur des hommes du tiers-parti : — Quelle cause politique les poussa au pouvoir il y a huit mois? La volonté énergiquement exprimée par eux d'imposer au gouvernement du roi l'obligation de convertir et de réduire sans délai les rentes françaises. — Quelle cause les a fait tomber du pouvoir il y a deux mois? La volonté obstinée manifestée par le chef de leur cabinet. d'intervenir en Espagne pour soutenir le gouvernement de la constitution de 1812, contre les progrès de Don Carlos.

Eh bien! les faits vous montrent que ces deux volontés des hommes du tiers-parti et de l'opposition qui les soutenait au ministère après les y avoir poussés, sont les deux plus flagrantes absurdités, les deux plus éminentes folies que le génie de la désorganisation pût inventer pour épuiser les ressources de la France, pour la ruiner dans sa fortune, pour la compromettre dans sa liberté.

Examinons successivement ces deux faces de la question.

La conversion des rentes, d'abord. On se souvient que lorsque le ministère de M. de Broglie se refusa à prendre l'engagement de convertir les rentes dans la session der-

nière, les orateurs du tiers-parti s'élevèrent avec chaleur
contre tout retard apporté à cette opération où le charlatanisme financier prétend trouver un moyen de progrès
pour la richesse publique par la baisse générale de l'intérêt. — Non-sens complet si jamais il en fut. — L'un d'eux
surtout s'opposait à tout ajournement: sa conscience, disait-il, ne lui permettait pas de consentir à ce qu'on diffé-
rât d'une minute cette opération qui devait féconder toutes les ressources du pays. Il ne voulait pas assumer sur
lui la moindre part de responsabilité dans les malheurs
que le retard de la conversion des rentes devait faire peser sur la France!...

Alors le ministère doctrinaire tomba. Le ministère
tiers-parti naquit: à l'instant, il déserta ses grandes con-
victions financières, il ajourna ce qu'il ne voulait point
ajourner; il formula une promesse factice, engagement
simulé qui faisait semblant de promettre quelque chose et
qui ne promettait rien, et renvoya la conversion des rentes à la session qui va s'ouvrir.

Eh bien! en quel état serait le sort financier de la France,
si le ministère de M. de Broglie avait consenti à la réduction des rentes qu'on lui demandait d'abord sans délai; ou
s'il avait promis d'effectuer dans la session prochaine
cette conversion de cinq à quatre, comme on la lui demandait alors, et qu'il lui fallût aujourd'hui tenir cet engagement?

Voyez-vous la banqueroute détruisant les capitaux qui
se sont engagés dans les finances de l'Espagne? Voyez-
vous les nouvelles exigences de notre interminable colonisation d'Alger, en hommes et en argent? Voyez-vous
les hostilités hargneuses du radicalisme Suisse? Voyez-

vous les chances éventuelles qui peuvent naître de l'état
de la Péninsule? Voyez-vous la banque de Londres portant son escompte à cinq pour cent, puis l'intérêt de ses
avances à cinq et demi, et la banque d'Amsterdam es-
comptant également à cinq pour cent? Voyez-vous la crise
financière que tant de causes peuvent généraliser? et au
milieu de tout cela, comprenez-vous ce que serait devenue la conversion des rentes de cinq à quatre pour cent,
si cette opération avait été entreprise quand on voulait
l'imposer immédiatement au ministère du 11 octobre?
Comprenez-vous dans quelle position serait le ministère
doctrinaire s'il avait pris l'engagement que la chambre,
dupée par la rouerie du tiers-parti et de l'opposition, voulait ensuite lui imposer rigoureusement pour la session
prochaine, ne pouvant plus, sans se mettre trop à découvert, persister à le lui imposer pour la session dernière?...
Les faits vous révèlent-ils assez combien le ministère doctrinaire était prudent, combien l'opposition et le tiers-
parti étaient ignorants ou perfides? car s'ils ne comprenaient pas les difficultés éventuelles recélées par les faits,
ils étaient d'une ignorance infinie; et si, les comprenant,
ils harcelaient cependant le gouvernement comme s'ils n'y
croyaient pas, ils étaient d'une perfidie qu'aucune expression ne pourrait dignement caractériser, puisque, pour satisfaire leur ambition et leurs inimitiés politiques, ils
compromettaient toute la sécurité du pays. Oh! il serait
curieux de voir, dans la session prochaine, l'opposition et
le tiers-parti prendre de nouveau pour champ de bataille
le terrain de la conversion des rentes! Il serait admirable
de les voir donner à la logique des faits le démenti for-
mulé par l'entêtement de leurs courtes vues; il serait cu-

rieux de voir M. Thiers, qui comprenait si bien la question quand il la développa contre ses amis actuels, servir maintenant de chef de file à l'opinion convertissante. Mais c'est ce qui n'arrivera pas. M. Thiers a trop d'esprit pour ne pas retrouver dans les faits réalisés la rectitude de jugement qui a pu seulement fléchir en lui, faute de caractère pour lutter contre une intrigue qu'il aurait dû dissoudre, au lieu de faire l'immense faute de pactiser avec elle !

Vous le voyez donc : que sont ces hommes qu'un instant on crut doués d'une capacité quelconque, grâce à la dialectique subtile des uns, à la phrase dogmatiquement progressive des autres, à l'optimisme démocratique de tous, coalition oratoire, qui s'était donné pour mission de miner, par la parole, toutes les forces indispensables à l'administration gouvernementale du vaste pays de France? Ce qu'ils sont?... des parleurs creux, des cerveaux sans pensée, qui cherchent à combiner des phrases; des raisonneurs qui bâtissent des hypothèses sur des bases illusoires; de telle sorte qu'après tous leurs prétendus chefs-d'œuvre de logique et de parole, les faits qui devaient servir de base à leur édifice n'existant pas, tout s'affaisse, tout croule, tout disparaît, et il ne leur reste de tout ce bavardage qu'une confusion universelle, une impossibilité totale d'action, de mouvement, de vie administrative et politique. Ainsi est né, a vécu, est mort le ministère du tiers-parti ! — Voulez-vous apprendre à bien juger les hommes publics?... Voyez les doctrines qu'ils ont émises, les mesures qu'ils ont appuyées, les propositions qu'ils ont repoussées, la marche politique qu'ils voulaient suivre, les prédictions qu'ils ont faites sur le développement des

faits futurs.... Puis, quand les évènements ont parlé, vé-
rifiez la capacité de cette opposition bavarde, appréciez le
bon sens de tous ces parleurs politiques, en comparant
leurs prévisions et leurs paroles avec les réalités que les
évènements ont amenées, ont produites d'une manière désormais incontestable. Alors, vous ferez justice de tant de
capacités fausses, que quelque facilité de plume ou de tribune a aidées à se faire une réputation usurpée; alors,
vous saurez quels sont les hommes dans lesquels il y a de
l'homme, et quels sont ceux dans lesquels il n'y a que du
talent, talent bien frivole et bien chétif, malgré les formes
graves et pompeuses qu'il a l'art de revêtir quelquefois,
lorsqu'il manque de vérité dans la pensée et de rectitude
dans le jugement.

— -- —✜·

27 OCTOBRE 1836.

Continuation du même sujet.

—

Je crois avoir démontré l'impuissance et la folie désastreuse d'une intervention française entreprise en faveur
d'un juste-milieu factice, contre les deux opinions extrêmes qui réunissent sous leur drapeau les cinq-sixièmes
des forces actives de la malheureuse Espagne.

Depuis l'origine de la révolution espagnole, et surtout
depuis l'avènement de Marie-Christine à la régence, j'ai
eu, sur les affaires d'Espagne, une opinion fort différente
de l'opinion promulguée par l'ensemble de la presse parisienne. Les évènements ont déjà commencé à prouver de

quel côté se trouvait la véritable appréciation des faits ; je crois qu'avant long-temps cette démonstration sera complète.

De toutes les opinions parisiennes sur l'Espagne, la plus fausse, sans contredit, m'a toujours paru celle du ministère du 22 février. J'ai dit dernièrement en quoi et pourquoi. Une feuille parisienne en a été choquée et s'est crue obligée de prendre contre moi la défense de ce ministère.—Le cabinet du 22 février, a-t-elle dit, ne voulait pas l'intervention, il voulait seulement la coopération. — On sent bien que je ne perdrai pas mon temps à réfuter cette distinction malencontreuse ; la citer suffit pour en faire justice : et comme j'avais dit que la proclamation de la constitution de 1812 n'avait même pu ouvrir les yeux de M. Thiers ; que, postérieurement à cette catastrophe, il avait fait de l'intervention une question de cabinet, et s'était retiré sous prétexte qu'il n'avait pu faire prévaloir son système interventionnel, cette feuille affirme que je suis mal informé , que M. Thiers ne voulait alors que la coopération , comme auparavant, mais seulement qu'il voulait une coopération plus complète.

Or , je le demande, si parmi les disciples d'Escobar, il pouvait s'en trouver d'assez habiles pour faire entendre à la France que la coopération n'est pas réellement une intervention déguisée, entreprise sur une échelle plus ou moins large ? Se trouvera-t-il un sophiste assez ingénieux pour nous dire la différence qui distingue une coopération complète d'une intervention ? Et comment est-il possible que des écrivains sérieux s'amusent à bâtir l'édifice fantastique de leurs arguments sur une si désespérante subtilité ?

Je déclare, quant à moi, qu'il m'importe fort peu qu'on appelle le système que voulait suivre le **22** février, coopération complète ou intervention ; j'applique à l'une ce que j'ai dit de l'autre, et je passe outre, sans m'en inquiéter davantage.

Car voulez-vous savoir ce que c'est qu'une coopération complète ? Un journal ministériel ayant dit que cette coopération, cet envoi d'une légion de dix mille hommes, eût été une mesquinerie à la fois indigne de la France et tout-à-fait impuissante pour trancher un débat aussi envenimé que la question espagnole, la feuille opposante lui a répondu : — Qu'à cela ne tienne ; si dix mille hommes ne sont qu'une mesquinerie, un secours impuissant, on aurait pu en envoyer vingt mille, ou davantage si cela eût été nécessaire ! — Entendez-vous, vingt mille !........ Avais-je donc eu tort de dire qu'on ne demandait en commençant qu'un faible envoi de troupes, une nouvelle édition de la légion étrangère, qui se serait fondue comme la première, pour nous engager d'abord sur le sol de la Péninsule et nous obliger ensuite à y envoyer de plus grandes forces quand nous y aurions été une fois compromis ?

Mais les journaux interventionistes sont vraiment plus curieux les uns que les autres, et si vous voulez avoir une idée de leur zèle chaque jour croissant pour une coopération complète, lisez la *Paix* du 21 octobre, et vous y verrez la phrase suivante :

« Les hommes du juste-milieu ont manqué au prin-
» cipe de leur propre conviction en n'employant pas toutes
» les forces de la France, si elles eussent été nécessaires,
» afin d'expulser Don Carlos. »

Vous l'entendez !.. toutes les forces de la France, si elles eussent été nécessaires !.... Sur quoi je me garderai bien de faire aucun commentaire ; je dirai seulement que cela rappelle un peu trop le dernier homme et le dernier écu de M. Odilon Barrot.

Eh bien ! cette pensée est réellement celle que M. Thiers, depuis plus de dix-huit mois, a fréquemment exprimée en d'autres termes. Selon lui, coûte que coûte, il fallait empêcher le succès de Don Carlos !.... et l'on n'appelle pas cela un système d'intervention !....

Et moi, je dis que c'est le système d'intervention le plus faux et le plus absolu qu'il soit possible d'imaginer : intervention qui ne serait point fondée sur une vue grave, judicieuse, calculée d'après la nature des obstacles et des résultats, mais sur l'impulsion aveugle d'une antipathie politique. — Or, je l'avoue, tout en me sentant une grande antipathie pour la cause de Don Carlos, ce n'est point ce seul sentiment que, comme homme politique, je consulterais quand il serait question de prendre une aussi effrayante résolution que de jeter le sang et l'or de la France dans le cratère de la révolution espagnole. En mettant tout au pire, je crois le succès de Don Carlos, s'il parvenait à s'établir en Espagne, — et il ne s'y établira pas, — moins dangereux cent fois pour la France que les efforts insensés, absurdes, ruineux, auxquels il aurait fallu se livrer pour aller en Espagne combattre d'abord le prétendant, et soutenir ensuite le gouvernement de Christine contre les deux factions rivales, qui, malgré nous, auraient fini par le dissoudre plus complètement peut-être que si nous laissions la destinée espagnole se développer toute seule, conformément aux causes qu'elle porte dans son sein.—C'est ce que j'ai déjà démontré et ce que je démontrerai de nouveau, quand nous approcherons de l'ouverture de la session.

Mais aujourd'hui, c'est une autre partie de la question que nous devons éclaircir par un examen approfondi.

Les journaux du cabinet du 22 février croient d'abord que l'anarchie actuelle de l'Espagne, la banqueroute qui en est le résultat, les succès des généraux de Don Carlos dans l'Andalousie, que tout cela eût été évité, si le ministère du 6 septembre eût coopéré, ou intervenu, au lieu de rester spectateur des évènements après l'insurrection de la Granja.

Certes, il faut avoir une perception bien étroite et bien fausse de l'état réel de la Péninsule, pour émettre une pareille opinion. Quoi! ce vaste embrasement produit par la démocratie républicaine et par la démagogie absolutiste, cette traînée de soufre qui s'enflamme et brûle partout à la fois, depuis Estella jusqu'à Cordoue; ce peuple républicain de Malaga qui égorge les accusés carlistes acquittés par les commissions militaires; ce peuple royaliste de Cordoue qui livre la ville à Gomez, pour égorger et piller la bourgeoisie, tout cela aurait été neutralisé, prévenu, empêché, par quelques milliers d'hommes que le 22 février aurait voulu jeter de plus dans le gouffre espagnol? Eh! bon Dieu, vous ne réfléchissez donc pas à ce que vous écrivez? Les évènements ne redressent donc aucune de vos fausses idées? Votre aveuglement est donc bien profond, bien incurable?... Quoi! cette banqueroute d'un peuple qui doit quatre milliards, et qui, sans travail, sans industrie, sans production, livré aux désastres, aux dilapidations, aux excès de l'ignorance, du fana-

tisme, des réactions spoliatrices de tous les partis, était d'avance condamné à l'insolvabilité et au discrédit, vous imaginez que votre coopération l'aurait empêché!... Votre coopération n'aurait abouti qu'à vous faire supporter une plus large perte dans le contre-coup de cette catastrophe. A moins que vous n'eussiez eu la folie de fournir à l'Espagne les capitaux nécessaires pour payer le semestre courant, elle ne l'aurait pas payé, parce que son trésor est à sec, parce que ses ressources sont nulles, parce que sa production est éteinte par mille causes enracinées dans ses désordres; et si vous eussiez fourni à l'Espagne de quoi payer le semestre courant, sa banqueroute aurait été renvoyée au semestre prochain, et vous auriez perdu à la fois et vos anciennes créances et vos avances nouvelles (1).
— Quoi, vous ne concevez pas qu'il n'y aura de gouvernement politique et de stabilité financière en Espagne, que lorsque la crise actuelle se sera liquidée dans ces deux ordres de faits, par la catastrophe qu'elle couve dans ses entrailles, par la catastrophe dont nul pouvoir humain ne peut préserver l'Espagne, et dans laquelle le gouvernement de France doit s'interdire rigoureusement de laisser compromettre de nouveaux intérêts français par une intervention inopportune?

Non, rien de tout cela n'éclaire les organes du tiers-parti. Ils nous répètent encore sentimentalement que le ministère du 22 février avait foi dans le bon sens du peuple espagnol.

---

(1) Que penser de la loyauté financière du gouvernement de Madrid, qui, par toutes les voies de la publicité, par tous les moyens que le charlatanisme peut inventer, promulguait depuis trois mois l'assurance que le semestre courant serait bien payé, que les fonds étaient envoyés à Londres et à Paris, et cela jusqu'au moment même de l'échéance, où, après avoir vainement essayé de duper ainsi de nouveaux porteurs, il a déclaré qu'il ne paierait pas ?....

—Je cite textuellement. —Hélas, messieurs, il faut avoir soi-même bien peu de sens politique pour avoir foi dans le bon sens d'un peuple en révolution !... Mais vos paroles se contredisent bien étrangement. Si vous avez foi dans le bon sens du peuple espagnol, pourquoi voulez-vous influencer la décision de ses démêlés intérieurs, en coopérant, par vos armes, au triomphe d'une portion de ce peuple sur l'autre portion qui la combat? Si vous avez foi dans le bon sens du peuple espagnol, laissez donc ce peuple se déterminer à sa fantaisie entre la constitution de 1812, le statut royal et la monarchie absolue de Don Carlos. Mais c'est précisément parce que vous n'avez pas foi dans sa propre décision, que vous voulez y substituer la vôtre, et la faire triompher par la force !...

En cela, je ne vous blâmerais pas si vous aviez réellement la force, la puissance de faire prévaloir votre décision, sans compromettre les destinées de la nation française : car je crois très-franchement que le gouvernement qui serait ainsi établi en Espagne par la coopération française, vaudrait infiniment mieux que celui que l'Espagne pourra se fabriquer elle-même. Mais, ce qui fait l'absurde de votre coopération, c'est qu'elle est essentiellement impuissante, c'est qu'elle ne peut suppléer aux moyens de gouvernement que l'Espagne n'a pas, aux moyens de crédit que l'Espagne n'a pas, aux moyens de pacification, d'unité, de cohésion que l'Espagne n'a pas. Vos intentions sont bonnes, je le reconnais bien volontiers : mais pacifier l'Espagne, y faire vivre un gouvernement libre et régulier, au moyen du genre d'intervention que vous avez si étourdiment conçu, c'est vouloir soulever un poids de mille quintaux en prenant un brin de paille pour levier !

Le *fiat lux* n'est pas une formule à l'usage de la race humaine, et vous commanderiez vainement au chaos espagnol de sortir de ses ténèbres pour s'organiser en repos sous le soleil fécond de la liberté !.... Cet astre n'est pas encore levé pour l'Espagne !...

Mais un point de vue nouveau et plus étonnant que tout le reste est tout-à-coup signalé par les écrivains de l'opposition. Le gouvernement de Madrid, le ministère intrônisé par l'insurrection de la Granja, est un gouvernement de résistance, dit-il : comment donc un gouvernement de résistance comme le nôtre pourrait-il lui refuser son appui?... Évidemment le ministère du 6 septembre trahit le système de la résistance si vaillamment soutenu par le 11 octobre, s'il ne soutient pas MM. Calatrava et Mendizabal !...

Et comment donc le ministère de M. Mendizabal est-il un gouvernement de résistance?... C'est, répond-on, qu'il résiste aux derniers excès des factions, aux clubs populaires, aux passions insurrectionnelles ; c'est qu'après avoir été l'instigateur des mouvements révolutionnaires qui ont renversé le ministère Isturitz, il veut maintenant arrêter la progression de ce mouvement qui cherche à renverser Mendizabal lui-même et ses auxiliaires.

Mais, s'il suffit, quand on a été l'homme du progrès anarchique contre une organisation régulière ; quand on est parvenu, à l'aide de cette anarchie, à renverser les hommes de la résistance et à se mettre à leur place, s'il suffit, dis-je alors, pour être un ministère, un gouvernement de résistance, de s'opposer aux derniers excès des passions qu'on a soulevées, tous les ministres, tous les gouvernements possibles, même les plus démagogiques, seraient des gouvernements de résistance ; car, parvenus à un certain terme, à un certain degré de dissolution politique, je les défie bien de ne pas vouloir s'arrêter pour résister tardivement à ceux qui veulent les faire choir plus bas encore et tout-à-fait au fond du précipice. Si, après avoir soulevé l'anarchie, après avoir déchaîné les passions révolutionnaires, il suffit, pour être classé comme ministre ou gouvernement de résistance, de leur refuser enfin ce qu'on ne pourrait leur accorder sans périr, le ministère de M. Laffitte était donc un ministère de résistance, car il fut forcé, lui aussi, de résister à certaines exigences ; et, s'il fût resté quelque temps de plus au pouvoir, il aurait bien fallu qu'il résistât davantage encore ? M. Odilon-Barrot serait incontestablement aussi un homme de la résistance, malgré son discours de Thorigny, et le discours plus anarchique encore qu'il vient de prononcer dans le département de l'Aisne. Que dis-je ? M. Armand Carrel lui-même, lors des troubles d'avril, aurait été un homme de la résistance, car il fut obligé de résister à ceux qu'il qualifiait si énergiquement d'imbéciles furieux, et qui, de leur côté, l'accusaient de trahison ? M. Cavaignac aussi aurait été un homme de la résistance, car il avait été obligé de résister déjà, et certaines sections des droits de l'homme l'avaient précédemment condamné à mort, comme infidèle à la souveraineté du peuple ! Il n'est pas de démocrate si exalté qui ne fût réduit à faire une certaine résistance quinze jours après son élévation au pouvoir.

Vous vous moquez donc bien étrangement de la France, quand vous osez lui dire que le gouvernement de MM. Mendizabal et Calatrava est un gouvernement de résistance! — Isturitz, oui, lui et ses dignes collègues, faisaient une noble et courageuse résistance. Mais ceux qui les ont chassés et laissés proscrire, ceux qui ont souillé la monarchie dans la reine humiliée sous les baïonnettes de quelques factieux, ceux qui ont excité la fermentation dans les juntes insurrectionnelles, ceux qui ont semé à pleines mains l'anarchie qu'ils voudraient rendre aujourd'hui docile à leur ambition, ceux-là ne seront jamais un gouvernement de résistance. La Providence éternelle le leur défend. Ils feraient réformer la constitution de 1812, ils créeraient ainsi une ridicule parodie de chambre haute sortie de la fange révolutionnaire, ils organiseraient un semblant, une grimace de gouvernement royal, que je me moquerais encore d'eux du fond de l'âme, je raillerais leur impuissance, je rirais avec dédain de leur création menteuse et défigurée, je n'aurais pas plus de confiance dans le charlatanisme gouvernemental de cette macédoine ridicule, que dans les promesses de bourse de M. Mendizabal, car c'est une banqueroute politique dont il fera très-inévitablement suivre la banqueroute financière.

Etait-ce donc ainsi que M. Thiers entendait le gouvernement de résistance, lorsqu'il s'en proclama si éloquemment le champion dans la discussion de l'ordre du jour motivé? Est-ce pour ébaucher cette apologie insensée de la prétendue réforme de la constitution de 1812, qu'il a laissé à Paris des amis si imprudemment zélés à défendre sa propre cause? Non, je ne puis croire qu'il ait fait cinq ans de la résistance sans comprendre ce que veut dire ce mot sacré, sans comprendre la portée sublime de ce grand principe, base de toute bonne organisation, de toute civilisation progressive, de tout bonheur et de toute liberté sociale. — J'ose donc espérer que devant la chambre élective, à la tribune nationale, M. Thiers ne soutiendra pas la thèse si imprudemment improvisée en son absence par ses amis. S'il commettait cette faute, il déchirerait les plus glorieuses pages de son passé, et discréditerait son avenir dans l'opinion de tous les hommes d'État européens.

31 OCTOBRE 1836.

Sur le Discours de la Reine d'Espagne.

Le discours de la reine-régente aux cortès n'offre aujourd'hui d'intérêt qu'à ceux qui aiment à étudier jusqu'à quel point les difficultés d'une situation gouvernementale peuvent être expliquées ou plutôt dissimulées par le langage officiel. Il est impossible d'y trouver autre chose que ce sujet d'observation; nous dirons même qu'il y aurait une exigence déplacée à y chercher autre chose. A la vérité, l'ère constituante qui commence pour l'Espagne sous les auspices de la constitution de 1812, pourrait faire attendre une initiative large de la part du pouvoir. Mais il ne faut pas oublier la position de ce pouvoir. Il se compose d'une reine qui n'a subi que malgré elle, et à la dernière extrémité, le pacte proclamé par l'insurrection, et de ministres qui, après avoir plus ou moins trempé dans les conspirations tramées pour assurer le succès de cette insurrection, éprouvent aujourd'hui le besoin d'en amortir le plus possible les conséquences. Or, ce n'est pas d'un pouvoir ainsi organisé que peut venir l'initiative de l'œu-

vre de démolition que présage la crise actuelle. Cette initiative ne viendra que des cortès, seul gouvernement réel
désormais : les ministres, la reine, ne seront que les sujets de cette souveraineté collective et tumultueuse, et c'est
quand celle-ci fera son discours, nous voulons dire son
adresse, qu'il sera opportun et convenable de chercher à
découvrir la portée des réformes révolutionnaires que la
législature actuelle couve dans son sein.

La reine, au début de sa harangue, fait valoir auprès
de l'assemblée, le zèle avec lequel elle a ordonné la proclamation de la constitution de Cadix, dès qu'elle a appris
que la volonté de la nation était de rétablir cette constitution. Dès qu'elle a *appris*, le mot est précieux. Et de
fait il paraît bien qu'elle ne s'en doutait pas, puisque la
veille du jour où elle apprit cette nouvelle, elle avait déclaré l'état de siége contre les promoteurs de la même constitution. Mais la promptitude de son obéissance au ser-
gent Garcia, cet illustre interprète de la volonté nationale,
qui maintenant cache sa gloire dans les bagages de Gomez, est un titre à l'indulgence que les cortès sauront sans
doute apprécier.

Une attention délicate du même discours, c'est de passer sous silence les assassinats horribles, les infâmes réactions qui, dans la plupart des grandes villes, et à quelques pas même de la résidence royale, ont souillé le triomphe de la constitution. Pas un mot des meurtres de Saint
Just, du comte de Donadio, du brigadier Tena, de Quesada, et de tant d'autres serviteurs dévoués de la cause
constitutionnelle et de la régente. Pas un mot de blâme,
pas une expression de regret. Le massacre des autorités et
des principaux citoyens peut compter maintenant sur

l'impunité, et même sur le silence. La séquestration frappée sur les biens de tous ceux qui ont été obligés de recourir à l'hospitalité étrangère pour échapper aux poignards dans leur patrie, paraît chose si naturelle et si
juste, qu'on juge inutile d'en entretenir les cortès. Quelle
froide ingratitude ! Quelle triste prostration de la dignité
gouvernementale ! Quoi ! l'on a craint de réveiller ces
souvenirs ? Croit-on que la cause de la constitution eût
perdu à répudier hautement les crimes qu'on a voulu lui
donner pour cortége ? Et ce lâche silence, ajouté à l'impunité scandaleuse dont jouissent encore les agents de
toutes ces horribles scènes, n'équivaut-il pas à l'accepta-
tion complète d'une aussi affreuse solidarité ? Étonnez-
vous donc que les pouvoirs succombent, quand ils se laissent déchoir à de pareilles pusillanimités ! Le moyen qu'ils
aient des serviteurs dévoués, lorsqu'ils se montrent si
prompts à oublier les services, si complaisants à s'abste-
nir même de qualifier les épouvantables violences qui bri-
sent les ressorts et égorgent les dépositaires de l'autorité !
Le moyen aussi que les agitateurs qui travaillent les masses rencontrent des résistances dans l'exécution de leurs
projets, lorsqu'ils voient un gouvernement aussi mauvais
protecteur de ceux qui se sont dévoués pour lui ! Ah ! ces
insignes faiblesses ont toujours été durement expiées.
Dieu veuille que le gouvernement espagnol fasse exception à la règle qui a pesé jusqu'ici sur tous ceux qui se
sont conduits comme il le fait en ce moment !

Nous passerons sur tout le reste de ce discours : on y
lit « qu'il est difficile, pour ne pas dire impossible, de
» fixer le terme des dissensions civiles qui désolent la pa-
» trie. » Or, qu'ajouter à cet aveu ? On y lit encore, tou-

chant la dette étrangère, « que le gouvernement n'a pu
» parvenir, malgré ses efforts, à réaliser les sommes né-
» cessaires au paiement du semestre, mais qu'il espère
» venir à bout de vaincre tous les obstacles qui s'oppo-
» sent à l'accomplissement de cette mesure. » Or, la première partie de cette déclaration n'est que la constatation
d'un fait accompli, et la seconde qu'un de ces engagements
vagues sur la valeur desquels on est payé aujourd'hui
pour ne pas s'abuser. Quel commentaire est-il donc nécessaire d'y joindre ?

Plaignons plutôt le gouvernement d'avoir à jouer toute
cette comédie parlementaire, d'avoir à dépenser ses soins,
son temps, son activité au pied de cette tribune qui va le
harceler, alors que toute son énergie est réclamée par les
dangers qui grandissent autour de lui. La reine a fait son
discours, les cortès vont faire leur adresse, puis on dis-
cutera ; les théories arriveront, la métaphysique révolutionnaire mettra toutes les facondes provinciales aux prises ; les ambitions joueront aux portefeuilles ou à la dictature, et pendant ce temps la guerre civile, comme un
gigantesque oiseau de proie, élargira son cercle pour embrasser plus de victimes. Les constituants de Madrid, s'ils
n'y prennent garde, seront comme ces Grecs du Bas-Em-
pire qui sophistiquaient encore pendant qu'on envahis-
saient les faubourgs de leur capitale. C'est cette crainte
qui nous ôte le courage d'ajouter par de plus longues
réflexions à l'importance déjà trop grande qu'on attache
dans Madrid à ces représentations législatives.

18 NOVEMBRE 1836.

De l'Espagne et de Strasbourg.

—

L'Espagne continue à se traîner dans son impuissance anarchique. La démagogie militaire, d'une main ayant détruit le trône constitutionnel en proclamant la constitution de 1812, et de l'autre ayant détruit cette même constitution en annonçant que les cortès constituantes allaient s'occuper de la refaire, a donné au monde le spectacle d'un genre d'impéritie tout nouveau ; c'est une chose merveilleuse, en effet, de voir des gens qui croient être révolutionnaires, briser le seul levier qu'ils ont en main, tout effrayés qu'ils sont de s'en être servis, et ne sachant par quoi le remplacer. Avec de pareils adversaires, il faut que la cause de Don Carlos soit très-mauvaise si elle ne réussit pas.

Elle est bien mauvaise, en effet ; mais celle des cortès l'est encore davantage. Aussi, depuis la conspiration de la Granja, la cause des carlistes a gagné beaucoup en Espagne. Les démocrates espagnols crient à la trahison. Mettez Rodil et Alaix en leurs mains, ils les déchireront comme Quesada. — On sait, en effet, que les démocrates souverains sont trop orgueilleux pour convenir de leur faiblesse. S'ils sont battus, il est impossible que ce ne soit pas par trahison, car sans cela il faudrait qu'ils confessassent leur maladresse et leur impopularité. Or, c'est ce qu'ils ne feront jamais ; ils pendront plutôt vingt généraux que de convenir de leur propre déraison.

Hélas ! ni Rodil, ni Alaix, ne sont des traîtres ; mais

l'absurdité révolutionnaire du gouvernement de Madrid les a placés dans l'impuissance d'agir. Tant que l'Espagne a cru à la possibilité d'une monarchie sous le sceptre d'Isabelle, une portion de l'opinion monarchique a pu se rallier aux idées libérales et soutenir la reine contre le prétendant ; mais du moment que les crimes de la Granja ont brisé le dernier vestige de toute réalité monarchique à Madrid, le trône de Don Carlos est devenu le seul point de ralliement possible pour tous ceux qui ne veulent de la république à aucun prix, et qui lui préfèrent une monarchie, même mauvaise. Les héros de la Granja ont semé à pleines mains le carlisme sur l'Espagne.

De là, les succès de Gomez. Les populations, surtout les basses classes sont pour lui. Elles lui servent d'avantgarde ; elles couvrent sa marche. On ne sait jamais où il est, par où il passe, où il va. Je le crois bien : les paysans et les prolétaires des villes font pour lui de l'espionnage en amateurs. Tous les renseignements qui lui sont fournis sont exacts ; tous ceux qu'on donne aux généraux constitutionnels sont faux. Il ne répond de lui qu'à lui-même ; il suit librement ses inspirations et son génie ; il marche sur un sol ami qui lui offre toutes ses ressources. Les généraux constitutionnels, au contraire, menacés par les aboyeurs de tribune, responsables envers une presse folle, de ce qu'ils font et de ce qu'ils ne font pas, agissant au milieu d'une population effrayée de leurs succès autant et plus que de leurs revers, trahis par leurs propres espions, sont dans l'impuissance d'atteindre Gomez. Heureuse impuissance, peut-être !.... car qui sait ce qui arrivera quand l'instant suprême de la lutte sera venu !

Combien de fois nous a-t-on dit : Gomez est perdu, il

fuit, il n'a plus que douze à quinze cents hommes; on va
le saisir dans un défilé; il ne se sauvera pas un rebelle!
Puis, le lendemain, on nous apprenait que Gomez avait
paru, à la tête de dix à douze mille hommes, devant
Cordoue, devant Almaden, devant Caceres; qu'il avait
pris ces places, fait un énorme butin, désorganisé tout le
gouvernement émané de Madrid. — Ce qui ne dégoûtait
pas les faiseurs révolutionnaires de nous répéter, trois
jours après, que Gomez était en fuite, qu'il n'avait plus
que douze cents hommes, et qu'on allait les prendre tous
dans un traquenard. — Et trois ou quatre jours après,
Gomez de reparaître triomphant dans une autre province;
puis tout le monde de s'écrier encore : A la trahison! à la
trahison! à la trahison! — Pauvres niais! votre propre
cause n'a pas de plus grands traîtres que vous-mêmes!...

Il est cependant bien facile de comprendre que Gomez,
entré dans une province avec son noyau de quinze cents
ou deux mille hommes, hommes d'élite pour le genre de
guerre qu'il fait, appelle à lui tous ses partisans dans la
population. Ceux-ci le suivent, il se trouve ainsi à la tête
de douze ou quinze mille hommes; il enlève la place considérable qu'il voulait prendre, butine, pille, désorganise,
proscrit; puis, ne voulant pas faire la faute d'organiser
un gouvernement local qui donnerait prise sur lui, qu'il
faudrait soutenir, qui l'épuiserait, il renvoie tout le monde
chacun chez soi, en prévenant ses gens de se tenir prêts
pour une nouvelle expédition quand il reparaîtra. Alors,
il ne garde que son noyau de guérillas, il passe dans une
autre province à la tête de cette élite dévouée; là, il re-
crute derechef ses partisans, agglomère son monde, frappe
un coup formidable, et dissout le lendemain cette armée

locale, pour se transporter dans une autre contrée où il opère un mouvement semblable avec une semblable facilité. — Cernez donc un homme qui agit ainsi, cernez-le avec des généraux esclaves des armées indisciplinées, des populations méfiantes, sinon hostiles, un gouvernement constitutionnel sans constitution, une monarchie sans trône, une reine sans couronne, une révolution sans génie révolutionnaire et sans liberté !...

En une pareille situation, j'admire de grand cœur les profonds politiques qui annoncent doctoralement que le gouvernement de Madrid est un gouvernement de résistance ; qui triomphent, qui se pâment d'aise de ce que les cortès générales constituantes conserveront la régence à Christine, et feront une constitution qui conservera le principe des deux chambres. — Eh ! messieurs, au nom du Ciel, qu'est-ce que tout cela fait à la question ?

Quoi ! vous ne voyez pas que vos cortès générales sont un avorton d'assemblée partielle et partiale, sans vice ni vertu ? Que vos cortès constituantes ne constitueront rien du tout, et qu'elles reconnaîtraient une demi-douzaine de chambres au lieu de deux, qu'on ne serait pas plus avancé vers l'ordre ou vers le désordre, qu'on ne l'est aujourd'hui avec une seule assemblée ?... Eh ! qu'importe que le programme enfanté par la Convention de Madrid, soit un peu plus ou un peu moins anti-gouvernemental ! Ne voyez-vous pas que, bon ou mauvais, il est chimérique, illusoire ? Que tout cela n'est qu'une mauvaise comédie sans avenir ? Cette misérable feuille de papier, où vos cent quatorze législateurs, élus sous le pistolet ou le poignard, vont écrire leurs volontés, quelle force gouvernementale, quelle adhésion active et puissante, quelle source de crédit, d'administration, d'hiérarchie efficace créera-t-elle pour la royauté factice qui manque aujourd'hui de toutes ces choses, et qui râle asphyxiée sur son lit de parade, gardé par des janissaires de clubs avortés? Ne voyez-vous pas que votre constitution ne sera qu'un mannequin revêtu de lambeaux de pourpre, mi-populaire, mi-royale, mais que le souffle créateur, l'âme, la vie, lui manqueront après comme avant? Ce que je trouve digne de remarque dans tout cela, ce n'est pas que les cortès actuelles se croient quelque chose à Madrid, mais c'est qu'on ne s'aperçoive pas à Paris qu'elles ne sont rien!

En effet, autour de ce fantôme, les écrivains militants de la presse parisienne se font une superbe guerre, comme autrefois les Grecs et les Troyens autour du cadavre de Patrocle; mais ce cadavre, au moins, était revêtu des armes d'Achille : c'était un prix digne du combat. — Votre cadavérique constitution espagnole, votre catafalque conventionnel importé dans la Péninsule est vide au dedans, fangeux et déchiré au dehors; il ne renferme rien, ni mort, ni vie. En vérité, c'est une dérision trop grande. On dirait une nation qui se moque d'elle-même; et vous, grands phraseurs parisiens, vous êtes là qui battez des mains comme pour l'encourager dans cette sacrilège parodie, et rendre pour toujours ridicule, aux yeux du monde, toute tentative future de liberté!...

Le plus grave, le plus docte, le plus énergique organe des préjugés révolutionnaires, crie aux cortès, avec une voix retentissante : — Imitez la législation de 1793! N'ayez qu'une chambre, comme en 1793; exilez, confisquez, jugez, comme en 1793, vous triompherez et vous vaincrez les rois, comme la France les a vaincus en 1793!

C'est à peu près comme s'il disait à l'Espagne : — Ne soyez plus l'Espagne, soyez la France; ne soyez plus en 1836, soyez en 1793; déployez, contre les rois qui ne vous attaquent pas, une énergie que vous n'avez plus, un génie que vous n'avez pas, un genre de conception et d'exécution que vous n'aurez jamais. — Puis, quand vous aurez fait tout cela, vous obtiendrez un état social, libre et prospère, que la France n'obtint pas pour prix des extravagantes horreurs qu'elle commit et que nous vous conseillons d'imiter!...

Alors entrent en scène les admirables inventeurs de la coopération complète. Ceux-ci ont évidemment droit de conseil, et puisqu'ils veulent coopérer à l'œuvre constituante des cortès de Madrid, il faut bien les laisser faire; ils en sont bien dignes; et je préfère cent fois les voir travailler pour l'Espagne, que de livrer la France à leur génie expérimental.

Les coopérateurs, avant d'aborder la tribune française, jettent donc leur gourme dans les journaux; ils font à la loyauté espagnole de touchants appels pour la décider à payer ses dettes avec un argent qu'elle n'a pas; à faire des lois libérales et fortes pour une nation qui n'en veut pas; à établir une unité centrale d'administration et de gouvernement pour une nation qui se révolte précisément parce qu'elle n'en veut pas, parce qu'elle veut être les Espagnes, et ne comprend pas ce qu'en français nous appelons l'Espagne; à baser une force monarchique sur une insurrection de caporaux et de sergents; à faire une constitution générale pour l'Espagne avec une assemblée partielle où la moité des Espagnes n'est pas représentée, et dont les membres, sorte de métis bizarres, ne comprennent pas plus la révolution qu'ils ne comprennent la monarchie, incapables qu'ils sont de faire vivre la première et d'enterrer la seconde. — Tout cela fait un grand effet dans un lointain d'optique, et j'attends avec impatience M. Thiers à la tribune pour savoir comment les inspirations de feu la quadruple alliance le tireront de là. Je réserve à ses paroles un commentaire explicatif qui leur servira de cadre et qui les fera merveilleusement briller!..

A cette œuvre immortelle du jacobinisme espagnol enfantant un tiers-parti constituant plus avorté, s'il est possible, que le juste-milieu factice prématurément rêvé dans la Péninsule, il fallait en France un pendant, une œuvre corrélative, digne fruit de l'accouplement monstrueux de l'absolutisme et de la république. Aussitôt, nous avons vu un jeune premier de mélodrame impérial, culotte blanche, frac vert, bottes à l'écuyère et petit chapeau, choisir Strasbourg pour y faire son début, croyant y trouver une Granja française, et faire, avec un colonel et des artilleurs, au moins aussi bien que les clubs espagnols avec des sergents et des *nationales*; mais ici le drame a été bientôt fini, le rideau est tombé dès la première scène sous un million de sifflets, et si cette triste scène ne nous avait révélé une plaie horrible dans la jurisprudence française, si elle ne nous avait appris, par une application inattendue, que les plus grands crimes militaires n'ont plus, en France, de répression militaire possible; qu'ainsi, la discipline et l'obéissance de l'armée dépendent de la juridiction lente et faible de l'ordre civil; qu'ainsi, la cour de cassation, égarée par le sentiment d'une philanthropie, louable dans son motif, inhumaine dans ses effets, expose la France à se voir déchirer par des conspirations préto-

riennes; qu'ainsi, les factions sont encouragées à chercher
des auxiliaires dans les rangs où elles ne devraient trouver que des bras vengeurs armés pour le gouvernement
et les lois; si, dis-je, ce drame de Strasbourg, brillante et
plate parodie des tréteaux de la Granja, ne nous avait
frappés de cette révélation soudaine et douloureuse, il ne
vaudrait pas seulement la peine qu'on consacrât une co-
lonne de journal à démontrer son absurdité!...

Mais, sous ce point de vue, la conspiration de Strasbourg est un des plus graves évènements survenus depuis
la révolution. Un gouvernement royal, obligé de ren-
voyer devant la juridiction civile un colonel d'artillerie
qui, dans une place forte, frontière, de premier rang,
commandant cent quatre-vingts bouches à feu, insurge
ses soldats, et met lui-même son général en chef en état
d'arrestation... Un tel gouvernement, dis-je, a bien encore cette force provisoire que donne l'assentiment actuel
des esprits, mais il n'a plus cette force organique et rationnelle qui garantit, d'une manière fixe et durable, l'o-
béissance constante de la force armée, la hiérarchie des
grades, la discipline des corps militaires. Je ferai de ceci
un tableau exact et complet, et la France jugera la jurisprudence fatale sous laquelle la volonté gouvernementale
a cru devoir ployer. — Si l'armée veut obéir, elle en est
certainement la maîtresse : une mauvaise jurisprudence
ne détruira pas sans doute en vingt-quatre heures la fidélité des soldats et le patriotisme de leurs officiers; la discipline pratique, fruit de l'expérience et de l'habitude,
est encore debout; mais la garantie répressive des insurrections militaires est légalement brisée. Tout conspira-
teur militaire, gagné par une des deux factions qui divi-

sent la France, sait qu'il n'aura plus de conseil de guerre
à craindre, pour peu qu'il ait l'esprit d'avoir un complice
civil, fût-ce une fille publique, fût-ce un forçat déjà condamné aux galères pour récidive, fût-ce un assassin pris
en flagrant délit, peu importe; un complice dans l'ordre
civil suffira pour que la juridiction militaire soit anéantie contre le crime le plus militaire qu'il soit possible de
concevoir!..

Je montrerai bientôt les conséquences d'une jurisprudence pareille. Les chambres françaises auront à juger si
elles veulent en supporter la solidarité et en subir les inévitables contre-coups.

***

23 NOVEMBRE 1836.

Impuissance constatée de la coopération de la quadruple alliance.

—

La ridicule tentative de coopération qui vient d'être
faite à Lisbonne par les dernières velléités de la quadruple alliance, nous fournit une nouvelle occasion de faire
remarquer toute l'inconsistance et le danger du système que
M. Thiers aurait voulu faire prévaloir dans la politique
française. Nous y verrons de nouveau la profonde reconnaissance que nous devons à la sagesse royale pour avoir
arrêté à temps le développement de la fausse diplomatie
du 22 février.

Je commence par répéter que je ne blâmerais point dans
le gouvernement français le désir de détruire à Lisbonne
et à Madrid les codes d'anarchie et de désordres connus

sous le nom de constitution de 1812 et de 1820; j'approuverais, au contraire, de toute mon âme, un généreux effort qui pourrait avoir un tel résultat; car ces deux constitutions, œuvre de la démagogie en démence, pacte frauduleux imposés à la faiblesse par la violence et l'insurrection militaire, sont essentiellement opposées à l'établissement de tout gouvernement raisonnable, de toute paix intérieure, de tout progrès social. L'anarchie érigée en gouvernement, n'est jamais un gouvernement; une destruction organique de toute autorité sociale, de tout pouvoir moral, n'est jamais une constitution, bien que l'hypocrisie, soutenue par la force, proclame ce titre au milieu de ses vivats turbulents. Tout cela n'est qu'une véritable farce indigne de l'approbation des hommes sensés. Le gouvernement français, s'il pouvait, en Espagne et en Portugal, terminer cette effrayante parodie des formes sociales et la remplacer par un bon et fort système de gouvernement, ferait un grand acte de philanthropie et de politique.

Mais nous blâmons le système de coopération rêvé, parce qu'il y avait à la fois immoralité, folie, désordre dans sa conception, et complète impuissance dans ses moyens.

En effet, quant au but, quel était-il? Ce n'était pas de détruire en Espagne la folle constitution de 1812. — C'était au contraire de mettre les secours et les forces de la France au service des promoteurs, des exploitateurs de cette constitution : c'était de prolonger de quelque temps encore cette dictature jacobine, effroyable simulacre de gouvernement et de législation; c'était un non-sens complet en politique, même en politique révolutionnaire, puisque la quadruple alliance est basée sur la légitimité féodale qu'elle prétend consacrer dans la personne d'Isabelle, et que la constitution de 1812 est la négation de cette légitimité, de sorte que nous serions intervenus à la fois pour la légitimité et contre la légitimité, pour la souveraineté du peuple et contre la souveraineté du peuple. Ajoutez à cet imbroglio, l'accroissement inévitable de l'influence carliste en Espagne et même en France; car rien n'est plus favorable à la cause carliste que les tendances jacobines, toutes les fois qu'elles viennent à prévaloir ou à être soutenues par les défenseurs des monarchies constitutionnelles; parce que l'horreur instinctive que les populations ressentent contre le jacobinisme, les pousse naturellement à se rallier à la cause de la monarchie absolue.

Le système de la coopération était donc fondé sur une absence totale de conception politique. Il y avait, d'ailleurs, pour la France, un autre danger d'actualité, que j'expliquerai en terminant cet article. —Continuons maintenant notre sujet.

Nous venons de voir le non-sens complet de la coopération du 22 février. Voyons maintenant son impuissance.

Par un reste de tradition de cette politique aveugle et bâtarde, on vient d'essayer une coopération à Lisbonne. —Dix vaisseaux de ligne français et anglais. — Dix vaisseaux de ligne!.... c'est une armée proportionnellement bien plus forte que la légion nouvelle projetée pour compléter la coopération en Espagne! —Dix vaisseaux de ligne sont venus sous les murs de Lisbonne, pouvant tenir la ville sous leur feu, comme ils feraient pour Bordeaux s'ils étaient mouillés le long de nos quais. — Il n'y avait là aucun carlisme à craindre pour le moment, car en Portugal il n'y a pas, comme en Espagne, un Don Carlos, un Villaréal, un Gomez et autres chefs soutenus par des armées fanatiques et par une grande partie de la population. Au lieu de deux partis à combattre, il n'y en avait qu'un, le parti jacobin, luttant contre le parti de la charte véritablement libérale de Don Pedro. Le parti carliste se tient encore à l'écart de cette lutte. Il agit sensément; puisque des jacobins veulent lui préparer la place en déchirant le Portugal et en rendant tout gouvernement impossible à la monarchie constitutionnelle, la monarchie absolue n'a pas de plus habile politique à suivre que de laisser faire les jacobins, et jusque-là de ménager ses propres ressources.

Voilà donc la quadruple alliance en mesure de coopérer à son aise à Lisbonne. Elle est venue là, en force, dire au gouvernement du juste-milieu monarchique : — Allons, sortez des coulisses, montrez-vous au grand jour, nous sommes ici pour coopérer à votre triomphe. — Le gouvernement du juste-milieu monarchique les a crus sur parole, et s'est courageusement déclaré. Mais comme dans la population portugaise il n'y a pas plus de juste-milieu monarchique que dans la population espagnole, cette tentative de la raison et du bon sens gouvernemental contre l'anarchie qui est beaucoup plus forte, a été promptement étouffée sous le nombre des rebelles constituants; et comme la coopération de la quadruple alliance, aveugle qu'elle est depuis trois ans, s'est trouvée tout-à-coup désappointée; comme elle a enfin vu par ses yeux, par ses propres yeux vu, ce que ses courtes conceptions d'esprit avaient nié jusqu'alors; comme elle a appris enfin qu'il n'y avait pas de juste-milieu dans la Péninsule..., elle a renoncé à combattre pour cette chimère, abandonnant à son malheur le parti royal de la charte, qui ne s'était cependant manifesté que par l'espoir du concours français et britannique. — De sorte que la fausse conception de la quadruple alliance a mis les forces militaires des deux premières nations du monde dans cette déplorable nécessité d'abandonner ceux qu'elles avaient compromis. — Disons-le franchement : cela est honteux 'pour la France et pour l'Angleterre.

Cela est honteux et fatal pour la royauté. — Car quel spectacle plus dégradant peut-on exposer à la déconsidération populaire, que cette malheureuse reine de Portugal, jurant, parjurant, rejurant alternativement des lois politiques contradictoires, ameutant ses amis fidèles contre le parti jacobin de 1820, et remerciant publiquement ceux qui ont assailli, égorgé ses amis qui la défendaient, les remerciant, dis-je, de ce qu'ils ont combattu contre elle! — Ah! que tous les cœurs généreux doivent déplorer cette honte!.... Ne valait-il pas mieux cent fois perdre cette couronne souillée et la briser à la face des usurpateurs populaires, que d'en conserver à ce prix l'humiliant fardeau!...

Voilà le beau chef-d'œuve produit en Portugal par la coopération!... Et ce serait bien autre chose, ce serait un résultat bien plus fatal, bien plus absurde que la coopération aurait eu en Espagne, si le cabinet du 22 février était parvenu à l'imposer au gouvernement français!

Car voyez la différence des obstacles!.... Calculez à loisir combien l'étendue de l'Espagne, le double déploiement anarchique des forces de l'absolutisme et du jacobinisme, la difficulté d'y introduire par terre une force

coopérante que les flots de la mer ont si facilement conduite à Lisbonne, calculez, dis-je, combien toutes ces
circonstances rendraient en Espagne la coopération plus
difficile, plus impuissante, plus ruineuse, et pour dire
tout en un seul mot, plus impossible qu'en Portugal !
Calculez son contre-coup sur les finances françaises, et
voyez en résultat tout cet échafaudage insensé, ayant pour
but d'exalter et de soutenir en Espagne un gouvernement
de juste-milieu qui n'y existe pas et qui ne peut pas y
exister !... Folie ! folie !... Dans l'état actuel des choses,
il est impossible, en Espagne, d'aller combattre Don Carlos sans travailler pour le jacobinisme. Il est impossible
d'aller y combattre le jacobinisme, sans travailler pour
Don Carlos. — Les combattrez-vous tous deux à la fois?
Combattrez-vous pour l'Espagne contre toute l'Espagne?
Est-il possible, bon Dieu ! que nous en soyons réduits à
réfuter de pareilles aberrations !...

Mais ce n'est rien encore. Comment comptait-on organiser le corps militaire que l'on destinait à compléter la
coopération française en Espagne?

On demandait à tous les régiments français de fournir
leur contingent, en s'adressant aux hommes de bonne volonté qui désireraient faire partie de cette expédition, et
aller en Espagne associer leurs efforts à ceux des troupes
insurrectionnelles qui ont proclamé la constitution de
1812, imposée à la reine Christine par la violence.

Eh bien ! que devait-il résulter inévitablement d'un
pareil appel?... C'est que, dans tous les corps de l'armée
française, il aurait décidé à partir pour l'Espagne tous les
esprits les plus ardents, les plus impatients de l'avance-
ment régulier et de la discipline des garnisons, les hom-

mes, en un mot, les plus faciles à égarer et à pousser aux résolutions extrêmes. — On sait d'ailleurs que la propagande républicaine s'efforce de corrompre l'excellent esprit de l'armée française. — Cette propagande, impuissante sur l'immense majorité de cette armée fidèle, a inévitablement action sur une minorité moins inébranlable dans ses sentiments; les complots militaires, avortés à diverses reprises, en sont la preuve flagrante. — Alors elle aurait agi pour diriger à la fois tous ses séides vers le corps d'armée destiné à entrer en Espagne, et, en définitive, il est assez facile de voir de quelles matières inflammables il eût été composé.

Et ensuite que serait-il arrivé?.. Après avoir franchi les Pyrénées, il se serait trouvé à la solde de la reine qui ne l'aurait pas payé, manquant de tout avant long-temps, aigri par sa position, séduit par le contact journalier des troupes indisciplinées de la constitution qui destituent leurs officiers, leurs généraux; pour lesquelles la souveraineté du peuple est devenue une pratique fatale, destructive de toute obéissance. — Or, en une pareille situation, si un complot pareil à celui de Strasbourg et de Vendôme, pareil à vingt autres machinations semblables que des fous rêvent probablement encore, avait éclaté en France et avait eu une apparence momentanée de réussite, qui vous répond que ce corps volcanique que vous auriez envoyé s'enflammer de tous les feux de la révolution espagnole, n'aurait pas imité les héros de la Granja, et retraversé les Pyrénées pour venir proclamer en France la république ou l'héroïque constitution de 1791 ?

Ce ne sont pas là de vaines chimères. C'est la crise actuelle mise à nu et fidèlement peinte. — Que les chambres françaises y réfléchissent sérieusement. — Soutenir en Espagne et en Portugal le jacobinisme des constitutions de 1812 et de 1820, ce serait transporter en France les germes du jacobinisme exotique ; ce serait réchauffer en même temps le jacobinisme indigène qui n'est que momentanément engourdi, et qui, dans les cavernes secrètes des associations démocratiques, attend avec impatience le moment d'un réveil qui serait sanglant.

6 DÉCEMBRE 1836.

Probabilités de la Session prochaine. Affaires de l'Espagne.

M. Thiers manquant de point d'appui gouvernemental pour baser une attaque sérieuse contre le ministère du 6 septembre, il sera nécessairement réduit, s'il veut se constituer en dissidence parlementaire avec le gouvernement du roi, à prendre un sujet de querelle épisodique, à attaquer non le système ni les hommes du système, mais quelque point de détail dans l'exécution du système, et c'est déjà un genre d'opposition bien fâcheux pour celui qui est contraint à y avoir recours.

Si nous nous en rapportons aux rumeurs répandues dans les salons de la capitale, la question espagnole serait le texte que M. Thiers aurait choisi pour faire mourir le 6 septembre sous les coups d'épingles du 22 février. — Texte malheureux ! pointes émoussées ! frivole combinaison.

Pour donner à cette tactique une apparence grandiose,

un aspect un peu sérieux, on commencera par représenter l'absolutisme monarchique concentré dans les cours du Nord pour anéantir la liberté constitutionnelle dans l'ouest et le midi de l'Europe. On placera en regard l'alliance libérale de l'Angleterre, de la France, de l'Espagne et du Portugal, combinée pour servir de contre-poids à la coalition des puissances absolutistes; et comme cette combinaison, rêve chéri du parti quasi-révolutionnaire que M. Thiers invoque sans savoir où le trouver, s'évanouira, dit-on, si Don Carlos parvient à constituer en Espagne un trône absolutiste sur les débris de la constitution de 1812, on en conclûra que la France devait, à tout prix, s'opposer, même par les armes, au triomphe éventuel du prétendant espagnol; que, par conséquent, le ministère du 6 septembre, en renonçant à s'armer pour effectuer une coopération complète en faveur du gouvernement des cortès dans la Péninsule, trahit les intérêts de la révolution de juillet.

M. Thiers voit d'ailleurs, dans cette tactique, une grande finesse. C'est que, sans se rallier ni aux passions ni au système de la gauche, il la convie cependant à le suivre sur un terrain où elle pourra l'appuyer sans être inconséquente à son système ou à ses passions. — Car, pendant que M. Thiers exposera ses idées avec la modération de forme que lui impose sa position personnelle, le côté gauche, au contraire, pourra y joindre, contre les tendances rétrogrades des doctrinaires, toutes les déclamations calomnieuses dont lui, Thiers, se sera soigneusement abstenu: il pourrait alors recueillir le fruit de ces hostilités incidentes, sans avoir pris l'odieux de leur initiative, et répondrait aux reproches de nos amis : —Que voulez-vous?... ce n'est pas moi qui l'ai dit !....

Tout cela, vous le voyez, est assez artistement conçu. Qu'y manque-t-il donc?... Peu de chose : le bon sens et le bon droit. Voilà tout.

Il ne nous convient pas, on le sait, de prendre une à une toutes les arguties des journaux sur cette malheureuse question espagnole. Cette polémique étroite ne sert qu'à augmenter encore la masse d'idées fausses et nuageuses dont le public parisien est incessamment alimenté sur la crise politique de l'Espagne et du Portugal. Aussi les évènements les plus naturels, les plus inévitables, ceux auxquels on devait le plus s'attendre, pour peu qu'on connût les mœurs et l'état réel de l'Espagne, sont accueillis dans la capitale française avec un étonnement qui prouve toute la légèreté d'une population si facilement endoctrinée par l'ignorance déclamatoire de ses journaux. Si l'on prenait la peine de relire les journaux parisiens dans ce qu'ils ont dit des affaires d'Espagne depuis trois ans, on aurait peine à concevoir une aussi incroyable persistance dans des erreurs à chaque pas démenties par les faits.

Nous ne voulons donc point entrer dans ce dédale d'illusions et de sophismes. Nous allons continuer, ainsi que nous l'avons fait depuis trois ans, à prendre cette question en face et dans son ensemble. L'évidence qui résultera du tableau complet suffira pour détruire l'échafaudage des sophismes révolutionnaires.

Il est vrai que les puissances du Nord ne doivent pas avoir une grande affection pour les révolutions du Midi, surtout quand elles entendent les apôtres les plus fervents de ces révolutions dire hautement, qu'il faut nécessaire-

ment que les monarchies européennes tombent, ou que la
liberté périsse en France. Cette guerre à mort, moralement proclamée, n'est pas de nature à concilier aux gouvernements constitutionnels l'alliance sincère des puissances du Nord.

Cette manière d'aggraver la dissidence inévitable née
de la révolution de juillet, en augmente le danger. Une
forte alliance des puissances constitutionnelles y serait
sans doute un contre-poids ; mais lorsque ce contre-poids
n'existe pas, lui donner une existence fausse et simulée ;
sacrifier, pour arriver à ce but factice, le sang, l'or de la
France, toutes ses forces véritables qui lui sont la meilleure de toutes les garanties contre la malveillance des
trônes absolutistes, est-ce donc une politique nationale et
raisonnable?... N'est-ce pas, au contraire, une politique
à contre-sens, une véritable conception d'enfants à peine
échappés des bancs de l'école ?

Oui, si vous aviez en Espagne et en Portugal une population unie, forte, civilisée, libérale ; oui, si vous aviez
en Espagne et en Portugal des gouvernements nationaux,
aimés, stables, marchant à la tête des forces réunies de
leurs sujets ; oui, si ces deux États, constitués harmoni-
quement avec leurs besoins, leurs mœurs, leurs développements moraux et industriels, vous donnaient les moyens
d'établir, avec la France et l'Angleterre, une alliance réelle,
où chacun des quatre contractants apporterait le poids de
ses armes, de ses trésors, de son crédit, de sa volonté morale ; oui, je conçois qu'alors une pareille alliance donnerait à la révolution de juillet, appuyée sur l'Angleterre,
une attitude respectable contre laquelle toutes les hostilités

présumées des puissances du Nord renonceraient à se liguer.

Mais parce qu'il vous a plu d'imaginer que tout ce qui n'existe pas en Portugal et en Espagne y existe réellement, s'ensuit-il qu'en quête de cette chimère, la France doive s'épuiser d'or et de sang, pour aller établir, chez ses voisins, une prétendue force gouvernementale dont ensuite; dans un avenir fort douteux, ils auraient la bonté de faire usage en notre faveur? Dans ces pays dévastés par la désunion et l'incohérence des pensées, plus encore que par le fer de la guerre civile, où donc voyez-vous la base, les moyens d'action de cette alliance occidentale dont vous improvisez, contre l'alliance du Nord, la menace ridicule qui n'est, en vérité, qu'une impuissante fanfaronade? Est-ce, par hasard, sur les armées d'Isabelle et de Dona Maria que vous comptez pour défendre, sur le Rhin, la révolution de juillet, si elle était attaquée par la sainte-alliance? Est-ce sur le crédit de la bourse de Madrid ou de Lisbonne que vous comptez pour alimenter les finances françaises? Est-ce sur l'appui moral d'un gouvernement hiérarchiquement désobéi dans la Péninsule que vous comptez, pour consolider, en France, les doctrines sociales et l'ordre gouvernemental, assaillis depuis six ans par toutes les passions mauvaises du présent et du passé? — Dites, répondez, persuadez-moi, de grâce, et faites-moi voir les immenses avantages que vous pouviez recueillir de cette alliance si fastueusement amplifiée et si grotesquement regrettée par le ministère du 22 février, qui n'a su rien faire ni par elle, ni pour elle, et qui demande maintenant compte à ses successeurs du néant diplomatique qu'il leur a délaissé?

Oui, sans doute, il est du devoir d'un véritable homme d'État, il est du devoir d'un ministère patriote de s'appuyer avec soin sur les alliances qui naissent des sympathies politiques et des similitudes gouvernementales existantes chez les peuples voisins; mais il n'est donné à aucun homme sur la terre de les créer, ces similitudes et ces forces, quand elles n'existent pas; et les moyens proposés pour arriver à ce but en Espagne et en Portugal sont si misérablement disproportionnés avec les difficultés immenses qu'il faudrait vaincre, que je ne conçois pas, en vérité, comment on ne rougit pas d'attirer l'attention de la France sur cette déplorable conception.

Les excitateurs de M. Thiers, ceux qui l'encouragent à persévérer dans cette capricieuse et fantastique boutade qu'il prend pour un système, ont l'air de croire qu'il ne fallait qu'un léger effort de la France pour enlever Don Carlos d'Espagne, et qu'ensuite tout se serait naturellement aplani; que les démocrates auraient renoncé à leurs sociétés secrètes; que les absolutistes auraient renoncé à leur fanatisme rétrograde; que les passions réactionnaires des deux partis extrêmes se seraient calmées comme par enchantement, et que la monarchie constitutionnelle de Christine se serait mise à fonctionner toute seule sur un pays organisé, disposé à obéir à la hiérarchie administrative du gouvernement.—Pour quelqu'un qui connaît un peu l'Espagne, que tout cela est ridicule !...

En thèse générale, c'est d'abord une grande erreur de juger le légitimisme espagnol par les idées que nous avons du légitimisme français. Ce culte personnel est bien différent dans les deux pays. En Espagne, Isabelle et Don Carlos sont tout aussi légitimes l'un que l'autre; et ce qu'il y a d'admirable, c'est que, d'après la constitution de 1812 proclamée à la Granja, c'est Don Carlos qui était le roi constitutionnel des *libérales* (1). Car, si les *libérales* suivent l'étendard d'Isabelle, ce n'est pas du tout qu'ils se soucient de sa légitimité; c'est qu'ils voient derrière cet étendard les intérêts et les principes qui leur sont propres. Si les absolutistes suivent la bannière de Don Carlos, ce n'est pas qu'ils s'inquiètent davantage de la légitimité du prétendant, c'est qu'il est le défenseur de leurs préjugés et de leurs passions. La légitimité monarchique n'est qu'une cause bien secondaire du débat, et vous supprimeriez à la fois Isabelle et Don Carlos, que la pacification du pays n'en serait guère plus avancée. Soyez bien convaincus que Don Carlos et Isabelle portent la bannière du combat, mais que ce n'est pas pour eux qu'on se bat. — Eh! Messieurs, la présence d'un prétendant est si peu nécessaire en Espagne à ceux qui se battent pour sa cause, que les Espagnols se sont battus quatre ans contre Napoléon pour Ferdinand VII qui dormait dans sa cage à Valençay, et qui défendait aux Espagnols de se battre pour lui!...

Et d'ailleurs, s'il était si facile d'enlever Don Carlos après son entrée en Espagne, pourquoi M. Thiers, qui était ministre alors, ne fit-il pas prévaloir cette opinion? S'il a voulu la faire prévaloir et qu'il ne l'ait pu, pourquoi est-il resté dans le cabinet? Pourquoi s'est-il réservé seulement la perspective de coopérer plus complètement lorsqu'il ne serait plus temps de le faire? Comment, pen-

---

(1) Les cortès s'étant tardivement aperçues de cette bévue, viennent de détruire cet article de la constitution.

dant qu'il était ministre des affaires étrangères et président du conseil, n'a-t-il pas mis à exécution sa coopération complète? Est-ce M. Guizot qui l'en empêchait? est-ce M. Duchâtel!... L'un était à Lisieux, l'autre en Angleterre. Pourquoi ce beau scrupule est-il survenu tout-à-coup à M. Thiers, pour dissoudre le cabinet du 22 février, quand il ne savait plus ni comment le faire vivre, ni comment le laisser mourir? Comment, pour réaliser cette coopération fameuse, s'est-il contenté si long-temps de cette légion étrangère, qui s'est évanouie après avoir donné à Don-Carlos un bataillon pour prendre un des forts de Bilbao, et cette légion anglaise du colonel Evans, qui, pour se garder elle-même, a observé si long-temps la moitié des soldats de Cordova?... En vérité, M. Thiers aurait beau jeu à reprocher au cabinet actuel de n'avoir pas contribué efficacement à l'impossible destruction de Don Carlos!....

Il ne sert donc à rien d'examiner si la chose eût été facile ou même possible dans les premiers temps, puisque M. Thiers lui-même était au pouvoir; puisqu'il a concouru six mois de plus, pendant toute la durée du cabinet dont il était président, à maintenir cet état misérable et précaire de la coopération anglaise et française en Espagne. Ce qu'il faut examiner, c'est la question de savoir si, lorsque M. Thiers a quitté le pouvoir, sous prétexte qu'il ne pouvait coopérer à sa fantaisie dans la question espagnole, il était alors raisonnable, utile, politique, d'engager la France dans cette ruineuse et folle intervention, masquée sous des prétextes qui ne sont même pas spécieux.

Or, sachez-le bien, ce n'est point par dix à vingt mille hommes, par dix à vingt millions qu'il aurait fallu pro-

céder alors, et qu'il faudrait encore procéder aujourd'hui.
C'est une grande et forte armée, c'est une masse de millions qu'il aurait fallu enfouir en Espagne, en même temps
que votre dévorante colonisation d'Alger s'exclame et crie
de son côté qu'il lui faut un renfort de millions et de régiments !... C'est après la victoire, fort douteuse, sur des
milliers de bandes éparses dans toute l'Espagne, et qu'on
n'aurait pu vaincre peut-être parce qu'on n'aurait pu les
atteindre, c'est une longue, périlleuse, ruineuse occupation
qu'il aurait fallu maintenir en Espagne, depuis Cadix jusqu'à Estella ! Ce sont les finances de la France qu'il aurait
fallu mettre au service du trésor espagnol ; ce sont les
passions espagnoles qu'il aurait fallu calmer, les réactions espagnoles qu'il aurait fallu amortir, l'administration espagnole qu'il aurait fallu faire vivre et marcher
dans un sens extra-national, également antipathique aux
absolutistes et aux démocrates ; c'est je ne sais quelle constitution future, sans base et sans mobile, qu'il aurait
fallu élever sur les débris de la constitution de 1812, et
impatroniser sur tout le sol de l'Espagne !...

Et tout cela, ministres du 22 février, c'est pour fortifier la France contre les puissances du Nord, que vous
vouliez l'entreprendre ! c'est dans cette immense fondrière
que vous alliez jeter, de gaîté de cœur, toutes les ressources
de notre pays, vous réservant d'augmenter graduellement
nos charges à mesure que les exigences de vos folles croi-
sades se seraient manifestées ? Et vous accusez le ministère
du 6 septembre de fléchir devant les puissances du Nord,
parce qu'il n'a pas voulu se lancer dans cette interminable carrière de sacrifices et de ruine pour la France ?....
Hélas ! bon Dieu !... si nous ne connaissions toute l'in-

nocence de vos combinaisons, n'aurions-nous pas beau jeu d'user de représailles contre vous? ne pourrions-nous pas, à plus juste titre, vous accuser d'avoir comploté cette intervention fatale, pour que la France, épuisée par elle, restât sans influence morale et sans force positive à jeter dans la balance diplomatique où s'agitent les destinées de l'Europe? — La colonisation d'Alger, l'intervention en Espagne, voilà les véritables complices de la sainte-alliance contre notre patrie.

---

7 DÉCEMBRE 1836.

Continuation du même sujet.

Privé de point d'appui gouvernemental pour lutter dans les chambres contre le ministère du 6 septembre, M. Thiers, inévitablement battu sur l'actualité de la question espagnole, se jettera dans l'avenir, et du haut de la tribune prophétisera les inappréciables services que le gouvernement établi en Espagne par la coopération armée de la France nous rendrait à son tour, à une époque plus ou moins éloignée. Il nous montrera, sur l'autre face du tableau, le contre-coup fatal qu'aurait sur le gouvernement de juillet la restauration de Don Carlos sur le trône espagnol. Don Carlos en Espagne! s'écriera-t-il, ne serait-ce pas le présage et presque le précurseur d'Henri V en France !

Il ne faut pas se laisser émouvoir par toute cette fantasmagorie déclamatoire : elle n'a ni sens, ni raison. Je vais le démontrer facilement.

Quant à l'appui futur que le gouvernement espagnol
pourrait nous donner un jour, je ne nie pas cette chance
favorable de l'avenir. Mais la question est de savoir si
notre intervention armée en Espagne accélérerait ce moment; si elle ne nous coûterait pas infiniment plus d'épuisement et de dangers dans le présent qu'elle ne nous offrirait de compensation future. Il ne s'agit pas toujours
d'établir dans notre pensée une amélioration systématique dans nos relations internationales. Il faut descendre
aussi dans la réalité des choses, dans l'état actuel des populations voisines, et voir si dans ces réalités nous trouvons des moyens d'action analogues aux plans que nous
avons conçus. Voilà ce que M. Thiers a oublié de faire :
voilà l'analyse intime et profonde que son scalpel politique aurait dû porter sur le cadavre encore palpitant de
cette noble monarchie espagnole, qu'il faudrait régénérer
par un souffle de liberté, et que des charlatans, plus niais
encore que coupables, traînent dans la boue la tête en bas,
imaginant sans doute que, comme le géant de la fable antique, elle doit ressusciter en touchant la terre !

Oui, quand un jour l'Espagne libre, organisée, tolérante, industrielle, ayant une classe moyenne instruite
et forte, aura repris le rang qui lui appartient en Europe,
son alliance sera précieuse, son appui sera efficace; la
France, bonne voisine et fidèle alliée, pourra lui offrir
une réciprocité de bons offices. Mais ce n'est pas en jetant
aujourd'hui le glaive et l'intrigue sur son sol, ce n'est
pas en entreprenant la tâche impossible d'anticiper sur
l'avenir et de le faire surgir au monde avant que son germe
ne soit éclos, que la France créera en Espagne ce que le
temps seul peut lui donner. Ce désir que vous avez de la

régénération espagnole et de l'appui qu'elle peut un jour
donner à la France, nous le partageons tous avec vous;
mais il ne nous égare pas au point de nous faire usurper
le rôle de la Providence. Nous attendons l'avenir, et n'a-
vons pas la prétention de le devancer. Avez-vous donc
oublié que le poète a dit à Napoléon lui-même : ..... *Tu
ne prendras pas demain à l'éternel!*...

Vous nous dites que la consolidation de Don Carlos sur
le trône espagnol porterait un coup fatal en France au
gouvernement fondé par la révolution de juillet.... Ah!
que je suis ravi de vous entendre parler ainsi; que j'aime
à vous voir démolir en un clin d'œil tous les arguments
que vous avez employés pour motiver votre coopération
armée en Espagne! — Que nous avez-vous dit, en effet?... Vous nous avez dit que la population espagnole
était mûre pour un gouvernement constitutionnel; qu'il
ne s'agissait que de l'aider à l'établir; que c'était une tâche prompte, facile, peu coûteuse; qu'une armée française
momentanément introduite dans la Péninsule suffirait
pour détruire les obstacles contraires à la volonté nationale de l'Espagne, et qu'alors cette volonté patriotique
organiserait un gouvernement libéral et sage, digne auxiliaire de la monarchie de Louis-Philippe! — Mais, s'il
en est ainsi, comment croyez-vous que Don Carlos, parce
qu'il serait arrivé à Madrid, pourrait ensuite organiser
d'une manière durable un gouvernement contraire à la
volonté, aux mœurs, aux besoins de la nation espagnole?
Comment supposez-vous que ce gouvernement, imposé
par fraude ou violence à une nation qui, selon vous, n'en
veut pas, pourrait ensuite se maintenir, administrer, agir
au-dedans ou au-dehors avec assez d'ensemble et d'unité

pour oser être hostile à la France et pouvoir lui être dangereux? — Tâchez donc d'être d'accord avec vous-mêmes. Si l'Espagne est mûre pour la liberté, si elle repousse le joug de l'absolutisme, Don Carlos sera incapable de s'y maintenir et de s'en faire un instrument contre nous. Si au contraire l'Espagne n'est pas encore mûre pour la liberté sage et gouvernementale, que signifie alors votre prétention d'y improviser et d'y maintenir un gouvernement libéral, par l'appui de quelques milliers de baïonnettes et de quelques commérages diplomatiques? Ni Don Carlos, ni vous, n'êtes capables d'y vaincre la nature des choses. Si vous l'aviez étudiée avec le coup d'œil d'une raison calme et froide, vous sauriez que, pour le moment, l'Espagne n'est capable de supporter ni un gouvernement absolutiste, ni un gouvernement libéral; et que pour cette raison même vous n'avez que peu d'espoir à fonder sur la monarchie de Christine, et peu de craintes à concevoir de la monarchie de Don Carlos! La seconde ne pourra pas vous faire plus de mal que la première ne peut vous faire de bien. L'impuissance de servir ou de nuire est égale des deux côtés.

Je sais qu'il est des gens fort effrayés de l'arrivée probable de Don Carlos à Madrid; je ne pense point ainsi. La restauration de Don Carlos ne serait qu'un exemple de plus qu'on pourrait joindre à ceux qui nous sont donnés par l'histoire des vaines tentatives que les croyances mourantes font pour ressaisir la direction du monde qui leur échappe. La perte de Don Carlos n'aura jamais paru plus imminente à mes yeux qu'à partir du jour où il serait monté sur le trône. Alors, tout le prestige qui l'entoure dans sa marche ascendante s'évanouira. Maintenant il attaque un gouvernement sans force. La tâche n'est pas héroïque. Alors il lui faudra établir et maintenir un gouvernement, et il verra que les guérillas et les insurrections populacières sont de mauvais moyens pour cela. La chance tournera du tout au tout. Il aura à gouverner les mêmes impossibilités dont aujourd'hui il se fait une arme contre le gouvernement. Ce ne sera plus le parti absolutiste qui s'insurgera, ce sera le parti libéral; ce ne seront plus des guérillas carlistes qui désoleront le pays, ce seront les guérillas constitutionnelles; au milieu de ce double gâchis, privée d'argent, de crédit, d'organisation centrale, soyez sûrs que la restauration de Don Carlos, dominée d'ailleurs par les réactions sanglantes de ses fanatiques adhérents, loin d'encourager la France à rappeler Henri V, sera pour le monde entier une nouvelle preuve de cet axiome d'éternelle vérité : — *Que si les révolutions sont un fléau, une restauration est la pire de toutes les révolutions!* et la France, qui a déjà enduré deux restaurations avec leurs conséquences, sera plus que jamais en garde contre un troisième retour de cette crise à contresens !

Si donc les fautes des constituants espagnols doivent aboutir à ce triste résultat, que la restauration de Don Carlos soit appelée momentanément à représenter en Espagne la contre-épreuve de la restauration de Louis XVIII et de Charles X en France, comme ses devancières, la restauration espagnole disparaîtra bientôt d'un sol tourmenté, ébranlée par ses adversaires et achevée par ses amis. — Je ne verrais donc à cette hypothèse transitoire qu'un danger pour la France; et le voici :

C'est que le gouvernement français prît au sérieux la

restauration espagnole, qu'il lui attribuât assez d'importance, qu'il lui crût assez d'avenir, soit pour la craindre, soit pour vouloir s'allier à elle et capter son amitié. Quant à moi, je l'avoue, je conseillerais à la monarchie de juillet de bien se garder de ces deux écueils. Le second serait pire que le premier, l'hostilité de Don Carlos vaudrait mieux pour nous que son alliance. Nous devrions dédaigner l'une et repousser l'autre.

Peut-être suis-je trop dominé moi-même par mes idées sur l'Espagne; peut-être les principes dont je pars sont trop absolus; alors la logique rigoureuse de mes déductions m'induirait à erreur dans les conséquences que j'en tire. Mais enfin, les évènements jugeront, et je continuerai à dire sans détour toute ma pensée.

Je crois donc, je le répète, que l'Espagne est pour longtemps encore en dehors de toute possibilité gouvernementale; j'en ai déjà exposé plusieurs fois les raisons. C'est pourquoi les puissances du Nord, si elles intervenaient pour l'absolutisme de Don Carlos, feraient une aussi grande faute contre leur intérêt que celle que nous ferions nous-mêmes en intervenant pour Christine. C'est toujours une sottise que d'assumer sur soi la responsabilité d'une entreprise impossible, quelque désir, quelqu'intérêt qu'on ait d'ailleurs d'en désirer le succès.

Que Don Carlos aille à Madrid et que Christine en sorte, cela me paraît ne rien terminer. Seulement la crise se montrera sous une autre face, et la lutte des deux partis extrêmes n'en continuera pas moins dans toute son intensité. L'Espagne deviendra alors plus malheureuse, non pas tant par le fait du gouvernement de Don Carlos, qui ne serait guère ni meilleur ni plus mauvais que ce-

lui de Christine, que parce que, aux maux des quatre ou
cinq ans que Don Carlos aurait mis à remonter sur le
trône, il faudrait ajouter les malheurs des quatre ou cinq
ans qu'il mettrait pour en descendre. Dans cette tourmente
convulsive, les deux partis extrêmes briseront, useront
leurs aspérités les unes contre les autres ; le sol politique
de l'Espagne se nivellera ; les passions épuisées d'action et
lasses d'elles-mêmes, feront place à l'attente générale de
quelque transformation, de quelque organisation encore
inconnue ; et si l'intervention doit enfin agir comme auxiliaire d'un gouvernement de juste-milieu, c'est alors, sur
ce champ de bataille 'presqu'abandonné, que les combinaisons non-seulement de la France, mais de la grande
famille européenne réunie dans un espoir de transaction
et de paix, pourront être essayées avec quelque succès.
Sans doute, l'homme d'État, Anglais ou Français, qui
pourrait prendre les devants, qui pourrait épargner à
l'Espagne cette sanglante épreuve, ferait une œuvre grande
et sublime. Mais où me montrerez-vous ce géant diplomatique? Serait-ce M. Thiers? serait-ce lord Palmerston?...
Je ne les crois ni l'un ni l'autre de cette taille. — Et quels
moyens d'action leur donneriez-vous? Imagineriez-vous,
par hasard, qu'en mariant Isabelle au fils de Don Carlos,
vous marieriez ensemble les communeros et les adhérents
sacerdotaux du prétendant? Il s'agit bien vraiment d'une
combinaison matrimoniale pour calmer les intérêts antipathiques et les passions forcenées qui luttent sur le sol
espagnol!... vos épousailles de bambins royaux ne seraient qu'un enfantillage de plus perdu dans cet immense
fracas.

La politique dont M. Thiers s'est fait, je ne sais pourquoi, le porte-voix spirituel, mais imprévoyant, n'est qu'un non-sens complet, sous quelque face qu'on la regarde, et je ne joindrai qu'un seul trait à la description analytique que je viens d'en faire. — Supposons un instant qu'appuyé sur cette question espagnole, M. Thiers se procurât un point d'action dans la chambre, et qu'il rentrât au ministère par cette combinaison, que ferait-il du pouvoir le lendemain? Mettrait-il en pratique ses maximes interventionnelles? enverrait-il une armée en Espagne? Transformé en Amphion politique, essaierait-il d'y bâtir la cité constitutionnelle au son de sa lyre parlementaire?... Rien, rien, rien : voilà ce qu'il ferait. Le ministère qui viendrait au pouvoir, porté par je ne sais quel flot législatif soulevé au nom de l'intervention espagnole, n'opérerait pas plus l'intervention que le ministère né de la réduction des rentes n'a opéré la réduction. Ce serait une mystification de plus, voilà tout. Depuis quelques années, le pays a été trop souvent mystifié, pour que nos chambres législatives puissent avoir la pensée de lui faire subir derechef une si mauvaise plaisanterie. — Ce serait trop sérieux.

8 DÉCEMBRE 1836.

Les Cortès Espagnoles et la Constitution de 1812.

Voici une nouvelle scène, une nouvelle combinaison essayée par la révolution espagnole afin de capter l'approbation de ses adversaires.

Elle adopte leurs maximes, elle se fait contre-révolutionnaire. Les proclamateurs de la constitution de 1812 en entreprennent la destruction complète; ils y substituent un système tout opposé.

Par la constitution de 1812, la reine Christine ne pouvait être régente.—Ils la font régente.

Par la constitution de 1812, Don Carlos était roi d'Espagne. — Ils le déclarent traître, et donnent la couronne à Isabelle.

Par la constitution de 1812, il ne pouvait exister qu'une chambre législative. — Ils créent deux chambres législatives.

Par la constitution de 1812, les députés aux cortès ne pouvaient être ministres. — Ils déclarent que les députés aux cortès peuvent être ministres.

Par la constitution de 1812, la couronne n'avait pas la sanction des lois. — Ils donnent à la couronne la sanction des lois.

Par la constitution de 1812, la couronne n'a le droit ni de convoquer les cortès, ni de clore les sessions, ni de proroger et dissoudre les cortès. — Ils donnent à la couronne le droit de convoquer, clore, proroger et dissoudre les cortès.

Ainsi ils détruisent en entier tout le système de cette glorieuse constitution; et cela pour répondre aux calomnies de ceux qui ont dit qu'ils avaient tort de proclamer une constitution essentiellement mauvaise et subversive.

Puis, des institutions passant aux hommes, ils sont obligés de faire décimer et fusiller précisément les héros qui ont contribué à proclamer cette constitution, et qui ont détruit le statut royal dont ils empruntent maintenant le système, du moins dans ses principales conditions.

Voilà ce que c'est qu'une révolution sans base, sans motif, sans foi dans elle-même. Le *National* dira que ce n'était pas la peine de proclamer la constitution de 1812 pour la détruire soi-même. Il aura raison, sans doute; mais qu'il ne s'y trompe pas, la proclamation de la constitution de 1812 et la destruction de cette constitution par ses propres élus, n'ont pas plus de réalité l'une que l'autre. Ce n'est qu'une nouvelle fiction inventée et combinée pour amortir dans l'esprit des hommes d'état européens le mauvais effet de la première.

Le fond de la crise espagnole reste toujours le même : anarchie, impuissance dans les faits révolutionnaires et contres-révolutionnaires. C'est un néant à deux faces.

---

11 DÉCEMBRE 1836.

Louis XIV. — Napoléon. — M. Thiers.

M. Thiers est un homme d'esprit qui voudrait envahir le génie par imitation. Il a toujours quelque grande pensée d'emprunt qu'il cherche à naturaliser parmi les idées brillantes et vives de sa propre imagination; mais le cadre est trop étroit pour recevoir, dans leur état natif, les grandes pensées qu'il emprunte aux illustres morts de la France. En passant par le creuset de M. Thiers, ces conceptions gigantesques se faussent et s'étiolent : d'un grand tableau d'histoire peint à l'huile, il fait une aquarelle d'amateur.

Louis XIV voulait l'Espagne pour accomplir, contre la maison d'Autriche, la politique d'Henri IV et du cardinal de Richelieu.

Napoléon voulait l'Espagne, parce qu'il voulait l'Europe, et que l'Espagne fait partie de l'Europe.

Les deux plans politiques dont ces deux entreprises sur l'Espagne firent partie, sont deux fortes et originales inspirations d'hommes nés pour dominer leur siècle et imprimer leur effigie sur l'avenir.

Eh bien! ces grandes images, en passant par le miroir brisé de M. Thiers, se sont converties en système mesquin et bâtard de coopération incomplète ou complète; en tripotage diplomatique dirigé contre les cours du Nord, dont cependant les ambassadeurs, mâles et femelles, favorisèrent ostensiblement l'élévation de M. Thiers au poste des affaires étrangères et à la présidence du conseil. — Ces grandes pensées de Richelieu et de Napoléon, hommes si profondément habiles à constituer l'ensemble et l'efficacité du pouvoir intérieur dans l'Etat, se sont converties, dans le cerveau de M. Thiers, en moyen parlementaire de jeter le trouble, la confusion, l'impuissance dans la direction intérieure de la politique française: en moyen de confondre toutes les nuances des partisans du pouvoir et des partisans de l'opposition; en moyen d'ébranlement contre le ministère du roi, sans y substituer aucun germe d'organisation nouvelle, ni dans le système, ni dans les hommes. — En examinant de sang-froid la position étrange où M. Thiers s'est ainsi placé, on verra que, faute de jugement et de gravité, il travaille à faire de son influence et de son talent un instrument de dommage incalculable pour lui-même et pour la France. — Fasse le ciel que M. Thiers ait le bonheur d'échouer dans cette double tentative!

Je vais consacrer quelques pages à en faire bien comprendre les vices et les faux calculs.

M. Thiers dit, et croit sans doute, qu'il est d'accord avec le ministère pour ce qui touche le système de notre politique intérieure, qu'il diffère seulement sur la politique extérieure. En cela, il se trompe; il se fait illusion à lui-même, et cherche à faire illusion aux autres.

Il n'est, en réalité, d'accord avec nous, ni sur le système de la politique intérieure, ni sur celui de la politique extérieure. La raison en est simple : c'est qu'il n'a de système, d'idées coordonnées et suivies, ni sur l'une, ni sur l'autre. Seulement, il faut reconnaître que, pour ce qui touche la politique intérieure, les faits et leurs causes étant plus près de ses yeux, plus incontestables, M. Thiers s'est vu plus promptement obligé d'abandonner ses propres idées, ses préjugés révolutionnaires, pour adopter, sinon les principes, du moins les actes et la marche des doctrinaires. Ce n'est pas même de bonne grâce qu'il a cédé. On sait que, sous le ministère Laffitte, M. Thiers était plus démocratique et propagandiste que M. Laffitte; on sait qu'il était opposé à Casimir Périer et à la formation du ministère du 13 mars, auquel il se rallia ensuite quand le cataclysme des émeutes et des conjurations populaires vint enfin lui montrer matériellement les dangers révolutionnaires que, jusqu'alors, il n'avait pas compris. Il céda donc à la politique intérieure, sage, forte, raisonnable, des doctrinaires, mais parce qu'il n'y avait plus moyen de faire autrement. Le pouvoir ne pouvait plus exister qu'à cette condition, et M. Thiers veut le pouvoir, quoiqu'il n'en sache pas le secret.

Cette politique sage et forte s'est consolidée; M. Thiers l'a subie; après l'avoir subie, il s'en est fait l'agent. Il a concouru, avec un grand talent, à l'affermissement d'un système qu'il n'avait pas conçu lui-même, mais auquel il s'était rallié en temps utile. Voilà sa part. Il est donc forcément lié à ce système ; il en comprend même aujourd'hui l'utilité pratique ; mais le droit moral, l'origine doctrinale, la portée sociale de ce système, il ne les comprend pas. Son esprit est encore perdu dans une autre région d'idées révolutionnaires : ne pouvant y donner cours dans notre politique intérieure, il se rejette sur la politique étrangère, sans comprendre que l'une est liée à l'autre ; sans comprendre qu'il est encore dominé, dans le système extérieur, par les mêmes idées fausses dont l'application lui est devenue impossible dans la politique intérieure ; sans comprendre que si ses entreprises propagandistes se réalisaient au dehors, en commençant par l'Espagne, le système de politique intérieure auquel il s'est forcément rallié, en serait inévitablement détruit par contre-coup, pour nous livrer aux désorganisations dont, jusqu'à présent, la haute sagesse du roi et la courageuse raison des doctrinaires nous ont seules préservés !

Je me propose de consacrer un article spécial à ce grave sujet. Je mettrai l'esprit de M. Thiers à nu. Je l'analyserai tout vivant. Je le forcerai à se voir lui-même. Je ne nierai point les grandes qualités de son esprit ; mais je montrerai le mauvais emploi qu'il en fait et les qualités qui lui manquent. Presqu'aussi inconsistant que M. Dupin, M. Thiers est certainement plus dangereux que lui, parce qu'il a de l'action, et que M. Dupin n'en a pas.

Mais avant de tracer ce résumé général de M. Thiers, il faut terminer d'abord ce qui concerne la boutade hispanique dans laquelle il se pose le continuateur de Louis XIV et de Napoléon ; je pourrais ajouter le rival du duc d'Angoulême, si je ne craignais de blesser à la fois le juste amour-propre de M. Thiers et la dignité malheureuse d'un prince exilé.

Commençons.

Quand Louis XIV eut accepté pour sa race le testament de Charles II, il s'écria : *Il n'y a plus de Pyrénées !* préférant posséder indirectement toute la monarchie espagnole que de se borner à posséder directement la portion qui avait été promise à la France dans le traité de partage fait par lui avec ses alliés.

Ce mot fastueusement épique avait un sens alors; il n'en a plus aujourd'hui. On n'a plus besoin de détruire les Pyrénées, parce que, politiquement parlant, elles n'existent plus.

En effet, jusqu'à Louis XIV, existait au-delà des Pyrénées une puissance de premier rang, forte par les armes, par la marine, par ses colonies, par une étendue colossale sur laquelle, comme on le disait alors avec orgueil, mais avec vérité, *le soleil ne se couchait jamais.*

L'Espagne, les Pays-Bas, le Milanais, Naples, les Deux-Siciles, l'Amérique, les mines, les galions, une des premières marines du monde connu, c'est à Madrid qu'il fallait régner pour exploiter cette vaste domination. C'est pour cela qu'il fallait abaisser les Pyrénées.

Bien plus, la lutte constante établie entre la maison de France et la maison d'Autriche, cette lutte qu'Henri IV voulait entreprendre dans le sens où Richelieu la poursuivit, pouvait trouver là sa solution ; on l'espérait du moins. Et dans tous les cas, lors même que la maison de France n'aurait pas acquis, par la possession de l'Espagne, toute la puissance qu'elle ambitionnait, c'était toujours un grand pas pour elle d'avoir ôté cette puissance à la maison d'Autriche. La monarchie espagnole, dût-elle se dissoudre et s'anéantir dans la guerre de la succession, cela valait encore mieux pour la politique française que de laisser passer cet immense empire sous le sceptre de l'archiduc Charles.

Si maintenant vous jetez un regard un peu attentif sur la France et sur l'Espagne, vous verrez à la fois que l'alliance de l'Espagne ne peut plus avoir pour nous aucun des avantages que Louis XIV y cherchait, et que la France n'a plus de son côté aucun des motifs qui la lui faisaient désirer.

L'Espagne d'abord. — Qu'est devenue sa puissance maritime? elle est anéantie complètement. Qu'est devenue sa puissance coloniale? elle est anéantie complètement. Qu'est devenue sa puissance financière? elle est anéantie complètement. Qu'est devenue sa puissance en Italie? elle est anéantie complètement. Qu'est devenue sa puissance dans les Pays-Bas? elle est anéantie complètement. Qu'est devenue enfin sa puissance en Espagne? Hélas! là, en Espagne même, elle est plus qu'anéantie! Non-seulement elle ne peut rien pour les autres, mais elle ne peut rien pour elle-même. Déchirée, divisée, dépeuplée, ruinée, sans unité de pensée ni d'action, livrée à la guerre civile des esprits plus encore qu'à la guerre civile des armes, elle se tord, se replie, se dévore dans ses convulsions intestines; et quand vous répétez le mot de Louis XIV : *Il n'y a plus de Pyrénées*, que faites-vous, malheureux parodistes, que d'abaisser davantage le rempart moral qui vous garantit heureusement encore de la contagion délétère qui vous environne?

Et pendant que l'Espagne n'a plus aucun des avantages qui motivaient les résolutions de Louis XIV, la France est-elle travaillée comme de son temps par les motifs de faiblesse qui lui faisaient chercher des forces au dehors?... Alors les Pays-Bas, hérissés d'armes et de dissensions politiques ou religieuses, pesaient sur nos frontières du Nord comme une menace permanente; aujourd'hui le royaume de Belgique, annexe de la France, nous sert d'avantgarde. Alors l'unité centrale de la France, quoiqu'ébauchée, n'existait pas. L'Alsace, la Franche-Comté, les provinces du Midi elles-mêmes, limitrophes de l'Espagne, étaient tour-à-tour conquises, perdues, reprises, et n'avaient aucune adhérence véritable et complète avec la monarchie française. Aujourd'hui la France, grand quadrilatère, uni, compacte, riche d'industrie, de finance, d'agriculture, sans fanatisme et sans querelles religieuses, peuplé par trente-deux millions d'habitants, le premier peuple du monde dans les arts de la paix et de la guerre, porte en elle-même une force indestructible, toute puissante pour sa défense, et que nul voisin ne peut espérer d'entamer tant que nous resterons dans cet ordre moral et patriotique, qui se repose avec sincérité sur l'union et la justice. D'un côté donc, l'Espagne ne peut rien pour nous de ce qu'elle pouvait au temps de Louis XIV; de l'autre, nous n'avons plus besoin de ce que nous lui demandions alors. Enfin, elle n'est plus une arme, un moyen d'action puissant pour cette maison d'Autriche qui, pour nous-mêmes, n'est plus un adversaire systématique et redoutable. Comment donc, pour motiver une ridicule et dangereuse intervention en Espagne, viendraiton nous jeter à la tète les maximes de Louis XIV, aujourd'hui sans application possible?

Mais, dira-t-on, ce n'est plus pour l'avantage matériel de l'union avec l'Espagne que nous voulons intervenir. C'est pour y avoir l'appui moral et politique d'un gouvernement basé sur les mèmes principes que le nôtre. C'est là l'immense avantage que nous cherchons. — Ce prétendu avantage est une absurdité; j'achèverai de vous le prouver. Mais terminons d'abord ce qui concerne la politique positive, le côté matériel de l'alliance en vue de laquelle vous soutenez le système de l'intervention.

Et pour cela, voyons comment Louis XIV opéra cette intervention, ce qu'elle lui coûta, et les avantages que la France en a retirés depuis. C'est là que vous pourrez juger combien cette œuvre est fatale, et combien elle serait plus fatale encore aujourd'hui, qu'elle n'a ni les mèmes moyens, ni le mème but.

D'abord, comme la cause de Philippe V était alors beaucoup plus nationale que celle de l'archiduc Charles, le caractère distinctif de la guerre de la succession, c'est que l'archiduc Charles avait principalement recours à l'*intervention étrangère*, portugaise, anglaise, allemande; et que Philippe, au contraire, s'appuyait sur les forces espagnoles et employait les soldats espagnols (1). Car remarquez que Louis XIV envoya principalement des généraux, d'*Orléans*, *Vendôme*, *Berwick*, qui commandaient d'ac-

---

(1) Il faut même remarquer que Philippe V fut accueilli par les Espagnols sans contestation et sans lutte. C'est après qu'il fut établi sur le trône que son compétiteur eut recours contre lui à l'intervention étrangère. La royauté de Philippe V fut entierement espagnole.

cord avec Philippe. Mais les armées étaient entièrement espagnoles, à très-peu de chose près.

Aujourd'hui c'est tout le contraire, Don Carlos n'a pour lui que des Espagnols; et c'est par l'introduction de forces étrangères, anglaises et françaises, qu'il est question de faire triompher votre quadruple alliance !...

Alors donc le sentiment de la nationalité espagnole était respecté par Louis XIV, et exclusivement employé par Philippe V. Maintenant l'intervention étrangère serait au contraire employée par vous, avec le risque immense de blesser la nationalité espagnole, même dans le parti que vous auriez secouru.

Car ne vous y trompez pas, l'instinct national de ce parti lui-même est contre vous, quoiqu'il vous appelle aujourd'hui, dominé qu'il est par sa détresse momentanée. Il y a dix-huit mois le même Mendizabal, qui est aujourd'hui l'âme du nouveau cabinet, s'écriait au milieu des acclamations unanimes des cortès (1), que l'intervention française serait une honte pour l'Espagne, et qu'il vaudrait cent fois mieux mourir que d'y avoir recours. Ce sentiment inévitable, en Espagne plus qu'ailleurs, se réveillerait avec une nouvelle énergie, une fois que l'imminence du danger serait provisoirement écartée; et pouvez-vous en calculer les conséquences?

C'est précisément à un système tout contraire que Philippe V dut son succès, et que Louis XIV dut l'accomplissement de ses vues. La cause de l'archiduc était celle des étrangers, celle de l'intervention; c'est pour cela qu'elle

---

(1) Tout le parti patriote espagnol entrait alors en fureur quand quelque membre du ministère osait dire qu'il ne fallait pas repousser définitivement le projet d'avoir recours à l'intervention française.

succomba. La cause de Philippe V était celle des Espagnols contre l'intervention; et c'est pour cela qu'elle réussit.

Ouvrez l'histoire, elle vous présente partout les preuves de ce contraste.

Après la perte de la bataille de Saragosse, Philippe V, réfugié à Valladolid, paraissait anéanti. Son rival était maître de Madrid, l'intervention anglaise et allemande triomphait sur tous les points. Philippe, abattu, allait succomber sous le poids de malheurs plus forts que sa constance. Mais la reine, femme héroïque, dit un historien anglais, fixa ses irrésolutions; ne pouvant supporter l'idée de paraître en suppliante à la cour de Versailles, elle parcourait la foule avec son jeune fils, criant au peuple : — *Quand le royaume sera perdu pour moi, j'irai me réfugier et mourir avec mon enfant dans les bras, dans les montagnes des Asturies!* (1). Les Espagnols, ajoute l'historien, n'étaient pas dégénérés au point d'avoir perdu cette galanterie et cette générosité qui les ont toujours distingués. Le malheur et le courage de la reine leur fit une vive im-

---

(1) C'est à ce sujet que Voltaire dit :
— « La constance des Castillans et les fautes des ennemis conservèrent la cou-
» ronne à Philippe V. Les peuples aimaient dans Philippe le choix qu'il avait fait,
» et dans sa femme, Marie-Louise de Savoie, le soin qu'elle prenait de leur plaire,
» une intrepidité au-dessus de son sexe, et une constance agissante dans le mal-
» heur; elle allait elle-même de ville en ville, animer les cœurs, exciter le zèle,
» recevoir les dons que lui apportaient les peuples. — Il y a loin, ce me semble,
» de Marie-Christine de Naples, à Marie-Louise de Savoie !...
Aussi, ajoute Voltaire, « Les Espagnols qui jusques-là avaient fait peu d'efforts
» pour soutenir leur roi, en firent de prodigieux quand ils le virent abattu, et
» montrèrent à cette occasion une espèce de courage contraire à celui des autres
» peuples qui commencent par de grands efforts et qui se rebutent. Il est difficile
» de donner un roi à une nation malgré elle. Les Portugais, Anglais, Autrichiens,
» qui étaient en Espagne furent harcelés et battus, etc., etc. »
Apprenez par-là ce que c'est que l'intervention étrangère, et surtout en Espagne.

pression, et ils offrirent à l'envi leur bien et leurs personnes, pour maintenir sur le trône Philippe et sa digne épouse.

Alors Vendôme parut avec une simple escorte; en un clin-d'œil trente mille espagnols s'armèrent et marchèrent sous ses ordres; Stanhope et Staremberg, leurs Allemands et leurs Anglais, furent vaincus, et Philippe V, rentré dans Madrid, reconquit l'Espagne avec des Espagnols. — Il y a loin de là à la coopération de M. Thiers; à sa légion étrangère de Polonais, d'Italiens et de Belges; à sa légion anglaise du colonel Evans, fortifiant tranquillement Saint-Sébastien et le Passage, pour en faire *un Gibraltar* au nord de l'Espagne!

Vous le voyez donc, votre coopération, votre intervention, votre quadruple alliance, appelez-la comme vous voudrez, n'est qu'une parodie absurde et à contre-sens des pensées et des actions de Louis XIV. Il avait un but que vous n'avez plus, que vous ne pouvez avoir; il employait les moyens que vous n'avez pas; vous voulez employer les moyens qu'on lui opposait, et qui furent alors vaincus.

Et malgré cela, quel résultat obtint la France du succès de Louis XIV, et quel résultat, pire cent fois, serait celui de votre intervention?...

12 DÉCEMBRE 1836.

Continuation du même sujet.

—

J'ai expliqué, dans un autre ouvrage (1), le peu de solidité de la politique de *consanguinité*, et j'ai cité, à l'appui de mon opinion, ce qui s'est passé entre la France et l'Espagne, à la suite de l'élévation de Philippe V au trône de ce dernier pays.

Mais si l'union opérée entre la France et l'Espagne, par l'intervention de Louis XIV, eut de si médiocres ou déplorables effets, combien plus maintenant nous devrions redouter de pitoyables résultats d'une intervention armée, pour élever en Espagne un trône basé sur des principes politiques que les deux plus puissantes fractions du peuple espagnol repoussent ou ne comprennent pas.

Je n'insisterai pas sur la détresse complète de l'Espagne, sans marine, sans colonies, sans finances, sans union, sans hiérarchie administrative, incapable de prêter le moindre appui à quelque alliance que ce soit. Je n'insisterai pas sur l'impossibilité absolue où serait un gouvernement, établi par la coopération étrangère, de régénérer les finances espagnoles, au milieu des réactions ou tourmentes intestines qui les dévoreraient. Je ne montrerai pas de nouveau l'abîme de misère qui sépare ce squelette de la monarchie de Charles II, de l'état riche et puissant de l'Espagne quand ce monarque la légua à la maison de France.

Tout cela est trop évident. Je n'insisterai pas davantage

---

(1) Voir tome III, page 138

sur la différence d'action que la France serait obligée
d'employer aujourd'hui. Philippe V payait ses armées
avec les trésors apportés par les galions espagnols; quoiqu'une portion de ces trésors eussent été détruits par les
Anglais, à Vigo et dans d'autres rencontres, l'Espagne en
reçut encore une grande partie, et ses finances en furent
alimentées. Maintenant, toute l'intervention serait à la
charge des finances françaises. Envoyer des régiments
français en Espagne pour les faire payer par le gouvernement des cortès, ce serait vouloir les faire mourir de
faim. L'Espagne a commencé sa banqueroute, elle l'achè-
vera; elle est incapable de payer ses dépenses courantes;
dans l'abîme de misère croissante où la poussent les factions, elle sera chaque jour plus incapable d'y suffire. Par
une conséquence forcée, sa dette antérieure, tout entière,
doit être anéantie, faute de moyens pour y faire face. —
On voit donc, par-là, que l'établissement constitutionnel
d'Isabelle par les armes françaises se ferait inévitablement
aux frais de la France (1), tandis que celui de Philippe V
se fit en très-grande partie aux frais de l'Espagne. Soyez
convaincus que M. Mendizabal n'a pas d'autre secret :
puiser dans la bourse des banquiers français, avec garantie
sur les finances françaises, si le gouvernement français se
laissait leurrer par l'espoir chimérique de la force et du
profit que lui donnerait, dans l'avenir, la monarchie espagnole. — Quel système de remboursement !

Mais ce n'est point à ces idées vulgaires que s'arrête
M. Thiers : c'est à la propagande du principe démocrati-

---

(1) Et c'est dans ce moment de crise financière qui de l'Amérique a réagi sur
l'Europe, qu'il faudrait faire supporter cette nouvelle charge à notre crédit !...

que qu'il marche; c'est à la destruction du principe monarchique qu'il s'avance. C'est cette grande lutte, déjà signalée par M. Mauguin et par M. Odillon-Barrot, qui attire ses regards; c'est l'influence morale de la révolution consolidée en Espagne, dont il veut se faire une arme puissante contre le système monarchique des cours du Nord; c'est pour réagir moralement contre la sainte-alliance, qu'il veut donner à la quadruple alliance l'Espagne et le Portugal, qui compléteront, selon lui, la prépondérance politique de la France et de l'Angleterre.

Je ferai voir combien l'idée-mère sur laquelle est bâti cet échafaudage propagandiste est étroite, arriérée, anti-sociale et décivilisatrice. Ce sujet est trop grave pour le traiter épisodiquement ici. C'est, en réalité, toute la querelle des révolutionnaires et des doctrinaires. — Mais, pour le moment, répondant à M. Thiers dans l'ordre d'idées où il s'est placé et dont bientôt je lui prouverai toute la fausseté, je trouve dans la question elle-même des moyens suffisants pour faire voir à tous l'illusion des espérances qui séduisent M. Thiers.

Ce n'est pas, m'objecte-t-on, le secours matériel, le concours effectif, militaire, financier, commercial de l'Espagne, que nous lui demandons pour sa part dans la quadruple alliance; ce n'est point cela que l'intervention française irait chercher en Espagne, c'est la consolidation morale des principes de la révolution, afin que leur influence réagisse contre les cours du Nord et arrête leurs hostilités présumées envers la France. — Etrange contre-sens! — Où donc avez-vous vu, dans l'histoire du monde, qu'en introduisant dans une alliance politique un allié qui absorbe la force réelle des contractants et qui ne leur apporte en

échange aucune force positive et certaine, on augmente
l'influence morale de l'alliance primitive? Ne voyez-vous
pas qu'en épuisant les forces militaires et financières de la
France pour établir en Espagne une vaine forme gouvernementale, sans moyen d'action intérieure et extérieure,
loin d'augmenter l'influence morale de la révolution de
juillet, vous l'affaibliriez, en diminuant ses ressources et
ses forces positives? Croyez-vous donc que les puissances
du Nord soient fort effrayées de quelques théories plus ou
moins inapplicables, proclamées à une tribune, sans argent et sans soldats, chez une nation dont la moitié ne
veut pas de ces théories, et l'autre moitié les comprend à
peine? L'Espagne ne pouvant nous aider en rien dans un
conflit positif, quelle influence morale peut-elle nous prêter? Ah! ce n'est pas hors de France, ce n'est pas sur
les plages brûlantes de l'Afrique, ce n'est pas dans les
champs désolés de l'Espagne, c'est en France que la France doit trouver les moyens de force et d'action de la révolution de juillet! C'est par la propagande morale de l'ordre, de la civilisation, du bonheur et de la richesse,
qu'elle doit agir sur la conscience européenne de toutes les
nations qui la contemplent! C'est à la fois par sa force
positive et par l'approbation universelle donnée à son esprit d'ordre dans la liberté, qu'elle doit obtenir des peuples européens leur concours efficace pour arrêter les dernières velléités de la propagande absolutiste!... Vous im-
putez aux cours du Nord le projet d'agir, tôt ou tard, par
la force contre la révolution de juillet!.... Et vous ne
comprenez pas que cela leur deviendra chaque jour plus
impossible et moins nécessaire, à mesure que l'esprit d'action insurrectionnelle s'éteindra en France, pour faire

place à l'usage rationnel et modéré des libertés acquises?
Vous ne comprenez pas que les peuples européens, émer-
veillés de ce glorieux et pacifique spectacle, opposeront
eux-mêmes une force d'inertie invincible, aux caprices
des courtisans ou des rois qui voudraient les coaliser contre nous? Vous ne comprenez pas que ces rois eux-mêmes
sentiront qu'ils n'ont plus intérêt à nous attaquer, et qu'ils
n'auraient aucun moyen de nous vaincre? Quelle autre
garantie, quelle autre influence morale demandez-vous
donc? En quoi l'intervention en Espagne, pour un trône
que vous dites légitime, contre un autre trône qui prétend
l'être également, peut-elle servir votre destinée future!...
Hélas! de cinquante ans, il n'y aura, dans ce malheureux pays, ni force, ni vie suffisante pour son propre gouvernement; et vous ne comprenez pas que, d'ici là et bien
long-temps avant, la monarchie de juillet sera définitivement consolidée en Europe, ou bien qu'elle ne le serait jamais? Quand donc l'alliance espagnole vous servira-t-elle?
Lui emprunterez-vous ses forces quand vous n'en aurez
plus besoin, après lui avoir donné les vôtres lorsqu'il vous
était le plus important de les garder et de les concentrer
en vos mains?

Je ne puis exprimer suffisamment ici toute l'horreur
que m'inspire la propagande révolutionnaire. Non-seulement elle est criminelle, mais elle est stupide. Elle tend sans
relâche à disséminer au dehors les moyens de force et de
prospérité de la France; elle nous appauvrit pour nous
enrichir; elle nous épuise pour augmenter nos forces; elle
alarme le reste de l'Europe pour éteindre son hostilité;
elle rend la révolution française odieuse pour la faire ai-
mer. Calculez ce que la France pourrait acquérir de force,

de richesse, de puissance intérieure, et par conséquent
d'influence politique au-dehors, si les millions dévorés en
Afrique et les millions qu'on se propose de jeter en pâture
à la propagande espagnole , étaient sagement employés à
augmenter les progrès de l'instruction en France, à des-
sécher nos marais, à canaliser nos landes, à lier, à féconder toutes les parties du royaume par un vaste système de
travaux publics bien combinés ! Quand nous réclamons
ces grandes améliorations, ainsi que le dégrèvement des
classes pauvres, on nous répond que les ressources du
trésor ne le permettent pas ; et tout-à-coup, nos libéraux par excellence s'enflamment pour la civilisation
de l'Afrique, pour les progrès de l'Espagne, et veulent
jeter au dehors par centaines les millions qu'ils refusent aux besoins réels de notre patrie ?.... Croyez-vous
donc que le bonheur du pays et la progression rapide de
ses forces , ne seraient pas, de toutes les garanties possibles, les plus efficaces pour la révolution de juillet? Quels
rois oseraient alors la menacer? quels prétendants auraient
la puérile audace d'y hasarder une ridicule agression?...
Vous craignez qu'Henri V ne débarque en Espagne, et ne
vous arrive dans le Midi précédé par les gardes wallonnes ?
Pauvres gens !... et quelle idée avez-vous donc du libéralisme de ce peuple espagnol, si vous présumez qu'il servirait si facilement de janissaires, de cohortes prétoriennes à
Don Carlos et à Henri V ! Eh bien, c'est moi qui défen-
drai contre vous le libéralisme du peuple espagnol. Il est
encore faible pour conquérir et surtout pour organiser sa
liberté; mais il est assez avancé dans son ensemble pour
ne pas servir les conjurés de l'absolutisme contre la nation française. Il sentirait trop bien que là serait la ruine

complète de ses propres destinées. Et je vous le répète,
Don Carlos, incapable de se suffire à lui-même, aurait
vraiment bien autre chose à penser que d'armer pour le
duc de Bordeaux. Cessez donc d'alarmer le pays de cette
absurde menace. Il faut, pour oser parler ainsi, que vous
soyez en outre bien ignorants de l'état réel de nos provinces méridionales. Le passage des diverses émigrations espagnoles, depuis bien des années; la réputation de paresse,
de misère, de cruauté haineuse et vindicative que la no-
toriété publique a faite partout aux fauteurs de la guerre
civile espagnole dans les deux partis; les souvenirs de tous
les militaires retirés du service et qui ont fait les campagnes de Napoléon dans la Péninsule; le mépris populaire
qui s'attache principalement à la monacaille et aux fanatiques instruments de l'inquisition, ont rempli nos campagnes d'une telle réprobation pour toute entreprise qui
viendrait de l'Espagne sur la France, qu'il vaudrait mieux
cent fois pour Henri V arriver sur les bras des Cosaques,
que de faire l'immense faute de pénétrer en France par
l'Espagne. — La seule pensée d'une invasion espagnole
ferait accueillir le prétendant français avec une horreur
qui flétrirait son nom et l'anéantirait pour toujours.

* * *

26 DÉCEMBRE 1836.

Continuation du même sujet.

—

Nous avons vu que la politique de Louis XIV (1) n'é-

---

(1) Je dois répéter ici que les finances espagnoles, alimentées par les galions

tait plus applicable aujourd'hui à la question espagnole. A bien plus forte raison, celle de Napoléon.

Celle-ci ne reposait point sur l'esprit d'alliance, d'équilibre. Elle reposait sur l'esprit de conquête et d'absorption. Quoique plus acerbe au premier coup d'œil, elle était néanmoins plus civilisatrice, parce que, à l'organisation d'une lutte incessante entre les diverses parties de l'Europe, elle voulait substituer une direction unique, employant pour agir l'ensemble des forces que l'ancienne politique employait à l'antagonisme constant de ses prétentions rivales. L'empereur travaillait à former un grand tout, où ses agents royaux et sous-royaux auraient ramifié l'exécution de ses pensées jusqu'aux dernières extrémités de l'empire européen. L'Espagne entrait nécessairement dans sa conception, et c'est pour cela qu'il la prenait.

Cette unité d'une force immense et centrale, pour servir de base à l'action sans cesse rayonnante d'une direction unique donnée à la civilisation européenne, est, certes, une grande pensée. Elle est bien autrement profonde que celle de Louis XIV. Mais qui pourrait s'en emparer aujourd'hui et en porter le poids? Et dans cette

firent en grande partie les frais de la guerre soutenue en Espagne par Philippe V, tandis qu'aujourd'hui nos armées envoyées en Espagne seraient entièrement aux frais de la France. — Mais cela n'empêcha pas la France de s'épuiser d'or et de sang dans la guerre de la succession, parce que Louis XIV fut obligé de combattre à la fois dans les Pays-Bas, dans l'Allemagne et en Italie, pour la même cause. Il faut d'ailleurs remarquer qu'après avoir dépensé notre or et notre sang à combattre le parti de Don Carlos, il nous faudrait nécessairement supporter le coup de la banqueroute complète par laquelle la monarchie des cortès terminera inévitablement tout ceci; et ensuite, il nous faudrait encore aider les finances du gouvernement de Madrid. Ceux qui s'imaginent qu'on peut faire une pointe en Espagne, et s'en revenir ensuite, en disant : *Je me lave les mains de ce qui suivra* se moquent assurément d'eux-mêmes et de nous.

grande œuvre, de quel secours l'Espagne a-t-elle été à Napoléon ?

Il ne faut donc point que M. Thiers invoque la politique de Napoléon à l'appui de sa mesquine intervention ; propagande bâtarde et honteuse, cherchant à se dissimuler elle-même pour être admise à commencer sur une petite échelle, et comptant sur les évènements pour entraîner successivement la France à la remorque des constituants espagnols.

La pensée de Napoléon était trop grande. — Si grand qu'il fût lui-même, il était homme, et nul homme ne pouvait la porter. Aussi il ploya sous le faix à moitié de la carrière. Il hâta ses derniers pas, ainsi que nous voyons un homme chargé d'un poids trop lourd précipiter sa marche et courir en approchant du but, parce qu'il sent bien que s'il marchait au pas ordinaire, il succomberait avant d'être arrivé.

Dans l'exécution de cette grande pensée, tout devait concourir au résultat commun ; tant de ressorts compliqués, parmi lesquels une multitude de volontés humaines dont il aurait fallu que l'intelligence et la fidélité fussent immuables, étaient mis en œuvre à la fois, que c'eût été un miracle inouï qu'une seule volonté fît tout marcher d'accord depuis Rome jusqu'à Wilna. Ce miracle, nous l'avons vu, mais passager. On demande pourquoi Napoléon franchissait la Pologne à pieds joints pour aller frapper la capitale des czars. Un an de plus, a-t-on dit, employé à organiser la Pologne, et il aurait pu marcher ensuite avec sécurité au dernier terme de sa course. Oui, mais cette année de plus, qui pouvait la lui garantir ? Qui pouvait lui garantir que les mille ressorts de sa grande machine guerrière et gouvernementale agiraient un an encore loin de lui, sans se briser, sans se dissoudre, sans s'entraver les uns les autres? Et quand il croyait enfin pouvoir poser la main sur sa grande proie jusqu'alors insaisissable, quelle imprudence n'aurait-il pas commise en écoutant les conseils de la prudence ordinaire?... Un an, bon Dieu! pour Napoléon tenant en laisse l'Europe déjà hors d'haleine! pour Napoléon qui, les yeux fixés sur l'Angleterre, la voyait agir partout où il n'était pas, impatient qu'il était lui-même de résoudre le problème qu'il s'était posé, et ne voulant pas laisser compliquer sa difficulté presqu'insoluble par les nouvelles machinations qu'il sentait surgir d'un bout du monde à l'autre bout.

Ah! ce n'est point à Moscou qu'il fit la faute qui le perdit; ou du moins, cette faute n'était plus volontaire; elle n'était qu'une conséquence forcée. —C'est en Espagne qu'était sa ruine, non pas du tout parce que la désunion de ses généraux lui faisait perdre l'Espagne, car il l'aurait toujours retrouvée et reprise plus tard; mais parce que l'Espagne avait retenu loin de lui l'élite de ses vieilles armées aguerries, légions invincibles sous ses yeux; et que, voulant frapper sur le Nord un coup terrible, il manquait de ce surcroît de force mal à propos consumée à l'autre extrémité du monde. Il se mit donc à courir parce qu'il ne pouvait plus marcher, et quand il fut au but, il ne lui restait plus la force d'agir.

Détachons nos yeux de ce grand drame, et portons-les vers l'ébauche de la scène politique qu'on répète sous nos yeux. La faute de Napoléon fut de s'être trop étendu vers le Midi quand il voulait frapper sur le Nord; et vous, malheureux interventionistes qui vous appuyez sur son grand nom, vous voulez renouveler cette faute ? C'est pour résister aux cours du Nord, que vous parlez de jeter en Espagne les forces et les trésors dont vous pourriez avoir besoin sur le Rhin? C'est un corollaire que vous brûlez d'ajouter à vos folies algériennes?—Etranges politiques!.. qui nous parlent sans cesse des menaces du Nord, de l'absolutisme du Nord, de la coalition du Nord, et qui nous poussent comme des insensés à disséminer toutes nos forces dans le Midi!...

L'intervention en Espagne ne serait donc qu'une parodie à faux du succès de Louis XIV, et qu'une imitation pire encore d'une faute de Napoléon.

Et qui le croirait! les politiques qui revendiquent l'intervention en Espagne pour agir moralement contre les puissances du Nord, poussent l'aveuglement jusqu'à s'étayer contre nous de la double expédition que nous avons faite en Belgique contre le roi Guillaume!... C'est sans doute une gracieuseté de leur part, afin que nous ne négligions pas l'argument invincible que nous fournit la différence complète des deux hypothèses. — Notre double expédition en Belgique avait pour but et eut pour résultat de barrer aux puissances du Nord le chemin direct de la France. La révolution de juillet leur criait ainsi de sa puissante voix : — *Vous n'irez pas plus loin !* — Ce n'était point, à proprement parler, pour la Belgique que nous combattions, c'était pour nous-mêmes. Nous allions nous donner pour frontière une ligne de forteresses qu'on avait construites contre nous; nous allions fonder un royaume, auxiliaire effectif pour notre cause, chez un peuple, étranger de nom, mais français de cœur, industriel, commerçant, riche, fort pour lui-même et pour nous. Toute la réciprocité qui manque à l'Espagne, nous la trouvions en Belgique pour notre cause. Toutes les causes de ruine que nous trouverions en Espagne, manquent, grâce au ciel, au royaume de Léopold : en entrant en Belgique, loin de diminuer nos forces, nous les augmentions ; loin de disséminer ces forces dans le Midi, nous les concentrions vers le Nord, et nous présentions en front de bataille, à nos ennemis présumés, un cartel politique et militaire qu'ils eurent le bon sens de ne pas accepter. Comparer la Belgique à l'Espagne !... Quels politiques !

Que signifie d'ailleurs ce système qui consiste à constituer au sein de la paix une lutte de puissances opposées, coalisées les unes contre les autres sous la bannière de principes rivaux, éternellement inconciliables? C'est l'idée la plus fausse, la plus barbare, la plus anti-progressive qui puisse naître dans un cerveau exalté par la passion révolutionnaire ; les politiques qui rêvent encore pour l'Europe un système d'équilibre par lutte entre des coalitions égales, fondées sur des principes ou des intérêts opposés, travaillent, en dépit de la marche du temps et des progrès de l'humanité, à ressusciter une idée surannée. Non, l'humanité n'est pas faite pour l'équilibre d'une lutte morte, qui maintiendrait entre les peuples, pendant la paix, une sorte d'hostilité inerte, paralysie constante de leur développement, pire peut-être que les maux violents, mais passagers, de la guerre ; l'humanité n'est pas faite davantage pour la propagande violente des principes abstraits que l'intervention d'une nation intrôniserait forcément chez les nations voisines.

L'Europe, dans l'état actuel des lumières, ne peut être maintenue en équilibre pacifique que par la libre communion des pensées, et par la réciprocité féconde des relations commerciales; et de là naîtra, comme je l'expliquerai en son temps, une grande unité européenne, un grand tout composé de divers états conservant chacun des principes politiques, des formes gouvernementales appropriées à ses mœurs particulières, et vivant cependant en paix les uns avec les autres, parce qu'ils comprendront que la paix est dans l'intérêt de tous, qu'ils soient monarchiques, constitutionnels, ou républicains; parce qu'ils sentiront que la propagande armée des formes gouvernementales est une absurde violence, puisqu'il n'importe pas à la sécurité commune que chaque peuple ait les formes gouvernementales de ses voisins, mais qu'il ait au contraire les formes gouvernementales qui lui conviennent, à lui particulièrement, qui lui sont propres, qui naissent de ses mœurs, de son histoire et de son degré de civilisation.

Les partisans de l'intervention disaient récemment, qu'il n'était pas question de nous immiscer dans les formes gouvernementales de l'Espagne, mais seulement de chasser le prétendant et de laisser faire ensuite aux Espagnols ce qu'ils voudraient. — Quelle dérision!.... Quoi! deux partis en Espagne se disputent le gouvernement; vous proposez de vaincre et de disperser un de ces partis, et vous dites que vous ne vous immiscez pas dans les formes du gouvernement espagnol? Mais si le peuple espagnol veut Don Carlos, pourquoi le chassez-vous? ou s'il ne veut pas Don Carlos, pourquoi craignez-vous qu'il ne l'adopte, et quel besoin avez-vous de le chasser? Ne sentez-vous pas que le gouvernement qui sera ensuite établi sera toujours entaché dans sa nationalité par l'appui que vous lui aurez prêté, et que le parti carliste dira toujours : —Jamais les libéraux espagnols ne nous auraient vaincus, parce que la nation n'était pas pour eux; ce sont les Français qui ont opprimé en nous l'indépendance espagnole? —Qu'aurez-vous alors de raisonnable à leur répondre?

Ce n'est pas que j'établisse en principe absolu le droit de non-intervention. Je ne suis pas de ces politiques qui disent qu'il n'est jamais permis aux gouvernements de se mêler des affaires de leurs voisins. Mais je dis que les cas où il doivent et peuvent s'en mêler avec justice et avantage sont très-rares; que ce sont des exceptions dangereuses qu'il faut bien se garder de vouloir multiplier. Il en est du droit international, comme du droit intérieur entre les citoyens. Le domicile de chaque Français est certainement inviolable pour ses compatriotes. Si j'entre chez mon voisin malgré lui, je viole son domicile. Si j'y entre pour le voler ou l'assaillir, je suis un assassin ou un filou. Mais si j'entre chez lui pour le secourir contre les assassins qui, après l'avoir tué, voudraient en faire autant chez moi, certes je ne mérite aucun reproche. Si j'entre chez lui pour éteindre l'incendie qu'il aurait allumé lui-même par suite du *jus utendi et abutendi*, incendie qui brûlerait ma maison après avoir brûlé la sienne, je fais une bonne et prudente action; peu m'importe qu'il y consente ou non. — L'inviolabilité du domicile n'est point autre entre les nations. Ceux qui disent : « L'intervention n'est jamais permise », sont aussi peu raisonnables que les absolutistes, quand ils disent : « La révolution n'est jamais permise. » Dans l'une et dans l'autre hypothèse, c'est la nature des faits qui constitue et qualifie le droit. Mais il faut que ces faits soient patents, certains, incontestables.

— Et si comme l'a dit éloquemment M. Guizot : « Pour qu'une révolution soit légitime, il faut qu'un peuple y soit condamné par la Providence. » — Eh bien, pour qu'un peuple ait le droit d'intervenir chez ses voisins, il faut aussi qu'il y soit condamné par la Providence et pour sa défense légitime.

Or, c'est précisément cette condition suprême, nécessaire, base de tout droit révolutionnaire ou interventionnel, qui manque de fond en comble au projet d'intervention en Espagne. Rien n'est moins nécessaire, rien ne serait plus dangereux à la France et plus impuissant quant à l'Espagne, dans l'ordre moral et politique, rien ne serait plus onéreux pour nous, rien n'aurait de plus fatales conséquences dans l'ordre financier et gouvernemental : — c'est pour cela que la philosophie sociale et le patriotisme français doivent maudire simultanément cette folle et coupable entreprise.

--------------⊙------ -- —

25 DÉCEMBRE 1836.

Quelques mots sur l'intervention en Espagne.

—

L'intervention en Espagne a dégénéré chez certaines gens en une monomanie telle, qu'ils se montrent prêts à sacrifier, pour l'accomplir, et la dignité et les intérêts de la France.

On a vu que, dernièrement, M. Arguelles, qui paraît avoir oublié tant de choses, ne songeant plus à l'anathème lancé officiellement contre l'intervention française

par son ami M. Mendizabal, se répandait en injures contre notre gouvernement, qui n'a pas fait et ne fait pas
cette intervention.

On a vu aussi que le président du cabinet espagnol,
M. Calatrava, répondant à M. Arguelles, a dit que l'on
se trompait en voulant faire résulter l'intervention du
texte même du traité de quadruple alliance; que ce traité
impliquait seulement pour la France la surveillance des
frontières; qu'à cet égard le gouvernement français était
irréprochable; et que l'article 4 du même traité stipulait
expressément la nécessité d'une convention nouvelle,
pour le cas où une coopération plus étendue serait jugée
nécessaire (1).

Cette déclaration si positive n'a pas plus fait reculer
nos faiseurs d'intervention, que le mépris dont M. Mendizabal, ministre encore aujourd'hui, a flétri l'éventualité
de notre concours avoué, n'a piqué leurs susceptibilité.
Ils prennent bravement la défense de l'intervention contre le chef du cabinet espagnol, prétendent lui prouver
qu'ils comprennent mieux que lui le traité dont il aurait aujourd'hui si grand intérêt à élargir le sens, s'il le
pouvait, et seraient gens à le condamner par force au régime de l'intervention, si lui-même, tout obligé qu'il est
d'avouer qu'il n'a pas droit de l'invoquer, ne se montrait
tout disposé à se la laisser accorder.

Le texte de l'article 4 est cependant bien clair. Il dé-

---

(1) Voici le texte de cet article :

« Dans le cas où la coopération de la France serait jugée nécessaire par les
hautes parties contractantes, pour atteindre complètement le but de ce traité,
S. M. le Roi des Français s'engage à faire, à cet égard, ce qui serait arrêté de
commun accord entre elle et ses trois augustes alliés. »

clare que le commun accord des quatre puissances est nécessaire pour légitimer la coopération de la France. Le
commun accord! cela ne veut pas dire sans doute que la
France sera obligée de faire ce qu'il plairait à trois puissances de lui prescrire dans l'intérêt bien ou mal entendu
de l'Espagne. Il faut que son consentement personnel
vienne ratifier les propositions de ses alliés : alors seulement la lettre et l'esprit du traité sont couverts; alors seulement la coopération est possible.

Mais, dit-on, le cas prévu par le traité s'est déjà réalisé : sous le 11 octobre, M. de Broglie, de commun accord avec l'Angleterre, le Portugal et l'Espagne, a arrêté
la coopération. En la suspendant, vous manquez donc à
la foi promise.

Rien n'est moins vrai. Ce qui, en réalité, a été décidé
sous le ministère de M. de Broglie, c'est un secours, c'est
un prêt d'hommes et d'argent, c'est un redoublement de
surveillance; mais ce n'est pas le mode de coopération
que l'on demande aujourd'hui; ce n'est pas surtout une
intervention. En effet, la France a si peu voulu se mêler
officiellement à la lutte qui divise l'Espagne, qu'elle a
laissé les officiers français qui se trouvaient dans la légion
étrangère libres d'accepter ou de refuser la nouvelle destination qu'on leur offrait. Elle l'a si peu voulu, qu'elle a
imposé, à ceux qui consentaient à être cédés au gouvernement de la reine, l'obligation de se dénationaliser, de quit-
ter leur cocarde, de renoncer à leur drapeau, de prendre
les couleurs et la bannière espagnoles. Pourquoi tout cela,
sinon pour montrer qu'elle renonçait à toute espèce de
droit sur ce corps, comme aussi à toute espèce de solidarité dans les actes qu'il allait accomplir au service de la

cause qu'il embrassait? Chacun peut avoir son opinion sur ce mode d'assistance indirecte et déguisée; pour notre compte, nous ne l'avons pas approuvé. Mais il n'en est pas moins vrai que les précautions mêmes qu'on a prises pour ôter à cette assistance tout caractère officiel, tout caractère français, tout caractère qui, en cas d'insuffisance, pût impliquer nécessairement l'obligation pour nous d'en étendre les sacrifices, prouvent évidemment que l'intention du 11 octobre n'était pas celle que M. Thiers et ses amis affichent aujourd'hui. Nous disons mieux, elles prouvent que l'intention formelle du 11 octobre était qu'on ne confondît pas les mesures qu'il prenait, avec celles que réclamaient, dors et déjà, les politiques auxquels M. Thiers ne s'est allié que depuis.

Il est donc impossible d'argumenter de la décision prise par M. de Broglie, pour démontrer la légitimité diplomatique de l'intervention qu'on demande. Cette décision a reçu aujourd'hui son plein et entier effet; la légion étrangère a rendu d'éclatants services au gouvernement de la reine, et ce n'est pas la faute de la France si ce gouvernement la laisse périr misérablement sans paie, sans souliers et sans pain.

Maintenant, que M. Thiers ait, sous son ministère, concerté des mesures plus larges; qu'il ait voulu faire figurer plus officiellement la France dans les désordres civils de la Péninsule, c'est ce que nous savons tous. Mais nous savons aussi comment il s'y est pris pour cela. Nous savons que si M. Thiers était d'accord sur ce point avec les co-signataires du quadruple traité, la France ni même les collègues de M. Thiers n'étaient d'accord avec lui, puisque c'est précisément à cette occasion que le ministère

du 22 février s'est dissous, au grand contentement de la
royauté et du pays. Comment donc voudrait-on nous imposer comme obligatoire et intransgressible une politique
qui a échoué dans le cabinet dès ses premières applications, et même à cause de ces premières applications? De
quel droit prétendrait-on forcer les ministres du 6 septembre à exécuter les arrangements de M. Thiers; arrangements que celui-ci avait pris sans trop les avouer à ses
collègues, dont deux au moins les repoussaient; arrangements contre lesquels la royauté a élevé, à dessein, dans
son conseil, les opinions tout opposées de M. Guizot et de
ses amis? Et si on n'a pas ce droit, comment peut-on
dire que les conditions posées à la coopération par l'article
4 du traité sont remplies? comment peut-on dire que les
quatre puissances signataires de ce traité y sont décidées
d'un commun accord?

Non, elles ne le sont pas. La France, fort heureusement, a encore tous ses droits réservés; la France est encore parfaitement libre de faire ou de ne pas faire l'intervention; aucune stipulation ne la lie, aucun précédent ne
l'engage. Nous tenions à constater ce point, que persistent à nier les amis de M. Thiers, malgré tout ce qu'a dit
M. Calatrava lui-même, parce que devant lui tombe cet
échafaudage de reproches qu'on a élevés au sujet de prétendues violations d'engagements diplomatiques, qui
n'existent que dans la cervelle des Don Quichottes de l'intervention.

Ces reproches, si on parvenait à leur donner quelque
apparence spécieuse de vérité, étaient les seuls qui fussent
de nature à impressionner la Chambre et à la préparer
favorablement à l'opinion que M. Thiers se dispose, dit-

on, à soutenir de toutes ses facultés. Une fois écartés, et ils le sont pour tous les hommes de bonne foi, il ne reste plus qu'à examiner la question d'intervention dans ses éléments mêmes, dans ses chances matérielles, dans ses affinités morales. Or, ainsi posée, ce sera bientôt une question résolue, aujourd'hui surtout que les tristes conséquences des folies, par nous autorisées en Afrique, commencent à ouvrir tous les yeux sur l'imprudence habituelle de notre conduite, et font comprendre l'urgente nécessité d'être désormais plus économes des ressources qui restent à notre disposition.

Année 1837.

—

La guerre civile préoccupa complètement les esprits en Espagne, pendant l'année 1837, et le besoin de s'unir pour résister aux armes de Don Carlos, enraya le mouvement révolutionnaire. — H. Foufrède eut donc peu d'occasion d'écrire sur les affaires de ce pays; il se borna à publier, à Paris, dans le journal la *Paix*, un nouvel écrit contre l'intervention, et vers la fin de l'année, en examinant, dans le *Courrier de Bordeaux*, un ouvrage récemment publié, il eut l'occasion de résumer son opinion sur la révolution espagnole.

—

17 JANVIER 1837.

De l'Infaillibilité de M. Thiers dans la question espagnole.

Auditeur attentif des débats que la question espagnole suscite dans la discussion de l'adresse, j'ai entendu, avec un peu de surprise, M. Thiers affirmer que, seul dès l'origine, il avait jugé d'un coup d'œil sûr l'état moral et politique de la Péninsule; que, seul, il avait connu le remède qu'il fallait appliquer à ses maux; que, dans le cabinet du 11 octobre, il était le seul, lui, M. Thiers, qui ne se fût jamais trompé, qui n'eût jamais varié, qui eût constamment reconnu la nécessité d'une intervention armée en Espagne; intervention qu'il croit possible, facile, utile, indispensable au triomphe de la révolution de juillet en France.

J'ai quelquefois aussi parlé des affaires de la Péninsule, et peut-être ne me suis-je pas toujours trompé dans ce que j'en ai dit; mais, certes, je n'ai point la présomption d'afficher l'infaillibilité. Il est fort douteux qu'une prétention si grandiose soit convenable, même à M. Thiers, et elle serait complètement inexcusable de ma part. Je demanderai simplement la permission d'examiner les actes et les paroles de M. Thiers, et de voir jusqu'à quel point sa merveilleuse prescience a compris l'état des peuples et les chances de l'avenir.

C'est une pente naturelle à tous les gouvernements, vieux ou nouveaux, de vouloir baser la sécurité de leur conservation ou la stabilité de leur établissement, sur la consécration de formes gouvernementales semblables chez les peuples voisins. J'ai déjà prouvé, ailleurs, que cette pensée n'était qu'une erreur, un préjugé. Mais, enfin, vraie ou fausse, cette pensée n'est pas nouvelle; M. Thiers n'en est que le centième plagiaire. Il n'y a pas là de quoi crier au miracle; il n'y a là aucun motif bien admissible de tomber, comme il vient de le faire, en subite admiration de lui-même.

Donc, pour nous convaincre de son infaillibilité, il nous apprend que la France ayant une monarchie constitutionnelle, fruit d'une révolution, il faut absolument, pour assurer son avenir, que l'Espagne ait aussi une monarchie constitutionnelle, fruit d'une révolution semblable. Et comme, selon lui, cela convient à la France, il en conclut deux choses : d'abord, qu'il faut que cela convienne aussi à l'Espagne, et qu'elle a tort si elle pense autrement; ensuite, que nous devons intervenir les armes à la main pour la convaincre de cette vérité, et pour établir chez elle le gouvernement constitutionnel, si elle ne veut pas ou si elle ne peut pas l'établir elle-même.

Dans cette thèse, je le répète, il n'y a rien de nouveau; c'est la sainte-alliance retournée à l'envers. En effet, la sainte-alliance voulait établir, par la force, la monarchie absolue. La quadruple alliance, selon M. Thiers, doit propager, par la force, la monarchie constitutionnelle. La première était une bévue absolutiste, la seconde est un avortement libéral. L'une et l'autre sont en dehors de tout principe et de toute vérité.

Ces paroles paraîtront étranges aux amis du ministère tout autant qu'à ceux de M. Thiers. Je ne sais qu'y faire. Depuis que le cabinet français s'est mêlé des affaires de l'Espagne *christinisée*, il m'a paru agir toujours sur une fausse base, et j'avoue que, dans cette affaire, ni M. Thiers, ni M. de Broglie, ni M. Guizot, ni aucun de leurs collègues, quelles que soient les dates de leur entrée au conseil, ne me semblent avoir joui du privilége de l'infaillibilité. Je crois, au contraire, que tous, plus ou moins, ils ont cédé, dès l'origine, au préjugé que je viens de signaler; que tous, plus ou moins, ils ont jugé nécessaire d'installer en Espagne un gouvernement semblable au nôtre, et que, tous, ils se sont trompés sur les difficultés de l'entreprise. De là vient leur dissidence actuelle et la fausse position où sont tombées les relations de la France et de la Péninsule.

Tous ces hommes d'État, si distingués, ont effectivement subi l'empire des apparences. La cause de la monar-

chie constitutionnelle leur a semblé, d'abord, presque in-
contestée en Espagne : Don Carlos facilement éloigné, les
populations peu dissidentes, le calme à peu près général.
Dans cette pensée, d'accord avec le cabinet anglais, ils ont
cru que c'était une merveilleuse occasion de faire de la
propagande constitutionnelle, sans grands risques et à bon
marché; de là, la quadruple alliance, qui, malgré son titre factice, n'est en réalité que la coalition de la France
et de l'Angleterre, pour combiner leur action sur les affaires intérieures de la Péninsule, afin d'y favoriser l'établissement du système constitutionnel, à l'exclusion de la
monarchie absolue.

Quant aux moyens d'exécution, à peine si l'on jugeait
alors convenable de les stipuler rigoureusement : rien de
précis, de sérieux; on s'en remettait à l'avenir; on prendrait les dispositions qui seraient jugées nécessaires, et
l'on se flattait que les évènements n'exigeraient jamais
de grands sacrifices.

C'est donc en premier point une bien grande erreur de
dire que l'intervention armée a été une des prévisions,
une des conditions virtuelles, un des engagements de la
France et de l'Angleterre. Bien au contraire, tout homme
sensé doit être convaincu, et je fais ici un appel aux di-
plomates eux-mêmes auteurs de ce traité; tout homme
sensé, dis-je, doit être convaincu que si, lorsqu'il fut
question la première fois de cet acte, les hommes d'État
qui le discutaient avaient cru que l'état de l'Espagne présentait, à l'accomplissement de leur convention diplomatique, des obstacles tels que, pour les vaincre, l'intervention à main armée devînt nécessaire en Espagne,.... jamais ce traité n'aurait été signé.

Cependant, malgré l'infaillibilité de M. Thiers, le traité n'a produit que deux choses en Espagne : l'exaltation du principe révolutionnaire, et la résurrection des résistances absolutistes. — Et ce juste-milieu presque général dont M. Thiers a découvert tout récemment l'existence occulte sur tout le sol de l'Espagne ; ce juste-milieu, dont il nous a donné une définition si discordante et si fausse, appelle maintenant à grands cris l'intervention étrangère pour la substituer à l'appui national qui lui manque. Etrange et bizarre contre-sens !

Mais quand les obstacles recélés par le sol espagnol se sont révélés dans une lutte toujours croissante, les promoteurs de la quadruple alliance ont senti fléchir leurs résolutions ; ils ont alors pressenti la vérité, un peu tard il est vrai ; mais enfin ils l'ont comprise, et ils ont vu que l'intérêt de la France leur commandait de s'arrêter. — M. Thiers seul n'a rien compris ; il n'a rien vu de ce qui se passait sous ses yeux Ayant fait les premiers pas dans la propagande révolutionnaire en Espagne, il a cru son honneur et l'honneur de la France engagés à persévérer jusqu'au bout, et il est venu promulguer à la tribune cet éclatant hommage d'infaillibilité qu'il a publiquement rendu à son propre génie.

Je ne veux point rentrer dans le fond de la question : elle est jugée. Les formes gouvernementales semblables chez nos voisins pourront nous être de quelque utilité, quand elles y naîtront librement de l'état des mœurs, des sympathies du pays, de la nature des choses ; mais implantées violemment par nos armes sur un sol qui leur résiste, — et s'il ne leur résistait pas, pourquoi l'intervention armée serait-elle nécessaire ? — ces formes ne seraient qu'un leurre grossier qui, loin de nous être d'aucun secours, établiraient seulement pour nous un nouveau point vulnérable et une nouvelle cause d'épuisement. Les restaurations faites par la sainte-alliance lui ont été une charge et un danger : les gouvernements révolutionnaires que créerait par la force armée la quadruple alliance, auraient pour elle un effet semblable. Il faut enfin sortir de ces voies surannées. Laissons nos voisins maîtres chez eux, si nous voulons qu'on nous laisse maîtres chez nous.

Je mets donc de côté, je le répète, tous les lieux communs de l'opposition révolutionnaire, tendant à justifier l'emploi de la force pour révolutionner nos voisins; cette doctrine est inique envers eux, imprudente envers la France, coupable et folle aux yeux de la raison et de l'humanité.

Mais je veux examiner seulement deux arguments de M. Thiers, qui, jusqu'à présent sont restés sans réponse; je veux aussi soumettre au public quelques doutes sur l'infaillibilité diplomatique de l'ancien ministre des affaires étrangères.

D'abord, a-t-il dit, la grande majorité du peuple espagnol est dans le juste-milieu; car, qu'est-ce que le juste-milieu?... C'est l'impuissance, le dégoût, la fatigue des peuples qui, pénétrés d'horreur pour les souffrances qu'occasionent les deux partis extrêmes, sont ainsi rejetés vers la modération politique.

Pourquoi donc dans cette Espagne, peuplée de justes-milieux, les principes démocratiques ont-ils surgi? Pourquoi ont-ils violenté la reine, d'abord par l'action des juntes, ensuite par l'insurrection de la Granja? Parce que, s'est répondu M. Thiers à lui-même, parce que la crainte des succès de Don Carlos a irrité les esprits, leur a fait secouer les règles de la hiérarchie gouvernementale, les a poussés dans l'anarchie. C'est pour cela qu'ils ont proclamé la constitution de 1812 : donc, si nous étions intervenus, si nous avions supprimé Don Carlos et la guerre civile, les tendances démocratiques n'auraient pas été exaltées, la constitution de 1812 n'aurait pas été proclamée, la monarchie d'Isabelle se serait affermie sur les bases de l'immense juste-milieu espagnol. — Donc, la France, en n'intervenant pas, est elle-même la cause des désordres de la Granja, de l'ébranlement de la monarchie espagnole, et de tous les malheurs qu'elle déplore aujourd'hui.

Eh bien ! je réponds à M. Thiers qu'il se laisse ici séduire par les apparences les plus grossières, les plus superficielles, les plus fausses. Je prends le contre-pied de son système, et je dis que, sans l'insurrection absolutiste et sans la crainte de Don Carlos, le mouvement démocratique, momentanément arrêté en Espagne , aurait pris une extension dix fois plus complète et plus dangereuse.

Voyez, en effet, le fond des choses : où sont donc à la fois les racines de l'insurrection démocratique et ses moyens d'action ?... Où ?... dans la force militaire espagnole. — C'est là, c'est toujours là que le radicalisme a surgi et s'est appuyé. En Espagne comme en Portugal, c'est de l'insurrection militaire qu'est sorti constamment le républicanisme sous forme de constitutions où la monarchie ne figurait que pour *mémoire*, afin de consacrer publiquement l'avilissement et la nullité du trône. Que les forces militaires n'eussent pas été occupées contre Don Carlos; qu'elles se fussent agglomérées dans quelques points centraux, dans quelques garnisons, là, et tout aussitôt les meneurs démocratiques auraient trouvé leur point d'appui, et la constitution de 1812, proclamée en 1822 par la force militaire dans le camp de Cadix, l'aurait été de nouveau.

Et que s'est-il donc passé en Portugal? Y avait-il là une guerre civile, un prétendant? Les succès de ce prétendant inquiétaient-ils les soldats de Dona Maria? Craignaient-ils que Don Miguel fit contre Oporto ce que Don Carlos faisait contre Bilbao? Non, sans doute, il n'y avait là ni prétendant, ni guerre civile, et c'est précisément pour cela que, libres d'inquiétudes de ce côté, les meneurs de l'anarchie militaire ont eu toutes leurs forces disponibles pour s'insurger contre dona Maria et déchirer la charte de Don Pedro!... Oh! lorsqu'ils avaient à redouter les partisans armés de Don Miguel, la charte de Don Pedro était leur étendart libérateur, elle remplissait leurs vœux, le trône de sa fille était respecté. Mais quand ils en ont eu fini avec une des royautés portugaises, ils ont voulu détruire l'autre, et ce sera partout la marche naturelle des choses.

Et maintenant regardez, imprudents promoteurs des constitutions par la force armée, nationale ou étrangère, que s'est-il passé en Espagne? que s'est-il passé en Portugal?

En Espagne, la constitution de 1812 a été, je ne dis pas modifiée, mais détruite dans toutes ses conditions essentielles, par les cortès nées sous son influence.

En Portugal, au contraire, la constitution, bien plus démocratique, de 1822, existe encore dans tout son absurde radicalisme; l'armée, la garde nationale se sont soulevées contre la tentative monarchique de dona Maria, fortifiée de l'*appui moral* de la flotte britannique.

Pourquoi cette différence ?

Précisément parce qu'en Espagne la crainte des succès de Don Carlos a forcé la main aux cortès, tandis qu'en Portugal l'absence de toute crainte du prétendant a laissé l'anarchie militaire libre et maîtresse du terrain.

Ne prenez pas ceci pour un paradoxe : c'est la pure et simple vérité.

En effet, les cortès espagnoles ont senti que l'horreur profonde inspirée aux masses inquiètes et fatiguées des populations espagnoles par les dispositions anti-monarchiques de la constitution de 1812, allait jeter dans le camp de Don Carlos tous les honnêtes gens qui ne verraient plus de monarchie possible dans celui de Christine. Pour éviter cet abandon universel, elles ont compris qu'il fallait détruire les dispositions les plus anarchiques de la constitution de 1812 : alors elles se sont mises à l'œuvre. Et cette constitution folle est doublement tombée en quenouille entre le trône d'Isabelle et celui de Don Carlos !...

Soyez bien certains, au contraire, que si, immédiatement après la proclamation de la constitution de 1812 à la Granja, les oppresseurs de Christine eussent été délivrés de la crainte de Don Carlos, ils n'auraient pas détruit le pacte anarchique qu'ils venaient de promulguer : ils ne l'avaient pas proclamé pour le détruire. Le contre-sens eût été trop grossier. Anéantissez une des deux factions qui déchirent l'Espagne, à l'instant l'autre va prédominer, et se livrer, sans mesure, à toutes ses tendances furieuses. Elles ne sont contenues que par la crainte l'une de l'autre. Il n'en faut détruire aucune, ou il faut les détruire toutes les deux. — Voilà l'œuvre *facile* que vous avez devant vous !... Une fois Don Carlos détruit, l'anar-

chie serait à Madrid ce quelle est à Lisbonne, délivrée de
la crainte de Don Miguel : et vous avez vu le bel effet
que la coopération *morale* de l'escadre anglaise y a produit !

Puis, après cela, M. Thiers n'a-t-il pas beau jeu de
nous dire qu'une contre-révolution à Madrid nous brouil-
lerait avec l'Angleterre et ferait tomber le ministère wigh ,
en détruisant par contre-coup l'œuvre anglaise à Lisbonne ?
Quoi ! M. Thiers, ex-ministre des affaires étrangères, ne
sait-il pas encore que l'œuvre anglaise a été détruite à
Lisbonne le jour que la révolution a déchiré la charte de
Don Pedro et proclamé la constitution de 1822 ? M. Thiers
ne sait-il pas encore que, ce jour-là, le ministère wigh a
reçu, par la révolution, l'ébranlement dont je ne sais en
vérité comment M. Thiers peut supposer que la contre-
révolution menace le cabinet anglais à Lisbonne ? M.
Thiers ne sait-il pas que déjà le cabinet anglais , par
l'influence de sa flotte, a voulu détruire à Lisbonne
l'œuvre de la révolution ?.... En vérité, la légèreté de M.
Thiers passe toute mesure et toute croyance.

Mais voici encore quelque chose de mieux. Pour preuve,
nous a-t-il dit, que la coopération est un moyen efficace,
voyez si la coopération de la flotille de Napier n'a pas ef-
fectué l'établissement du gouvernement portugais ? En
effet, l'exemple est bien choisi, au moment même que la
faction anarchique a détruit à Lisbonne l'œuvre gouvernementale à laquelle le triomphe du commandant Napier
avait concouru !...... Et cependant il n'y avait là, je le
répète, ni prétendants, ni guerre civile !

Car, ne l'oubliez donc pas! les révolutions démocratiques
prétextent toujours des craintes de contre-révolution pour

motiver et voiler leur marche constante vers une dissolution totale de l'ordre social. Mais ce n'est pas la crainte
de la contre-révolution qui les pousse : c'est le désir de
retourner la société de bas en haut, pour placer au som-
met de l'échelle la souveraineté populaire absorbée et in-
dividualisée dans des chefs factieux. En France aussi, les
républicains prédisaient une contre-révolution infaillible
et prochaine, si leur insurrection n'y portait obstacle. Il
en est toujours ainsi : l'insurrection de la Granja est
sœur des insurrections de juin et d'avril. En France, la
portion républicaine de ceux qui ont renversé la royauté
de Charles X aurait renversé la royauté de Louis-Philippe,
si les insurrections de juin et d'avril avaient réussi. Qui
en doute? et cependant où est la contre-révolution légitimiste? où est le prétendant? quel siége de Bilbao avons-
nous en France!—Cessez donc de croire au charlatanisme
des factions. Ce n'est pas de l'infaillibilité, ce serait sim-
plicité bien étrange, si ce n'était une maladroite habileté.

Ici, je devrais prouver à M. Thiers qu'il a été quatre
ans ministre du juste-milieu sans y avoir vu autre chose
qu'un expédient temporaire, au lieu d'y voir la véritable
base du système social. Mais la longueur de cet article ne
le permet pas. Ceci est trop essentiel pour être passé sous
silence : j'y reviendrai sous peu. On verra pour lors que
l'instinct de l'ordre est tout autre chose que l'horreur du
désordre; on verra que la duchesse de Berry a été expulsée
de la Vendée, parce qu'il y a en France un grand et vrai
juste-milieu; nous n'avons pas eu besoin pour cela de
l'intervention étrangère! On la réclame, au contraire,
cette intervention, pour expulser Don Carlos, parce qu'en
Espagne il n'y a pas de juste-milieu. En comparant les

deux faits, M. Thiers a donné la mesure de son infaillibilité.

——— —— ⬥— — ——

3 DÉCEMBRE 1837.

Examen critique des Révolutions d'Espagne.

—

J'avais depuis quelques jours l'intention d'examiner,
dans un journal, la question espagnole sous le nouveau
point de vue qu'elle présente aujourd'hui, lorsqu'un ouvrage, dont le titre figure en tête de ce chapitre, m'a été
remis. Je l'ai lu avec la plus grande attention, et j'ajoute
avec intérêt et profit. Je me suis félicité d'y trouver de
nouvelles preuves à l'appui des opinions que j'avais déjà
exprimées, et de voir que les faits historiques, reproduits
par un écrivain impartial, confirmaient les aperçus de la
méditation politique.

Je ne prétends point ne m'être jamais trompé dans la
question espagnole. Je crois, au contraire, que, dans un
débat si difficile, si compliqué, si peu semblable à ce que
nous avons lu dans l'histoire des autres peuples, nous
tous, Français, accoutumés à juger trop facilement les
mouvements politiques des autres pays par la nature, cependant bien différente, de ceux qui s'accomplissent dans
le nôtre, nous avons dû commettre bien des erreurs. Mais
je crois aussi avoir vu juste le fond de la question espagnole, à part les erreurs de détail et d'application que j'ai
pu commettre, et dont je m'empresserai de convenir à mesure que le cours de cet examen m'en fournira l'occasion.
—Dans cette étude, comme dans toutes, ce n'est point

mon amour-propre que je veux défendre : c'est la vérité que je veux découvrir et proclamer.

L'*Examen critique des Révolutions d'Espagne*, dont l'auteur est anonyme, s'occupe successivement des diverses périodes de ces révolutions. Nous suivrons la même marche. — La restauration de Ferdinand, de 1814 jusqu'en 1820. — Son gouvernement sous la constitution des cortès, de 1820 à 1823. — Son gouvernement, de 1823 jusqu'à sa mort. — Puis, la lutte actuelle composée de trois actes particuliers : le gouvernement de la reine sous le système de Zéa-Bermudez; le gouvernement de la reine sous le statut royal jusqu'à l'insurrection criminelle de la Granja; — enfin le gouvernement de la reine depuis cette insurrection jusqu'à l'ère nouvelle qui s'ouvre aujourd'hui par l'inauguration des cortès élues sous l'empire de la constitution modifiée (1). — De cet examen, nous essaierons de déduire quelques probabilités sur l'avenir encore si douteux et si sombre de la nation espagnole.

Dans cette tâche laborieuse que nous allons entreprendre, nous prions les Espagnols de tous les partis et de toutes les opinions, de croire que nous ne sommes mus que par le plus vif désir de contribuer à la régénération, à la pacification, au bonheur et à la liberté de leur patrie. Nous ne céderons jamais à l'influence étroite d'un vieux et faux sentiment de nationalité, qui, considérant les peuples voisins comme des étrangers, calcule avec égoïsme les moyens d'exploiter leur détresse et leurs embarras, au profit de l'intérêt indigène, soit français, soit anglais, soit

---

(1) L'ouvrage que j'examine ne parle point du règne de la reine Christine, à partir de la mort de Ferdinand VII, mais seulement depuis le ministère de M. Mendizabal. — Nous avons cru devoir suppléer à cette lacune.

tout autre. Le temps de ces égoïsmes nationaux est passé : tout le monde comprend que les peuples, surtout les peuples voisins, sont inévitablement solidaires entr'eux de leur destinée, de leur liberté, de leur bonheur; que chacun d'eux peut améliorer son sort par le bonheur des nations qui l'entourent. L'isolement des intérêts nationaux n'est plus possible, et leur antagonisme serait un crime pour les politiques arriérés qui voudraient fonder un système sur cette coupable pensée.

En outre de tous ces motifs généraux, il y a, entre la nation française et la nation espagnole, tant de points de contacts et d'alliance, malgré la différence de leurs mœurs et de leurs caractères, ou peut-être même à cause de cette différence qui peut motiver entre les deux peuples de nombreux échanges industriels et commerciaux, que ce serait une politique folle que celle qui n'attacherait pas la plus grande importance à voir la paix et la sécurité rétablies en Espagne, et qui reculerait devant quelques sacrifices nécessaires pour arriver à ce résultat. Si donc, je me suis opposé à l'intervention armée en Espagne, ce n'est point, qu'on le croie bien, que je ne comprisse parfaitement la grande utilité du but qu'on se proposait en la demandant, mais bien parce que je pensais que, dans la position réelle des choses, ce but ne pouvait alors être atteint, ni par ce moyen, ni par aucun autre. Ainsi que je l'ai dit alors avec mal au cœur, mais avec une profonde conviction, l'Espagne n'est, depuis vingt ans, susceptible de supporter aucune administration. Elle était susceptible de révolution et de contre-révolution, mais non pas de gouvernement; et celui, quel qu'il fût, que la destinée condamnait à la diriger, devait avoir et a eu toujours tort. —

Il fallait donc laisser marcher les évènements et attendre que du choc des partis extrèmes, de leur lassitude, de leur épuisement, de leur entêtement enfin, vaincu et dominé par les faits, il naquit un juste-milieu véritable, une force à la fois réelle et modérée qui pût servir de base à un gouvernement durable. Si l'on me demande à qui devra rester en définitive le gouvernement de l'Espagne, au prétendant ou à la reine, je répondrai sans hésiter : — A celui des deux qui pourra présenter le premier à l'Espagne l'appui de ce juste-milieu, fort parce qu'il sera modéré, modéré parce qu'il sera fort. — Et jusque-là, le gouvernement sera impossible aux deux fantômes de royauté, absolue ou constitutionnelle, qui se le disputeront sans avoir le moyen de l'exercer.

Commençons donc notre examen à la fois historique et politique. Transportons-nous en 1814, assistons à la restauration de Ferdinand : Voyons comment les principes que nous venons de poser y trouvent leur sanction dans les faits accomplis.

Lorsqu'en 1814, la restauration de Ferdinand VII s'effectua en Espagne, nous tous libéraux Français, nous jugeàmes cet acte politique avec beaucoup de prévention et d'injustice.

Il est bien évident, d'abord, que Ferdinand était le seul roi, le seul gouvernement possible en Espagne.

Il était le seul appelé par droit de naissance ; c'était pour maintenir ce droit héréditaire de la monarchie espagnole, lié à l'indépendance même de la Péninsule, que l'Espagne venait de soutenir une sanglante lutte contre Napoléon. Elle attendait Ferdinand, elle voulait Ferdinand ; nul autre gouvernement n'était seulement essayable.

Ferdinand, en rentrant dans son royaume, y trouvait la constitution de 1812 établie. Devait-il la maintenir?

Alors, la France était dans un tel état d'exaspération, que tout ce qui venait de la représentation populaire, par cela seul, était bon à nos yeux, et tout ce qui venait d'une royauté restaurée, nous paraissait mauvais. Aussi, jetâmes-nous les hauts cris lorsque nous vîmes Ferdinand abolir la constitution de 1812.

Cependant, aujourd'hui que l'expérience nous a éclairés et que nous prononçons avec impartialité, nous devons convenir que Ferdinand eut raison d'abolir la constitution de 1812, et le peuple qui applaudit à cette abolition sans la comprendre, pas plus qu'il n'avait compris la constitution elle-même, eut raison aussi, non par science, mais par instinct. La constitution de 1812 est tellement anarchique et vicieuse, que tout souverain qui l'acceptera aura tort, tout souverain qui la détruira fera bien, pourvu qu'il le puisse. Et jugez si cette constitution est mauvaise, puisque les cortès constituantes nommées de par l'insurrection de la Granja, ont été obligées de la détruire elles-mêmes, en changeant ses dispositions les plus essentielles!

Deux choses alors, en Espagne, étaient donc bonnes et nécessaires : la restauration de Ferdinand et l'abolition de la constitution de 1812.

Mais à ces deux bases, sur lesquelles un esprit éclairé et conciliateur aurait dû élever une œuvre administrative et gouvernementale, intelligente et modérée, le fanatisme et l'ignorance joignirent un absolutisme ignoble, barbare, exacteur, impitoyable; et depuis 1814 jusqu'à 1820, l'Espagne fut un lieu d'exil, de prison, de supplice, pour les plus nobles défenseurs de sa cause, dans la longue lutte qu'elle venait de terminer si glorieusement!

Il faut lire, dans l'ouvrage lui-même, l'histoire abrégée de cette triste période. Ce tableau mérite d'autant plus de confiance, qu'il est tracé avec une grande impartialité. Car l'auteur, qui paraît avoir été partisan de la restauration de Ferdinand, en quoi il avait certainement raison, ne dissimule cependant aucune des fautes de ce monarque, fautes qui excitèrent les diverses conspirations successivement réprimées, jusqu'à celle de l'île de Léon, qui triompha au moment même où elle devait être perdue. Ne pouvant citer qu'un seul trait de ce tableau, nous choisissons le passage qui a trait à l'existence de la *camarilla*, source première de tous ces malheurs. Voici comment l'auteur s'exprime à ce sujet :

« Mais n'eût-on pas changé sans cesse de ministres, » eussent-ils été capables de donner au gouvernement la » force dont il avait un si grand besoin, il n'en serait pas » résulté de plus grands avantages, parce que le minis- » tère avait les mains liées. Personne en Espagne n'ignore » qu'il existait à la cour une réunion d'hommes qui étaient » à divers titres, dans l'intimité du roi, réunion connue » sous le nom de *camarilla*. Elle nommait à presque tou- » tes les places; son ambition n'allait point jusqu'à dic- » ter des décrets, des réglements, des plans d'adminis- » tration; elle se contentait de disposer des emplois, d'y » maintenir ses amis, ses créatures, et d'en chasser les » hommes de mérite. Les ministres ne pouvaient or- » dinairement faire exécuter les mesures qu'ils avaient » prises par les hommes sur lesquels ils pouvaient comp- » ter. parce qu'ils recevaient l'ordre d'employer les per-

» sonnes désignées par la *camarilla*. Ainsi disparaissait
» jusqu'à la responsabilité d'opinion, à laquelle sont sou-
» mis les ministres des gouvernements les plus despoti-
» ques.

» En effet, quel que soit le système du gouvernement
» d'un peuple, il suffit que ce peuple ne soit pas privé de
» raison pour qu'un ministre rougisse d'avoir confié les
» emplois de finance à un fripon reconnu ; le gouver-
» nement d'une province ou d'une place, à un homme
» dépourvu de toute capacité, avide et lâche ; le com-
» mandement d'une armée à un général ambitieux, peu
» scrupuleux sur les moyens d'exécution, et despote par
» caractère ; l'administration de la justice à un avocat
» entaché d'ignorance, de vénalité, de vices publics. Mais
» il ne restait pas même en Espagne cette espèce de res-
» ponsabilité, parce que celui qui faisait en réalité des
» choix aussi mauvais était un homme obscur, inconnu ;
» il n'avait aucune raison d'agir autrement, et le complai-
» sant ministre prêtait seulement sa signature pour auto-
» riser la nomination.

» Et quelles réflexions ne ferait pas naître l'examen des
» innombrables décrets rendus par le gouvernement espa-
» gnol de 1814 à 1820 ! On avait en vain proclamé que
» tout devait revenir comme en1808, puisque le gouver-
» nement lui-même fit bientôt des innovations dans pres-
» que toutes les branches de l'administration. On annula
» le décret des cortès sur les droits seigneuriaux, mais le
» roi incorpora à la couronne les droits des seigneurs jus-
» ticiers. On établit une contribution directe, à laquelle
» furent soumis les biens de la noblesse et du clergé. Un
» autre décret abolit le privilége de la noblesse de ne point

» contribuer au recrutement de l'armée. Ces mesures pro-
» duisirent la désaffection des classes supérieures, sans con-
» tenter le peuple, parce que les juges nommés par les au-
» torités royales ne se conduisirent pas mieux que ceux
» désignés auparavant par les seigneurs justiciers; parce-
» que la contribution directe se répartit avec une mons-
» trueuse inégalité, car on n'avait aucune donnée statis-
» tique, et pour s'en procurer, en couvrit les campagnes
» de commissaires, qui faisaient payer fort chèrement aux
» localités leurs travaux lents et presque toujours inutiles;
» enfin parce que la soumission de la noblesse au tirage
» de la *quinta* arrivait pour le peuple en même temps que
» l'obligation de fournir un contingent annuel de recru-
» tement, tandis qu'avant 1808 le recrutement de l'armée
» s'opérait à de grands intervalles.

   » Mais la maladie mortelle du gouvernement était l'a-
» pathie, l'absence de caractère, le défaut de système.
» Les contributions n'étaient point exigées avec ponctua-
» lité; on laissait s'accumuler des arriérés considérables.
» Les services se payaient mal, avec des inégalités choquan-
» tes. Les employés des finances nageaient dans l'abondance;
» il était toujours dû plusieurs mois à ceux de l'admi-
» nistration; les veuves, les retraités mouraient de faim.
» L'armée avait un arriéré considérable, mais avec des
» différences que rien ne justifiait; il y avait des corps
» bien payés, vêtus avec luxe; d'autres dont les soldats
» n'avaient pas de quoi couvrir leur nudité, qui ne sor-
» taient point du quartier parce qu'ils étaient sans chaus-
» sure, et qui prenait à crédit leurs vivres journaliers.
» Dans le même corps les uns recevaient plus qu'il ne leur
» était dû; les autres étaient créanciers de l'État pour de

» fortes sommes. Enfin tout était désordre, et le gouver-
» nement ne faisait rien pour remédier à de si fâcheux
» abus. Il est facile de comprendre quels mécontentements
» devait exciter, quels désordres devait produire la
» pénurie des ressources et plus encore l'extrême injus-
» tice dans la distribution du peu de ressources existan-
» tes. Dans beaucoup de provinces, les particuliers et les
» corps militaires eux-mêmes faisaient publiquement le
» trafic des créances sur le gouvernement, cédées souvent
» au rabais à ceux mêmes qui devaient les payer intégra-
»lement. »

Quand un pays est ainsi gouverné, il n'y a ni royauté,
ni légitimité,ni restauration qui tienne. Tout doit crouler,
et tout croula. Ainsi le peuple espagnol revint à la constitution de 1812, non point parce qu'il la croyait bonne,
car les dix-neuf vingtièmes de ceux qui la proclamaient
ne l'avaient seulement pas lue; mais il eut recours à la
constitution pour changer une situation insupportable,
contre une chance nouvelle qu'il ne supposait pas pouvoir
être plus mauvaise, et dont il espérait au contraire obtenir quelque soulagement. C'est ainsi qu'un malade, tor-
turé sur son lit de douleurs, change sans cesse de positions
sans autre but que d'en changer. Malheur donc aux gouvernements qui abusent de leur droit pour opprimer leurs
sujets. Ils sèment les révolutions à pleines mains, et cette
semence germe toujours.

6 décembre 1837.

Continuation du même sujet.

—

Nous avons vu, dans la première partie de cet examen, l'absolutisme royal se livrer sans frein et sans contrôle à toutes les passions réactionnaires du fanatisme et de l'ignorance : nous l'avons vu gâter ce qu'il y avait de bon et de juste dans l'intronisation de son pouvoir, par l'usage insensé qu'il en faisait ou qu'il en laissait faire. Maintenant, nous allons voir les deux extrêmes opposés, réunis dans le même gouvernement, pour mieux déchirer et torturer la malheureuse Espagne : l'absolutisme populaire armé de la constitution anarchique de 1812, s'efforçant, non pas de modérer et de régler le pouvoir royal, mais de l'enchaîner pour le détruire; et l'absolutisme royal, cédant momentanément à la force, mais travaillant en secret à rendre illusoires et vaines les concessions que la force lui avait arrachées. — En tout cela, point de juste-milieu, par conséquent point de gouvernement possible. Deux directions contraires, par conséquent une lutte constante. — Guerre civile dans le pouvoir, en attendant qu'elle fût dans les rues ou dans les champs, ce qui ne pouvait manquer d'arriver bientôt.

Nous ne suivrons point, pas à pas, les actes successifs des divers ministères qui furent installés au pouvoir depuis le moment où le roi eut accepté et juré la constitution de 1812. Des fautes, des fautes nombreuses furent sans doute commises, mais elles ne furent point la cause qui ruina le système lui-même. Elles en furent la conséquence, les effets. Ce système portait sa ruine en lui : comme toutes les combinaisons violentes et fausses, il se détruisait par les efforts qu'il faisait pour se maintenir. C'est précisément là, la leçon politique que nous cherchons dans cet examen, et ce n'est point une analyse historique que nous voulons faire.

Dans les premiers moments, la constitution fut reçue avec joie en Espagne, précisément parce qu'on ne la connaissait pas, et que, sur la foi de l'exaltation laudative qui la proclamait, on en attendait toutes sortes de biens. Mais tous les maux en jaillirent promptement.

Le parti libéral, d'abord, se divisa lui-même, et c'est ce que nous avons vu en France après la révolution de juillet. C'est ce qui se verra toujours en pareil cas.

La raison en est simple. Une portion du parti triomphant vient au pouvoir. Alors, il en subit les nécessités. Si révolutionnaire qu'il ait été, pour gouverner il faut qu'il cesse de l'être et qu'il devienne gouvernemental. Alors ceux qui sont restés en dehors du pouvoir,—et c'est le plus grand nombre, car le nombre des hautes places politiques est fort borné par la nature même des choses, — accusent de trahison ou d'apostasie les ministres du nouveau gouvernement. — Après avoir fait une révolution contre la monarchie, les exaltés essaient une révolution contre la révolution ; et comme, si ce nouvel essai réussissait il porterait en lui-même le germe d'une troisième révolution qui en enfanterait une quatrième, il n'y a aucun salut à espérer pour l'Etat, si la résistance à l'entraînement révolutionnaire n'est pas fortement organisée, aussitôt après le premier succès.

C'est ainsi que la révolution de juillet, en France, s'est

maintenue et s'est sauvée. Mais elle ne pouvait se sauver ainsi en Espagne; j'en ai dit la raison, et je veux la répéter encore. — C'est qu'il n'y avait pas de juste-milieu sur lequel elle pût s'appuyer pour résister aux deux extrèmes. Les deux extrèmes en contact immédiat devaient donc être continuellement aux prises et dévorer le pays.

Presqu'aussitôt après la révolution d'Espagne, le parti libéral compta deux nuances, les libéraux de 1812 et les libéraux de 1820. Voici comment s'exprime à ce sujet l'ouvrage que nous examinons :

« C'est alors que commença la distinction entre les li-
» béraux de 1812 et les libéraux de 1820. Les premiers
» étaient les auteurs de la constitution, poursuivis en
» 1814. On comptait au nombre des derniers tous ceux
» qui avaient conspiré pour la rétablir. Ceux-ci vocifé-
» raient qu'ils étaient les seuls libéraux, et que ceux de
» 1812 étaient des gens sans prévoyance, sans énergie,
» qui se laissèrent arrêter, qui laissèrent détruire la cons-
» titution sans faire de résistance; leur ambition était sa-
» tisfaite par la possession du ministère et de la députa-
» tion aux cortès; ils étaient devenus modérés, ils ne fai-
» saient plus marcher la révolution. Les libéraux de 1812
» auraient pu reprocher à leurs antagonistes que toutes
» leurs démonstrations tendaient à l'anarchie, qu'ils at-
» tentaient eux-mèmes à la constitution qu'ils se van-
» taient d'avoir rétablie. Mais le gouvernement et les cor-
» tès craignaient une réaction du parti absolutiste, et
» croyaient nécessaire d'user de tolérance envers ceux
» qui avaient fait la révolution et qui manifestaient la ré-
» solution de la défendre, quelle que fût l'exagération de
» leurs principes. Le parti exalté se grossit d'une manière

» extraordinaire de toutes les prétentions malheureuses,
» de tous les hommes turbulents qui existaient en Espa-
» gne, et bientôt il ne garda plus de ménagement; ses
» journaux, ses tribuns de clubs attaquèrent, insultèrent
» les ministres, les cortès, le roi lui-même. »

Il résulta de cet état de choses, que la portion la plus
modérée du parti révolutionnaire qui était au pouvoir,
voulant bien résister à l'impulsion des exaltés qui détruisaient tout moyen possible de gouvernement, mais crai-
gnant en même temps de donner de la force au parti absolutiste dont il redoutait la réaction, le ministère n'osait
abattre trop fortement l'esprit révolutionnaire sur lequel
il croyait devoir s'appuyer pour résister à la contre-révolution. De là, une position éminemment fausse, qui changea en une longue agonie le gouvernement royal des cortès,
jusqu'au moment où l'invasion française le détruisit.

En France, après la révolution de juillet, lorsque Casimir Perrier et les doctrinaires improvisèrent si courageusement le système de la résistance à l'exaltion révolutionnaire, on nous disait aussi que nous étions des traîtres,
des apostats; qu'en affaiblissant l'esprit révolutionnaire,
nous ressuscitions le carlisme. En un mot, le compte-rendu
de M. Odilon-Barrot n'était qu'une contre-épreuve, un
véritable plagiat des mille déclamations des *maçons* et des
communeros d'Espagne, contre le gouvernement des cortès
sous le règne de Ferdinand. Mais, en France, le parti de
l'ordre a triomphé, parce qu'il n'a tenu aucun compte de
ces déclamations violentes et vaines tout à la fois. En Espagne, au contraire, le gouvernement des cortès s'affaissa
promptement sous les prétentions de l'anarchie, parce que,
ayant une crainte beaucoup plus grande et plus fondée de

l'absolutisme, il ne put jamais combattre efficacement et dompter l'exaltation révolutionnaire.

Nous ne pouvons retracer ici la suite du dépérissement successif du gouvernement des cortès jusqu'à l'invasion des Français. C'est dans l'ouvrage lui-même que nous engageons nos lecteurs à en prendre connaissance.

Lorsque l'intervention française fut publiquement connue, et qu'il fut impossible d'en douter, le parti révolutionnaire fit serment de défendre et de soutenir la constitution jusqu'à la mort. Cependant, avant que le danger s'approchât, les cortès se réfugièrent à Séville, et de Séville à Cadix, emportant le roi avec eux. —C'était mal débuter. —Quand les Prussiens menaçaient Paris, observe l'auteur avec raison, ce n'est pas en abandonnant la capitale que la convention manifesta l'intention de défendre la France; c'est en déclarant qu'elle s'ensevelirait sous les ruines de la capitale. —Or, elle aurait tenu parole, et c'est pour cela que l'invasion fut vaincue. —C'est là qu'on voit la grande différence d'une révolution originale et d'une révolution copie (1).

A cette époque, et même depuis, nous, libéraux français, nous déclamâmes beaucoup, et fort injustement comme de coutume, contre l'intervention de notre gouvernement dans les affaires d'Espagne. Il faut aujourd'hui examiner la chose avec plus de sang-froid.

D'abord, nous contestions le droit d'intervention; nous

---

(1) C'est cette différence qui m'engagea, et vingt personnes à Bordeaux peuvent en faire foi, à déclarer, contre toute l'opinion du parti libéral, que l'intervention n'offrirait aucun danger à l'armée française, et que le duc d'Angoulème triompherait sans obstacle. — Alors, quelques exaltés libéraux m'accusèrent de trahison, et parlaient de me faire mettre aux petites-maisons, comme fou. Effectivement, le moyen de passer pour fou, c'est d'être raisonnable trop tôt.

prétendions qu'en aucun cas une nation n'avait le droit de se mêler, par les armes, de ce qui se passait chez une nation voisine.

Cette prétendue maxime est jugée aujourd'hui pour ce qu'elle est, c'est-à-dire pour une absurdité.

Ce n'est point en droit qu'une intervention doit être jugée, c'est en fait. C'est des motifs, des moyens et du but qu'il faut s'occuper. Si les motifs sont justes, les moyens convenables, le but bon, l'intervention est juste et bonne. Dans le cas contraire, elle est mauvaise. Comme pour tous les actes humains, la moralité du fait doit en déterminer l'appréciation.

Eh bien! en examinant l'intervention de l'armée commandée par le duc d'Angoulème, sous ces trois faces, nous verrons qu'elle était à la fois bonne et mauvaise, juste et injuste; qu'elle portait en elle-même, en un mot, la double empreinte du caractère de l'époque d'anxiété et d'inconsistance où le monde politique était alors placé.

Y avait-il d'abord un juste motif d'intervenir en Espagne? Oui, il y avait un juste motif. Nous l'avons alors méconnu; nous avons eu tort, nous devons en convenir franchement.

La monarchie foulée aux pieds, le roi esclave, les cortès esclaves, la constitution esclave, mutilée par ceux-là même qui l'invoquaient, l'anarchie, le désordre, la guerre civile partout, telle était la situation de l'Espagne. Il fallait se résoudre à la voir se décomposer elle-même, ou aller y raffermir l'ordre social qui s'anéantissait.

Les moyens employés furent aussi modérés et convenables. L'invasion ne fut ni violente, ni dévastatrice, ni oppressive. L'armée et le nom français furent également

honorés par la conduite des chefs et des soldats. C'est toujours sous nos bannières que les proscrits trouvèrent asile
et protection.

Mais le but fut-il juste, bon, politique, approuvé par
la morale et la raison ?—C'est ici que les choses se gâtent ;
c'est ici que la faiblesse de la restauration française d'un
côté, de l'autre le délire réactionnaire du parti absolutiste
qu'elle portait en elle-même et qui l'a perdue, apparais-
sent avec un déplorable éclat.

En effet, mettre le hola au milieu de la confusion universelle qui anarchisait l'Espagne, était une chose bonne
en soi ; mais, avant de l'entreprendre et en même temps
qu'on l'exécutait, il aurait fallu savoir ce qu'on voulait
mettre en place, et s'assurer qu'on ne substituerait pas un
nouveau genre d'oppression à celle qu'on allait renverser.
Il ne fallait pas délivrer Ferdinand de la tyrannie des révolutionnaires, pour lui donner ensuite pleine et entière
liberté d'être tyran à son tour.

Et ce qu'il y a de singulier, c'est que le gouvernement
français, pour agir ainsi, s'appuyait sur le plus incontestable sophisme. — « Nous n'avons pas le droit, disait-il,
d'imposer à l'Espagne un système, une marche, une administration politique. Nous ne voulons pas intervenir
dans son gouvernement : l'indépendance de l'Espagne doit
être respectée. »

Etrange logomachie !... Entrer avec cent mille hommes
en armes, traverser l'Espagne entière ; des deux partis qui
la déchirent, abattre l'un, exalter l'autre ; livrer le premier, esclave et garotté, au second, et puis, laisser faire
ensuite aux proscripteurs tout ce que le ressentiment et
l'implacable haine leur dicte de vengeance et d'oppression,

sous prétexte qu'on n'a pas le droit d'intervenir dans les affaires politiques de l'Espagne, jamais spectacle plus dérisoire et plus cruel ne fut donné au monde!... Là fut le crime de la restauration française, dans cette déplorable catastrophe.

Comment ce malheureux contre-sens fut-il commis? C'est ce qu'il faut expliquer maintenant. — Et ce sera une nouvelle occasion de montrer tous les dangers, tous les malheurs que les partis extrêmes traînent à leur suite. Là, on verra toujours que le juste-milieu est le seul élément gouvernemental. Là où il manque, il n'y a rien à faire.

L'armée française, depuis le simple soldat jusqu'au général en chef, ne voulait point être complice de la réaction absolutiste qu'il était facile de prévoir en Espagne. Certes, je ne passerai pas, je pense, pour un flatteur du duc d'Angoulême; mais on pourrait citer cent exemples de l'impulsion modérée qu'il aurait voulu donner à la nouvelle restauration espagnole. L'ordonnance d'Andujar en est le plus célèbre. — Mais il aurait fallu dans ce prince une autre position, une autre énergie, une autre puissance d'esprit, pour donner suite à la bonté native d'une pensée qui passait en lui, se manifestait au dehors, et s'évanouissait devant le premier obstacle sérieux.

A mesure donc que le prince, l'état-major, l'armée tout entière respirait la modération, prêchait l'oubli et la réconciliation, les dépêches et les agents secrets de la camarilla française du pavillon Marsan, joints aux agents secrets ou publics même du congrès de Vérone et de la Russie, détruisaient l'œuvre du prince et de l'armée. Le parti absolutiste, non-seulement livré à lui-même, mais

encouragé dans le système réactionnaire, tournait en dérision les ordres du prince, la protection de l'armée, —
partout où elle n'était plus, bien entendu. — De sorte que
l'intervention française, toute puissante pour vaincre et
délivrer le pays de l'anarchie révolutionnaire, devint subitement impuissante, je ne dis pas pour dompter, mais
seulement pour modérer l'anarchie contre-révolutionnaire;
et l'Espagne passa subitement d'un extrême à l'autre, sans
avoir un instant de trève et de repos.

C'est ainsi que la régence de Madrid installée par le
duc d'Angoulème, réagit, mème ostensiblement, contre
lui. C'est ainsi que développant le système de la junte
provisoire avec plus de latitude et d'imprudence, elle
créa le corps des volontaires royalistes, elle enfanta le
fameux décret de purification, elle déchaîna sur l'Espagne
un système de persécution et de terreur, qui bientôt méconnut jusqu'aux garanties et aux capitulations que l'armée française elle-mème avait accordées. Ici nous devons
emprunter à notre auteur, des réflexions dont on comprendra facilement la portée :

« Peut-ètre la régence de Madrid n'ignorait-elle pas
» l'absurdité qu'elle commettait en créant les volontaires
» royalistes; mais son but n'était pas tant de soutenir le
» trône que d'augmenter les forces du parti auquel elle
» appartenait. Puisqu'il est nécessaire de le dire claire-
» ment, ceux qui s'appellent royalistes sont un parti
» comme les exaltés de l'époque des cortès, et ni les uns
» ni les autres ne veulent supporter la moindre chose
» qui s'oppose à leurs intérêts. Ils se sont montrés les
» zélés exécuteurs des volontés royales, toutes les fois
» que les mesures leur convenaient, mais lorsqu'elles

» étaient un peu conciliatrices, qu'elles tendaient à cal-
» mer l'effervescence, à tranquiliser les esprits, alors ne
» paraissait pas le même enthousiasme; on disait que les
» choses allaient mal, que le roi était entouré de traîtres,
» et que refuser de lui obéir était faire preuve de fidélité.
» La conduite des volontaires royalistes, lorsque le roi
» fit un réglement qui rendait cette institution un peu
» monarchique, peut servir d'exemple. Dans quelques
» lieux on y désobéit ouvertement, nulle part il ne fut
» exécuté, partout on en parla avec le plus grand mépris.

» Ceux qui se conduisaient ainsi étaient les absolutistes
» les plus prononcés, nullement retenus par la considéra-
» tion que cette conduite contredisait leurs principes
» d'une manière palpable. Car n'est-il pas certain que
» l'essence du pouvoir absolu est que tous les sujets soient
» des êtres passifs auxquels il n'est permis ni de contra-
» rier les décrets de celui qui commande, ni même de
» murmurer contre eux? N'est-il pas certain que tout ce
» qui est résolu par un roi absolu, que ce soit le résul-
» tat de sa raison, de ses passions ou de ses caprices, est
» loi, pourvu que ce soit sa volonté? Mais si telles sont
» les bases de l'absolutisme, pourquoi les partisans de
» cette doctrine s'opposaient-ils à l'exécution des décrets
» du souverain? Si on répond que le roi se trompait,
» qu'il ne pouvait ordonner quelque chose de contraire à
» ses intérêts, etc., c'est ouvrir la porte à ce que chacun,
» suivant son opinion, prête ou refuse obéissance aux
» ordres du roi; et de ces antécédents se déduit infailli-
» blement la conséquence de la nécessité du gouverne-
« ment représentatif. »

Mais ce n'est rien encore, et les absolutistes allèrent

plus loin : dans le délire de leur exaltation, ils parlaient
même de faire la guerre aux Français, si ceux-ci voulaient maintenir la marche modérée et protectrice adoptée
par le duc d'Angoulême ; le roi Ferdinand, en dépit de
ses promesses faites lors de sa délivrance, approuva tous
les actes de la junte provisoire et de la régence de Madrid ;
et l'Espagne tout entière fut livrée à la plus horrible
réaction. — Sur quoi, l'auteur anonyme de l'ouvrage
que nous citons fait les réflexions suivantes ; et quoi
qu'elles soient amères pour la France, nous devons convenir qu'elles sont justes.

» On n'observa aucune des capitulations, des conven-
» tions, des transactions faites avec les Français, pas même
» celles signées par les généraux espagnols désignés par
» le roi après sa mise en liberté. Les autorités espagnoles
» se moquaient de semblables conventions, et le parti do-
» minant s'indignait à la seule pensée que l'on pût ac-
» corder la moindre importance aux offres faites au comte
» de Carthagène, au général Ballesteros, à tous ceux qui
» avaient mis bas les armes, qui s'étaient réunis aux Fran-
» çais à des conditions déterminées. Une conduite sembla-
» ble ne pouvait qu'augmenter le mécontentement et le
» devait produire aussi dans l'armée française, sous les
» auspices de laquelle on manquait sans pudeur à tout ce
» que ses chefs avaient promis, tout en s'appuyant sur
» ses baïonnettes. On parla de quelques insinuations qui,
» par ce motif et plusieurs autres, auraient été faites par
» la cour de Paris à celle de Madrid ; mais on ne vit au-
» cun résultat, et la plupart ne calculaient pas les obsta-
» cles qu'il y avait à vaincre pour tirer quelque parti du
» gouvernement espagnol ; on se figurait que le roi accéde-

» rait à tout ce que lui demanderaient les Français, qui
» lui avaient restitué le trône; on en tirait la conséquence
» que le gouvernement français ne prenait pas cette af-
» faire avec la chaleur qu'auraient désirée les intéressés,
» et qui était fondée en justice. Il s'ensuivait l'idée que
» les chefs français n'avaient jamais eu l'intention de
» remplir les promesses faites pour faciliter le triomphe.
» Cette opinion est excusable, car jusqu'à la publication
» de la correspondance entre les gouvernements français
» et espagnol, on pourra croire que le premier n'a point
» fait les efforts que l'on en devait attendre pour l'ac-
» complissement des promesses du prince qui rétablit
» Ferdinand VII sur le trône. A qui pourront désormais
» se fier les Espagnols, après avoir vu rester sans exécu-
» tion la parole du duc d'Angoulême? Le caractère per-
» sonnel de ce prince fut le motif pour lequel un grand
» nombre d'hommes de bien, qui n'auraient jamais tran-
» sigé avec la régence de Madrid, abandonnèrent la cause
» des cortès, parce qu'ils connaissaient la tendance et les
» principes du parti auquel appartenait la régence. Ils se
» jetèrent dans les bras de l'armée française, lui rendirent
» des services très-positifs, mirent souvent dans la main
» de ses chefs un triomphe facile, de grands avantages.
» Cependant beaucoup de ces espagnols gémissent dans la
» misère, quelques-uns sont poursuivis, exposés à périr
» ou montent à l'échafaud à la vue, sous la garde de
» ces mêmes Français aux victoires desquels ils ont con-
» tribué et dont ils réclament en vain la protection. On
» ne leur impute cependant d'autre crime que leurs opi-
» nions, leur politique avant la délivrance du roi. Tant
» que le gouvernement français ne donnera pas des preu-

» ves publiques, à la face de l'Europe, qu'il s'intéresse
» à faire observer les traités, à faire accomplir les pro-
» messes du duc d'Angoulème, les Espagnols auront un
» juste motif de plainte, et il restera toujours des doutes
» peu favorables à la France. »

Je recommande à nos lecteurs de bien graver dans leur
mémoire tous ces faits et toutes ces réflexions ; car lorsqu'il a fallu juger, en 1836, la question de l'intervention,
ce sont ces souvenirs principalement qui ont décidé le
gouvernement français à la refuser. — Ce que dit l'auteur, au sujet des demi-interventions, est parfaitement
vrai. Et cependant ce que proposait M. Thiers n'était
même pas un quart d'intervention ; et ceux qui demandaient alors l'intervention se contentaient de ce plan
mesquin et écourté.

Mais c'est autre chose qu'il aurait fallu, et certes on
n'aurait pas dù recommencer dans un autre sens, les fautes de 1823 ; on n'aurait pas dù aller en Espagne vaincre
un parti pour déchaîner l'autre, et le laisser libre d'exercer ses passions et ses vengeances. — Il aurait donc fallu
une intervention entière, c'est-à-dire militaire et politique.
Or, c'est dans l'intervention politique qu'étaient les véritables empêchements. — C'est ce qu'on verra par la suite.

14 DÉCEMBRE 1837.

Continuation du même sujet.

—

L'auteur, dont nous examinons l'ouvrage, franchit tout l'intervalle, entre la restauration du pouvoir absolu de Ferdinand par l'armée française, et la révolution actuelle, qui, depuis trois ans, principalement, s'efforce de repousser l'absolutisme personnifié dans Don Carlos, en lui opposant un système faux, où l'on veut faire vivre d'accord la légitimité du trône d'Isabelle et la souveraineté du peuple ; or, comme il y a profonde et irrémédiable incompatibilité entre ces deux moyens d'action, il en résulte que les forces de l'Espagne constitutionnelle, quoique matériellement plus considérables que celles de Don Carlos, faute d'accord, s'épuisent en impuissantes démonstrations qui empêchent bien l'absolutisme de triompher, mais qui ne peuvent triompher de lui. De là, cette vaste anarchie qui désole l'Espagne.

Nous devons suppléer rapidement au silence de notre auteur, et dire quelques mots sur l'intervalle qu'il a négligé.

L'intervention de 1823 n'ayant été qu'une demi-intervention, ainsi que le dit l'auteur lui-même, en eut tous les inconvénients et n'en eut pas les avantages. Ferdinand, restauré sans conditions dans tout son pouvoir, en usa sans ménagement. L'occupation française, réduite à trois places dans le nord de l'Espagne, et Cadix dans le sud, n'avait point pour but d'obliger Ferdinand à suivre des règles gouvernementales justes et modérées qu'on ne lui avait point imposées pour condition des secours qu'on lui avait prêtés : bien au contraire, c'était une tête de pont que la restauration française, au nom de la sainte-alliance, gardait afin que le parti libéral sût bien que toute l'Europe absolutiste appuyait la réaction royaliste de Ferdinand, et qu'on viendrait de nouveau lui prêter main forte, si une nouvelle révolution démocratique ou militaire éclatait contre lui.

C'est ainsi que s'explique la durée du pouvoir absolu de Ferdinand, depuis sa seconde restauration jusqu'à sa mort. Lors même que les troupes françaises eurent complètement évacué l'Espagne, non-seulement le pli était pris, mais on savait bien toujours que la pensée du gouvernement français et de ses alliés était la même, et qu'il fallait obéir à Ferdinand, ou bien se résigner à avoir l'armée française sur les bras.

Il ne faut donc pas voir dans ce règne absolutiste de Ferdinand, si non paisible, du moins uniforme et stable, une preuve qu'un absolutisme semblable trouverait aujourd'hui, dans les vieilles mœurs de l'Espagne, le moyen de s'établir, de vivre, de durer, si Don Carlos parvenait à s'emparer du gouvernement. J'ai entendu dire que Don Carlos, s'il s'établissait à Madrid, pourrait y régner tranquillement, selon les anciennes traditions du pouvoir absolu ; mais je n'en crois rien. Outre que les mœurs de l'Espagne, quoique non encore transformées, ont néanmoins reçu de grands ébranlements, de graves modifications, l'absolutisme de Don Carlos ne serait pas protégé par toute la force morale et militaire du gouvernement français, comme l'était celui de Ferdinand. Au lieu d'avoir là un point d'appui inébranlable, il y aurait un danger, une menace permanente contre lui, un encouragement nécessairement donné à toutes les tendances libérales qui voudraient s'affranchir d'un joug que sa position l'obligerait à rendre odieux et pesant à l'Espagne, ainsi que nous en verrons la preuve en avançant dans cet examen.

Pour le moment, voyons dans ce qui s'est passé, une preuve que l'absolutisme lui-même, avec le secours de l'intervention de 1823, n'a pu durer sans que la nature des choses le modifiât. Voyons dans ce règne de Ferdinand les dégradations successives que cet absolutisme a éprouvées ; ce qui le conduisit à l'abolition de la loi salique, pour se défendre contre l'absolutisme primitif, réfugié et concentré dans toute sa pureté chez Don Carlos et ses partisans.

Car c'est un fait digne de remarque, et sur lequel j'appelle l'attention de tous les hommes politiques. Ce n'est point par l'effet de révoltes populaires, dont l'appui de la sainte-alliance le garantissait, que Ferdinand a successivement relâché, sinon en droit, du moins en fait, l'absolutisme de son administration gouvernementale : de telle sorte que dans les dernières années de son règne il se voyait obligé de pactiser lui-même avec quelques améliorations, avec quelques progrès ; d'employer à son service des hommes modérés dont les opinions se rapprochaient des idées de monarchie tempérée ; de résister aux fanatiques qui, réunissant sous les bannières des *agraviados* les exaltés du clergé et des volontaires royalistes, s'insurgèrent eux-mêmes contre le roi qu'ils accusaient de pactiser avec le libéralisme, appelant déjà dans le fond de leur cœur Don Carlos pour le remplacer. — C'est cette

grande marche du progrès général de l'humanité que M.
Guizot proclama avec tant d'éloquence dans son premier
discours sur l'adresse de 1837, qui se faisait sentir jusqu'en Espagne, et qui imposait à l'absolutisme de Ferdinand les salutaires nécessités plus fortes que son pouvoir
et sa mauvaise volonté. Je sais bien que certaines personnes ne veulent voir dans l'acte par lequel Ferdinand a
éloigné Don Carlos du trône, qu'une influence de palais,
une intrigue personnelle, une manœuvre de camarilla.
Certes, je ne nie point que, dans une cour comme celle de
Ferdinand, ce ne puisse être par de pareils moyens que
cette révolution monarchique se soit accomplie. Mais ces
moyens eux-mèmes, ces intrigues, n'ont été qu'une cause
subordonnée mise en action dans le sens qu'on a suivi,
par cette grande nécessité de transaction avec les sages idées
de progrès qui se trouvent au fond de la marche libérale
du siècle, et qu'il faut seulement dégager de l'entourage
démocratique et révolutionnaire dont les factions ambi-
tieuses les ont surchargées. C'est dans ces saines idées de
progrès réel, d'amélioration pratique, que se trouve la
force du parti constitutionnel en Espagne et partout, et
non point dans les doctrines fausses de la souveraineté du
peuple qui, si elles étaient mises à exécution, anéanti-
raient à l'instant tout progrès et toute prospérité!

Oui, c'est en ce sens, et en ce sens seulement, qu'on
peut dire qu'il n'y a plus ni Pyrénées, ni Océan, ni bar-
rières nationales; — qu'entre les nations européennes, il
s'établit une grande communion de pensées et d'intérêts
qui, tôt ou tard, — et fasse le ciel que ce soit bientôt! —
les réunira comme dans une seule famille, où les intérêts
privés de quelques chefs ambitieux ne pourront plus sus-

citer de guerre, de conquête, d'invasion. Sans doute cette transformation est encore bien incomplète ; mais ceux qui savent combien, depuis 1830, il y a eu de ferments de guerre en Europe, et qui les ont vus tous avorter devant cet intérêt général des peuples, devant cette pensée européenne qui ne voulait pas la guerre, doivent concevoir combien l'humanité s'est avancée sur la voie pacifique de l'union. A tout autre époque de l'histoire, qu'un évènement comme la révolution de juillet eût éclaté, qu'il eût coïncidé avec les mouvements de la Pologne, de l'Italie, de la Suisse, de l'Espagne, n'est-il pas visible qu'à l'instant tous les souverains auraient couru aux armes, et que la guerre générale aurait désolé le monde? — Eh bien ! tout au contraire, la paix générale n'a pas été troublée un instant, et la malveillance même de certains grands potentats absolus n'a pu se transformer en une déclaration de guerre, qu'ils désiraient de toute leur âme, mais qu'ils n'ont pas pu vouloir, parce qu'une volonté plus forte les dominait.

C'est ainsi que Ferdinand fut entraîné, à son insu et en dépit de lui-même, à modifier son absolutisme dans la pratique; à s'imprégner, de mauvaise grâce et à contre cœur, d'une certaine modération *in extremis*; à s'appuyer sur des hommes que l'absolutisme aurait réprouvés, et, en définitive, à repousser, en abolissant la loi salique, le représentant de l'absolutisme incarné, Don Carlos, ce prince, anachronisme vivant de notre époque, qui réunit en masse compacte autour de lui toutes les passions intolérantes et absolues des temps passés, pour les mener au combat contre la force la plus vivace des idées de notre temps, contre les idées de justice et de liberté, si profondément gravées dans l'homme et tellement mûries par les six mille ans de soleil qui ont éclairé le monde, qu'elles renaîtraient demain plus invincibles et plus fortes, lors même qu'aujourd'hui on aurait égorgé tous leurs défenseurs !...

C'est donc sous ces auspices que le trône d'Isabelle a été fondé, qu'il s'est élevé, qu'il est sorti, par la volonté de l'absolutisme et au nom de la légitimité, d'un palais ignorant et tyrannique, qui ne comprenait pas dans quelle route il s'engageait ainsi !

Et après que ce trône a été fondé et reconnu, quelles sont les doctrines politiques qui l'ont entouré ?

Le programme de Zéa-Bermudez, d'abord ; le statut royal, ensuite ; la constitution de 1812, enfin.

Le programme Zéa-Bermudez, malheureusement impossible, parce qu'il ne promettait que les progrès réellement praticables, et que l'Espagne les repoussait comme insuffisants.

Le statut royal, impossible parce qu'il promettait plus de progrès que l'Espagne n'en pouvait pratiquer, et que cependant elle en voulait encore davantage.

Enfin, la constitution de 1812, impossible au plus haut degré qui se puisse concevoir, parce qu'elle était tout à la fois inexécutable, et par son absurdité intrinsèque, et par la répulsion intime que les mœurs de l'Espagne opposent à son exécution.

Nous allons dire rapidement quelques mots pour expliquer ces trois impossibilités ; puis, nous rentrerons dans l'examen des faits de la révolution de 1836, qu'on s'efforce maintenant de purifier, peut-être avec plus de bonne volonté que d'expériences et de lumières. Cet examen nous conduira à celui de la grande question de l'intervention française en Espagne, que les uns adoptent, que les autres repoussent, peut-être par des motifs qui devraient les faire conclure en sens opposé de chaque côté.

Le programme de Zéa-Bermudez, d'abord, est à lui seul la preuve qui confirme entièrement la décroissance de l'absolutisme sous Ferdinand. Aussitôt après sa mort, comme on voyait arriver les exigences politiques, on voulut éviter cette impulsion de l'opinion publique, déjà pervertie par l'esprit révolutionnaire, en promettant des améliorations administratives que le pouvoir absolu accomplirait lui-même. Certes, si les hommes étaient raisonnables, si les libéraux espagnols avaient voulu voir ce que l'Espagne était encore, on aurait trouvé cette marche juste et bonne, et le pouvoir royal aurait pu se sauver en faisant, sans y être contraint par une représentation élective, les améliorations les plus pressantes dans l'administration, dans l'économie, dans les finances. Mais ce n'est pas ainsi que les choses se passent au commencement d'une révolution. La méfiance des partis populaires est trop grande pour s'en rapporter à la royauté de l'accomplissement du bien. On veut pouvoir lui en imposer les conditions, et en forcer ensuite l'exécution, quoiqu'on ne sache comment s'y prendre.

Ce qu'il y avait de bon dans le système Zéa-Bermudez, c'est qu'il voulait commencer par les améliorations administratives, pour préparer plus tard la possibilité des réformes politiques. Mais c'est cela même qui devait l'empêcher de réussir, l'Espagne n'ayant encore, ni l'expérience de son impuissance politique, ni juste-milieu pour se défendre de la violence révolutionnaire et de la violence contre-révolutionnaire.

Ce que voyant le gouvernement de la reine, il voulut faire un pas de plus. Aux promesses d'améliorations administratives, il joignit des innovations politiques, des institutions législatives émanant du trône, et alors parut le statut royal. Excellente combinaison, si l'Espagne avait été préparée par trente ans de révolution, comme la France quand elle reçut la charte de 1814, — Mais malheureusement il n'en était pas ainsi. — Ce fut donc parce qu'en lui-même, le statut- royal était meilleur que le système de Zéa-Bermudez, qu'il était plus impossible encore à mettre à exécution. La raison en est simple. C'est qu'il donnait une plus grande facilité d'action à cette partie de l'opinion qui voulait des réformes politiques absolues et complètes : elle devenait d'autant plus exigeante qu'on lui avait montré plus de condescendance. Elle se servait des concessions qu'on lui avait faites, pour les détruire et aller au-delà. Ainsi marchent les révolutions, quand les peuples n'ont pas encore la terrible expérience de leur non-sens gouvernemental.

Enfin, quelques soldats ivres, portant leurs sacriléges mains sur la royauté désarmée, sans respect pour la couronne d'épines déjà si cruelle à l'innocente et frêle majesté d'une femme et d'un enfant, violèrent deux fois dans une nuit l'asile royal qu'ils étaient chargés de défendre, et forcèrent brutalement la reine à signer des décrets que, dans leur ignorance, ils ne savaient pas rédiger eux-mèmes ; ainsi, la constitution de 1812 fut restaurée par des voies anarchiques parfaitement dignes d'elle et de ses conceptions anti-sociales. Et c'est cette œuvre d'iniquité, cet acte d'oppression brutale accompli dans les ténèbres, que j'ai entendu, dans la session dernière, M. Odilon-Barrot, comparer à la révolution de juillet !!

Je ne peux, à la fin de cet article, commencer l'exposé des faits qui se sont réalisés depuis, afin d'arriver à l'appréciation de la politique qui convient actuellement à la France dans ses rapports avec la Péninsule. Mais pour que mes lecteurs puissent connaître au juste les moyens par lesquels on avait ressuscité en Espagne un pacte d'anarchie que les cortès constituantes elles-mêmes ont été forcées de détruire en s'occupant de le modifier, je vais terminer aujourd'hui par une citation que j'emprunte à l'ouvrage que nous analysons.

« Nous avons déjà dit que la reine se trouvait à la » Granja depuis les premiers jours de juillet, sans que » les évènements importants de Malaga, de Saragosse, de » Séville, de Badajoz, et même de Madrid, eussent suffi » pour démontrer la nécessité de revenir dans la capitale. » Nous ne savons si ce funeste séjour fut l'effet de la » confiance exagérée du ministère ou de la volonté de S. » M.; mais nous aurons toujours pour principe invaria- » ble d'attribuer aux ministres toutes les fautes des rois, » tant qu'une pleine conviction ne nous obligera pas à » faire exception. Nous croyons donc, et nous continue- » rons à croire, tant qu'on ne prouvera pas le con- » traire, que la faute la plus grande qu'ait commise le » ministère Isturitz fut d'abandonner les précieuses per- » sonnes des deux reines à la protection d'un seul ba- » taillon de la garde, dont les antécédents n'étaient pas » des plus recommandables ni en politique ni à la guerre, » et d'un autre de milice provinciale. Aussi ce fut sur » eux seuls que les conspirateurs qui avaient été désar-

» més à Madrid, fondèrent et concentrèrent leurs espé-
» rances. Le 10, un certain nombre d'entre eux partit
» pour la Granja, chargés d'argent, que l'on répartit en-
» tre les sergents et les caporaux de ces bataillons,
» déjà prévenus d'avance et à l'insu de leurs officiers. On
» leur dit que toute l'armée d'Aragon et de Navarre avait
» proclamé la constitution de 1812, et que la seule obs-
» tination des ministres et de Quésada empêchait la reine
» de la jurer également, et d'ordonner qu'elle fût adoptée
» par toute la monarchie. Il n'en fallait pas plus que
» cette première annonce pour décider la troupe à se sou-
» lever : le 12, à six heures du soir, les sergents prirent
» le commandement, et en particulier les nommés Higi-
» nio Garcia et Alexandre Gomez, et ils se dirigèrent
» vers le palais en poussant des cris féroces de *vive la*
» *constitution!* Il paraît qu'ils avaient l'intention de
» monter tous en tumulte, et il aurait alors été bien
» difficile d'éviter les désordres de toute espèce qui pou-
» vaient en résulter; mais sur les instances du capitaine
» des gardes, ils consentirent à nommer parmi eux une
» députation composée desdits sergents, de quelques sol-
» dats, d'un ou de deux musiciens, qui, introduits dans
» la chambre de la reine, lui parlèrent d'un ton de corps-
» de-garde, en lui intimant, plutôt qu'en lui demandant,
» de faire publier la constitution de 1812. Aucun de
» ceux qui la demandaient, et peut-être de ceux qui les
» poussaient à un pareil acte, ne l'avaient peut-être lue,
» et ne savait la différence qui existait entre elle et le
» statut; mais ils savaient bien que cette démarche auda-
» cieuse leur vaudrait à chacun une once d'or, sans comp-
» ter les suites de l'entreprise. La reine, ainsi surprise et

» très-émue, ne sut que dire ni ce qu'ils disaient; seule-
» ment, elle vit qu'une soldatesque effrénée lui manquait
» de respect; elle fondit aussitôt en larmes amères en leur
» disant qu'elle ferait ce qu'ils voulaient.

» Cependant la foule qui était restée en bas menaçait
» tous les chefs du palais, et en arrêta plusieurs prison-
» niers, en les rendant responsables de la détermination
» de la reine. Le vin coulait abondamment parmi les fac-
» tieux, et augmentait l'énergie des cris qui retentissaient
» sur les escaliers et dans les anti-chambres; mais comme
» les acteurs même de la scène ne savaient où ils devaient
» la terminer, aussitôt qu'ils virent la docilité de la reine,
» ils se déclarèrent satisfaits, et sortirent de la chambre,
» comme des gens qui avaient été inspirés, et non con-
» duits. Mais à peine Higinio fut-il descendu, et eut-il
» parlé avec les distributeurs de vin et d'argent, qu'ils
» lui dirent que ce n'était pas assez; qu'il fallait obliger
» la reine à signer le décret, sans quoi on ne pouvait se
» fier à sa parole. Le héros de cette journée se décida
» donc à remonter avec ses compagnons, et, se faisant
» ouvrir les portes de la chambre de Sa Majesté, lui si-
» gnifia de nouveau qu'elle eût à signer le décret qu'on
» lui avait demandé, et que si elle ne le faisait point, elle
» se résignât aux conséquences. Cependant la nuit était
» fort avancée, et il n'était pas facile de trouver des per-
» sonnes qui pussent s'entendre avec ces misérables pour
» expédier les décrets dans une forme convenable, et qui
» ne se ressentît point de la violence avec laquelle l'acte
» était souscrit. On en fit plusieurs copies et brouillons
» sur la table même de la reine, et quelques-uns furent
» déchirés en morceaux par les soldats, mécontents de

» quelques expressions qui n'étaient pas conformes aux
» instructions reçues dans l'escalier. Durant cette longue
» opération, les uns souillaient les fauteuils et les sofas
» de cette demeure, sur lesquels ils s'établirent à leur aise;
» les autres s'amusaient à admirer les meubles et les ta-
» bleaux; il y en eut un qui osa prendre dans ses bras la
» reine-enfant, qui jeta un cri d'inquiétude vers sa mère;
» tous répandaient dans l'atmosphère une odeur insup-
» portable de vin et d'eau-de-vie, causées par leurs co-
» pieuses libations. A la fin, on mit au net les décrets
» que S. M. devait signer, après quoi elle fut délivrée de
» ces hôtes si incommodes, à trois heures du matin. C'est
» ainsi que fut rétabli pour la troisième fois, en Espagne,
» un code que, ni ceux qui le préconisent, ni ceux qui
» le combattent, ne croient possible d'observer dans au-
» cune combinaison sociale; et c'est à une telle violence
» qu'on a voulu donner le nom de *conviction* et de *spon -*
» *tanéité*, de la part de la reine Christine, tant est grande
» la mauvaise foi de tous les partis qui triomphent dans
» les révolutions. »

Après ce tableau, nous n'avons rien à ajouter. Nous
verrons prochainement quelles furent les conséquences de
ce drame funeste, par quel miracle elles ont été éludées
jusqu'à ce moment, et à quelles conditions il serait possible de les repousser enfin pour toujours.

Année 1838.

—

Le refus constant que fit le gouvernement français d'intervenir en Espagne, continua à obliger toutes les nuances du parti libéral dans ce pays à se réunir pour résister aux forces carlistes. Le mouvement révolutionnaire, arrêté dès l'année précédente, demeura stationnaire, et la lassitude des deux partis fit entrevoir à H. Fonfrède la possibilité d'une transaction entre eux. Il apprécia cette situation nouvelle dans ses articles du mois de juillet 1838.

—

9 janvier 1838.

Continuation du même sujet.

Je terminai le précédent chapitre consacré à cette question, par l'exposé sombre, mais fidèle, de la hideuse conspiration de la Granja, conspiration dont le succès momentané a tellement aggravé le poids des malheurs qui pèsent sur l'Espagne. Nous allons voir maintenant les conséquences de cet évènement sur le régime intérieur de la Péninsule et sur ses relations extérieures avec la Fance et l'Europe.

La conspiration de la Granja ressuscitait une constitution anarchique, impossible, illusoire. Au lieu de la monarchie constitutionnelle, qui doit exister à Madrid pour repousser la monarchie absolue de Don Carlos, elle installait tout-à-coup un néant complet d'institutions politiques, puisqu'elle détruisait le statut royal et le remplaçait provisoirement par une constitution que les cortès constituantes étaient chargées de refaire; et comme personne ne pouvait deviner en quel sens les cortès constituantes réformeraient la constitution, il est évident que tout système de gouvernement était préalablement supprimé.

Si les conspirateurs de la Granja avaient eu un peu de sens politique, ils auraient compris qu'en agissant ainsi, non-seulement ils tuaient le statut royal, mais ils tuaient leur propre cause, leur cause à eux, démocrates exaltés : car une cause démocratique ne peut s'arranger de tous ces retards, de tous ces provisoires, de tous ces enfantements avortés. Il faut qu'elle produise son œuvre complète, qu'elle la proclame, et qu'elle la fasse exécuter par la force de sa volonté. — Qu'elle dise : « La patrie est en danger; nous allons la sauver; nous ferons ensuite la constitution. » — Ou bien encore qu'elle dise : « Voici la constitution toute faite : obéissez, parce qu'elle est indispensable pour sauver la patrie. » — Alors la révolution est, sinon dans son droit, du moins dans sa réalité. Si elle est forte, elle triomphe comme en France en 1793; si elle est faible, elle succombe comme à Varsovie, comme à Naples, comme dans la belle et mourante Italie. En un mot, elle court sa chance. Mais proclamer une constitution à refaire, pour ensuite n'en savoir que faire, en vérité de tout ce que j'ai entendu dire pour me convaincre du peu d'importance réelle du parti exalté en

Espagne, rien au monde n'était plus propre à me prouver que ce parti démocratique n'est qu'une mauvaise caricature copiée de la révolution française, peut-être par l'instigation des sociétés jacobines de Paris.

Le parti exalté, proclamant une constitution anarchique et l'abandonnant à l'instant même, a donc donné la preuve la plus manifeste de son impuissance. C'est à cette manifestation du néant démocratique en Espagne, qu'est dûe la réaction favorable qui s'est opérée depuis dans le gouvernement de Madrid ; et sous ce point de vue l'insurrection de la Granja a eu quelque utilité. Elle a rendu visible à tous les yeux ce qui avant était douteux encore pour beaucoup de monde, les mauvaises intentions et l'impuissance du parti démocratique en Espagne. C'est la déconfiture du compte-rendu sous une autre forme.

L'insurrection de la Granja présentait, par compensation, deux dangers imminents pour la monarchie constitutionnelle de la reine. D'abord, elle devait naturellement augmenter le parti de Don Carlos, en jetant dans ses rangs beaucoup d'esprits honnêtes et modérés qui, voyant des sergents ivres détruire la monarchie de Madrid, éprouvaient un invincible besoin de chercher dans d'autres rangs une monarchie qu'ils savent indispensable à l'Espagne. Ensuite, elle enhardissait Don Carlos dans ses projets belliqueux, car ce prince devait comprendre bien vite que l'intervention de la France déjà bien difficile, était rendue tout-à-fait impossible par les évènements de la Granja. Il fallait toute la brillante légèreté d'esprit de M. Thiers pour ne pas s'en apercevoir. Je l'ai entendu parler à la tribune sur cette question, et je ne puis dire combien je souffrais de voir perdre tant de talent et d'éloquence à raisonner contre la raison d'État la mieux constatée ; si bien, qu'en quelques paroles, nettes et précises, M. Molé réduisit au néant toute l'argumentation de M. Thiers.

Eh bien, par un éclatant bienfait de la Providence, ces deux nouveaux dangers pour la monarchie constitutionnelle de la reine d'Espagne se sont encore neutralisés l'un par l'autre, et voici comment. Je prie qu'on suive attentivement cet enchaînement des causes morales et des faits, parce qu'en définitive, c'est dans un ordre d'idées semblables que se trouvera, tôt ou tard, la solution de la question espagnole.

Si Don Carlos n'eût pas été encouragé dans ses projets belliqueux et contre-révolutionnaires, par la certitude que l'intervention française ne pouvait avoir lieu après les évènements de la Granja, peut-être aurait-il mieux profité de la réaction morale que l'horreur de cette conspiration et de la constitution de 1812 inspirait en faveur de sa cause. Tous ceux qui connaissent l'Espagne savent que si à cette époque, en regard et par opposition à la conspiration de la Granja, Don Carlos s'était présenté avec des projets d'amnistie, de conciliation, de monarchie un peu modérée et tolérante, le gouvernement de Madrid était pour ainsi dire perdu. Toutes les influences sociales, effrayées par le crime de la Granja, et pleines de répulsion pour l'anarchie de 1812, auraient été naturellement portées à transiger avec le Prétendant.

Mais au lieu de cela, Don Carlos, livré à toute l'intensité de ses préjugés absolutistes, encouragé d'ailleurs par la certitude que l'intervention française ne serait point effectuée, se livra à un redoublement de volonté réactionnaire.

Au lieu de profiter des circonstances, pour attirer à lui les masses flottantes que la conspiration de la Granja épouvantait, il se livra à des menaces, à des projets, à des proclamations insensées, qui firent le contre-poids de la Granja, et qui rejetèrent du côté de la monarchie de Madrid les esprits modérés qui s'en éloignaient. Ce fut alors effectivement que Don Carlos publia cet étrange manifeste, l'une des plus étranges singularités qu'on puisse voir au milieu de toutes les singularités que présente l'Espagne, et au sujet duquel l'auteur dont nous examinons l'ouvrage s'exprime ainsi qu'il suit, avec autant de raison que de vérité :

« Mais dans le même temps, la cour de Don Carlos of-
» frait une espérance d'appui, non-seulement à la consti-
» tution nouvellement promulguée, mais encore au gouver-
» nement des Cosaques et des Bédouins, suivant l'expres-
» sion de Barrio Ayuso, si ceux-ci avaient voulu se mêler
» de nos affaires. Tandis qu'il paraissait si simple et si
» naturel que ceux qui entourent et dirigent ce prince se
» fussent empressés à lui conseiller de se montrer comme
» l'arc-en-ciel de la paix dans cette cruelle tempête, quand
» son intérêt et sa gloire lui fournissaient une occasion si
» favorable de montrer au monde que ses principes de
» gouvernement étaient très-compatibles avec la nécessité
» de la paix, qui est aujourd'hui le lien commun pour le
» maintien de l'équilibre en Europe; quand tous les yeux,
» de l'un et de l'autre côté des Pyrénées, étaient tournés
» vers la cour d'Oñate; quand peut-être on n'attendait
» que les mots *oubli* et *tolérance* pour le combler d'adhé-
» sions, la cour de Don Carlos lança une espèce de man-
» dement ou de pastorale, datée d'Azpeitia, qui ordonnait

» des prières publiques et secrètes, invoquant l'intercession
» de la Vierge des Douleurs pour achever la destruction du
» parti libéral, que l'on y dépeignait, sans aucune distinc-
» tion, comme impie, féroce et ennemi de Jésus-Christ.
» Cette production inconsidérée fut une vraie proclama-
» tion, sinon une apologie, en faveur des révolutionnai-
» res espagnols, et une réponse convaincante à toutes les
» raisons que peut leur opposer la bonne foi et la logique
» la plus simple. Si un jour Don Carlos ou ses succes-
» seurs éprouvent le sort auquel ils sont réservés, suivant
» toutes les apparences, ils le devront surtout au décret
» royal signé à Azpeitia, le 25 avril 1836, par le préten-
» dant à la couronne d'Espagne, et contre-signé par son
» ministre universel, Don Juan Baptista de Erro.

» Quand le nouveau gouvernement de Madrid reçut
» cet étrange document, il comprit toute la portée d'un
» secours si inespéré, et il s'empressa de le publier dans
» tous les journaux, comme un moyen puissant de calmer
» la sensation pénible que produisaient ses déroutes mili-
» taires. Rien ne le gêna plus pour mettre à exécution la
» répartition, aussi brutale qu'arbitraire, des deux cents
» millions, dans laquelle, sous le titre d'avance, il s'était
» proposé la ruine de tous les capitalistes qui n'étaient
» pas de son parti ; il n'y eut plus de difficulté pour don-
» ner aux autorités les ordres les plus stricts de s'empa-
» rer de tous les ornements et de tous les vases sacrés que
» possédaient les églises ; on se décida à mettre aussitôt en
» vente publique les édifices et les cloches de tous les cou-
» vents supprimés, sans craindre davantage le mauvais
» effet qu'une semblable mesure pouvait produire chez un
» peuple considéré généralement comme plutôt supersti-

» tieux que dévot, car la Vierge des Douleurs s'était char-
» gée de répondre à tous les scrupules; enfin on crut le
» moment venu d'imposer à ces mêmes sociétés secrètes
» et républicaines, devant lesquelles avait brûlé l'encens
» d'une révolution. »

Ainsi donc, le gouvernement de Madrid fut garanti
d'une des conséquences de la Granja par une autre conséquence du même évènement, et Don Carlos se chargea
lui-même d'être l'instrument de cette péripétie inattendue.

Mais ce ne fut pas le seul service que Don Carlos et le
refus de l'intervention ont rendu à l'Espagne constitutionnelle, au trône d'Isabelle; et c'est ici que l'enchaînement
des causes morales et des faits devient de plus en plus remarquable.

En effet, les menaces de Don Carlos, la marche aventureuse de Gomez, la décomposition universelle du gouvernement de Madrid, l'impossibilité, dans de telles circonstances, d'exécuter la constitution de 1812, le désir
d'obtenir l'intervention refusée, voilà les véritables causes
morales qui ont conduit les cortès à détruire, sous prétexte de la modifier, cette constitution fatale. Elles senti-
rent qu'il était impossible d'ajouter le mal de cette constitution à tous les autres maux du pays; qu'il fallait la rendre monarchique pour lutter contre Don Carlos; qu'il fallait la rendre monarchique pour reconquérir l'appui de
la France, qui, par horreur pour cette constitution révolutionnaire, cessait même de coopérer, bien loin de vouloir intervenir. Si la constitution de 1812 a été modifiée, si
elle a fait place à un pacte, qui, sans être bon, est au moins
purgé des vices principaux qui rendaient la constitution
de 1812 intolérable; si les hommes modérés sont revenus à

la direction des affaires, c'est à Don Carlos et au refus de
l'intervention que l'Espagne en est redevable. Examinons
ce point, et quand il sera éclairci, je ferai voir que le refus de l'intervention, il y a un an, a eu pour l'Espagne de
bien plus grands avantages encore dans l'avenir.

C'est qu'il ne faut pas croire que la crainte de Don Carlos fut la cause réelle des excès du parti anarchique en
Espagne, ainsi que le disaient alors les partisans de l'intervention, ainsi qu'ils le répètent encore aujourd'hui,
sans se douter le moins du monde du tort immense qu'ils
portent à leur cause. La crainte de Don Carlos était le
prétexte dont les anarchistes se servaient pour accomplir
leurs scènes sanglantes, mais non point la cause qui les
faisait agir. Ce n'est pas la crainte de Don Carlos qui a
fait proclamer la constitution de 1812, c'est, au contraire, la crainte de Don Carlos qui a fait modifier cette
constitution par les cortès. Déjà à Paris, l'an dernier, je
fis voir dans les journaux toute l'illusion de M. Thiers
sur ce point, et je n'hésite pas à le répéter : si Don Carlos
n'avait pas existé menaçant pour le gouvernement de
Madrid, on n'aurait point modifié, refait, détruit la constitution de 1812. Le moyen de rendre des forces à l'anarchie démocratique dans les cortès et dans les clubs, c'é-
tait de détruire alors Don Carlos ; une fois qu'il n'y aurait
plus eu de danger à craindre de ce côté, vous auriez vu
les anarchistes relever la tête de tous les autres côtés, et se
faire braves parce que l'ennemi n'existait plus. Intervenir
alors, c'eût été inévitablement rendre à l'anarchie militaire et civile toutes les forces qu'elle n'avait plus. Elle
aurait crié que la nationalité était violée, que l'oppression

étrangère pesait sur l'Espagne, et peut-être les deux partis extrêmes se seraient réunis contre nous!...

Et faut-il que je vous rappelle de nouveau ce qui s'est passé et ce qui se passe encore en Portugal, à la porte même de l'Espagne? Là, il n'y avait plus de prétendant; là, il n'y avait plus cette cause fictive d'irritation populaire; et là, cependant, la constitution de 1812 a été proclamée comme en Espagne; et là, elle a été maintenue; là, elle n'a pas été modifiée; là, l'anarchie a triomphé. — Et pourquoi?... Parce que n'ayant plus à combattre la monarchie absolue de Don Miguel, l'anarchie a combattu la monarchie constitutionnelle de Don Pedro!... Oh! lorsque les démocrates portugais avaient à craindre Don Miguel et ses troupes, ils respectaient la charte royale de Don Pedro, ils étaient fidèles et soumis à Dona Maria; mais quand ils ont été libres de ce soucis, ils se sont jetés sur la charte royale et l'ont déchirée, et cette constitution de 1812, que l'Espagne menacée par Don Carlos a modifiée sagement, eux, anarchistes portugais, ils l'ont conservée tout entière, empirée plutôt qu'améliorée, et ils ont vaincu la quasi-intervention timidement tentée en faveur de la reine et de la justice. — Et pourquoi?... Parce que Don Miguel n'étant plus là, tout le parti anarchique, militaire et civil pouvait se concentrer contre la monarchie constitutionnelle et contre la royauté! (1)

---

(1) Ce parallèle aura encore plus de force, si vous réfléchissez que depuis Cadix, en 1820, jusqu'à la Granja, en 1836, c'est toujours dans la démocratie militaire que l'anarchie a pris son point de départ en Espagne. C'était là le point de la question, et si la lutte contre Don Carlos n'avait fourni une déviation à cette tendance insurrectionnelle de l'armée, non-seulement la royauté d'Isabelle était perdue, mais les efforts des généraux pour rétablir l'ordre et la discipline seraient restés impuissants, et Dieu sait ce que l'anarchie militaire aurait produit en Espagne.

Ce résultat, cette grande différence entre la situation de l'Espagne et du Portugal, je n'ai pas attendu l'évènement pour la prédire ; l'évènement n'a pas manqué de répondre aux causes morales qui l'indiquaient ; et comme je le disais à l'avance, la constitution de 1812 a triomphé à Lisbonne et a disparu de Madrid.

Le refus de l'intervention, j'en conviens, a été un remède bien douloureux et bien pénible pour l'Espagne. Mais il était inévitable, dans l'état où elle s'était mise relativement à la France, à l'Europe, et de plus, ce refus d'intervention était le seul moyen d'amener la péripétie gouvernementale qui s'est opérée en Espagne ; le seul moyen qui pouvait y amener un tel état de choses, que l'intervention, soit par les armes, soit par la diplomatie, y devienne possible et salutaire, quand l'heure opportune aura sonné. C'est ce dernier point de la question qui nous reste à développer. Son importance m'oblige à en faire le sujet d'un article spécial.

Je termine celui-ci par une nouvelle citation, qui a d'autant plus de poids, que l'auteur de l'ouvrage examiné est favorable au système de l'intervention, et qu'il justifie pleinement la France de ne pas l'avoir accordée l'an dernier :

« Toutes les autres allégations, non-seulement étaient
» injustes, puisqu'elles étaient notoirement fausses, mais
» elles rapeplaient encore l'humiliant contraste entre les
» services que rendaient la légion française et la nullité
» de ceux que rendait la légion anglaise. Le caractère de
» la politique de la France à cette époque fut, comme
» nous l'avons déjà dit, une politique expectante, c'est-
» à-dire une intention sincère de remplir le traité de la

» quadruple alliance, mais seulement de le remplir,
» sans l'exagérer. Celui qui lit ce traité sans prévention
» n'y trouve assurément aucune clause qui soit relative à
» une intervention ni à une coopération armée, mais
» seulement l'obligation de garder les frontières et de prê-
» ter un immense appui moral à la cause de la reine.
» Nous ne croyons pas nous tromper en disant qu'il y
» eut un moment où la France était disposée à intervenir
» avec toutes les forces nécessaires, si elle n'en eût pas été
» empêchée par le refus de l'Angleterre et par l'orgueil
» hors de propos du gouvernement espagnol. Mais toutes
» nos espérances disparurent lorsque nous vîmes ce délire
» de nos ministres et de nos députés, dans un temps où
» eux seuls pouvaient s'aveugler sur leur complète im-
» puissance. Qu'ils n'adressent donc qu'à eux-mêmes et à
» leur sotte vanité les reproches qu'ils font à l'esprit du
» cabinet français, et qu'ils sachent que la presque tota-
» lité des Espagnols, à l'exception des carlistes, ne re-
» prochera à personne les maux infinis que nous souf-
» frons, qu'aux fanfarons qui, pour conserver ou acqué-
» rir une popularité qu'ils ne méritent pas, rejetaient un
» secours que personne ne leur offrait. Vouloir après cela
» que la France coopérât exclusivement en faveur des ré-
» volutionnaires de la Granja, quand elle ne l'avait pas
» fait pour le triomphe du statut. c'est connaître bien
» mal les intérêts de toute l'Europe, qui chaque jour re-
» garde avec plus d'inquiétude cette tendance désorgani-
» satrice que l'on désigne sous le nom de mouvement.
» Nous espérons avec une ferme confiance que le jour
» n'est pas loin où ceux qui influent sur les destinées de
» l'Espagne étant désabusés sur l'inutilité de chercher des

» sympathies dans le délire, prendront le vrai chemin pour
» obtenir la coopération de leurs amis, au moyen d'un
» retour prudent vers les idées conservatrices, les seules
» véritablement sociales. Mais tant que le trône et la cons-
» titution monarchique de notre pays n'auront d'autres
» appuis que les baïonnettes de quelques soldats et l'am-
» bition des sociétés secrètes, personne ne voudra inter-
» venir en notre faveur, excepté ceux qui y trouveront
» leur propre compte. »

Après avoir examiné la question espagnole dans le
passé, nous l'examinerons dans l'avenir.

---

13 FÉVRIER 1838.

Question Espagnole.

—

Nous devons appeler un instant l'attention de nos lecteurs sur l'état actuel de la question espagnole, dans ses
rapports avec la politique française.

Ils auront déjà compris que l'intervention n'est pas, à
nos yeux, un droit spécial des nations; que l'intervention
est une guerre comme tout autre, juste quand elle a un
but moral et utile; inique quand elle est entreprise par
l'agression et la violence, en faveur d'une mauvaise cause.
Nous devons ajouter que, comme toutes les guerres possibles, elle doit être basée sur l'intérêt de la nation qui
la fait, et conçue dans les limites que sa sûreté personnelle lui trace.

D'après ces motifs, l'opportunité et l'utilité de l'intervention en Espagne était pour nous à peu près toute la question. Sous ce point de vue, nous avons dit que depuis un an elle avait fait un grand pas, mais qu'elle n'était pas encore arrivée aux termes de sa solution. Tel est toujours notre avis.

M. Thiers, par son imprudente incartade, a porté un tort immense à l'Espagne, en rendant inévitable un second refus, et les explications publiques de ce refus, lorsqu'il était évident pour tout homme sensé que le gouvernement français ne devait pas et ne pouvait pas vouloir l'intervention. — Nous en avons averti à l'avance les amis de la cause constitutionnelle en Espagne.

Le refus d'intervention est alors devenu un texte que tous les alarmistes ont exploité avec empressement.

A les entendre, c'était un coup mortel porté à la cause de la reine Isabelle.

Le parti modéré, disaient-ils, était perdu à Madrid : aussitôt que ce refus d'intervention en Espagne serait connu, toutes les fureurs révolutionnaires devaient se réveiller, les clubs dominer les cortès, les assassinats politiques recommencer, le parti-exalté s'emparer des affaires, et détruire promptement tous les progrès que la monarchie espagnole avait faits depuis un an pour se sauver de la constitution de 1812.

A cela, la réponse n'était malheureusement que trop facile.

On pouvait répondre à ces imprudents avocats d'une bonne cause, que si réellement le parti constitutionnel et modéré avait si peu de force en Espagne, que le refus d'intervention donnât au parti exalté, qui est si faible

lui-même, les moyens de dominer le gouvernement de
;a reine et les cortès, alors ceux-ci étaient réellement trop
impuissants pour qu'ils valussent la peine d'être secourus.
Raisonner comme le faisaient, depuis dix-huit mois surtout, ceux qui sollicitaient l'intervention de la France,
c'était empêcher moralement le gouvernement français de
pouvoir se décider à la faire. On représentait sans cesse
Don Carlos si près d'être triomphant d'un côté, et la
reine si faible de l'autre, contre le parti exalté et contre
le parti Carliste, que c'eût été folie d'aller compromettre
la France pour soutenir un gouvernement dont on faisait
un tel tableau.

Les choses se sont améliorées, d'abord, parce que le
gouvernement de la reine a trouvé en lui-même assez de
force pour vaincre le parti exalté, parce que les cortès
constituantes ont réformé la constitution de 1812, parce
que Espartero a réprimé l'indiscipline militaire, parce
que les cortès législatives ont été élues dans le sens de la
modération, — parce que, pendant ce temps, la course
aventureuse de Don Carlos sur Madrid a échouée.

Voilà la première amélioration que nous avons signalée et qui avait fait faire un premier pas à la question
d'intervention. Voici maintenant la seconde.

C'est que le refus d'intervention, après avoir excité en
Espagne quelques rumeurs passagères, n'a point arrêté et
détruit le système de modération des cortès et du gouvernement; c'est que toute cette fantasmagorie sanglante
dont on effrayait les imaginations en disant qu'aussitôt
le refus de la France connu à Madrid, les exaltés allaient
reprendre le dessus dans la capitale et partout, et que
l'Espagne allait subir une nouvelle recrudescence révolu-

tionnaire; toutes ces apréhensions, dis-je, qu'on jetait à la France presque comme une menace, ont été démenties fort heureusement par les faits. Le gouvernement de la reine n'a point été ébranlé dans son retour à l'ordre et à la modération.

Voilà un second pas fait vers la possibilité d'une intervention; voilà une seconde preuve de force et de valeur réelle dans le gouvernement de la reine. — Quand il aura tout-à-fait prouvé qu'il a une existence réelle et nationale, et qu'il a besoin seulement d'être débarrassé d'une attaque extérieure à lui-même, de l'agression de Don Carlos, alors l'intervention deviendra discutable et se rangera parmi les éventualités possibles. Car combattre Don Carlos n'est pas la difficulté réelle pour la France; la difficulté, c'est l'établissement et le maintien du gouvernement espagnol ensuite. Nous le répétons; avant qu'on se détermine à soutenir un gouvernement, il faut d'abord qu'il soit bien prouvé que ce gouvernement existe.

Nous enregistrons donc avec une vive joie la seconde amélioration qui rapproche le gouvernement de la reine du moment où l'intervention sera opportune et possible. On a trouvé étonnant que M. de Torreno, après le dernier refus de la France, ait dit aux cortès « que jamais on n'avait été si près de l'intervention que depuis ce refus. » Cependant il avait raison; l'expression seule est trop hardie, mais le fait est vrai. On n'est peut-être pas encore près de l'intervention, mais on en est moins éloigné qu'auparavant.

7 JUILLET 1838.

État actuel de la question espagnole.

—

Depuis quelque temps nous n'avons pas exprimé notre opinion sur la transformation graduelle de l'Espagne. Nous nous sommes borné à mettre sous les yeux de nos lecteurs le tableau successif des évènements. Mais à mesure que nous avançons il est utile, il est même indispensable d'extraire des faits eux-mêmes les enseignements moraux qu'ils nous présentent. C'est le seul moyen de nous former une idée exacte de l'avenir de la Péninsule, et d'entrevoir la solution de la crise révolutionnaire qui la travaille.

Je sais que plusieurs bons et loyaux Espagnols, constitutionnels modérés, dont j'apprécie fort le suffrage, m'ont su mauvais gré de ce que j'ai écrit à plusieurs reprises contre l'intervention française en Espagne. Cela m'a été pénible. Mais j'ai dû persister, parce que je suis convaincu que dans l'état des choses rien ne pouvait être plus fatal aux deux pays que l'intervention. Je suis convaincu que de tous nos hommes politiques, celui qui a le moins compris l'Espagne, c'est M. Thiers; que l'homme qui la comprend le mieux au monde, c'est Louis-Philippe; — et que le roi des Français, en empêchant l'exécution des projets de M. Thiers, a rendu à l'Espagne, autant et peut-être plus qu'à la France, un incalculable service.

L'intervention était fatale, non point tant à cause de ses périls, de ses dépenses, de ses risques de toutes sortes, qu'à cause des succès qu'elle aurait pu obtenir. — Car, en examinant bien la chose, ces dépenses, ces risques, ces dangers, étaient éventuels, et, dans tous les cas, transitoires; je suis persuadé que, soit que le gouvernement français fût intervenu pour Don Carlos, soit qu'il fût intervenu pour Isabelle, le parti que le gouvernement français aurait appuyé, aurait triomphé. — Et voilà précisément le mal. — Si l'on veut que la paix, l'ordre, le progrès, s'établissent en Espagne (faites bien attention que je n'ai pas dit *se rétablissent,* parce qu'ils n'y ont jamais existé sous aucun système), il faut précisément qu'aucun des deux partis ne triomphe, parce que ni l'un ni l'autre des deux partis n'est à lui seul capable de gouverner l'Espagne; parce que chacun des deux partis est privé de l'élément de force gouvernementale que possède le parti contraire; de sorte que le gouvernement ne deviendra possible en Espagne que lorsqu'une transaction générale et sincère réunira en un seul faisceau les deux éléments gouvernementaux qui se combattent, et entre lesquels des insensés voulaient intervenir pour écraser l'un au profit de l'autre, ce qui aurait été tout perdre, au lieu de tout sauver.

Voilà ce qu'a admirablement compris la royauté française, qui, heureusement pour la France et pour l'Europe, n'est pas la royauté révolutionnaire de M. Thiers, n'est pas la royauté fictive des doctrinaires; mais la royauté réelle et monarchique que la Providence a placée au milieu de nos perturbations convulsives, pour poser un ancre de salut, immobile et profonde, à laquelle tous les amis de l'ordre et de la liberté peuvent et doivent se rattacher comme à un centre commun!...

Je vais aujourd'hui développer cette idée par un exposé théorique appuyé sur l'analyse des faits eux-mêmes.

La monarchie d'Isabelle, d'un côté, la monarchie de Don Carlos, de l'autre, étaient en lutte. — Ces deux monarchies ne diffèrent point par leur principe ; mais derrière ces deux monarchies se cachent deux principes contraires, extrêmes et faux tous les deux, qui veulent exploiter à leur profit le triomphe de l'une ou de l'autre.

Ces deux monarchies ne diffèrent point par leur principe. — Cela est évident. Aucune des deux n'a invoqué la souveraineté du peuple pour établir son droit et son origine. Si quelques démocrates espagnols, copiant nos erreurs de 1791, ont accolé la souveraineté du peuple à la monarchie d'Isabelle, c'est une superfétation venue après coup. Mais Isabelle est montée sur le trône en invoquant le droit de succession ; c'est la fille et l'héritière de Ferdinand VII, qui a été couronnée par l'Espagne et reconnue par l'Angleterre et par la France. — Le droit de succession est aussi le titre qu'invoque Don Carlos. Descendant de Philippe V, il réclame l'application de la loi salique que la branche des Bourbons de France, établie en Espagne, avait importée avec elle, et qui depuis avait été respectée jusqu'à ce jour.

C'est donc à titre de droit héréditaire dans une succession dont les règles sont différemment interprétées, qu'Isabelle et Don Carlos réclament tous les deux la couronne. Ce sont deux légitimités qui luttent. Qu'on les unisse, la lutte est finie et ne laisse pas de trace par elle-même. — Ce n'est pas là qu'est la principale difficulté. Elle est ailleurs, cette grande, cette immense difficulté. Nous allons la montrer tout-à fait à découvert dans un instant. Nous ferons voir en même temps comment elle diminue chaque jour ; comment la politique admirable du roi des Français concourt à détruire de plus en plus cette difficulté que l'intervention aurait rendue insurmontable. — Et nos lecteurs conclueront facilement, je crois, que cet obstacle une fois, sinon anéanti, du moins suffisamment atténué, la transaction dont j'ai parlé, seul moyen de pacification réelle pour l'Espagne, pourra être essayée avec succès. — Alors, la France interviendra, soyez-en sûr, et les acclamations du monde civilisé récompenseront la royauté française d'avoir si bien compris et accompli son glorieux devoir !...

Reprenons le fil de nos idées. — Il y a source commune, parité d'origine, similitude de prétention héréditaire, dans les droits invoqués par Isabelle et par Don Carlos. — Mais il y a pour point d'appui, pour levier, pour force motrice à l'appui de ces droits, deux moyens d'action éminemment opposés des deux côtés. — Le pouvoir spontané d'un côté, le libéralisme de l'autre : — Principes également faux l'un et l'autre, si on les applique rigoureusement dans toute leur portée ; — principes également vrais l'un et l'autre, si le pouvoir est tempéré par la liberté, si la liberté est réglée par le pouvoir.

Or, que serait-il arrivé si la France fût intervenue pour l'un des deux camps ? — Il serait arrivé que, par le triomphe de l'un, loin d'accomplir la transaction entre le pouvoir absolu et la liberté absolue, pour arriver au pouvoir modéré et à la liberté réglée, elle aurait évincé le principe contraire à celui qu'elle aurait fait triompher. Elle aurait assuré la domination exclusive d'un des deux principes qui, à lui seul, ne peut jamais constituer un gouvernement régulier, et qui en est incapable en Espagne plus que partout ailleurs. En tuant la légitimité de Don Carlos, M. Thiers aurait atteint par contre-coup la légitimité d'Isabelle. La révolution seule aurait prévalu sur l'une et sur l'autre.

Je sais bien que ceux qui réclamaient l'intervention ne l'entendaient pas ainsi. Ils prétendaient au contraire, et c'était là le grand cheval de bataille de M. Thiers, que la seule cause des excès possibles du principe révolutionnaire, c'était la crainte de voir triompher Don Carlos ; qu'une fois la puissance de Don Carlos détruite, le libéralisme exalté ne serait plus redoutable ; que tout rentrerait dans l'ordre, et que la monarchie constitutionnelle d'Isabelle s'organiserait par enchantement.

Je ne crains pas de le dire, c'étaient là de puériles illusions. Il faut ne pas connaître, je ne dirai pas même l'Espagne, mais la nature humaine, pour imaginer qu'en révolution les choses puissent se passer ainsi. — Loin de s'apaiser par l'absence de la lutte physique, les empêchements internes éprouvés par le gouvernement auraient doublé. — Voyez ce qui s'est passé en Portugal, quand Don Miguel en a été expulsé ! — La charte a été déchirée, la souveraineté du peuple proclamée, et le trône courbé sous l'impossible constitution de 1822. — Voyez au contraire ce qui s'est passé en Espagne ? La constitution de 1812 a été réformée, précisément par l'effet de la crainte qu'inspiraient les progrès monarchiques de Don Carlos. — Un gouvernement, vivant par lui-même, homogène, fondé, établi, se trouve sans doute à l'aise quand il est délivré de l'ennemi qui l'attaque par la violence. — Mais un gouvernement sans existence faite, comme était celui de la reine, voit au contraire s'accroître ses embarras intérieurs, parce que la nécessité de se défendre contre l'ennemi commun n'obligeant plus les diverses fractions du parti vainqueur à concentrer toutes leurs forces dans ce but, chacun se livre à sa tendance spéciale, et ils emploient alors leurs forces l'un contre l'autre. Cette lutte interne, ce combat politique détruit alors le pouvoir du gouvernement nouveau. —Regardez ce qui se passa en France!... Aussitôt que la Vendée a été pacifiée, aussitôt que les émeutes républicaines ont été domptées, la lutte interne a commencé dans notre assemblée élective, et nous en sommes venus à ce point que les hommes qui se prétendaient les champions exclusifs du pouvoir royal, sont maintenant les champions du pouvoir populaire, et se coalisent avec l'opposition contre la prérogative de la couronne! Nous avons résisté sans doute, nous résisterons jusqu'au bout, je l'espère. — Mais aussi quelle différence entre les deux pays, quelle différence entre les deux organisations administratives! quelle différence entre les moyens que l'état de la civilisation française met à la disposition de la couronne de France, et ceux que l'état de la Péninsule met à la disposition de la couronne espagnole!... Certes, en voyant que, même en France, la lutte est si longue, si pénible, si laborieuse, et que nous sommes encore à chercher qu'elle en sera l'issue, on peut dire que c'eût été une étrange folie de croire qu'une organisation monarchique forte, calme, tranquille, eût succédé en Espagne à l'expulsion de Don Carlos!...

Je vais dire une vérité horrible, que j'ai déjà imprimée dès le début des troubles de la Péninsule. Je souffre à l'écrire, je voudrais l'anéantir; mais la nier ne serait pas l'empêcher d'être. Donc, soyons hommes et regardons-la en face.

C'est qu'en Espagne, avant qu'un ordre régulier devînt possible, il fallait que, de part et d'autre, on détruisît les obstacles qui s'y opposaient. Or il n'y avait que les excès carlistes qui pussent extirper, par la violence, la force motrice des excès révolutionnaires. Il n'y avait que les excès révolutionnaires qui pussent extirper, par la violence, la force motrice des excès carlistes. Il fallait que, dans le sang et dans la flamme, cette double destruction s'opérât avant que les deux éléments de force gouvernementale qui existent dans les deux camps, fussent assez purgés de leur venin natif, assez épurés de leurs moyens de perturbation réciproque, pour que la transaction qui doit les réunir devînt possible et salutaire.

Ainsi donc, quand les interventionnistes reprochaient à la France de rester paisible spectatrice de ce drame convulsif et féroce, sans doute nous sentions une grande pitié, une grande et désespérante souffrance s'emparer de notre âme, comme à la vue d'un malade qui nous est cher et qui se tord sur son lit de douleurs en invoquant notre secours contre la crise violente qu'il éprouve, et contre la douleur des moyens curatifs que la nature ou l'art emploient pour l'en débarrasser. — Mais la raison d'État, la nécessité, parlent plus haut que le sentiment, dans ces grandes crises politiques. Essayer prématurément de guérir l'Espagne, eût été une folie que le gouvernement français n'a que trop essayée pendant les premiers temps. Il fallait la laisser souffrir sous l'action providentielle de ses déchirements internes, jusqu'au moment où la maladie deviendrait susceptible de céder au remède, et le malade résigné à écouter le médecin.

De sorte que ne pouvant intervenir pour un des deux partis à l'exclusion de l'autre, nous ne pouvions pas davantage intervenir en faveur d'une conciliation, d'une transaction, dont aucun des deux partis n'eût voulu entendre parler, et qui n'aurait pu alors s'accomplir, lors même qu'ils l'auraient voulu. — Force était donc à la France de rester spectatrice jusqu'à ce que le travail révolutionnaire eût accompli sa tâche de destruction.

La force gouvernementale qui se trouve divisée entre les deux partis, c'est le droit héréditaire, dont tous les deux se disputent l'application exclusive.

La force gouvernementale qui appartient principalement à la reine, c'est l'esprit de progrès, de travail, d'affranchissement, de raisonnement, qui réside dans la classe éclairée, et qui doit mettre l'Espagne en communion civile avec le reste de l'Europe civilisée.

La force gouvernementale qui appartient principalement à Don Carlos, c'est l'assentiment populaire sur lequel il faut nécessairement s'appuyer, même pour modifier graduellement les passions et les préjugés populaires; c'est l'amour de la stabilité qui s'attache aux institutions antiques et qui craint les conséquences dangereuses que les meilleures innovations traînent souvent à leur suite, si l'on se livre trop facilement à leurs combinaisons improvisées.

Voilà ce qui est bon de part et d'autre. — Voici ce qui est mauvais des deux côtés.

Du côté de la reine, c'est l'esprit de radicalisme étroit des révolutionnaires de seconde main, copistes impuis-

sants et froids de toutes les erreurs politiques de notre
première révolution; c'est une constitution moins mauvaise que celle de 1812 sans doute, mais encore assez
inexécutable pour entraver le mouvement gouvernemental de la monarchie la plus libérale; c'est le sentiment de
crainte que toutes ces choses inspirent à la portion modérée et raisonnable du parti de Don Carlos.

Du côté de Don Carlos, c'est l'esprit d'absolutisme,
d'intolérance, de fanatisme qui égare les partisans réactionnaires de sa cause, gens qui croient qu'il est possible
de détruire le présent et de reconstruire le passé; c'est le
ressentiment aveugle du pouvoir perdu, que les titulaires
dépossédés voudraient reprendre intact et sans modification; c'est la crainte que toutes ces passions avides et haineuses inspirent à la portion modérée et raisonnable des
défenseurs d'Isabelle.

Le problème de la transaction est donc celui-ci :

Réunir en un seul corps politique ce qu'il y a de bon
des deux côtés, quand cette réunion, admise par le consentement de ceux qui devront la constituer, aura assez
de force pour dompter les éléments de désordre qui existent de part et d'autre, et qui ne manqueront pas de former une coalition immédiate contre le juste-milieu gouvernemental, aussitôt que celui-ci se montrera digne de
son origine et de son but, en repoussant les passions extrêmes qui voudraient recommencer la lutte.

Or, pour arriver à cette transaction, il y a deux périodes de transformation à atteindre.

Il faut d'abord que la nécessité de cette transaction soit
comprise par les chefs et par la partie du personnel qui
constitue ce qu'il y a de bon et de gouvernemental des

deux côtés. Cette première période..... nous n'y sommes pas tout-à-fait, mais nous en approchons.

Il faut ensuite que la portion extrême et violente des deux partis opposés, soit assez affaiblie par la destruction réciproque résultant de leurs excès mêmes, pour être forcée de supporter une transaction à laquelle on ne doit jamais espérer leur voir donner un consentement volontaire. — Il faut que le joug de la nécessité, d'une nécessité impérieuse, invincible, les fasse ployer : il faut que leur mauvaise volonté succombe sous leur impuissance reconnue; il faut que la douleur de leurs blessures les empêche de vouloir recommencer le combat; il faut que l'accès de fièvre ait été assez violent et assez complet, pour qu'on soit sûr que tous les éléments du mal aient agi et que nulle nouvelle source de redoublement ne puisse se découvrir tout-à-coup. — C'est le résultat le plus difficile à obtenir : — on n'y est pas encore, mais on y viendra.

Il ne faut que jeter un regard un peu attentif sur l'état actuel de la Péninsule, pour comprendre que l'amélioration dont je parle est commencée. Alors, on sera forcé de convenir que la politique habile du roi des Français a seule préparé ce résultat qui sauvera l'Espagne. Alors, on sera forcé de convenir que la politique étourdie de M. Thiers aurait rendu ce résultat impossible, pour bien longtemps, si ce n'est même pour toujours. — Alors on sera forcé de convenir qu'il est fort heureux pour le monde civilisé que la France ait eu un roi réel et un président du conseil fictif, au lieu d'avoir un roi fictif et un président réel : car si le roi des Français n'avait pas eu une action réelle dans le gouvernement; s'il n'avait pas brisé par sa volonté personnelle le ministère de M. Thiers au moment

même où celui-ci précipitait la France dans l'intervention, comment cette entreprise fatale aurait-elle été empêchée dans l'absence des chambres?... Ainsi, l'on voit,
par un exemple frappant, l'absurdité des doctrines prétendues représentatives qui voudraient annuler la royauté
au profit du ministère : théorie inconsistante et bâtarde,
qui rendrait à la fois le pouvoir impuissant et la liberté
impossible!... absolutisme ministériel cent fois pire que
l'absolutisme royal!

9 JUILLET 1838.

Continuation du même sujet.

Si, dans le chapitre précédent, j'ai clairement exprimé
ma pensée, on a dû comprendre que l'erreur, jusqu'à
présent commise par ceux qui réclamaient l'intervention,
consistait à prendre perpétuellement pour la cause des
troubles de la Péninsule ce qui n'en était que l'effet.

Ainsi, du côté des constitutionnels, on voyait dans la
guerre suscitée par Don Carlos la cause qui ôtait à la
monarchie d'Isabelle les moyens gouvernementaux qui
lui sont nécessaires pour s'établir, — et c'est précisément
le contraire. Ce sont les éléments gouvernementaux qui
manquent à la monarchie d'Isabelle, qui donnent à Don
Carlos les moyens de lui faire la guerre.

De même, du côté des absolutistes on voyait, dans les
prétentions d'Isabelle, la cause qui empêchait la monar-

chie de Don Carlos de s'établir en Espagne, — et c'est le contraire. Ce sont, en effet, les éléments gouvernementaux qui manquent à Don Carlos et qui ont antipathie pour son pouvoir, qui donnent aux partisans d'Isabelle les moyens de guerroyer contre Don Carlos.

C'est donc dans le fond des choses même, qu'était la la difficulté. Une intervention, militairement triomphante, aurait bien pu faire disparaître les effets extérieurs, mais ne pouvait rien changer aux causes qui les produisent, et qui, aigries, envenimées par l'oppression étrangère, avant long-temps auraient agi sous une autre forme, mais toujours conformément à leur nature. Pour que l'unité gouvernementale se rétablisse en Espagne, il faut que, par un travail intérieur, par une transformation sociale née des faits et de la nature des mœurs, ou bien que les deux éléments gouvernementaux, épurés de leurs excès, se réunissent, par transaction, ou bien que l'un des deux anéantisse l'autre sur le sol de l'Espagne.

Or, quelque difficulté que présente une transaction de ce genre, elle est mille fois préférable sous le rapport de l'humanité : elle est mille fois plus conforme aux règles de la politique sociale, car c'est toujours par une transaction de ce genre que les troubles politiques se terminent : elle est, enfin, mille fois moins lente, moins difficile, moins impossible, que la suppression complète d'un des deux éléments gouvernementaux qui, en ce moment, luttent en Espagne.

Il y a long-temps que cette idée me préoccupe, et que je voulais attirer publiquement sur elle l'attention de la France et de l'Espagne. Mais il ne suffit pas qu'une idée soit vraie et bonne, pour qu'elle triomphe. Il faut encore qu'elle soit jetée avec opportunité dans le commerce des intelligences. Or, j'ai craint, jusqu'à présent, que le moment d'émettre celle-ci ne fût pas encore arrivé. Aujourd'hui même encore, je ne suis pas bien sûr de ne pas commencer trop tôt à invoquer une solution politique que beaucoup de préjugés repousseront encore en France et en Espagne. — En France, parce que les fausses théories du libéralisme n'y sont pas encore assez déconsidérées, assez discréditées quoique la dernière session législative ait commencé le désenchantement de la classe moyenne; en Espagne, parce que les passions de l'absolutisme ne sont peut-être pas encore assez brisées, assez épuisées, assez découragées par la lutte qu'elles ont entreprise pour ressusciter un impossible passé.

N'importe, l'état des choses en Espagne est si horrible, en France il est si inquiétant, qu'une voix libre et désintéressée doit enfin parler et surmonter de vains scrupules. Si l'idée que j'émets et que je veux propager hautement est repoussée par les partis belligérants, et si la diplomatie temporisatrice de la France n'ose ou ne peut l'admettre encore, cette idée fera son chemin dans les esprits, elle s'avancera dans le monde des intelligences, elle marquera dans cette haute et féconde sphère la place où plus tard, elle s'établira pour rayonner au dehors et baser son empire sur le monde positif.

Les intérêts que représente Don Carlos en Espagne y sont certainement nationaux, et ceux que représente Isabelle sont nationaux aussi. — Inégaux numériquement, mais presque égaux en puissance morale, tirant leurs forces du sol national sur lequel ils combattent, quelle magistrature suprême dévolue à une nation étrangère peut donner à celle-ci la certitude de prononcer équitablement pour l'un contre l'autre? Quelle force efficace peut être employée à l'appui de la sentence d'exclusion, si l'exhérédation de l'un de ces deux partis nationaux était prononcée par la juridiction étrangère?

Interventionistes de toutes sortes et de toutes couleurs, vous qui êtes intervenus en France, en 1815, pour la souveraineté royale; vous qui vouliez intervenir en Pologne au nom de la souveraineté nationale; vous qui voudriez intervenir en Espagne au nom de je ne sais quelle souveraineté bâtarde de légitimisme et de révolution, faites attention qu'en droit je ne conteste pas la faculté d'intervention. — J'ai déjà dit que cet acte, comme beaucoup d'autres, est juste ou injuste, légal ou illégal, suivant l'usage que l'on en fait. Je laisse donc absolument de côté cette partie épineuse et stérile des vaines controverses théoriques; c'est un champ où il est trop facile de batailler à perte de vue, quel que soit le côté de la question qu'on adopte, pour qu'il vaille la peine d'être défriché une millième fois. — Je ne veux pas labourer une terre qui ne peut rien produire.

Mais c'est dans les faits même de la question espagnole que je veux puiser mon opinion et les raisonnements qui l'appuient. La maison de votre voisin brûle, vous intervenez pour éteindre l'incendie; que le voisin le veuille ou non, vous en avez évidemment le droit : bien plus, c'est pour vous un devoir. Certaines interventions politiques peuvent être justifiées ainsi. — Mais ici le cas est tout autre : ce sont deux héritiers, descendant de la même souche, qui se disputent la maison. Montrez-moi le brevet de juge que la Providence vous a donné pour prononcer entr'eux, et dites-moi quelles seront les solennités de la sentence et ses moyens d'exécution ?

Voici qui fait voir le vice inhérent à tous les raisonnements de ceux qui réclamaient l'intervention de la France à l'appui d'une des deux monarchies qui luttent en Espagne : examinez toutes les conséquences que devait avoir, selon eux, le refus d'intervention, et vous verrez que les évènements les ont toutes démenties ; vous verrez, au contraire, que nos prédictions se sont toutes vérifiées, au moins tout autant qu'un laps de temps, encore trop borné, a pu le permettre.

La politique du cabinet français est une politique carliste, s'écriait M. Thiers, à la tribune, en 1836. — J'y étais, je l'ai entendu. —Et comme la chambre se souleva contre cette assertion violente, M. Thiers, se redressant avec toute l'ardeur de son génie oratoire, s'avança presqu'à moitié en dehors de la tribune, et, redoublant d'énergie dans le geste, dans le regard, dans la voix, il répéta son accusation avec une force retentissante qu'il serait bien difficile d'attendre de sa faible organisation physique, si l'on ne connaissait l'empire d'un talent brillant et d'une volonté forte. — « Oui, répéta-t-il, votre politique est une » politique carliste ! En n'intervenant pas physiquement » pour Isabelle, vous interviendrez moralement pour Don » Carlos ! »

Alors et depuis, cette assertion fut répétée et développée de tous côtés. Don Carlos, nous disait-on, complètement dégagé de la crainte de l'intervention française par la conduite du cabinet et par le vote des chambres, va faire des progrès rapides ; le nombre de ses partisans va doubler ;

les affaires de la reine vont recevoir un coup mortel par cette décision.

Mais on ne s'est pas borné là; et depuis, en 1837, on nous a dit : — « En déclarant qu'elle n'interviendra pas, » non-seulement la France augmente les forces de Don » Carlos et assure son triomphe, mais elle va donner aux » révolutionnaires exaltés les moyens de reprendre le cours » de leurs excès, à Madrid et dans le Sud, contre le gou- » vernement d'Isabelle. Le peuple, se voyant abandonné » par la France et livré à Don Carlos, prêtera l'oreille aux » excitations violentes des libéraux exagérés, et les dé- » sordres que les modérés ont eu tant de peine à réprimer, » vont recommencer de toutes parts. »

Ainsi, le refus d'intervention devait doubler à la fois les forces de l'absolutisme chez Don Carlos, les forces de l'anarchie à Madrid, et déchaîner sur l'Espagne une nou- velle tempête de calamités.

Voilà ce qu'on nous disait ; et, il faut en convenir, aux yeux des observateurs vulgaires, ces assertions pou- vaient être un grand sujet d'alarmes. Et moi qui ai vu de près la chambre des députés à cette époque, je puis assurer qu'elle en était vivement impressionnée. Il m'a paru qu'en votant contre l'intervention, elle fut décidée par le défaut d'énergie qui lui est naturel, n'osant pas prendre sur elle la responsabilité des évènements que l'intervention pou- vait traîner à sa suite, mais non par la conviction de l'injustice et de l'impuissance de l'intervention elle-même. —Certainement si la chambre élective avait osé, elle au- rait suivi la bannière de M. Thiers et proclamé l'interven- tion. —Pour obtenir un vote contraire, le cabinet du six septembre fut même obligé de donner à la chambre l'es-

pérance vague qu'on pourrait intervenir plus tard, si Don
Carlos faisait des progrès plus menaçants pour la monarchie d'Isabelle. Sorte de contre-sens qui peint à nu l'époque de déraison où nous vivons; car c'était dire qu'on ne
voulait pas intervenir à cause des dangers et des difficultés de l'entreprise, mais qu'on se réservait d'intervenir
quand ces dangers et ces difficultés auraient considérablement augmenté.—C'est avec cette justesse d'esprit que
raisonne notre admirable démocratie parlementaire! Que
Dieu lui fasse paix!...

Eh bien, voyez maintenant si les résultats du refus
d'intervention n'ont pas été précisément tout le contraire
de ce que M. Thiers et les interventionistes avaient prédit? Et s'il en est ainsi, que devez vous penser des appré-
ciations politiques qui les avaient conduits à de si fausses
conséquences?... Que devez-vous penser du duel insensé
que le président du 22 février a entrepris contre la royauté
française, accusée par lui de dicter à son cabinet une politique carliste, parce que sa sagesse profonde ne voulait
pas se laisser dominer par l'étourderie quasi-révolutionnaire de M. Thiers? Car je l'ai dit alors : M. Thiers se
fait révolutionnaire, mais il ne l'est pas. Son esprit est
plus logique que son ambition. Celle-ci l'égare, par ce
qu'elle veut se servir de tous les moyens pour parvenir.
Mais, en réalité, il est plus capable de gouvernement que
beaucoup d'hommes qui ont l'apparence plus grave que
lui.

Pour ce qui est de Don Carlos, d'abord, le refus d'intervention de la France a-t-il donné au prétendant ce redoublement d'ardeur, de force, de moyens d'agression,
dont on nous faisait un tableau si effrayant? Pas que je

sache, et tout le monde voit bien clairement qu'il n'en est
rien. C'est que la force de Don Carlos consiste en certains
éléments gouvernementaux qui ont foi en lui, qui sont
ralliés à lui. Tout ce qu'il peut en obtenir de puissance, il
l'a déjà obtenu; il peut s'en servir plus ou moins heureusement, voilà tout. Mais les déterminations de la
France ne pouvaient pas changer la foi des éléments gouvernementaux opposés à Don Carlos, et les déterminer à
se joindre à lui, en contre sens de leurs propres intérêts.
Les choses sont donc restées après ce qu'elles étaient avant.
Don Carlos, borné dans un certain cercle d'influence morale, ne peut ni en être dépouillé, ni voir s'agrandir cette
atmosphère. Il ne dépend pas de la France de faire que
les révolutionnaires deviennent absolutistes, pas plus
qu'il ne dépend d'elle de faire que les absolutistes deviennent révolutionnaires. Don Carlos a donc une certaine
apogée, un certain maximum de puissance qu'il peut atteindre, mais qu'il ne peut dépasser. — Il en est de même
d'Isabelle.

Pour ce qui concerne la recrudescence d'anarchie que
l'on nous prédisait à Madrid, par suite du refus d'intervention, en avez-vous aperçu la réalisation? Vous voyez
bien que non. Vous voyez que l'anarchie ne puisait pas
ses forces et ses motifs dans le refus que la France faisait
d'anéantir Don Carlos, car ce refus l'a laissée bavarde et
fanfaronne, mais plate et faible comme auparavant. — Les
politiques modérés, la partie morale et forte des défenseurs d'Isabelle, ont-ils été tellement découragés par le
refus d'intervention, qu'ils se soient abandonnés à un lâche désespoir et qu'ils aient renoncé à faire triompher les
principes d'ordre et de modération? Vous voyez bien que

non : et permettez-moi de vous répéter ce que je vous disais alors, c'est qu'on ne pouvait concevoir une pareille crainte sans insulter au caractère espagnol, sans méconnaître son énergie, sa constance, son patriotisme. La conséquence immédiate du refus d'intervention devait être et a été tout opposée. — Les véritables constitutionnels, les Espagnols vraiment dignes de leur glorieuse cause et de leur glorieuse patrie, se sont dit : — Puisque nous ne pouvons plus compter sur le secours armé de la France, c'est sur nous-mêmes, c'est sur nous seuls qu'il faut compter; il faut redoubler de zèle, d'énergie, de dévoûment, et prouver à l'Europe que le patriotisme espagnol n'a pas dégénéré. C'est à nous de montrer, en continuant à dompter l'anarchie qui voulait nous perdre, que nous sommes dignes de conserver la liberté contre l'absolutisme qui voudrait la détruire. — Et ce qu'ils ont dit, ils l'ont fait.

L'intervention aurait faussé la question espagnole. L'intervention l'aurait montrée sous un masque trompeur. L'intervention aurait fait croire à l'Europe que le carlisme avait plus de force qu'il n'en a réellement, puisqu'on aurait déclaré ainsi que les constitutionnels, livrés à eux-mêmes, ne pouvaient lui résister!

L'intervention aurait fait croire en outre que les constitutionnels étaient plus faibles qu'ils ne le sont réellement, puisqu'elle aurait implicitement déclaré que, sans l'appui de la force étrangère, les partisans d'Isabelle n'étaient ni assez forts, ni assez moraux pour résister à l'absolutisme d'un côté, à l'anarchie de l'autre.

Le refus de l'intervention, au contraire, a dissipé tous les nuages, a mis à découvert pour tout le monde l'état réel de l'Espagne, et c'est, selon moi, le plus grand pas qui pût être fait vers la pacification de ce malheureux pays.

L'Espagne, la France, l'Europe savent maintenant :

Que la puissance de Don Carlos, susceptible de plus ou moins de succès partiels, est à elle seule incapable de s'établir solidement et de gouverner l'Espagne ;

Que la puissance d'Isabelle, placée dans une situation analogue, en sens contraire, a tout ce qu'il faut en elle-même pour résister à l'agression de Don Carlos, sans avoir ce qu'il faudrait pour l'anéantir et pour gouverner, à elle seule, toute l'étendue de l'Espagne et tous les intérêts espagnols.

Dès-lors les deux partis, bien convaincus qu'ils ont assez d'énergie pour se défendre l'un contre l'autre, mais qu'aucun des deux n'a une prépondérance assez prononcée pour anéantir l'autre et pour gouverner à lui seul toute l'Espagne, ne doivent-ils pas comprendre que leur intérêt commun, que l'intérêt de cet héroïque et malheureux pays, exige impérieusement qu'une transaction termine, tôt ou tard, leurs sanglants débats ? Et si cette issue est la seule qu'on puisse attendre de l'avenir, pourquoi la repousser dans le présent ? Pourquoi s'obstiner dans une lutte insensée ? Pourquoi refuser aujourd'hui, ce que demain on réclamera avec instance ? Pourquoi la France, pourquoi l'Europe, mues d'une généreuse et fraternelle pensée, n'interviendraient-elles pas moralement à l'appui de cette pacification désirée, et ne hâteraient-elles pas, par leurs conseils, ce qu'elles soutiendraient ensuite d'un commun accord, quand les deux parties belligérantes auraient écouté la voix de la raison ?...

A cela il y a un obstacle, je le sais : ce sont les passions irritées des partis extrêmes qui souillent chaque bannière, et qui, dans chacun des deux camps, vocifèrent une guerre éternelle. C'est pour cela précisément qu'il a fallu les laisser se battre, se déchirer, s'épuiser par leur rage même, jusqu'à ce moment. Et si la leçon n'est pas suffisante, si leurs ambitions haineuses ne sont pas encore domptées, eh bien! qu'ils se battent dix ans encore, si telle est leur fantaisie!... — Dans dix ans, harassés, haletants, couchés sur le sol qu'ils auront déchiré, ils demanderont à mains jointes ce qu'ils refusent aujourd'hui.

---

25 SEPTEMBRE 1838.

Quelques mots sur l'Espagne.

En France, les préjugés représentatifs ont vaincu les préjugés absolutistes, et luttent depuis 1830 contre les intérêts et les mœurs monarchiques du pays, pour vicier et opprimer le pouvoir constitutionnel de la royauté, au profit d'une démocratie systématique qui n'existe, à vrai dire, que dans le cerveau de quelques ambitieux.

En Espagne, le drame révolutionnaire est moins avancé. Les préjugés représentatifs luttent violemment contre les préjugés absolutistes, et ceux-ci résistent encore bravement. Mais il résulte de là que les deux monarchies qui se disputent la Péninsule ont toutes les deux à surmonter à la fois, et les préjugés représentatifs et les préjugés absolutistes, qui rongent et détruisent le pouvoir royal, soit qu'ils le soutiennent, soit qu'ils le combattent. Il n'est pas bien difficile de conclure de là que, dans l'état actuel

des choses, la monarchie de Christine et celle de Don Carlos sont également impossibles.

Il y a quelque temps, dans le *Courrier de Bordeaux*,
je démontrai cette double vérité en la présentant sous un
autre point de vue. Je fis voir que les deux éléments de
force constitutive nécessaires à tout gouvernement, étaient
divisés en Espagne; que dès-lors ils se neutralisaient mutuellement, au lieu d'agir ensemble et de concert pour
organiser la résistance du pouvoir à l'action des intérêts
subversifs qui, dans toute société, tendent sans cesse à le
détruire, et que par conséquent il était impossible que,
victorieux ou vaincu, aucun des deux gouvernements s'é-
tablît d'une manière organique et durable.

Cette conclusion déplut également aux deux partis.
Cela n'est pas étonnant. Les journaux christinos de Madrid ont réfuté mes articles avec véhémence, prétendant
que je méconnaissais la force morale et les ressources de
la monarchie des cortès. De leur côté, les écrivains carlistes m'ont réfuté avec le même empressement, prétendant
que je méconnaissais la force et la grandeur morale du
gouvernement de Don Carlos. On n'a qu'à mettre les
écrits carlistes en regard des écrits christinos, on verra
que les deux réfutations qui me sont adressées se détruisent mutuellement. Aussi, je ne répondrai ni aux uns ni
aux autres. J'aime mieux continuer mon chemin; j'aime
mieux montrer comment les évènements et l'expérience
confirment de plus en plus les vérités que j'ai exprimées.

En effet, on imaginait à Madrid que la constitution de
1812 pouvait être purgée de son vice natif et de la corruption nouvelle dont elle avait été surchargée par les
évènements de la Granja: une fois ce replâtrage monar-

chique appliqué, tant bien que mal, sur l'œuvre révolutionnaire, les constituants épisodiques de 1836 ont cru
avoir établi une monarchie constitutionnelle, qui allait
fonctionner avec vigueur pour délivrer enfin l'Espagne de
la guerre civile excitée par le prétendant.

Je suis fâché de le dire, c'était une puérile illusion. Il
y a dans l'organisation démocratique des cortès, bien
plus d'obstacles, bien plus d'action délétère qu'il n'en faudrait pour empêcher le gouvernement de Christine de
vaincre Don Carlos. Et ensuite, si nous supposions que
le gouvernement de Madrid parvînt à vaincre Don Carlos, il y aurait dans cette prétendue monarchie constitutionnelle dix fois plus de causes de mort politique qu'il
n'en faudrait pour qu'elle se détruisît elle-même.

Car, je ne cesserai de le répéter, c'est dans la tendance
républicaine et délétère qui, au lieu d'un gouvernement
réellement représentatif, a établi à Madrid un gouvernement électif, que se trouve la véritable cause qui frappe
d'impuissance et de stérilité le semblant de monarchie
qu'on est convenu d'appeler le gouvernement de la reine
Christine. Le plus grand ennemi de la monarchie de Christine, ce n'est pas Don Carlos; c'est la dissolvante organisation qui place le pouvoir souverain et dirigeant dans
l'assemblée élective des cortès; combinaison insensée, qui
demande l'unité et la direction de l'Etat à un corps électif
qui ne peut avoir de direction et d'unité pour lui-même.
C'est ainsi qu'en France la cause la plus fatale qui s'op-
posàt à la consolidation du trône de Louis-Philippe, ce
n'était certainement pas Henri V et les anciens préjugés
absolutistes ou féodaux qui soutenaient ses étendarts ima-
ginaires : c'était le compte-rendu de M. Odilon-Barrot,

c'était le programme de l'Hôtel-de-Ville, c'était les institutions républicaines qu'on voulait donner pour base à
un trône qu'à ces conditions on appelait populaire, et
qu'on aurait dû appeler révolutionnaire; c'était ce germe
de radicalisme bâtard, qu'on baptisait avec emphase du
titre de la meilleure des républiques, et qui n'aurait été
en réalité que la plus détestable et la plus impuissante des
anarchies; c'était, enfin, ces malheureuses théories qui se
cachent et se replient maintenant sous le voile doctrinaire
que M. Duvergier de Hauranne a jeté sur elles, pour entraîner contre la royauté elle-même les intelligences four-
voyées du parti conservateur, s'il avait voulu oublier ses
vrais instincts et sa mission véritable, et les remplacer par
de déplorables et sophistiques subtilités !

Le gouvernement de Christine est donc frappé d'impuissance au cœur même de son organisation. Nul agent exé-
cutif, militaire ou civil, ne peut concevoir un plan, ne
peut en préparer l'exécution, ne peut en assurer les conséquences, ne peut en recueillir les avantages au profit de
l'Etat : tout étant mobile, précaire, variable à la source
même du pouvoir et de la direction de l'Etat, l'existence
politique des chefs dépendant des caprices incessants des
intrigues prétendues parlementaires, les projets et les
moyens d'exécution n'ont jamais ni portée, ni maturité,
et n'en peuvent avoir. On rend ensuite responsable de
leurs actions ou de leur inaction, de malheureux généraux, agissant sans ensemble, sans concert, n'étant ni libres de se diriger eux-mêmes, ni assujettis à une direction fixe venant d'ailleurs; on attribue à des causes acci-
dentelles et épisodiques les diverses phases du mal qui se
reproduit tantôt sous une forme, tantôt sous une autre.

mais qui est toujours le même, qui a toujours la même
source et les mêmes causes de sa continuité. Et c'est pour
cette macédoine anarchique, qui ne peut aboutir qu'à la
désorganisation complète de toute espèce de système monarchique ou républicain, qu'on aurait voulu faire intervenir la France!... La France, qui, certes, a bien assez
de difficultés démocratiques à vaincre pour elle-même,
non pas dans ses populations, qui sont monarchiques;
mais dans les fausses tendances que les ambitions et l'intrigue ont données au jeu momentanément faussé de
quelques-unes de ses institutions, dont on n'a pas bien
compris la portée quand on les a improvisées en 1830!...

Année 1839.

—

L'EXPULSION de Don Carlos, à la suite de la convention de Bergara, eut lieu dans le mois de septembre de l'année 1839. — Cet évènement était décisif pour les opinions que Fonfrède avait émises sur l'Espagne. Depuis plusieurs années, il avait affirmé que la retraite du prétendant serait le signal d'une recrudescence de la crise révolutionnaire au-delà des Pyrénées : les évènements vinrent confirmer toutes ses prévisions à cet égard.

—

27 SEPTEMBRE 1839.

État actuel de l'Espagne.

Un journal interventioniste, parlant, il y a peu de jours, de l'expulsion de Don Carlos, voulait caractériser cet évènement d'une manière impartiale. Il cherchait une espèce de juste-milieu entre les optimistes qui disent que la chute du prétendant termine la crise espagnole, et les pessimistes qui disent que, loin d'être terminée, la crise espagnole va précisément commencer. — Je n'ai pas trop compris le moyen terme que ce journal bâtissait, à grand effort de subtilités, entre ces deux opinions; mais pour exprimer nettement la mienne, je dirai que la crise

espagnole ne va ni finir, ni commencer. —Elle va continuer, et l'expulsion de Don Carlos n'y produira probablement par elle-même que très-peu d'effet. —Je m'explique.

Sans doute, l'expulsion de Don Carlos est un grand
bonheur pour les provinces espagnoles que la guerre civile
dévorait; sans doute, encore, elle dégage le gouvernement,
ou, pour mieux dire, le simulacre de gouvernement qui
siége à Madrid, de beaucoup d'embarras financiers, de
beaucoup d'embarras militaires, et, par contre coup, elle
dégage le gouvernement du roi des Français de toutes les
intrigues, de toutes les calomnies que faisait peser sur lui
le parti interventioniste; elle ôte ainsi un prétexte, au
parti révolutionnaire de France, d'accuser Louis-Philippe
de complicité morale avec la sainte-alliance pour rétablir
l'absolutisme en Espagne; de plus, elle rétablit les relations commerciales entre l'Espagne et le midi de la France,
ce qui sera un mal pour les départements qui faisaient la
contrebande, et un bien pour les départements qui font un
commerce loyal avec la Péninsule. Voilà ce qui paraît tout
d'abord à la superficie de la question. Mais tout cela est-
il décisif pour l'Espagne? Tout cela est-il sérieusement
utile au gouvernement français? Tout cela est-il réellement
propre à rétablir la bonne harmonie entre les cabinets européens? —Voilà ce qu'il faut examiner, si l'on veut apprécier les conséquences du dénoûment que le général Maroto
vient d'imposer au poème épique de Don Carlos, roman
héroïque avorté.

On doit reconnaître, d'abord, que dans la guerre même
du prétendant contre Isabelle, n'existait pas la réalité du
débat révolutionnaire et contre-révolutionnaire. Il y avait.

là simplement une guerre de succession entre deux branches de la même famille royale, branches qui ne sont ni aînée, ni cadette; mais dont l'une est directe, l'autre collatérale; la première se prétendant légitime, comme héritant directement du droit paternel de Ferdinand, en vertu de l'ancienne constitution espagnole; la seconde, se prétendant légitime en vertu de la loi salique, importée en Espagne par Philippe V, lorsque la famille des Bourbons fut appelée à régner sur le royaume de Pélage. — Maroto a tranché la question. — C'est Isabelle qui est la reine légitime. — Don Carlos se contentera de ses droits d'infant, tels qu'ils auraient été établis, si, au lieu de lever l'étendard de la guerre civile, il avait tout d'abord reconnu le sceptre légitime d'Isabelle, en bon et fidèle sujet, ainsi qu'il y consent, dit-on, aujourd'hui.

Là, n'était donc point la question révolutionnaire en Espagne; là, par conséquent, ne peut pas se trouver la solution de la crise révolutionnaire. — Ceci n'était qu'un épisode monarchique enté sur la grande querelle qui fermente en Espagne, comme dans le monde entier, et qui a commencé à se manifester sur le sol espagnol, d'une manière officielle, en 1812, quand les cortès de Cadix proclamèrent une constitution qui n'est autre chose que la plus mauvaise des républiques. — C'est donc entre la monarchie légitime d'Isabelle et la république des cortès, que le débat existait réellement, et qu'il va continuer. Quel effet l'expulsion de Don Carlos produira-t-elle sur le dénoûment définitif de cette querelle entre la souveraineté du peuple et la royauté!... Nous n'oserons pas prendre sur nous d'exprimer, à cet égard, une décision absolue.

Nous dirons seulement les probabilités qui s'offrent à notre esprit.

Il me paraît probable, très-probable, après le *baiser Lamourette* que la monarchie et la révolution se donneront peut-être à Madrid, que la tendance révolutionnaire deviendra d'autant plus forte dans les cortès contre la royauté d'Isabelle, que la révolution n'aura plus à lutter contre Don Carlos. — N'ayant plus de danger à courir de ce côté, elle concentrera toutes ses forces de l'autre. La souveraineté du peuple ne peut pas tolérer de rivale; elle ne peut pas régner *ex œquo* avec la légitimité; il ne peut pas y avoir deux souverainetés dans un État. Si la souveraineté du peuple veut être réelle et fonctionner, il faut que la légitimité disparaisse : l'une exclut nécessairement l'autre.

En France la difficulté n'a pas été vaincue, mais elle a été heureusement paralysée. La quasi-légitimité a servi de moyen de transaction. Encore est-il visible à tous les yeux que ce n'est qu'une paix plâtrée; la coalition de 1839 l'a bien montré, puisqu'alors on a vu les promoteurs de la quasi-légitimité se ruer contre elle, reprocher à la royauté qu'ils avaient consacrée, la prétendue origine élective dont ils l'avaient préservée eux-mêmes, et s'en prévaloir pour transformer le roi en commis résigné de la souveraineté du peuple, qu'ils ont appelée *toute puissance du vœu national*. Jacobinisme tout pur : *mutato nomine !*...

Mais en Espagne, il n'y a pas d'équivoque possible. Isabelle n'est pas quasi-légitime; — elle est légitime dans toute la force du mot, ou elle n'est rien. C'est comme fille de Ferdinand, comme héritière légitime de Ferdinand, qu'elle a été proclamée reine d'Espagne, et reconnue par la France, par l'Angleterre, par le Portugal, par la Belgique. — Et c'est pourquoi, ce me semble, que ceux qui jusqu'à présent voulaient assimiler la révolution espagnole à la révolution de juillet, commettaient un étrange contre-sens, dont le parti carliste et le parti constitutionnel ont été dupes tous les deux à la fois.

On a cité souvent, — je l'ai cité moi-même, ce mot d'un seigneur féodal, au sire Hugues Capet, usurpateur du trône carlovingien : « *Qui t'a fait roi ?* » — Je ne sais pas ce que le fondateur de la troisième dynastie des rois de France répondit à cette insolente question ; mais je sais bien que si un des seigneurs féodaux de la coalition avait l'audace de faire une question semblable au fondateur de notre quatrième dynastie, à Louis-Philippe, il me semble qu'à sa place je ne serais pas embarrassé de répondre.

Je répondrais, comme autrefois le sauveur du monde : *Ego sum qui sum* : JE SUIS CELUI QUI EST... JE SUIS ROI, PARCE QUE JE SUIS ROI. — C'est qu'en effet la royauté naît d'elle-même ; elle se produit par la nature des évènements et des faits politiques, indépendamment de la volonté des peuples eux-mêmes. S'ils ont le bon sens de la reconnaître quand elle leur apparaît avec les conditions essentielles qui la constituent, ils sont gouvernés, non pas d'une manière parfaite, mais aussi bien que l'état de leur civilisation et de leurs mœurs le comporte. S'ils la nient, s'ils la repoussent, ils tombent dans les convulsions anarchiques. — Leur consentement y est donc en effet pour quelque chose, pour beaucoup, si l'on veut ; mais non pas à titre de création et de souveraineté. Ils pèsent dans la balance *consensu, non actu* : ils peuvent détruire la royauté par leur refus, là où elle est ; ils ne peuvent pas la créer par leur volonté, là où elle n'est pas. — S'il avait passé par la tête, je ne dis pas seulement à la chambre de 1830, mais aux trois cent mille électeurs de France, de choisir pour roi un citoyen quel qu'il fût, autre que Louis-Philippe, vous auriez eu promptement la preuve de cette vérité; votre fantôme de roi aurait été emporté par la première tourmente populaire. Pourquoi donc Louis-Philippe y a-t-il résisté? — *C'est qu'il était du bois dont on fait les rois.* — Pardonnez-moi le servilisme téméraire de cette expression; elle n'est pas de moi, elle est de M. Guizot.

Louis-Philippe, pour braver l'orage, a donc eu tout à la fois les avantages de la légitimité et les avantages de l'illégitimité. C'était un bouclier à deux faces, simultanément opposé au parti révolutionnaire et au parti contre-révolutionnaire. — Ajoutons-y que l'homme-roi, que couvrait cette double égide, avait une longue expérience des hommes, une grande sagesse d'esprit, un haut et puissant courage de caractère, une volonté calme mais immuable. — Et voyez, malgré cela, quelles chances il a couru! et nous avec lui! et l'Europe avec nous!!

Isabelle, au contraire, a le double désavantage de la légitimité et de l'illégitimité, précisément parce qu'elle ne peut passer pour quasi-légitime, et qu'il lui est impossible de simuler, même temporairement, une transaction quelconque entre la souveraineté du peuple et la monarchie; ajoutez à cela que la souveraineté du peuple est bien plus efficacement impatronisée dans l'élection des cortès que dans notre mécanisme électoral. — Et de plus, comparez le berceau d'un enfant et le sceptre d'une femme, à la famille royale de France, si pleine de sagesse virile dans le chef de la dynastie, si pleine de virile et nerveuse ardeur dans la descendance royale qui peuple déjà les marches du trône ! — Et pourtant, voyez où nous en sommes ! ! ...

Or, cela posé, n'est-il pas probable que la lutte du radicalisme électoral contre la légitimité d'Isabelle, va puiser une nouvelle action dans l'impunité que lui assurera l'expulsion de Don Carlos ? — N'est-il pas probable que la souveraineté du peuple ne voudra pas, ce que d'ailleurs elle ne peut pas vouloir, supporter le droit spontané, inhérent à la légitimité d'Isabelle ?.. Et, en cas de lutte, où seront les mobiles de la victoire ?

Ici, il faut bien se préserver de l'erreur où tombent les politiques qui n'examinent que le côté matériel d'une question : ils répondront : — Le mobile de la victoire est du côté de la reine. L'armée sera à la reine. Espartero sera à la reine. Toutes les hautes positions sociales seront pour la reine. — Dieu le veuille !.... mais cela ne me rassure pas. — Voici pourquoi :

C'est que la révolution ne détruit pas d'abord la royauté par un coup de main dans les rues. — Mais le mécanisme des lois faussement libérales, telles que le côté gauche de tous les pays saura en faire aussitôt qu'il aura la majorité élective, — il l'a dans les cortès, — dépouille, énerve, épuise la royauté, graduellement, peu-à-peu ; les esprits se laissent séduire par des innovations qui paraissent rationnelles à leur inexpérience ; sous prétexte de progrès, on sape toutes les bases morales de la royauté ; on la charge d'exécuter elle-même des mesures qui la détruisent et qui la ruinent ; puis, elle meurt un beau matin, par le temps le plus serein du monde, et il ne reste plus qu'à l'inhu-

mer dans le sol national, ou à l'exiler dans une tombe
étrangère !

Or, contre cette éruption légalisée du virus électoral,
je ne vois pas trop quelle vaccine politique la force peut
employer.—Espartero, tout grand qu'il puisse être, tout
éminent que l'on veuille le reconnaître, n'est probablement
pas un Bonaparte ;—et quand il le serait, cela suffirait-t-il ?
—*Non bis, in idem !* — En politique, le même remède
n'est pas deux fois efficace contre le même mal : — Il faudrait peut-être autre chose.

---

11 OCTOBRE 1839.

Continuation du même sujet.

Il y a d'étranges époques dans la vie humaine. Tout y
marche à contre-sens. Alors pour plaire à ses amis, il
faut les trahir en les flattant. Pour les servir, il faut les
blesser et perdre leur affection, parce qu'on leur a dit la
vérité.

Ce grand et dernier contre-sens s'est accompli plusieurs
fois dans ma vie. Le mal que l'on a dit de moi, — et l'on
en a dit quelque peu, — a toujours été en raison directe
du bien que j'avais voulu faire et des sacrifices qu'il m'a-
vait coûté.—Oh ! que j'aurais été loué, oh ! qu'on m'aurait trouvé de libéralisme et de raison, si j'avais voulu
mentir !

Sous la restauration nous avions en France un nombre
assez considérable de personnes, fort distinguées d'ailleurs

par leurs capacité et leur position, soit dans les classes moyennes, soit au-dessus, qui comprenaient que pour résoudre l'inextricable problème de la situation, il fallait que la monarchie d'alors redevînt nationale et que la nation d'alors redevînt monarchique; de là, le ministère Martignac. — Cela était vrai, — mais cela était impossible. — Dans leur ardent désir de voir la France heureuse, elles ne tenaient aucun compte de cette impossibilité; et comme j'eus le malheur de leur prouver obstinément que leur espérance n'était qu'une illusion dont le réveil serait terrible, elles en concluaient que j'étais l'ennemi du bonheur de la France, puisque je niais la possibilité des seules conditions auxquelles la France pût être heureuse. — A leurs yeux je fus donc un républicain.

Vint la révolution, et la chance tourna. — Le danger changeant de côté, j'en changeai aussi pour lui faire face, et pour le combattre. La révolution pour la charte pouvait offrir une perspective heureuse et belle. La révolution pour la souveraineté du peuple, c'était un tremblement de terre organisé tout exprès pour renverser l'édifice qu'on voulait bàtir. J'eus le malheur de le dire et de le prouver. — Soudain, je fus transformé en ennemi de la liberté, en absolutiste; on me fit un crime de troubler ainsi la sécurité de quelques milliers d'honnêtes libéraux, qui m'imputaient d'être la cause des malheurs que j'annonçais; à peu près comme des enfants qui s'en prendraient au baromètre dans les jours d'orage, et qui lui reprocheraient de leur avoir annoncé la tempête!

C'est que les hommes de nos jours, pris isolément comme individus, ou collectivement comme nations, ne sont en réalité que de grands enfants. Si on leur prédit

le résultat de leurs fautes, on excite doublement leur dépit : d'abord, parce qu'ils ont une telle soif de plaisir, de
fortune, de bonheur, qu'ils ne veulent pas permettre qu'on
les inquiète sur le succès de leurs desseins, — ce qui alarme
leur égoïsme. — Ensuite, parce qu'on semble se poser ainsi
comme plus perspicace et plus prudent qu'eux, — ce qui
blesse leur amour-propre. — Il faut alors combattre à la
fois leur égoïsme et leur vanité. — Double fardeau que j'ai
volontairement accepté et qui étouffe ma destinée ! — C'est
trop de moitié !

Si de ces grands évènements nous passons aux détails,
quelle masse de reproches amers n'ai-je pas soulevés contre moi, pour n'avoir pas voulu ployer sous le préjugé du
moment, et pour m'être roidi contre les erreurs de l'opinion triomphante ! La liste en serait longue, depuis l'a-
mortissement de la dette et la colonisation d'Alger, jusques
à la coalition et à l'ordonnance de dégrèvement des sucres ;
— double parodie d'indépendance politique et d'économie
commerciale ! Double contre-sens, dont l'un tuera la
puissance parlementaire en la faussant, et dont l'autre
tuera le commerce en le trompant.

Quelque jour, je la ferai cette liste : aujourd'hui n'examinons que les sommités de chaque sujet. — Revenons à
l'Espagne.

L'Espagne !.... J'ai voulu, il y a peu de jours, faire entrevoir une faible partie des difficultés qui l'assaillent
et les dangers contre lesquels elle doit se prémunir. —
Aussitôt, que de clameurs ! que d'irritation ! On eût dit
que c'était moi qui créais, par mon imprudence, la légitimité monarchique d'Isabelle et la souveraineté républicaine des cortès ! Que c'était moi qui rendais inconcilia-

bles les priviléges fédéralistes de quelques provinces et
l'unité centrale de la monarchie constitutionnelle ! Ceux-
là même qui s'étaient tant irrités contre moi, pour m'être
opposé à l'intervention, ont recommencé à s'irriter de nouveau, faisant, en quelque sorte, exprès de ne pas voir que
j'avais eu raison dans le passé, pour se donner un prétexte
de croire que j'aurais tort pour l'avenir. — Puérile esprit
de sophisme et d'opiniâtreté.

Je ne reviendrai pas sur ce débat. Je ne veux pas perdre mon temps à prouver l'évidence; les faits se chargeront de ce soin. Je passe outre.

L'Espagne, beau pays fertile, grande et belle nation,
semble posée près de nous, comme une sœur jumelle de
la France. Les deux peuples se ressemblent et sympathi-
sent par leurs différences mêmes; courageux, fiers, spirituels, mais dans des nuances diverses : l'un romanesque
dans le cœur, l'autre romanesque dans l'esprit; tous les
deux orgueilleux de leur nationalité; l'un en s'enracinant
dans son passé comme s'il y trouvait un avenir, l'autre
en se lançant dans l'avenir comme s'il n'avait pas souvenir de son passé. L'un pratiquant la souveraineté du
peuple, tout en se croyant monarchique jusqu'à l'absolutisme; l'autre poussé par ses mœurs à l'obéissance monarchique, tout en se pavanant de principes révolutionnaires,
pour lesquels il n'a réellement ni foi, ni sympathie : de
telle sorte qu'il y a en Espagne un fond de républicanisme
au milieu des préjugés absolutistes, et en France, un fond
de monarchisme au milieu des préjugés républicains.

Ainsi, le danger révolutionnaire est le même pour les
deux pays. La souveraineté du peuple est l'abîme qui les
attend, si l'un ne résiste pas à l'individualisme de l'or-

gueil, si l'autre ne résiste pas à l'individualisme de la vanité. — Pour l'un et pour l'autre, on peut dire avec plus
de vérité que Louis XIV, qu'il *n'y a plus de Pyrénées*. Les
élections et la presse ont le vol plus haut que les montagnes : les deux nations quelle que soit leur forme de
gouvernement, sont destinées à périr ou à se sauver ensemble. La première qui tomberait préparerait à l'autre
le suplice de Mézence : — Agonie d'un corps vivant indis-
solublement lié à un cadavre.

Ce n'est donc point isolément qu'il faut examiner les
vertus et les vices, les dangers et les espérances de ces
deux pays. La réaction morale et politique de l'un sur
l'autre est trop imminente pour permettre de scinder le
débat. — C'est pour cela que la restauration devait intervenir en Espagne : c'est pour cela que la dynastie de juillet n'a pas dû y intervenir. — Quelques-uns l'en ont dé-
tournée, de peur que l'intervention armée ne réussît pas.
— Quant à moi, j'étais mû par une crainte tout opposée.
Selon moi, il ne fallait pas intervenir, parce que, par un
hasard fatal, l'intervention aurait pu réussir.... ce qui
aurait été le plus grand de tous les malheurs (1) , pour
la France, surtout!... et cela pour deux motifs : je veux
les dire, car aujourd'hui je ne vois plus d'inconvénient à
publier toute ma pensée.

En Espagne, la légititimité monarchique règne, cruellement menacée par la souveraineté du peuple, qui cependant n'ose pas la renier ouvertement. Isabelle est la

---

(1) L'intervention avait cela de merveilleusement absurde, que, si elle échouait,
elle humiliait la France sous l'absolutisme de la restauration : si elle réussissait,
elle perdait la France sous l'absolutisme de la révolution. Elle ne pouvait éviter
un écueil qu'en nous faisant périr sur l'autre.

reine légitime; le *quoique Bourbon* n'a pas pénétré dans la Péninsule. L'opposition française a conservé le monopole de ce mensonge absurde.

En France, la *quasi-légitimité* règne, quoiqu'ouvertement reniée par la souveraineté du peuple dans toutes ses nuances : depuis ceux qui ont inventé la quasi-monarchie, jusqu'à l'extrême gauche qui l'a toujours combattue, en passant par le tiers-parti qui n'y a jamais rien compris, et qui avocasse sur ce thème, comme il avocasse sur tout.

Or, pour que la France et l'Espagne soient sauvées du cataclysme révolutionnaire qui les menace toutes les deux, il faut que la souveraineté du peuple soit vaincue dans les deux pays, et pour cela, il faut que la légitimité d'Isabelle soit définitivement consacrée en Espagne, et que la quasi-légitimité de Louis-Philippe soit virtuellement transformée en légitimité pour la France. — Point de monarchie constitutionnelle possible sans cela. — Vous ferez des coalitions tant que vous voudrez, pour détruire. — Pour construire, c'est autre chose. Votre prétendue toute puissance nationale y sera éternellement impuissante. Tenez-vous-le pour dit, en attendant que je vous le prouve.

Or, l'intervention armée de la France, si elle eût été victorieuse en Espagne, de quelque manière qu'on eût essayé d'en modifier les résultats, aurait été l'auxiliaire efficace de la souveraineté du peuple, dans son duel avec la légitimité. — Et comme la légitimité, même aux yeux de la quadruple alliance, repose dans la couronne d'Isabelle, c'est réellement la couronne d'Isabelle qu'on aurait brisée, sous prétexte de la défendre contre l'usurpation de Don Carlos. — Le triomphe des armes révolutionnaires de juillet aurait ôté à la monarchie dans la Péninsule le peu de force que le triomphe d'Espartero lui a conservée. J'aurais bien mauvaise opinion de la portée d'esprit des hommes d'État qui ne comprendraient pas cela. — Or, cette donnée une fois reconnue, il est bien facile d'apercevoir le déplorable effet que le triomphe d'une intervention française en Espagne aurait eu en France et en Europe, contre la monarchie et contre l'ordre social.

Le second motif qui se lie avec celui-ci, paraîtra paradoxal au premier coup d'œil. On s'étonnera de m'entendre dire que la souveraineté du peuple est maintenant plus forte et plus dangereuse en Espagne qu'en France, et que, par conséquent, c'était une immense sottise que d'aller la secourir en Espagne, pour, de là, la faire réagir chez nous où elle s'affaiblit chaque jour, épuisée par le ridicule de ses prétentions en miniature. — Rien n'est pourtant plus véritable.

De même que la monarchie tend à la centralité politique, de même la souveraineté du peuple tend invariablement à la décentralisation sociale. Elle confie la direction gouvernementale à l'absolutisme des volontés individuelles, qu'elle se flatte vainement de réunir en faisceau. C'est pourquoi les gouvernements républicains ne sont qu'une négation de gouvernement, et ne se sauvent que par les exceptions qu'ils posent eux-mêmes à leur principe. Quand leur principe vient à dominer réellement, ils périssent. Quand le patriciat héréditaire de Rome fut vaincu par le tribunat, tout fut dit. Rome ne fut momentanément sauvée de l'anarchie que par le despotisme, et de là, elle tomba en dissolution. Règle éternelle pour l'humanité.

D'où il faut conclure que plus une nation est décentralisée par ses mœurs historiques et séculaires, plus la souveraineté du peuple y devient réelle et dangereuse : or, en partant de cette donnée, examinons l'Espagne.

Vous y verrez que les provinces sont décentralisées par leurs coutumes et que les citoyens y sont décentralisés par leurs mœurs, par leur fierté personnelle qui les fait se reposer avec orgueil sur leur propre individualité. Le pauvre comme le riche, plus que le riche peut-être, a presque toujours plus d'indépendance dans l'âme que de besoins matériels dans la vie : voilà pourquoi, quoiqu'il y ait en Espagne moins de démocratie théorique qu'en France, la souveraineté du peuple, traduite par le vote électoral, peut devenir bien plus réelle et bien plus dissolvante dans la Péninsule que chez nous, où elle ne sera jamais qu'une mystification. Le peuple espagnol est plus sérieux et prend les choses plus au sérieux que nous. Un républicain français est presqu'un courtisan, en comparaison de certains royalistes espagnols.

Des provinces décentralisées, des citoyens réellement individualisés et la souveraineté électorale!.... Il y a là des armes bien plus puissantes en faveur des exaltés, contre la légitimité d'Isabelle, qu'il n'y a en France dans toutes les déclamations oratoires du côté gauche, contre les théories monarchiques. En France, on subira le pouvoir, tout en le blasphémant. En Espagne, on le détruira peut-être, tout en lui prodiguant des formules de respect et presque d'adoration.

Mais ce sujet est trop grave pour l'épuiser aujourd'hui ; j'y reviendrai bientôt. —D'ailleurs, puisque j'ai parlé de la légitimité, j'ai besoin d'en dire toute ma pensée ; j'ai besoin de vous prouver que loin de la nier ou de la détruire, la révolution de juillet est dans l'impérieuse nécessité de reconstituer la légitimité dans la dynastie nouvelle ou de rester perpétuellement flottante entre l'invasion de l'anarchie républicaine et la résurrection de l'ancienne légitimité. —Il faut que je vous montre enfin à nu toute l'impossibilité du gouvernement électif tel que vous vous imaginez l'avoir conçu; chimère déplorable qui sera pour la postérité un objet de dérision et d'amers sourires, après avoir été pour nous un sujet de douleur et de larmes amères ? (1)

---

24 NOVEMBRE 1839.

De la nouvelle crise espagnole.

La crise politique marche assez rapidement à Madrid. La reine régente vient de dissoudre les cortès. Il paraît que c'est sous l'influence d'Espartero et par ses conseils qu'elle aurait agi.

Nous avons bien souvent, depuis trois ans, envisagé la question espagnole en ce sens. Le motif principal qui nous faisait combattre les projets d'intervention française, c'était la conviction que les difficultés révolutionnaires d'Espagne étaient réellement dans la constitution de la Granja et dans les cortès, bien plus que dans le camp de Don Carlos. On nous répondait que l'exaltation révolutionnaire des cortès n'était ni grave ni dangereuse; que

---

(1) H. Fonfrède publia, à la suite de ces lignes, une série d'articles sur la légitimité du pouvoir. (*Note de l'Éditeur*).

l'irritation du parti libéral en Espagne contre le gouvernement de la reine, ne provenait que des craintes inspirées à la nation par la permanence de la guerre civile dans le nord et dans le centre de l'Espagne; que la crainte d'être trahi et livré à Don Carlos, que la lenteur et la faiblesse avec laquelle les armées du gouvernement combattaient, que l'abandon où la France constitutionnelle laissait le gouvernement de Madrid, en refusant d'intervenir pour lui; que toutes ces causes réunies faisaient penser à la nation espagnole qu'un vaste complot était organisé contr'elle, pour la livrer de nouveau au joug de l'absolutisme; que cette opinion, fondée ou non, était la cause de l'irritation libérale. Mais que si Don Carlos était expulsé d'Espagne et la paix rétablie dans les provinces du Nord, l'irritation libérale se calmerait sur-le-champ à Madrid et dans les cortès; que le parti exalté en Espagne était peu nombreux, sincère et peu exigeant, et que la monarchie d'Isabelle s'entendrait facilement avec lui.

Nous répondions, nous, que nous pensions précisément le contraire; nous répondions que les principales difficultés qui assiégeaient la monarchie d'Isabelle provenaient de ce que la constitution de la Granja, quoique modifiée, lui avait donné des principes et des moyens d'action qui la détruisaient par leur propre jeu; que les révolutionnaires des cortès faisaient à Madrid ce que font partout les révolutionnaires de toutes les époques, et prenaient un prétexte spécieux pour cacher leur pensée véritable; que la crainte des succès de Don Carlos n'était qu'un prétexte invoqué par eux, mais qu'en réalité la monarchie d'Isabelle était aussi incompatible avec leurs principes, que la monarchie de Don Carlos lui-même.

D'où nous concluions, qu'une fois Don Carlos expulsé
et les provinces du nord pacifiées, toutes les tendances révolutionnaires de la constitution et des cortès n'ayant plus
à combattre la monarchie du prétendant, se concentre-
raient promptement et directement contre la monarchie
d'Isabelle, qui n'aurait plus alors d'autre parti à prendre
que de résister en face, ou de s'affaisser lâchement sous le
joug, à peine déguisé, de la république des cortès.

Eh bien! n'est-ce pas ce qui arrive aujourd'hui? Les
difficultés parlementaires ne se sont-elles pas rapidement
accrues aussitôt que l'expulsion du prétendant a été accomplie! Le gouvernement de la reine n'a-t-il pas été
immédiatement réduit à l'impossibilité de marcher avec les
cortès? Les cortès n'ont-elles pas manifesté immédiatement leur intention de dominer le gouvernement de la
reine? Le résultat inévitable de ce conflit n'a-t-il pas été
la dissolution des cortès? et maintenant, comme il paraît
évident que les élections nouvelles donneront des cortès
pires encore, dites-nous un peu comment il est possible
que la constitution de la Granja fonctionne et que la monarchie d'Isabelle subsiste?

Ainsi que nous l'avons dit, la difficulté qui a été atté-
nuée en France par l'heureuse et inattendue apparition de
la quasi légitimité, est posée en Espagne dans toute sa rigueur théorique et pratique : la souveraineté du peuple
dans les cortès, la légitimité royale sur le trône; c'est-à-
dire deux doctrines et deux faits essentiellement incompatibles.

C'est pourquoi le gouvernement français aurait commis une action folle et coupable, s'il était intervenu en
Espagne, pour soutenir le gouvernement des cortès; une

action folle, car le gouvernement des cortès est impossible, comme tout gouvernement basé sur la souveraineté du peuple; une action coupable, car en détruisant ainsi la monarchie en Espagne, il aurait fait un acte dont le contre-coup aurait détruit la monarchie en France. — Que les hommes d'État réfléchissent à ces deux côtés de la question.

Année 1840.

—

L'année 1840 amena un premier dénoûment à la crise révolutionnaire en Espagne. — Ce dénoûment fut conforme, de tout point, à ce que Fonfrède avait prévu depuis 1836. — Aussitôt après l'expulsion de Don Carlos, le mouvement révolutionnaire reprit une nouvelle force, et pour ne s'arrêter momentanément qu'après la déchéance de la reine Christine, prononcée par Espartero, chef de la démocratie militaire. — Les graves évènements qui se passaient en France à la même époque, empêchèrent Fonfrède de consacrer de longs articles aux affaires d'Espagne ; mais on retrouve dans les quelques lignes où il commenta ces évènements, cette fermeté de coup d'œil et cette sûreté dans les prévisions, dont il avait toujours fait preuve en appréciant la marche de la révolution espagnole.

—

23 juillet 1840.

Bulletin d'Espagne.

Les nouvelles suivantes sont arrivées d'Espagne hier et aujourd'hui :

« Le général Espartero, qui s'est fait long-temps at-
» tendre à Barcelonne, y est enfin arrivé. Dans sa pre-

» mière entrevue avec la reine, il a cherché à lui persuader
» de refuser sa sanction à la loi des *ayuntamientos*, votée
» par les deux chambres espagnoles. Plusieurs entrevues
» ont eu lieu entre la reine-régente et le général. Malgré
» l'insistance réitérée d'Espartero, la régente est restée
» ferme dans sa résolution, et a sanctionné la loi. Un
» courrier est parti pour rendre cette nouvelle officielle à
» Madrid. Espartero alors a donné sa démission. Cet
» évènement a produit une vive sensation. On assure
» que la reine n'en a pas été ébranlée, et que ses minis-
» tres paraissent rassurés. »

Il y a long-temps que nous l'avons dit : chaque échec
de la cause carliste donnera des forces à la cause exaltée,
et le dernier soupir du carlisme coïncidera avec le réveil
de la démocratie en Espagne. Lors de la défection de Maroto, nous eûmes occasion de vérifier l'exactitude de nos
prévisions. On sait les scènes anarchiques qui eurent
lieu dans les cortès, les crises ministérielles qui ébranlè-
rent le gouvernement espagnol; mais le carlisme qu'on
croyait sorti d'Espagne avec Don Carlos se releva et jeta
la dernière lueur de la lampe qui va s'éteindre. Cabrera
et ses lieutenants tinrent en échec Espartero. Il y eut encore un temps d'arrêt dans les entreprises du parti exalté.
Il se contenta de gronder sourdement; il écrivit la lettre
du brigadier Linage, mais il se contint au moins dans la
région de la politique active.

Cabrera quitte enfin le sol de l'Espagne, et toutes les
bandes carlistes le suivent. Un cri pacifique s'élève dans
toute la Péninsule : *La guerre civile est terminée !*

Quel sujet de félicitations et de triomphe pour les optimistes. Déjà l'Espagne renaissait à l'ordre, au progrès

moral et matériel. Les journaux français chantaient l'*Ho-sannah iberique* en l'honneur de M. Thiers, qui avait eu l'immense talent de laisser faire Espartero. Tout était pour le mieux sous le meilleur des ministères possibles.

Mais voici qu'à peine Cabrera a touché le seuil du fort de Ham, que le parti exalté, qui n'a plus à s'occuper du carlisme, lève son drapeau et commence la bataille contre la monarchie constitutionnelle. Espartero, dominé par son secrétaire Linage, se fait l'instrument du libéralisme espagnol et semble vouloir jouer le rôle que certains hommes veulent jouer en France, celui de dictateur de par et pour compte de l'anarchie.

S'il est vrai, comme notre correspondant nous l'écrit, qu'Espartero déserte la cause de la monarchie pour embrasser la cause de la démocratie, que va-t-il arriver ?

Que le parti des exaltés va se trouver constitué par cette importante adhésion ; qu'à couvert sous la gloire militaire du duc de la Victoire, il va atteindre plus aisément au cœur de la royauté. Espartero, qui semble n'être que l'exécuteur de la pensée de Linage, servira d'échelon à celui-ci. Il jouera le rôle loyal, mais peu intelligent, de Lafayette dans la révolution française, de Lafayette qui a ouvert la porte à tous les révolutionnaires et qui n'a essayé de la refermer, que lorsqu'ils étaient tous entrés.

Il est à craindre que ce ne soit là la destinée de l'Espagne, à moins qu'Espartero n'ait couvert la griffe du lion de la peau du renard, et qu'il ne cache quelque grande pensée d'ordre et de réorganisation politique sous d'apparentes concessions à l'esprit démocratique. C'est encore possible.

24 JUILLET 1840.

Espartero. — Les Démocrates.

—

Tous les journaux se préoccupent aujourd'hui de la nouvelle situation que la démission d'Espartero vient de faire à l'Espagne. La plupart disent qu'ils avaient prévu le réveil de la lutte entre les exaltés et les modérés espagnols, après l'extinction du carlisme. Nous ne nous sommes guère aperçus de leurs prévisions à cet égard, et nous croyons être à peu-près les seuls dans la presse qui ayons dit d'une manière positive ce qui devait suivre la défaite de Don Carlos.

Cette conclusion ressortait rigoureusement de la logique des choses. La démocratie et la monarchie sont deux éléments politiques incompatibles. La démocratie doit, par sa nature, chercher incessamment à dévorer la monarchie. C'est pour elle un aliment nécessaire. Eh bien! c'était un bonheur pour la monarchie d'Isabelle d'offrir au monstre démocratique la monarchie de Don Carlos à dévorer. Pendant qu'il était occupé avec la royauté carliste, il laissait croître et se fortifier la royauté d'Isabelle. Une fois Carlos abattu, le tour d'Isabelle devait arriver; et comme c'est une monarchie jeune et féminine que celle de la fille de Ferdinand, ses chances dans la lutte sont infiniment défavorables.

Certains journaux s'étonnent aujourd'hui des évènements dont l'Espagne est le théâtre. Rien de plus naturel cependant. Il ne fallait que connaître les règles les plus simples du maniement de l'équation politique, pour dégager cette inconnue.

D'autres publicistes paraissent ne pas trop désapprouver la conduite d'Espartero. Cela se comprend : Espartero répète en Espagne ce que d'autres ont voulu faire en France. Il se sert du parti exalté pour arriver à la dictature. Il fait triompher la révolution pour dominer la royauté.

En attendant, Madrid est livré aux promenades des *descamisados*; on répète, dans les rues de la capitale, les horreurs commises par quelques chefs carlistes dans les provinces. C'est la souveraineté du peuple qui entre en fonctions.

25 JUILLET 1840.

Nouvelles d'Espagne.

Les morts vont vite, dit la ballade ; les conséquences matérielles des principes lancés dans le champ de la politique, vont encore plus vite. Cela est vrai, surtout dans un pays dont les liens sociaux ont été relâchés par une longue guerre civile. La désorganisation morale pénètre plus aisément dans les interstices de la désorganisation matérielle, et les révolutions qui succèdent à ces grands cataclysmes intérieurs des nations marchent à pas immenses. C'est ce qui arrive aujourd'hui en Espagne. Nous ne serions pas surpris qu'elle ne refît promptement toute la révolution française, en passant par l'anarchie pour arriver au despotisme militaire.

Les journaux de Paris, et surtout ceux qui tiennent au

ministère par leurs relations politiques, semblaient avoir quelques données sur ce qui allait arriver à Barcelonne. Nous trouvons dans l'un d'eux ces lignes significatives :

« On nous assure ce soir que toutes les tentatives faites » postérieurement à la démission du général, pour le rap- » procher de la reine, ont été inutiles. Notre gouverne- » ment a reçu, dit-on, des nouvelles à la date du 18 : la » ville de Barcelonne était dans la plus grande agitation ; » le nom du généralissime était prononcé avec acclamation » au milieu de l'effervescence universelle ; des écrits où » l'on célébrait sa goire et son patriotisme étaient répan- » dus à profusion. On s'attendait d'un moment à l'autre » à voir son armée réunie sous les murs de la ville. »

On devine, après la lecture de ces quelques lignes, avec quel empressement nous avons ouvert les journaux de la frontière ; ils s'expriment ainsi :

« On parlait hier soir d'une dépêche télégraphique an- » nonçant qu'une révolution avait éclaté le 20 à Barce- » lonne. La reine Christine était prisonnière et dépossédée » de la régence ; Espartero mis à sa place, en qualité de » dictateur. Les ministres se sont embarqués et sont atten- » dus à Port-Vendres. Les Cortès seront dissoutes. L'ar- » mée et le peuple ont opéré de concert ce changement » aux cris de : *Vive la liberté !* La Catalogne, l'Aragon, » l'Andalousie, Valence, auraient suivi le mouvement.

» Nous sommes allés aux renseignements. Il est positif » qu'une dépêche est parvenue au quartier-général de la » division. Cette dépêche, dont nous donnerons le texte » demain, porte en effet qu'un mouvement militaire a » éclaté contre le ministère Perez de Castro, dont les mem-

» bres présents à Barcelonne se sont embarqués à bord d'un
» bâtiment français. Espartero est à la tête des troupes,
» la reine n'est point prisonnière : voilà jusqu'ici tous les
» évènements qui ont eu lieu. »

Le rédacteur de cette note a évidemment lu la dépêche
télégraphique, puisqu'il en promet l'insertion textuelle
pour demain, et qu'il ajoute : *cette dépêche porte, en effet,*
etc., etc. Il n'y a donc pas à douter, 1° du mouvement
militaire dirigé par Espartero; 2° de l'embarquement du
ministère Perez de Castro.

Il dit encore : « Il est vrai que la reine n'est pas prisonnière. » Prisonnière dans un cachot et les fers aux
pieds, c'est possible, mais prisonnière politiquement et
quant à l'exercice de son initiative royale, elle l'est, à
n'en pas douter. Le mouvement militaire d'Espartero est
une belle et bonne révolution. La monarchie d'Isabelle
n'a pas grand chose à envier aujourd'hui à la monarchie
de Don Carlos. Bourges et Barcelonne sont deux prisons,
et, à tout prendre, nous préférerions peut-être la prison
de Don Carlos à la prison de Christine.

Au surplus, Espartero nous semble agir dans cette circonstance comme un ambitieux subalterne, qui ne connaît ni les hommes ni les choses. On ne commence pas
les révolutions par la dictature; on les finit par la dictature. Si Bonaparte avait fait un 18 brumaire au temps
de la constituante, il eût échoué. Le 18 brumaire a réussi
parce que la révolution était lasse, parce qu'elle était
sur le flanc. Bonaparte saisit l'occasion avec beaucoup
d'habileté. Le cavalier corse saisit l'instant où la cavale
haletait pour lui mettre le mors et la bride. Mais en Es-

pagne, la révolution commence : Espartero ne la domptera pas, il sera foulé aux pieds par elle.

Autant qu'on en peut juger de loin et d'après les évènements, Espartero nous semble une de ces natures médiocres et imitatrices qui n'ont ni la puissance d'empêcher une révolution, ni l'habileté de l'exploiter à leur profit; il aura fait la révolution au profit de quelqu'autre, de son secrétaire Linage peut-être !

--------●--------

26 JUILLET 1840.

Courtes réflexions sur la crise espagnole.

—

Les partisans de l'intervention en Espagne nous disaient :

La guerre civile suscitée par Don Carlos est le grand mal qui dévore l'Espagne : c'est la cause de toutes les irritations libérales. C'est l'appréhension du triomphe de Don Carlos, qui pousse le parti exalté à soulever les populations contre la reine, dont le gouvernement fait la guerre au prétendant avec trop de mollesse. Intervenez en Espagne, chassez Don Carlos, éteignez la guerre carliste; du même coup, vous dissiperez tous les embarras révolutionnaires qui assiégent le gouvernement de la reine. Aussitôt qu'on n'aura plus à redouter Don Carlos, l'exaltation libérale s'apaisera, l'immense parti des modérés prendra le dessus, et la monarchie constitutionnelle de Christine s'établira facilement.

Nous répondions aux interventionistes :

« Vous êtes dans une erreur profonde. Les exaltés donnent pour prétexte à leurs menées la guerre civile de Don Carlos ; mais ils mentent comme tous les révolutionnaires du monde. La véritable cause de leurs menées, c'est qu'ils ne veulent pas plus de la monarchie de Christine et d'Isabelle, que de celle de Don Carlos : de même qu'en France, le parti progressiste ne veut pas plus de la monarchie de Louis-Philippe, qu'il ne voulait celle de Charles X. Tout parti qui proclame la souveraineté du peuple, ne veut aucune espèce de monarchie, parce que la souveraineté du peuple, de quelque manière que vous prétendiez l'organiser, est radicalement incompatible avec la monarchie ; de quelque manière que vous vous efforciez de la restreindre et de la tempérer. — Le plus grand mal de l'Espagne, ajoutions-nous, ce n'est pas la guerre civile de Don Carlos, c'est la constitution de 1812 proclamée à la Granja et revisée en 1837 : le plus grand ennemi de la monarchie d'Isabelle, ce n'est point Don Carlos, c'est le gouvernement des cortès, ou, pour mieux dire, la république des cortès.

» Donc, ajoutions-nous, aussitôt que Don Carlos aura été expulsé d'Espagne, les révolutionnaires n'ayant plus besoin de lutter contre lui, réuniront toutes leurs forces contre la monarchie d'Isabelle et la détruiront. Si vous expulsez Don Carlos d'Espagne, vous tuerez donc les deux monarchies espagnoles du même coup, au profit de la souveraineté du peuple, c'est-à-dire au profit du jacobinisme le plus ignare et le plus féroce. — Laissez donc les deux monarchies espagnoles s'arranger ensemble comme elles pourront, sinon tout est perdu. »

On peut voir maintenant si nous avions bien jugé la

question espagnole. — Vous voyez ce qui se passe, l'expulsion de Don Carlos a simplifié les affaires, en effet, mais en sens opposé de ce que vous présumiez, et d'une manière tout-à-fait conforme à ce que, seuls en France, nous avions prédit.

27 JUILLET 1840.

L'Espagne. — Espartero.

Les divers extraits, soit du *Moniteur*, soit des journaux de la frontière, confirment à peu près les nouvelles déjà publiées. Il semblerait cependant qu'Espartero n'est pas bien sûr du rôle qu'il doit jouer. Son ambition serait-elle plus grande que son courage? C'est possible, mais le mal est fait. — Espartero, quelque décision qu'il prenne, n'en aura pas moins détruit la monarchie. — Il a porté la main sur l'arche sainte. Qu'importe qu'il s'agenouille ensuite devant elle! L'empreinte de sa profanation est ineffaçable : elle indiquera toujours aux anarchistes la place où ils devront frapper. — Espartero a voulu donner à l'Espagne un 18 brumaire, mais il ne lui manquait que deux choses pour cela : le génie vigoureux de l'empereur, et les Français du directoire, c'est-à-dire les Français ayant passé par les derniers excès de l'anarchie.

Bonaparte a fait le 18 brumaire au profit de l'ordre. — Espartero aura fait un 18 brumaire au profit de l'anarchie.

Bonaparte a enchaîné et écrasé l'anarchie. — Espartero sera enchaîné et écrasé par elle.

Le général espagnol a matériellement imité le 18 brumaire, mais il n'en a pas compris la portée sociale et politique.

Nous devons nous attendre au spectacle des hésitations d'Espartero : cela coule de source. Ses hésitations même accéléreront sa perte : la démocratie ne veut pas qu'on hésite.

Les journaux ministériels qui sentent que l'influence révolutionnaire du cabinet français doit avoir été pour beaucoup dans l'audace des anarchistes espagnols, essaient de prévenir l'accusation en accusant le ministère du 15 avril. M. Molé, disent-ils, avec son fameux *jamais*, a plus fait pour Don Carlos que n'eût fait une armée de 50,000 hommes. On ne voit pas que c'est là précisément le mérite de M. Molé. Ce *jamais* avait épouvanté les hommes de la démocratie et rendu du courage aux hommes monarchiques. M. Molé rendait à Christine et à sa fille un service encore plus grand que celui qu'il rendait à Don Carlos. La cause de Carlos et de Christine était, par le principe, une même cause : Intervenir, c'était scinder et affaiblir cette cause. L'évènement l'a bien prouvé. L'avenir le prouvera encore bien davantage.

---

28 JUILLET 1840.

Espagne.

Les journaux de Paris, celui surtout qui appartient officiellement au ministère, diminuent les évènements de Barcelonne. Un peu plus, un peu moins, cela ne change rien au fond des choses. La révolution contre la monarchie n'en est pas moins consommée. Nous recevons d'ailleurs une nouvelle qui, loin d'atténuer le mouvement de Barcelonne, fait supposer au contraire qu'il s'est accru de gravité.

Nous apprenons à l'instant que Barcelonne est mis en état de siége. Les détails nous manquent. Cependant cette mesure doit nous faire supposer que de nouveaux désordres l'ont rendue nécessaire.

D'un autre côté, on annonce que M. de Miraflorès, ambassadeur d'Espagne à Paris, a notifié officiellement au cabinet français que la reine régente n'étant plus libre, il croyait devoir cesser ses fonctions diplomatiques.

Ces deux nouvelles sont loin, comme on voit, d'être rassurantes.

Les écrivains ministériels ne perdent pas leur sang froid; on leur a soufflé un excellent moyen de défendre Espartero : selon eux, le général espagnol n'a probablement pas été libre d'agir autrement qu'il n'a fait dans leur opinion; d'ailleurs, le ministère issu de l'émeute de Barcelonne vaudra mieux que son origine.

Non, non, on n'échappe pas à son origine. Le cabinet créé par Espartero, né de la révolution, vivra par la révolution ou mourra par elle.

———

21 AOUT 1840.

Voici une nouvelle et importante péripétie dans les affaires d'Espagne :

« Le *Balear*, arrivé hier de Barcelonne, d'où il est parti » le 14 courant, annonce que le nouveau ministère, le

» ministère du 19 juillet, a présenté à la reine son pro-
» gramme dont les principaux articles étaient le retrait
» de la loi des *ayuntamientos* et la dissolution des cortès.
» La reine ayant refusé la sanction à ce programme, la
» plupart des ministres ont offert leur démission qui a
» été acceptée. Le général Ferraz, membre du cabinet dé-
» missionnaire, a été nommé président d'un nouveau ca-
» binet composé entièrement d'hommes de l'opinion mo-
» dérée. Tous ces changements se sont opérés avec l'ap-
» probation, on dit même sous l'inspiration du duc de la
» Victoire. Un fait des plus significatifs est la nomination
» du fameux brigadier Linage au commandement du camp
» de Saint-Roch, espèce d'exil à peine déguisé sous les de-
» hors de fonctions sans importance.

» Des lettre dignes de foi ajoutent que le bataillon des
» blouses avait été désarmé par l'ordre même du duc de
» la Victoire. »

Nous n'attachons pas grande importance au prétendu
revirement du duc de la Victoire. Ce ne serait là qu'une
nouvelle preuve de faiblesse et une nouvelle démonstration de plus du danger que court la monarchie espagnole
en de pareilles mains. Le duc de la Victoire est destiné à
tomber d'hésitation en hésitation dans tous les excès révolutionnaires. Le trône constitutionnel a été renversé à
Barcelonne. Dieu sait quand il sortira de ses ruines !

3 SEPTEMBRE 1840.

Gouvernement libre fondé en Espagne.

—

Un journal, converti au cabinet du 1ᵉʳ mars, tout en repoussant la propagande brutale de l'opposition républicaine, nous disait dernièrement que la propagande philosophique et nationale de M. le président du conseil, avait fondé en Espagne un gouvernement libre.

Nous soutenons, depuis long-temps, que la quadruple alliance espagnole a été dans les mains de M. Thiers une fatale et complète niaiserie, qui nous a sacrifiés à l'Angleterre, et qui n'a fondé en Espagne qu'une anarchie irrémédiable.

Nous disions : Don Carlos et Isabelle, deux membres de la même famille royale, de la même légitimité, ont pour ennemis commun la souveraineté du peuple et tous les séides révolutionnaires. Ne prenez point parti pour l'anarchie contre une des branches de la monarchie, car la défaite d'une des deux ruinera l'autre ! Don Carlos est une sorte de paratonnerre qui dévie le fluide électrique de la révolution, et l'empêche de se concentrer pour foudroyer la monarchie de Christine. Une fois le paratonnerre supprimé, tous les orages révolutionnaires s'amoncelleront sur le trône de Madrid.

Or, on a vu si nous avions rencontré juste. On le verra chaque jour davantage.

Après les troubles de Barcelonne, la reine se rend à Valence, les mêmes troubles y éclatent, pour la même cause. Là, comme à Barcelonne, la reine est sans appui. Ses pro-

pres ministres, c'est-à-dire ceux que l'émeute de Barcelonne lui a imposés, prennent parti contre la reine. —
Dans quel état, bon Dieu! la révolution et la quadruple
alliance ont-elles plongé cette malheureuse Espagne!

Nous recommandons à nos lecteurs les passages suivants,
soit de notre correspondance, soit des journaux :

On nous écrit de Paris :

« Il y a eu, le 25 août, quelques désordres à Valence.
» Une partie de la population a voulu donner une séré-
» nade à la reine; des groupes se sont formés pour s'y op-
» poser. Le conseil des ministres s'est assemblé et a décidé
» que la sérénade n'aurait pas lieu. Les ministres ont de-
» mandé ensuite à la reine l'autorisation d'annoncer par
» une circulaire que la loi sur les ayuntamientos ne se-
» rait pas exécutée, jusqu'à délibération de nouvelles cor-
» tès. La reine a refusé. MM. Onis et Cabello, l'un mi-
» nistre des affaires étrangères, l'autre, ministre de l'in-
» térieur, ont donné leur démission. »

Remarquez que les ministres ont demandé à la reine
l'humiliation de la prérogative royale. — La reine a refusé!
— Cette femme a du cœur. — Il faut en avoir beaucoup
pour agir ainsi dans les circonstances où elle est placée,
sans aucun appui. — Bien des hommes n'en auraient pas
autant.

Voilà l'état où l'exaltation révolutionnaire, excitée
par la complicité du cabinet actuel, a réduit l'Espagne;
— car on ne doit pas oublier que c'est après l'arrivée du
premier mars aux affaires, que la propagande espagnole,
fière de voir à la tête du gouvernement français l'homme
qui avait lié sa cause à celle des exaltés de la Péninsule,
— s'est livrée à tous les excès qui croissent de jour en jour,

et se généralisent du Nord au Midi, de cette belle et malheureuse Espagne !

On nous écrit encore de Paris :

« Nous avons appris, par des lettres de Barcelonne,
» en date du 23, que la reine s'était embarquée la veille
» et qu'elle avait été conduite à bord de son bâtiment par
» le duc de la Victoire, qui a montré dans les derniers
» temps le dévouement le plus absolu. Le caractère de
» la reine ne s'est pas démenti un seul instant. Au risque
» de voir son nouveau ministère se dissoudre encore, elle
» a refusé de nouvelles concessions à certains ministres au
» sujet de la loi des municipalités. C'est à Valence qu'une
» nouvelle crise paraît devoir éclater. »

On prévoyait donc qu'une nouvelle crise éclaterait à Valence, cela n'a pas manqué. On peut prédire hardiment que de nouvelles crises se préparent, et que partout où la reine portera ses pas, la propagande a creusé un volcan sous ses pieds.

---

17 SEPTEMBRE 1840.

Manifeste d'Espartero.

Le voile qui a couvert pendant quatre ans les affaires d'Espagne est complètement déchiré. Le pouvoir de la reine est totalement détruit. Le parti jacobin, levant enfin le masque, a arraché à la reine tous les droits que lui avaient laissés la constitution elle-même. L'insurrection de Madrid a été plus usurpatrice et plus révolutionnaire encore, que la conspiration des sergents ivres de la Granja. La municipalité a été plus républicaine que le cabaret.

Le manifeste d'Espartero, dernière œuvre de destruction, achève ce drame. Il promet de soutenir la reine, à condition que la reine renonce à tous ses droits constitutionnels, et qu'elle obéisse aux conditions qui lui sont imposées par les baïonnettes municipales, jointes aux baïonnettes militaires.

La constitution avait dit : — « Les cortès votent la loi. La reine a le droit de la sanctionner, ou de refuser sa sanction ; quand la reine a donné sa sanction, la loi est complète. La couronne doit l'exécuter, le peuple doit y obéir. »

Les municipalités ont dit : — « Nous ne voulons pas que la reine exécute la loi que les cortès ont votée et que la couronne a sanctionnée. — Nous voulons mettre notre décision au-dessus des cortès, au-dessus de la reine, au-dessus de la loi, au-dessus de la constitution ; en attendant que la reine, abdiquant tous ses droits, obéisse à notre décision, nous installons un gouvernement provisoire qui remplacera le gouvernement de la reine, et nous déclarons traître, passible de la peine de mort, quiconque soutiendra la reine et la constitution ». — Puis, survient Espartero, qui sanctionne ce dix-huit brumaire du jacobinisme, et qui promet à la reine de la soutenir, pourvu qu'elle consente à la destruction complète de la constitution et de la royauté !

Car, remarquez-le bien, si la reine obéit, quel moyen quelconque lui restera-t-il d'exercer, dans une autre occasion, les droits qu'elle abandonnera dans celle-ci ? — Quand elle voudra donner sa sanction à une loi, comment le fera-t-elle si les révolutionnaires ne le veulent pas? Quand elle voudra refuser sa sanction à une loi, comment le fera-t-elle si les révolutionnaires ne le veulent pas? Quand elle voudra dissoudre les cortès, comment le fera-t-elle si les révolutionnaires ne le veulent pas? Quand elle voudra conserver les cortès, comment le fera-t-elle si les révolutionnaires ne le veulent pas? — Ils lui signifieront leurs volontés portées au bout de leurs baïonnettes, ils installeront un gouvernement provisoire, et se riront des prétentions posthumes de la royauté qui se croira vivante alors qu'elle ne sera plus qu'un cadavre froid et avili.

Pour quiconque connaît l'esprit révolutionnaire, ce qui se passe en Espagne était inévitable. La guerre civile contre Don Carlos en retardait seule l'accomplissement. Voilà pourquoi M. Thiers, en se livrant à l'alliance anglaise et à la quadruple alliance, a détrôné la reine Christine et a livré l'Espagne au jacobinisme. Une fois Don Carlos vaincu, la légitimité d'Isabelle devait avoir le même sort. La révolution ne veut pas plus d'une reine que d'un roi; elle veut régner seule et sans partage. La souveraineté du peuple ne reconnaît d'autre pouvoir que celui du peuple. Quand elle dit le contraire, elle ment.

Il en est de même en France. Si la souveraineté du peuple a, jusqu'à ce moment, échoué dans ses tentatives contre le trône de Louis-Philippe, cela tient à des causes spéciales qui entravent en France l'insurrection démocratique. La principale de ces causes, c'est la centralité politique et la hiérarchie du corps administratif. C'est ce qui manque à l'Espagne, et ce qui la livre subitement à la révolte des clubs. En France, le rouage administratif bien combiné, qui a survécu au gouvernement impérial dont il est l'œuvre, donne au pouvoir royal un abri momentané, un moyen provisoire de résistance. — Mais tout cela ne peut durer long-temps, si l'on n'arrête pas le bélier sans cesse battant de la souveraineté du peuple. C'est un grand miracle que le trône de Louis-Philippe ait résisté dix ans. — Et maintenant, chaque année va être pénible comme un siècle, et présenter à vaincre les difficultés de cent années en douze mois !

Nous savons bien qu'on nous accusera d'exagération !.. C'est l'usage. Nous exagérions aussi, disait-on, lorsque, seul en France, nous vous annoncions ce qui arrive maintenant en Espagne. Toute la presse, sans exception, soutenait le système contraire. Selon tous les politiques libéraux, français et espagnols, la présence de Don Carlos et la guerre civile étaient la véritable cause de l'irritation du parti exalté : une fois Don Carlos expulsé, une fois la guerre civile éteinte, tout était fini, tout allait marcher sur des roulettes ; le parti modéré reprenait le dessus, les exaltés devenaient raisonnables, la constitution triomphante et la reine maintenue dans l'intégrité des droits qui lui étaient garantis par ce pacte solennel !... Enfin, il n'y a pas encore un mois, ne nous disait-on pas que la propagande morale de juillet avait fondé, en Espagne et en Portugal, deux gouvernements libres !!!.... Hélas ! qu'y a-t-il de plus effrayant pour l'avenir de la France, qu'un tel aveuglement d'esprit dans des hommes si distingués par leur esprit ? Qu'une telle absence de sens monarchique, dans des hommes qui sont à la tête du peu d'esprit monarchique qui ne soit pas encore éteint dans notre fatal système parlementaire ?

Non, nous n'avons pas été coupable d'exagération ; non, nous ne sommes pas coupable d'exagération ! — Nous n'avons commis qu'un crime, c'est d'avoir osé dire la vérité, c'est d'oser la dire encore, lorsque tout le monde la repousse, les uns par égarement d'esprit, les autres par égoïsme d'ambition. — Il en est de même sur la question d'Orient. Pendant que les journaux endormeurs vous répétaient à satiété, que l'Europe avait exclu la France du traité ; que lord Palmerston serait désavoué par l'Angleterre et le parlement ; que le traité ne serait pas ratifié ; que le traité ne serait pas exécuté ; que les quatre puissances reculeraient devant les menaces de M. Thiers ; que la France marcherait sur le Rhin ; que ses armées et sa propagande vaincraient et révolutionneraient l'Europe, nous avons démenti, avec le mépris qu'elles méritaient, toutes ces illusions, toutes ces sottes impostures, qui ne pouvaient avoir pour effet que d'aggraver la situation déjà si dangereuse où nous a conduits la coalisation parlementaire. Eh bien, peu de temps s'est écoulé : qu'en dites-vous maintenant ? Qui vous a dit la vérité, si ce n'est nous ? Qui vous a trompés, et qui vous trompe encore, si ce n'est le ministère du 1er mars et ses dignes soutiens ?

Le ministère du 1er mars, faire reculer l'Europe ! Le ministère du 1er mars, déclarer la guerre à l'Europe ! Le ministère du 1er mars, vaincre l'Europe ! Le ministère du 1er mars, renouveler les merveilles belliqueuses de 1792 et de Napoléon ! — Oh ! qu'il faut mépriser l'intelligence du peuple français pour lui débiter sérieusement de pareilles niaiseries ! — Le ministère du 1er mars ne fera reculer personne que la France ; le ministère du 1er mars ne déclarera la guerre à personne qu'à la monarchie; le ministère du 1er mars ne vaincra personne que l'ordre social et la royauté; le ministère du 1er mars ne renouvellera de l'histoire de notre première révolution que la honte et la corruption du directoire..... Et vous nous appelez des alarmistes? — Sachez donc, puisqu'il faut vous le dire, que nous nous faisons encore violence pour ne vous révéler que la moitié du mal que nous savons et de l'avenir que nous prévoyons. — Et maintenant, Athéniens de la France, Athéniens moins Périclès, moins Thémistocle, moins Socrate, moins Démosthène, moins Miltiade, allez, allez au spectacle, au concert, à la bourse; et pour achever votre enivrement, rêvez, pendant votre sommeil, que vous êtes un peuple libre, et que l'Europe entière tremble devant votre gloire et devant votre puissance!

17 SEPTEMBRE 1840.

Capitulation de la Reine d'Espagne.

Nous recevons le texte de la lettre d'Espartero à la reine. Le 12, S. M. a nommé ministres :

MM. Sancho, affaires étrangères, président du conseil; Ximenez, finances; Gomez-Becerra, grâces et justice; Cabello, intérieur; Infante, guerre; Capaz, marine.

Ainsi, la reine d'Espagne a cédé !... Elle a beau le déguiser, elle exécute de point en point les ordres que lui a signifiés Espartero, sous forme d'avis. — La lettre d'Espartero peut se traduire en ces mots : — « Madame, voici » ce que vous devez faire pour obtenir mon appui. Si vous

» le faites, vous échapperez à la crise actuelle; si vous ne
» le faites pas, j'en suis désolé, mais vous serez détrônée,
» et je laisserai faire. » — Sur quoi, la reine obéit, nomme
un ministère exalté, abandonne la loi des *ayuntamientos*
votée par les cortès et sanctionnée par elle, et consent à ce
que la question soit de nouveau soumise aux cortès.

Tout est dit. — Il n'y a plus, en Espagne, ni vestige de
constitution, ni vestige de royauté; — et tout cela se fait
au nom de la constitution !.... Quel machiavélisme ef-
fronté!

—

25 SEPTEMBRE 1840.

La *Gazette de Madrid* a publié, à la date du 19 septembre, un supplément extraordinaire qui contient :

1° Le décret royal qui accepte la démission du ministère Sancho;

2° Le décret qui nomme Espartero président du conseil
des ministres, sans portefeuille spécial, afin, dit le décret,
qu'il puisse continuer à commander l'armée;

3° Le décret qui confie à Espartero la mission de dé-
signer les autres ministres à sa convenance, Sa Majesté
mettant toute sa confiance en Son Excellence, non-seulement pour cela, mais pour toutes les mesures à prendre
pour ramener la concorde et la prospérité en Espagne.

A la suite de ces divers décrets, la junte fait une déclaration dans laquelle elle exige que la reine renie publiquement son passé et fasse publiquement amende honorable. Il ne reste plus qu'à la revêtir du *san benito* et
à lui faire réciter le *mea culpa* sur les marches de quel-

que église. — A quel degré d'humiliation est réduite la majesté royale !

Ce n'est pas tout : on n'offense pas seulement la dignité de la reine, on s'adresse à ses affections, à ses habitudes. Il faut balayer le personnel du palais. Il faut lui donner des écuyers et des caméristes reconnus bien pensants par la junte. Pourquoi ne pas achever? La convention avait donné des geoliers à la famille royale de France, mais elle lui avait aussi donné le Temple pour demeure. Démocrates espagnols, ne faites pas les choses à demi; vous voulez des geoliers, pourquoi ne pas vouloir une prison?

La junte appelle la loi des *ayuntamientos* un projet de loi. Il faut bien qu'elle la considère comme telle, puisqu'elle en demande l'annulation *à priori*. Ainsi la junte déchire violemment la constitution; elle ordonne à la reine de n'en tenir nul compte. C'est logique; elle agit en vertu de la souveraineté du peuple. Or, il n'y pas de constitution avec ce principe; il n'y a qu'une volonté mobile et toujours omnipotente, appuyée sur le caprice ou le délire, et sur la force brutale.

Dans le 4ᵐᵉ paragraphe, la junte demande la dissolution des cortès et la convocation de nouvelles cortès avec des pouvoirs spéciaux pour assurer la consolidation du mouvement de Madrid. Voilà le mandat impératif, — voilà des députés, commissaires du peuple — avec une mission déterminée et limitée! — Est-ce de la république? — et cela arrive-t-il tout droit à la démocratie pure?

Enfin et pour complément, la junte annonce qu'elle restera en armes, jusqu'à ce qu'on ait réalisé son programme, le tout en dépit de la confiance qu'elle témoigne à Espartero. Il faut convenir qu'Espartero n'est pas difficile

s'il se trouve fort honoré de cette confiance armée de baïonnettes.

Il est évident que la junte n'est point du tout disposée
à s'en tenir au ministère du duc de la Victoire, sous la régence de Christine. Espartero ne sera son homme que s'il
veut lui servir d'instrument.

---

20 octobre 1840.

Abdication de la Reine-Régente.

—

La reine-régente a abdiqué le 12 et a adressé à cette occasion un manifeste au Peuple Espagnol.

Le ministère gardera, dit-on, la régence jusqu'à la convocation des nouvelles cortès.

Le bruit courait aujourd'hui à Bordeaux que la reine
Christine avait débarqué à Port-Vendres.

Il eût mieux valu que la reine eût laissé prononcer sa
déchéance plutôt que d'aller au devant. Peut-être a-t-elle
été contrainte à cette abdication en apparence volontaire.
Quoi qu'il en soit, c'est un fait accompli. Il ne reste plus
sur le trône d'Espagne qu'un enfant. C'est ce que voulaient les progressistes ; ils espèrent avoir bon marché
de la royauté en bas âge, et on peut être sûr qu'elle ne
grandira pas entre leurs mains.

C'est un fait remarquable que de voir à la distance de
quelques mois la royauté de Don Carlos et la royauté de
Christine, sortir toutes deux de l'Espagne, l'une entraî-
nant l'autre : ce qui prouve bien que ce n'était pas à Don

Carlos que les exaltados faisaient la guerre, mais au prin_
cipe même de la royauté. Car une fois la royauté de Don
Carlos vaincue, ils ont dirigé leurs coups contre la royauté
de Christine. Ils ne voulaient, en réalité, pas plus de l'une
que de l'autre. C'est pour cela que nous prêchions une transaction. Nous pressentions qu'il fallait réunir en faisceau
les forces divisées de la monarchie, afin de pouvoir résister;
nous comprenions que lorsque Don Carlos quitterait la
Péninsule, il affaiblirait Christine bien plus que le jour
où il était entré. Certes, c'était une guerre impie et désastreuse que celle des carlistes et des christinos. Nous en
désirions vivement la cessation; mais nous n'aurions pas
voulu qu'elle finît par la sortie de Don Carlos de l'Espagne, mais bien par une transaction entre lui et la reine,
transaction qui aurait doublé les forces de la monarchie
en les concentrant.

TABLE ET SOMMAIRES

DES OUVRAGES ET CHAPITRES

CONTENUS DANS LE CINQUIÈME VOLUME.

—————⊕—————

528)

Année 1833.

—

Année 1834.

—

Année 1835.

—

Année 1836.

Année 1836.

Année 1836.

Année 1837.

Année 1838.

Année 1839.

—

Année 1840.

FIN DE LA TABLE DU CINQUIÈME VOLUME.